李白上目次

古風（巻二）

＊巻一（略）

目次

楽府 一（巻三）

楽府　四（巻六）

李白とその詩

李白は、盛唐期にその極致に達した詩における古典美の完成者のひとりで、しかもその完成に与ってもっとも力があった。以下、その生涯、文学史的な背景・特色、そして李白の集と注釈についてみてゆこう。

李白の生涯

まずは、李白の経歴・生涯について概略を整理しておく。[1]

李白の人生についても他の唐代の詩人たちと同様不明な点が多いが、およそその生涯を五つに区分することができる。

・第一期（七〇一～七二五）

李白は則天武后の長安元年（七〇一）、西域の条支（アフガニスタンのガズニ）あるいは砕葉（キルギス共和国のトクマクの近郊）で生まれたという。そして漢民族ではなく異民族の出身（イラン系のソグド人、あるいはバクトリア人かともいう）であったらしい。五歳の時、家族とともに蜀に移住する。住まいは綿州昌隆県清廉郷（四川省江油市）。多くの書を読み詩文を作るとともに、剣を学び、また山に入って道士と交わり道教の修行もした。益州長史として蜀に赴任した蘇頲《そてい》に刺を投じて自作をみせ、また李邕《りよう》とも知り合った。二人はともに中央とつながりのある有力者であった。

・第二期（七二五～七四二）

二十五歳の頃、蜀を出て長江流域の各地に遊び、また長安・洛陽・山東などに行く。安陸（湖北省安陸市）に十年余り滞在し、当地の名門許氏の女（もとの宰相、許圉師《きょぎょし》の孫）と結婚して長女平陽・長男伯禽（明月奴）をもうける。この時期、孟浩然と知り合う。安陸を離れたあとは山東に移り（許氏を亡くしたか）、孔巣父《こうそうほ》らと「竹渓六逸」の交わりを結ぶ。なお李白は許氏のほか、時期は未詳ながら二人の女性（劉氏および魯の一婦人）と非公式の婚姻関係を結び、最後に宗氏と結婚した。

・第三期（七四二～七四四）

天宝元年（七四二）秋、玄宗皇帝の命をうけ、翰林学士（あるいは翰林供奉）に任じられる。斡旋したのは玄宗の妹で道士の玉真公主であったらしい。賀知章《がちしょう》と知り合い、「謫仙」と称される。天宝三載（七四四）春、讒言に遇い朝廷を逐われる。朝廷に仕えたのは足かけ三年、実質的には一年半ほど。

・第四期（七四四～七五六）

天宝三載（七四四）三月、長安を離れ、洛陽に至り、その後、山東・江南・河南・河北など各地を遊歴する。杜甫・高《こう》適《せき》と知り合い、共に各地に遊ぶ。この時期に生活の拠点としたのは山東と宋州（河南省商丘市）。前者は魯の一婦人と、後者は四番目の妻宗氏（中宗期の宰相宗楚卿の子孫）との生活拠点。天宝十三載（七五四）、揚州（江蘇省揚州市）にて魏万（後に魏顥《ぎこう》と名を改める）と知り合い詩稿を託す。翌十四載（七五五）十一月、安禄山が范陽（北京市）にて挙兵する。

・第五期（七五六～七六二）

至徳元載（七五六）、永王璘《りん》（玄宗の第十子、粛宗の弟）は粛宗の命に逆らって水軍を組織して長江を下り、江南を勢力下に置こうとする。同年末か翌年正月、李白は求められてその幕下に入るが、二月、永王は官軍に平定されて殺され、李白も捕縛されて夜郎（貴州省東北部）への流罪に処される。のち恩赦に遇い、江南地域を遊歴。

宝応元年（七六二）冬、当塗（安徽省当塗県）県令李《り》陽氷《ようひょう》の元に身を寄せ、十一月、亡くなる。

唐詩と宋詩

先に李白について、詩における古典美の完成者のひとりで、しかもその完成に与ってもっとも力があったと述べた。その李白と並び称される杜甫は、李白とともに唐詩の完成に寄与した人であると同時に、次の時代の文学への道を拓いた詩人でもあった。

中国古典詩には〈唐詩〉と〈宋詩〉という二大様式がある。中国の古典学者銭鍾書《せんしょうしょ》の表現を借りるならば、〈唐詩〉とは「丰神情韻」（表情豊かな情趣）にすぐれ、〈宋詩〉とは「筋骨思理」（筋道だった理致）においてまさる。[2]〈唐詩〉と〈宋詩〉とはこのように両者を対比したときに際立つ詩風の相違であって、唐人の詩が〈唐詩〉、宋人の詩が〈宋詩〉というような詩の時代区分では必ずしもない。〈唐詩〉から〈宋詩〉への転換は、およそ中唐期に本格的に始まる。

〈唐詩〉と〈宋詩〉を分かつものは、詩の風格の相違にとどまるものではない。二つの様式のあいだには、詩の枠組みの質的な変化が存在するように思われる。それは作品と作者との距離である。[3]

そもそも中国古代の詩には作者は存在しなかった。中国最古の文学体系である『詩経』の作品はほぼすべてが作者不明だが、これは作者が分からないというよりは、作者を必要としなかったのである。詩は共同体において歌われるものであり、詩に載せて歌われる感情や志は特定の人物に属するものではなく、一定の集団によって共有されるものであった。このことは漢代の楽府、古詩においても同様である。

詩に作者の名がともなわれるようになる後漢の末、建安（一九六～二二〇）の頃、詩は作者のことばとなった。また同時に、詩の中にその作者固有の人生や思いが映し出されるようになった。とはいえ、当然のことながら、作者の人生のすべてがそのまま書き込まれるわけではないし、作品の中の作者像が現実の作者と寸分たがわず重なるわけではない。

何をうたうか、如何にうたうかは、まずは詩人各々の個性によって異なるであろう。さらにまた、詩人たちに共有される規範や美意識によっても選択され、脚色される。そこには自ずと現実とは一定の隔たりをもつ文学世界ともいうべき領域が形成されることとなる。

漢末以降、六朝期を経て唐代にいたって完成をみた〈唐詩〉においては、作者と作品の領域とのあいだには隔たりが存在したし、またその領域には明確な境界線があった。〈唐詩〉から〈宋詩〉への変化とは、そうした距離と領域の相対化にほかならない。中唐以降、詩に書き込まれる事象は以前よりも明らかに増大し、うたわれる領域も拡大した。そしてその文学の世界は詩人の生きる現実に限りなく接近したのである。その先駆的な存在が杜甫であった。

たとえば杜甫がその詩に小鳥をうたえば、それは実際に杜甫の庭に下り立ち餌を啄んだ小鳥であるかもしれない。一方、李白詩にみえる小鳥は、伝説の巨鳥大鵬に対比される卑小な存在を象徴するものであって、李白が実際に目にした鳥を描くものではない（巻三「野田黄雀行」参照）。〈唐詩〉がうたうものは、現実の一面を映しつつも現実とは別個に設けられたもうひとつの世界であり、一方〈宋詩〉が描くものと詩人が身を置く現実は、時に重なり合い、時に連続する。

こうした文学に対する距離感の変化は、北宋期に生まれた詩話という新しい著述のなかにも見いだすことができる。北宋文壇の領袖欧陽脩《おうようしゅう》がその晩年に『詩話』（『六一詩話』）という、詩や詩人の逸事を語る著述を発表したのち、司馬光『続詩話』を皮切りに数多くの詩話が生み出された。詩話は北宋期の文学の場を代表する著作といってよい。

詩や詩人の逸事を語る著述は、実は唐以前にも存在した。たとえば六朝期の『世説新語』文学篇には文学をめぐる逸事が集められており、また唐の末には『本事詩』や『雲渓友議』といった、もっぱら詩や詩人にまつわる物語を載せる書物が現れるようになる。これらはしばしば詩話の始祖とされ、論者の中には詩話は唐以前から存在したと主張する者さえいる。

しかし欧陽脩の『詩話』とこれら唐以前の著述とのあいだには大きな相違がある。唐以前の書においては原則として語り手は姿をみせることなく、逸話の枠外から出来事を再現するという語りの形式をとる（これは中国における歴史叙述のスタイルで、史書はいうまでもなく古典的な文言小説もまたこの形式にのっとる）。逸話の世界（すなわち詩の世界）は閉じられており、読者が身を置く現実との間には一定の距離がある。これは〈唐詩〉における、詩の領域と現実との距離に通じるものだろう。

一方、『詩話』は、話者である欧陽脩がいま語り進めつつある談話をそのまま再現するように書き綴られている。逸話の内容もその多くは欧陽脩自らの経験・伝聞であり、そこには欧陽脩の知人・友人がしばしば姿をみせる。語られる世界と語る現実の場とはつながっているのである。これもまた〈宋詩〉における詩と現実の連続性に通底するものではないだろうか。閉じた〈歴史〉の中に示されていたものが、日常の〈話〉の中に開かれたのである。

李白と杜甫に、話を戻すならば、李白は〈唐詩〉の世界の人であり、杜甫は〈宋詩〉の世界につながる道を歩き出した人といえるだろう。李白には歌謡の辞に由来する楽府作品が多く、それらはおおむね虚構の物語世界を詩のことばによって作り上げるものであり、作者が身を置く現実とはもともと一定の距離がある。また楽府以外の徒詩においても、魏晋以来の伝統をふまえ、あえて現実を超えた詩歌の領域の香気を重んじた。李白という詩人は、文学と現実との隔たりをよく理解したうえで、両者の関係をコントロールすることに長けた表現者であったと思う。このことについては後で再び触れよう。

李白詩には作られた場所が分かっても何時作られたのかが分からないものが多い。しかし、だからといって李白詩の魅力が減ずるわけではないし、詩を読むことに不都合が生じるわけでもない。これも李白における詩と現実の本質的な隔たりを示すものであろう。なお、李白がその典型的な例であることはまちがいないが、盛唐期までの詩人は程度のちがいこそあれ、作品と実生活に距離を有する。またその距離こそが〈唐詩〉を特色づけるものであった。

一方の杜甫は、『文選』に学んだことがしばしば指摘されるように、過去の文学伝統をよく自らのものにしていることはいうまでもない。それと同時に、日々折々の現実を詩に映しだす営みのなかで、世界を新しくとらえる詩の眼差しを切り開いていった。〈宋詩〉が課題としたものは、杜甫の文学営為の延長線上にあったといってよいだろう。[4]

実は北宋期の詩話において、李白と杜甫に向けられる眼差しには大きな懸隔がある。南宋初の高宗・孝宗期に編纂された胡仔『苕溪漁隠叢話《ちょうけいぎょいんそうわ》』前集六十巻ならびに後集四十巻は、北宋期の詩話を話題の対象ごとに分類・集成したもので、北宋詩人たちの関心の的をうかがうことができるが、たとえば前集において、李白の話題に分かたれるのは一巻のみであるのに対し、杜甫は一人で九巻を占める。後集においても李白の一巻に対し、杜甫は四巻。このことも、李白が〈唐詩〉の人で、杜甫が〈宋詩〉の世界の人であることを示しているだろう。北宋期の詩人たちにとって李白は、自分たちとは文学へのアプローチを異にする詩人としてとらえられていたように思われる。

北宋の人の李白に向ける目がやや冷淡であることの背景には、こうした文学の枠組みの変化だけではなく、その詩を読むことによって浮かび上がる李白像も影響を与えていたようだ。たとえば北宋を代表する詩人蘇軾《そしょく》の弟で、自らも一級の文人であった蘇轍《そてつ》は李白について、「李白の詩は其の人《ひと》と為《な》りに類《に》て、駿発豪放なれども、華にして実ならず。事を好みて名を喜び、義理の在る所を知らざるなり。……（李）白　始め詩酒を以て明皇（玄宗）に奉事するも、讒に遇ひて去る。至る所　其の旧を改めず。永王　将に窃かに江淮に拠らんとするや、白起ちて之に従ひて疑はず、遂に以て放たれて死す。今　其の詩を観れば固に然り」（「詩病五事」）という。玄宗に仕えながら追放されたことも、安史の乱の時に永王の幕下に入り罪に問われたことも、まるで身から出た錆とばかりの言いようである。王安石もまた「（李）白の識見は汚下にして、十首に九は婦人と酒を説く」といったと伝えられる（『苕渓漁隠叢話』前集巻六引く『鍾山語録』）。王安石の言ではないとの説もあるが、当時の人の言であることは間違いあるまい。倫理的観点からの文学評価は儒家思想が文学観の中心にあった中国には古くからみられるが、北宋以降はとくにその傾向が顕著になる。そしてまたこうした李白観が生まれるところに、しばしば詩と現実との隔たりを顧慮しない宋人の文学意識の一斑をうかがうことができよう。

豪放でありつつも、やや羽目を外しすぎたきらいのある李白は、「健全」で「紳士的」な北宋文人からはどうしても辛い点を付けられるようだ。忠君愛国の思いを常に失わなかったとされる杜甫と比較するとき、李白の分が悪いのは致し方あるまい。後の論者たちの批評には、李白の詩をよく読めば、その奥底に国と君に忠義の誠を捧げるほんとうの姿を見いだせると主張するものがしばしばみえるが、文学の評価に作者の人間性を重ねるところは李白に対して批判的な人々と同じである。しかも李白に杜甫に通じる誠実さを求めようとする人々の李白詩の読み方は、しばしば牽強に陥っているところが否めない。何よりこうした李白評価は、李白の文学の豊かさからかえって目をそらすものではないだろうか。李白的文学世界を欠いた中国文学史は索漠としてなんと寂しいものであろうか。

南宋期以降、北宋の黄庭堅の詩学に学ぶ江西派の席巻、やがてそれに反発し唐詩への復古を唱える永嘉四霊や江湖派の流行があり、また彼らの唱える唐詩が実は中晩唐詩に過ぎないとしたうえで盛唐詩こそを真正の唐詩と主張する厳羽『滄浪詩話』が現れる。これ以降〈唐詩〉と〈宋詩〉のいずれを是とするか、いわゆる「唐宋之争」が詩をめぐる議論の主たるテーマとなり、李白詩に対する評価もまた揺れ動きつつ清末における古典中国の終焉を迎えることとなる。

そうした評価の変遷のなかで、李白に対する再評価の意識に発し、南宋の楊斉賢《ようせいけん》の集注をふまえて元初の蕭士《しょうし》贇《いん》『分類補註李太白詩』が生まれ、さらには清の王琦《おうき》の注釈が編まれたことは、李白にとっても、我々現代の読者にとっても大きな幸いであった。

李白の詩

先に引いた宋人の「十首に九は婦人と酒を説く」ということばはいささか大げさであるにしても、李白詩に女性と酒がしばしば登場することは間違いない。李白に限らず中国の詩人にとって、女性の美を詩にうたうことは魅力ある課題のひとつであった。

とはいえ、後漢末の建安以降、詩は「作者のことば」となったと先に述べたが、政治に参画することを本領とする士大夫にとって、女性をうたうことには一定の制限があった。自らの生活や経験に根ざして女性をうたうことは当然はばかられるわけで、妻を亡くした詩人がその亡き妻を追慕する悼亡の作のほかに許されるのは、楽府という虚構の枠組みを借りて、異土にある夫を思う孤独な女性や君主の寵愛を喪失した宮女を主人公とし、その悲しみや恨みをうたう作などに限られた。こうした閨怨あるいは宮怨と称される作品は、女性の悲しみをあくまでも美しく描くところに特色がある。それは「美」というにはいささか偏ったものであると言わざるを得ないが、中国古典詩の体系のなかにおいて、多くの詩人たちによる長年の実作のなかで磨かれ、築き上げられてきた美意識であることは間違いない。李白の女性詩、たとえば「玉階怨」（巻五）などは、かかる美意識が生み出したものの到達点であったといってよいと思う。

李白はまたこうした士族層に属する女性だけではなく、民間の女性もしばしばうたっている。「長干行」（巻四）や「江夏行」（巻七）では長江流域の商人の妻を主人公とし、旅にある夫の帰りを待つ孤独の思いをうたうが、そこに見いだされるのは士族の女性とは異なる、民間の女性ならではの生き生きとしたすがたである。また「採蓮曲」（巻三）、「淥水曲」（巻六）など、江南のハス摘みやヒシ摘みの若い女性たちをうたう詩の明るさは、李白詩の魅力ある一面をなしている。「東海に勇婦有り」（巻四）のような侠気と武勇を備えた女性をうたうのも、李白の女性詩の幅広さを示すものだろう。

飲酒は人に快感をもたらす。思えば李白の詩には、飲酒の快を含めて五感の官能を解放するところがある。しかしそれは単なる快楽の追求ではない。

「将進酒」（巻三）では、「天の我が材を生ずる　必ず用有らん」と人生を力強く肯定し、それはまた「千金散じ尽くすも還た復た来らん」という楽天主義に下支えされる。これはまさに飲酒によってもたらされる高揚した気分を、そのまま詩のことばによって再現したものといってよかろう。しかしそもそもなぜここで酒を飲むかといえば、「爾《なんぢ》と同《とも》に銷《け》さん万古の愁ひ」、すなわち詩の冒頭四句に「君見ずや　黄河の水　天上より来るを、奔流して海に到りて復た迴らず。君見ずや　高堂の明鏡に白髪を悲しむを、朝には青糸の如きも　暮れには雪と成る」とうたわれる、すべての人間にとって避けることのできない「万古の愁ひ」を「銷」すためであった。有限の人生、すみやかに過ぎゆく時間にむける悲哀は決して忘れ去られてはいない。悲哀を含めて人間の生を肯定的にうけとめ謳歌するのである。

李白詩が喚起する官能には、ほかにもたとえば「孤帆　遠影　碧山に尽き、唯だ見る長江の天際に流るるを」（巻一三「黄鶴楼にて孟浩然の広陵に之くを送る」）は視覚。友を乗せた舟を追う目は、世界の果てを見極める。「此の夜　曲中折柳を聞けば、何人か故園の情を起こさざらん」（巻二三「春夜　洛城に笛を聞く」）は聴覚。旅中の夜ふと耳にした曲に、千里隔てる故郷を懐かしむ。前者の旅立つ友人に寄せる思い、後者の故郷への思い、いずれもいくばくか悲哀に浸るところがある。李白詩の官能はこのようにつねにある種の情緒をともない、そこに生じる甘やかな感傷が人を惹きつける。「刀を抽きて水を断てば水は更に流れ、杯を挙げて愁ひを消せば愁ひは更に愁ふ」（巻一六「宣州謝朓楼にて校書叔雲に餞別す」）などは、ことばの快とでもいえばよいであろうか。ことばを反復してたたみかける律動感が、憂愁の甘い味わいを心地よいものとさせている。「白髪　三千丈、愁に縁りて箇くの似く長し」（巻七「秋浦の歌十七首」其十五）などのいわゆる誇張表現もまた、感傷にことばの快を寄り添わせ、その甘美を引き立たせるものといってよかろう。「両岸の猿声　啼きて尽きざるに、軽舟　已に過ぐ万重の山」（巻二〇「早に白帝城を発す」）は、運動感覚の快。ここでは悲哀ではなく、夜郎への流刑が赦された歓喜が、水の流れに乗って走る舟の速度感をともなって横溢する。

李白においては詩の世界と現実の世界とに隔たりがあると先に述べた。李白はその距離を意識的にとっていたと思う。詩の領域をあえて設け、詩と現実とを往還するのである。

たとえば「将進酒」は明らかに歌謡の辞のスタイルに準じた詩であり、であれば現実とは別個にしつらえられた仮構の世界が舞台であるはずだ。しかしながら詩をみれば「岑夫子」「丹丘生」といった李白の実際の友人たちがその世界を彩るキャラクターとしてすがたをみせる。当然、李白自身もまたその世界のなかにいるはずだ。「東武吟」（巻五）も、長安入仕から翰林放逐までの経緯を歌謡スタイルでうたうものだが、主人公のモデルはもちろん李白その人である。底本の題下注に「金門を出でて後　懐を書し翰林の諸公に留別す」とあり、また巻一三にほぼ同内容の「山に還らんとして金門の知己に留別す」があるので、虚構の楽府ではなくて現実に根ざした徒詩であるともみなせようが、この作品のうたいぶりが歌謡のスタイルに則っていることは動かない。現実に材をとりつつも、どこか寓話的なおかしみを帯び、中心にある主人公像も李白その人というよりは、脚色をほどこされ戯画化された人物である。李白は詩と現実の距離を心得ながら、詩のなかに自分の好ましいように自らのすがたを書き込むことができたのである。

李白は二つの世界を生きようとしていたのではあるまいか。文学の世界の独立性を意識的に確保したうえで、現実とは別個の理想の世界を詩のなかにつくろうとした。表現者にとっての作品とはそもそもそうしたものであるかも知れないが、中国古典詩において李白ほど意識的に実践した詩人はいないのではないだろうか。詩のなかにしばしば客体化された李白自身のすがたがみとめられるのは、そのためであろう。

これは楽府であるか徒詩であるかには、さほどかかわらないように思う。たとえば、「汪倫《おうりん》に贈る」（巻一一）に「李白　舟に乗りて将に行かんと欲す、忽ち聞く　岸上　踏歌の声。桃花潭水　深さ千尺、及ばず汪倫　我を送るの情に」とうたわれるのは、もとは現実の一コマであったかも知れないが、「李白」の名とならべて、世に知られぬ村人の名を詩のなかに書き込む詩人は李白のほかにあるまい。無名の人ながら、否、無名であればこそ、「汪倫」の名によってこの詩の舞台は生彩を放つ。かくて「李白」は、その詩筆によって造形された理想郷のなかに、颯爽としたすがたを現すのである。

こうした書きぶりには、後の詩人たち、たとえば蘇軾の軽やかで洒脱な作風に通じるものがあると思う。人生をおおらかに肯定する精神とともに李白からうけついだものではないだろうか。先には宋人の李白に対する否定的な見方を紹介したが、李白は決して忘れ去られた過去の存在ではなかった。

李白の詩について、最後にもうひとつ述べておきたい。

李白の集を読み進めればすぐに気づくことだが、李白の詩には異文がきわめて多い。なかには後世の流通の過程で生じた異文もあるであろう。広く読まれ、行われた作品に異文が生じることはしばしばみられる現象である。ただ李白の集を最初に編纂しようとした魏顥（魏万）の「李翰林集序」に、「文に差互有る者は両《ふた》つながらこれを挙ぐ」とあるのをみれば、李白詩の原稿にもともと複数のバージョンがあったとも考えられる。李白の詩の異文の多さは、李白自身による度重なる自作の改修に由来するものが少なくないと思われる。

李白の詩をこまかく読むと、多くの文献を丁寧にふまえて書かれていることにしばしば気づかされる。また同一テーマ、類似したモチーフや表現の反復使用もやや目につく。奇抜で大胆な表現、奔放な発想に驚かされて見落としがちだが、李白は一面ではきわめて勤勉な表現者であったように思う。李白の作品を見渡すと、傑作とされる作品にくらべて見劣りする作も時にないわけではない。これも裏返していえば、李白が努力の人でもあったことを示しているだろう。

李白の集と注釈

李白の集および注釈について簡単に整理しておく。⑤

○唐代に編纂された李白の集は次の二点。いずれも失われて伝わらない。

・『草堂集』

李陽氷「草堂集序」（宝応元年、七六二）によれば、李白臨終の折、草稿万巻を託され、これによって『草堂集』を編纂。

・『李翰林集』

魏顥「李翰林集序」に、天宝十三載（七五四）、李白と会い、集の編纂を依頼されるも、翌年安史の乱に遭って散逸。上元末（上元二年、七六一）、絳州（山西省侯馬市）で諸作品を入手、数年を経てのち『李翰林集』を編纂したという。

○宋代における李白集の編纂。

・『李翰林集』二十巻・『李翰林別集』十巻（楽史本）

北宋の楽史《がくし》（九三〇～一〇〇七）の「李翰林別集序」によれば、咸平元年（九九八）、李陽氷『草堂集』十巻のほか未収の歌詩をあわせ整理して『李翰林集』二十巻を作り、さらに宮中に伝わる賦とその他の文を集め『李翰林別集』十巻を作る。この本は現存しないが、次の咸淳本がこの本の系統かという。

・『李翰林集』三十巻（咸淳本）

南宋の咸淳五年（一二六九）、当塗にて戴覚民が『李翰林集』三十巻を刊行。この本は現存しないが、明の重刊本にもとづく清宣統元年（一九〇九）劉世珩の玉海堂刊『李翰林集』が存する。

＊影印本に『李翰林集』（黄山書社、二〇〇四年）等がある。

・『李太白文集』三十巻

北宋の宋敏求《そうびんきゅう》（一〇一八～一〇七九）が、咸平年間（九九八～一〇〇三）、楽史本（「歌詩」七百七十六篇、「雑著」十巻）のほか、治平元年（一〇六四）に王溥家蔵の『白詩集』（三帙のうち上中二帙）を入手して二百四篇（一百四篇の誤りか）、さらに熙寧元年（一〇六八）、魏万（魏顥）編『白詩集』二巻を入手して四十四篇、その他の資料から七十七篇を増し、三十巻となす（「宋敏求後序」）。

北宋の曾鞏《そうきょう》（一〇一九～一〇八三）が、宋敏求の編んだ右の本をもとに詩の製作順序を考慮し、詩の配列に手を加えた（「曾鞏後序」）。ただし完全な編年ではなく製作地を推定して注記したものか。これを元豊三年（一〇八〇）、晏知《あんち》止《し》（処善）が蘇州にて刊行（「毛漸後序」）。

・『李太白文集』三十巻（宋蜀本）

元豊三年蘇州刊本（晏処善本）を南宋初、蜀にて復刻したもの。現存最古の刊本で足本を静嘉堂文庫が蔵する。＊第一巻に李陽氷・魏顥・楽史の序、李華・劉全白・范伝正・裴敬の碑、また巻末に宋敏求・曾鞏・毛漸の後序を備える。

右に示した諸本の成立の経緯は、こうした序類による。巻二から巻二十四までが歌詩、巻二十五から巻三十までが賦と文。詩は（一）古風、（二）楽府、（三）歌吟、（四）贈、（五）寄、（六）別、（七）送、（八）酬答、（九）遊宴、（一〇）登覧、（一一）行役、（一二）懐古、（一三）閑適、（一四）懐思、（一五）感遇、（一六）写懐、（一七）詠物、（一八）題詠、（一九）雑詠、（二〇）閨情、（二一）哀傷、の二十一類、文は（一）古賦、（二）表、（三）書、（四）序、（五）讃、（六）頌、（七）銘、（八）記、（九）碑、（一〇）文（祭文）、の十類に類別して収載する。

また、この本には清・穆曰芑《ぼくえつき》の校正重刊本（穆本）があり通行する。

＊影印本に平岡武夫編『李白の作品』（『唐代研究のしおり』第九、京都大学人文科学研究所、一九五八年）、ならびに『李太白文集』（古典研究会叢書・漢籍之部、三六・三七、汲古書院、二〇〇六年）がある。

○李白の作品に注釈を施したもの。

李白集の注釈は杜甫にくらべて甚だ少ない。その理由は先に概略を述べた李白の評価史によるであろう。次に主たる注釈二点を挙げる。

・『分類補註李太白詩』二十五巻

南宋の楊斉賢の集注を元初の蕭士贇が刪補。本文は宋蜀本を底本とし咸淳本を参照して校定。作品配列は蕭氏が贋作と判断したものを巻末に置くなどしたため、宋蜀本と異なるところがあり、詩題や収載についても少数ながら異同がある。元の至大三年（一三一〇）刊本を前田尊経閣に蔵する。＊

＊影印本に『分類補註李太白詩』（古典研究会叢書・漢籍之部、三三〜三五、汲古書院、二〇〇五〜二〇〇六年）がある。

この本の嘉靖二十二年（一五四三）郭雲鵬校刻本（『四部叢刊』本）、ならびに嘉靖二十五年（一五四六）玉几山人校刻本には注の刪節がある。玉本による許自昌校刻本は、我が国山脇重顕（道円）の延宝七年（一六七九）訓点本＊の元となった。

＊影印本に『分類補註李太白詩』（長沢規矩也編『和刻本漢詩集成』第一・二輯、汲古書院、一九七五年）がある。

・『李太白文集』三十六巻

清の王琦が乾隆二十四年（一七五九）、『分類補註本』をもとに穆本で校正し、従来の注釈のほか関連資料を幅広く参照取捨のうえ、自らの見解を加えたもの。＊

＊『李太白全集』上・中・下（『中国古典文学基本叢書』、中華書局、一九七七年）は王琦注本の排印。

○以下、現代の中国と日本の注釈書のうち、主なものを挙げておく。

〈中国〉

・瞿蛻園・朱金城『李白集校注』一~四（上海古籍出版社、一九八〇年）
・安旗『李白全集編年注釈』上中下（巴蜀書社、一九九〇年）
・詹鍈『李白全集校注彙釈集評』一~八（百花文芸出版社、一九九六年）
・郁賢皓『李太白全集校注』一~八（鳳凰出版社、二〇一五年）
・安旗ほか『李白全集編年箋注』一~四（『中国古典文学基本叢書』、中華書局、二〇一五年）

〈日本〉

・久保天随『李太白詩集』上中下（『続国訳漢文大成』文学部第一―三巻、国民文庫刊行会、一九二八年）
・武部利男『李白』上下（『中国詩人選集』第七・八巻、岩波書店、一九五七~一九五八年）
・青木正児『李白』（『漢詩大系』第八巻、集英社、一九六〇年）
・筧久美子『李白』（『鑑賞中国の古典』第一六巻、角川書店、一九八八年）
・松浦友久『李白詩選』（『岩波文庫』、岩波書店、一九九七年）

本書は宋蜀本『李太白文集』を底本とし、上冊には巻二~七の「古風」「楽府」「歌吟」から、また下冊には巻八~二十四の「贈」以下「哀傷」に至る詩篇の中から作品を選び注解を施す。

本書は先に述べてきた理由からあえて編年順には拠らない。李白の詩がいつ、どこで作られたのかについては、特に中国において研究の蓄積がある。黄錫珪氏と詹鍈氏の成果については、平岡武夫編『李白の作品』の篇目表の備考欄に一覧することができる。また右に挙げた李白の注釈書のうち安旗氏らによるものは編年順のものである。関心のある読者は参照されたい。

注

①李白の経歴については、先人による李白年譜・伝記研究のほか、とくに松浦友久『李白伝記論―客寓の詩想』（研文出版、一九九四年）に多くを負う。また李白の出生地、出身民族については、金文京『李白　漂泊の詩人　その夢と現実』（書物誕生―あたらしい古典入門、岩波書店、二〇一二年）に詳細な考証がある。

②銭鍾書『談芸録』（中華書局、一九八四年）「詩分唐宋」。原著は一九四八年の刊。

③李白における「作者と作品の距離」に言及する研究に、①に挙げた松浦氏のものがある。

④なおここでいう〈唐詩〉と〈宋詩〉は、あくまでも並行する詩の二大様式であって、唐代の詩と宋代の詩をそのまま指すものではないし、宋以降〈唐詩〉が存在しないわけではない。

⑤李白集の諸本については、花房英樹編『李白歌詩索引』（『唐代研究のしおり』第八、京都大学人文科学研究所、一九五七年）ならびに平岡武夫『李白の作品』に概括的な解説があり、また『李太白文集』（古典研究会叢書・漢籍之部、三六・三七、汲古書院、二〇〇六年）の米山寅太郎解題、高橋智補説のほか、『分類補註李太白詩』（古典研究会叢書・漢籍之部、三三～三五、汲古書院、二〇〇五～二〇〇六年）の芳村弘道解題、ならびに同氏「元版『分類補註李太白詩』と蕭士贇」（『日本中国学会報』第四二集、一九九〇年）、同じく「元版系統の『分類補註李太白詩』について」（『学林』第一四・一五号、一九九〇年）を参照した。

巻一（略）

巻二

古風

「古風五十九首」は、魏・阮籍「詠懐詩八十二首」、北周・庾信「詠懐に擬す二十七首」、唐・陳子昂「感遇三十八首」、張九齢「感遇十二首」など、様々な主題を包括する連作詩の系譜につながる作品群。李白の集では、詩篇の冒頭にこの「古風五十九首」が置かれる。全篇が五言古詩であるという点は共通するが、テーマは多岐にわたる。一時一所における作ではなく、折々によまれたものを後にまとめたとみるのが穏当であろう。唐代の旧本が失なわれた今、本作を詩篇冒頭に置くという編次が誰の意図に発するかを知ることはできないが、李白集を編纂し伝えた人々にとって「古風」が李白の詩を代表する詩群とみなされたことは間違いない。

古風五十九首　其一　（古風五十九首《こふうごじふきうしゅ》 其《そ》の一《いち》）

1 大雅久不レ作　大雅《たいが》 久《ひさ》しく作《おこ》らず
2 吾衰竟誰陳　吾《われ》 衰《おとろ》ふれば竟《つひ》に誰《たれ》か陳《の》べん
3 王風委二蔓草一　王風《わうふう》は 蔓草《まんさう》に委《す》てられ
4 戰國多二荊榛一　戰國《せんごく》は 荊榛《けいしん》多《おほ》し

5 龍虎相啖食
6 兵戈逮二狂秦一
7 正聲何微芒
8 哀怨起二騷人一
9 揚馬激二頽波一
10 開レ流蕩無レ垠
11 廢興雖二萬變一
12 憲章亦已淪
13 自二從建安一來
14 綺麗不レ足レ珍
15 聖代復二元古一
16 垂レ衣貴二清眞一
17 羣才屬二休明一
18 乘レ運共躍レ鱗
19 文質相炳煥
20 眾星羅二秋旻一

龍虎《りゆうこ》　相啖食《あひたんしよく》し
兵戈《へいくわ》　狂秦《きやうしん》に逮《およ》ぶ
正聲《せいせい》　何《なん》ぞ微芒《びばう》たる
哀怨《あいゑん》　騷人《さうじん》より起《お》こる
揚馬《やうば》は　頽波《たいは》を激《げき》し
流《なが》れを開《ひら》き蕩《たう》として垠無《かぎりな》し
廢興《はいこう》　萬變《ばんぺん》すと雖《いへど》も
憲章《けんしやう》　亦《ま》た已《すで》に淪《しづ》む
建安《けんあん》より　來《このかた》
綺麗《きれい》なるも珍《ちん》とするに足《た》らず
聖代《せいだい》　元古《げんこ》に復《ふく》し
衣《い》を垂《た》れて　清眞《せいしん》を貴《たふと》ぶ
羣才《ぐんさい》　休明《きうめい》に屬《ぞく》し
運《うん》に乘《じよう》じて　共《とも》に鱗《りん》を躍《をど》らす
文質《ぶんしつ》　相炳煥《あひへいくわん》し
眾星《しゆうせい》　秋旻《しうびん》に羅《つら》ぬ

21　我志在㆓刪述㆒
22　重レ輝映㆓千春㆒
23　希レ聖如有レ立
24　絶㆔筆於㆓獲麟㆒

我《わ》が志《こころざし》は刪述《さんじゅつ》に在《あ》り
輝《き》を重《かさ》ねて千春《せんしゅん》に映《えい》ぜん
聖《せい》を希《ねが》ひて如《も》し立《た》つ有《あ》らば
筆《ふで》を獲麟《くわくりん》に絶《た》たん

現代語訳　古風　其の一

大雅の歌の心は久しく顧みられず、私が衰えればいったい誰が歌いつげようか。

王風は野の蔓草《つるくさ》に打ち捨てられ、戦国の世には荊《いばら》が生い茂った。

龍や虎が食らいあうように国は乱れ、戦は続き狂暴なる秦の代にいたる。

正しい詩の歌声はなんと弱弱しいこと。哀しげな響きが楚辞のうたびとから起こる。

揚雄《ようゆう》・司馬《しば》相如《しょうじょ》らが余波を打ち揺るがし、切り開かれた流れは蕩蕩と果てなく広がった。

その後、盛衰はさまざまに変化を見せつつも、法《のり》とすべきありかたは廃れ果ててしまった。

建安の詩人たちの後は、うわべのきらびやかさのみで見るべきものはない。

聖なるわが唐の御代《みよ》は遠い古《いにしえ》にたち帰ろうとし、ただ袂を垂れたもうて清らかな純真を尊ばれる。

多くの才人はこの治まれる世に生まれ合わせ、時運に乗じておのおの鱗を躍らせる場を得た。

文と質とを兼ね備えて輝きを交わし、綺羅は星のごとく秋空に光を連ねる。

わが志は優れた文章を著すことにあり、その光を千年の後までも垂れ輝かせたいもの。

聖人のみわざに倣うことがもしかなうならば、かの孔子と同じく獲麟《かくりん》の一節をもって筆を擱《お》くこととしよう。

語注　**0 古風**　いにしえぶり。『詩経』に代表されるような古代の詩の精神を体現するもの。李白はその正当な後継者であるとの自覚と自負のもとにこれらの作品を作った。其の一は『詩経』以来の詩の歴史を概観しつつ、自らの詩業をその流れのなかに位置づける。 **1 大雅** 『詩経』は収める詩を国風・小雅・大雅・頌に分ける。「大雅」はそのうち西周王朝の最盛期のもっとも折り目正しい作品群とされる。それで『詩経』を代表させる。荘重で正統的な作品。 **2 吾衰** 『論語』述而に「子曰く、甚だしきかな、吾の衰へたるや」とあるのを踏まえ、本篇末尾に孔子およびその獲麟の故事に言及するのと呼応させる。 **陳** のべる。もとは詩歌を集めて献上する意。『礼記』王制に「大師（楽官の長）に命じて詩を陳べしめ以て民風を観る」というように、詩は本来、世の中のすがたを映し出してうたうものとされた。一句はその作詩の意義を受け継ごうという抱負をうたう。 **3 王風** 『詩経』国風の一つ。周王朝が東遷（都を洛邑に移す）し衰敗した後の作品群とされる。 **委** まかせる。顧みない。「蔓草」が蔓延るのは、国が衰えたさま。 **4 戦国** 春秋時代の末期、秦・燕・斉・楚・韓・魏・趙の七国が覇を競い合った時代。 **荊榛** 無秩序に茂る樹木。それが生い茂るのは、国が乱れたさま。 **5 龍虎** 戦国の七雄をたとえる。後漢・班固「賓の戯るに答ふ」（『文選』巻四五）に「是に於て七雄は虓闞（大いにほえ）して、諸夏を分裂し、龍のごとく戦ひ虎のごとく争ふ」。 **6 兵戈** 戦争。 **秦** 秦王朝。始皇帝のとき中国を統一した。一句はその統治の狂暴であったことをいう。東晋・陶淵明「飲酒二十首」其二十に「漂流して狂秦に逮ぶ」。 **7 正声** 正しい文学のありかた。 **微茫** かすか。双声の語。 **8** 一句は『楚辞』についていう。その代表的な作者屈原（名は平）は、忠義を抱きながら讒言によって君主に疎まれて放逐され、その哀怨の情をうたったとされる。『史記』屈原伝に「屈平の離騒を作るは、蓋し怨みより生ずるなり」。「騒人」は屈原の代表作「離騒」にもとづき『楚辞』の作者たち。後には文学者一般をも「騒人」という。 **9 揚馬** 前漢の辞賦作家、揚雄と司馬相如。 **頽波** 力衰えた波。文学についていう。 **10 蕩** 水が波立ちながら広々と広がるさま。 **垠** 岸。「無垠」で果てのないこと。 **11 廃興** 文学の衰退と興隆。 **12 憲章** おきてとする法度。 **淪** しずむ。ほろびる。 **13 建安** 後漢末、献帝の年号。一九六〜二二〇年。三曹（曹操・曹丕・曹植）やその配下に集った七子などの活躍で、文学の一大盛時とみなされた。 **14 綺麗** 文学（特に詩）における辞藻の美しさ。南朝文学の修辞主義を批判的にとらえる。 **珍** 得がたいものとして尊ぶ。 **15 聖代** 現王朝唐代を尊んでいう。 **元古** 上古。 **16 垂衣** 「垂衣拱手（たもとをたらし、手をこまねく）」の略。殊更に何かをしようとしない、無為の治。理想的な政治。『周易』繋辞下に「黄帝・堯・舜、衣裳を垂れて天下治まる」。 **清真** 清新で天然な美しさ。上句の人工的な「綺麗」に対していう。 **17 群才** 多くのすぐれた文学者。 **属** ちょうどそのときにあたる。 **休明** 盛時。「休」は、よい、りっぱの意。西晋・潘岳「西征の賦」（『文選』巻一〇）に「休明の盛世に当たる」。**18 乗運** 時機に巡り合う。**躍鱗** 時と場を得て活躍する。『詩経』大雅・旱麓に「鳶は飛びて天に戻《いた》り、魚は淵に躍る」。また唐・王珪「高祖を詠ず」に「漢祖 豊沛に起ち、運に乗じて以て鱗を躍らす」。**19 文質** 「文」は、あやもよう。「質」は素地。ここでは文学の華麗な表現と質実な内容。**炳煥** 光り輝く。**20 秋旻** 秋空。「旻」に、秋の空の意がある。**21 刪述** 著述すること。『文心雕龍』宗経に「夫子（孔子）の刪述してより、大宝咸《みな》耀く」とあるように、孔子を連想させることば。『論語』述而に「述べて作らず」。以下、李白は、本篇をうたいおさめるにあたって、みずからの文学営為を孔子の著述の高邁さになぞらえる。**22 千春** 千年。**23 希聖** 聖人孔子の境地にならぶことを望む。魏・李康「運命論」（『文選』五三）に「孟軻《もうか》（孟子）・孫卿《そんけい》（荀子）は、二（顔回《がんかい》と冉求《ぜんきゅう》）を体して聖（孔子）を希ふ」。**24 絶筆** 筆を擱く。うたいおさめる。**獲麟** 魯の哀公十四年、人々が狩猟したとき麒麟を獲た（『春秋』哀公十四年）。孔子は春秋を編集するにあたって、この記事をもって筆を擱いたとされる。李白はその孔子の事業にならい、自らの文学を不朽のものとしたいという。【詩型・押韻】五言古詩。上平十七真（陳・秦・人・垠・珍・真・鱗・旻・麟）・十八諄（淪・春）十九臻（榛）の同用。平水韻、上平十一真。

詩解 其の一は、『詩経』以来の文学の歴史を振り返りつつ、自らの文学に対する抱負を高らかにうたいあげる。またここには、中国の伝統的文学観の典型をみることができる。ひとつには世の盛衰と文学のあり方を重ねるところ。また改革への志向を復古、すなわち古に立ち返る姿勢によって示すところ。李白は自らの文学営為とそこに込める思いを、「刪述」「獲麟」などの語を用いつつ孔子の述作と重ね合わせてうたう。李白詩篇の冒頭に置かれるにふさわしい、高邁な理想と自負が認められる。

其二（其《そ》の二《に》）

1 蟾蜍薄二太清一　蟾蜍《せんじょ》 太清《たいせい》に薄《せま》り

2 蝕二此瑤臺月一　此《こ》の瑤臺《えうだい》の月《つき》を蝕《しょく》す

圓光虧二中天一　圓光《ゑんくわう》 中天《ちゆうてん》に虧《か》け
金魄遂淪沒　金魄《きんはく》 遂《つひ》に淪沒《りんぼつ》す
螮蝀入二紫微一　螮蝀《ていとう》 紫微《しび》に入《い》り
大明夷二朝暉一　大明《たいめい》 朝暉《てうき》を夷《そこな》ふ
浮雲隔二兩耀一　浮雲《ふうん》 兩耀《りやうえう》を隔《へだ》て
萬象昏二陰霏一　萬象《ばんしやう》 陰霏《いんひ》昏《くら》し
蕭蕭長門宮　蕭蕭《せうせう》たり 長門宮《ちやうもんきゆう》
昔是今已非　昔《むかし》は是《ぜ》にして今《いま》は已《はなは》だ非《ひ》なり
桂蠹花不レ實　桂蠹《けいむしば》まれて花《はな》は實《みの》らず
天霜下二嚴威一　天霜《てんさう》 嚴威《げんゐ》を下《くだ》す
沈歎終二永夕一　沈歎《ちんたん》 永夕《えいせき》を終《を》へ
感レ我涕沾レ衣　我《われ》を感《かん》ぜしめて 涕《なみだ》 衣《い》を沾《うるほ》す

現代語訳　其の二

ヒキガエルが大空に迫り、天子の宮居の月を蝕《むしば》む。円かな光が中天に欠けると、金に煌めく月はそのまま沈んでしまった。虹が天子の居所を侵し、太陽は朝の光を損なった。

雲が日と月の光を隔て、万物が陰の気に被われて暗い。

帝に厭われ身を置いたのはものわびしい長門宮、古《いにしえ》のことはよしとしても、今このことは謬《あやま》りだ。

月のモクセイが蝕まれれば子はできぬもの、それなのに冷たい霜が厳しい仕打ち。

うち嘆いては長き夜を送り、心揺さぶられて衣を涙で濡らす。

語注 1 **蟾蜍** ガマ、ヒキガエル。月の中にいるとされた。『淮南子』精神訓に「月の中に蟾蜍有り」。また同じく説林訓に「月天下を照らすも、詹諸（蟾蜍）に蝕せらる」とあり、月蝕（月が欠けること）は蟾蜍によってなされると考えられていた。**薄** 接近する、侵す。**太清** 天。2 **蝕** 月蝕。**瑶台** 神仙の居所。天子の宮居を喩える。3 **円光** 月の光。**虧** 欠ける。4 **金魄** 月の光。「魄」はもともと月の陰の部分を指すが、ここでは月の意。5 **螮蝀** 虹。虹は淫佚の気の象徴。『詩経』鄘風・蝃蝀に「蝃（螮）蝀 東に在り」。「蝀」字、底本は「蝶」に作るが諸本に従って改める。**紫微** 北極星を中心とする星群。転じて天子の居所。6 **大明** 太陽の光。天子の聡明を喩える。**夷** 損なう。**朝暉** 朝日の輝き。7 **浮雲** 光を掩い隠す雲。**両耀** 日と月。天子と皇后を喩える。「古詩十九首」其一（『文選』二九）に「浮雲 白日を蔽ふ」。8 **万象** 日と月によって照らされる、この世の全てのもの。**陰霏** 「霏」は雨雪や雲霧など光を蔽い隠すもの。以上「蟾蜍」「螮蝀」「浮雲」はいずれも日（天子）と月（皇后）の輝きを覆い隠して仲を裂くもの、すなわち武妃を喩える。9 **蕭蕭** ひっそりとさびしいさま。**長門宮** 前漢・武帝の陳皇后は長く子ができず、一方、武帝の寵愛は衛子夫に移った。嫉妬に狂った陳皇后は呪詛を行ったとされ、罪に問われて皇后の位を廃されて長門宮に謹慎した。ここでは王皇后を陳皇后にたとえる。10 **昔是** むかし陳皇后が廃されたのは正しい。**今已非** いま王皇后が廃されたのは正しくない。11 **桂蠹花不実** 「花不実」は、王皇后を廃する制詔に「皇后 天命祐《たす》けず、華（花）さけども実らず、無将（むほん）の心有り。以て宗廟を承け、天下に母儀たるべからず。其れ廃して庶人と為せ」（『唐書』后妃伝上・王皇后）とあるのを用いるが、ここではその語を借りて、王皇后に子ができなかったのは、「桂」（月には桂樹があるとされるため月、すなわち皇后をいう）がむしばまれていた（「蠹」）から、すなわち天子と皇后の仲が武妃によって隔てられていたためで、皇后自身の罪ではないという。前漢の成帝の時の歌謡に「桂樹 華（花）実らず、黄爵其の顚《いただき》に巣くふ」（『漢書』五行志中之上）。12 王皇后に対する弾劾が玄宗みずからによって行われたこと（『唐書』）、そしてそれが苛烈に過ぎたことをいう。西晋・潘岳「西征の賦」（『文選』一〇）に「秋霜の厳威を弛《ゆる》くす」。【詩型・押韻】五言古詩。入声十月（月）・十一没（没）の同用。平水韻、入声六月。／上平八微（微・暉・霏・非・威・衣）。平水韻、上平五微。

詩解　玄宗皇帝が皇后王氏を斥けて庶人に落としたことを批判する諷諫の作。玄宗の皇后王氏は子に恵まれず、寵愛は次第に武恵妃に移っていった。ために王氏は僧侶に依頼して厭勝（まじない）を行って子を得ようとしたが露見し、皇后の位を廃して庶人に落とされる。しかし、王皇后は後宮の人々に慕われていたため、玄宗も後に自らの処置を悔やんだという。詩にうたわれる太陽は天子、それによりそう月は王皇后、その両者の輝きをそこなう虹や雲などは、武妃をたとえる。

この事件は、漢の武帝と陳皇后の事情に酷似する。陳皇后は長く子ができず、一方、武帝の寵愛は衛子夫に移った。嫉妬に狂った陳皇后は呪詛を行ったとされ、罪に問われて皇后の位を廃されて長門宮に謹慎することとなる。9「長門宮」の語はこのことに応じる。またこの語がキーワードとなって、前半の模糊とした詩の背景、表現の意図するところがようやく顕れる。諷諫は詩人の営みにおいて最も大切なことと考えられた。

この事件があったのは開元十二年（七二四）、李白が二十四歳のときのことであるが、本篇が同年に作られたものと考える必要はあるまい。語彙や表現などからみて、王皇后の廃位事件をモデルとすることは動かないにしても、詩の主旨は天子と皇后という国柱の動揺を愁えることにあり、またこうしたできごとを、たとえば讒言による君臣関係の阻害（それは時を選ばずあったし、李白自身も経験したことかも知れない）等に重ねることは、中国の文学伝統のひとつであったからだ。

其三（其《そ》の三《さん》）

1 秦 皇 掃二六 合一　　秦皇《しんくわう》 六合《りくがふ》を掃《はら》ひ
2 虎 視 何 雄 哉　　虎視《こし》 何《なん》ぞ雄《ゆう》なるかな
3 揮レ剣 決二浮 雲一　　剣《けん》を揮《ふる》ひて浮雲《ふうん》を決《けつ》し

4 諸侯盡西來
5 明斷自レ天啓
6 大略駕二羣才一
7 收レ兵鑄二金人一
8 函谷正東開
9 銘レ功會稽嶺
10 騁レ望琅邪臺
11 刑徒七十萬
12 起レ土驪山隈
13 尙採二不死藥一
14 茫然使二心哀一
15 連弩射二海魚一
16 長鯨正崔嵬
17 額鼻象二五嶽一
18 揚レ波噴二雲雷一
19 鬐鬣蔽二青天一

諸侯《しよこう》　盡《ことごと》く西《にし》に來《きた》る
明斷《めいだん》　天《てん》より啓《ひら》き
大略《たいりやく》　羣才《ぐんさい》を駕《が》す
兵《へい》を收《をさ》めて金人《きんじん》を鑄《ちう》し
函谷《かんこく》　正《まさ》に東《ひがし》に開《ひら》く
功《こう》を銘《めい》す　會稽《くわいけい》の嶺《みね》
望《ばう》を騁《は》す　琅邪《らうや》の臺《だい》
刑徒《けいと》　七十萬《しちじふまん》
土《つち》を起《お》こす驪山《りざん》の隈《くま》
尙《な》ほ不死《ふし》の藥《くすり》を採《と》らんとし
茫然《ばうぜん》として心《こころ》をして哀《かな》しましむ
連弩《れんど》　海魚《かいぎよ》を射《い》んとするも
長鯨《ちやうげい》　正《まさ》に崔嵬《さいくわい》たり
額鼻《がくび》　五嶽《ごがく》に象《かたど》り
波《なみ》を揚《あ》げて雲雷《うんらい》を噴《ふ》く
鬐鬣《きれふ》　青天《せいてん》を蔽《おほ》ひ

20 何　由　睹㆓蓬　萊㆒　　何《なに》に由《よ》りてか蓬萊《ほうらい》を睹《み》ん
21 徐　氏　載㆓秦　女㆒　　徐氏《じょし》　秦女《しんぢょ》を載《の》するも
22 樓　船　幾　時　回　　樓船《ろうせん》　幾時《いくとき》か回《かへ》る
23 但　見　三　泉　下　　但《た》だ見《み》る三泉《さんせん》の下《もと》
24 金　棺　葬㆓寒　灰㆒　　金棺《きんくわん》　寒灰《かんくわい》を葬《はうむ》るを

現代語訳　其の三

秦の始皇帝は世界をうち払い、虎のごとく睨みをきかせたさまは何と雄々しいこと。

剣をふるって浮雲を切り開くと、諸侯はみな西の地に来て臣従した。

傑出した判断は天の導きに従い、偉大な謀《はかりごと》もて多くの人物を用いた。

すべて兵器を取り集めて像を鋳造し、世は平らぎて函谷関も東にむけて開かれた。

会稽山の頂の石に功績は刻まれ、琅邪の台上からは眺めをほしいまま。

七十万もの囚人を動かし、驪山のふもとに土を掘り起こして陵《みささぎ》を築く。

更になお不死の薬を得ようとしたが、かなわぬ望みに心を苦しめた。

矢を続けざまに射る弓を備えて海の恐ろしき魚を討とうするも、姿を現した鯨の大きさは峰を連ねる山のよう。

額と鼻はまるで五岳のようで、波を揚げつつ雲と雷を噴き上げる。

ひれとひげは大空を覆い隠し、蓬萊を見るすべなどありはしない。

徐芾《じょふつ》は秦の童女を乗せ旅立ったが、その舟はいつ帰って来ようか。

いまはただ地下の奥深きところに、黄金の棺に冷たい灰が葬られているだけ。

語注

1 秦皇　秦の始皇帝。前二五九～前二一〇。紀元前二二一年、中国を統一すると、最初の皇帝として始皇帝を名乗る。**六合**　天地と四方を合わせ世界をいう。前漢・賈誼「過秦論」（『文選』巻五一）に「秦王（始皇帝）に至るに及び、六世の余烈を続《つ》ぎ、長策を振るひて宇内を御し、二周を呑みて諸侯を亡ぼし、至尊を履みて六合を制す」。**2 虎視**　虎のようににらむ。後漢・班固「西都賦」（『文選』巻一）に「周以て龍興し、秦以て虎視す」。**3 揮剣**　『荘子』説剣に「此の剣は……上　浮雲を決し、下　地紀を絶つ。此の剣一たび用ふれば、諸侯を匡し、天下服す。此れ天子の剣なり」。**決**　断ち切る。**4 諸侯**　戦国七雄のうち、秦以外の六国（燕・斉・楚・韓・魏・趙）の王。**西来**　秦は他の諸国から見て西方にあった。秦に亡ぼされ西の秦に来て臣従すること。**5 明断**　すぐれた決断、判断。**天啓**　天の啓示、啓発。『左伝』僖公二十三年に「天の啓く所、人は及ばざるなり」。**6 大略**　大いなる才謀。**駕**　車を御するように人を制御し、用いる。**群才**　多くの才能ある人材。**7 収兵**　「収」は集める。「兵」は兵器。武器を集めたのは戦乱の世の終結をいう。**鋳**　鋳造する。**金人**　金属で造った人の像。賈誼「過秦論」に「天下の兵を収め、之を咸陽に聚め、銷して以て鍾鐻・金人十二を為る。」。**8 函谷**　関所の名。河南省霊宝市。他の六国に対する秦の防衛の要衝。古来天下の険として知られる。**東開**　この関が東に開かれるとは、六国が秦によって亡ぼされたことをいう。**9 銘功**　功績を石に刻み記念とする。**会稽**　山名。今の浙江省紹興市の南。『史記』始皇本紀に「三十七年、……会稽に上り、大禹を祭り、南海に望み、石を立て、刻して秦の徳を頌す」。**10 琅邪**　地名。山東省青島市。『史記』始皇本紀に「二十八年、……琅邪台を作り、石を立て、刻して秦の徳を頌し、得意を明らかにす」。**11・12**　囚人を動員して土木作業に従事させる。「刑徒」は囚人。『史記』始皇本紀に「三十五年、……隠宮・徒刑の者七十余万人、乃ち分かちて阿房宮を作り、或いは麗（驪）山を作らしむ」。**驪山**　陝西省西安市臨潼区。始皇帝の陵墓の築かれたところ。**13**『史記』始皇本紀に「三十二年、……韓終・侯公・石生をして仙人の不死の薬を求めしむ」。**14**　かなうべくもなく気を落とす。**15 連弩**　弓を連射する装置。斉の人、徐芾らが始皇帝に書を呈して、東海に仙人の住む三神山（蓬莱・方丈・瀛州）があるといった。そこで徐芾を童男童女数千人とともに派遣して不死の神薬を求めさせたが得られなかった。徐芾は海の大鮫魚に遮られてたどりつけないことを言い訳とし、その退治のために連弩を乞うた。『史記』始皇本紀にみえる徐芾のことばに「願はくば善射（弓の名手）を請ひて倶にし、（大魚を）見れば則ち連弩を以て之を射ん」。**16 長鯨**　くじら。海から現れた大魚。**崔嵬**　山の高くそびえるさま。畳韻の語。**17 額**　ひたい。**象**　かたどる。まるで……のよう。**五岳**　中国の五大名山。嵩山（中岳）・泰山（東岳）・華山（西岳）・衡山（南岳）・恒山（北岳）。ここでは鯨の大きさをたとえる。**19 鬐鬣**　せびれとあごひれ。**20 何由睹**　目にする手立てがない。「睹」は、しっかりとみる。**蓬萊**　東海中にある仙人の住まい。**21** 徐芾が不死の薬を求めて童男童女数千人とともに旅だったことをいう。徐芾は徐福ともいう。日本各地に徐芾がたどり着いたという伝説が伝わる。**23 三泉**　深い地下水脈。**24 金棺**　始皇帝のひつぎ。**寒灰**　風化した屍。「金」と「寒」で、生前の栄華と死後のむなしさを対比する。【詩型・押韻】五言古詩。上平十五灰（隈・嵬・雷・回・灰）・十六咍（哉・来・才・開・台・哀・萊）の同用。平水韻、上平十灰。

詩解　秦の始皇帝の生涯を概観する。人間としての最大限の才覚と権力を所有した存在を主人公に取り上げ、前半では天下統一を成し遂げた英雄としての雄々しさを述べ、後半においては不死を求める愚かさをイメージ豊かに描いて、その明暗の落差を示す。さらにまた、不断に流れる時間の中における人間の営みの儚さを浮かび上がらせる。李白といえば、あたかも虚空よりさっとことばを生み出すようなイメージがあるが、この作品を読むと右の語注にもうかがわれるように、古来の文献、特に『史記』始皇本紀の記述を確実に踏まえながら始皇帝の事跡を表現していることに気づかされる。天才李白の見逃すことのできない一面である。

其四（其《そ》の四《し》）

鳳飛九千仞　　鳳《ほう》飛《と》ぶこと九千仞《きうせんじん》
五章備ニ綵珍一　　五章《ごしやう》　綵珍《さいちん》を備《そな》ふ
銜レ書且虚帰　　書《しよ》を銜《ふく》みて且《か》つ虚《むな》しく帰《かへ》り
空入周與レ秦　　空《むな》しく入《い》る周《しう》と秦《しん》とに
横絶歴ニ四海一　　横絶《わうぜつ》して四海《しかい》を歴《ふ》るも

6 所レ居未レ得レ鄰
7 吾營二紫河車一
8 千載落二風塵一
9 藥物秘二海嶽一
10 採二鉛青溪濱一
11 時登二大樓山一
12 擧レ首望二仙眞一
13 羽駕滅二去影一
14 飆車絶二回輪一
15 尙恐丹液遲
16 志願不レ及レ申
17 徒霜二鏡中髮一
18 羞二彼鶴上人一
19 桃李何處開
20 此花非二我春一
21 唯應下清都境

居《を》る所《ところ》　未《いま》だ鄰《となり》を得《え》ず
吾《われ》　紫河《しか》の車《くるま》を營《いとな》み
千載《せんざい》　風塵《ふうぢん》を落《お》とさん
藥物《やくぶつ》　海嶽《かいがく》に秘《ひ》し
鉛《なまり》を青溪《せいけい》の濱《ひん》に採《と》る
時《とき》に大樓《たいろう》の山《やま》に登《のぼ》り
首《かうべ》を擧《あ》げて仙眞《せんしん》を望《のぞ》む
羽駕《うが》　去影《きよえい》を滅《めつ》し
飆車《へうしや》　回輪《くわいりん》を絶《た》つ
尙《な》ほ恐《おそ》る丹液《たんえき》の遲《おそ》くして
志願《しぐわん》　申《の》ぶるに及《およ》ばず
徒《いたづら》に鏡中《きやうちゆう》の髮《かみ》に霜《しも》おきて
彼《か》の鶴上《かくじやう》の人《ひと》に羞《は》づるを
桃李《たうり》　何處《いづこ》にか開《ひら》く
此《こ》の花《はな》　我《わ》が春《はる》に非《あら》ず
唯《た》だ應《まさ》に清都《せいと》の境《きやう》にて

22 長　與二韓　衆一親上　　長《なが》く韓衆《かんしゅう》と親《した》しむべし

現代語訳　其の四

鳳は一たび翔《かけ》れば九千仞、羽は珍《めずら》かにも五色の彩《いろど》りを備えている。

殷を滅ぼす天命を示す書を口に含んできたがそれも空しく、さらに殷から周、周から秦へと命はめまぐるしく移ろった。

天下四方の海をほしいままに飛びめぐるも、みずからの徳を託すにふさわしい場所には恵まれなかった。

そこで我は紫河車の薬を練り、千年、人の世の塵を払い落とさんことを志す。

仙薬なるものは容易《たやす》く近づけぬ四海五岳に隠されていれば、まずは青渓の水のほとりに鉛をとることとした。

時には大楼の山にのぼり、首《こうべ》を挙げて仙人の姿を望みやる。

仙人の御す鸞や鶴の立ち去る姿はたちまち消え、風や雲もその車輪をふたたび返らせることはできない。

そこでなお恐れるのは丹液の成ること遅くして、登仙の宿願をかなえることができず、
むざむざ鏡の中の髪に霜を置き、あの鶴の上の人に顔向けのできないこと。

桃や李がどこに咲こうとかまわない、我が春とはかかわりがないから。

必ずや天上の清都の境にたどりつき、永遠にかの仙人韓衆と親しく交わろう。

語注　**1 鳳**　伝説上の鳥、おおとり。**九千仞**　「仞」は長さの単位。七尺（尺は約三十センチメートル）あるいは八尺ともいう。**2 五章**　五色。**3・4**　王者が興ろうとする時、天はまずその祥徴を示す。書を口に銜えて飛来する鳳凰もその一つ。『宋書』符瑞志上に「鳳皇の書を銜みて、（周の）文王の都に游ぶ有り」、その書に「殷帝は無道にして、天下を虐乱し、皇命は已に移りて、復た久しきを得ず」云々と書いてあったという。「虚帰」「空入」とは、殷を伐った周もやがて滅んで天下は秦に移ったように、世の定まらぬことをいう。**5 横絶**　ほしいままに横切る。**四海**　中国の周囲にある四方の海。『史記』留侯世家に「鴻鵠高く飛びて、一挙千里、羽翮《つばさ》已に就《な》りて四海を横絶す」。**6 未得隣**　ふさわしい身の置きどころを得ない。『論語』里

仁に「子曰く、徳は孤ならず、必ず隣有り」。7 **紫河車** 不老長生の仙薬。8 **千載** 「載」は年。**風塵** 世俗。9 **海岳** 四海（5）と五岳（中国の五大名山。中岳嵩山・東岳泰山・西岳華山・南岳衡山・北岳恒山）のこと。10 **採鉛** 鉛も仙薬の一種。**青渓** 「清渓」とも。今の安徽省池州市を流れ長江に注ぐ。かつて李白はこの付近で道教の修行を行ったらしい（巻二七「金陵にて諸賢と権十一を送る序」）。11 **大楼山** 池州の南にある山の名。李白の詩にしばしば見える。李白「秋浦歌十七首」其一（巻七）に「行きて東の大楼に上る」。13・14 仙人の姿を目にとらえることができない。**羽駕** 鸞や鶴などに乗る。**飆車** 風や雲に乗る。鸞・鶴・風・雲はいずれも仙人の乗り物。**回輪** 車の向きを変えてこちらにもどる。15 **丹液** 仙薬。これを服すればただちに仙人となって昇天するという。16 **申** 思いを遂げる。17 **霜** 白髪をたとえる。**鏡中髪** 鏡に映す自分の髪。18 **鶴上人** 鶴に乗った仙人。19・20 世俗の繁華は自分の願う所ではないという。**桃李** 世俗の春を代表する花。21 **清都** 天帝の住まうところ。22 **韓衆** 仙人の名。『楚辞』遠遊に「韓衆の一を得るを羨む」。『抱朴子』『神仙伝』などにも見える。【詩型・押韻】五言古詩。上平十七真（珍・秦・隣・塵・浜・真・申・人・親）・十八諄（輪・春）の同用。平水韻、上平十一真。

詩解 神仙世界への憧憬をうたう遊仙の作。冒頭六句、人の世の営みの移ろいやすく定め無きさまを王朝の隆替という大きなスケールで述べ、それを導入として仙界への希求へとうたいすすめる。早くには『楚辞』に仙界遊行の描写が見られるが、魏晋期に遊仙詩としての主題・モチーフが整えられた。東晋・郭璞の「遊仙詩」が有名で、『文選』に七首収められている。実際に道士としての修行に身を投じたと思われる李白には、仙界の描写や神仙への憧れをうたう作が少なくないが、本作には「青渓」「大楼」など、李白の事跡に即した具体的な地名が見られる。13・14「羽駕　去影を滅し、飆車　回輪を絶つ」というように、神仙への接近は容易ではなく、その姿を垣間見ることさえむつかしい。またそれ故になお不老不死への渇望がかき立てられる。

其五（其《そ》の五《ご》）

1 太白何蒼蒼　太白《たいはく》 何《なん》ぞ蒼蒼《さうさう》たる

2 星辰上森列　星辰《せいしん》 上《うへ》に森列《しんれつ》す

3 去レ天三百里　天《てん》を去《さ》ること三百里《さんびやくり》

4 邈爾與レ世絶　邈爾《ばくじ》として世《よ》と絶《ぜつ》す

5 中有二綠髮翁一　中《なか》に 綠髮《りよくはつ》の 翁《おきな》有《あ》り

6 披レ雲臥二松雪一　雲《くも》を披《ひら》き 松雪《しようせつ》に臥《ぐわ》す

7 不レ笑亦不レ語　笑《わら》はず亦《ま》た語《かた》らず

8 冥棲在二巖穴一　冥棲《めいせい》して巖穴《がんけつ》に在《あ》り

9 我來逢二眞人一　我來《われきた》りて眞人《しんじん》に逢《あ》ひ

10 長跪問二寶訣一　長跪《ちやうき》して寶訣《ほうけつ》を問《と》ふ

11 粲然忽自哂　粲然《さんぜん》として忽《たちま》ち自《みづか》ら哂《わら》ひ

12 授以二鍊藥說一　授《さづ》くるに鍊藥《れんやく》の說《せつ》を以《もつ》てす

13 銘レ骨傳二其語一　骨《ほね》に銘《めい》じて其《そ》の語《ご》を傳《つた》ふるも

14 竦レ身已電滅　身《み》を竦《ふる》ひて已《すで》に電滅《でんめつ》す

15 仰望不レ可レ及

16 蒼然五情熱

17 吾將下營二丹砂一

18 永與二世人一別上

仰望《ぎやうばう》すれども及《およ》ぶべからず

蒼然《さうぜん》として五《ご》情《じやう》熱《ねつ》す

吾《われ》将《まさ》に丹砂《たんしや》を営《いとな》み

永《とこ》しへに世《せ》人《じん》と別《わか》れんとす

現代語訳　其の五

太白の山は何と蒼々と聳えていることか、星たちはその上に厳めしく列をなす。天まではあとわずかに三百里、はるかに俗世と交わりを絶つ。そこには緑若々しい髪の翁がおり、雲を切り開き雪積もる松の枝に身を横たえる。笑いもせず、また語りもせず、岩穴のなかにひっそりと暮らす。私はこの真なる人を訪ねてお目にかかり、恭《うやうや》しく礼を尽くして奥義《おうぎ》をたずねた。すると口を綻ばせてにっこりほほえみ、仙薬を練る要訣を授けてくださった。伝えられる言葉を骨に刻み込もうとしたが、身をさっと振るわせるとすでに稲妻のように姿を消した。振り仰ぎみてももはや間に合わず、ぼんやりとするうちにも感情が熱く沸きたつ。わたしは丹砂をつくることに心を傾け、永久《とわ》に世の人々に別れを告げるのだ。

語注　**1 太白**　山名。みやこ長安の南に東西に連なる秦嶺山脈の最高峰。陝西省宝鶏市。**蒼蒼**　山の青々としたさま。**2 星辰**　「星」「辰」は、いずれも星。**森列**　厳粛にならぶ。**3**　天に近いことをいう。『水経注』巻一八渭水に引く俗語に「武功（地名）の太白、天を去ること三百」。**4 邈爾**　「邈」は、はるかに隔たるさま。「爾」は「然」「如」などと同じく、状態を表す語につく接尾辞。**5**　これまでの情景描写を踏まえ、仙人を登場させる。東晋・郭璞「遊仙詩七首」其三（『文選』巻二一）に「中に冥寂の士有り」。**緑髪**　年を経て若々しい仙人の髪。**6 披雲**　雲を分け開く。雲の高みにあることをいう。南朝宋・謝霊運「石門に新たに住む所を営む……」詩（『文選』巻三〇）に「雲を抜きて石門に臥す」。**8 冥棲**　人知れずひっそりと暮らす。「冥」は、暗い。**巌穴**　仙人の住まい。西晋・左思「招隠詩二首」其一（『文選』巻二二）に「巌穴　結構無く、丘中　鳴琴有り」。**9・10 真人**　道教で修養を経て道を体得した人。仙人。**長跪**　ひざまずいて拝礼する。うやうやしいふるまい。魏・曹植「飛龍篇」（『楽府詩集』巻六四）に「我　真人を知り、長跪して道を問ふ」。**問**　仙人に出会い、教えをこう。**宝訣**　道を得るための秘訣。**11 粲然**　口をほころばせて笑う様子。郭璞「遊仙詩七首」其二に「粲然として玉歯を啓く」。**哂**　笑う。**12 錬薬**　丹砂（水銀と硫黄の化合物）を練り上げて仙薬をこしらえる。**13 銘骨**　「銘」はもと銅器や石に文字を刻むこと。骨に刻みこむように、深く理解し覚えておくこと。**14 竦身**　身を揺り動かすようにして移動する。『抱朴子』対俗に「夫れ道を得る者は、上　能く身を雲霄に竦はし、下　能く形を川海に潜泳す」。**16 蒼然**　正気を失う。**五情**　喜怒哀楽怨といった様々な感情。**17 丹砂**　「錬薬」注12にみえる。【詩型・押韻】五言古詩。入声十六屑（穴・訣）・十七薛（列・絶・雪・説・滅・熱・別）の同用。平水韻、入声九屑。

詩解　其の四に引き続き、仙界への憧憬をうたう。ここでは、都長安の南に東西に連衡する秦嶺山脈の主峰、太白山を舞台とする。道を得た「真人」のすがたと、そこを訪ねた「我」の交渉を描き、世との隔絶への志向を示す。其の四ではしかと目睹しえなかった仙界へとつながる存在が、其の五では5「中に緑髪の翁有り」以下、瑞々しく具体的なイメージを帯びて描出される。しかし、14「身を竦ひて已に電滅す」と、やはりその姿は瞬く間にかき消え、主人公の超俗への切願はいよいよ昂揚する。

其六（其《そ》の六《ろく》）

1　代馬不㆑思㆑越　　代馬《だいば》は越《ゑつ》を思《おも》はず
2　越禽不㆑戀㆑燕　　越禽《ゑつきん》は燕《えん》を戀《こ》はず
3　情性有㆑所㆑習　　情性《じやうせい》　習《なら》ふ所有《ところあ》り

4 土風固其然
5 昔別二雁門關一
6 今戍二龍庭前一
7 驚沙亂二海日一
8 飛雪迷二胡天一
9 蟣蝨生二虎鶡一
10 心魂逐二旌旆一
11 苦戰功不レ賞
12 忠誠難レ可レ宣
13 誰憐李飛將
14 白首沒二三邊一

土風《どふう》固《もと》より其《そ》れ然《しか》り
昔《むかし》 雁門《がんもん》の關《くわん》に別《わか》れ
今《いま》 龍庭《りゆうてい》の前《まへ》に戍《じゆ》す
驚沙《きやうさ》 海日《かいじつ》を亂《みだ》し
飛雪《ひせつ》 胡天《こてん》に迷《まよ》ふ
蟣蝨《きしつ》 虎鶡《こかつ》に生《しやう》じ
心魂《しんこん》 旌旆《せいせん》を逐《お》ふ
苦戰《くせん》すれども功賞《こうしやう》せられず
忠誠《ちゆうせい》 宣《の》ぶべきこと難《かた》し
誰《たれ》か憐《あは》れまん李飛將《りひしやう》の
白首《はくしゆ》 三邊《さんぺん》に沒《ぼつ》せしを

現代語訳 其の六

北の代の地に生まれた馬は越の地を慕うことなく、南の越の地に生まれた鳥は燕の地を恋うこともない。

情《おもい》や質《たち》は習慣によってはぐくまれ、土地柄というものはもとよりそうしたものだ。

むかし雁門の関を出て故国に別れを告げ、いまは匈奴の地、龍庭で守りについている。

砂は僻地の陽の光を遮って舞い乱れ、雪は異族の地の空に迷い飛ぶ。

シラミの湧く衣冠に苦しみながら、一念はなお旗指し物を追い続ける。
苦しみぬいて戦っても功《いさお》はたたえられることなく、忠義の心さえ伝えることがかなわぬ。
いったい誰が憐れんだろうか飛将軍李広が、白髪頭で三方の敵に臨む地で命を絶ったことを。

語注　**1・2**　ふるさとをこそ思い、懐かしむ。　**代馬**　北地に生まれた馬。「代」は秦漢時代の郡名。北地をいう。　**越**　古代の国名。南方をいう。　**越禽**　南に生まれた鳥。　**燕**　古代の国名。北方をいう。「古詩十九首」其一（『文選』巻二九）に「胡馬は北風に依り、越鳥は南枝に巣くふ」。その李善の注に「『韓詩外伝』に曰く、詩に曰く『代馬は北風に依り、飛鳥は故巣に棲む』と。皆　本を忘れざるの謂ひなり」。　**3　習**　慣れ親しむ。　**4　土風**　土地の風俗習慣。西晋・張協「雑詩十首」其八（『文選』巻二九）に「土風　習ふ所に安んず、由来　固より然る有り」。　**5　雁門関**　いまの山西省代県にあった関所。漢民族の西北異民族に対する最前線。　**6　戍**　駐屯して守備にあたる。　**龍庭**　匈奴が天を祭る場所。　**7　驚沙**　風に舞い上がる砂。　**海日**　「海」は僻遠の地。その上に浮かぶ太陽。　**8　胡天**　西北異民族の住まう地域の空。「胡」は中国の西北にあった異民族の総称。　**9　蟣蝨**　シラミの卵とシラミ。人の血を吸う。　**虎鶡**　「虎衣鶡冠（兵士の装束）」の略。「鶡」は雉に似た猛禽。軍服には虎の絵を描き、冠に鶡の尾を飾って勇猛を示した。そこにシラミが生じるとは、戦争の長引く苦しみをいう。『淮南子』氾論訓に「甲冑に蟣蝨生じ、燕雀帷幄に処り、而して兵は休息せず」。　**10　心魂**　心根。精神。　**旌旃**　「旌」「旃」はいずれも戦のしるし旗。　**13　李飛将**　匈奴から飛将軍と恐れられた漢の李広。大将軍衛青に従って匈奴と戦った際、道に迷って遅れたことの責を問われ、憤慨して自決した（『史記』李広伝）。　**14　白首**　年老いた白髪頭。李広の晩年をいう。　**三辺**　北・東・西を異民族に取り囲まれた地。【詩型・押韻】五言古詩。下平一先（燕・前・天・辺）・二仙（然・旃・宣）の同用。平水韻、下平一先。

詩解　故郷を離れ異域での戦役に従事する兵士の苦しみをうたう。戦争に対する批判、従兵の苦しみをうたうことは、古来より中国詩の主要なテーマの一つであり、李白「古風」にも多くみえる。1・2「代馬は越を思はず、越禽は燕を恋はず」は、故郷を遠く離れた困苦。7・8「驚沙　海日を乱し、飛雪　胡天に迷ふ」は、戦地の情景。9・10「蟣蝨　虎鶡に生じ、心魂　旌旃を逐ふ」は、長引く戦役に苦しみながらも、なお旗指し物を追い続ける心根の殊勝。しかし何より兵士らを絶望に落とすのは、11以下にうたわれる、彼らの苦しみや献身が報われることなく、知られることさえないこと。

其七（其《そ》の七《しち》）

客有㆓鶴上仙㆒　客《かく》に鶴上《かくじやう》の仙《せん》有《あ》り
飛飛凌㆓太清㆒　飛《と》び飛《と》びて太清《たいせい》を凌《しの》ぐ
揚言碧雲裏　揚言《やうげん》す碧雲《へきうん》の裏《うち》
自道安期名　自《みづか》ら道《い》ふ安期《あんき》の名《な》
兩兩白玉童　兩兩《りやうりやう》 白玉童《はくぎよくどう》
雙吹紫鸞笙　雙《なら》び吹《ふ》く紫鸞《しらん》の笙《しやう》
去影忽不㆑見　去影《きよえい》 忽《たちま》ち見《み》えず
回風送㆓天聲㆒　回風《くわいふう》 天聲《てんせい》を送《おく》る
擧㆑首遠望㆑之　首《かうべ》を擧《あ》げて遠《とほ》く之《これ》を望《のぞ》めば
飄然若㆓流星㆒　飄然《へうぜん》として流星《りうせい》の若《ごと》し
願餐㆓金光草㆒　願《ねが》はくは金光草《きんくわうさう》を餐《さん》し
壽與㆑天齊傾　壽《じゆ》 天《てん》と齊《ひと》しく傾《かたむ》かん

現代語訳　其の七

鶴の背に乗る仙人がおいでになり、高く高く飛翔して天上世界の上に出た。

青い雲のなか声高らかにうたいあげるには、われこそは安期生なるぞと。
付き従うは見目つややかな二人の童子、並んで吹き奏でるは紫鸞の笙《ふえ》。
立ち去る姿はたちまちかき消え、ただ旋風《つじかぜ》が天の調べを送るだけ。
頸《くび》をのばしてかなたを望みやると、ひゅっと目をよぎるさまは流れ星のよう。
願わくば金光の草を糧《かて》として、天と共なる生命を得たいもの。

語注　**1 鶴上仙**　鶴は仙人の乗り物。**2 凌**　上がる。超す。**太清**　天上界。道家のいう三清（玉清・上清・太清）の一つ。仙人のすまうところ。『楚辞』九歎・遠遊に「譬ふれば王僑（仙人の名）の雲に乗り、赤霄（そら）に載りて太清を凌ぐが若し」。**3 揚言**　声を大きくあげて述べる。**碧雲**　青雲。**4 安期**　仙人の名。安期生。人々は千歳翁と呼んだ。秦の始皇帝、漢の武帝はいずれも彼によって不死の術を求めようとしたが得られなかった（『列仙伝』上など）。**5 両両**　左右に侍す。**白玉童**　白玉のような顔をした童子。仙人に仕える。**6 紫鸞笙**　仙人の吹く楽器。鸞（伝説上の鳥、鳳凰の一種）の羽根をかたどった笙（竹管で作った吹奏楽器）。**8 回風**　つむじ風。『楚辞』九章・悲回風に「回風の蕙（香草）を揺るがすを悲しむ」。**11 餐**　食べる。**金光草**　仙界の草。食べると長寿が得られる。**12** 世界の終わりまで生きる。**【詩型・押韻】**　五言古詩。下平十二庚（笙）・十四清（清・名・声・傾）・十五青（星）の通押。平水韻、下平八庚・九青の通押。

詩解　神仙への憧憬と不死への希求をうたう。其の四、其の五が、地上から仙界へのアプローチをうかがおうとするものであったのに対し、ここでは天上にあって鶴に乗る仙人の姿からうたいおこす。しかしながらここでもまた、7・8「去影　忽ち見えず、回風　天声を送る」と、その存在は瞬時に姿をかき消す。現実を超えた世界に付与された濃密な視覚像と、それと表裏をなす「流星」のようなはかなさ、恃みがたさは、あたかも夢の世界を描くようにも見える。

其八（其《そ》の八《はち》）

1　莊周夢㆓蝴蝶㆒
2　蝴蝶爲㆓莊周㆒
3　一體更變易
4　萬事良悠悠
5　乃知蓬萊水
6　復作㆓清淺流㆒
7　青門種㆑瓜人
8　舊日東陵侯
9　富貴固如㆑此
10　營營何所㆑求

莊周《さうしう》 蝴蝶《こてふ》を夢《ゆめ》み
蝴蝶《こてふ》 莊周《さうしう》と爲《な》る
一體《いったい》 更ゞ《こもごも》變易《へんえき》す
萬事《ばんじ》 良《まこと》に悠悠《いういう》たり
乃《すなは》ち知《し》る蓬萊《ほうらい》の水《みづ》
復《ま》た清淺《せいせん》の流《なが》れを作《な》すを
青門《せいもん》 瓜《うり》を種《う》うる人《ひと》
舊日《きうじつ》 東陵侯《とうりようこう》
富貴《ふうき》 固《もと》より此《か》くの如《ごと》し
營營《えいえい》 何《なん》の求《もと》むる所《ところ》ぞ

現代語訳　其の八

荘周は夢に胡蝶となり、胡蝶もまた荘周となった。
一つのものがさまざまに変化し、万事はまことに尽きることなく移ろいゆく。
蓬莱の島を浮かべる海の水も、また清く浅い流れとなるというわけだ。

長安の青門に瓜を植えた人は、かつては秦の東陵侯の大臣《おとど》。
富貴などもとよりこうしたもの、あくせくして何を求めようというのか。

語注　**1・2**「荘周」は戦国時代の思想家、荘子。老子とともに道家の始祖とされる。「蝴蝶」は蝶。「胡蝶」に同じ。二句は『荘子』斉物論を踏まえる。荘周は蝶になった夢をみたとき、ひらひらと舞う楽しさに自分が荘周であることを忘れた。ふと目が覚めるとたしかに荘周である。そこで彼は考えた。荘周が夢をみて蝶になったのか、それとも蝶が夢をみて荘周になっているのか、と。**3・4**　一つのものが万物に変化する。「一」と「万」の対。**悠悠**　無限に変転するさま。**5・6**　世の変化の大きさ、激しさをいう。**蓬莱**　東海に浮かぶ仙界の島。東晋・葛洪『神仙伝』巻三「王遠」に、仙人の麻姑のことばとして「已に東海の三たび桑田と為るを見る。向《さき》に蓬莱に到れば、水もまた往昔よりも浅し。時に略《ほぼ》半ばなるに会ふ。豈に将に復た還りて陵陸に為らんとするか」。**7・8**　秦の「東陵侯」であった召平が、秦が漢に破れたのち平民となり、みやこの東南の門外に瓜を植えて暮らしていたことをいう（『史記』蕭相国世家）。**青門**　長安の東南の門、覇城門。青く塗られていたので「青門」あるいは「青城門」といった。**10**　**営営**　一生懸命につとめるさま。【詩型・押韻】五言古詩。下平十八尤（周・悠・流・求）・十九侯（侯）の同用。平水韻、下平十一尤。

詩解　『荘子』斉物論にみえる「胡蝶の夢」の有名な話を踏まえる。『荘子』は一説に、本来ひとつのものを、たとえば夢と現実、蝶と人というように区別する分別の不確かさ、愚かさを訴えるという。李白のこの詩はこの話を踏まえつつ、万物の変化・流転のむなしさへと趣旨を導く。そのうえで、時の流れの中で移ろいゆく定めを知らぬまま富貴を求めて汲々とする人間の愚かさをうたう。なお唐・殷璠の編纂した『河岳英霊集』には、本作を「詠懐」と題して収める。天宝十二載（七五三）以前の作。

其九（其《そ》の九《きう》）

1　齊 有二倜 儻 生一　　齊《せい》に倜儻《てきたう》の生《せい》有《あ》り

魯連特高妙
明月出㆓海底㆒
一朝開㆓光曜㆒
却㆑秦振㆓英聲㆒
後世仰㆓末照㆒
意輕㆓千金贈㆒
顧向㆓平原㆒笑
吾亦澹蕩人
拂㆑衣可㆓同調㆒

魯連《ろれん》 特《とく》に高妙《かうめう》なり
明月《めいげつ》 海底《かいてい》より出《い》で
一朝《いつてう》 光曜《くわうえう》を開《ひら》く
秦《しん》を却《しりぞ》けて英聲《えいせい》を振《ふ》るひ
後世《こうせい》 末照《まつせう》を仰《あふ》ぐ
意《い》 千金《せんきん》の贈《ぞう》を輕《かろ》んじ
顧《かへり》みて平原《へいげん》に向《む》かひて笑《わら》ふ
吾《われ》も亦《ま》た澹蕩《たんたう》の人《ひと》
衣《い》を拂《はら》ひて同調《どうてう》すべし

現代語訳 其の九

斉の国には優れた人物がおり、魯仲連《ろちゆうれん》はとりわけ傑出する。
明月の珠が海底から姿をみせ、一朝にわかに輝きを放つよう。
秦軍を追い払って名声を轟かせ、後の世の人はみなその光を仰ぎ見る。
千金の贈り物に目もくれず、平原君を振り返って一笑い。
さてわれもまた廉直の士、上着をさっと払って彼に倣おう。

語注 **1 斉** 戦国時代の国名。 **倜儻** 人並み優れ、かつ世俗にしばられないさま。双声の語。 **生** 敬称。先生。 **2 魯連** 斉の人、魯仲連。秦の軍隊が趙の都邯鄲を包囲した際、たまたま居合わせ、趙の平原君を助けて秦軍を退けた。平原君は魯仲連に領地を与えようとしたが断り、千金を贈ろうとしたが更にこれを辞退して言うには「天下に尊ばれる士は、人を艱難から救って報酬を受けないもの。もし受け取るならば商人と変わらない」と。そのまま立ち去って二度と姿を見せなかった（『史記』魯仲連伝）。以下、このエピソードに則ってうたう。**3 明月**　明月珠。月のように夜に輝きを放つ珠。魏・曹植「丁翼に贈る」（『文選』巻二四）に「大国　良材多く、譬ふれば海の明珠を出だすがごとし」。**6 末照**　余光。**7**　注2参照。**8 平原**　趙の公子、平原君。**9 澹蕩**　さっぱりと執着しないさま。双声の語。**10 払衣**　決然と別れを告げ、立ち去る。世俗を離れ、隠棲する意を帯びる。**同調**　志を同じくする。【詩型・押韻】五言古詩。去声三十四嘯（調）・三十五笑（妙・曜・照・笑）の同用。平水韻、去声十八嘯。

詩解　歴史上の人物や事象をうたう詠史詩。早期の作には後漢・班固のものがあるが、魏・王粲、曹植、西晋・左思以降、表現の系譜を形成する。それは単に過去の人物やできごとを詩中に再現するものではなく、多くは詩人本人の理想や現世の自らのあり方に対する不満などが投影される。

詠史もまた「古風」の主要なテーマのひとつ。ここでは、戦国時代、秦の脅威から趙を救った魯仲連に対する共感をうたう。その共感の向けられるのは秦軍を退けた卓抜な功業そのものではなく、7・8「意　千金の贈を軽んじ、顧みて平原に向かひて笑ふ」というような事後のふるまい。左思「詠史八首」其の一（『文選』巻二一）が「功成るも爵を受けず、長揖して田盧に帰らん」とうたうように、功成ったのちには褒賞を辞し隠棲するという生き方は、ひとつの美意識として李白の胸中を占めていたらしく、しばしば詩にうたわれる。

其十（其《そ》の十《じふ》）

1 黄河走二東溟一　　黄河《くわうが》　東溟《とうめい》に走《はし》り
2 白日落二西海一　　白日《はくじつ》　西海《せいかい》に落《お》つ

3 逝川與㆓流光㆒　逝川《せいせん》と流光《りうくわう》と
4 飄忽不㆓相待㆒　飄忽《へうこつ》として相待《あひま》たず
5 春容捨㆑我去　春容《しゅんよう》 我《われ》を捨《す》てて去《さ》り
6 秋髪已衰改　秋髪《しうはつ》 已《すで》に衰改《すいかい》す
7 人生非㆓寒松㆒　人生《じんせい》 寒松《かんしよう》に非《あら》ず
8 年貌豈長在　年貌《ねんばう》 豈《あ》に長《とこ》しへに在《あ》らん
9 吾當㆘乘㆓雲螭㆒　吾當《われまさ》に雲螭《うんち》に乘《じよう》じ
10 吸㆑景駐㆗光彩㆖　景《けい》を吸《す》ひて光彩《くわうさい》を駐《とど》むべし

現代語訳　其の十

黄河の流れは東の海に走り去り、太陽は西の海に落ちてゆく。
逝く水と流れ去る光、時はたちまち過ぎて待ってはくれない。
春めく顔立ちは私を捨て去り、秋を迎えた髪は白髪勝《まさ》りに衰え果てた。
人の命は寒さをしのぐ松とは異なり、年齢《よわい》は進み容貌も移ろうもの。
私はきっと雲中を翔《か》け飛ぶ龍の背に乗り、日月の光を吸って若々しさを留めよう。

語注　**1・2** 川の流れは東に、日は西に進む。時間の過ぎゆくことをいう。『論語』子罕に「逝く者は斯くの如きかな、昼夜を舎《お》かず」。「溟」は海。「白日」は太陽。中国の四方は海に囲まれていると考えられていた。**4 飄忽** 瞬く間であること。**5・6** 人の一生を四季の春と秋になぞらえる。「春」は若い時、「秋」は晩年。「容」は容貌。**7 寒松** 松は寒さに耐える常緑樹の代表。『論語』子罕に「歳寒くして然る後に松柏の彫むに後るるを知るなり」。**8 年貌**　年齢と容貌。**9 雲螭**　龍の一種。仙人の乗り物。東晋・郭璞「遊仙詩七首」其四（『文選』巻二一）に「丹谿（不死の薬を産する谷）に騰らんと欲すと雖も、雲螭は我が駕《のりもの》に非ず」。**10 吸景**　日月の光を吸って精気を養うことをいう。李白「冬夜　随州の紫陽先生飡霞楼にて烟子元演の仙城山に隠るるを送る序」（巻二七）に「吸景の精気を錬る」。**駐光彩**　若々しい輝きを留める。【詩型・押韻】五言古詩。上声十五海（海・待・改・在・彩）。平水韻、上声十賄。

詩解　東に流れる水と西に沈む太陽からうたい起こし、絶え間なく進む時間の推移と人生の短さを慨嘆する。人生短促の嘆きは漢代の「古詩十九首」以来のテーマ。ただ「古詩」では短い人生を踏まえ、時を逃さず享楽に投じようという主旨がしばしばうたわれるが、本詩は不死の世界への希求をうたって結ぶ。末二句の「吾当に雲螭に乗じ、景を吸いて光彩を駐むべし」は、遊仙諸篇のうたうところに重なる。

其十一（其《そ》の十一《じふいち》）

1 松柏本孤直　　松柏《しようはく》本《もと》孤直《こちよく》
2 難レ爲二桃李顏一　　桃李《たうり》の顔《かほ》を爲《な》し難《がた》し
3 昭昭嚴子陵　　昭昭《せうせう》たり嚴子陵《げんしりよう》
4 垂レ釣滄波閒　　釣《てう》を垂《た》る滄波《さうは》の閒《かん》
5 身將二客星一隱　　身《み》は客星《かくせい》と隱《かく》れ
6 心與二浮雲一閑　　心《こころ》は浮雲《ふうん》と閑《かん》なり
7 長二揖萬乘君一　　萬乘《ばんじよう》の君《きみ》に長揖《ちやういふ》し

8 還㆓歸富 春 山㆒　富《ふ》春《しゆん》の山《やま》に還歸《くわんき》す
9 清 風 灑㆓六 合㆒　清風《せいふう》 六合《りくがふ》に灑《そそ》ぎ
10 邈 然 不㆑可㆑攀　邈然《ばくぜん》として攀《よ》づべからず
11 使㆔我 長 歎 息　我《われ》をして長歎息《ちやうたんそく》し
12 冥㆓棲 巖 石 間㆒　巖石《がんせき》の間《かん》に冥棲《めいせい》せしむ

現代語訳　其の十一

松柏はもともと独り真っ直ぐで、桃や李の見栄えは装わぬもの。

まばゆいばかりの厳子陵は、青き波間に釣り糸を垂れていた。

瞬く間に消える彗星のように世から身を隠し、大空に浮かび漂う雲のように心はのどか。

万乗の君主、光武帝に別れを告げ、富春山へと還ってしまった。

さわやかな風は世界を吹ききよめたが、もはや手の届かぬ遠いかなた。

私はただ長いため息をつき、巌《いわお》の奥にひっそりと住むことを願うばかり。

語注　**1・2**「松柏」（常緑樹）と「桃李」（華やかな花）の対比。**孤直**　他者に雷同しない真っ直ぐさ。**桃李顔**　うわべを美しくとりつくろう。**3 昭昭**　はっきりと際立つさま。**厳子陵**　後漢の人。厳光、字は子陵。光武帝の古い友人であった。光武帝が即位したのち、厳光を臣下に招こうとしたが仕えようとはせず、釣りをして暮らした（『後漢書』逸民伝）。**5 将**　次句の「与」と同じ。……と。**客星**　空に一時的に現れる星。次の厳光の故事から、しばしば厳光を指して用いる。光武帝と厳光が一緒に寝転んでいたとき、厳光の足が光武帝の腹に乗っかった。翌日、太史（天文観察を掌る役人）が「客星が御座を侵しました」と上奏したが、光武帝は「古い友人の厳光と寝そべっていただけだ」と答えた（『後漢書』逸民伝）。天と人の世の動静が呼応するものとの発想に基づく。**6 浮雲**　ここではのどかで自由なものの象徴。**7 長揖**　手を組み合わせ上から下に下げる敬礼。ここでは別れを告げる。**万乗君**　一万の兵車を率いる君主。皇帝をいう。**8 富春山**　厳光が帰隠した場所。浙江省桐廬県の西南。**9 六合**　天地と四方。世界をいう。**10 邈然**　遠く隔たるさま。**12 冥棲**　人知れずひっそりと暮らす。「冥」は、暗い。李白「古風五十九首」其五（巻二）に「冥棲して巌穴に在り」。【詩型・押韻】五言古詩。上平二十七刪（顔・攀）・二十八山（間・閑・山・間）の同用。平水韻、上平十五刪。

詩解　歴史上の人物に自らの理想を映し出す詠史の作。厳光は、後漢の光武帝劉秀と若き日、共に学んだ旧友。光武帝が即位した際には、名を変えて身を隠す。その豊かな才能を知る光武帝は手を尽くして探させ、ようやく見つかった厳光のもとに自ら赴き国政への参画を依頼する。後日、宮中に招いた際、「朕はむかしと比べてどうだ」とたずねると、「陛下は昔よりはすこしはましになりました」と厳光は答える。結局厳光は仕えることなく隠棲し、八十歳で亡くなる。厳光の死を悼んだ光武帝は、その郡県に詔を下し、銭百万、穀千斛を下したという。厳光をうたう本詩には、単に世俗の栄誉に恬淡であるところばかりではなく、優れた才能を有し、更にそれを知り評価する人があったことに、李白の自負と理想が反映されているだろう。

其十二（其《そ》の十二《じふに》）

君平既棄レ世　　君平《くんぺい》 既《すで》に世《よ》を棄《す》て
世亦棄二君平一　　世《よ》も亦《ま》た君平《くんぺい》を棄《す》つ
観レ變窮二太易一　　變《へん》を観《み》て太易《たいえき》窮《きは》まり
探レ元化二羣生一　　元《げん》を探《さぐ》りて羣生《ぐんせい》化《くわ》す
寂寞綴二道論一　　寂寞《せきばく》 道論《だうろん》を綴《つづ》り

6 空 簾 閉㆓幽 情㆒　空簾《くうれん》幽情《いうじやう》を閉《と》ざす
7 騶 虞 不㆓虚 來㆒　騶虞《すうぐ》虚《むな》しく來《きた》らず
8 鸑 鷟 有㆑時 鳴　鸑鷟《がくさく》時《とき》有《あ》りて鳴《な》く
9 安 知 天 漢 上　安《いづく》んぞ知《し》らん天漢《てんかん》の上《うへ》
10 白 日 懸㆓高 名㆒　白日《はくじつ》高名《かうめい》を懸《か》くるを
11 海 客 去 已 久　海客去《かいかくさ》りて已《すで》に久《ひさ》し
12 誰 人 測㆓沈 冥㆒　誰人《たれびと》か沈冥《ちんめい》を測《はか》らん

現代語訳　其の十二

厳君平は世間を捨て去り、世間もまた厳君平を見捨てていた。変化を見定めて宇宙の始原を極め知り、玄妙な理を探って万物の発生のさまを観る。ひっそりと道家の論を綴り、簾を下ろした部屋に人知れず深遠な思いを閉ざす。騶虞が姿を見せるのには理由があり、鸑鷟もまた鳴くべき時にこそ鳴くのだ。世間の誰も知らぬことであったが天界の上では、君平の名が高空に懸かる白日のように知られていた。しかし海辺の旅人も去って久しく、ひっそりと住まうその人の徳を知るものはいない。

語注　1・2『荘子』繕性に「世は道を喪ひ、道は世を喪ふ。世と道と交〻相喪ふなり」、また達生に「夫れ形（肉体）を為《をさ》むるを免れんと欲すれば、世を棄つるに如くは莫し。世を棄つれば則ち累《わづら》ひ莫し」、更に南朝宋・鮑照「詠史」（『文選』巻二一）の「君平　独り寂寞、身と世と両つながら相棄つ」を踏まえる。「君平」は、前漢の高士、厳遵、字は君平。成都の市で占いを事とし、自らを養うに足るだけのわずかな金を得れば店を閉じ、簾を下ろして『老子』を講じていた（『漢書』王貢両龔鮑伝）。3

観変　変化の相を見る。『周易』繋辞伝上に「動けば則ち其の変を観て其の占を玩す」。**太易**　宇宙の始まり、根源。**4 探元**　深遠な道理を探る。「元」は「玄」に通じる。**化**　生まれ育つ。**群生**　すべての生命あるもの。**5 寂寞**　ひっそり物寂しいさま。畳韻の語。前漢・揚雄の「解嘲《かいとう》」（『文選』巻四五）に「惟《こ》れ寂惟れ漠（寞）にして、徳の宅を守る」。また右の鮑照「詠史」詩を参照。**綴道論**　道家の著述をつづる。**6 幽情**　幽遠な思い。**7 騶虞**　優れた徳がある者のところに現れるという伝説の動物。『詩経』召南・騶虞に「于嗟《あ》乎《あ》　騶虞」。**8 鸑鷟**　鳳凰の属。『国語』周語上に「周の興るや、鸑鷟　岐山に鳴く」。**9・10**　天界では厳君平の名が空の太陽のごとく知られていた。張華『博物志』巻一〇に見える次の話にもとづく。海辺に住む男が筏に乗って出かけ、あるところにたどりついた。渚で牛に水を飲ませている男にここはどこかと尋ねると、蜀の国に行って厳君平に聞いたら分かるだろうと答えた。海辺の男は還って後、蜀に君平を訪ねて聞いたところ、男がたどりついて牛飼いに会ったところは銀河であったという。「天漢」は銀河。「白日」は太陽。**11 海客**　右の銀河に旅した男。**12 沈冥**　高徳の人が人知れずひっそり住まう。揚雄『法言』問明に「蜀の荘（厳君平）は沈冥」。**【詩型・押韻】**五言古詩。下平声十二庚（平・生・鳴）・十四清（情・名）・十五青（冥）の通押。平水韻、下平八庚・九青の通押。

詩解　歴史上の人物をうたう詠史詩。漢の高士厳君平をうたう。李白詩には鮑照に学んだものが少なくないが、本作もまた厳君平をうたう鮑照の「詠史」を踏まえる。とりわけ冒頭の二句「君平　既に世を棄て、世も亦た君平を棄つ」は、鮑照詩の「君平独り寂寞、身と世と両つながら相棄つ」をほぼそのまま踏襲する。鮑照詩では、名利の追究に齷齪する世俗のあり方が十四句にわたって描かれ、末二句にいたってそれと対照的な厳君平の高潔さをうたって結ぶ。李白のこの作はまさにこの末二句を承けて自作の冒頭に敷衍し、そのうえで鮑照詩ではうたわれなかった君平の高徳の内実の描写にことばが費やされる。李白詩は鮑照詩のいわば続編といってもよいほどに、内容においても形式においても鮑照詩への参照意識が前面に出されている。

其十三（其《そ》の十三《じふさん》）

1 胡關饒二風沙一
2 蕭索竟二終古一
3 歲落秋草黄
4 登レ高望二戎虜一
5 荒城空二大漠一
6 邊邑無二遺堵一
7 白骨横二千霜一
8 嵯峨蔽二榛莽一
9 借問誰陵虐
10 天驕毒二威武一
11 赫怒我聖皇
12 勞レ師事二鼙鼓一
13 陽和變二殺氣一
14 發レ卒騷二中土一
15 三十六萬人
16 哀哀淚如レ雨

胡關《こくわん》　風沙《ふうさ》饒《おほ》く
蕭索《せうさく》として終古《しゆうこ》に竟《わた》る
歲落《としお》ちて秋草《しうさう》黄《き》ばみ
高《たか》きに登《のぼ》りて戎虜《じゆうりよ》を望《のぞ》む
荒城《くわうじやう》　大漠《たいばく》に空《むな》しく
邊邑《へんいふ》に遺堵《ゐと》無《な》し
白骨《はくこつ》　千霜《せんさう》に横《よこ》たはり
嵯峨《さが》として榛莽《しんばう》を蔽《おほ》ふ
借問《しやもん》す誰《たれ》か陵虐《りようぎやく》する
天驕《てんけう》　威武《ゐぶ》を毒《どく》す
赫怒《かくど》せる我《わ》が聖皇《せいくわう》
師《し》を勞《らう》して鼙鼓《へいこ》を事《こと》とす
陽和《やうわ》　殺氣《さつき》に變《へん》じ
卒《そつ》を發《はつ》して中土《ちゆうど》を騷《さわ》がす
三十六萬人《さんじふろくまんにん》
哀哀《あいあい》として淚雨《なみだあめ》の如《ごと》し

17　且悲就㆓行役㆒　且《か》つ悲《かな》しみて行役《かうえき》に就《つ》けば
18　安得㆑營㆓農圃㆒　安《いづく》んぞ農圃《のうほ》を營《いとな》むを得《え》んや
19　不㆑見㆓征戍兒㆒　征戍《せいじゅ》の兒《じ》を見《み》ざれば
20　豈知闗山苦　豈《あ》に知《し》らん闗山《くわんざん》の苦《く》を
21　李牧今不㆑在　李牧《りぼく》今《いま》在《あ》らず
22　邊人飼㆓豺虎㆒　邊人《へんじん》豺虎《さいこ》を飼《か》ふ

現代語訳　其の十三

えびすの関所は風に舞う砂塵に包まれ、ものさびしさは古よりずっと変わらぬもの。

年も残りわずかとなって秋草が黄ばむとき、小高い丘に上って胡地を望みやる。

荒涼たる街は砂漠の地にうつろに映り、辺境の村にあとを留める垣根は見えず。

白骨は千年を経て横たわり、うずたかく木や草に被われる。

かくも酷いのは誰の仕業かと問えば、天のわがまま息子が暴力を縦《ほしいまま》にしたのだ。

わが帝は顔色をあらためてお怒りになり、軍を動かして戦《いくさ》太鼓を鳴らされた。

柔らかな気が殺気に変わり、兵士を発して国中を騒がせる。

三十六万もの人々の、哀しみの涙は雨が降るよう。

悲嘆にくれつつ兵役に就けば、どうして田畑を耕すことなどできようか。

遠く兵事に従う若者の姿を見もせずに、どうして辺境の関所の苦しみが分かろうか。

かつての名将李牧は今はおらず、国境の人々はヤマイヌやトラにわが身を食われるだけ。

語注 **1 胡関** 胡地（北方異民族の地）へと続く道の関所。 **饒** 多い。 **2 蕭索** ものさびしいさまをいう双声の語。 **終古** 古よりずっと、いつまでも。 **3 歳落** 年も終わりに近づき、残り少なくなる。 **4 登高** 古来、高いところに登り詩を賦すことは士人の備えるべき能力とされた。詩のなかにもしばしば詩人みずからの動作として書き込まれる。魏・阮籍「詠懐詩十七首」其六（『文選』巻二三）に「高きに登りて四野に臨み、北のかた青山の阿《くま》を望む」。 **戎虜** えびす（異民族）の土地。 **6 辺邑** 国境のむら。 **遺堵** 朽ちのこる垣根。西晋・張載「七哀詩」二首其一（『文選』巻二三）に「園寝（陵墓の寝殿）化して墟（廃墟）と為り、周墉（牆壁）遺堵無し」。 **7 千霜** 千年。「星霜」のように、「霜」は年月をいう。 **8 嵯峨** 高いさまをいう畳韻の語。 **榛莽** 藪や草木。 **9 借問** ちょっと尋ねる。 **陵虐** 侵し虐げる。 **10 天驕** 天の驕児（我が物顔にふるまう子）。匈奴が自らの勇猛を誇る語。匈奴が漢に送った書の一節に「南に大漢有り、北に強胡有り。胡なる者は天の驕子なり」（『漢書』匈奴伝上）。 **毒** ほしいままに悪用する。 **11 赫怒** 「赫」は怒るさま。『詩経』大雅・皇矣に「王 赫として斯れ怒る」。 **聖皇** 神聖なる皇帝。 **12 労師** 軍隊を動かし労苦を課す。「師」は軍隊。 **鼙鼓** 軍中において用いる小鼓。 **13 陽和** 穏やかな気。『礼記』月令に「（仲秋の月）殺気浸《やうや》く盛んにして、陽気 日に衰ふ」。 **14 中土** 中国。 **15** 徴用される人の多いことを強調する。 **17 行役** 故郷を離れ従軍する。 **18 農圃** 穀物を栽培するを「農」、蔬菜を栽培するを「圃」という。 **21 李牧** 戦国時代、趙国の名将。知略に優れ、匈奴を寄せ付けなかった（『史記』廉頗藺相如列伝）。 **22** 国境地帯の人々が、「豺《やまいぬ》」「虎」の如き匈奴の餌食となっている。【詩型・押韻】五言古詩。上声九麌（武・雨）・十姥（古・虜・堵・莽・鼓・土・圃・苦・虎）の同用。平水韻、上声七麌。

詩解 塞外の異民族との軍事的緊張は、古来詩歌の題材として数多くの作品を生み出してきた。7・8「白骨 千霜に横たわり、嵯峨として榛莽蔽ふ」には、そうした長年にわたる悲劇の堆積が映し出されている。異民族の侵攻に対しては当然軍事的な対応が求められるわけだが、その時もっぱら悲劇を受け負わねばならないのは、肉親と別れて行役に従事し、自ら戦線の先頭に立たざるを得ない一般兵士であった。李白の目はそうした人々の多くが農民であること、そして戦役のために農耕が放棄されることにも向けられている（17・18）。

其十四（其《そ》の十四《じふし》）

燕昭延㆓郭隗㆒　燕昭《えんせう》 郭隗《くわくくわい》を延《ひ》き
遂築㆓黄金臺㆒　遂《つひ》に黄金《わうごん》の臺《だい》を築《きづ》く
劇辛方趙至　劇辛《げきしん》 方《まさ》に趙《てう》より至《いた》り
鄒衍復齊來　鄒衍《すうえん》 復《ま》た齊《せい》より來《きた》る
奈何青雲士　奈何《いかん》んぞ青雲《せいうん》の士《し》
棄㆑我如㆓塵埃㆒　我《われ》を棄《す》つること塵埃《ぢんあい》の如《ごと》き
珠玉買㆓歌笑㆒　珠玉《しゆぎよく》もて歌笑《かせう》を買《か》ひ
糟糠養㆓賢才㆒　糟糠《さうかう》もて賢才《けんさい》を養《やしな》ふ
方知黄鶴擧　方《まさ》に知《し》る黄鶴《くわうかく》の擧《あ》がりて
千里獨徘徊　千里《せんり》 獨《ひと》り徘徊《はいくわい》するを

現代語訳　其の十四

燕の昭王は郭隗を招き寄せ、そこで黄金の台を築くこととなった。
すると劇辛は趙から至り、鄒衍もまた斉からやってきた。
どうしたことか、青雲の高みにある人々は、私を塵《ちり》や芥《あくた》のように棄てる。

珠玉で美人の歌と笑顔を手に入れる一方、糠《ぬか》や糟《かす》で賢者を養おうとする。つまらぬ君主のもとを離れた黄鶴が、千里を独り飛びめぐる思いが今やよく分かる。

語注 **1**「燕昭」は戦国・燕の昭王。燕を強くするため賢者を招こうとして、臣下の郭隗に訊ねた。郭隗が答えていうには、「王必ず士を致さんと欲すれば、先づ隗より始めよ。況んや隗より賢なる者をや、豈に千里を遠しとせんや」。先ず私を厚遇してくだされば、それを見て、私より優れた人々は遠くからやってくるでしょうと（『史記』燕召公世家）。「昭」字、底本は「趙」に作るが諸本に従って改める。 **2 黄金台** 燕の昭王は台を築き、その上に黄金を置いて、天下の士を招いた。 **3 劇辛** 趙出身の燕の将軍。 **4 鄒衍** 陰陽五行を説いた思想家。斉に仕え、のち燕の昭王に仕えた。 **5 青雲士** 権勢を有する実力者。 **9・10 方** 今まさに、ここではじめて。 **黄鶴** 鳥の名。「黄鵠」とも。賢才を喩える。 **徘徊** 行ったり来たりする。畳韻の語。『韓詩外伝』巻二に、不遇の家臣が国を去るにあたって、「臣将に君を去り黄鵠のごとく挙がらんとす」と。また、蘇武「詩四首」其二（『文選』巻二九）に「黄鵠一たび遠く別れ、千里顧みて徘徊す」。【詩型・押韻】五言古詩。上平十五灰（徊）・十六咍（台・来・埃・才）の同用。平水韻、上平十灰。

詩解 前半四句で黄金もて賢者を招いた燕昭王の故事をうたい、これと対比して賢人を重んじない当今の風を批判する。7・8「珠玉もて歌笑を買ひ、糟糠もて賢才を養ふ」には、本来あるべき価値が顛倒する現今の風潮が鮮明な対比で示される。ここには当然、才を有すると自負しながら、その才を発揮する機会を得られない李白の憤懣が込められている。

其十五（其《そ》の十五《じふご》）

1 金華牧羊兒　　金華《きんくわ》 牧羊《ぼくやう》の兒《じ》
2 乃是紫煙客　　乃《すなは》ち是《こ》れ紫煙《しえん》の客《かく》
3 我願ニ従レ之遊一　　我《われ》 之《これ》に従《したが》ひて遊《あそ》ばんと願《ねが》ふも

4 未レ去髪已白　　未《いま》だ去《さ》らざるに髪《かみ》已《すで》に白《しろ》し
5 不レ知繁華子　　知《し》らず繁華《はんくわ》の子《こ》
6 擾擾何所レ迫　　擾擾《ぜうぜう》として何《なん》の迫《せま》る所《ところ》ぞ
7 崑山採二瓊蘂一　　崑山《こんざん》に瓊蘂《けいずい》を採《と》り
8 可三以錬二精魄一　　以《もっ》て精魄《せいはく》を錬《ね》るべし

現代語訳　其の十五

金華山に道を修めた羊飼いの少年、彼こそ紫のもやに浮かぶ得道の人。私は後に付き従いたいものと願ったが、まだ行かぬうちに髪はすっかり白くなった。いったい世上の栄華に驕れる人は、何に追われて慌ただしく過ごしているのか。崑崙《こんろん》の山に玉の花をつまみとり、魂を練り上げて不死を得ればよいものを。

語注　**1 金華**　山名。浙江省金華市の北部にある道教の聖地。**牧羊児**　黄初平（一に「皇初平」に作る）という少年が家族に命じられて羊を放牧していたところ、ある道士がその勤勉さに目をとめ、金華山中の石室に導いて修行させた。少年は後、道を得て赤松子と名乗った（『神仙伝』巻二）。**2 紫煙**　紫の雲。仙界を象徴する瑞雲。東晋・郭璞「遊仙詩七首」其三（『文選』巻二一）に「赤松　上遊（上流）に臨み、鴻に駕して紫煙に乗る」。**5 繁華子**　繁盛栄華を誇る人。『淮南子』説林訓に「栄華有る者は必ず憔悴有り」。また魏・阮籍「詠懐十七詩」其四（『文選』巻二三）に「昔日の繁華子」というのは、美貌の若者をいうが、4「髪已白」と対比し、その若々しさの恃み難いことを暗に述べる。**6 擾擾**　騒がしく、慌ただしいさま。**7 崑山**　崑崙山のこと。西方にある伝説上の仙山で、西王母が住まい、玉を産する。**瓊蘂**　崑崙山にあるという大木瓊樹の花。「瓊」は美玉。「蘂」は、しべ、もしくは花。玉は神仙の象徴。**8 精魄**　精神魂魄。【詩型・押韻】　五言古詩。入声二十陌（客・白・迫・魄）。平水韻、入声十一陌。

詩解 神仙への憧憬をうたう作。羊飼いの少年が仙道の修行に励み、やがて仙人となって赤松子と名乗ったという伝説を踏まえる。本作には、仙界への渇仰と同時に、自らの肉体の衰頽への焦慮、繁栄を謳歌する俗流への嫌悪がない交ぜになっている。

其十六（其《そ》の十六《じふろく》）

1 天津三月時
2 千門桃與㆑李
3 朝爲㆓斷腸花㆒
4 暮逐㆓東流水㆒
5 前水復後水
6 古今相續流
7 新人非㆓舊人㆒
8 年年橋上遊
9 雞鳴海色動
10 謁㆑帝羅㆓公侯㆒
11 月落㆓西上陽㆒
12 餘輝半㆓城樓㆒

天津《てんしん》 三月《さんぐわつ》の時《とき》
千門《せんもん》 桃《たう》と李《り》と
朝《あした》には斷腸《だんちやう》の花《はな》と爲《な》り
暮《く》れには東流《とうりう》の水《みづ》を逐《お》ふ
前水《ぜんすい》 復《ま》た後水《こうすい》
古今《ここん》 相續《あひつづ》きて流《なが》る
新人《しんじん》は舊人《きうじん》に非《あら》ず
年年《ねんねん》 橋上《けうじやう》に遊《あそ》ぶ
雞鳴《けいめい》 海色《かいしよく》動《うご》き
帝《みかど》に謁《えつ》して公侯《こうこう》羅《つら》なる
月《つき》は西上陽《せいじやうやう》に落《お》ち
餘輝《よき》 城樓《じやうろう》に半《なか》ばす

13 衣冠照二雲日一
14 朝下散二皇州一
15 鞍馬如二飛龍一
16 黄金絡二馬頭一
17 行人皆闢易
18 志氣横二嵩丘一
19 入レ門上二高堂一
20 列レ鼎錯二珍羞一
21 香風引二趙舞一
22 清管隨二齊謳一
23 七十紫鴛鴦
24 雙雙戲二庭幽一
25 行樂争二晝夜一
26 自言度二千秋一
27 功成身不レ退
28 自レ古多二愆尤一

衣冠《いくわん》　雲日《うんじつ》照《て》らし
朝《てう》より下《くだ》りて　皇州《くわうしう》に散《さん》ず
鞍馬《あんば》　飛龍《ひりゆう》の如《ごと》く
黄金《わうごん》　馬頭《ばとう》に絡《らく》す
行人《かうじん》　皆《みな》闢易《へきえき》
志氣《しき》　嵩丘《すうきう》に横《よこ》たふ
門《もん》に入《い》りて高堂《かうだう》に上《のぼ》り
鼎《かなへ》を列《れつ》して珍羞《ちんしう》を錯《まじ》ふ
香風《かうふう》　趙舞《てうぶ》を引《ひ》き
清管《せいくわん》　齊謳《せいおう》に隨《したが》ふ
七十紫《しちじふし》鴛鴦《ゑんあう》
雙雙《さうさう》として庭幽《ていいう》に戲《たは》むる
行樂《かうらく》　晝夜《ちうや》を争《あらそ》ひ
自《みづか》ら言《い》ふ千秋《せんしう》を度《わた》ると
功成《こうな》りて身《み》退《しりぞ》かざるは
古《いにしへ》　より愆尤《けんいう》多《おほ》し

29 黄犬空歎息　黄犬《くわうけん》空《むな》しく歎息《たんそく》し
30 綠珠成㆓釁讎㆒　綠珠《りよくしゆ》釁讎《きんしう》を成《な》す
31 何如鴟夷子　何《なん》ぞ如《し》かん鴟夷子《しいし》の
32 散髪棹㆓扁舟㆒　散髪《さんぱつ》扁舟《へんしう》を棹《さを》するに

現代語訳　其の十六

春三月、名にし負う天津橋より見渡せば、都大路の家々には桃と李《すもも》が咲き誇る。
朝には深い感傷に誘《いざな》うその花も、夕暮れには東に流れる水を追って散る。
前を流れる水の後にはまた次の水、昔も今も途切れることなく流れゆく。
人は常に新旧入れ替わり、年々に橋の上を行き交う。
暁を告げる鶏が鳴いて空の色も移り、みかどに拝謁しようとお大臣らが立ち並ぶ。
月は西上陽の宮殿に沈みかかり、なごりの光が城楼の半ばにかがやく。
雲から顔を出した朝日が衣冠を照らし、謁見を終えた官員らは帝都に散じてゆく。
鞍おく馬は空翔《あまがけ》る龍のよう、黄金の飾りが馬の頭をくるむ。
道行く人々はみな身をかわし、その威勢は嵩山の高さをほしいまま。
門に入り座敷にのぼれば、鼎《かなえ》が並び美食が色とりどり。
香ばしい風を先触れに趙の美女が舞い、清らかな笛の音が斉の歌のあとに続く。
七十羽の紫のおしどりは、つがいになって庭の小《お》暗《ぐら》い隅に戯れる。
昼も夜もなく行楽をむさぼって、これが千歳も続くものと自らは思っている。

功成ってのち身を引かないのは、昔からしばしばあやまちのもと。
黄犬との狩りを願った李斯《りし》は空しく嘆き、緑珠への愛情ゆえに石崇《せきすう》は罪を得た。
鴟夷子と名乗った范蠡《はんれい》が、髪を解き小舟に身を託したことこそ何よりの教え。

語注　**1 天津**　洛陽の橋の名。隋・煬帝の時に架けられた。唐・劉希夷（庭芝）「公子行」に「天津橋下　陽春の水、天津橋上繁華の子」。　**三月**　春の盛り。　**2 千門**　数多くの家々。　**3 断腸花**　人を春の物思いに沈ませる花。劉希夷「公子行」に「憐むべし楊柳　傷心の樹、憐むべし桃李　断腸の花」。　**4 東流水**　中国において水は海のある東に向かって流れるものとされた。また水の流れは時間の流れの比喩でもある。　**5** 以下四句　世の移ろいをいう。　**9 鶏鳴**　夜明け。官員が朝廷に赴く時間。**海色**　夜明けの空の様子。　**10 羅**　列なる。並び列をなす。　**11 西上陽**　洛陽の宮城の西南にあった宮殿。　**13 雲日**　雲浮かぶ空から差す陽光。　**14 朝**　朝臣が天子に拝謁する。　**皇州**　みやこ。斉・謝朓「徐都曹に和す」（『文選』巻三〇）に「宛洛　遨游するに佳く、春色　皇州に満つ」。　**15 飛龍**　駿馬はしばしば龍に喩えられる。　**16** 楽府「鶏鳴」古辞（『楽府詩集』巻二八）の「黄金　馬頭に絡す」をそのまま用いる。　**17 闢易**　避ける。畳韻の語。『史記』項羽本紀に「項王　目を瞋せて之を叱すれば、赤泉侯（楊喜）　人馬倶に驚き、辟（闢）易すること数里」。　**18 嵩丘**　中国を代表する山、五岳のうちの中岳、嵩山。　**20 鼎**　三本脚の食品を盛る器。　**珍羞**　「羞」はごちそう。　**21 趙舞**　趙国の女性は舞上手とされたため、美女のみごとな踊りをいう。西晋・左思「嬌女」詩（『玉台新詠』巻二）に「従容として趙舞を好む」。　**22 斉謳**　「謳」は、うた。　**23** 楽府「鶏鳴」古辞に「鴛鴦　七十二、羅列して自ら行を成す」。　**27**『老子』九章に「功成り名遂げて身退くは天の道なり」。　**28 愆尤**　つみ、とが。　**29 黄犬**　かつて秦の丞相であった李斯は処刑される際、子に対して、「おまえと黄犬を引き連れて故郷の東門を出て兎狩りをしたいと願っても、もうかなわないな」と嘆いた（『史記』李斯伝）。魏・阮籍「詠懐詩十七首」其六（『文選』巻二三）に「李公（李斯）は東門を悲しむ」。　**30 緑珠**　西晋の石崇には緑珠という愛妾がいた。時の権力者、趙王司馬倫《しばりん》の側近孫秀《そんしゅう》は石崇に緑珠を譲るように求めたが、石崇は断る。怒った孫秀は司馬倫に言いつけて石崇を誅殺させた（『晋書』石崇伝）。　**釁讎**　罪科。　**31 鴟夷子**　春秋時代の越王句践《こうせん》の軍師范蠡。句践に策略を授けて宿敵の呉を滅ぼしたのち、姓名を変え、小舟に乗って斉に赴き、鴟夷子皮と名乗った（『史記』貨殖列伝・越王句践世家）。鴟夷とは馬皮で作った袋。かつて呉の功臣伍子胥《ごししょ》は誅せられ、その死体は鴟夷に包まれて長江に棄てられた。范蠡は功成って後の自らの運命をあらかじめ見越したうえで鴟夷子皮と名乗り、後難を避けたのである。 32 **散髪** 冠（官員の象徴）を外し、髪を結わない。 **棹** 舟をこぐ。 **扁舟** 小舟。『史記』貨殖列伝に「（范蠡）乃ち扁舟に乗り江湖に浮かぶ」。【詩型・押韻】五言古詩。上声五旨（水）・六止（李）の同用。平水韻、上声四紙／下平十八尤（流・遊・州・丘・羞・秋・尤・讎・舟）・十九侯（侯・楼・頭・謳）・二十幽（幽）の同用。平水韻、下平十一尤。

詩解 初唐の盧照隣「長安古意」、劉希夷「公子行」「代悲白頭翁」など、大都市の繁華からうたいおこし、やがては豪奢に流れる王侯大官を誹り、あるいは時の流れに移ろう人生の悲哀を描出する七言歌行の作品群がある。李白の本詩の「天津 三月の時」以下のうたい出しは、それらを思い起こさせるところがある。ただ初唐の作は都市の繁華と人事の儚さを対比させつつ甘やかな感傷を存分にうたいあげるところに魅力があるが、李白の詩は後半の警世の言に重きが置かれる。流暢華麗な七言歌行と淳朴荘重な五言古詩という形式の相違と表裏をなす。

詩の冒頭はまず都市の賑わいを、花咲き匂う春を舞台にうたいおこす。次いで、上級官員の権勢に任せた傲慢なふるまいと奢侈に過ぎた生活。最後は、秦の李斯、晋の石崇の故事を引いて処世の戒めとし、越の范蠡（鴟夷子）のみごとな身の処し方に理想を見てうたい結ぶ。

其十七（其《そ》の十七《じふしち》）

1 西 上二蓮 花 山一　西《にし》のかた蓮花山《れんくわさん》に上《のぼ》れば
2 迢 迢 見二明 星一　迢迢《てうてう》として明星《めいせい》を見《み》る
3 素 手 把二芙 蓉一　素手《そしゅ》 芙蓉《ふよう》を把《と》り
4 虚 歩 躡二太 清一　虚歩《きよほ》して太清《たいせい》を躡《ふ》む

5 霓裳曳ニ廣帶一
6 飄拂昇レ天行
7 邀レ我登ニ雲臺一
8 高揖衛叔卿
9 恍恍與レ之去
10 駕レ鴻凌ニ紫冥一
11 俯視洛陽川
12 茫茫走ニ胡兵一
13 流血塗ニ野草一
14 豺狼盡冠纓

霓裳《げいしやう》　廣帶《くわうたい》を曳《ひ》き
飄拂《へうふつ》として天《てん》に昇《のぼ》りて行《ゆ》く
我《われ》を邀《むか》へて雲臺《うんだい》に登《のぼ》り
高揖《かういふ》す衛叔卿《ゑいしゆくけい》
恍恍《くわうくわう》として之《これ》と與《とも》に去《さ》り
鴻《こう》に駕《が》して紫冥《しめい》を凌《しの》ぐ
俯《ふ》して視《み》る洛陽《らくやう》の川《せん》
茫茫《ばうばう》として胡兵《こへい》走《はし》る
流血《りうけつ》　野草《やさう》に塗《まみ》れ
豺狼《さいらう》　盡《ことごと》く冠纓《くわんえい》

現代語訳　其の十七

西に聳える蓮花山にのぼれば、はるかかなたに明星の仙女がみえる。
白妙の手に蓮の花をとり、地をはなれ碧空に足をはこぶ。
虹の裳裾をまとって広い帯を引き、ひらひらと天に向かって昇ってゆく。
私をつれて雲台のみねに導き、組んだ手を挙げて衛叔卿にあいさつする。
夢見ごこちのまま仙人とともに、おおとりに乗って大空を翔る。
さて洛陽のあたりを見下ろすと、広々としたその地を胡《えびす》の反乱兵が走りまわっている。

野の草は流血にまみれ、ヤマイヌやオオカミが官位をむさぼっている。

語注　**1 蓮花山**　西岳華山のこと。頂上の池に八重咲きの蓮があり、それを服すると羽根が生えて仙人になるという（『初学記』巻五引く『華山記』）。中岳嵩山・東岳泰山・南岳衡山・北岳恒山とともに五岳の一つ。　**2 迢迢**　遠く離れたさま。　**明星**　仙女の名。かつて華山におり、玉漿（仙人の飲み物）を飲んで昇天したという（『太平広記』巻五九引く『集仙録』）。　**3 素手**　白い手。　**芙蓉**　蓮の花。　**4 虚歩**　空の上を歩く。　**躡**　軽やかに歩む。　**太清**　天空。　**5 霓裳**　虹でこしらえた裳《もすそ》。神女・仙女が身にまとう。『楚辞』九歌・東君に「青雲の衣と白霓の裳」。　**6 飄払**　軽やかにただようさま。双声の語。　**7 雲台**　華山の東北の峰。　**8 高揖**　胸の前で手を組み（一方は拳を握り、もう一方で包む）、高く上げる敬礼。　**衛叔卿**　仙人の名。前漢の武帝が道を好むと聞いて会いに行ったが、礼を欠く対応を受けたため、黙って立ち去る。悔いた武帝が遣わした使者と衛叔卿の子が泰山に出かけ再度の降臨を乞うたが聞き届けなかった（『神仙伝』巻八）。　**9 恍恍**　うっとりとするさま。　**10 駕鴻**　「鴻」は、おおとり。仙人の乗りもの。東晋・郭璞「遊仙詩七首」其三（『文選』巻二一）に「鴻に駕し紫煙に乗る」。　**紫冥**　天空。　**11 俯視**　高いところ（仙界）から下界を見下ろす。　**洛陽川**　洛陽一帯。「川」は平野。　**12 茫茫**　広大なさま。　**胡兵**　中央アジア系異民族の出身であった安禄山の率いる兵。天宝十四載（七五五）十一月、安禄山は范陽（北京の近く）で叛旗をひるがえし、十二月には洛陽を陥れた。いわゆる安史の乱。　**14**　蜂起の翌年、安禄山は国号を燕として洛陽で即位し、諸官を任命した。　**豺狼**　胡兵をいう。　**冠纓**　かんむりのひも。官位の象徴。【詩型・押韻】五言古詩。下平十二庚（行・卿・兵）・十四清（清・纓）・十五青（星・冥）の通押。平水韻、下平八庚・九青の通押。

詩解　詩は遊仙詩の趣をまとってうたいすすむが、11・12「俯して視る洛陽の川、茫茫として胡兵走る」に至り、にわかに戦塵に覆われ流血に濡れた現実世界がつきつけられる。唐突なまでの転換は仙界と現実の落差を際立たせる。李白の遊仙詩にはしばしば現実世界が対置されて描かれる。うたわれるのは安禄山の挙兵。

李白の事蹟を確認しておけば、天宝三載（七四四）、翰林の職を免ぜられて長安を離れ、その後は各地を転々としながら杜甫をはじめとする多くの人物と交遊を結び、数多くの詩をうたって時を過ごす。そして安禄山が乱を起こすのは天宝十四載（七五五）。朝廷を逐われた李白にとっては、浪々の日々は必ずしも意に沿うものではなかったであろう。しかしそれは権力中枢にあれば避けることのできない嫉妬・憎悪などの悪意や、陰険・卑劣な干渉からは自由な日々であったことも間違いない。また都から遠くあったために、戦乱の直接的な被害を免れることもできた。本詩にみえる遊仙的世界の描写の背景には、来し方に対する李白の自己肯定が映し出されているとみることも可能ではあるまいか。

其十八（其《そ》の十八《じふはち》）

1 昔我遊㆓齊都㆒　昔《むかし》我《われ》 齊都《せいと》に遊《あそ》び
2 登㆓華不注峯㆒　華不注《くわふちゆう》の峯《みね》に登《のぼ》る
3 茲山何峻秀　茲《こ》の山《やま》 何《なん》ぞ 峻秀《しゆんしう》たる
4 綠翠如㆓芙蓉㆒　綠翠《りよくすい》 芙蓉《ふよう》の如《ごと》し
5 蕭颯古仙人　蕭颯《せうさつ》たる古仙人《こせんにん》
6 了知是赤松　了知《れうち》す是《こ》れ赤松《せきしよう》なるを
7 借㆓予一白鹿㆒　予《われ》に一白鹿《いちはくろく》を借《か》し
8 自挾㆓兩青龍㆒　自《みづか》ら兩 青龍《りやうせいりゆう》を挾《はさ》む
9 含㆑笑凌㆓倒景㆒　笑《わら》ひを含《ふく》みて倒景《たうけい》を凌《しの》ぎ
10 欣然願㆓相從㆒　欣然《きんぜん》として相從《あひしたが》はんことを願《ねが》ふ

現代語訳 其の十八

かつて私は斉都に遊び、華不注の峰に登った。

この山の何と高く際立っていること。目に映る緑は、まだ咲きそめぬハスのよう。

楚楚たる古風な面影の仙人、はっきりと知る、これぞかの赤松子。

私に一頭の白鹿を貸し与え、自らは二頭の青龍を引き連れる。

笑みを含んでさかしまに輝く日月を超え、心浮き立って後に従うことを願う。

語注 **1・2 斉都** 今の山東省済南市。**華不注** 山名。済南近郊にある独立孤峰。**3・4** 華不注山をハスのつぼみにたとえる。**峻秀** 山が高く秀でているさま。双声の語。**緑翠** 青みがかった緑。**芙蓉** ハスの花。ここではそのつぼみをいう。**5 蕭颯** すっきりとしたさま。双声の語。**6 了知** すぐさまそうと覚る。**赤松** 古代の仙人、赤松子。**7 借** 貸し与え、使用を許す。**白鹿** 仙人の乗りもの。年経た鹿は毛色が白くなるとされる。**8 青龍** 瑞獣で仙人の乗りもの。**9 凌** 上に乗る。乗り越える。**倒景** 天上にあるため日月の光が下から射すことをいう。「景」は光。**10 欣然** 喜ぶさま。【詩型・押韻】五言古詩。上平三鍾（峰・蓉・松・龍・従）。平水韻、上平二冬。

詩解 遊仙の作。なお蕭士贇『分類補註本』では、次の其の十九、其の二十を併せて一首とするが、五代・韋縠の編んだ『才調集』は其の十九を選んで一首として採る。いま底本に従い、三首とみなす。

冒頭の自らの過去を振り返る口吻には、現実に根ざした視点がうかがわれるが、詩は華不注山を描写する3・4のあと、すぐさま仙界へと飛翔する。王琦が「首章（すなわち本詩）は語意未だ完からざるに似たり。或いは欠文有らんも未だ知るべからず」というように、やや不完全な印象をぬぐえない。

其十九（其《そ》の十九《じふきう》）

1 泣與㆓親友㆒別　泣《な》きて親友《しんいう》と別《わか》れ
2 欲㆑語再三咽　語《かた》らんと欲《ほつ》して再三《さいさん》咽《むせ》ぶ
3 勗㆓君青松心㆒　君《きみ》が青松《せいしよう》の心《こころ》を勗《つと》め
4 努力保㆓霜雪㆒　努力《どりよく》して霜雪《さうせつ》を保《たも》て
5 世路多㆓険艱㆒　世路《せいろ》険艱《けんかん》多《おほ》く
6 白日欺㆓紅顔㆒　白日《はくじつ》紅顔《こうがん》を欺《あざむ》く
7 分㆑首各千里　首《かうべ》を分《わ》かてば各〻千里《おのおのせんり》
8 去去何時還　去《さ》り去《さ》れば何《いづ》れの時《とき》にか還《かへ》らん

現代語訳　其の十九

涙を流しつつ親友と別れるとき、ことばをかけようにも幾度ものどがつまる。青々とした松の気高き心を努めて守り、白く汚れ無き霜雪の志を持ちつづけよう。世に生きる道は艱難にあふれ、移ろう白日に紅顔も保ちがたい。道を分かてば、おのおの千里のかなた。遠く去りゆけば、いつまた帰ることがあろうか。

語注　**1・2**「古詩八首」其七（『玉台新詠』巻一）に「親友と別るるを悲しみ、気結ぼれて言ふ能はず」。**3 勗**　励まし務める。『尚書』泰誓中に「勗めよや夫子」。**青松**　移ろわぬ堅固な志操を象徴する。**4 霜雪**　高潔な志節を象徴する。後漢・孔《こう》融《ゆう》「禰衡《でいこう》を薦むる表」（『文選』巻三七）に「志は霜雪を懐く」。**6** 時の経過とともに老いの避けられないことをいう。**白日** 太陽。ここではその運行とともに流れる時間をいう。**欺** 圧倒し、まさる。**紅顔** 若きつややかな顔。【詩型・押韻】五言古詩。入声十六屑（咽）・十七薛（別・雪）の同用。平水韻、入声九屑／上平二十七刪（顔・還）・二十八山（艱）の同用。平水韻、上平十五刪。

詩解 友との別れを悲しみ、別後の変わらぬ節義を励ます詩。作者個人に即した友人との特別の関係や別れの事情は記されない。一方そこに普遍的な離別の悲しみがうたいあげられる。個別的な状況ではなく、一般的な状況に寄せる普遍的な叙情は、漢代の作者不詳の「古詩」群の特質の一つ。本作はそうした「古」の要素を思わせる。

其二十（其《そ》の二十《にじふ》）

在㆑世復幾時
倏如㆓飄風度㆒
空聞㆓紫金經㆒
白首愁㆓相誤㆒
撫㆑己忽自笑
沈吟爲㆑誰故
名利徒煎熬
安得㆑閑㆓余歩㆒

世《よ》に在《あ》ること復《ま》た幾時《いくとき》ぞ
倏《しゆく》として飄風《へうふう》の度《わた》るが如《ごと》し
空《むな》しく紫金《しきん》の經《けい》を聞《き》き
白首《はくしゆ》相誤《あひあやま》るを愁《うれ》ふ
己《おのれ》を撫《ぶ》して忽《たちま》ち自《みづか》ら笑《わら》ふ
沈吟《ちんぎん》するは誰《た》が爲《ため》の故《ゆゑ》ぞ
名利《めいり》徒《いたづら》に煎熬《せんがう》
安《いづく》んぞ余《よ》が歩《あゆ》みを閑《かん》にするを得《え》ん

9　終　留二赤　玉　舃一
10　東　上二蓬　山　路一
11　秦　帝　如　我　求
12　蒼　蒼　但　煙　霧

終《つひ》に赤玉《せきぎよく》の舃《くつ》を留《とど》め
東《ひがし》のかた蓬山《ほうざん》の路《みち》に上《のぼ》る
秦帝《しんてい》　如《も》し我《われ》を求《もと》めなば
蒼蒼《さうさう》として但《た》だ煙霧《えんむ》あるのみ

現代語訳　其の二十

世に生を享けること、そもそもどれほどか。それはつむじ風が吹き抜けるようなもの。せっかく耳にした仙丹の説も虚しく、老いさらばえて身を誤ることを愁う。自ら省みればふと笑いが浮かぶ。誰のためにかくも煩い、もの思うのかと。名と利を求める欲にいたずらに炒りつけられ、どうして自分の歩みを伸びやかにできようか。そこでとうとう赤玉で飾った履物を残し、東のかた蓬莱山への道をたどることにした。もし始皇帝が我の教えを乞おうとも、東海は蒼茫たる煙霧に包まれていることだろう。

語注　**3 紫金経**　不老不死の道を説く書。「紫金」は不死の丹薬。唐・杜甫「将に成都草堂に赴かんとし途中に作有りて先づ厳鄭公に寄す五首」其四に「衰顔　赴かんと欲す紫金丹」。**4 白首**　白髪頭。老人をいう。**5 撫己**　自省する。東晋・陶淵明「歳暮　張常侍に和す」に「己を撫せば深懐有り」。**6 沈吟**　深いもの思いにふける。**7 名利**　名声と利益。**煎熬**　火にかけて煮る。心を苦しめることをたとえる。**9・10**　安期生に倣い仙界に行こうという。安期生は齢千歳という仙人。秦の始皇帝が会見を求めてことばを交わした後、赤い履物と「数年の後、我を蓬莱山に訪ねよ」ということばを遺して姿を消した。始皇帝は徐芾らを遣わしたが二度と会うことはできなかった（『列仙伝』上）。**赤玉舃**　安期生の残した履物。**蓬山**　東海上に浮かぶ仙山、蓬莱山。【詩型・押韻】　五言古詩。去声十遇（霧）・十一暮（度・誤・故・歩・路）の同用。平水韻、去声七遇。

詩解　神仙への憧憬をうたう。其の十五などと同じように、過ぎゆく時間とそれによってもたらされる肉体の衰頽への焦慮、「名利」に汲々たる俗流への嫌悪を重ね合わせ、自らを安期生になぞらえてうたわれる。

其二十一（其《そ》の二十一《にじふいち》）

1 郢客吟二白雪一　　郢客《えいかく》 白雪《はくせつ》を吟《ぎん》じ

2 遺響飛二青天一　　遺響《ゐきやうせいてん》 青天に飛《と》ぶ

3 徒勞歌二此曲一　　徒勞《とらう》 此《こ》の曲《きよく》を歌《うた》ふも

4 擧世誰爲傳　　擧世《きよせい》 誰《た》が爲《ため》に傳《つた》へん

5 試爲二巴人唱一　　試《こころ》みに巴人《はじん》の唱《しやう》を爲《な》せば

6 和者乃數千　　和《わ》する者《もの》 乃《すなは》ち數千《すうせん》

7 呑レ聲何足レ道　　聲《こゑ》を呑《の》む 何《なん》ぞ道《い》ふに足《た》らん

8 嘆息空悽然　　嘆息《たんそく》して 空《むな》しく悽然《せいぜん》たり

現代語訳　其の二十一

楚の都、郢に訪れた客が白雪の曲を歌えば、名残の響きは青天の高みに届く。

しかし、この曲を歌っても徒労に過ぎず、世に一人として理解するものはいない。

試みに巴人の曲を歌ってみれば、声を合わせる者は何と数千。

言うも甲斐無く、込み上げる思いを押し止め、傷み悲しんで空しくため息をつく。

語注 **1** 先秦・宋玉「楚王の問に答ふ」（『文選』巻四五）に、通俗的な曲に唱和する者は多いが、高尚な曲に唱和する者は少ないことを述べて、「客に郢（楚の都）中に歌ふ者有り。其の始めを下里巴人（曲名）と曰ふ。国中属して和する者は数千人。其の陽阿・薤露（曲名）を為すや、国中属して和する者は数百人。其の陽春白雪を為すや、国中属して和する者は数十人に過ぎず。商を引き羽を刻み、雑ふるに流徴を以てすれば（清澄な演奏を行えば）、国中属して和する者は数人に過ぎざるのみ。是れ其の曲弥〻高ければ、其の和すること弥〻寡なければなり」。 **2 遺響** 余韻。 **4 挙世** 世の人はすべて。 **5 巴人** 注1にみえる通俗的な曲。 **7 呑声** ことばを呑み込む。【詩型・押韻】五言古詩。下平一先（天・千）・二仙（伝・然）の同用。平水韻、下平一先。

詩解 戦国時代、楚国の文学者宋玉の作と伝えられる「楚王の問に答ふ」は、通俗的な曲が多くの人に受け入れられる一方、高尚な曲が顧みられないことをのべるが、その主旨は、歌曲と同様に人の遇不遇においても、低俗な者はしばしば世の嗜好に投じて受け入れられ、才有る者はしばしば敬遠され、批判にさらされることを主張するものであった。李白のこの作も、本旨を同じくするものであろう。

其二十二（其《そ》の二十二《にじふに》）

1 秦水別㆓隴首㆒　　秦水《しんすい》 隴首《ろうしゆ》に別《わか》れ
2 幽咽多㆓悲聲㆒　　幽咽《いうえつ》 悲聲《ひせい》多《おほ》し
3 胡馬顧㆓朔雪㆒　　胡馬《こば》 朔雪《さくせつ》を顧《かへり》み
4 躞蹀長嘶鳴　　躞蹀《せふてふ》として長《なが》く嘶鳴《せいめい》す
5 感㆑物動㆓我心㆒　　物《もの》に感《かん》じて我《わ》が心《こころ》を動《うご》かし

緬然含㆓帰情㆒　緬然《めんぜん》として帰《き》情《じやう》を含《ふく》む
昔視㆓秋蛾飛㆒　昔《むかし》は秋蛾《しうが》の飛《と》ぶを視《み》
今見㆓春蠶生㆒　今《いま》は春蠶《しゆんさん》の生《しやう》ずるを見《み》る
嫋嫋桑結㆑葉　嫋嫋《でうでう》たる桑《くは》は葉《は》を結《むす》び
萋萋柳垂㆑榮　萋萋《せいせい》として柳《やなぎ》は榮《えい》を垂《た》る
急節謝㆓流水㆒　急節《きふせつ》流水謝《りうすいしや》し
羈心搖㆓懸旌㆒　羈《き》心《しん》懸旌搖《けんせいゆ》らぐ
揮㆑涕且復去　涕《なみだ》を揮《ふる》ひて且《か》つ復《ま》た去《さ》る
惻愴何時平　惻愴《そくさう》何《いづ》れの時《とき》か平《たひ》らかならん

現代語訳　其の二十二

秦水が隴首の山に別れを告げると、かそけき咽び声には悲しみがやどる。胡馬が北に降り積む雪を振り返り、ゆっくりと歩みつつ声長くいななく。物に感じては心を揺り動かし、はるか遠く故郷に帰心をつなぐ。かつては秋の蛾が飛ぶのを見たが、今ははや春の蚕が生まれるころ。なよなよとクワは葉を芽生えさせ、ふさふさと柳は綿毛を垂れる。たちまち過ぎゆく時は流れ去る水のようで、旅にあっての心は旗指し物のように風に揺れる。涙をぬぐってまずは歩みを進めよう、この傷む胸はいつになれば穏やかになるのだろう。

【語注】 1・2 故郷との別れのつらさ。 **秦水** 秦（長安を中心とする地域）を流れる川の水。 **隴首** 「隴頭」とも。秦水の発する地。陝西省隴県にある。悲しい音を立てて流れ、旅人もまたここに至って秦の地を眺めれば哀しみに腸《はらわた》がちぎれるという。古歌「隴頭歌辞」（『楽府詩集』巻二五）に「隴頭の流水、鳴声幽咽す、遥かに秦川を望めば、心肝断絶す」。 **幽咽** 低くかすかにむせび泣く水音。双声の語。 **3・4 胡馬** 胡（北辺）に生まれた馬。「古詩十九首」其一（『文選』巻二九）に「胡馬 北風に依り、越鳥 南枝に巣くふ」。 **朔雪** 朔（北方）の雪。 **躞蹀** 小股でゆっくり歩む。畳韻の語。 **嘶** 鳴く。 **5 物** 1〜4の「秦水」「胡馬」。 **6 緬然** 遠くを思いやるさま。 **7・8** 時間の推移、季節の変化をうたう。『詩経』小雅・采薇に「昔 我往きしとき、楊柳 依依たり。今 我来れば、雨雪 霏霏たり」。 **9・10** 春の深まるさまをうたう。 **嫋嫋** 枝葉が風にゆらゆらと揺れるさま。 **桑** クワ。その葉をカイコの食用とする。「結」を底本は「枯」に作るが、王琦注に従い改める。 **萋萋** 葉が茂るさま。 **11 急節** 時の移ろいの速いこと。 **流水** 時の推移を水にたとえる。 **12 羇心** 旅先にあって愁いにとらわれた心。 **懸旌** 竿頭に飾りをつけたもの。はた。『戦国策』楚策一に「心 揺揺として懸旌の如し」。 **14 惻愴** 悲しむ。双声の語。【詩型・押韻】 五言古詩。下平十二庚（鳴・生・栄・平）・十四清（声・情・旌）の同用。平水韻、下平八庚。

【詩解】 故郷を離れた旅人の悲しみをうたう。行役の苦をうたうのは『詩経』以来の伝統（小雅「采薇」、召南「草虫」等々）。3・4「胡馬 朔雪を顧み」云々は、「古詩十九首」其一の「胡馬は北風に依り、越鳥は南枝に巣くふ」に倣うものであろう。また、旅人ゆえの繊細な感受性にとらえられた、5「物に感じて我が心を動かし」を以て景物描写を始めるのは、初唐・杜審言「晋陵の陸丞の早春游望に和す」にうたう「独り宦遊の人有りて、偏に物候の新たなるに驚く（宮仕えの旅の身には、季節の移ろいにとりわけ驚かされる）」を想起させる。それはやがて11「急節 流水謝し」と、時間の推移への慨嘆に結びついて旅人の心（「羇心」）をひとしお揺り動かし、「涙を揮ふ」「惻愴」たる思いをのべて一篇を結ぶ。

其二十三（其《そ》の二《に》十三《じふさん》）

1 秋露白如レ玉　秋露《しうろ》 白《しろ》きこと玉《たま》の如《ごと》し
2 團圓下二庭綠一　團圓《だんゑん》として庭綠《ていりよく》に下《お》つ
3 我行忽見レ之　我行《われゆ》きて忽《たちま》ち之《これ》を見《み》
4 寒早悲二歲促一　寒早《かんはや》くして歲《とし》の促《うなが》すを悲《かな》しむ
5 生猶二鳥過一レ目　生《せい》は猶《な》ほ鳥《とり》の目《め》を過《す》ぐるがごとし
6 胡乃自結束　胡《なん》ぞ乃《すなは》ち自《みづか》ら結束《けつそく》する
7 景公一何愚　景公《けいこう》 一《いつ》に何《なん》ぞ愚《おろ》かなる
8 牛山淚相續　牛山《ぎうざん》 淚相續《なみだあひつ》ぐ
9 物苦レ不レ知レ足　物《もの》は足《た》るを知《し》らざるに苦《くる》しみ
10 登レ隴又望レ蜀　隴《ろう》に登《のぼ》りて又蜀《またしよく》を望《のぞ》む
11 人心若二波瀾一　人心《じんしん》 波瀾《はらん》の若《ごと》し
12 世路有二屈曲一　世路《せいろ》 屈曲有《くつきよくあ》り
13 三萬六千日　三萬六千日《さんまんろくせんじつ》
14 夜夜當レ秉レ燭　夜夜《よよ》 當《まさ》に燭《しよく》を秉《と》るべし

現代語訳　其の二十三

秋の露は玉のように白く、円《まろ》らかに庭の草木の緑におちる。

外に出る折ふと目にした私は、寒の訪れの早さに年の押し迫るのを悲しむ。
人生は目の前を鳥が過ぎ去るようなもの、どうして自らを縛り付けることがあろう。
斉の景公は何とも愚かなこと、牛山にて家臣ともども涙を流した。
人はみな満ち足りることを知らず、隴の地を手に入れると次は蜀をと望む。
人の心は波立つ水のよう、世を渡れば曲がり角ばかり。
一生は三万六千日、夜ごと燭をともして遊ぶのがよい。

語注　**2 団円**　丸々としたさま。南朝・宋・謝恵連「七月七日夜　牛女を詠づ」（『文選』巻三〇）に「団団として葉に満つる露」。**庭緑**　庭の草木の葉。斉・王融「雑詩五首」其四（『玉台新詠』巻四）に「秋風　庭緑に下つ」。**5** 人の命の短さを強調する。西晋・張協「雑詩十首」其二（『文選』巻二九）に「人　瀛海の内に生くるは、忽として鳥の目を過ぐるが如し」。**6 結束**　束縛する。思い通りにふるまわない。「古詩十九首」其十二（『文選』巻二九）に「蕩滌（愁いを洗い流す）して情志を放《ほしいまま》にせん、何為れぞ自ら結束する」。**7・8**『列子』力命に見える話を踏まえる。春秋時代、斉の景公は、ある日、牛山にのぼり国を見渡しながら涙を流して言った。「いつか私も、死んでこの美しい国を離れなければならないのか」と。そばにいた二人の臣下も同情して涙を流したが、ひとり晏子だけが笑っていた。その理由をきくと、「吾が君が安らかに君主の位についておられるのは、これまでの君主が代々つとめに励まれて国を盛んにし、代々世を去って吾が君に至ったからです。それをひとり涙を流し死を嘆かれるのは、不仁というものです。不仁の君と、へつらいの臣下たちの様子を目にしたからこそ、私は笑っているのです」と。景公は恥じて罰として杯を挙げ、二人の臣下にも罰として二杯の酒を呑ませた。**9 物**　人。**10** 後漢・光武帝の岑彭に与えた書に「人は足るを知らざるに苦しむ。既に隴（甘粛）を平らげ、復た蜀（四川）を望む」（『後漢書』岑彭伝）。**13・14** 人生は長くみて百年と考えられた。「三万六千日」は百年（一年は三百六十日）。「古詩十九首」其十五に「生年　百に満たざるに、常に千歳の憂ひを懐く。昼は短くして夜の長きに苦しまば、何ぞ燭を秉りて遊ばざる」。【詩型・押韻】五言古詩。入声三燭（緑・促・束・続・蜀・曲・燭）。平水韻、入声二沃。

詩解　季節の移ろいに人生を重ね、その推移の速やかなるに思いをいたす。しかし人生の短さ、過ぎゆく時間の速さを認めながらも、それを受け入れ、そのうえで、百年に満たない人生であればこそ、その人生を楽しむべきと述べてうたい結ぶ。李白「春夜　従弟と桃花園に宴する序」（巻二七）の冒頭に「夫れ天地は万物の逆旅にして光陰は百代の過客なり、而して浮生は夢の如し、歓を為すこと幾何ぞ。古人の燭を秉りて夜遊ぶは、良《まこと》に以有《ゆゑ》るなり」というのに通じよう。

なおこうした発想は、注（6あるいは13・14）にも引いた漢代の「古詩十九首」、更にさかのぼれば、『詩経』唐風・蟋蟀の「蟋蟀　堂に在り、歳　聿《ここ》に莫《く》れぬ。今　我　楽しまざれば、日月　其れ除《さ》らん」などにもみられるように、士人の古くからの思考類型の一つでもあった。

其二十四（其《そ》の二《に》十四《じふし》）

1 大車揚二飛塵一　大車《だいしや》　飛塵《ひぢん》を揚《あ》げ

2 亭午暗二阡陌一　亭午《ていご》　阡陌《せんぱく》暗《くら》し

3 中貴多二黄金一　中貴《ちゆうき》　黄金《わうごん》多《おほ》く

4 連レ雲開二甲宅一　雲《くも》に連《つら》なりて甲宅《かふたく》を開《ひら》く

5 路逢二闘雞者一　路《みち》に闘雞者《とうけいしや》に逢《あ》ふ

6 冠蓋何輝赫　冠蓋《くわんがい》　何《なん》ぞ輝赫《きかく》たる

7 鼻息干二虹蜺一　鼻息《びそく》　虹蜺《こうげい》を干《をか》し

8 行人皆怵惕　行人《かうじん》　皆《みな》怵惕《ちゆつてき》す

世 無㆓洗㆑耳 翁㆒　　世《よ》に耳《みみ》を洗《あら》ふ翁《おきな》無く

誰 知㆓堯 與㆑跖　　誰《たれ》か堯《げう》と跖《せき》とを知《し》らん

現代語訳　其の二十四

大きな車が土煙をあげ、真昼というのに通りは暗い。

宮居のお偉方はお金持ちがたくさん。雲に連なるほどのお屋敷を建てる。

通りすがりに闘鶏師に会えば、その冠と車の覆いはなんと輝かしいこと。

鼻息は空の虹を突くばかり、行き交う人はみなおどおど。

今の世には潁水に耳を洗った許由のような人物はおらず、誰ひとりとして聖人の堯と盗人の跖を見分けることができない。

語注　**2 亭午**　正午。**阡陌**　たてよこのみち。南北に走るのを「阡」、東西を「陌」という。**3 中貴**　宦官など、宮中にあって権勢を有する者。**4 甲宅**　みごとな屋敷。**5 闘鶏者**　唐代、玄宗を含む皇帝・諸王たちの間で闘鶏が流行し、それが民間にまで影響を与えた。また、鶏をうまく扱う才能によって取り立てられる者も現れた。**6 冠蓋**　衣冠と車のおおい。衣装や乗り物をいう。**輝赫**　鮮やかに輝く。双声の語。**7 干**　おかす。高くのぼって、つきあたる。**虹蜺**　にじ。**8 怵惕**　おそれおののく。**9 洗耳翁**　古代の高潔の士、許由のこと。堯が天下を譲ろうとしたが受けず、また召して九州の長を命じようとしたが受けず、いやなことを聞いたと潁水の流れで耳を洗った（『高士伝』上）。**10** 善悪の見極めがつかない。「堯」は聖天子、「跖」は、春秋時代、魯の大盗賊。『孟子』尽心上に「舜と跖との分を知らんと欲せば、他無し、利と善との間なり」。【詩型・押韻】　五言古詩。入声二十陌（陌・宅・赫）・二十二昔（跖）・二十三錫（惕）の通押。平水韻、入声十一陌・十二錫の通押。

詩解　太平を背景とした、宮中権貴の奢侈、驕慢なふるまい、あるいは彼らに取り入って権勢をふるう人々の横暴。そうした時勢に対する批判をうたう。

玄宗治世の開元天宝年間、宮中には多くの宦官がおり、『新唐書』宦者伝には「開元天宝中、宦官の黄衣以上三千員、朱紫を衣るもの千余人。其の旨に称う者は輒ち三品将軍を拝し、戟を門に列す」という。また唐・陳鴻『東城老父伝』には、闘鶏をよくしたため玄宗の寵をほしいままにした賈昌なる少年のことを記す。本詩にうたうところは、李白が長安にあって目にした実況であったと言ってよい。末二句の、賢不賢を見分けるすべの無い時流への批判には、李白の懐才不遇への憤懣がにじむ。

其二十五（其《そ》の二十五《にじふご》）

1 世道日交喪
2 澆風散二淳源一
3 不レ采二芳桂枝一
4 反棲二悪木根一
5 所三以桃李樹
6 吐レ花竟不レ言
7 大運有二興沒一
8 羣動爭飛奔
9 歸來廣成子
10 去入二無窮門一

世《よ》と道《みち》と日《ひ》びに交〻《こもごも》喪《うしな》ひ
澆風《げうふう》 淳源《じゆんげん》を散《さん》ず
芳桂《はうけい》の枝《えだ》を采《と》らず
反《かへ》りて悪木《あくぼく》の根《ね》に棲《す》む
桃李《たうり》の樹《き》の
花《はな》を吐《は》きて竟《つひ》に言《い》はざる所以《ゆゑん》なり
大運《だいうん》 興沒《こうぼつ》有《あ》り
羣動《ぐんどう》 爭《あらそ》ひて飛奔《ひほん》す
歸《かへ》らん來《かな》 廣成子《くわうせいし》
去《さ》りて無窮《むきゆう》の門《もん》に入《い》れ

現代語訳　其の二十五

日ごとに世は道を棄て、道も世を捨て、浮薄な俗風が質朴なる原初を吹き散らす。
それは香ばしい桂《もくせい》の枝をとらず、かえって悪木の根に休らうようなもの。
だからこそ桃李は、花咲けどもことばを口にしないのだ。
天与の命運には興隆あれば没落もあるもの。なのに世上の人々は争って奔走する。
帰りたまえ広成子よ、立ち去って無窮の門に入ろう。

語注　**1**『荘子』繕性に「世は道を喪ひ、道も世を喪ふ。世と道と交〻相喪ふなり」と。その成玄英の疏に「喪は廃（すてる）なり」と。また李白「古風五十九首」其十二に「君平　既に世を棄て、世も亦た君平を棄つ」。**2**　**澆風**　浮薄な弊風。「澆」は卑俗、浅はか。『荘子』繕性に「淳きを澆（うす）くし、樸を散ず」。**淳源**　淳朴な原初のありかた。**3**　芳香は君子の徳性の象徴。**4**　西晋・陸機「猛虎行」（『文選』巻二八）に「熱するも悪木の陰に息《いこ》はず」。李善の引く『管子』に「夫れ士は耿介《こうかい》の心（節義心）を懐《いだ》き、悪木の枝に蔭《いん》せず（木陰に入らない）」。**5・6**『漢書』李広伝に引く諺に「桃李言はざるも、下自ら蹊を成す」とあるのを踏まえるが、ここでは君子、すなわち美質を備えた者もそれを世に示そうとしない、の意。**7**　**大運**　天命。
8　**群動**　動き回るものたち。ここでは世の人々。東晋・陶淵明「雑詩二首」其二（『文選』巻三〇）に「日入りて群動息ふ」。
9　**広成子**　仙人の名。古代の聖天子黄帝が教えを請うたという（『神仙伝』巻一）。**10**　**無窮門**　究極の世界に通じる門。『荘子』在宥に、黄帝に対し広成子は、「余は将に女《なんぢ》を去りて、無窮の門に入り、以て無極の野に遊ばんとす」。【詩型・押韻】五言古詩。上平二十二元（源・言）・二十三魂（奔・門）・二十四痕（根）の同用。平水韻、上平十三元。

詩解　仙界・神仙への希求をうたう。淳朴な古代をたたえ、それを喪った現代をにくむ。5・6にうたわれる「桃李」は、何も口にしないがその美しさゆえに人を惹きつけることから、漢の名将李広の人柄をたたえたとされる諺だが、ここでは桃李の美質を理解することのできぬ現世ゆえに、桃李は何も言わないのだと転用される。末尾に「無窮の門に入れ」と呼びかけられる「広成子」とは、李白が自らに呼びかけるものであろう。

其二十六（其《そ》の二十六《にじふろく》）

碧荷生二幽泉一
朝日艶且鮮
秋花冒二綠水一
密葉羅二青煙一
秀色空絶世
馨香誰爲傳
坐看飛霜滿
凋二此紅芳年一
結レ根未レ得レ所
願託二華池邊一

碧荷《へきか》 幽泉《いうせん》に生《しやう》じ
朝日《てうじつ》 艶《えん》にして且《か》つ鮮《あざ》やかなり
秋花《しうくわ》 綠水《りよくすい》を冒《おほ》ひ
密葉《みつえふ》 青煙《せいえん》を羅《ら》す
秀色《しうしよく》 空《むな》しく絶世《ぜつせい》
馨香《けいかう》 誰《たれ》か爲《ため》に傳《つた》へん
坐《ざ》して看《み》る飛霜《ひさう》の滿《み》ちて
此《こ》の紅芳《こうはう》の年《とし》を凋《しぼ》ましむるを
根《ね》を結《むす》びて未《いま》だ所《ところ》を得《え》ず
願《ねが》はくは華池《くわち》の邊《へん》に託《たく》せん

現代語訳　其の二十六

みどりのハスがひっそりとした泉に生えている。朝の日差しをうけて鮮やかに艶めく。秋の花が緑の水をおおい、繁る葉に青いもやが立ちこめる。うつくしい姿は世にも希なるものだが、よき香りを誰が世の人に伝えてくれよう。

ただ空しく目にする、霜が一面におりて、この紅《くれない》かぐわしい花を凋《しお》れさせるのを。
根を下ろすのにこの地はふさわしくない。華池のほとりに身を寄せたいもの。

【語注】 **1 幽泉** 人目につかぬ泉。 **3 秋花** ここでは蓮の花。 **冒** 覆う。魏・曹植「公讌詩」(『文選』巻二〇)に「朱華 緑池を冒ふ」。 **7 坐** なすすべなく、そのまま。 **10 華池** 崑崙山の上にあるという、伝説の池。ここではそれを用い、第一句の「幽泉」と対となるような華やかな場所をいう。【詩型・押韻】五言古詩。下平一先(煙・年・辺)・二仙(泉・鮮・伝)の同用。平水韻、下平一先。

【詩解】 ハスの花に賢才をたとえ、それにふさわしい活躍の場を求める。ここに描かれるハスの属性はすべて賢士の特質。「幽泉」にあるのは世に埋もれていること。「華池」にあることこそふさわしいとうたう。自然の事物と人事の間に類似性や相関関係をみるのは『詩経』以来の発想。特に人の才能を自然の事物にたとえ、その活躍をする場を求める思いを専らうたうものとしては、魏の劉楨《りゅうてい》が従弟について、その清澄な品性を清流の水草に、節操を松に、雌伏する境遇を鳳凰にたとえる「従弟に贈る三首」(『文選』巻二三)が想起される。

其二十七(其《そ》の二《に》十七《じふしち》)

1 燕趙有㆓秀色㆒　燕趙《えんてう》 秀色《しうしよく》 有《あ》り
2 綺樓青雲端　綺樓《きろう》 青雲《せいうん》の端《たん》
3 眉目豔㆓皎月㆒　眉目《びもく》 皎月《けうげつ》より豔《えん》にして
4 一笑傾㆑城歡　一笑《いちせう》すれば城《しろ》を傾《かたむ》けて歡《よろこ》ぶ
5 常恐碧草晩　常《つね》に恐《おそ》る碧草《へきさう》の晩《くれ》

6 坐 泣㆓秋 風 寒㆒　坐《ざ》して秋風《しうふう》の寒《さむ》きに泣《な》くを
7 纖 手 怨㆓玉 琴㆒　纖手《せんしゆ》 玉琴《ぎよくきん》怨《うら》み
8 清 晨 起 長 歎　清晨《せいしん》 起《た》ちて長歎《ちやうたん》す
9 焉 得㆘偶㆓君 子㆒　焉《いづく》んぞ君子《くんし》に偶《あ》ひ
10 共 乘㆗雙 飛 鸞㆖　共《とも》に雙飛《さうひ》の鸞《らん》に乘《の》るを得《え》ん

現代語訳　其の二十七

燕・趙の国には美しい人がおり、その麗しい高殿は青空の高みの雲の端に。かんばせは光さやかな月よりも艶やかで、ふと笑みをもらせば町中の人々の心を動かす。いつも恐れるのは緑の草の枯れ凋む夕暮れ、なすすべもなく秋風の寒さに泣くこと。ほっそりとした手は玉の琴の清怨な響きをたて、夜明けがたに身を起こし長いため息をつく。なんとかして立派なお方と出会い、共に鸞の鳥に乗って天翔《あまがけ》たいもの。

語注　**1 燕趙**　「燕」は今の河北省、「趙」は山西省を中心とする地域。共に春秋戦国時代の国名。趙は古来女の楽人を多く輩出した。　**2 美女**　**秀色**　美しい容貌。「古詩十九首」其十二（『文選』巻二九）に「燕趙　佳人多く、美なる者　顔は玉の如し」。　**綺楼**　美しい楼閣。「楼」、底本は「樹」に作るが諸本に従い改める。　**青雲**　青空の高みにうかぶ雲。また高の身を置く場所。　**3 眉目**　「眉」と「目」で容貌をいう。　**皎月**　皎々と光を放つ明月。　**4 傾城**　町を挙げて。人はみな残らず。漢の李延年が妹（李夫人）を武帝に薦めるにあたって「北方に佳人有り、絶世にして独立す。一たび顧みれば人の城を傾け、再び顧みれば人の国を傾く」とうたった（『漢書』外戚伝上）。　**5・6**　その容色を知られぬまま年衰えることを恐れる。前漢・班婕妤「怨歌行」（『文選』巻二七）の「常に恐る　秋節至り、涼風の炎熱を奪はんことを」は寵愛の喪失を恐れるものだが、秋の季節の到来に女性の恐れを重ねる措辞は重なる。　**7 纖手**　女性のほっそりとした手。「古詩十九首」其二に「纖纖として素手を出だす」。**8 長歎**　魏・曹植「美女篇」（『文選』巻二七）に「中夜　起ちて長歎す」。**9・10** 好き伴侶との出会いを願う。「古詩十九首」其の五に「願はくは双鳴の鶴と為り、翅を奮ひて起ちて高く飛ばん」。**焉得**　なんとか……したい。願望を表す。【詩型・押韻】　五言古詩。上平二十五寒（寒・歎）・二十六桓（端・歓・鸞）の同用。平水韻、上平十四寒。

詩解　雲の高みにたつ楼閣、その美しい部屋に住む孤独な女性、彼女の奏でる悲しげな音、そしてよき伴侶との飛翔を願うことばでの結び等々、「古詩十九首」其の五に重なる要素が多い。それは美しい娘の伴侶を得られぬ嘆きをうたう魏・曹植「美女篇」にも通じるもので、李白の作はこれらの作品に学んだもの。こうした詩にうたわれる女性には、いずれも詩の語り手自身の不遇の思いが投影されている。才能を自負しながらそれを発揮する機会の得られないことに憤懣を抱き、取り立てを願う点は前の其の二十六と同じだが、範を求める過去の作品を異にする。

李白「古風」は、「古詩」と称される漢代無名氏の作品群（代表的なものは『文選』に収める「古詩十九首」）から発想や措辞・用語の材を多く採っている。次に参考までに「古詩十九首」其の五を挙げておく。

西北有㆓高楼㆒　上与㆓浮雲㆒斉　西北に高楼有り　上は浮雲と斉し
交疏結綺窓　阿閣三重階　交疏　結綺の窓　阿閣　三重の階
上有㆓絃歌声㆒　音響一何悲　上に絃歌の声有り　音響　一に何ぞ悲しき
誰能為㆓此曲㆒　無㆓乃杞梁妻㆒　誰か能く此の曲を為す　乃ち杞梁の妻なる無からんや
清商随㆑風発　中曲正徘徊　清商　風に随ひて発し　中曲　正に徘徊す
一弾再三歎　慷慨有㆓余哀㆒　一たび弾じて再三歎じ　慷慨して余哀有り
不㆑惜㆓歌者苦㆒　但傷㆓知音稀㆒　歌ふ者の苦しきを惜しまず　但だ知音の稀なるを傷む
願為㆓双鳴鶴㆒　奮㆑翅起高飛　願はくは双鳴の鶴と為り　翅を奮ひて起ちて高く飛ばん

其二十九（其《そ》の二十九《にじふきう》）

三季分㆓戰國㆒　三季《さんき》 戰國《せんごく》に分《わ》かれ
七雄成㆓亂麻㆒　七雄《しちゆう》 亂麻《らんま》を成《な》す
王風何怨怒　王風《わうふう》 何《なん》ぞ怨怒《ゑんど》
世道終紛拏　世道《せいだう》 終《つひ》に紛拏《ふんだ》
至人洞㆓元象㆒　至人《しじん》 元象《げんしやう》に洞《あき》らかに
高擧凌㆓紫霞㆒　高擧《かうきよ》して紫霞《しか》を凌《しの》ぐ
仲尼亦浮㆑海　仲尼《ちゆうぢ》も亦《ま》た海《うみ》に浮《う》かび
吾祖之㆓流沙㆒　吾《わ》が祖《そ》 流沙《りうさ》に之《ゆ》く
聖賢共淪沒　聖賢《せいけん》 共《とも》に淪沒《りんぼつ》し
臨㆑岐胡咄嗟　岐《き》に臨《のぞ》みて胡《なん》ぞ咄嗟《とつさ》せん

現代語訳　其の二十九

三代の末、国は別れて戦国の世となり、七雄が麻糸のもつれるごとくこの世を乱した。王風の歌はなんと怨みと怒りに溢れることか、世情はついに入り乱れて争うようになった。至高の人は天象の姿を解き明かし、高々と飛び上がり紫雲の上に翔けられた。仲尼もまた海に桴《いかだ》を浮かべ、我が祖たるお方も砂漠のかなたに。聖賢はみな世から姿を消されたいま、岐路を前にどうしてため息をついていられよう。

語注　**1**　**三季**　三代（夏・殷・周の三王朝）の末。**戦国**　周王朝の後半、春秋時代の更に後半。晋が韓・魏・趙の三国に分裂してから秦による統一まで。前四五三〜前二二一。 **2 七雄** 戦国時代の七つの有力国。秦・燕・斉・楚・韓・魏・趙。 **乱麻** 乱れもつれた麻糸。 **3 王風** 『詩経』国風の一つ。周王朝が力を喪い東遷（みやこを洛邑に移す）した後の作品群とされる。その最初の一篇「黍離」は、西周の都鎬京の荒廃をうたう。 **怨怒** 乱世に生み出される歌は怨みの声に満ちる。「毛詩大序」（『文選』巻四五）に「乱世の音は怨みて以て怒る。其の政 乖《もと》ればなり」。 **4 世道** 世俗の人情。人々の心。 **紛拏** 争い戦う。『史記』衛将軍驃騎列伝に「時已に昏れ、漢と匈奴と相紛拏す」。 **5 至人** 道の窮極に達した人。 **洞** 通暁する。 **元象** 天象。天体（日月星辰）の表す姿。その背景にある意味。「元」は「玄」に通じる。 **6 高挙** 人間世界を遠く離れる。 **紫霞** 仙界のあかね雲。西晋・陸機「前緩声歌」（『文選』巻二八）に「軽挙して紫霞に乗る」。 **7** 『論語』公冶長に「道 行はれざれば、桴に乗りて海に浮かばん。我に従ふ者は其れ由か」。 **8** 老子は西方に出かけ、関守の尹喜とともに「流砂」（砂漠地帯）に遊んで胡（西域の人）となったという伝説がある（『列仙伝』上・関令尹）。老子の名は李耳。同姓の李白は老子を自らの祖とみなしてうたう。 **9 聖賢** 孔子と老子。 **淪没** 姿を隠す。 **10** 俗世への未練を断ち切る。 **咄嗟** 歎息。【詩型・押韻】 五言古詩。下平九麻（麻・拏・霞・沙・嗟）。平水韻、下平六麻。

詩解 現世への嫌悪をうたう。しかし詩は1から4、「三季」「戦国」「七雄」「王風」とうたい進めた後、孔子・老子という古代の聖賢の逸事へと転ずる。詩の主人公の身を置く時間はやや宙に浮いたまま。いわば超時間的視点。こうしたことは、李白「古風」もそうであるような「古」を標榜する詩には珍しくない。しかし老子を「吾祖」と称してうたうところに李白の自意識が現れ、同時に李白の現在が紛れ込み、顕在化する。中国古典詩の「古」には常に「今」が映り込む。

其三十（其《そ》の三十《さんじふ》）

1 玄 風 變二太 古一　玄風《げんふう》は太古《たいこ》に變《へん》じ

2 道 喪 無二時 還一　道喪《みちうしな》へば時《とき》として還《かへ》る無《な》し

擾擾季葉人
擾擾《ぜうぜう》たり季《き》葉《えふ》の人《ひと》

雞鳴趨㆓四闕㆒
雞鳴《けいめい》 四《し》闕《くわん》に趨《はし》る

但識金馬門
但《た》だ識《し》る金馬《きんば》門《もん》

誰知蓬萊山
誰《たれ》か知《し》らん蓬萊山《ほうらいさん》

白首死㆓羅綺㆒
白首《はくしゅ》 羅《ら》綺《き》に死《し》し

笑歌無㆓休閑㆒
笑歌《せうか》 休閑《きうかん》なる無《な》し

綠酒哂㆓丹液㆒
綠酒《りよくしゅ》 丹液《たんえき》を哂《わら》ひ

青娥凋㆓素顔㆒
青娥《せいが》 素《そ》顔《がん》を凋《しぼ》ます

大儒揮㆓金槌㆒
大儒《たいじゅ》 金槌《きんつい》を揮《ふる》ひ

琢㆓之詩禮間㆒
之《これ》を詩《し》禮《れい》の間《かん》に琢《みが》く

蒼蒼三珠樹
蒼蒼《さうさう》たる三珠《さんしゅ》の樹《じゅ》

冥目焉能攀
冥目《めいもく》 焉《いづく》んぞ能《よ》く攀《よ》ぢん

現代語訳　其の三十

玄素の奥深い風気は太古に移ろい、その道は喪われて元に還る時とて無い。

物騒がしい今の世の者たちは、夜明けには四方に奔走する。

富貴の入り口たる金馬門だけを目指し、不死の仙境、蓬萊山のことなど誰が知ろう。

老いても綺羅をまとう女を求めて命を削り、笑いと歌に時を過ごし心を落ち着かせる暇もない。

旨酒ばかりを好んで丹液をあざ笑うため、うら若い娘もたちまち美しい顔をしぼませる。

大儒は金槌をふるって人の墓を暴き、詩だの礼だのを振りかざして盗んだ珠玉を磨く。

青々としげる三珠の仙樹、死に至るまで手をかけることはできまい。

語注　**1 玄風**　道家の無為自然をよしとする奥深い思潮。　**3 擾擾**　乱れて騒がしいさま。　**季葉**　末の世。現代を衰微した時代としていう。「葉」は時代の意。　**4 鶏鳴**　鶏の鳴く夜明け。『孟子』尽心上に「鶏鳴にして起き、孳孳として（一心に）善を為す者は舜（聖王）の徒なり。鶏鳴にして起き、孳孳として利を為す者は跖（大盗）の徒なり」。　**趨四関**　利を求めて東奔西走する。「四関」は四方の関所。　**5 金馬門**　漢の宮門。文人・学者らが出入りした。傍らに馬の銅像が置かれた。　**6 蓬萊山**　東海の仙人の住まう所（『山海経』海内北経ほか）。　**7 白首**　白髪頭。老人をいう。　**羅綺**　うすもの（目の細かい絹織物）とあやぎぬ。ここではそれを身にまとう美女。　**8 休閑**　ゆったりとする。　**9 緑酒**　美酒。「丹液」と句中の対をなす。「緑」を底本は「淥」に作るが諸本に従って改める。　**哂**　笑う。　**丹液**　不老不死の仙薬。　**10 青娥**　若い娘。　**素顔**　化粧した白く美しい顔。　**11・12**　詩や礼楽を振りかざす儒家の偽善的な形式主義をそしる。大儒（首領）と小儒（部下）が塚を暴き、屍の口を金槌をふるって開けて、中の珠を取り出すという、『荘子』外物にみえる逸話を踏まえる。　**13 三珠樹**　仙境に生える樹でその葉は珠玉でできている（『山海経』海外南経）。　**14 冥目**　目をつむる。死ぬこと。　**【詩型・押韻】**　五言古詩。上平二十七刪（還・関・顔・攀）・二十八山（山・閑・間）の同用。平水韻、上平十五刪。

詩解　「太古」における理想的なありかたが、「季葉」たる今の世において喪失したとうたう。前の「其の二十九」とは異なり、現在の醜悪なさまの描写に筆が費やされる。名利に汲々として奔走する人々。享楽に身を任せて命を削る人々。更に口では詩や礼楽を唱えつつ、その身は他者の墓を暴いて宝玉を得ようとする儒家の姿が、不死の仙境「蓬萊山」に対比してうたわれる。

其三十一（其《そ》の三十一《さんじふいち》）

鄭客西入レ關
行行未レ能レ已
白馬華山君
相逢平原里
璧遺二鎬池公一
明年祖龍死
秦人相謂曰
吾屬可レ去矣
一往二桃花源一
千春隔二流水一

鄭客《ていかく》 西《にし》のかた關《くわん》に入《い》り
行《ゆ》き行《ゆ》きて未《いま》だ已《や》む能《あた》はず
白馬《はくば》 華山君《くわざんくん》
相逢《あひあ》ふ平原里《へいげんり》
璧《へき》 鎬池公《かうちこう》に遺《おく》り
明年《みやうねん》 祖龍《そりゆう》 死《し》せんと
秦人《しんひと》 相謂《あひい》ひて曰《いは》く
吾《わ》が屬《ぞく》 去《さ》るべしと
一《ひと》たび桃花源《たうくわげん》に往《ゆ》けば
千春《せんしゆん》 流水《りうすい》 隔《へだ》つ

現代語訳 其の三十一

鄭某なる旅人が西のかた函谷関に入り、道を行きて留まることなく先を急ぐ。すると白馬に乗る華山君と、平原里にて出会った。言うには、璧玉を鎬池公に届けたまえ、明年、祖龍が死ぬであろう、と。秦の人々は語らって言う、我らはこの地を去るのがよかろう。そしてひとたび桃花源に到れば、千年もの年月、流れる水の彼方に隔てられた。

語注 1―6 秦の始皇帝の死を予言する逸事。『史記』始皇本紀に、始皇帝の三十六年、使者が華山の北、平舒の道を通りかかると、ある人物が現れて「璧」を「滈（鎬）君」に届けるように、また「今年、祖龍死せん」と告げた。使者が「璧」を届けつつ始皇帝に報告した。調べさせたところ、「璧」はかつて始皇帝が大江を渡る際、風雨を鎮めるために水神に祈って捧げたものであった。また『捜神記』巻四によれば、秦の始皇帝の三十六年、鄭容なる人物が東方からやってきて函谷関に入ろうしたところ、華山から白馬に乗った人が下りてきて鄭容に告げた。自分は華山の使いで、手紙を鎬池君に届けてほしいと。鄭容が届けると、そこには「明年、祖龍死せん」と書いてあった。李白詩にみえる「鄭客」は右の鄭容。「関」は函谷関。「白馬華山君」は、『捜神記』では「華山の使い」とされるが、華山の神をいうものであろう。「平原里」は『史記』にみえる「平舒」。「鎬池」は長安の西南。かつて周の武王が都を置いた場所。『史記』集解の服虔は「鎬池君」は水神であるとし、同じく張晏は、殷の紂王を伐った周の武王であるという。「祖龍」の「祖」は「始」、「龍」は人君の象徴で、始皇帝をいう隠語。**7・8** 不死の薬を求めるため召し抱えられた方士、侯生や盧生が、始皇帝の横暴を見かねて逃亡した逸事を想起させる。『史記』始皇本紀に「侯生盧生、相与に謀りて曰く、始皇の人となり天性剛戻（暴虐）、……未だ為に仙薬を求むべからず、と。是に於て乃ち亡去す」。**9** **桃花源** 東晋・陶淵明「桃花源の記」による。東晋の太元年間（三七六～三九六）、武陵の漁師が谷を遡ると、桃の花咲く林を見つけ、その奥の細い穴を抜けた先に、世と隔絶した村にたどり着く。村人が言うには、秦の時の戦乱を避けてここに逃れ、それ以来、外の世界との交わりを絶っており、漢も魏晋の世も知らぬとのこと。酒食のもてなしを受け、再び世にもどった漁師は、郡の太守にこのことを告げる。太守は人を遣わして桃花源の村を尋ねさせるが、ついに探し当てることはできなかった。【詩型・押韻】五言古詩。上声五旨（死・水）・六止（已・里・矣）の同用。平水韻、上声四紙。

詩解 陶淵明「桃花源の記」に記されて以降、長く士人らの理想が託された塵外境。秦の乱世を逃れた人々の子孫がひっそりと暮らす、世と隔絶した仙境。この詩では、始皇帝にまつわる逸事をモンタージュのように組み合わせ、桃花源の物語につなげる。一は、華山の麓に通りかかった旅人に華山の神から告げられる始皇帝の死に関わる予言。二は、始皇帝の横暴に耐えかね、互いに語らって逃亡する方士。これらのエピソードは、いずれも始皇帝の不義・不徳に由来するものであり、各々文献にみえるところではあるが、桃花源の物語の中で直接語られるものではない。無から有を生んだものではないが、李白のユニークな趣向が認められる。

其三十四（其《そ》の三十四《さんじふし》）

羽檄如二流星一
虎符合二專城一
喧呼救二邊急一
羣鳥皆夜鳴
白日曜二紫微一
三公運二權衡一
天地皆得レ一
澹然四海清
借問此何爲
答言楚徵レ兵
渡レ瀘及二五月一
將下赴二雲南一征上
怯卒非二戰士一
炎方難二遠行一

羽檄《うげき》 流星《りうせい》の如《ごと》く
虎符《こふ》 專城《せんじやう》に合《がふ》す
喧呼《けんこ》 邊急《へんきふ》を救《すく》はんとし
羣鳥《ぐんてう》 皆夜《みなよる》に鳴《な》く
白日《はくじつ》 紫微《しび》に曜《かがや》き
三公《さんこう》 權衡《けんかう》を運《めぐ》らす
天地《てんち》 皆一《みないつ》を得《え》
澹然《たんぜん》として四海《しかい》清《きよ》し
借問《しやもん》す此《こ》れ何《なに》をか爲《な》す
答《こた》へて言《い》ふ楚《そ》に兵《へい》を徵《ちよう》すと
瀘《ろ》を渡《わた》りて五月《ごぐわつ》に及《およ》び
將《まさ》に雲南《うんなん》に赴《おもむ》きて征《せい》せんとす
怯卒《けふそつ》は戰士《せんし》に非《あら》ず
炎方《えんぱう》は遠行《ゑんかう》し難《がた》し

15 長號別二嚴親一　　長號《ちやうがう》して嚴親《げんしん》に別《わか》れ
16 日月慘二光晶一　　日月《じつげつ》　光晶《くわうしやう》慘《さん》たり
17 泣盡繼以レ血　　泣《な》き盡《つ》くして繼《つ》ぐに血《ち》を以《もつ》てし
18 心摧兩無レ聲　　心《こころ》摧《くだ》けて兩《ふた》つながら聲《こゑ》無し
19 困獸當二猛虎一　　困獸《こんじう》もて猛虎《まうこ》に當《あ》て
20 窮魚餌二奔鯨一　　窮魚《きゆうぎよ》もて奔鯨《ほんげい》に餌《ゑさ》す
21 千去不二一回一　　千《せん》去《ゆ》きて一《いつ》も回《かへ》らず
22 投レ軀豈全レ生　　軀《く》を投《とう》じて豈《あ》に生《せい》を全《まつた》うせんや
23 如下何舞二干戚一　　干戚《かんせき》を舞《ま》はし
24 一使中有苗平上　　一《ひと》たび有苗《いうべう》をして平《たひ》らかならしむるに如何《いかん》

現代語訳　其の三十四

羽《はね》をつけ兵を募るまわし文が流星のように飛び、虎の割り符《つの》が各地の城の将軍の元に届く。

辺地の急を救えと声高にわめき立て、鳥たちまでもみな夜に啼き騒ぐ。

お日様のように天子は紫微宮に輝き、三人の大殿《おとど》は良き政《まつりごと》をなさっている。

天地はみな正しき道を得て、世界の隅々まで穏やかに澄み渡る。

なのにどうしてこうなったのかと問えば、楚の地域で兵を集めているとの答え。

五月になったら瀘水を渡り、雲南に攻め入ろうとのこと。

恐れおののく兵は戦《いくさ》の用には立たず、酷暑の地に遠征するのは容易《たやす》いことではない。

声の限りに泣き叫びつつ慈父母と別れ、日も月もその輝きを失うほど。

涙は涸れて後に流れるのは血の涙だけ、心は砕けて親子ともに声も出ない。

疲れはてた獣が猛《たけ》り狂う虎にであい、逃げようのない魚が波を走る鯨の餌になる。

千人出かけて一人とて帰らず、身を投ずれば最後、いのちはおしまい。

かの舜帝が干《たて》と戚《おの》を手に舞っただけで、さっと有苗のやからを服従させたようにはいかないものか。

語注 **1 羽檄** 「檄」は、回し文、通知文書。鳥の「羽」を付けて急用であることを示す。ここでは兵を募る文書。 **2 虎符** 徴兵などの軍事に関わる命令の真実であることを示す割り符。朝廷が一半、派遣の将兵が一半を持つ。 **合** 割り符を合わせる。命令の届いたこと。 **専城** 一城、すなわち一州郡を治める知事・将軍。 **3 喧呼** うるさく呼びたてる。 **辺急** 国辺（地方）に出来した急事。 **4** 不穏の情勢に鳥たちも啼き騒ぐ。 **5 白日** 太陽。天子をたとえる。 **紫微** 天帝の居所。ここでは天子のそれをたとえる。 **6 三公** 朝政の枢要にある太尉・司徒・司空の三大臣。 **運権衡** 政治をうまく運用する。「権衡」は、はかりの重りと竿。 **7 得一** 正常なあり方を得る。『老子』三十九章に「天は一を得て以て清く、地は一を得て以て寧し」。「一」は、すべての始まり。「道」に同じ。 **8 澹然** 穏やかで安らかなさま。 **四海** 世界の四方は海に囲まれる。 **9 借問** 問いかけを仮設する辞。 **10 楚徴兵** 天宝十載（七五一）、唐は雲南の南詔を伐って大敗した。宰相の楊国忠はそのことを伏せ、ふたたび大軍を発して征討しようとしたが、更にまた大敗した。人民はかの地の瘴気（伝染病を引き起こす気）のため戦う前に多くの将卒が死ぬことを知り、徴兵に応じようとしなかったが、楊国忠は地域ごとに役人を派遣し強制的に徴用した。「楚」は、雲南に接する中国の南一帯。 **11 瀘** 雲南の手前を流れる河。 **五月** 伝説によれば瀘水の瘴気は、五月にはいささか和らぐとされた。「及」は、それに乗じて。しかし、酷暑の地の真夏にあたる。 **13 怯卒** 強制徴用され、やむなく従軍した兵卒。「怯」は、おびえる。 **14 炎方** 南方。 **15 厳親** 「厳」は尊敬語。 **16 慘** 薄暗い。 **23・24** 古の聖天子舜が武器を手にして舞っただけで、異民族が服従したという故事を踏まえる。「干戚」は、たてとおの、武器。「有苗」は古代の少数民族。『尚書』大禹謨に「帝乃ち誕《はじ》めて文徳を敷き、干羽を両階に舞わせば、七旬にして有苗格《いた》る」。**【詩型・押韻】** 五言古詩。下平十二庚（鳴・衡・兵・

行・鯨・生・平）・十四清（城・清・征・晶・声）・十五青（星）の通押。平水韻、下平八庚・九青の通押。

詩解 材を時事に採った作。天宝十載（七五一）の雲南征討をうたう。唐軍は大敗を喫し多くの戦死者が出たが、宰相楊国忠はじめ上層部はそれを伏せて、重ねて無理強いに兵を徴した。「古風」には、戦役の苦しみをうたい、為政者への批判を潜ませる作品は少なくないが、そこにうたわれる時事をほぼ特定しうるものは多くない。

其三十五（其《そ》の三《さん》十五《じふご》）

醜 女 來 效レ嚬
還レ家 驚二四 鄰一
壽 陵 失二本 步一
笑 殺 邯 鄲 人
一 曲 斐 然 子
雕 蟲 喪二天 眞一
棘 刺 造二沐 猴一
三 年 費二精 神一
功 成 無レ所レ用
楚 楚 且 華レ身

醜女《しうぢよ》來《きた》りて嚬《ひん》に效《なら》ふ
家《いへ》に還《かへ》れば四鄰《しりん》を驚《おどろ》かす
壽陵《じゆりよう》 本歩《ほんぽ》を失《うしな》ひ
笑殺《せうさつ》す 邯鄲《かんたん》の人《ひと》
一曲《いちきよく》 斐然《ひぜん》の子《こ》
雕蟲《てうちゆう》 天眞《てんしん》を喪《うしな》ふ
棘刺《きよくし》 沐猴《もくこう》を造《つく》り
三年《さんねん》 精神《せいしん》を費《つひ》やす
功成《こうな》るも用《もち》ふる所《ところ》無《な》く
楚楚《そそ》として且《か》つ身《み》を華《かざ》るのみ

大雅思二文王一
頌聲久崩淪
安得二郢中質一
一揮成風斤

大雅《たいが》 文王《ぶんわう》を思《おも》ひ
頌聲《しようせい》 久《ひさ》しく崩淪《ほうりん》す
安《いづく》んぞ郢中《えいちゆう》の質《しつ》を得《え》て
一《ひと》たび揮《ふる》はん 成風《せいふう》の斤《をの》

現代語訳 其の三十五

醜女が西施の顰《ひそ》みにならい、家に帰ると隣近所を驚かす。
寿陵の男が元の歩き方を忘れ、邯鄲の人々は大笑い。
一つにこだわり文章をなす者は、修辞を凝らして自然の美しさをうしなう。
いばらのとげの先にお猿をこしらえ、三年もの月日に精根疲れ果てる。
功成ったとて役には立たず、まずは鮮やかに身を飾るだけ。
大雅を読めば文王が思われるが、頌の歌声は久しく廃れ果てたまま。
何としてもかの郢の質を得て、風成す斤《おの》をさっと揮いたいもの。

語注 **1・2** 越の美女西施が胸を病み眉をひそめて歩くようすが、いっそう美しさを引き立てていた。醜い女がそれをまね眉をひそめて歩いていると、周りの人々は家に閉じこもったり、逃げ去ったりしたという（『荘子』天運）。「嚬」は「顰」に通じる。 **3・4** 寿陵（燕の地名）の若者が邯鄲（趙の都）の人々の歩き方をまねようとしたができず、元の歩き方さえ忘れて腹ばって帰ったという（『荘子』秋水）。 **笑殺** 「殺」は動詞・形容詞の後につけて程度を強調する。 **5 一曲** ある一点、一部に偏ること。「該《そなは》らず偏《あまね》からずして、一曲の士なり」（『荘子』天下）。 **斐然** 彩あるさま。『論語』公冶長に「子 陳に在りて曰く、帰らんかな帰らんかな。吾が党の小子 狂簡（志高い）、斐然として章を成すも、之を裁つ所以を知らず」。 **6 雕虫** 文章に雕琢を凝らす。前漢・揚雄は、人から若いとき賦を好んだかと問われ、「然り、童子の雕虫篆刻、……壮夫は為さざるなり」と答えた（『法言』吾子）。**7** ある宋の男が、荊の棘の先に猿を彫刻することができるというので、燕王は養って彫らせることとした。王が見せるようにというと、三月の斎戒が必要というので見ることができない。鍛冶屋の男が王にいうには、彫刀より小さいものは彫れないので、それを見せてもらえば彫れるかどうかが分かると。見せろと王に言われた宋の男は嘘を告白した（『韓非子』外儲説左上）。**8 三年** 『荘子』列禦寇の「三年にして技成るも、其の巧を用ふる所無し」という表現を用いる。**10 楚楚** 鮮明なさま。『詩経』曹風・蜉蝣に「衣裳楚楚たり」。**11 大雅** 『詩経』の詩の分類の一。**文王** 周王朝の始祖武王の父。儒家の理想とする君主。「大雅」には冒頭の「文王」篇をはじめ、文王の徳をたたえる詩篇が多い。李白「古風五十九首」其一（巻二）に「大雅久しく作らず」。**12 頌声** 「頌」は『詩経』の詩の分類の一。**崩淪** くずれ、しずむ。**13・14 安得** 願望を表す措辞。**郢中質** 郢（地名）の男が鼻の先にハエの羽ほどの白土を塗り、大工の石《せき》が斤《おの》を運らして風を起こし白土を削りとるが鼻は傷がつかない。その郢の男が死んでのち、石の妙技も見られなくなった（『荘子』徐無鬼）。「質」は目当て。石が斤を運らす目標。「成風斤」を底本は「成斧斤」に作るが王琦注に従い改める。【詩型・押韻】 五言古詩。上平十七真（嚬・隣・人・真・神・身）・十八諄（淪）・二十一欣（斤）の通押。平水韻、上平十一真・十二文の通押。

詩解 天然自然の在り方をうしない、無理につくろった美のむなしさをうたう。前漢の揚雄が若き日の賦への耽溺を自ら蔑んだ6「雕虫」の語や、11・12の「大雅」「文王」「頌声」の語をみれば、技巧の習熟・形式の修飾にもっぱら意を傾ける当今の詩文創作の風潮を非難するものと考えてよかろう。「古風」其の一にうたうところに通じる。

其三十九（其《そ》の三十九《さんじふきう》）

1 登㆑高 望㆓四 海㆒　　高《たか》きに登《のぼ》りて四海《しかい》を望《のぞ》めば
2 天 地 何 漫 漫　　天地《てんち》 何《なん》ぞ漫漫《まんまん》たる
3 霜 被 羣 物 秋　　霜被《しもおほ》ひて羣物《ぐんぶつ》秋《あき》に

風飄大荒寒
榮華東流水
萬事皆波瀾
白日掩㆓徂暉㆒
浮雲無㆓定端㆒
梧桐巣㆓燕雀㆒
枳棘棲㆓鴛鸞㆒
且復歸去來
劍歌行路難

風《かぜ》飄《ひるがへ》りて大荒《たいくわう》寒《さむ》し
榮華《えいくわ》東流《とうりう》の水《みづ》
萬事《ばんじ》皆《みな》波瀾《はらん》
白日《はくじつ》徂暉《そき》掩《おほ》はれ
浮雲《ふうん》定端《ていたん》無《な》し
梧桐《ごどう》に燕雀《えんじやく》巣《す》くひ
枳棘《ききよく》に鴛鸞《ゑんらん》棲《す》む
且《か》つ復《ま》た歸《かへ》り去《さ》らん來《かな》
劍歌《けんか》す行路《かうろ》難《かた》し

現代語訳　其の三十九

高みに上って世界を見渡せば、天地はなんと広々としていることか。

霜が万物を被って秋となり、風が荒地を冷たく吹き抜ける。

栄華は東に流れる水のように過ぎ去り、あらゆることはすべて波のまにまに定めなく漂う。

白日の西に傾く光は掩われ、浮雲の動きは変幻極まりない。

アオギリに小鳥どもが巣をかけ、カラタチにやむなくおおとりがすむ。

さてはまず帰り去らんかな、剣を弾じてうたおう「ゆく道は険しいかな」と。

語注　**1 登高**　高い所に登り詩賦を作り感慨を述べるのは士人にふさわしいふるまい。**四海**　世界は四方を海に囲まれていると考えられた。**２漫漫**　果てなく広がるさま。**４大荒**　辺境の荒野。**５東流水**　東に流れる水に、とどまることなく過ぎ去る時間を重ねる。**７・８白日**　太陽。**徂暉**　落ち行く日の光。**浮雲**　太陽を覆い隠すもの。詩ではしばしば讒佞など悪者をたとえる。「古詩十九首」其一（『文選』巻二九）に「浮雲　白日を蔽ふ」。**定端**　決まった端緒。「無定端」は、どこに生じどこに消えるか分からない。**９・10**小人が要所に地位を得、君子が野にあって力を発揮できない。**梧桐**　アオギリ。『詩経』大雅・巻阿に「鳳皇鳴けり、彼の高岡に。梧桐生ぜり、彼の朝陽（山の東面）に」。その鄭箋に「鳳皇の性、梧桐に非ざれば棲まず」。**燕雀**　ツバメやスズメ。小人をたとえる。「燕雀安んぞ鴻鵠の志を知らんや」（『史記』陳渉世家）。**枳棘**　樹木の名、カラタチ。とげが多い。『後漢書』仇覧伝に「枳棘は鸞鳳の棲む所に非ず」。**鴛鸞**　オシドリと鳳凰の類。君子をたとえる。王琦は「鴛」は「鵷（鳳凰の属）」の訛という。『荘子』秋水に「南方に鳥有り、其の名を鵷鶵《えんすう》と為す。……南海に発し北海に飛ぶ、梧桐に非ざれば止まらず」。**11・12帰去来**　東晋・陶淵明に官を棄て故郷に帰ろうとうたう「帰去来辞」（『文選』巻四五）がある。「去」「来」は補語。**剣歌**　戦国斉の孟嘗君の食客馮驩《ふうかん》は、剣を弾じながら「帰らんかな、食に魚無し、……出づるに輿《くるま》無し、……以て家を為す無し」と待遇の不満をのべていたが、のち孟嘗君のために格別の働きをする（『史記』孟嘗君伝）。**行路難**　世の艱難をうた楽府題。李白にも作がある（巻三）。【詩型・押韻】五言古詩。上平二十五寒（寒・瀾・難）・二十六桓（端・鸞）の同用。平水韻、上平十四寒。なお２「漫」は本来去声二十九換だが、ここでは平声（上平寒）で読む。

詩解　高所に登り、高大な空間を見渡す詩人は、秋の日の過ぎゆく時間のなかに世の変転極まりない移ろいを見いだし、更に君子と小人が本来身を置くべきところを顚倒する世俗に思いをめぐらし、「帰り去らんかな」と俗流から離れる志をうたう。

其四十（其《そ》の四十《しじふ》）

1　鳳飢不レ啄レ粟　　鳳《ほう》飢うるも粟《ぞく》を啄《ついば》まず

2　所レ食唯琅玕　　食《く》らふ所《ところ》は唯《た》だ琅玕《らうかん》のみ

3 焉能與二羣雞一　焉《いづく》んぞ能《よ》く羣雞《ぐんけい》と
4 蹙促爭二一餐一　蹙促《しゆくそく》として一餐《いちさん》を爭《あらそ》はん
5 朝鳴二崑丘樹一　朝《あした》に崑丘《こんきう》の樹《き》に鳴《な》き
6 夕飲二砥柱湍一　夕《ゆふ》べに砥柱《しちゆう》の湍《たん》に飲《の》む
7 歸飛海路遠　歸《かへ》り飛《と》びて海路《かいろ》遠《とほ》く
8 獨宿天霜寒　獨宿《どくしゆく》して天霜《てんさう》寒《さむ》し
9 幸遇二王子晉一　幸《さいは》ひに王子《わうし》晉《しん》に遇《あ》ひ
10 結二交青雲端一　交《まじ》はりを青雲《せいうん》の端《たん》に結《むす》ぶ
11 懷レ恩未レ得レ報　恩《おん》を懷《おも》ひて未《いま》だ報《ほう》ずるを得《え》ず
12 感レ別空長歎　別《わか》れに感《かん》じて空《むな》しく長歎《ちやうたん》す

現代語訳　其の四十

鳳《おおとり》は飢えても穀物をついばまず、口にするのはただ琅玕の実だけ。
どうして鶏どもなどと、ばたばたと一片《ひとかたけ》の食を争ったりしよう。
朝には崑崙の丘の上で啼き、夕には砥柱の汀に水を飲む。
羽ばたき帰るは遠くはるかな海の道、独り宿るは天より霜降る寒き夜。
幸いに仙人王子晋と出会い、俗世を離れた天界で交わりを結んだ。
その恩情に報いることのできぬまま、いま別れを前にしてただむなしく嘆く。

語注 **1 鳳** 伝説上の霊鳥、ほうおう。雄を鳳、雌を凰といい、また雌雄あわせて鳳凰、あるいは鳳という。**粟** 穀物の総称。**2 琅玕** 玉に似た石の実のなる樹。『芸文類聚』巻九〇引く『荘子』に「吾聞く南方に鳥有り、其の名を鳳と為す。居る所 積石千里。天 為に食を生ず。其の樹の名は瓊枝、高さ百仞、璆琳《きゆうりん》（美玉）琅玕を以て実と為す」。**4 蹙促** 慌ただしく、ゆとりのないさま。畳韻の語。**5・6**『淮南子』冥覧訓の「鳳凰の至徳（優れた君のもと）に翔るや……崑崙の疏圃（池の名）を過ぎ、砥柱の湍瀬に飲む」を踏まえる。**崑丘** 西方にあるという伝説の山、崑崙山の丘。**砥柱** 黄河の流れの真ん中に柱のように立つ山。**湍** 早瀬。**9 王子晋** 仙人の名。王子喬とも。笙を吹いて鳳凰の鳴き声をまねたという（『列仙伝』上）。

【詩型・押韻】五言古詩。上平二十五寒（玕・餐・寒・歎）・二十六桓（湍・端）の同用。平水韻、上平十四寒。

詩解 己にふさわしいものしか口にせず、他の凡鳥とみだりに争うことのない孤高の存在、鳳凰。気高いふるまいゆえの寂寞と厳しさ。真価を見いだしてくれた王子晋ともいうべき存在はありながら、その恩義に報いることのできぬ悲しみ。この鳳凰には李白自らの姿が重ね合わされているだろう。

其四十二（其《そ》の四十二《しじふに》）

1 搖裔雙白鷗　搖裔《えうえい》たる雙白鷗《さうはくおう》
2 鳴飛滄江流　鳴《な》きて飛《と》ぶ滄江《さうかう》の流《なが》れ
3 宜㆘與㆓海人㆒狎㆖　宜《よろ》しく海人《かいじん》と狎《な》るべし
4 豈伊雲鶴儔　豈《あ》に伊《こ》れ雲鶴《うんかく》の儔《ともがら》ならんや
5 寄㆑影宿㆓沙月㆒　影《かげ》を寄《よ》せて沙月《さげつ》に宿《しゆく》し
6 沿㆑芳戯㆓春洲㆒　芳《はう》に沿《そ》ひて春洲《しゆんしう》に戯《たはむ》る

7 吾 亦 洗レ心 者　　吾《われ》も亦《ま》た心《こころ》を洗《あら》ふ者《もの》
8 忘レ機 従レ爾 遊　　機《き》を忘《わす》れ爾《なんぢ》に従《したが》ひて遊《あそ》ばん

現代語訳　其の四十二

ゆらゆらと二羽のカモメが、青い川の流れの上を鳴きながら飛ぶ。

さかしら知らぬ海辺の人に親しむがよい、どうして雲居の鶴と交わりを結ぶことがあろう。

影を託するように月の照る沙に宿り、花をたずねて春の水辺に戯れる。

われもまた心の塵を洗い去り、はかりごとなど忘れておまえと一緒に遊ぼう。

語注　**1 揺裔**　揺れ動くさま。双声の語。　**白鷗**　カモメ。自由な存在をたとえる。　**3 海人**　無心にカモメと遊ぶ海辺の人。『列子』黄帝の次の逸話をふまえる。海辺に住むある人は、毎朝カモメと遊び、下りて集まるカモメは百羽にとどまらなかった。それをその父が聞き、ともに遊びたいので捕まえてこいと子に命じた。翌朝、子が海に行くとカモメは一羽も下りてこなかった。　**4 雲鶴**　雲中に住まう鶴。在官の人をたとえる。南朝宋・鮑照「行路難十九首」其三（『楽府詩集』巻七〇）に「寧ろ野中の双鳧（水鳥）と作るも、雲間の別鶴を願はず」。　**8 忘機**　機心（たくらみ、さかしら）を忘れる。『荘子』天地に「機心 胸中に存すれば、則ち純白備わらず」。　**爾**　カモメをいう。【詩型・押韻】五言古詩。下平十八尤（流・儔・洲・遊）・十九侯（鷗）の同用。平水韻、下平十一尤。

詩解　其の四十では天翔る孤高の鳳凰に自らを比した李白であったが、ここでは世俗の利得に思いを寄せること無く、月影さす砂辺、花咲き匂う中州に休らうカモメに思いを寄せる。軛《くびき》に縛られることない自由なその姿に理想を託すところも、李白の一面であった。

其四十八（其《そ》の四十八《しじふはち》）

秦皇按㆓寶劍㆒
赫怒振㆓威神㆒
逐㆑日巡㆓海右㆒
驅㆑石架㆓滄津㆒
徵㆑卒空㆓九宇㆒
作㆑橋傷㆓萬人㆒
但求㆓蓬島藥㆒
豈思㆓農扈春㆒
力盡功不㆑贍
千載爲悲辛

秦皇《しんくわう》　寶劍《ほうけん》を按《あん》じ
赫怒《かくど》　威神《ゐしん》を振《ふ》るふ
日《ひ》を逐《お》ひて海右《かいいう》を巡《めぐ》り
石《いし》を驅《か》りて滄津《さうしん》に架《か》す
卒《そつ》を徵《ちよう》して九宇《きうう》を空《むな》しくし
橋《はし》を作《つく》りて萬人《ばんじん》を傷《きず》つく
但《た》だ蓬島《ほうたう》の藥《くすり》を求《もと》むるも
豈《あ》に農扈《のうこ》の春《はる》を思《おも》はんや
力《ちから》盡《つ》きて功《こう》贍《た》らず
千載《せんざい》　爲《ため》に悲辛《ひしん》す

現代語訳　其の四十八

秦の始皇は宝剣を手に、カッと怒って猛々しい威厳を示した。
日を追いかけるごとく海辺を巡遊し、山の石を追い立てて海に橋を架けようとした。
兵卒を徴用して天下は空っぽとなり、橋を作らせて無数の人を傷つけた。

ひたすら蓬萊の不死の薬を求めはしたが、農業に大切な春をすっかり忘れていた。
力を使い果たしても薬は手に入らず、千年の後まで人々はその愚かさを哀しみ嘆く。

語注 **1 秦皇** 秦の始皇帝。**按** 手をかける。**2 赫怒** 激しく怒る。語は『詩経』大雅・皇矣の「王は赫として斯れ怒る」に基づく。魏・王粲「従軍詩五首」其一（『文選』巻二七）に「相公 関右を征し、赫怒として天威を震ふ」。**威神** 神の如きおごそかな威厳。**3 逐日** 慌ただしく進むさま。**海右** 南面して東海の右、すなわち西。海辺。**4** 始皇帝はかつて石の橋を海に架け渡して、日の出るところを見ようとした。そのとき神が現れて石を海に追いやり、ある山の石がすべて高々と立ち上がって東に傾き、次々と後に続くようであった。石が遅いと神が鞭を揮ったため、石は血を流したという（『芸文類聚』巻七九引く『三斉略記』）。**滄津** 滄海の渡し場。海辺。**5 九宇** 九州と同じく、天下、国土。**7 蓬島薬** 蓬萊島は東海中にあるとされる仙島。始皇帝は徐芾《じよふつ》らを遣わして仙薬を求めさせたが得られなかった。**8 農鳸** 農事を司る役人（『左伝』昭公十七年）。ここでは農事の意味で用いる。**9 贍** 十分に満ち足りる。【詩型・押韻】五言古詩。上平十七真（神・津・人・辛）・十八諄（春）の同用。平水韻、上平十一真。

詩解 戦国の長い戦乱の日々に終結をもたらし、世に初めて統一国家をもたらした秦の始皇帝。その残した偉業と他に類をみない権勢故に、後半生の愚行が際立つ。本詩では、無数の人民を徴用した土木事業と不死の仙薬を求めて得られなかった愚かさを歎く。

其五十四（其《そ》の五十四《ごじふし》）

1 倚レ剣登二高臺一　剣《けん》に倚《よ》りて高臺《かうだい》に登《のぼ》り
2 悠悠送二春目一　悠悠《いういう》として春目《しゆんもく》を送《おく》る
3 蒼榛蔽二層丘一　蒼榛《さうしん》層丘《そうきう》を蔽《おほ》ひ

瓊草隠㆓深谷㆒
鳳皇鳴㆓西海㆒
欲㆑集無㆓珍木㆒
鸒斯得㆓匹居㆒
蒿下盈㆓萬族㆒
晉風日已頽
窮途方慟哭

瓊草《けいさう》　深谷《しんこく》に隠《かく》る
鳳皇《ほうわう》　西海《せいかい》に鳴《な》き
集《と》まらんと欲《ほっ》するも珍木《ちんぼくな》無し
鸒斯《よし》　匹居《ひっきょ》するを得《え》ば
蒿下《かうか》　萬族《ばんぞく》盈《み》つ
晉風《しんぷう》　日《ひ》に已《すで》に頽《くづ》れ
窮途《きゅうと》　方《まさ》に慟哭《どうこく》す

現代語訳　其の五十四

手にした剣によりかかりつつ高き台に上り、はるか遠く春の景色を眺めわたす。
雑木は蒼々と茂って高い丘を掩い、玉草は深い谷に隠されている。
鳳凰は西の海に啼き、止まろうとしても相応《ふさわ》しい木が見つからぬ。
鳥の輩はつがいで住まいを得て、蒿の下にはその仲間が集い満ちている。
晋朝の風韻は日ごとに廃れさり、行き止まりに私もまた声をあげて泣く。

語注　**1・2**「高きに登りて能く賦せば、以て大夫と為るべし」（『漢書』芸文志・詩賦略序）。高所に登り広大な空間を眺めわたして感懐をつづることは、中国古典詩における重要なモチーフ。魏・阮籍「詠懐詩十七首」其六（『文選』巻二三）に「高きに登りて四野に臨み、北のかた青山の阿を望む」。梁・江淹「雑体詩三十首」其二十九「鮑参軍照・戎行」（『文選』巻三一）に「剣に倚りて八荒に臨む」。**倚剣**　梁・江淹「雑体詩三十首」其二十九「鮑参軍照・戎行」（『文選』巻三一）に「剣に倚りて八荒に臨む」。**送春目**　春景に視線を送る。斉・謝朓「王著作の八公山に和す」（『文選』巻三〇）に「遠近　春目を送る」。**3・4**　悪草と宝草を対比し、あるべき価値の顛倒を示す。**蒼榛**　青々と生い茂る雑木。**瓊草**　玉のような香草。　5・6 才有る人にそれに相応しい、活躍すべき場所が与えられていないことをいう。　**鳳皇**　「鳳凰」に同じ。才能ある人物をたとえる。　7・8 小人がのさばる。　**鸒斯**　カラスに似た鳥。小人をたとえる。　**蒿**　野草・雑草の代表。江淹「雑体詩三十首」其九「阮歩兵籍・詠懐」に「青鳥は海上に游び、鸒斯は蒿下に飛ぶ」。　9・10 魏晋期の詩人阮籍の立場を借りてうたう。　**晋風**　晋の風度、風潮。　**日已**　日一日と。　**頽**　かたむく、衰える。　**窮途**　阮籍は車に乗って出かけ、道が行き止まりになると慟哭したという（『晋書』阮籍伝）。【詩型・押韻】　五言古詩。入声一屋（目・谷・木・族・哭）。平水韻、入声一屋。

詩解　其の三十九と同様、高所に登って感慨を述べる。「蒼榛」（雑木）が山を覆って「瓊草」（宝草）が谷底に隠れ、「鳳皇」が止まり木を見つけられず、「鸒斯」がのさばるのは、君子が所を得ず小人が跋扈する俗世を諷するものであろう。目に映る景に思いを寓するところに、阮籍「詠懐」と己の詩業とを重ねる。

其五十九（其《そ》の五十九《ごじふきう》）

1 惻惻泣㆓路岐㆒
2 哀哀悲㆓素絲㆒
3 路岐有㆓南北㆒
4 素絲易㆓變移㆒
5 谷風刺㆓輕薄㆒
6 交道方嶮巇
7 斗酒強然諾
8 寸心終自疑

惻惻《そくそく》として路岐《ろき》に泣《な》き
哀哀《あいあい》として素絲《そし》を悲《かな》しむ
路岐《ろき》に南北有《なんぼくあ》り
素絲《そし》　變移《へんい》し易《やす》し
谷風《こくふう》　輕薄《けいはく》を刺《そし》る
交道《かうだう》　方《まさ》に嶮巇《けんぎ》なり
斗酒《としゆ》　強《し》ひて然諾《ぜんだく》するも
寸心《すんしん》　終《つひ》に自《みづか》ら疑《うたが》ふ

9 張陳竟火滅
10 蕭朱亦星離
11 衆鳥集ニ栄柯ー
12 窮魚守ニ空池ー
13 嗟嗟失レ懽客
14 勤問何所レ規

張陳《ちやうちん》竟《つひ》に火《ひ》のごとく滅《めつ》し
蕭朱《せうしゆ》も亦《ま》た星《ほし》のごとく離《はな》る
衆鳥《しゆうてう》は栄柯《えいか》に集《あつ》まり
窮魚《きゆうぎよ》は空池《くうち》を守《まも》る
嗟嗟《ああ》懽《くわん》を失《うしな》ふ客《かく》
勤問《きんもん》何《なん》の規《き》する所《ところ》ぞ

現代語訳　その五十九

岐路を前にしてはさめざめと涙をおとし、白糸を目にしては深い哀しみにくれる。道は南に北にと行く末を異にし、糸は黄に黒にと容易《たやす》く色をかえる。「谷風」の詩は薄っぺらな交わりを誹《そし》った。それが山道の険しさにも似ることを。一斗の酒を酌んで強いて引き受けたとて、心の内ではついには疑いをいだく。張耳《ちようじ》と陳余《ちんよ》の仲も最後は火の消えるように潰《つい》え、蕭育《しよういく》と朱博《しゆはく》の心もまた星のように離ればなれとなった。多くの鳥は花咲く木に止まろうとし、死に瀕した魚は空池のわずかな水にもすがる。ああ、相手の歓心を失った者は、熱心に近づいたとて、もはや何になろうか。

語注　**1**　以下四句、『淮南子』説林訓に見える故事を踏まえる。楊朱は岐路に至ると、南にも北にも行かれるとして泣き、墨子は白糸を見ると、黄色にも黒にも染められるとして泣いた。元は同じものであっても、初めの一歩が大きな違いに帰してしまうからである。　**惻惻**　悲しむさま。　**2**　**素糸**　まだ染められていない糸。　**4**　「易」字、底本は「無」に作るが諸本に従い改める。　**5**　**谷風**　『詩経』小雅の篇名。その小序に「谷風は幽王を刺るなり。天下の俗薄くして、朋友の道絶ゆ」。　**6**　**嶮巇**　山の険しさをいう双声の語。ここでは人との交わりの危うさをいう。梁・劉孝標「広絶交論」（『文選』巻五五）に「世路の嶮巇、一に此に至る」。 **9** 秦末の張耳と陳余は「刎頸《ふんけい》の交わり」（相手のためならば頸《くび》をはねられてもかまわないとする交遊）と称されるほど仲が良かったが、後には仲違いし、張耳が陳余を殺した（『史記』張耳陳余列伝）。 **10** 漢の蕭育と朱博は世間に知られた仲の良さであったが、後に仲違いした（『漢書』蕭育伝）。 **11 栄柯** 花の咲きにおう枝。 **12 窮魚** 『荘子』外物にみえる「涸轍之鮒」（わだちの中にわずかに残る水に命を託すフナ）のように、追い詰められた魚。 **13 失懽** 「懽」は「歓」に通じ、自分を喜び迎える相手の気持ち。 **14 勤問** 「勤」は一生懸命に。「問」は訪問する。 **規** おもい、はかる。企図する。【詩型・押韻】五言古詩。上平五支（岐・移・巇・離・池・規）・七之（糸・疑）の同用。平水韻、上平四支。

詩解 人と人との交わりの移ろいやすさを嘆じる。同じく友情を重んじる風気の衰えを嘆じるものに杜甫「貧乏行」がある。杜甫は、「君見ずや管鮑貧時の交わり、此の道　今人　棄てて土の如し」と、厚い友情で知られた管仲と鮑叔牙の交友を挙げる。一方、李白は、張耳・陳余と蕭育・朱博という、かつては厚い友情に結ばれながらも、後には仲違いに至った二組みを挙げる。

巻三

楽府　一

楽府《がふ》はもとは役所の名称で、音楽・楽人・楽器などを管理し、前漢の武帝の時には、民間の歌謡を採集したり、新曲を制作したという。そうした歌謡の辞、あるいは歌謡一般を楽府（詩）と称し、その題目を楽府題という。本来はメロディに乗せて歌われていたが、メロディを伴わず、楽府題や主題・措辞のみを模倣・踏襲して制作されたもの、あるいは新たに題目を設けて作られたものも楽府と称する。本来が歌謡の辞であるため、音楽と関わりのない徒詩《とし》とは異なり、虚構性がその大きな特徴となる。作者自身の実体験や個人的な感懐からは切り離されたものと見なされ、男女の思慕の情や戦役に対する批判などをうたうことも許容された。北宋・郭茂《かくも》倩《せん》『楽府詩集』百巻に、歴代の楽府作品が集成されている。

遠別離（遠別離《えんべつり》）

1 遠別離
2 古有㆓皇英之二女㆒
3 乃在㆓洞庭之南
4 瀟湘之浦㆒

遠《とほ》く別離《べつり》す
古《いにしへ》に皇英《くわうえい》の二《に》女《ぢよ》有《あ》り
乃《すなは》ち洞庭《どうてい》の南《みなみ》
瀟湘《せうしやう》の浦《うら》に在《あ》り

海 水 直 下 萬 里 深
誰 人 不レ言二此 離 苦一
日 慘 慘 兮 雲 冥 冥
猩 猩 啼レ煙 兮 鬼 嘯レ雨
我 縱 言レ之 將 何 補
皇 穹 竊 恐 不レ照二余 之 忠 誠一
雷 憑 憑 兮 欲二吼 怒一
堯 舜 當レ之 亦 禪レ禹
君 失レ臣 兮 龍 爲レ魚
權 歸レ臣 兮 鼠 變レ虎

海水直下《かいすいちよつか》　萬里《ばんり》深《ふか》し
誰人《たれびと》か此《こ》の離苦《りく》を言《い》はざらん
日《ひ》慘慘《さんさん》として雲冥冥《くもめいめい》
猩猩《しやうじやう》　煙《もや》に啼《な》き　鬼《き》　雨《あめ》に嘯《うそぶ》く
我縱《われたと》ひ之《これ》を言《い》ふも　將《は》た何《なに》をか補《おぎな》はん
皇穹《くわうきゆう》　竊《ひそ》かに恐《おそ》る　余《よ》の忠誠《ちゆうせい》を照《て》らさざるを
雷憑憑《らいひようひよう》として吼怒《こうど》せんと欲《ほつ》す
堯舜《げうしゆん》之《これ》に當《あ》たりて亦《ま》た禹《う》に禪《ゆづ》る
君《くん》　臣《しん》を失《うしな》へば龍《りゆう》も魚《うを》と爲《な》り
權《けん》　臣《しん》に歸《き》すれば鼠《ねずみ》も虎《とら》に變《へん》ず

現代語訳　遠別離

はるか遠くに別れる。
むかし娥皇と女英の姉妹がいた。
その御霊《みたま》は洞庭の湖の南、
瀟湘の水際にある。
ひとたび死が分かてば、万里流れくだった深い海の底。
この別れの苦しさ、口にしないものはいない。

日は光が陰《かげ》り、雲は暗く空を掩う。
猩猩は立ちけむる靄《もや》に啼き、幽鬼はそぼ降る雨のなかに嘯《うそぶ》く。
われの口にすることば、いったい何の役に立とう。
天もわが忠義の誠を照らしたもうてはくれまい。
雷鳴はゴロゴロと怒号を発し、
されば堯は舜に、舜は禹にと位をゆずる。
しかるべき臣を失った君は、魚に身をやつした龍さながら、
臣が権勢を手にすれば、鼠が虎へと姿を変える。

語注　**0 遠別離**　楽府題。『楽府詩集』巻七二雑曲歌辞。『楚辞』九歌・少司命に「悲しきは生別離より悲しきは莫し」、また「古詩十九首」其一（『文選』巻二九）に「行き行きて重ねて行き行き、君と生別離す」など、離別の悲しみをうたう表現があり、それらを踏まえた作品が、「古別離」「長別離」「遠別離」等と題して作られた（『楽府詩集』巻七一、七二）。李白には後に「久別離」（巻四）があり、そこでは男女の別離の悲哀を女性の口吻にのせてうたう。ただ李白のこの作は、舜の死に殉じて自死した堯の二女の悲劇を主題としつつ、君主がその明を掩われ小人が政治を乱しつつあるという時事を諷し、更にそれを案ずる自己の忠義が顧みられないことを憤るという、やや複雑な寓意がうかがわれる。**2 皇英**　古代の伝説上の聖帝堯の二人の娘、長女娥皇と次女女英。共に舜に嫁いで娥皇は后となり、女英は妃となったという（『列女伝』母儀伝・有虞二妃）。「皇」字、底本は「黄」に作るが諸本に従って改める。**3 洞庭**　湖北省北部にある大湖。澧水・沅江・資水・湘江（湘水とも）などが流入し、長江に注ぐ。古くは中国第一の面積を誇ったが、現在は鄱陽湖に次ぐ。**4 瀟湘**　瀟水と湘水。合して北に流れ洞庭湖に注ぐ。舜帝が南方の巡視に出かけたとき、娥皇・女英はこれを追ったが及ばず、舜はすでに蒼梧（湖南省南部）の野に没していた。それを知った二妃の流す涙は竹を染めて模様をなした（『述異記』上など）。二人はやがて湘水に身を投じて彼の地の女神になったという。**5・6**　「瀟湘」と「海」との「万里」の隔たりによって、舜帝と二妃の「離苦」と死の不可逆性を強調する。**7 兮**　音調を整える語。『楚辞』によく用いられる。**惨惨**　光無く薄暗いさま。魏・王粲「登楼の賦」（『文選』巻一一）に「天惨惨

として色無し」。 **冥冥** 暗いさま。 **8 猩猩** 猿の属。人語を話し、その啼き声を夜に聞くと小児のそれのようであるという。西晋・左思「蜀都の賦」(『文選』巻四)に「猩猩 夜に啼く」。 **鬼** 幽霊。 **嘯** 口をすぼめ声を長く引き延ばす特殊な発声。**10 皇穹** 天。西晋・潘岳「寡婦の賦」(『文選』巻一六)に「皇穹を仰ぎで歎息す」。 **11 憑憑** 雷鳴の盛んにとどろくさま。『左伝』昭公五年に「震電 憑怒す」。李白「梁父吟」(巻三)にも、「我 龍に攀ぢて明主に見えんと欲するも、雷公砰訇として天鼓を震ふ」と、君主への接近を妨げる雷鳴がうたわれる。 **12 禅** 位を譲り伝える。「堯」は「舜」に、「舜」は「禹」に位を譲った。 **13** 忠義の臣がいないと王も危機に陥る。呉王が庶民とともに酒を飲もうとした際、魚に変身した白龍が漁師に目を射られた話を挙げて諌めた伍子胥(『説苑』正諫)を意識するか。 **14** 権力を不当に手に入れると、本来鼠のような臣も虎となる。前漢・東方朔「客難に答ふ」(『文選』巻四五)に「之を用ふれば則ち虎と為り、用ひざれば則ち鼠と為る」。

15 或言堯幽囚　　或《ある》いは言《い》ふ堯《げう》は幽囚《いうしう》せられ
16 舜野死　　舜《しゅん》は野《や》に死《し》すと
17 九疑聯綿皆相似　　九疑《きうぎ》聯綿《れんめん》として皆相似《みなあひに》たり
18 重瞳孤墳竟何是　　重瞳《ちようどう》の孤墳《こふん》 竟《つひ》に何《いづ》れか是《これ》なる
19 帝子泣兮緑雲間　　帝子《ていし》は泣《な》く 緑雲《りよくうん》の間《かん》
20 隨二風波一兮去無レ還　　風波《ふうは》に随《したが》ひて 去《さ》りて還《かへ》る無《な》し
21 慟哭兮遠望　　慟哭《どうこく》して遠《とほ》く望《のぞ》めば
22 見二蒼梧之深山一　　蒼梧《さうご》の深山《しんざん》を見《み》る
23 蒼梧山崩湘水絶　　蒼梧《さうご》 山崩《やまくづ》れて 湘水絶《しやうすいた》ゆれば

24 竹上之涙乃可レ滅　竹上《ちくじやう》の涙《なみだ》乃《すなは》ち滅《めつ》すべし

現代語訳

ある者は言う、堯は獄にとらわれ、
舜は野垂れ死にしたと。
九疑の山はうねうねと続いて見分けがつかず、
重瞳の舜がひとり眠る塚はいったいいずれか。
堯帝の娘は、緑の雲のまにまに泣くも、
舜帝の魂は風波とともに去って、帰ることはない。
声を上げ泣き悲しみつつ、遠く見やれば、
蒼梧の深き山々が目に映る。
蒼梧の山が崩れ、湘水の水が流れを絶つとき、
そこで初めて竹に落ちた涙の跡も消えるだろう。

語注 **15 堯幽囚** 『史記』五帝本紀の『史記正義』に引く『括地志』に「竹書に云ふ、昔 堯の徳の衰ふるや、舜の囚（とら）ふる所と為るなり」。「幽」は、閉じ込める。前漢・司馬遷「任少卿に報ずる書」（『文選』巻四一）に「深く囹圄（牢獄）の中に幽せらる」。**16 舜野死** 『国語』魯語上に「舜 民事に勤めて野に死す」。韋昭の注に「有苗（南方の族）を征し、蒼梧の野に死せるを謂ふ」。**17 九疑** 舜の葬られた地。今の湖南省南部という。『史記』五帝本紀に「（舜）南に巡狩し、蒼梧の野に崩じ、江南の九疑に葬らる」。**聯綿** 連続するさま。畳韻の語。**皆相似** 「九疑」の山は谿谷によって九つに分かれながらも互いに似ており、どれがどれかよく分からなかったため、「九疑」と名付けられたという。『山海経』海内経に「南方蒼梧の丘、蒼梧の淵、其の中に九疑山有り。舜の葬むらるる所」。郭璞の注に「其の山は九谿にして皆相似たり。故に九疑と云ふ」。**18 重瞳** 舜は瞳が二つ重なっていた。『史記』項羽本紀に「舜の目蓋は重瞳子なり」。**19 帝子** 娥皇と女英。**22 蒼梧** 注4・16・17参

照。**23・24** 起こりえない例を挙げ、それにたとえて可能性を否定する。古楽府「上邪」（『楽府詩集』巻一六）に「山に陵《をか》無く、江水為に竭《つ》き、冬に雷震震として、夏に雪雨《ふ》り、天地合すれば、乃ち敢へて君と絶たん」。**湘水** 注4参照。**竹上之涙** 注4参照。【詩型・押韻】 雑言古詩。上声八語（女）・九麌（雨・禹）・十姥（浦・苦・補・怒・虎）の通押。平水韻、上声六語・七麌の通押。／上声四紙（是）・五旨（死）・六止（似）の同用。平水韻、上声四紙。／上平二十七刪（還）・二十八山（間・山）の同用。平水韻、十五刪。／入声十七薛（絶・滅）。平水韻、入声九屑。

詩解 古の聖帝の一人舜は南方を巡った折、蒼梧の野において没し、妃であった娥皇と女英の二人は、悲しみのあまり自ら湘水に身を投じたと伝えられる。この詩は、「遠別離」と題されるとおり、大きな主題としては舜とその二妃の別れの悲しみをうたう。しかしながら、9「我縦ひ之を言ふも　将た何をか補はん」以降、14「権　臣に帰すれば鼠も虎に変ず」に至るまでの数句には、君臣の義に何らかの事故（たとえば謀反、戦乱など）のあったことが暗示され、その状況を案じる自己の忠義が顧みられないことがうたわれる。句15以降の後段はいっそう指すところの不分明な表現が続くが、いずれも穏やかならぬ事態が背後にうかがわれる。

本詩は『河岳英霊集』に採られているため、天宝十二載（七五三）以前の作と判断される。開元の末年以降、玄宗は楊貴妃を寵愛し、次第に政事に倦むようになる。李林甫・楊国忠・安禄山らに政務・軍権を委ね、やがて天宝十四載、安史の乱を引き起こすに至る。旧来の注解の多くがこの詩の背景に、こうした時事に対する寓意を想定するのは自然なことと思われる（李白が翰林の職を辞するのは、天宝三載）。

寓意の詮索はともかく、臣に人を得ぬため危機に瀕する君主、諫言するも容れられず遠ざけられる我という構図は、『楚辞』における楚王とこれに近侍する悪意ある臣下、そして讒言によって王から遠ざけられる屈原という構図に重なる。この詩にうたわれる洞庭湖や瀟水・湘水の流域などは、まさに『楚辞』の世界の舞台であった。すなわち本篇の主人公は、『楚辞』の主人公たる屈原に通じる存在として描かれているといってよかろう。加えて謎めいた措辞や不気味なモチーフも相まって濃厚な『楚辞』のイメージを喚起する。

公無渡河　（公無渡河《こうむとか》）

1 黄河西來決㆓崑崙㆒
2 咆哮萬里觸㆓龍門㆒
3 波滔㆑天
4 堯咨嗟
5 大禹理㆓百川㆒
6 兒啼不㆑窺㆑家
7 殺㆑湍堙㆓洪水㆒
8 九州始蠶麻
9 其害乃去
10 茫然風沙
11 被髮之叟狂而癡
12 清晨徑㆑流欲㆓奚爲㆒
13 旁人不㆑惜妻止㆑之
14 公無㆑渡㆑河苦渡㆑之

黄河《くわうが》　西《にし》より來《きた》りて崑崙《こんろん》を決《けつ》し
咆哮萬里《はうかうばんり》　龍門《りゆうもん》に觸《ふ》る
波《なみ》は天《てん》を滔《たう》し
堯《げう》も咨嗟《しさ》す
大禹《だいう》　百川《ひやくせん》を理《をさ》め
兒《じ》啼《な》けども家《いへ》を窺《うかが》はず
湍《たん》を殺《そ》いで洪水《こうずい》を堙《うづ》め
九州《きうしう》　始《はじ》めて蠶麻《さんま》す
其《そ》の害《がい》乃《すなは》ち去《さ》り
茫然《ばうぜん》として風沙《ふうさ》あり
被髮《ひはつ》の叟《そう》　狂《きやう》にして癡《ち》
清晨《せいしん》　流《なが》れに徑《ゆ》きて　奚《なに》をか爲《な》さんと欲《ほつ》す
旁人《ばうじんを》惜しまず　妻之《つまこれ》を止《とど》む
公《こう》　河《かは》を渡《わた》る無《な》かれ　苦《くる》しみて之《これ》を渡《わた》る

15 虎 可レ搏
16 河 難レ憑
17 公 果 溺 死 流二海 湄一
18 有三長 鯨 白 齒 若二雪 山一
19 公 乎 公 乎 挂二骨 於 其 間一
20 箜 篌 所レ悲 竟 不レ還

虎《とら》は搏《う》つべきも
河《かは》は憑《わた》り難《がた》し
公《こう》は果《は》たして溺死《できし》して海湄《かいび》に流《なが》る
長鯨《ちやうげい》の白齒《はくし》 雪山《せつざん》の若《ごと》き有《あ》り
公《こう》よ公《こう》よ 骨《ほね》を其《そ》の間《かん》に挂《か》く
箜篌《こうこう》の悲《かな》しむ所《ところ》 竟《つひ》に還《かへ》らず

現代語訳 公 河を渡る無かれ

黄河は西の方より崑崙山を切り開いて流れ来り、
とどろきわたること一万里、龍門をかすめる。
溢れる波は天にも届き、
堯帝もいたく歎かれた。
偉大なる禹は百川を治めととのえ、
乳飲み子が泣いても家に足を向けなかった。
流れの勢いを押さえて、洪水を塞ぎとめたため、
世界はようやく蚕を育て麻を植えるようになった。
災害はかくして去り、
はるばると風に砂が舞う。
ざんばら髪の翁は、気がふれて愚か。

朝早く河の流れに駆けつけて、何をしようというのか。
まわりは気にもせぬが、妻だけは留めようとする。
あなた、河を渡らないで、なぜ無理してお渡りになるの。
虎は素手で打てようとも、
河は素足では渡れません。
あなたはついに溺れて海の岸辺に流れ去った。
そこには大きな鯨の雪山にも似た歯が待ち構え、
ああ、あなた、あなたのお骨はその歯にかかる。
箜篌は悲しみの音を奏でるも、とうとうお帰りにならない。

語注　**0 公無渡河**　楽府題。「公無渡河引」、あるいは「箜篌引」とも称する。『楽府詩集』巻二六相和歌辞・相和六引。崔豹「古今注」に以下のような伝承を記す。「箜篌引」は朝鮮の津卒（渡し場役人）の霍里子高《かくりしこう》の妻、麗玉が作ったもの。ある朝、子高が舟の手入れをしていると、白髪の狂人が髪を振り乱し壺を下げて現れて河の流れを渡ろうとした。その妻が後を追い止めようとしたが間に合わず、そのまま河に落ちて死んでしまう。妻が箜篌（ハープに似た弦楽器）を弾きながら悲しみに満ちた声で歌うには、「公よ河を渡る無かれ、公竟に河を渡り、河に墜ちて死せり、将た公を奈何せん」と。そして歌い終えると自らも河に身を投じる。子高は家に帰りこのことを妻の麗玉に話す。麗玉は悲しみ傷んで箜篌を手に曲を書き写し、曲を聴く者はみな涙を落とした。麗玉はその曲を隣家の娘に伝え、また「箜篌引」と名づけた。**1 崑崙**　伝説上の山。中国の西方にあり、黄河の源はここに発するとされる。**2 咆哮**　大きな声や音をあげる。畳韻の語。**龍門**　黄河流域の陝西省韓城市と山西省河津市の間をやや遡るあたり。黄河を挟んで両岸が切り立ち、門のような形勢をなす。河の魚はその門下から更に上流に行くことができず、もし上ることができれば龍となるという。**3 滔天**　水が天の高さにまでみなぎる。『尚書』堯典に「浩浩として天を滔す」。**4 堯**　伝説上の古代の聖天子。**5 大禹**　古代の聖天子禹。堯から禅譲を承けた舜に命じられて洪水を治め、後、舜の後を継いだ。**理**　「治」と同じ意味で用いる。唐の高宗の諱（治）を避ける。**6** 禹は治水に努め、生まれたばかりの子の啓が泣いても、家に立ち寄らなかった。『尚書』益稷に「啓　呱呱として泣くも、予《われ》（禹）子とせず、惟《こ》れ荒《おお》いに土功を度《はか》る（土木に従事した）」。　**7・8** 禹の治水の功によって、紡績・耕作を営むことができた。　**殺湍**　急流の勢いをそぐ。　**堙**　ふさぐ。せき止める。　**九州**　中国の全土。『荘子』天下に「昔　禹の洪水を堙めるや、江湖を決して四夷九州に通ぜしむ」。　**蚕麻**　蚕を養って絹を作り、麻を植える。　**11 被髪**　髪を束ねない。　**12 径**　まっすぐに目指す。　**15・16 搏**　打つ。　**馮**　徒歩で渡る。『詩経』小雅・小旻に「敢へて暴虎せず、敢へて馮（憑）河せず（素手で虎に立ち向かったり、徒歩で河を渡ったりしない）」とあり、その毛伝に「徒《かち》で渉《わた》るを馮（憑）河と曰ひ、徒《すで》で搏つを暴虎と曰ふ」。また『論語』述而に「暴虎馮（憑）河し、死して悔ゆる無き者は、吾　与《とも》にせざるなり」。　**17 海湄**　海辺。【詩型・押韻】　雑言古詩。上平二十三魂（崙・門）。平水韻、上平十三元。／下平一先（天）・二仙（川）の同用。平水韻、下平一先。／下平九麻（嗟・家・麻・沙）。平水韻、下平六麻。／上平五支（為）六脂（湄）・七之（痴・之）の同用。平水韻、上平四支。／上平二十七刪（還）・二十八山（山・間）の同用。平水韻、上平十五刪。

詩解　詩の前半は黄河の氾濫・洪水とそれを治めた禹の功績の偉大さを、伝承に基づきうたう。後半は、河に身を投じて死んだ一人の狂人とその妻の悲劇を、その悲劇にまつわる箜篌の歌の伝承に基づいてうたう。水の流れをめぐる伝承が、中国のすべての人々に共有される大きな物語から、一個の夫婦の小さな物語へと連続・展開し、あたかも遠くに置かれたカメラで大きな視野でとらえられていた場面が転換し、その一部にズームアップしたかのような印象を与える。黄河の氾濫と治水という大きな物語の奥に、たとえばこの狂人の夫婦のような、無数の小さな物語があったと語るかのようだ。

自ら水に身を投じた狂人がなぜ狂ったのか、なぜ自死したのかは、元の伝承も語らないし、李白の詩もまた語らない。ただ、自死の悲しみとその重さは、たとえば王に疎まれて汨羅に身を投じた屈原や、夫の不実を歎き水に身を投じた秋胡の妻（『列女伝』節義伝・魯秋潔婦）のように、文学のなかにしばしばうたわれてきた。狂人の発狂と死の影にあった悲しみ、また夫を追って身を投じた妻の悲しみは、その悲しみのなかみは分からないながら、彼らを死に至らしめた悲しみの深さだけは人々の胸を打ち、物語を伝える人々のなかに受け継がれてきたのであろう。

蜀道難（蜀道難《しょくだうなん》）

1 噫吁嚱危乎高哉
2 蜀道之難難㆔於上㆓青天㆒
3 蠶叢及㆓魚鳧㆒
4 開㆑國何茫然
5 爾來四萬八千歳
6 不㆘與㆓秦塞㆒通㆗人煙㆖
7 西當㆓太白㆒有㆓鳥道㆒
8 何以横㆓絶峨眉巓㆒
9 地崩山摧壯士死
10 然後天梯石棧方鉤連
11 上有㆓六龍回㆑日之高標㆒
12 下有㆓衝波逆折之回川㆒
13 黄鶴之飛尚不㆑得
14 猨猱欲㆑度愁㆓攀縁㆒

噫《あ》吁《あ》嚱　危《あや》ふきかな　高《たか》きかな
蜀道《しよくだう》の難《かた》きは青天《せいてん》に上《のぼ》るよりも難《かた》し
蠶叢《さんそう》と魚鳧《ぎよふ》と
國《くに》を開《ひら》きしは何《なん》ぞ茫然《ばうぜん》たる
爾來《じらい》　四《し》萬八千歳《まんはちせんさい》
秦塞《しんさい》と人煙《じんえん》を通《つう》ぜず
西《にし》のかた太白《たいはく》に當《あ》たりて鳥道《てうだう》有《あ》るも
何《なに》を以《もつ》て峨眉《がび》の巓《いただき》を横絶《わうぜつ》せん
地《ち》崩《くづ》れ山摧《やまくだ》けて壯士《さうし》死《し》し
然《しか》る後《のち》　天梯《てんてい》　石棧《せきさん》　方《はじ》めて鉤連《こうれん》す
上《うへ》には　六龍《りくりゆう》日《ひ》を回《めぐ》らすの高標《かうへう》有《あ》り
下《した》には　衝波《しようは》逆《ぎやく》　折《せつ》の回川《くわいせん》有《あ》り
黄鶴《くわうかく》の飛《と》ぶすら尚《な》ほ得《え》ず
猨猱《ゑんだう》度《わた》らんと欲《ほつ》して攀縁《はんえん》を愁《うれ》ふ

現代語訳 蜀道難

ああ、危ういことよ、高いことよ。
蜀の道の険しさは、青空に上るよりはるかに険しい。
古《いにしえ》の王蚕叢《さんそう》と魚鳧《ぎょふ》とが、
国を創《はじ》めたのは茫漠たる遠いむかし。
以来、四万八千年、
秦の地と人の行き来は絶え果てた。
西のかた太白山に行き当たれば鳥の通い路があるが、
どうして峨眉山の頂を乗り越えることができよう。
地は崩れ山は砕けて蜀王の壮士も命をおとし、
そこでようやく天の梯子と石の架け橋がつながった。
見上げれば太陽の車を引く六龍も引き返す山が聳え、
見下ろせば波が突き当たり水の渦巻く流れがある。
天翔《あまがけ》る黄鶴さえ、越すに越されず、
枝渡らんとする猿たちも、すがるにすがれず。

語注

0 蜀道難 楽府題。『楽府詩集』巻四〇相和歌辞・瑟調曲。「蜀道」とは、都長安から蜀（今の四川省一帯）へと入る道。本詩はその道の険しさ、困難をうたう。 **1 噫吁嚱** 「噫《イ》」「吁《ク》」「嚱《キ》」は、いずれも感歎を表す語。『論語』子張に「噫《ああ》、言游（子游）誤てり」。また『荀子』宥坐に「孔子喟然として歎じて曰く、『吁《ああ》、悪《いづく》んぞ満ちて覆《くつが》へらざる者有らんや』と」。 **2 難於上青天** 『論語』子張に「猶ほ天の階して升るべからざるがごときなり」。前漢・枚乗「書を上りて呉王を諫む」（『文選』巻三九）に「必ず為さんと欲する所の若きは、累卵より危ふく、天に上るよりも難し」。 **3 蚕叢・魚鳧** 伝説上の蜀王。西晋・左思「蜀都の賦」(『文選』巻四)の劉逵注の引く前漢・揚雄「蜀王本紀」に「蜀王の先は、蚕叢・栢濩・魚鳧・蒲澤・開明と名づく。……開明より上《かみ》、蚕叢に到るまで、三万四千歳を積む」。 **及** 「与」と同じ。……と。 **4 開国** 建国。 **茫然** 明瞭でない。 **5 爾來** その時からこのかた。 **四万八千歳** 注3の「蜀王本紀」の「三万四千歳」と同様、建国以来の時間の長さを強調する。 **6 秦塞** 中国の中心である長安地域。長安は四方を堅固な自然に囲まれていた。「塞」は険阻な地。 **人煙** 人家の炊事の煙。また人家、あるいは人の存在をいう。 **7 太白** 山の名。京畿と蜀を隔てる秦嶺山脈の最高峰。 **鳥道** 獣ですら通れず、鳥がようやく通ることのできる険しい山道。北周・庾信「秦州天水郡麦積崖仏龕銘」に「鳥道乍ち窮まり、羊腸或いは断ず」。 **8 横絶** 横切る、飛び越える。 **峨眉** 蜀を代表する山の一つ。蜀の中心、成都の西南にある。 **9** 『華陽国志』蜀志に見える伝説を踏まえる。むかし秦の恵王は蜀の王が好色なことを知り、五人の女を差し向けた。蜀王は五人の壮丁を派遣し迎えさせた。そのとき、大蛇が穴の中に入るのを見かけた一人が尾っぽを引いたが押さえきれず、五人が力を合わせて引っ張ると、山が崩れ五人の女も壮丁もみな山に押しつぶされ、山も五つの嶺に分かれたという。 **10** 五嶺に分かれてようやく蜀への道が通じたという。 **天梯** 天に上る階段。「梯」は階と同義。『楚辞』九思・傷時に「天梯に縁りて北に上る」。ここでは険しい山道をたとえる。 **石桟** 岸壁に掛け渡した桟道。 **方** そこではじめて。 **鉤連** つながり、通じ合う。「鉤」は、かぎ(先の曲がった金属の具)。 **11** 太陽の運行もさえぎられるような高峰がある。 **六龍** 太陽は六匹の龍が引く車に乗って運行すると考えられた。『楚辞』九歎・遠游に「湏濛(混沌たる気)を貫きて以て東に掲《さ》り、六龍を扶桑(東方の神木)に維《つな》ぐ」。 **高標** 高く聳えるもの。左思「蜀都の賦」に「羲和(太陽の御者)道を峻岐(高峰)に仮り、陽烏(太陽に棲まうカラス)翼を高標に回らす」。 **12 逆折** 水の流れが渦巻く。前漢・司馬相如「上林の賦」(『文選』巻八)に「横流逆折す」。 **13・14** 空飛ぶ大鳥、敏捷な猿でさえ、その険しさを越えられないという。 **黄鶴** 鳥の名、「黄鵠」に同じ。 **猨猱** 「猨」は「猿」の本字。「猱」とともにテナガザル。 **攀縁** 取りすがって上る。

15 青泥何盤盤　　青泥《せいでい》 何《なん》ぞ盤盤《はんはん》たる
16 百歩九折縈㆓巖巒㆒　　百歩《ひやくほ》九折《きうせつ》 巖巒《がんらん》を縈《めぐ》る

捫レ參歴レ井仰脅息
以レ手撫レ膺坐長歎
問レ君西遊何時還
畏途巉巖不レ可レ攀
但見悲鳥號二古木一
雄飛雌從遶二林間一
又聞子規啼二夜月一愁二空山一
蜀道之難難三於上二青天一
使三人聽レ此凋二朱顏一

參《しん》を捫《と》り井《せい》を歴《へ》　仰《あふ》ぎて脅息《けふそく》し
手《て》を以《もつ》て膺《むね》を撫《ぶ》し　坐《ざ》して長歎《ちやうたん》す
君《きみ》に問《と》ふ西遊《せいいう》して何《いづ》れの時《とき》にか還《かへ》ると
畏途《ゐと》の巉巖《さんがん》　攀《よ》づべからず
但《た》だ見《み》る　悲鳥《ひてう》の古木《こぼく》に號《さけ》び
雄《ゆう》は飛《と》び雌《し》は從《したが》ひて林間《りんかん》を遶《めぐ》るを
又《またき》聞く　子規《しき》の夜月《やげつ》に啼《な》きて空山《くうざん》に愁《うれ》ふるを
蜀道《しよくだう》の難《かた》きは青天《せいてん》に上《のぼ》るよりも難《かた》し
人《ひと》をして此《これ》を聽《き》きて朱顏《しゆがん》を凋《しぼ》ましむ

現代語訳

雨にぬかるむ青泥の山はくねくねと曲がり、百歩に九たび折れる道は岩山をめぐる。

参の星を手にとり、井の星を通り過ぎて、見上げて荒い息をつき、手で胸をなでさすって、座り込んでは長いため息。

君に尋ねよう、かかる道を西に旅して、いつ帰るのか、恐ろしい道は切り立ってよじ登ることもできない。

目に入るのは鳥が古さびた木の上で悲しげに泣き叫び、

雄が飛び、雌があとを追って、林のなかをめぐるさま。
また耳にするのはホトトギスが、夜の月影に啼いて人気のない山に悲しむ声。
蜀の道の険しさは、青空に上るよりはるかに険しい。
人がこれを聴けば若々しい顔さえ皺ばむことだろう。

語注　**15 青泥**　蜀道にある山嶺の名。雨が多くぬかるみに旅人が苦しんだため名づけられたという。**盤盤**　曲がりくねる。**16 巌巒**　切り立つ岩山。**17** 蜀道が、星に手が届くほどの高さであることをいう。**捫**　手でつかむ。**歴**　経る。**参・井**　いずれも星座の名、二十八宿の一つ。**脅息**　苦しげに息をつく。**18 撫膺**　胸をさする。「撫」は、なでさする。「膺」は胸。**19 西遊**　秦（みやこ）から西にある蜀に行くことをいう。**20 畏途**　険しく恐ろしいみち。『荘子』達生に「夫れ塗（途）を畏るる者は、十に一人を殺せば（十人のうち一人でも欠ければ）、則ち父子兄弟相戒めて、必ず卒徒（護衛）を盛んにし、而る後に敢へて出づ。亦た知ならずや」。**巉巌**　険しく切り立つ岩山。先秦・宋玉「高唐の賦」（『文選』巻一九）に「巉巌に登りて下に望む」。**22** 楽府「雉子班」古辞（『楽府詩集』巻一六）に「雄は来り蜚《と》（飛）びて雌に従ふ」。**23 子規**　ホトトギス。「杜鵑」ともいう。伝説では、古代の蜀王であった杜宇（望帝と号した）は死んで子規となり、蜀の人々は子規の鳴き声を聞くと望帝を偲んだという。**25 凋朱顔**　「朱顔」は若くて血色のよい顔。晋・王康琚「反招隠」（『文選』巻二二）に「凝霜　朱顔を凋ましむ」。

26 連峯去レ天不レ盈レ尺　　連峯《れんぽう》　天《てん》を去《さ》ること尺《せき》に盈《み》たず
27 枯松倒挂倚二絶壁一　　枯松《こしょう》倒《さか》しまに挂《かか》りて絶壁《ぜっぺき》に倚《よ》る
28 飛湍暴流争喧豗　　飛湍《ひたん》　暴流《ぼうりゅう》　争《あらそ》ひて喧豗《けんくわい》
29 氷レ崖轉レ石萬壑雷　　崖《がけ》を氷《う》ち石《いし》を轉《てん》じて　萬壑《ばんがく》雷《とどろ》く

其險也若レ此
嗟爾遠道之人胡爲乎來哉
劍閣崢嶸而崔嵬
一夫當レ關
萬人莫レ開
所レ守或匪レ親
化爲二狼與レ豺
朝避二猛虎一
夕避二長蛇一
磨レ牙吮レ血
殺レ人如レ麻
錦城雖レ云レ樂
不レ如二早還レ家
蜀道之難難三於上二青天一
側レ身西望長咨嗟

其《そ》の險《けん》なるや此《か》くの若《ごと》し
嗟《ああ》爾《なんぢ》 遠道《ゑんだう》の人《ひと》 胡《なんす》爲れぞ來《きた》れるや
劍閣《けんかく》 崢嶸《さうくわう》として崔嵬《さいくわい》
一夫《いつぷ》 關《くわん》に當《あ》たるや
萬人《ばんじん》も開《ひら》く莫《な》し
守《まも》る所《ところ》 或《ある》いは親《しん》に匪《あら》ざれば
化《くわ》して狼《らう》と豺《さい》とに爲《な》らん
朝《あした》に猛虎《まうこ》を避《さ》け
夕《ゆふ》べに長蛇《ちやうだ》を避《さ》く
牙《きば》を磨《みが》き血《ち》を吮《す》ひ
人《ひと》を殺《ころ》すこと麻《あさ》の如《ごと》し
錦城《きんじやう》は樂《たの》しと云《い》ふと雖《いへど》も
早《はや》く家《いへ》に還《かへ》るに如《し》かず
蜀道《しよくだう》の難《かた》きは青天《せいてん》に上《のぼ》るよりも難《かた》し
身《み》を側《そば》だてて西望《せいばう》し 長《とこ》しへに咨嗟《しさ》す

現代語訳

列なる峰々は手を伸ばせば天に届こうかという高さ、
枯れた松が絶壁に拠りかかるように逆さまに生えている。
しぶきを上げる早瀬、あらあらしい流れはごおごおと響きを競い、
岸を打ち、石を転ばせ、すべての谷に雷鳴とどろく。
その険しさたるやかくのごとし、
ああ、あなた、遠く旅ゆく人よ、なにゆえここに来たのか。
剣門山の閣道は、そそり立ち、切り立つ。
一人のおとこが関を守れば、
万人が攻めても開くことはできぬ。
かかる枢要の地を守るのは王者に近しい者でなければ、
オオカミ、ヤマイヌと化して刃向かうやも知れぬ。
通る者が朝に猛虎を避け、
夕べに大蛇を避けるように戦《おのの》くのは、
地の険しさが牙を磨き血をすするように
みだりに多くの命を奪うから。
錦かがやく成都の町は楽しかろうが、
早く家にお帰りなさい。
蜀の道の険しさは、青空に上るよりはるかに険しい。
身を傾けて西を望みやり、長く長くためいきをつく。

語注 **28 喧豗**　響き渡る轟音。双声の語。**29 氷崖**　水が岸壁に打ちつけて音を立てる。東晋・郭璞「江の賦」（『文選』巻一二）に「巌を砅（氷）ちて鼓作す」。李善の注に「砅は水の巌を激つの声なり」と。**32 剣閣**　剣門山（蜀道のうちとくに険しい山）に架け渡された閣道（かけはし）。**崢嶸・崔嵬**　高く険しいさま。ともに畳韻の語。**33・34** 左思「蜀都の賦」に「一人隘（要害）を守れば、万夫も向かふ莫し」。また西晋・張載「剣閣の銘」（『文選』巻五六）に「一人　戟を荷へば、万夫も趦趄（ゆきなやむ）す」。「一」と「万」を対比して剣閣の険しさをいう慣用表現。**35・36**「剣閣の銘」の右の箇所に続いて、「形勝の地、親に匪ざれば居らしむる勿かれ（枢要の地は国君の親族以外には任せられない）」。**狼・豺**　反逆者を猛獣に喩える。**40 如麻**　乱雑かつ多いさま。**41 錦城**　成都の美称。「蜀錦」が特産であったため、かつて此の地に官署が置かれた。**44 側身**　身体を傾ける。あるいは、身体の向きを対象に向ける。後漢・張衡「四愁の詩四首」三思（『文選』巻二九）に「我が思ふ所は漢陽に在り、……身を側だてて西のかた望めば涕《なみだ》　裳を沾《うる》ほす」。**【詩型・押韻】**　雑言古詩。下平一先（天・煙・巓）・二仙（然・連・川・縁）の同用。平水韻、下平一先。／上平二十五寒（歎）・二十六桓（盤・巒）・二十七刪（還・攀・顔）・二十八山（間・山）の通押。平水韻、上平十四寒・十五刪の通押。／入声二十二昔（尺）・二十三錫（壁）の通押。平水韻、入声十一陌・十二錫の通押。／上平十四皆（豺）・十五灰（豗・雷・嵬）・十六咍（哉・開）の通押。平水韻、上平九佳・十灰の通押。／下平九麻（蛇・麻・家・嗟）。平水韻、下平六麻。

詩解　蜀の地に通じる道の険しさを、さまざまな伝承に基づき表現する。作詩の意図については諸説ある。一つは、剣南節度使であった章仇兼瓊《しょうきゅうけんけい》を諷したとするもの（底本の題下注に「章仇兼瓊を諷するなり」と）。一つは、房琯と杜甫に害意を抱く剣南節度使厳武を諷したとするもの。いま一つは、安史の乱の際の玄宗の蜀への蒙塵に対し、それを否とする思いを込めたとするものである。ただし玄宗が蜀に移ったのは天宝十五載（七五六）であり、また杜甫が成都にあったのはそれより更に後の上元元年（七六〇）以降のことであったが、天宝十二載までの詩を集めたという『河岳英霊集』に本詩が採られていることからみて、後二説は成立しがたい。また第一説についても、批判の対象となるような章仇兼瓊の蜀にあっての事績について、諸書に記述が見いだしがたい。とすれば、詩作の背景の詮索はしばらくおき、蜀道の困難を修辞を尽くして表現しようと試みたものと考えるのが妥当であろう。

詩の表現そのものに目をとめれば、神話や伝説に由来するモチーフを多用し、『楚辞』を想起させるところが多い。また、詩の構図を確認すれば、詩の語り手が旅人に対して、蜀の地への道筋の険しさを告げ、早く帰るようにと呼びかけるもので、たとえば「王孫　帰り来れ、山中　久しく留まるべからず」とうたう『楚辞』「招隠士」の主題に通じるものが感じ取られる。蜀道の険しさを連ねる措辞は、いずれも豊かな視覚像を再現しながらも、現実の旅路の険しさを喚起するというよりは、むしろ幻想的な神話世界の色彩を帯びる。いわば李白の生きた当時の蜀地への道の険難をうたうものというよりは、『楚辞』的イメージを借りつつ文学の世界において再現された蜀道の道行きを描くものといってよい。

なお詩人の逸事を集めた唐末・孟棨『本事詩』によれば、李白が初めて長安に出たとき、賀知章に見せて賛嘆を得たのが、この「蜀道難」であったという。その事の真偽是非は定めがたいが、李白がその名声を得る契機となるにふさわしい作品であると、読者たちに受け止められたことは間違いないだろう。

梁甫吟（梁甫吟《りやうほぎん》）

1 長嘯梁甫吟
2 何時見二陽春一
3 君不レ見朝歌屠叟辭二棘津一
4 八十西來釣二渭濱一
5 寧羞白髮照二綠水一
6 逢レ時壯レ氣思二經綸一
7 廣張三千六百鉤
8 風期暗與二文王一親

長嘯《ちやうせう》す梁甫吟《りやうほぎん》
何《いづ》れの時《とき》か陽春《やうしゆん》を見《み》ん
君見《きみみ》ずや　朝歌《てうか》の屠叟《とそう》　棘津《きよくしん》を辭《じ》し
八十《はちじふ》にして西《にし》に來《きた》りて　渭濱《ゐひん》に釣《つ》りするを
寧《なん》ぞ羞《は》ぢんや白髮《はくはつ》の綠水《りよくすい》に照《て》らすを
時《とき》に逢《あ》ひ氣《き》を壯《さう》にして　經綸《けいりん》を思《おも》ふ
廣《ひろ》く張《は》る三千六百鉤《さんぜんろくひやくこう》
風期《ふうき》　暗《あん》に文王《ぶんわう》と親《した》しむ

9 大賢虎變 愚不レ測
10 當年頗似尋常人
11 君不レ見高陽酒徒 起二草中一
12 長二‐揖山東隆準公一
13 入レ門開說 騁二雄辯一
14 兩女輟レ洗 來二趨風一
15 東下二齊城七十二一
16 指二‐麾楚漢一 如二旋蓬一
17 狂客落拓 尚如レ此
18 何況壯士當二羣雄一

大賢《たいけん》は虎變《こへん》して 愚《ぐ》は測《はか》らず
當年《たうねん》頗《すこぶ》る似《に》たり 尋常《じんじやう》の人《ひと》に
君見《きみみ》ずや 高陽《かうやう》の酒徒《しゆと》 草中《さうちゆう》に起《お》こり
山東《さんとう》の 隆準公《りゆうせつこう》に長揖《ちやういふ》せるを
門《もん》に入《い》り開說《かいせつ》して雄辯《ゆうべん》を騁《は》すれば
兩女《りやうぢよ》洗《あら》ふを輟《や》めて 趨風《すうふう》來《きた》る
東《ひがし》のかた齊城《せいじやう》七十二《しちじふに》を下《くだ》し
楚漢《そかん》を指麾《しき》して 旋蓬《せんほう》の如《ごと》し
狂客落拓《きやうかくらくたく》するも 尚《な》ほ此《か》くの如《ごと》し
何《なん》ぞ況《いは》んや壯士《さうし》の羣雄《ぐんゆう》に當《あ》たるをや

現代語訳 梁甫吟

声をのばし口ずさむ、梁甫の吟《うた》を、
いつになれば、明るい春のぬくもりに恵まれるのか。
君はご存じか、朝歌の牛殺しのおやじが棘津の地を離れ、
齢八十にして西のかた渭水の辺に到って釣り糸を垂らしたのを。
白髪頭が緑の流れに映るのをどうして恥じなどしよう、
時機に出会えば気概も盛んに国のまつりごとに思いをめぐらす。

十年、三千六百日、毎日、釣り糸を垂らし続けるうち、
知らず知らず文王に親しむべき人品になりおおせた。
大賢が虎の毛並みのように鮮やかに変化をとげるのを愚者は想像もできない。
そのかみ、まるで世のなかの凡人と区別もつかなかったのだが。
君はご存じか、高陽の大酒飲みが草っ原の中から身を起こし、
山東の鼻高殿様に軽く手を挙げて挨拶したのを。
門を入って説き起こすや、たくみに弁舌を馳せ、
その疾風《はやて》の勢いに二人の侍女は足を洗う手を止めた。
東のかた斉の七十二城を口先だけで手に入れて、
楚と漢をともに地を転がる蓬のように思いのまま操った。
落ちぶれた気狂い先生でさえこうしたもの、
志を抱く男が英雄たちに見《まみ》えんとすればなおのこと。

語注　**0 梁甫吟**　楽府題。『楽府詩集』巻四一相和歌辞・楚調曲。古辞（一説に三国蜀の諸葛亮の作）は、春秋時代、斉の晏子（晏嬰）の策略によって自死した勇士、田開彊《でんかいきょう》・古冶子《こやし》・公孫接《こうそんせつ》の三人を悼んでうたったものという。李白の詩は、彼らを含む過去の志士の遇不遇を踏まえながら、活躍の機会を待つ士の抱負をうたう。もと、「梁甫」は泰山のふもとにあった小さな山の名。葬送の地であったらしい。　**1 長嘯**　「嘯」は、口をすぼめて息を長く吐きつつ声を出す独特の発声。志を述べるときの振る舞い。　**2 陽春**　春の盛り。君主の恩寵を喩える。『楚辞』九弁に「衣裘の以て冬を御《ふせ》ぐ無く、恐らくは溘死（死ぬ）して陽春を見るを得ざらん」。　**3・4 朝歌**　地名。河南省。　**屠叟**　牛殺しの叟《おきな》。かつて屠牛をなりわいとしていたという太公望呂尚のことをいう。　**棘津**　黄河の渡し場。　**渭浜**　渭水（黄河の支流。長安の北を流れて黄河と合する）のほとり。各地で様々な職に従事した呂尚は八十（一説に九十）にして渭浜に来て釣りをしていたとき、周の文王に見いだされた。文王は彼を父（太公）が

望んでいた軍師と見なし太公望と呼んだ。呂尚はやがて文王の子の武王を助けて殷を討って周王朝を創建し、自らは斉国の始祖となる（『史記』斉太公世家）。**5** **緑水** 渭水の水をいう。**6** **逢時** 時運に巡り会う。**壮気** 気概。**経綸** 天下・国家を経営する。またその方策。**7** 呂尚は七十歳（一説に八十歳）から八十歳（九十歳）にいたるまでの十年間、毎日釣りをしたのち文王と出会った。「鉤」は釣り針。釣りをすることをいう。一日に「一鉤」、十年（三千六百日）で「三千六百鉤」となる。この釣りが広大な天下を収めることにつながるから「広張」という。**8** **風期** 風格、ひとがら。**暗** おのずと、はからずも。**文王** 殷に仕え、功績あって西伯に任じられた。非道の殷の紂王に対し、人心は西伯に帰し、やがてその子武王と呂尚によって殷は滅ぼされた。**9**『周易』革卦の「大人は虎変す」にもとづく。徳ある立派な人物は、虎の毛並みがあざやかに変わるように目覚ましく変化する。**大賢** 有徳の人。右の「大人」に同じ。**愚** 凡庸な人。**11―14** 楚漢抗争期の論客酈食其《れきいき》が沛公劉邦（後の漢・高祖）に出会ったときのことをいう。**高陽** 地名、河南省。酈食其の出身地。**酒徒** 酒飲み。「高陽酒徒」とは、遊説の士として劉邦の覇業に貢献した酈食其（酈生）をいう。**草中** 草深い野原。当時、酈食其が貧しくかつ低い身分であったことをいう。**長揖** 腕を組んで上下させる略式の敬礼。酈食其が初めて劉邦に面会したとき、劉邦は二人の女に足を洗わせていた。その無礼に対して酈食其は「長揖して拝せず（恭しい挨拶はせず）」、そのうえで「無道の秦を誅滅しようというのに、無礼な態度で年長者に面会するのはよろしくない」とたしなめた。劉邦は足を洗うのを止めさせ、衣服を正し酈食其を上座につけて謝った（『史記』酈食其伝）。**山東隆準公** 沛県（江蘇省豊県）出身の劉邦のこと。「山東」は太行山以東。「隆」は高い、「準」は鼻柱。『史記』高祖本紀に「高祖の人となり、隆準にして龍顔」。**両女** 右の注の劉邦が足を洗わせていた二人の女。**来趨風** 酈食其の弁舌の目覚ましさをいうものと解す。「趨風」は疾風。**15** 秦を滅ぼしたのち、楚の項羽との対立の際、劉邦は東方の斉を味方につけようという酈食其の進言を採り、彼を使者として斉王田広のもとに趣かせた。酈生に気を許した田広は軍備を解く。「酈生の軾に伏して（兵力を用いず）斉の七十余城を下せる」を聞いた漢の韓信が斉を襲う。田広は酈食其を煮殺して遁走する（『史記』酈食其伝）。**16** 楚（項羽）と漢（劉邦）の双方をその弁舌で意のままとした。**指麾** 行動を指図する。「指揮」と同義。**旋蓬** 「蓬」は、冬、風に吹かれ球状となって地を転がる。**17** **狂客** 酈食其のことを地元の人はみな「狂生」と呼んだ（『史記』酈食其伝）。**落拓** 落ちぶれてわびしい。畳韻の語。「落魄」と同義。『史記』酈食其伝に「家貧にして落魄す」。

我欲㆔攀㆑龍見㆓明主㆒
雷公砰訇震㆓天鼓㆒
帝旁投壺多㆓玉女㆒
三時大笑開㆓電光㆒
倏爍晦冥起㆓風雨㆒
閶闔九門不㆑可㆑通
以㆑額叩㆑關閽者怒
白日不㆑照吾精誠
杞國無㆑事憂㆓天傾㆒
猰貐磨㆑牙競㆓人肉㆒
騶虞不㆑折生草莖
手接㆓飛猱㆒搏㆓彫虎㆒
側㆓足焦原㆒未㆑言㆑苦
智者可㆑卷愚者豪
世人見㆑我輕㆓鴻毛㆒
力排㆓南山㆒三壯士

我《われ》 龍《りゆう》に攀《よ》ぢて明主《めいしゆ》に見《まみ》えんと欲《ほつ》するも
雷公《らいこう》 砰訇《はうくわう》として天鼓《てんこ》を震《ふる》ふ
帝旁《ていばう》に投壺《とうこ》して 玉女《ぎよくぢよ》多《おほ》し
三時《さんじ》大笑《たいせう》して 電光《でんくわう》開《ひら》き
倏爍《しゆくしやく》 晦冥《くわいめい》 風雨《ふうう》を起《お》こす
閶闔《しやうかふ》の九門《きうもん》 通《つう》ずべからず
額《がく》を以《もつ》て關《くわん》を叩《たた》けば 閽者《こんしや》怒《いか》る
白日《はくじつ》照《て》らさず吾《わ》が精誠《せいせい》
杞《き》國《こく》事《こと》無《な》くして天《てん》の傾《かたむ》くを憂《うれ》ふと
猰貐《かつゆ》は牙《きば》を磨《みが》きて人肉《じんにく》を競《きそ》ひ
騶虞《すうぐ》は折《を》らず 生草《せいさう》の莖《くき》
手《て》は飛猱《ひだう》に接《せつ》して彫虎《てうこ》を搏《う》ち
足《あし》は焦原《せうげん》に側《そばだ》てて未《いま》だ苦《く》を言《い》はず
智者《ちしや》は巻《ま》くべく 愚者《ぐしや》は豪《がう》なり
世人《せじん》の我《われ》を見《み》ること鴻毛《こうまう》より輕《かる》し
力《ちから》は南山《なんざん》を排《はい》す 三壯士《さんさうし》

35 齊相殺レ之費二二桃一
36 呉楚弄レ兵無二劇孟一
37 亞夫咍爾爲二徒勞一
38 梁甫吟
39 聲正悲
40 張公兩龍劍
41 神物合有レ時
42 風雲感會起二屠釣一
43 大人峴屼當レ安レ之

齊相《せいしやう》之《これ》を殺《ころ》すに二《に》桃《たう》を費《つひ》やす
呉楚《ごそ》兵《へい》を弄《ろう》して劇孟《げきまう》無《な》く
亞夫《あふ》 咍爾《かいじ》として徒勞《とらう》と爲《な》す
梁甫吟《りやうほぎん》
聲正《こゑまさ》に悲《かな》し
張公《ちやうこう》の兩龍劍《りやうりゆうけん》
神物《しんぶつ》 合《がふ》するに時《とき》有《あ》り
風雲感會《ふううんかんくわい》 屠釣《とてう》を起《お》こす
大人峴屼《たいじんげつこつ》たらば當《まさ》に之《これ》を安《やす》んずべし

現代語訳

龍のうろこにすがり賢明な君主にお目にかかりたいと思ったが、
雷さまが天の鼓を打ってごろごろと鳴り響かせた。
天帝の傍らには多くの仙女がはべって投壺のあそび。
みかどの笑いに、朝昼夜にとイナビカリが走り、
光きらめくや暗闇におおわれ、風雨がまきおこる。
天門は九重に閉ざされて通ることができず、
ひたいをぶつけて門をたたけば、門番は腹をたてる。

お日様も私のくもり無き真心を照らし出してはくれず、
天の落ちるのを無用にも憂えた杞の男のように見下された。
悪獣である猰貐は牙を磨き競って人肉を貪り、
仁獣である騶虞は草一本折らぬようにと歩く。
私はテナガザルを手でつかんで、まだら模様の虎を打ち殺し、
焦原の危地の上につま先立っても、その艱苦を口にはしない。
知者はときにその智恵をかくすが、愚者はひとえに傲るもの。
ために、世の人は私を鴻《おおとり》の毛ほどに軽くみる。
力ずくで南山をおしのけるほどの三人の壮士を、
斉の大臣がたった二つの桃を使って殺してしまった。
呉楚の七国が謀反の兵を起こしながらも劇孟を見いだしそこね、
それを知った討伐の将周亜夫は乱を徒労と見て取ってあざわらった。
梁甫の吟、
声、ここに至ってまさに悲壮。
張華《ちょうか》殿の二龍に化した宝剣のように、
神秘のものは時宜を待ってしかるべく相見える。
風雲が龍虎に相応ずるように屠殺人・釣り師から身を起こすこともある。
偉大なる君主を動揺せしめる危機あらば、我こそ安んじてさしあげよう。

語注　**19 攀龍**　権勢ある者にとりすがり功名を遂げる。前漢・揚雄『法言』淵騫に「龍鱗に攀ぢ鳳翼に附す」。**明主**　詩の主人公を李白自身とすれば玄宗にあたろう。**20 砰訇**　大きく鳴り響く。畳韻の語。東晋・顧凱之「雷電の賦」に「砰訇として輪は

転ず」。 **天鼓** 『初学記』巻一天部に引く『抱朴子』に「雷は天の鼓なり」。21『神異経』東荒経によれば、東王公（東方にあって男仙を統べる神）は玉女と投壺の遊びをしており、矢を千二百回投じて、矢が壺に入ると天がすすり泣き、はずれると天が笑ったという。 **帝** 天帝。世界の支配神。ここでは前に見える「明主」。 **投壺** 矢を壺に投げ入れる遊び。宴席などで行われる。 **玉女** 仙女。 22 空が晴れていてイナビカリの発するのを「天笑」といった。 **三時** 朝昼晩。 23 **倏爍** 閃光が走るさま。双声の語。南朝宋・謝霊運「長歌行」（『楽府詩集』巻三〇）に「倏爍として夕星流る」。 **晦冥** 両字ともに暗いの意。 24 **閶闔** 天の門。 **九門** 天の門は九重であったという。『後漢書』寇栄伝に「閶闔は九重」。 25 **閽** 天門を管理する者。『楚辞』離騒に「吾 帝の閽をして関を開かしめんとすれば、閶闔に倚りて予を望む」。 26 **精誠** 純粋な心根。 27 主人公の訴えは無用の憂い、すなわち杞憂と見なされた。『列子』天瑞に「杞の国に人の天地崩墜して身の寄する所を亡《うしな》ふを憂へ、寝食を廃する者有り」。 28・29 句意は難解だが、今の天下が悪獣の現れる善からざる世か、仁獣の現れる善き世か、と問いかけるものか。あるいは非道な悪者の存在する世を歎くか。 **猰貐** 足が速く人を食らう悪獣。梁・任昉『述異記』巻上に「猰貐は獣中最大の者にして、龍頭、馬尾、虎爪、長さ四百尺、善く走り、人を以て食と為す。有道の君に遇へば隠蔵し、無道の君に遇へば即ち出でて人を食らふ」。 **騶虞** 想像上の仁獣。『詩経』召南・騶虞に「于嗟《ああ》 騶虞」。毛伝に「騶虞は義獣なり。白虎黒文、生物を食らはず、至信の徳有れば則ち之に応ず」。 30・31 貧窮に負けず、勇をもって義を行うことができるという自負を述べるものか。後漢・張衡「思玄の賦」（『文選』巻一五）に「願はくは力を竭《つく》して以て誼を守り、貧窮すと雖も改めず、彫虎を執《とら》へて象を試み、焦原に阽《のぞ》んで跟趾（かかとをそろえる）せんことを」。「猱」はテナガザル。「彫虎」は獣の名、彩模様があるという。『文選』注に引く『尸子』に「余 左に太行（山）の猨（猱）を執へ、右に彫虎を搏つ。……夫れ貧窮は太行の猨（猱）なり。疏賤（身分が低い）は義の彫虎なり」と。「側足」は、狭い場所、危険な場所などになんとか足を置く。「焦原」は、同じく『尸子』によれば、莒国（山東省）にあった大きな石で、百仞の谷に臨むという。近づく者がいなかったが、一人の男が現れ、その上を後ろ向きに歩いて崖上でかかとをそろえて立ち、その勇気を称えられたという。 32 智者は世のあり方に合わせることができるが、愚者は一本調子に自ら驕る。『論語』衛霊公に「君子なるかな蘧伯玉《きょはくぎょく》、邦に道有れば則ち仕へ、邦に道無ければ則ち巻きて之を懐にす」。 33 **鴻毛** 極めて軽いもの。前漢・司馬遷「任少卿に報ずる書」（『文選』巻四一）に「死は或いは泰山より重く、或いは鴻毛より軽し」。 34・35 勇力の士が死に至らしめられた讒言を憎む意であろう。 **斉相** 斉の宰相晏嬰《あんえい》（晏子）。春秋時代、斉の景公のもとに公孫接・田開彊・古冶子の三人の勇士が仕えていた。彼らは素手で虎を撃ち殺すほどの力の持ち主であった。晏嬰が三人のもとに訪れ敬意を示したが、三人は立ち上がって挨拶をしなかった。晏嬰は景公に、三人は君臣上下の分をわきまえておらず、国を危うくする存在だから退けるのがよいと進言。景公は晏嬰の言を容れたが、三人を討つ手立てがない。晏嬰は策を弄し、二個の桃を三人に届け、能力と功績の大きいものが桃を食ったらよいと伝えた。公孫接と田開彊の二人は、各々の力自慢をしたうえで桃をとった。最後に古冶子が自ら功績を述べて二人に桃を返すようにいうと、二人は古冶子の能力と功を知って恥じ、桃を返して首をくくって死んだ。それを見た古冶子もまた自分の言動を恥じ、その桃を返して自殺した。景公は三人を厚く葬った（『晏子春秋』内篇巻二諫）。古辞「梁甫吟」はこの物語を踏まえ、「里中に三墳有り、塁塁として正に相似たり。問ふ是れ誰家の墳ぞ、田・彊・古冶子。力は能く南山を排し、分は能く地紀を絶す。一朝讒言を被り、二桃三士を殺す」とうたう。**36・37** 人物を見極めることが重要であることをいう。前漢の景帝のとき呉王劉濞《りゅうび》・楚王劉戊《りゅうぼう》など七国が反乱を起こした。鎮圧に派遣された周亜夫《しゅうあふ》は途中で侠客として知られた劇孟を味方に得て言った「呉楚は大乱を起こしながら劇孟ほどの人物を求めようとしなかった。彼らは何ほどのこともできないだろう」と（『史記』遊侠伝・劇孟）。**咍爾**　嘲笑する。「爾」は接尾語。**40・41** 道術に精通した雷煥《らいかん》なる人物が地中より龍泉・太阿という二本の宝刀を得て、「やがてこの剣は姿を変えて消えるだろう」と言った。また、一本をゆずり受けた西晋の大臣張華は、「これは名刀と伝わる干将《かんしょう》に違いないが、もう一本の莫邪《ばくや》といずれ一緒になるであろう」と言った。二人の亡き後、雷煥の子の華が父の剣を帯びて道を行くと、剣が腰間から躍り出て水に沈み、やがて二頭の龍となって姿を消したという（『晋書』張華伝）。**張公**　右の話にみえる張華。**両龍**　二頭の龍。**神物**　神秘的なもの。宝剣をいう。**42** 時宜を得て活躍する。『周易』乾卦文言伝に「同声は相応じ、同気は相求む。……雲は龍に従ひ、風は虎に従ふ。聖人作りて、万物睹る」。**屠釣**　屠殺人と釣り師。前に見えた太公望呂尚をいう。**43 大人**　君主。**峴屼**　揺らぐさま。双声の語。【詩型・押韻】　雑言古詩。上平十七真（津・浜・親・人）・十八諄（春・綸）の同用。平水韻、上平十一真。／上平一東（中・公・風・蓬・雄）。平水韻、上平一東。／上声八語（女）・九麌（主・雨）・十姥（鼓・怒）の通押。平水韻、上声六語・七麌の通押。／下平十三耕（茎）・十四清（誠・傾）の同用。平水韻、下平八庚。／上声十姥（虎・苦）。平水韻、上声七麌。／下平六豪（豪・毛・桃・労）。平水韻、下平四豪。／上平六脂（悲）・七之（時・之）の同用。平水韻、上平四支。

詩解　前段では、文王・武王を助けた周王朝創業の功臣太公望・呂尚と、漢の高祖の覇業に貢献した高陽の酒徒酈食其の事跡をあげ、両者ともに、初めはその真価が認められなかったが、やがて時を得て君主の評価に応えるだけの活躍をみせたことをうたう。後段では、語り手自ら、明主にまみえてその才を発揮したいと抱負を語るが、その思いは多くの障壁によって妨げられる。そして斉の晏子によって死に至った三人の壮士の悲劇と、事を起こすにあたって侠客劇孟を見いだし得なかった七国の乱の故事に触れつつ、最後は再び時宜を得ての活躍を期すことばでうたい結ぶ。李白の官途にあっての挫折が濃厚に反映した作とみてよいであろう。

烏夜啼（烏夜啼《うやてい》）

1 黄雲城邊烏欲レ棲　　黄雲城邊《くわううんじやうへん》 烏《からす》棲《す》まんと欲《ほつ》し

2 歸飛啞啞枝上啼　　歸《かへ》り飛《と》びて啞啞《ああ》として枝上《しじやう》に啼《な》く

3 機中織レ錦秦川女　　機中《きちゆう》 錦《にしき》を織《お》る秦川《しんせん》の女《ぢよ》

4 碧紗如レ煙隔レ窗語　　碧紗《へきさ》煙《もや》の如《ごと》く 窗《まど》を隔《へだ》てて語《かた》る

5 停レ梭悵然憶ニ遠人一　　梭《ひ》を停《とど》め悵然《ちやうぜん》として遠人《ゑんじん》を憶《おも》ふ

6 獨宿ニ孤房一涙如レ雨　　獨《ひと》り孤房《こばう》に宿《しゆく》して涙雨《なみだあめ》の如《ごと》し

現代語訳　烏夜啼

黄色い雲に覆われた辺地のまちでカラスが巣に帰ろうとし、はばたき帰った枝の上でカアカアと啼く。

機《はた》織り機で錦を織るのは秦の地に残された妻、

碧のとばりが煙《もや》のようにかかる窓の向こうにささやく声。
梭《ひ》を投げる手をとどめ心切なく遠くにある夫をおもえば、
独り住まいの寂しい部屋に涙が雨と降る。

語注　**0 烏夜啼**　古い楽府題。もと南朝宋の臨川王劉義慶《りゅうぎけい》が作ったものという。一人家に残された女の、夫を想う姿をうたう。梁・劉孝綽《りゅうこうしゃく》や北周・庾信《ゆしん》の作など、夫の不在を嘆く女性をうたうものが少なくない。李白のこの作も同じ主題を踏襲する。『楽府詩集』巻四七清商曲辞・西曲歌。**1 黄雲城辺**　「黄雲」は砂塵に被われた辺塞の雲。「城辺」は、その雲のかかる町の城壁のあたり。夫のいる場所をいう。梁・江淹《こうえん》「雑体詩三十首」其一「古離別」（『文選』巻三一）に「遠く君と別るる者、乃ち雁門（山西北部）の関に至る。黄雲　千里を蔽ひ、遊子　何れの時にか還る」。**棲**　巣にもどり休む。一句は、カラスは巣に帰るのに夫は帰らないという意を寓す。**2 啞啞**　カラスの啼く声。**3 秦川女**　「秦」は長安（陝西省西安市）付近。「川」は平原。前秦の竇滔の妻蘇氏は詩文が上手であった。秦の地の長官であった夫が罪を得て遠地に左遷されたとき、八百四十字の詩を織りこんだ錦を作り夫に送った。それは数多くの詩を読みとることのできる回文で、夫に対する切切たる思いが込められていたため、心打たれた竇滔は蘇氏を呼び寄せたという（『晋書』列女伝・竇滔妻蘇氏）。北周・庾信「烏夜啼」（『楽府詩集』巻四七）に「琴を弾ず蜀郡　卓家の女、錦を織る秦川　竇氏の妻」。**4 碧紗**　みどりの薄絹のカーテン。**5 梭**　機織りに用いる道具。シャトル。横糸を縦糸の中に通す。**悵然**　悲しげなさま。**遠人**　遠くにいる夫。【詩型・押韻】七言古詩。上平十二斉（棲・啼）。平水韻、上平八斉。／上声八語（女・語）・九麌（雨）の通押。平水韻、上声六語・七麌の通押。

詩解　一人家に残って遠く旅にある夫を思い続ける妻。いわゆる閨怨の作。李白に閨怨の作は多いが、ここでは「烏夜啼」という題に触発されたように、夕暮れには巣に戻るカラスの姿と鳴き声からうたい起こす。カラスは巣に帰るが、夫は帰らない。更には遠くある夫に織錦の詩を贈ったという蘇氏の逸事を織り込み、機を織りつつ夫を思い続ける妻の姿を描き出す。

烏棲曲（烏《う》棲曲《せいきょく》）

1 姑蘇臺上烏棲時
2 吳王宮裏醉㆓西施㆒
3 吳歌楚舞歡未㆑畢
4 青山猶銜半邊日
5 銀箭金壺漏水多
6 起看秋月墜㆓江波㆒
7 東方漸高奈㆑樂何

姑蘇《こそ》臺上《だいじやう》 烏《からす》棲《す》まんとする時《とき》
吳《ご》王宮《わうきゆう》 裏《り》 西施《せいし》を醉《ゑ》はしむ
吳歌《ごか》楚舞《そぶ》 歡《くわん》未《いま》だ畢《つ》きず
青山《せいざん》猶《な》ほ銜《は》む半邊《はんぺん》の日《ひ》
銀箭《ぎんせん》金壺《きんこ》 漏水《ろうすい》多《おほ》し
起《た》ちて看《み》る秋月《しうげつ》の江波《かうは》に墜《お》つるを
東方《とうはう》漸《やうや》く高《たか》く 樂《たの》しみを奈何《いかん》せん

現代語訳 烏棲曲

姑蘇台の上、カラスが巣に帰ろうとする日暮れ時、
呉王の宮殿では王がしきりに酒杯を勧めて西施を酔わせる。
呉の歌、楚の舞い、楽しみは尽きることなく、
青き山の端はまだ日輪のなかばを食《は》み含んでいる。
やがて水時計の銀の矢、金の壺を多くの水が滴り落ちた。
起ち上がってみると、秋の月が江《かわ》の波のなかに沈もうとしている。
東から次第に日が昇ってくるが、この楽しみをどうしたものか。

語注 **0 烏棲曲** 楽府題。『楽府詩集』巻四八に梁・簡文帝、元帝の作などが伝わる。李白の作は春秋末の呉越抗争時代を背景に、呉王夫差の栄光と享楽の日々をうたう。『楽府詩集』同巻・清商曲辞・西曲歌。 **1 姑蘇台** 春秋時代、呉王夫差《ふさ》が築いた宮殿。数千人の妓女を蓄え、日々遊宴に興じたという。故址は今の江蘇省蘇州市。 **2 呉王** 夫差。臥薪して敵の越に勝ち亡父

闔廬《こうりょ》の仇を討った。対する越王句践《こうせん》は夫差を遊興に堕落させるべく美女を呉に送り、夫差はその計略どおりに逸楽にふけり、やがて句践に滅ぼされた（『史記』呉太伯世家、越王句践世家）。**西施**　句践が贈ったという美女の名。**3　呉歌楚舞**　「呉」「楚」は広く夫差の支配する江南地域を指す。地元の歌と舞。**4　銜**　口に含む。山に日が傾きつつまだ沈みきらぬことをいう。**半辺**　半分。**5　銀箭金壺**　漏壺（水時計）をいう。壺に水を入れ穴から滴らせ、水に浮かべた箭によって時刻を示す。「金」「銀」はその豪華なさま。「漏水多」は時間が経過したことをいう。**6・7**　次第に夜明けに近づく。**東方漸高**　日が次第に昇ること。【詩型・押韻】七言古詩。上平五支（施）・七之（時）の同用。平水韻、上平四支。／入声五質（畢・日）。平水韻、入声四質。／下平七歌（多・何）・八戈（波）の同用。平水韻、下平五歌。

詩解　春秋時代の末、今の江蘇省蘇州市を中心とする地域を本拠とする呉と、浙江省紹興市を中心とする地に拠る越とは、長年にわたる抗争を閲《けみ》する。呉王闔廬は越との戦いの折に受けた傷がもとで亡くなり、後を継いだ夫差は越王句践に対する復讐を誓う。軍事を整え富国に努めた夫差はやがて越を破るが、臣従して許しを請う句践を受け入れ和睦を結ぶ。句践はこの後、国力の充実に努めて呉を伐つ機会をうかがい、また美女を夫差のもとに贈って逸楽にふけるように導いた。西施はその美女の一人とされる。

本詩は、越を破り、北方への進出をも果たした呉王夫差の得意の日々をうたう。詩のなかの時間は日の傾く頃から夜を徹して明け方まで。人はみな、この逸楽の日々が長くは続かないという歴史の事実を知る。しかし詩人は、現在の視点から詠嘆を投げかけることもなく、ただ夕暮れから明け方まで、夫差と西施の遊興がいままさに続くかのようにうたい進める。そこに、人の営みのはかない美しさが浮かび上がる。

戰城南（戰城南《せんちやうなん》）

1　去年戰㆓桑乾源㆒　　去年《きよねん》　桑乾《さうかん》の源《みなもと》に戰《たたか》ひ

今年戰㆓蔥河道㆒
洗㆑兵條支海上波
放㆑馬天山雪中草
萬里長征戰
三軍盡衰老
匈奴以㆓殺戮㆒爲㆓耕作㆒
古來唯見白骨黄沙田
秦家築㆑城備㆑胡處
漢家還有㆓烽火燃㆒
烽火燃不㆑息
征戰無㆓已時㆒
野戰格鬪死
敗馬號鳴向㆑天悲
烏鳶啄㆓人腸㆒
銜飛上挂枯樹枝
士卒塗㆓草莽㆒

今年《こんねん》　蔥河《そうか》の道《みち》に戰《たたか》ふ
兵《へい》を洗《あら》ふ　條支《でうし》海上《かいじやう》の波《なみ》
馬《うま》を放《はな》つ　天山雪中《てんざんせつちゆう》の草《くさ》
萬里《ばんり》　長《なが》く征戰《せいせん》し
三軍《さんぐん》　盡《ことごと》く衰老《すいらう》す
匈奴《きようど》　殺戮《さつりく》を以《もつ》て耕作《かうさく》と爲《な》し
古來《こらい》　唯《た》だ見《み》る白骨《はくこつ》黄沙《くわうさ》の田《でん》
秦家《しんか》　城《しろ》を築《きづ》きて胡《こ》に備《そな》ふる處《ところ》
漢家《かんか》　還《ま》た烽火《ほうくわ》の燃《も》ゆる有《あ》り
烽火《ほうくわ》　燃《も》えて息《や》まず
征戰《せいせん》　已《や》む時《とき》無《な》し
野戰《やせん》　格闘《かくとう》して死《し》し
敗馬《はいば》　號鳴《がうめい》して天《てん》に向《む》かひて悲《かな》しむ
烏鳶《うえん》　人腸《じんちやう》を啄《ついば》み
銜《ふく》み飛《と》びて上《のぼ》り挂《か》く枯樹《こじゆ》の枝《えだ》
士卒《しそつ》　草莽《さうまう》に塗《まみ》れ

將軍空爾爲　將軍《しやうぐん》 空《むな》しく爾爲《しかな》す
乃知兵者是凶器　乃《すなは》ち知《し》る兵《へい》は是《こ》れ凶器《きようき》にして
聖人不レ得レ已而用レ之　聖人《せいじん》 已《や》むを得《え》ずして之《これ》を用《もち》ひたるを

現代語訳　戦城南

去年は桑乾の川のみなもとで戦い、
今年は葱嶺の河のほとりの道で戦う。
戦い終われば、兵器を条支の海の波に洗い、
馬を天山のふもと、雪に覆われた草のなかに放つ。
万里の道を長年戦いに行き交ううち、
軍の兵士たちはみな老い衰えた。
匈奴は人を殺すことを田を耕すことのように見なし、
古来、辺境の黄砂の地に目にするのは兵士の白骨ばかり。
秦が長城を築いて胡の侵入を防いだあの場所では、
漢の急を知らせるのろし火が今もなお燃えている。
のろし火はやむことなく燃えて、
いくさもまた終わることがない。
野原に争い戦って死に、
将を喪った馬は天を振り仰いで悲しげに泣き叫ぶ。

カラスとトビは死兵の腸をついばみ、
口にくわえて飛び上がっては枯れ枝にかける。
士卒たちは草むらにしかばねを土にまみれさせ、
将軍らは空しくここに至らしめてなすすべもない。
さては知る、兵器とは凶器に他ならず、
聖人はやむを得ずしてはじめて用いるのだと。

語注　**0 戦城南**　漢代の鼓吹曲辞・鐃歌十八首のなかに古辞があり（『楽府詩集』巻一六）、戦争の悲惨さをうたう。李白の本作もそのテーマを受け継ぐ。『楽府詩集』同巻。　**1・2 桑乾**　河の名。現在の山西省北部に発し河北省西北部を経て北京近郊を流れ天津に達して漳水と合する。唐はしばしばこの河の流域で突厥・契丹と戦った。　**葱河**　河の名、「葱嶺河」の略。パミール高原の葱嶺（山名）に発しタリム河に合して新疆ウイグル自治区を流れる。天宝六載（七四七）、唐はこの地で吐蕃と戦った。　**3 洗兵**　戦いの後、兵器を洗う。　**条支**　漢代の国名で西域にあった。唐代の条支都督府を指すとすれば、現在のアフガニスタンの首都カブール南方のガズニ。　**4 天山**　現在の新疆ウイグル自治区にあった山の名。　**雪中草**　かの地では草生える春夏にも雪が残るという。　**6 三軍**　もと周の制度では諸侯の大国は上中下の三軍を有した。のち大軍、あるいは軍隊の通称として用いる。　**7** 匈奴は農耕ではなく殺戮で生計をたてている。「匈奴」は西北辺境の異民族。前漢・王褒《おうほう》「四子講徳論」（『文選』巻五一）に「夫れ匈奴なる者は百蛮の最も彊《つよ》き者なり。……其の耒耜（すき・くわ）は則ち弓矢鞍馬、播種（たねまき）は則ち扞弦掌拊（弓籠手《ゆごて》・弓）」。　**8 白骨**　戦死者の骨。　**黄沙田**　辺境の砂漠。　**9** 秦始皇帝は長城を築いて匈奴に備えた。「胡」は北西部の異民族、匈奴。　**10** 漢代もなお危急を知らせる烽火が上がった。　**13・14**「戦城南」古辞に「梟騎（強き騎兵）は戦闘して死し、駑馬は徘徊して鳴く」。　**15・16**「戦城南」古辞に「野に死して葬られずして烏食らふべし」。　**17** 前漢・司馬相如「巴蜀に喩す檄」（『文選』巻四四）に「肝脳は中原に塗れ、膏液は野草を潤す」。　**19・20**『六韜』兵道に「聖王は兵を号して凶器と為し、已むを得ずして之を用ふ」。**【詩型・押韻】**雑言古詩。上声三十二皓（道・草・老）。平水韻、上声十九皓。／下平一先（田）・二仙（燃）の同用。平水韻、下平一先。／上平五支（枝・為）・六脂（悲）・七之（時・之）の同用。平水韻、上平四支。

詩解　戦争の悲惨さをうたう古辞の内容を受け継ぐ。参考にその一部を掲げよう。

戦㆓城南㆒　　城の南に戦ひ
死㆓郭北㆒　　郭《とりで》の北に死す
野死不㆑葬烏可㆑食　　野に死して葬られずして烏食らふべし
為㆑我謂㆑烏　　我が為に烏に謂へ
且為㆑客豪　　且くは客（戦死者）の為に豪せよ（礼を尽くせ）
野死諒不㆑葬　　野に死して諒《まこと》に葬られず
腐肉安能去㆑子逃　　腐肉　安んぞ能《よ》く子を去つて逃げんや
水深激激　　水は深くして激激たり（澄み）
蒲葦冥冥　　蒲葦（がま・あし）は冥冥たり（茂る）
梟騎戦闘死　　梟騎（騎兵）は戦闘して死し
駑馬徘徊鳴　　駑馬は徘徊して鳴く
……

李白詩は冒頭に「去年　桑乾の源に戦ひ、今年　葱河の道に戦ふ」と、「去年」「今年」を繰り返すことにより、戦が何時終わるとも知れず続くことを強調する。またその戦いは、遠く秦（秦家　城を築きて胡を避くる処）、漢（漢家　還た烽火の然ゆる有り）以来、今に至るまで止むこと無く続いてきたもの。詩の後半が描くところは、主人たる将を失った馬、人の腸をついばむ烏、そして草むらに晒された士卒のしかばね。古辞を踏まえつつうたう生々しい光景が戦争の無残さを伝える。

將進酒（將進酒《しやうしんしゆ》）

1 君不レ見黄河之水天上來
2 奔流到レ海不二復回一
3 君不レ見高堂明鏡悲二白髪一
4 朝如二青絲一暮成レ雪
5 人生得レ意須レ盡レ歡
6 莫レ使二金樽空對一レ月
7 天生二我材一必有レ用
8 千金散盡還復來
9 烹レ羊宰レ牛且爲レ樂
10 會須二一飮三百杯一

君《きみ》見ずや 黄河《くわうが》の水《みづ》 天上《てんじやう》より來《きた》るを
奔流《ほんりう》して海《うみ》に到《いた》りて 復《ま》た回《かへ》らず
君《きみ》見ずや 高堂《かうだう》の明鏡《めいきやう》に白髪《はくはつ》を悲《かな》しむを
朝《あした》には青絲《せいし》の如《ごと》きも 暮《く》れには雪《ゆき》と成《な》る
人生《じんせい》意《い》を得《う》れば 須《すべか》らく歡《くわん》を盡《つ》くすべし
金樽《きんそん》をして空《むな》しく月《つき》に對《たい》せしむる莫《な》かれ
天《てん》の我《わ》が材《さい》を生《しやう》ずる 必《かなら》ず用《よう》有《あ》らん
千金散《せんきんさん》じ盡《つ》くすも還《ま》た復《ま》た來《きた》らん
羊《ひつじ》を烹《に》 牛《うし》を宰《ほふ》りて且《しばら》く樂《たの》しみを爲《な》せ
會《かなら》ず須《すべか》らく一飮三百杯《いちいんさんびやくはい》なるべし

現代語訳 将進酒

君も見たまえ、黄河の水が天上から流れ来るのを。
奔流して海に到って、二度と元には戻らない。
君も見たまえ、お屋敷の鏡に白髪を嘆くのを。
朝には黒く艶ある糸も、夕べには白い雪となる。
生きていて心にかなうことがあれば喜びを極めるのがよい。
みごとな酒樽があるならば空しく月の光にさらしてはならぬ。

天が我をこの世に生んだからには、きっと役割があるはずだ、
千金なんぞ使い果たしても、また手許にもどるだろう。
羊を煮、牛を料理し、まずは楽しもうではないか。
ひとたび飲み出せば、きっと三百杯まで尽くそうぞ。

語注 **0 将進酒**　漢の鼓吹曲辞・鐃歌十八首のなかに古辞「将進酒」がある（『楽府詩集』巻一六。本篇は巻一七）。**1・2** 水が東へ流れ去ってもどることがないというのは、過ぎゆく時間の不可逆性をいう。孔子・川上の歎（『論語』子罕）に見られるように、時の流れはしばしば水の流れにたとえられる。**3・4** 貴顕も老衰の歎きを避けられない。**高堂**　大きく立派な堂（広間）。**青糸**　青い絹糸。黒目を「青眼」というように「青」は黒を包含する。ここではつややかな黒髪をたとえる。**5 得意**　心を満たす。思いがかなう。**6 金樽**　立派な酒樽。**7 我材**　我が才能。私という人物。**9 烹羊宰牛**　「烹」は煮て調理する。「宰」は家畜を殺し肉をさばく。「羊」「牛」は上等の食材。**10 一飲三百杯**　李白「襄陽歌」（巻六）に「百年三万六千日、一日須らく傾くべし三百杯」。後漢の大儒鄭玄が別宴において三百余人からはなむけの酒を注がれ、すべて受けて顔色を変えなかったという故事（『世説新語』文学の劉孝標注に引く「鄭玄別伝」）を踏まえる。

11 岑夫子　　岑夫子《しんふうし》
12 丹丘生　　丹丘生《たんきうせい》
13 進レ酒　　酒《さけ》を進《すす》む
14 君莫レ停　　君《きみ》停《とど》むる莫《な》かれ
15 與レ君歌二一曲一　　君《きみ》の與《ため》に一曲《いつきよく》を歌《うた》はん
16 請君爲レ我傾レ耳聽　　請《こ》ふ君《きみ》我《わ》が爲《ため》に耳《みみ》を傾《かたむ》けて聽《き》け

鍾鼓饌玉不レ足レ貴
但願二長醉一不レ用レ醒
古來聖賢皆寂寞
唯有三飲者留二其名一
陳王昔時宴二平樂一
斗酒十千恣二歡謔一
主人何爲言レ少レ錢
徑須二沽取對レ君酌一
五花馬
千金裘
呼レ兒將出換二美酒一
與レ爾同銷萬古愁

鍾鼓《しようこ》饌玉《せんぎよく》 貴《たふと》ぶに足《た》らず
但《た》だ長醉《ちやうすい》を願《ねが》ひて醒《さ》むるを用《もち》ひず
古來《こらい》の聖賢《せいけん》 皆寂寞《みなせきばく》
唯《た》だ飲者《いんしや》の其《そ》の名《な》を留《とど》むる有《あ》り
陳王《ちんわう》 昔時《せきじ》 平樂《へいらく》に宴《えん》し
斗《と》酒十千《しゆじふせん》 歡謔《くわんぎやく》を恣《ほしいまま》にす
主人《しゆじん》何爲《なんす》れぞ錢少《せんすく》なしと言《い》はん
徑《ただ》ちに須《すべか》らく沽《か》ひ取《と》りて 君《きみ》に對《たい》して酌《く》むべし
五花《ごくわ》の馬《うま》
千金《せんきん》の裘《かはごろも》
兒《じ》を呼《よ》び將《も》ち出《いだ》して 美酒《びしゆ》に換《か》へしめ
爾《なんぢ》と同《とも》に銷《け》さん 萬古《ばんこ》の愁《うれ》ひ

現代語訳

岑先生、
丹丘君、
さあ飲みなされ、

杯を持つ手を停めてはならぬ。
君たちのために、一曲うたおう。
どうか我の歌に耳を傾けてくれ。
りっぱな音楽や食事など、尊ぶに及ばない。
ただずっと酔い続けて醒めることのないように。
古来、お偉い方々はみな忘れ果てられ、
ただ酒飲みだけがその名を残している。
たとえば、魏の陳王（曹植）はかつて平楽観で酒宴を催し、
一斗一万銭の旨酒を存分に楽しんだ。
主人に銭がないなどと心配したもうな、
酒が切れれば、きっと買いにやって君に酌もう。
五花の毛並み見事な馬も、
千金の皮衣も、
給仕の子を呼んで美酒に換えよう、
お前とともに古から変わらぬあの愁いを消そうではないか。

語注　**11 岑夫子**　李白の友人、岑勛《しんくん》か。李白に「岑勛尋ねられ元丹丘に就き酒に対して相待ち詩を以て招かるるに酬ゆ」詩（巻一六）ほかがある。「夫子」は敬称。**12 丹丘生**　李白の友人の道士、元林宗。李白詩にしばしば名の見える親友。**15** 南朝宋・鮑照「朗月行」に「君の為に一曲を歌はん」。「与」は「為」と同義。**17 鍾鼓**　楽器。それによって奏でられる音楽。「鍾」は「鐘」に通じる。**饌玉**　玉にもたとえるべき豪華な食事。「饌」は美玉。西晋・左思「呉都の賦」（『文選』巻五）に「其の宴居を矜れば、則ち朱服玉饌」。**19 寂寞**　ひっそりとして存在を知られないこと。畳韻の語。鮑照「詠史」（『文選』巻二一）に

「君平（厳君平）独り寂寞、身と世と両つながら相棄つ」。**21・22 陳王** 魏・曹植。陳王に封じられたのでかくいう。**平楽観**（宮中の建物）の名。洛陽にあった。曹植「名都篇」（『文選』巻二七）に「帰り来りて平楽に宴す、美酒 斗十千（一斗、一万銭）」。**歓謔** 楽しみふざける。**23 主人** 宴席の主人、李白。客である「岑夫子」「丹丘生」に対していう。あるいは酒楼の主人の意にとるも可。その場合、店主に対して、無銭の心配は不要という。**24 径須** きっと、必ず。**沽** 買う、売る、両方の意に用いるが、ここでは買うの意。**25・26** 高級な物を惜しまず酒に換えるという。**28 爾** 酒。**五花馬** 艶やかな毛並みの馬。**千金裘** 高価な裘。『史記』孟嘗君伝に「孟嘗君に一狐白裘有り、直千金、天下無双」。**万古愁** 久しき年月、多くの人々が共有してきた憂い。すなわち冒頭四句にうたうところ。【詩型・押韻】雑言古詩。上平十五灰（回）・十六咍（来）の同用。平水韻、上平十灰。／入声十月（髪・月）・十七薛（雪）の通押。平水韻、入声六月・九屑の通押。／上平十五灰（杯）・十六咍（来）の同用。平水韻、上平十灰。／下平十二庚（生）・十四清（名）・十五青（停・聴・醒）の通押。平水韻、下平八庚・九青の通押。／入声十八薬（謔・酌）・十九鐸（寞・楽）の同用。平水韻、入声十薬。／下平十八尤（裘・愁）。平水韻、十一尤。

詩解 飲酒の喜びに人生の意味を重ねて謳歌する。過ぎゆく時間を水の流れにたとえるのは中国古典詩の常套だが、その水を、天より落ち来り奔流して海に注ぐものと描くうたい起こしには、悲歎よりもむしろ壮快感さえ覚える。漢代の古詩に見られるような、人生の短促に迫られての享楽への志向とは異なり、有限の生なればこそ今を楽しめ、またそこにこそ人生の意味があるとうたう。「天の我が材を生ずる　必ず用有らん」という人間の生に対する力強い肯定、「千金散じ尽くすも還た復た来らん」というおおらかな楽観。それはまさに飲酒によってもたらされる高揚した気分を、そのまま詩のことばによって再現したかのようだ。しかしながらその壮快さは、詩の末尾にそっと添えられる「爾と同に銷さん　万古の愁ひ」によって、詩の冒頭四句にうたわれる、すべての人間にとって避けることのできない運命への思いに、静かに回帰し、循環する。

人生の有限、時間の推移に感ずるところあって快楽を志向するという古来より詩にうたわれてきた世界。そうした文学の枠組みの中に、「岑夫子」「丹丘生」という友人の名を書き込む。すなわち文学の世界に現実世界に生きる自分という存在を参入させるという、李白詩の特色が見いだされる点にも注目しておきたい。

行行且遊獵篇（行行且遊獵篇《かうかうしよいうれふへん》）

1 邊城兒　邊城《へんじやう》の兒《じ》

2 生年不レ讀二一字書一　生年《せいねん》 一字《いちじ》の書《しよ》を讀《よ》まず

3 但知二遊獵一誇二輕趫一　但《ただ》遊獵《いうれふ》を知《し》りて輕趫《けいけう》を誇《ほこ》る

4 胡馬秋肥宜二白草一　胡馬《こば》 秋《あき》に肥《こ》えて白草《はくさう》宜《よろ》し

5 騎來躡レ影何矜驕　騎《き》し來《きた》りて影《かげ》を躡《ふ》む何《なん》ぞ矜驕《きようけう》

6 金鞭拂レ雪揮二鳴鞘一　金鞭《きんべん》 雪《ゆき》を拂《はら》ひて鳴鞘《めいせう》を揮《ふる》ひ

7 半酣呼レ鷹出二遠郊一　半酣《はんかん》鷹《たか》を呼《よ》びて遠郊《ゑんかう》に出《い》づ

8 弓彎二滿月一不二虛發一　弓《ゆみ》は滿月《まんげつ》を彎《ひ》きて虛《むな》しく發《はつ》せず

9 雙鶬迸落連二飛髇一　雙鶬《さうさう》 迸落《はうらく》 飛髇《ひかう》に連《つら》なる

10 海邊觀者皆辟易　海邊《かいへん》に觀《み》る者《もの》 皆《みな》辟易《へきえき》し

11 猛氣英風振二沙磧一　猛氣《まうき》英風《えいふう》 沙磧《させき》に振《ふ》るふ

12 儒生不レ及遊俠人　儒生《じゆせい》は及《およ》ばず遊俠《いうけふ》の人《ひと》に

13 白首垂レ帷復何益　白首《はくしゆ》帷《ゐ》を垂《た》るも復《ま》た何《なん》の益《えき》かあらん

現代語訳　行行且遊猟篇

辺境のまちの子は、
生まれてこのかた文字ひとつも読まないが、
ただ狩りとなれば、身軽なさばきはお手のもの。
胡地の秋、干し草もちょうど食べ頃となって馬は肥え、
それにまたがってすばやく駆けるさまは、なんとも誇らしげ。
金のむちで雪をさっと払うと、先っぽのひもが鳴り、
酒になかば酔って鷹を呼び、町を出て遠くでかける。
弓を満月のように引き放てば、かならず的を外さず、
飛ぶかぶら矢に射貫かれて、二羽の鶬《つる》がさっと落ちる。
大湖のほとりにそれを見る者はみな恐れおののいて身を遠ざけ、
猛々しい気とほれぼれする風姿は砂漠に鳴り響く。
学者先生など遊俠の徒にはとても及ぶまい、
白髪頭になるまで家にこもって弟子を教えても、何の役に立つものか。

語注 **0 行行且遊猟篇** 『楽府詩集』巻六七雑曲歌辞に西晋・張華および梁・劉孝威の作と共に収め、遊猟のことをうたう。『楽府詩集』は題を「行行遊且猟篇」に作る。 **1 辺城** 国境付近のまち。異民族の棲む地域に近い。 **2 生年** 生まれて以来。『後漢書』呂布伝に「(袁)術 生年以来、天下に劉備有るを聞かず」。 **3 遊猟** 狩猟する。狩猟に出かける。 **軽趫** 身軽ですばしこい。 **4 胡馬秋肥** 「胡馬」は北方異民族の地の馬。『漢書』趙充国伝に「秋に到れば馬肥ゆ、変必ず起こらん」。 **白草** 牛馬の餌となる牧草。乾燥したとき白くなるのでこういう。『漢書』西域伝上に「鄯善国(西域の国名)に……白草多し」。顔師古の注に「其の乾熟の時 正に白色、牛馬の嗜む所なり」。 **5 躡影** かげを踏む。素早いさまをいう。魏・曹植「七啓」(『文選』巻三四)に「忽ち景(影)を躡みて軽く鶩《は》す」。 **矜驕** おごり高ぶる。双声の語。 **6 金鞭** 鞭をいう詩語。 **鳴鞘** 鳴り響

くむち。「鞘」は、むちの先につける革ひも。**8** **彎** 弓を引く。**満月** 弓が月のように円くなる。**不虚発** 弓を放てばすべて命中する。**9** 一挙に二羽の鳥を射落とすという。「双」は二羽。「鶬」は鳥の名、ツルの一種。**迸落** 勢いよく落ちる。**飛髇** 「髇」は、かぶらや。木や角を用いて作る。蕪（長円形）のかたちで中は空洞、穴をいくつか開ける。射放つと穴が風を切って音を立てる。**10** **海辺** 「海」は砂漠のなかの大きな湖。あるいは避遠の地をいう。**辟易** 恐れて尻込みする。遠ざかる。畳韻の語。『史記』項羽本紀に「赤泉侯（楊喜）人馬倶に驚き、辟易すること数里」。**11** **沙磧** 「磧」も砂漠。**12** 学者と遊侠の徒を比較し、後者を評価する。『史記』韓非伝に「儒者は文を用て法を乱し、侠者は武を以て禁を犯す」。**儒生** 儒学を奉じる学者。**遊侠** 義理人情を重んじる男だて。『史記』に遊侠列伝が設けられる。**13** **白首** 白髪頭。老人をいう。**垂帷** 帷《とばり》を垂れ下ろし弟子を教育する（『漢書』董仲舒伝）。【詩型・押韻】雑言古詩。下平四宵（橇・驕）・五肴（鞘・郊・髇）の通押。平水韻、下平二蕭・三肴の通押。／入声二十二昔（易・磧・益）。平水韻、入声十一陌。

詩解 遊侠の男だてをうたう。特に本篇では、儒者・読書人との対比のもと、胡地に生まれ育った少年の雄々しさを、狩猟の場面を主題にして映し出す。魏・曹植「白馬篇」（『文選』巻二七）など、古くから遊侠の徒の勇猛果敢なさまと、水際立つ男ぶりをうたう作品があり、本作もその文学伝統を踏まえるものだが、李白自身にも文字の徒とは大きくかけ離れた、かかる生き方への憧憬があったものと思われる。

飛龍引二首　其一（飛龍引《ひりゆういん》二首《にしゆ》　其《そ》の一《いち》）

黄帝鑄㆓鼎於荊山㆒　黄帝《くわうてい》　鼎《かなへ》を荊山《けいざん》に鑄《い》て
錬㆓丹砂㆒　丹砂《たんしや》を錬《ね》る
丹砂成㆓黄金㆒　丹砂《たんしや》　黄金《わうごん》を成《な》し
騎㆑龍飛去太上家　龍《りゆう》に騎《の》り飛《と》びて去《さ》る太上《たいじやう》の家《いへ》

雲愁海思令㆓人嗟㆒
宮中綵女顔如㆑花
飄然揮㆑手凌㆓紫霞㆒
從㆑風縱㆑體登㆓鑾車㆒
登㆓鑾車㆒
侍㆓軒轅㆒
遨㆓遊青天中㆒
其樂不㆑可㆑言

雲愁海思《うんしうかいし》 人《ひと》をして嗟《なげ》かしむ
宮中《きゆうちゆう》の綵女《さいぢよ》 顔花《かほはな》の如《ごと》し
飄然《へうぜん》 手《て》を揮《ふる》ひて紫霞《しか》を凌《しの》ぐ
風《かぜ》に從《したが》ひ體《たい》を縱《ほしいまま》にして鑾車《らんしや》に登《のぼ》る
鑾車《らんしや》に登《のぼ》り
軒轅《けんゑん》に侍《じ》す
青天《せいてん》の中《なか》に遨遊《がういう》す
其《そ》の樂《たの》しみ 言《い》ふべからず

現代語訳　飛龍引　其の一

黄帝が荊山に鼎を鋳造し、
丹砂を錬った。
その丹砂が黄金となり、
龍の背にのるや天上の仙居に飛び去った。
雲のごとく海のごとく広がる愁いに、残された人々はうち歎く。
後宮の宮女、その顔は花の美しさ。
ひらりと手をふると、紫色の奇《くす》しき雲の上に。
風に吹かれ、ふわりと身を浮かせ、鈴鳴る御車に乗る。

鈴鳴る御車に乗り、
軒轅の君に侍る。
青空の中を遊び戯れる。
その楽しさはことばにできぬほど。

語注　**0飛龍引**　楽府題。『楽府詩集』巻六〇琴曲歌辞に隋・蕭愨《しょうかく》と李白の作を載せる。　**1―4**　伝説上の五帝の一人、黄帝（軒轅《けんえん》）が首山（名山の一つ。河南省）の銅を採り、荊山（河南省）で鼎を作った。するとあごひげを垂らした龍が下りてきて、黄帝と群臣、後宮の宮女七十余人を載せて昇天した。他の臣は昇ることができなかったため、龍のひげを握るとそのひげが抜け落ち、また黄帝の弓も落ちてきた。地上に残された人々は天を仰ぎ、弓とひげを抱いて叫んだという（『史記』封禅書）。　**丹砂・黄金**　共に昇天に用いられる仙薬。『史記』封禅書に方士の李少君が漢の武帝に告げたことばに「竈を祠れば則ち物を致す。物を致せば丹砂化して黄金と為るべし。黄金成り、以て飲食の器と為せば則ち寿を益さん。寿を益せば海中蓬萊の仙者乃ち見るべし。之を見て以て封禅すれば則ち死せず。黄帝是なり」。　**太上**　天の最高処。道教神、太上老君の居所とされる。　**5雲愁海思**　雲や海のように茫漠と広がる愁い。　**6綵女**　後宮の女性。『後漢書』宦者伝・呂強に「臣又聞く、後宮の綵女、数千余人」と。　**7凌**　上にのる。超える。　**紫霞**　神秘的な雲。　**8縦体**　軽やかに身を浮かせる。魏・曹植「洛神の賦」（『文選』巻一九）に「忽焉として体を縦にして、以て遨び嬉ぶ」。　**鑾車**　鈴をつけた皇帝の車駕。「鑾」は車鈴。　**10軒轅**　黄帝の名。**【詩型・押韻】**　雑言古詩。下平九麻（砂・家・嗟・花・霞・車）。平水韻、下平六麻。／上平二十二元（轅・言）。平水韻、上平十三元。

詩解　軒轅氏黄帝が首山の銅を用い荊山で鼎を鋳造すると龍が舞い降りてきて、黄帝らはその龍に乗って昇天仙去したという伝説をうたう。ほぼ伝説の筋立てをそのままに襲用するが、宮女が黄帝とともに昇天したエピソードをややふくらませて描くところが特色と言えるだろう。天に浮遊する宮女は既に仙女の面影を宿す。

其二（其《そ》の二《に》）

鼎湖流水清且閑
軒轅去時有二弓剣一
古人傳道留二其間一
後宮嬋娟多二花顔一
乘レ鸞飛レ煙亦不レ還
騎レ龍攀レ天造二天闕一
造二天闕一
聞二天語一
屯雲河車載二玉女一
載二玉女一
過二紫皇一
紫皇乃賜二白兎所レ擣之藥方一
後レ天而老凋二三光一
下視二瑤池一見二王母一

鼎湖《ていこ》の流水《りうすい》清《きよ》く且《か》つ閑《しづ》かなり
軒轅《けんゑん》去《さ》る時《とき》　弓剣《きゆうけん》有《あ》り
古人《こじん》傳《つた》へ道《い》ふ　其《そ》の間《かん》に留《とど》むと
後宮《こうきゆう》の嬋娟《せんゑん》　花顔《くわがん》多《おほ》し
鸞《らん》に乘《じよう》じ煙《もや》を飛《と》ばし亦《ま》た還《かへ》らず
龍《りゆう》に騎《の》り天《てん》に攀《よ》ぢて天闕《てんくわん》に造《いた》る
天闕《てんくわん》に造《いた》り
天語《てんご》を聞《き》く
屯雲河車《とんうんかしや》　玉女《ぎよくぢよ》を載《の》す
玉女《ぎよくぢよ》を載《の》せ
紫皇《しくわう》に過《よぎ》る
紫皇《しくわう》乃《すなは》ち白兎《はくと》擣《つ》く所《ところ》の藥方《やくはう》を賜《たま》ふ
天《てん》に後《おく》れて老《お》い　三光《さんくわう》凋《しぼ》む
下《した》　瑤池《えうち》を視《み》て王母《わうぼ》を見《み》れば

15　蛾眉蕭颯如秋霜

蛾《が》眉《び》蕭《せう》颯《さつ》として秋《しう》霜《さう》の如《ご》し

現代語訳　其の二

鼎湖の水は清く、おだやかに流れる。
軒轅が仙去するとき、弓と剣を携えていたが、
古の人より伝えきたるには、ここに留めたと。
後宮の美女たちはみな花のかんばせ。
鸞に乗り煙《もや》を飛ばして、やはりもどらず。
龍に乗り天に手をかけて天の門にいたる。
天の門にいたり、
天帝のことばを聞く。
群がる雲と銀河を越える車は玉女を載せる。
玉女を載せ、
天帝のもとに。
天帝よりそこで賜る、月の白兎のついた仙薬を。
天が老い、日月星の光が消えてはじめて老いるという。
下つ方、瑶池を見れば、西王母の姿が目に入る。
その眉はまばらで秋の霜のように白い。

語注　**1 鼎湖**　黄帝が鼎を鋳造した荊山の下の湖。**2 弓剣**　黄帝の仙去の際、弓を残したことは、其の一にみえる（注1—4）。「剣」についても、『水経注』巻三河水に「（黄）帝崩じ、惟だ弓と剣のみ存す。故に世に黄帝は仙なりと称す」。**3 留**

底本は「流」に作るが諸本に従って改める。**4 嬋娟** 美しいさま。またその人。畳韻の語。**5 鸞** 鳳凰の類。昔、秦穆公の娘弄玉は、夫の簫史とともに鳳凰に乗って昇天したという（『列仙伝』上）。**6 天関** 天の入り口。天門。**9 屯雲河車** 空を渡りゆく車。「屯雲」は群がり集まる雲。しばしば天子の気を表す。あるいは雲のように多くの昇天の車が集まる意。「河車」は、銀河を越え行く車をいうか。**玉女** 後宮の美女。ここでは仙女のイメージを帯びる。前漢・司馬相如「大人《たいじん》の賦」（『史記』司馬相如伝）に「玉女を載せて、之と帰る」。**11 紫皇** 紫微宮にいるとされる天帝。**12 白兎所擣之薬方** 月では兎が仙薬を擣いているとされる。李白「擬古十二首」其九（巻二二）に「月兎 空しく薬を擣くも、扶桑（東方の神木）已に薪と成る」。**13** 不死となることをいう。**三光** 太陽、月、星。**14 瑶池** 西王母の居所、崑崙山にあるという池。**王母** 最高位の女仙、西王母。**15** 不老不死のはずの西王母の衰老のさま。**蛾眉** 美しく湾曲した眉。それに代表させて美しい女性、また女性の美しさ。「蛾」字、底本は「峨」に作るが諸本に従って改める。**蕭颯** まばらで美しくないさま。双声の語。**【詩型・押韻】** 雑言古詩。上平二十七刪（顔・還・関）・二十八山（閑・間）の同用。平水韻、上平十五刪。／上声八語（語・女）。平水韻、上声六語。／下平十陽（方・霜）・十一唐（皇・光）の同用。平水韻、下平七陽。

詩解 冒頭にはまず、黄帝（軒轅）仙去ゆかりの地には今も水が清く静かに流れているという。現世の絵をあえて入れることにより、その後の幻想の風景を鮮やかに浮かび上がらせる。

其の二もまた其の一と同じく、付き従う後宮の女性たちの昇天の様子の描写に重きを置き、彼女たちの中心にいるはずの黄帝の姿は描かれない。「鸞」に乗り、「龍」に乗る美女たちはやがて天門に至り、天帝のことばを耳にし、月の兎の擣いた仙薬を頂く。それを服すれば、天が老い日月星がその光を失うという、あり得ないことが起こってはじめて衰老する、すなわち不老不死を得ることができるとのこと。しかしふと下を見下ろせば、仙界の女性たちの主たる西王母の様子が目に入る。その眉は薄くまばらに、しかも霜の置いたように白げて老いさらばえていた。ここまで女性たちを主に描いてきたのも、この西王母のグロテスクな容貌との対比のためであろう。其の一、其の二を通して黄帝仙去の伝説に基づき、昇天の幻想をイメージ豊かに描き出し、最後の二句に至ってにわかに西王母の老醜に焦点をあてる。道教に帰依し不死を夢見た皇帝に対する風刺の意は自ずと顕れる。

漢の司馬相如は武帝が神仙の道を好むことを知り、仙界遊行を主題とする「大人の賦」を奏上した（『史記』司馬相如伝）。その中で主人公の大人が仙界を周遊する際、ふと白髪に勝（髪飾り、あるいは首飾り）をつけて穴の中に暮らし、三本足のカラスにかしずかれている西王母の様子を目にする。大人はそこでいう、たとえ不死の身を得たとしてもこのような暮らしであれば、万世にわたって生きたとしても喜ぶに値しないと。李白詩の末二句の発想はこれに基づくものであろう。

行路難三首　其一（行路《かうろ》難三首《なんさんしゅ》　其《そ》の一《いち》）

1 金樽清酒斗十千
2 玉盤珍羞直萬錢
3 停㆑杯投㆑箸不㆑能㆑食
4 拔㆑劍四顧心茫然
5 欲㆑渡㆓黄河㆒氷塞㆑川
6 將㆑登㆓太行㆒雪暗㆑天
7 閑來垂㆑釣坐㆓溪上㆒
8 忽復乘㆑舟夢㆓日邊㆒
9 行路難
10 行路難
11 多㆓岐路㆒
12 今安在

金樽《きんそん》の清酒《せいしゅ》　斗《と》十千《じふせん》
玉盤《ぎよくばん》の珍羞《ちんしう》　直萬錢《あたひまんせん》
杯《はい》を停《とど》め箸《はし》を投《とう》じて食《く》らふ能《あた》はず
劍《けん》を拔《ぬ》きて四顧《しこ》すれば　心茫然《こころばうぜん》たり
黄河《くわうが》を渡《わた》らんと欲《ほっ》すれば　氷《こほり》　川《かは》を塞《ふさ》ぎ
將《まさ》に太行《たいかう》に登《のぼ》らんとすれば　雪《ゆき》　天《てん》を暗《くら》くす
閑來《かんらい》　釣《てう》を垂《た》れ溪上《けいじやう》に坐《ざ》せば
忽《たちま》ち復《ま》た舟《ふね》に乘《の》りて日邊《につぺん》を夢《ゆめ》む
行路《かうろ》難《かた》し
行路《かうろ》難《かた》し
岐路《きろ》多《おほ》く
今安《いまいづ》くにか在《あ》る

長風破レ浪會有レ時　　長風《ちやうふう》浪《なみ》を破《やぶ》る　會《かなら》ず時《とき》有《あ》り
直挂二雲帆一濟二滄海一　　直《ただ》ちに雲帆《うんはん》を挂《か》けて滄海《さうかい》を濟《わた》らん

現代語訳　行路難　其の一

金の樽のうま酒は、一斗で一万。
玉の皿のごちそうは、万銭のあたい。
しかし、酒杯を持つ手をとどめ、箸は投げ捨てて口にする気になれぬ。
剣を抜き放ち、四方をかえりみて、心はうつろでとりとめない。
黄河を渡ろうとすれば、氷が川を冷たくとざし、
太行山に上ろうとすれば、雪が天を暗くおおう。
すべてをうち捨てて、のんびりと谷辺に釣り糸を垂れれば、
ふとまた、舟に乗って遠くお日様のあたりを目指すことを夢見ている。
行く道は険しいかな、
行く道は険しいかな。
分かれ道がただただ多く、
目指すところはいったいどこにあるのだろうか。
大風を背にうけ、万里の波を乗り越える機会も必ずあろう、
その時こそ高々と帆をかけて蒼海をわたろう。

語注　**0　行路難**　『楽府詩集』巻七一雑曲歌辞。かつて「行路難」という素朴な歌が伝わっており、東晋の袁山松はその詞と曲に手を加え、好んで歌ったところ、人気を博したという（『晋書』袁山松伝）。その作は伝わっておらず、南朝宋・鮑照に「擬行

路難」十八首があり（『楽府詩集』巻七〇）、人生の艱難多く歓楽少なきを嘆く。李白はこの鮑照の作を踏まえてうたわれている。

1 清酒　濁酒に対して上等な旨酒をいう。**斗十千**　「斗」は容量の単位。「十千」は一万。魏・曹植「名都篇」（『文選』巻二七）に「美酒　斗十千」。**2 珍羞**　ご馳走。「羞」は食事をささげ、すすめる。また食事の意。**直**　値する。**3・4** 美酒美食を前にしても、飲み食べる気になれない、という。鮑照「擬行路難」其六に「案に対して食らふ能はず、剣を抜き柱を撃ちて長歎息す」とあるのを踏まえる。**5・6** 鮑照「舞鶴の賦」（『文選』巻一四）に「氷は長河を塞ぎ、雪は群山に満つ」。**太行**　山名。東の華北平野と西の山西高原を隔てる長大な山脈。**7・8** 渭水のほとりで釣りをしていたところ周の文王に見いだされた太公望呂尚の故事を踏まえる。**閑来**　世事から離れてゆっくりと。**日辺**　太陽のあたり。ここでは皇帝のそば近く、朝廷をいう。李白「天文山を望む」（巻一九）に「孤帆一辺　日辺より来る」。**11** 人生には岐路が多く、正しい選択がむつかしい。**13** 南朝宋の宗慤《そうかく》は叔父にその志を問われ、「願はくは長風に乗じ、万里の浪を破らん」と答えた（『宋書』宗慤伝）。**【詩型・押韻】**　雑言古詩。下平一先（千・天・辺）・二仙（銭・然・川）の同用。平水韻、下平一先。／上声十五海（在・海）。平水韻、上声十賄。

詩解　酒やご馳走を前にしても塞ぐ心。どこに行こうとしても立ちはだかる障壁。いっそ世を捨てようとしてみても、栄達の道を忘れることができない。岐路を前に目的を見失いがちだが、将来の雄飛を期してうたい収める。

其二（其《そ》の二《に》）

1 大道如㆓青天㆒　　大道《たいだう》は青天《せいてん》の如《ごと》きも
2 我獨不㆑得㆑出　　我独《われひと》り出《い》づるを得《え》ず
3 羞㆑逐長安社中兒　　逐《お》ふを羞《は》づ　長安社中《ちやうあんしやちゆう》の兒《じ》の
4 赤雞白狗賭㆓梨栗㆒　　赤雞白狗《せきけいはくく》　梨栗《りりつ》を賭《と》すを

5 彈レ劍作レ歌奏二苦聲一　劍《けん》を彈《だん》じ歌《うた》を作《つく》りて苦聲《くせい》を奏《そう》す

6 曳二裾王門一不レ稱レ情　裾《すそ》を王門《わうもん》に曳《ひ》くは情《じやう》に稱《かな》はず

7 淮陰市井笑二韓信一　淮陰《わいいん》の市井《しせい》　韓信《かんしん》を笑《わら》ひ

8 漢朝公卿忌二賈生一　漢朝《かんてう》の公卿《こうけい》　賈生《かせい》を忌《い》む

9 君不レ見昔時燕家重二郭隗一　君《きみ》見ずや　昔時《せきじ》　燕家《えんか》　郭隗《くわくくわい》を重《おも》んじ

10 擁レ篲折レ節無二嫌猜一　篲《すい》を擁《よう》し節《せつ》を折《を》りて嫌猜《けんさい》無《な》し

11 劇辛樂毅感二恩分一　劇辛《げきしん》樂毅《がくき》　恩分《おんぶん》に感《かん》じ

12 輸レ肝剖レ膽效二英才一　肝《かん》を輸《いた》し膽《たん》を剖《さ》きて英才《えいさい》を效《いた》す

13 昭王白骨縈二蔓草一　昭王《せうわう》の白骨《はくこつ》　蔓草《つるくさ》を縈《まと》ひ

14 誰人更掃黄金臺　誰人《たれびと》か更《さら》に掃《はら》はん黄金臺《わうごんだい》

15 行路難　行路《かうろ》難《かた》し

16 歸去來　歸《かへ》り去《さ》らん來《かな》

現代語訳　其の二

大道は青空のように広々としているが、
われ一人、進み行くことができない。
長安の町中の若者たちにたち交じって、

赤鶏や白犬を競って、梨や栗を賭けるのも恥ずかしいこと。
剣を弾じ歌をうたって苦々しい声を上げはするが、
王侯の門に裾を引いて出入りするのは意に染まぬ。
淮陰では町の若者たちが韓信を笑いものにし、
漢の朝廷では高官たちが賈誼を忌み嫌った。
君はご存じか、むかし燕の国は郭隗を重んじ、
王自ら箒を手に腰を曲げて疑い嫉むところがなかった。
それゆえ劇辛や楽毅は恩義を深く胸に刻み、
腸《はらわた》を裂かんまでの誠を捧げて自らの才を存分に用いた。
時は流れ昭王の白骨には蔓草がまとい、
彼の築いた黄金台の塵を払う者はもはや誰もいない。
ゆく道は険しいかな、
さては帰ろうぞ。

語注　1 **大道**　世に出る道を、街の大通りにたとえる。「大」字、底本は「天」に作るが諸本に従って改める。 3 **社中**　二十五家を一つの単位として「社」という。町、町中というのと変わらない。 4 **赤鶏白狗**　闘鶏と犬の競争。 **梨栗**　賭け物。 5 **弾剣作歌**　戦国の時、孟嘗君の食客馮驩《ふうかん》は待遇に不満を抱き、食事に魚が無い、外出に輿が無い、そして家を持てないと「其の剣を弾じ歌」った。後に弁舌の才をもって孟嘗君を助けた（『史記』孟嘗君列伝）。 6 **曳裾王門**　節を屈して権貴の門に出入りする。前漢・鄒陽「呉王に上る書」（『漢書』鄒陽伝）に「固陋の心を飾れば、則ち何れの王の門にか、長裾を曳くべからざらんや」。 7 漢の創業の功臣韓信は若い頃、町の若者に見下され、股をくぐらされた（『史記』淮陰侯列伝）。 **淮陰**　地名。韓信の出身地。江蘇省淮安市。 8 前漢の思想家、文章家賈誼《かぎ》は若くして才を認められ、高位に取り立てられようとしたが、高官たち

に妬まれ、讒言によって逐われた（『史記』賈誼伝）。**公卿**　「三公九卿」の略で、高官をいう。**賈生**　賈誼。**9** 燕の昭王は黄金台を築き、郭隗をはじめ多くの人材を招いた。**燕家**　燕の国。**郭隗**　燕の人。昭王に人材登用の法を問われ、「隗より始めよ」と答えたことで知られる。**10 擁篲**　篲を手に地を払う。敬意を示す行為。『史記』孟子荀卿列伝に「（鄒衍）燕に如き、昭王　彗（篲）を擁し先駆す」。**折節**　敬意を表しへりくだる。**嫌猜**　妬み疑う。**11 劇辛**　戦国趙の人。昭王の時、燕に仕えた。**楽毅**　燕の昭王に仕え、斉を大いに討った。**恩分**　恩情。**12 輪肝剖胆**　「肝」「胆」は内臓、誠意をたとえる。「輪」は捧げる。**効**　尽くす。**14 黄金台**　燕の昭王は台を築き、その上に黄金を置いて、天下の士を招いたという。【詩型・押韻】雑言古詩。入声五質（栗）と六術（出）の同用。平水韻、入声四質。／下平十二庚（生）・十四清（声・情）の同用。平水韻、下平八庚。／上平十六咍（猜・才・台・来）。平水韻、上平十灰。

詩解　俗流に立ち交じってつまらぬ遊戯に時を費やす気にもなれず、また卑屈に身をかがめて権力者の取り立てを願うのは意に染まぬ。そもそもこの世には、才ある者を見抜く目を持ち合わせぬ者ばかり。古の燕の昭王のように、黄金台を築いて人材を求めた人はもはやいない。官を棄て田園に帰った陶淵明（「帰去来辞」）に倣い、「帰り去らんかな」と口ずさむばかり。

其三（其《そ》の三《さん》）

有レ耳莫レ洗潁川水
有レ口莫レ食首陽蕨
含レ光混レ世貴ニ無名一
何用孤高比ニ雲月一
吾観自レ古賢達人

耳《みみ》有《あ》るも洗《あら》ふ莫《な》かれ　潁川《えいせん》の水《みづ》
口《くち》有《あ》るも食《く》らふ莫《な》かれ　首陽《しゆやう》の蕨《わらび》
光《ひかり》を含《ふく》み世《よ》に混《こん》じて無名《むめい》を貴《たふと》ぶ
何《なん》ぞ用《もち》ゐん　孤高《こかう》の雲月《うんげつ》に比《くら》ぶるを
吾《われ》観《み》る　古《いにしへ》より賢達《けんたつ》の人《ひと》

6 功成不レ退皆殞レ身
7 子胥既棄呉江上
8 屈原終投湘水濱
9 陸機雄才豈自保
10 李斯税駕苦レ不レ早
11 華亭鶴唳詎可レ聞
12 上蔡蒼鷹何足レ道
13 君不レ見呉中張翰稱二達生一
14 秋風忽憶江東行
15 且樂生前一杯酒
16 何須身後千載名

功成《こうな》りて退《しりぞ》かざれば皆身《みなみ》を殞《おと》す
子胥《ししよ》　既《すで》に棄《す》てらる呉江《ごかう》の上《ほとり》
屈原《くつげん》　終《つひ》に投《とう》ず湘水《しやうすい》の濱《ひん》
陸機《りくき》の雄才《ゆうさい》　豈《あ》に自《みづか》ら保《たも》たん
李斯《りし》の税駕《ぜいが》　早《はや》からざるに苦《くる》しむ
華亭《くわてい》の鶴唳《かくれい》　詎《なん》ぞ聞《き》くべけんや
上蔡《じやうさい》の蒼鷹《さうよう》　何《なん》ぞ道《い》ふに足《た》らん
君《きみ》見《み》ずや　呉中《ごちゆう》の張翰《ちやうかん》　達生《たつせい》と稱《しよう》せらる
秋風《しうふう》　忽《たちま》ち憶《おも》ふ　江東《かうとう》の行《かう》
且《か》つ樂《たの》しむ生前《せいぜん》一杯《いつぱい》の酒《さけ》
何《なん》ぞ須《もち》ゐん　身後《しんご》千載《せんざい》の名《な》

現代語訳　其の三

耳があろうと潁川の水に洗おうなどとするな。
口があろうと首陽のワラビを食おうなどとするな。
光を包み世に身を隠して名の立たぬを尊べ。
などて孤高を誇って雲居《くもい》の月にたぐえよう。

いにしえより名の聞こえた達人たちも、
功成ったのちに身を退けぬのは命を削るふるまい。
伍子胥は屍《かばね》を呉の川の流れに投げ捨てられ、
屈原もついには湘水の辺《ほとり》に身を投げた。
陸機のすぐれた才をもってしても生命を保ち得ず、
李斯が官を退いたのは、余りに遅きに失した。
華亭での鶴の鳴き音をどうして聞くことができようか、
上蔡の蒼鷹を連れての狩りなど口にするのも徒《あだ》なこと。
君はご存じか、呉の張翰が生を全うする理を知るとたたえられたことを、
秋風が吹き初めるとふと故郷江南への旅を思い立った。
まずは命あるうちの一杯の酒を楽しもう、
どうして死後千年の名誉などに気をつかおうか。

語注 1 古代の聖天子堯は天下を許由に譲ろうとしたが、許由は汚い話を聞いたとして耳を潁川の辺に洗った（晋・皇甫謐『高士伝』上）。 2 伯夷・叔斉は殷を滅ぼした周の武王に仕えることを義にもとるとし、首陽山に隠れ薇を採って暮らし、やがて餓死した（『史記』伯夷伝）。ここでは「蕨（ワラビ）」と「薇（ノエンドウ）」を同じものとしてうたう。いずれも若芽を食用とする。 3 **含光** 自らの輝きを包み隠す。友人の巣父が許由に言ったことばに、「汝 何ぞ汝が形を隠し、汝が光を蔵さざる」（『高士伝』上）。 6『史記』蔡沢伝に「功成りて去らざれば、禍は身に至る」。 **殞** 死ぬ。命を落とす。 7 **子胥** 春秋時代の伍子胥。呉王闔廬と夫差の二代に仕えて楚と越を討ち、呉を強盛に導いたが、夫差に疑われて自死を強いられ、その屍は革袋に包まれ川に棄てられた（『呉越春秋』、『国語』呉語）。 8 **屈原** 戦国末、楚の王族の一人。讒言によって楚王に疎まれ、湘水に身を投じた（『史記』屈原伝）。 9 **陸機** 三国呉出身の文学者。呉の滅亡後、晋に仕え、八王の乱に際して讒言によって刑死した

（『晋書』陸機伝）。**10 李斯**　秦の丞相を務めたが、讒言にあって刑死した（『史記』李斯伝）。**税駕**　車の駕を解く（馬を外すこと。転じて職を辞すること。**11 華亭鶴唳**　陸機の刑死に臨んでの語に「華亭の鶴唳（鶴の鳴き音）を聞かんと欲するも、得べけんや」。「華亭」は呉の地名。陸機が若い頃、遊んだ地。**12 上蔡蒼鷹**　李斯は刑死に臨んで子に告げた、「吾　若《なんぢ》と復た黄犬を牽き倶に上蔡の東門を出で狡兎を逐はんと欲するも、豈に得べけんや」。「蒼鷹」は「黄犬」に代えて用いるものであろう。「上蔡」は李斯の故郷。河南省上蔡県。**13・14** 西晋の張翰は晋に仕えていたが、名爵を欲せず官を棄てて故郷の呉に帰った。『晋書』張翰伝に「翰　秋風の起こるを見るに因り、乃ち呉中の菰菜、蓴羹、鱸魚膾を思ひて曰く、人生は志に適ふを得るを貴ぶ。何ぞ能く羈宦数千里にして以て名爵を要《もと》めんや」。**達生**　生命の理に通達している。『荘子』に「達生」篇がある。**江東**　「江南」に同じ。張翰の故郷、呉をいう。**15・16** 張翰のことばに「我をして身後の名有らしめんよりは、即時一杯の酒に如かず」（『晋書』張翰伝）。【詩型・押韻】　雑言古詩。入声十月（蕨・月）。平水韻、入声六月。／上平十七真（人・身・浜）。平水韻、上平十一真。／上声三十二皓（保・早・道）。平水韻、上声十九皓。／下平十二庚（生・行）・十四清（名）の同用。平水韻、下平八庚。

詩解　許由、伯夷・叔斉、伍子胥、屈原、陸機、李斯、そして張翰。歴史上の人物の事蹟を列挙し、あるべき生き方を探る。世を捨ててもよいが、それで自らの名が人の口の端に上るのは望むところではない。また功名を立てながら退く時を知らねば命を危険にさらしてしまう。見習うべきは立ちそめた秋風に郷里の美味を思い出し、名爵を棄てて故郷に帰った張翰の生き方。世上の名声など忘れて、いま目の前にある酒を楽しもうとうたう。

其の一、其の二、其の三と少しずつ変奏を重ねながら人生の艱難を噛みしめ、あるべき生を模索する。其の一では、行く道の苦難に耐えて将来の雄飛への期待を述べるが、其の二では俗塵に対する嫌悪をうたってそこから離れようとし、其の三では歴史を振り返り、世に名を立てるより与えられた生を全うする道を選ぶ。

長相思（長相思《ちやうさうし》）

1 長相思
2 在㆓長安㆒
3 絡緯秋啼金井欄
4 微霜凄凄簟色寒
5 孤燈不㆑明思欲㆑絶
6 卷㆑帷望㆑月空長歎
7 美人如㆑花隔㆓雲端㆒
8 上有㆓青冥之高天㆒
9 下有㆓淥水之波瀾㆒
10 天長路遠魂飛苦
11 夢魂不㆑到關山難
12 長相思
13 摧㆓心肝㆒

長《なが》く相思《あひおも》ふは
　長安《ちやうあん》に在《あ》り
絡緯《らくゐ》秋《あき》に啼《な》く　金《きん》の井欄《せいらん》
微霜《びさう》凄凄《せいせい》として　簟色《てんしよく》寒《さむ》し
孤燈《ことう》明《あき》らかならず思《おも》ひ絶《た》えなんと欲《ほつ》す
帷《ゐ》を巻《ま》き月《つき》を望《のぞ》みて空《むな》しく長歎《ちやうたん》す
美人《びじん》花《はな》の如《ごと》く雲端《うんたん》に隔《へだ》たる
上《うへ》に青冥《せいめい》の高天《かうてん》有《あ》り
下《した》に淥水《りよくすい》の波瀾《はらん》有《あ》り
天《てん》は長《なが》く路《みち》は遠《とほ》く魂飛《こんと》ぶこと苦《くる》しく
夢魂《むこん》は到《いた》らず　關山《くわんざん》難《かた》し
長《なが》く相思《あひおも》ひて
心肝《しんかん》を摧《くだ》く

現代語訳　長相思
ずっと思い続けるお方は、
長安にいます。

秋にクツワムシは啼く、金を鏤《ちりば》めた井戸の欄干のあたり、
冷たい霜がうっすらと降りて、竹むしろも寒々しい。
ぽつんとともる灯は闇を照らさず、気持ちも絶ち切れそうで、
とばりを巻き上げ月を望んで、長いため息をもらす。
花と慕われるあなたは、雲浮かぶ空の遠いかなた。
見上げれば、青く果てしなく高空が広がり、
見下ろせば、すみきった水が波立っている。
天は長く、道は遠く、魂も飛びゆきなやみ、
夢中の魂もたどれぬ、国境の険しさ。
あなたのことをずっと思い続けて、
胸は焦がれ、はりさける。

語注　0 **長相思**　とわに思い続ける、の意。「古詩十九首」其十七（『文選』巻二九）に「客　遠方より来り、我に一書札を遺る。上に言ふ　長く相思ふと、下に言ふ久しく離別すと」とあるほか、漢代の楽府、古詩にしばしば見える語。後にはこの語を詩題として孤棲の女性の怨情がうたわれるようになった。『楽府詩集』巻六九雑曲歌辞。2 **長安**　女性の思う人のいる場所。3 **絡緯**　昆虫の名。クツワムシ。**井欄**　井戸を囲む欄干。「金」はそれを修飾して詩語とする。4 **簟**　たかむしろ。竹で編んだ敷物。7 前漢・枚乗「雑詩九首」其六「蘭若生春陽」（『玉台新詠』巻一）に「美人　雲端に在り、天路隔たりて期無し」。**美人**　立派な人。思う対象である男性。**雲端**　雲の彼方。8 **青冥**　遥か遠くまで青く続く空。畳韻の語。9 **淥水**　清く澄んだ水。11 **関山**　国境の険しい山。【**詩型・押韻**】　雑言古詩。上平二十五寒（安・欄・寒・歎・瀾・難・肝）・二十六桓（端）の同用。平水韻、上平十四寒。

詩解　遠くある夫をひたすら思い続ける女性をうたう。夏に敷いたままの竹むしろの冷たさと、井戸端のクツワムシのすだく音

に秋の訪れを知る。季節の移ろいの描写は、夫を思い続ける女性が過ごしてきた孤独の時間の長さを映し、かつ「長相思」という詩題に呼応する。「孤灯」の薄暗さに耐えかね、窓の外に眺めやる月にあらためて夫の不在を噛みしめる。円い月は団円の象徴。そして二人を隔てる空間の大きさに思いを馳せ、夢さえも行きて辿れぬ遠い彼方に夫を思ってうたい結ぶ。なおこの詩について、長安を逐われた李白の皇帝に対する思慕を、女性の夫を思う情に託してうたったものとする解釈がある。臣下の君主に対する思いを男女の恋慕に寄託してうたうことは中国の文学伝統のなかに確かにある。しかし、必ずしも限定して読むことはない。

上留田（上留田《じやうりうでん》）

1 行至上留田　　行《ゆ》きて至《いた》る上留田《じやうりうでん》
2 孤墳何崢嶸　　孤墳《こふん》何《なん》ぞ崢嶸《さうくわう》たる
3 積㆓此萬古恨㆒　　此《こ》の萬古《ばんこ》の恨《うらみ》を積《つ》み
4 春草不㆓復生㆒　　春草《しゆんさう》復《ま》た生《しやう》ぜず
5 悲風四邊來　　悲風《ひふう》四邊《しへん》より來《きた》り
6 腸斷白楊聲　　腸《ちやう》は斷《た》たる 白楊《はくやう》の聲《こゑ》
7 借問誰家地　　借問《しやもん》す誰《た》が家《いへ》の地《ち》
8 埋沒蒿里塋　　埋沒《まいぼつ》す蒿里《かうり》の塋《えい》

古老向レ余言
言是上留田
蓬科馬鬣今已平
昔之弟死兄不レ葬
他人於レ此舉二銘旌一
一鳥死
百鳥鳴
一獸走
百獸驚
桓山之禽別離苦
欲レ去回翔不レ能レ征
田氏倉卒骨肉分
青天白日摧二紫荊一
交讓之木本同形
東枝顦顇西枝榮
無心之物尙如レ此

古老《こらう》 余《よ》に向《む》かひて言《い》ふ
言《ここ》は是《こ》れ 上留田《じやうりうでん》と
蓬科馬鬣《ほうくわばれふ》 今已《いますで》に平《たひ》らかなり
昔之《むかしこ》れ 弟《おとうと》 死して兄葬《あにはうむ》らず
他人此《たにんここ》に於《お》いて銘旌《めいせい》を舉《あ》ぐ
一鳥死《いちてうし》して
百鳥鳴《ひやくてうな》き
一獸走《いちじうはし》りて
百獸驚《ひやくじうおどろ》く
桓山《くわんざん》の禽《とり》 別離苦《べつりくる》しく
去《さ》らんと欲《ほつ》して 回翔《くわいしやう》して征《ゆ》く能《あた》はず
田氏《でんし》 倉卒《さうそつ》として骨肉《こつにくわ》分かれんとし
青天白日《せいてんはくじつ》 紫荊《しけい》摧《くだ》く
交讓《かうじやう》の木《き》 本同形《もとどうけい》
東枝《とうし》顦顇《せうすい》すれば西枝《せいし》榮《さか》ゆ
無心《むしん》の物《もの》すら尙《な》ほ此《か》くの如《ごと》し

25 參商胡乃尋㆓天兵㆒　參商《しんしやう》胡《なん》ぞ乃《すなは》ち天兵《てんぺい》を尋《たづ》ぬる
26 孤竹延陵　孤竹《こちく》 延陵《えんりよう》
27 讓㆑國揚㆑名　國《くに》を讓《ゆづ》りて名《な》を揚《あ》ぐ
28 高風緬邈　高風《かうふう》 緬邈《めんばく》
29 頽波激清　頽波《たいは》 激清《げきせい》
30 尺布之謠　尺布《せきふ》の謠《えう》
31 塞㆑耳不㆑能㆑聽　耳《みみ》を塞《ふさ》ぎて聽《き》く能《あた》はず

現代語訳　上留田

たどり着いたは上留田、
墳墓は、ぽつんと高く盛りあがる。
ここに長久の嘆きが積み重なり、
春草は、もはや生えもせず。
風が泣き叫びつつ四方より吹きつけ、
白楊を鳴らす音に腸《はらわた》も断ち切れる。
ここは、いったいどなたの土地で、
誰がヨモギ生《お》うる墓中に埋もれているのでしょうか。
土地の古老がわたしに告げる、

こちらは上留田と申します。
草めいた土塊《つちくれ》や土饅頭すら、すっかり平らかになりました。
むかし、ある弟が亡くなったとき、その兄は葬らず、
まわりの者がかわって弔旗をたてたのです。
鳥《とり》一羽死ねば、
百鳥が悲しい声をあげ、
獣《けもの》一頭走れば、
百獣が驚いて騒ぐもの。
桓山の鳥は今生の別れを悲しみ、
去らんとして飛びめぐっては旅立ちかねるという。
田氏の兄弟がにわかに別れようとすると、
分かたれるを悲しんで紫荊も白昼に折れた。
交譲の木はもともと身はひとつ、
東の枝がしおれると西の枝が茂る。
無心のものでさえ、こうなのに、
参商の兄弟はどうして武器もて戦うのか。
孤竹国の伯夷《はくい》叔斉《しゆくせい》も延陵の季札《きさつ》も、
兄弟あい尊び国を譲って誉れを受けた。
高逸の風は、はるか今に伝えられ、
病み衰えた俗を正しうるだろう。

「一尺の布さえ」の歌の悲しみは、
耳を塞いで聞くに堪えぬ。

語注 **0 上留田** 楽府題。『楽府詩集』巻三八相和歌辞・瑟調曲。崔豹『古今注』（巻中）によれば、上留田とは地名で、その土地に兄弟があり、両親の死後、兄が弟に冷たくあたったため、隣人が弟を不憫に思い、兄を戒めるために作ったものという。 **1―6 崢嶸** 高く盛り上がるさま。畳韻の語。 **白楊** ハコヤナギ。墓地に植える樹木。「古詩十九首」其十四（『文選』巻二九）に「郭門を出でて直ちに視れば、但だ見る丘と墳とを。古墓は犂《す》かれて田と為り、松柏は摧かれて薪と為る。白楊悲風多く、蕭蕭として人を愁殺す」。 **8 蒿里** 「蒿」はヨモギ、また「蒿里」は泰山の南にあったと伝えられる山の名。死者の魂の行く所という。後には広く墓地をいう。 **塋** 墳墓。 **11 蓬科** 墳墓の上の蓬草に被われた土塊。「蓬顆」ともいう。 **馬鬣** 墳墓のいわゆる土饅頭。馬鬣（馬のたてがみ）に形が似る。 **13 銘旌** 葬儀の際、柩の前にたてる弔旗。埋葬の際には柩を被って共に土に埋める。それを「挙」げるとは、葬儀を執り行うこと。 **18・19** 孔子が衛にあった折、哀しげな哭声を聞き、弟子の顔回に、何を哭しているのか分かるかとたずねた。顔回は死別のみならず生別の哀しみも感じられるとし、桓山（地名）の母鳥が巣立つ子を見送る声に似ると答える。孔子が哭者に事情をたずねると、父の葬儀のため子を売った貧者が子と別れるところだったという（『孔子家語』顔回）。 **20・21** 田真と二人の弟は全ての財産を分かつ相談をし、庭に残る紫荊の木も三つに断ち切ることにした。明くる日、庭に行くと紫荊の木が枯れているのを見た田真は、木ですら三分されるのを悲しむことを知って三家に別れることをやめ、後、孝門として知られるようになる（『続斉諧記』）。 **倉卒** あわただしいさま。双声の語。 **紫荊** スオウ。赤い小さな花を数多くつける。 **22・23** 黄金山の楠樹は、ある年に東面の枝が繁茂すると翌年は西面が繁茂するというように、交互に譲り合うようであった（『述異記』上）。 **交譲** 互いに譲り合う。 **顦顇** 「憔悴」に通じる。 **25 参商** 二つの星の名。「参」はオリオン座の三星。「商」はサソリ座のアンタレスを含む三星。同時に空に見えることがない。ここでは次の話をうけて仲の悪い兄弟をいう。神話上の帝高辛氏（五帝の一人、嚳）には、兄は閼伯《あつぱく》、弟を実沈《じっちん》という二人の子がいた。二人は仲が悪く日々戦っていた。天帝はそこで二人を遠ざけ、兄には商の星を弟には参の星をつかさどらせた（『左伝』昭公元年）。 **尋** 使用する。右の『左伝』の一節に「日〻干戈（武器）を尋ぬ」。 **天兵** 星の争いなので「天」という。 **26 孤竹** 殷の末、孤竹国の王は二子のうち弟の叔斉《しゆくせい》に後を継がせようと考えた。王の死後、叔斉は兄伯夷《はくい》に位を譲ろうとしたが兄は聞き入れず出奔し、弟もまた国を離れた（『史記』伯夷伝）。 **延陵**　春秋時代、呉王の寿夢《じゆぼう》は末子の季札《きさつ》を賢としてこれに位を継がせようとしたが季札は受けず、兄たちが順を追って位を受け継ぎ、季札は延陵に封じられその地をよく治めた。 **28 緬邈**　はるか遠いさま。双声の語。 **29 頽波**　衰頽したさま。 **激清**　「濁を激（う）ち清を揚ぐ」の略。悪を除き善に帰す。 **30 尺布之謡**　わずかな事物さえ共に分かち合えるのに、広大な国を有しながら兄弟で憎みあうことを諷する歌。前漢の文帝のとき、弟の淮南厲王が謀反に失敗し蜀に移されることとなり、淮南厲王は食を摂らず途中で亡くなった。人は「一尺の布、尚ほ縫ふべし。一斗の粟、尚ほ舂づくべし。兄弟二人、相容るべからず」と歌って風刺したという（『史記』淮南厲王長伝）。**【詩型・押韻】**　雑言古詩。下平十二庚（生・平・鳴・驚・荊・栄・兵）・十三耕（嶸）・十四清（声・瑩・旌・征・名・清）・十五青（形・聴）・十六蒸（陵）の通押。平水韻、下平八庚・九青・十蒸の通押。

詩解　兄弟の不和をそしる歌。旅人が道行くと、ふと荒廃した墳墓が目に入る。土地の老人にたずねると、昔、仲の悪い兄弟がいて、弟が死んでも兄は葬らず、まわりの者が代わってを埋葬し弔ったという。以下、「桓山之禽」「田氏紫荊」など、無心の鳥や木すら肉親の情を知ると伝える故事を並べたうえ、骨肉の争いを繰り広げた閼伯と実沈、これとは逆に兄弟で王位を譲り合った伯夷と叔斉、呉の季札と兄たちの例を挙げ、漢の文帝と淮南王の兄弟の争いを悲しむ「尺布之謡」は聴くに堪えないと結ぶ。

この詩の背景については、玄宗の武妃が我が子の寿王瑁《ぼう》を太子に立てようとして太子の瑛《えい》らを害した陰謀を諷するというもの、あるいは安史の乱の折、兵を挙げた永王璘《りん》を兄の粛宗の意を慮った臣らが殺したことを非難するというものなど諸説ある。「古」をうたう中に「今」を映すことは楽府の機能の一つとされた。

春日行（春日行《しゆんじつかう》）

1 深宮高樓入㆓紫清㆒　　深宮《しんきゆう》の高樓《かうろう》　紫清《しせい》に入《い》り

2 金作二蛟龍一盤二繡楹一
3 佳人當レ窗弄二白日一
4 絃將レ手語彈二鳴箏一
5 春風吹落君王耳
6 此曲乃是昇天行
7 因出二天池一汎二蓬瀛一
8 樓船蹙沓波浪驚
9 三千雙蛾獻二歌笑一
10 撾レ鐘考レ鼓宮殿傾
11 萬姓聚舞歌二太平一
12 我無爲
13 人自寧
14 三十六帝欲二相迎一
15 仙人飄翩下二雲軿一
16 帝不レ去
17 留二鎬京一

金《きん》もて蛟龍《かうりゆう》を作《つく》り繡楹《しうえい》を盤《めぐ》る
佳人《かじん》 窗《まど》に當《あ》たりて白日《はくじつ》を弄《ろう》し
絃《げん》は手《て》と語《かた》りて鳴箏《めいさう》を彈《だん》ず
春風《しゆんぷう》吹《ふ》き落《お》つ君王《くんわう》の耳《みみ》に
此《こ》の曲《きよく》 乃《すなは》ち是《こ》れ昇天行《しようてんかう》
因《よ》りて天池《てんち》に出《い》でて蓬瀛《ほうえい》に汎《うか》び
樓船《ろうせん》蹙沓《しゆくたふ》 波浪《はらう》驚《おどろ》く
三千《さんぜん》の雙蛾《さうが》 歌笑《かせう》を獻《けん》じ
鐘《しよう》を撾《う》ち鼓《こ》を考《たた》きて宮殿《きゆうでん》傾《かたむ》く
萬姓《ばんせい》聚舞《しゆうぶ》して太平《たいへい》を歌《うた》ふ
我《われ》は無爲《むゐ》
人《ひと》自《おのづか》ら寧《やす》し
三十六帝《さんじふろくてい》 相迎《あひむか》へんと欲《ほつ》し
仙人《せんにん》飄翩《へうへん》として雲軿《うんぺいくだ》下る
帝《てい》は去《さ》らず
鎬京《かうけい》に留《とど》まる

18 安能爲㆓軒轅㆒
19 獨往入㆓窅冥㆒
20 小臣拜獻南山壽
21 陛下萬古垂㆓鴻名㆒

安《いづく》んぞ能《よ》く軒轅《けんゑん》と爲《な》り
獨往《どくわう》して窅冥《えうめい》に入《い》らん
小臣《せうしん》　拜《はい》して獻《けん》ず南山《なんざん》の壽《じゆ》
陛下《へいか》　萬古《ばんこ》　鴻名《こうめい》を垂《た》れたまへ

現代語訳　春日行

奥深い宮殿の高楼は天帝の住まいに届くほど、
金のみずちがきらびやかな柱にまとわりつく。
美しき人は窓辺で日の光を愛でいつくしみ、
手は糸と言葉を交わすように箏をつま弾く。
春風が響きを君王のお耳に吹き届かせた。
その曲こそが「昇天のうた」。
そこで天のお池にお出ましになって蓬萊・瀛州に遊び、
楼船はひしめき合って波は驚く。
三千もの美人が歌っては笑いさんざめき、
鐘を打ち、鼓を打っては、宮殿も傾かんばかり。
人はみな集い舞って、太平のお祝いを捧げる。
みかどは無為にして、
民草は自ずと安らかに。

三十六天の主がこぞってお迎えになろうと、
遣わされた仙人の雲の車はひらりひらりと下りてくる。
みかどは立ち去られたりせず、
鎬京のみやこにお留まり。
どうしてかの軒轅のように、
民をのこして独り天界にお入りになろうか。
わたくしめは謹んで南山に比すべき永遠の寿をお祝い申す。
陛下は万世に栄えあるお名を垂れ遊ばされますように。

語注 **0 春日行** 『楽府詩集』巻六五雑曲歌辞。李白の前に南朝宋・鮑照の作があって春の行楽をうたう。 **1 紫清** 紫微宮。天帝の住まい。 **2 蛟龍** 宮殿の柱の装飾をいう。「蛟」は龍の一種で角の無いもの。 **繡楹** 美しい装飾を施した柱。 **3 当窓** 窓辺に見える。「古詩十九首」其二（『文選』巻二九）に「盈盈たり楼上の女、皎皎として窓牖に当たる」。 **弄白日** 日の光を楽しむ。「白日」は太陽。 **4 筝** 弦楽器。十三弦で琴柱がある。 **6 昇天行** 楽府の一つ。仙人への憧憬、仙界への遊行をうたう。『楽府詩集』巻六三に魏・曹植、南朝宋・鮑照らの作を収める。 **7 天池** 宮殿の池。 **蓬瀛** 漢代、太液池の中に三山を作り、瀛州・蓬莱・方丈の東海の三神山にみたてた。唐もそれにならった。 **8 楼船** 船上に楼閣を載せたもの。 **甍沓** 折り重なり、密集するさま。 **9 双蛾** 美女の両眉。借りて美女をいう。 **10 撾** 棒などで打つ。 **考** たたく。 **12・13** 君王の理想の統治をいう。『老子』五十七章に「我は無為にして民（人）自ら化す」。 **14** 人主のみごとな政治を嘉して天界から迎えられる。 **三十六帝** 道教の世界観では三十六天があり、その一つ一つに帝がいるとされる。 **15 飄颻** 軽やかに舞い、飛行するさま。双声の語。 **雲軿** 「軿」は幌。雲を幌とした車。神仙の乗り物。 **17 鎬京** 周の都、借りて長安を指す。 **18・19** 伝説上の五帝の一人、黄帝（軒轅）の伝説を踏まえる。黄帝が銅の鼎を作ると龍があごひげを垂らして迎えに来て、黄帝は七十余人の臣や後宮の宮女とともに龍に乗って昇天した。ほかの臣は上ることができなかったため、龍のひげを握るとそのひげが抜け落ち、また黄帝の弓も落ちた。残された人々は天を仰ぎ、弓とひげを抱いて叫んだという（『史記』封禅書）。 **軒轅** 黄帝。 **窅冥** 奥深い天界。**20 南山寿**　永遠のいのち。『詩経』小雅・天保に「南山の寿の如く、騫《か》けず崩れず」。【詩型・押韻】雑言古詩。下平十二庚（行・驚・平・迎・京）・十三耕（箏）・十四清（清・楹・瀛・傾・名）・十五青（寧・軿・冥）の通押。平水韻、下平八庚・九青の通押。

詩解　春の日の宮中、皇帝の行楽の様子を仙界になぞらえ、世の太平と帝の長寿を祈り、名声が永遠に続くようにと言祝ぐ。なお、「帝は去らず　鎬京に留まる。安んぞ能く軒轅と為り、独往して窅冥に入らん」の一節には、遊興に淫して政務を忘れぬようにとの諷戒の意が込められているように思われる。

前有樽酒行二首　其一（前有樽酒行《ぜんゆうそんしゅかう》二首《にしゅ》　其《そ》の一《いち》）

1 春風東來忽相過　　春風《しゅんぷう》東《ひがし》より來《きた》りて忽《たちま》ち相過《あひす》ぎ
2 金樽淥酒生㆓微波㆒　　金樽《きんそん》の淥酒《りよくしゅ》　微波《びは》を生《しやう》ず
3 落花紛紛稍覺㆑多　　落花紛紛《らくくわふんぷん》として稍《やうや》く多《おほ》きを覺《おぼ》え
4 美人欲㆑醉朱顏酡　　美人《びじん》醉《ゑ》はんと欲《ほっ》して朱顏《しゅがん》酡《あか》し
5 青軒桃李能幾何　　青軒《せいけん》の桃李《たうり》　能《よ》く幾何《いくばく》ぞ
6 流光欺㆑人忽蹉跎　　流光《りうくわう》人《ひと》を欺《あざむ》き忽《たちま》ち蹉跎《さた》たり
7 君起舞　　君《きみ》起《た》ちて舞《ま》へ
8 日西夕　　日《ひ》は西《にし》に夕《ゆふ》べなり

9　當年意氣不㆓肯傾㆒　　當年《たうねん》の意氣《いき》肯《あ》へて傾《かたむ》かざるも
10　白髮如㆑絲歎何益　　白髮《はくはつ》絲《いと》の如《ごと》くして歎《たん》ずるも何《なん》の益《えき》かあらん

現代語訳　前有一樽酒行　其の一

春風は東から寄せて、瞬く間に吹きぬけ、
金の樽の澄んだうま酒に、さざ波をたてる。
散る花片もひらひらと、しだいにその多さに気づくころ、
美しき人はそろそろ酔い心地で艶やかな顔を赤らめる。
お屋敷の桃李の花は、いつまで咲き匂うものか、
流れる時間は人の思いをさげすむように、瞬く間に過ぎゆく。
さあ、立ち上がって舞いなされ、
日も西に傾く夕暮れ時、
壮年の意気は、失いたくないものだが、
白髪が糸のようになって嘆いても、しかたがないのだ。

語注　**0 前有樽酒行**　『楽府詩集』巻六五雑曲歌辞に収める。西晋・傅玄、陳・張正見らの先行作は酒宴における賓客・主人の言祝ぎの辞をなすが、李白の作は人生の短促をのべ、時機を逃さず行楽せよとうたう。**2 淥酒**　清酒、あるいは旨酒。**3 紛紛**　数多く、乱れるさま。**稍**　程度が進む。**4 酡**　酒に酔って顔を赤らめる。『楚辞』招魂に「美人既に酔ひ、朱顔酡し」。**5 青軒**　豪華な居室、屋敷。**桃李**　華やかな花。しばしばはかないものの象徴として詩に描かれる。唐・王適「古別離」に「青軒の桃李　落ちて紛紛たり」。**6 流光**　流れ去る時間。**欺**　あなどる。馬鹿にする。**蹉跎**　時機を逸する。畳韻の語。**9 当年**　意気盛んな若き日。【詩型・押韻】　雑言古詩。下平七歌（多・酡・何・跎）・八戈（過・波）の同用。平水韻、下平五

歌。／入声二十二昔（夕・益）。平水韻、入声十一陌。

詩解 春風が吹き抜けて酒樽にさざ波をたて、咲き誇る桃李の花びらが繽紛と散り乱れて、ほろ酔いの美女も頬をうっすら染める時。それは人の青春の日々と同じように瞬く間に過ぎて行く。詩人はうたう、今こそ時を移さず杯を傾けて楽しめと。

其二（其《そ》の二《に》）

1 琴奏㆓龍門之綠桐㆒　琴《きん》は龍門《りゆうもん》の綠桐《りよくどう》を奏《そう》し
2 玉壺美酒清若㆑空　玉壺《ぎよくこ》の美酒《びしゆ》 清《きよ》きこと空《むな》しきが若《ごと》し
3 催㆑絃拂㆑柱與㆑君飲　絃《げん》を催《うなが》し柱《ちゆう》を拂《はら》ひて君《きみ》と飲《の》む
4 看㆑朱成㆑碧顏始紅　朱《しゆ》を看《み》て碧《へき》と成《な》して顏《かほ》始《はじ》めて紅《あか》し
5 胡姫貌如㆑花　胡姫《こき》 貌《ばう》 花《はな》の如《ごと》し
6 當㆑壚笑㆓春風㆒　壚《ろ》に當《あ》たりて春風《しゆんぷう》に笑《わら》ふ
7 笑㆓春風㆒　春風《しゆんぷう》に笑《わら》ひ
8 舞㆓羅衣㆒　羅衣《らい》を舞《ま》ふ
9 君今不㆑醉欲㆓安歸㆒　君今《きみいま》醉はずして安《いづ》くにか歸《かへ》らんと欲《ほつ》す

現代語訳 其の二

琴は龍門の緑の桐でこしらえたみごとなものを奏し、

玉壺の美酒は虚空をたたえたかのように澄んでいる。
弦をかき鳴らし、袖は琴柱《ことじ》をかすめて、君と酌み交わす。
目が朱を碧と見誤る頃には、顔もようやく赤らみ始めた。
異国の娘の顔は花のように美しく、
酒を客に勧めつつ、春風ににっこり笑う。
春風ににっこり笑い、
うすぎぬをまとって舞っている。
君よ、今こそ存分に酒を飲まずに、どこに行こうというのか。

語注　1 **龍門**　地名。琴瑟の材となる桐の産地。『周礼』春官・大司楽に「龍門の琴瑟、九徳の歌、九磐の舞、宗廟の中に之を奏す」。　3 **催絃**　せき立てられるように絃をかき鳴らす。　**払柱**　奏者の袖が琴柱を払うことか。　4 **看朱成碧**　酔って目がぼんやりする。梁・王僧孺「夜愁」（『玉台新詠』巻六）に「誰か知る　心眼の乱るるを、朱を看て忽ち碧と成す」。　5・6 **胡姫**　酒場につとめる外国の娘。　**当壚**　酒場で酒を売る。「壚」は酒瓶を置く土台。前漢・辛延年「羽林郎」（『玉台新詠』巻一）に「胡姫　年十五、春日　独り壚に当たる」。【詩型・押韻】雑言古詩。上平一東（桐・空・紅・風）。平水韻、上平一東。／上平八微（衣・帰）。平水韻、上平五微。

詩解　音楽と酒、そして春風に吹かれつつ、にっこり微笑みながら薄絹をまとって躍る異国の美女。官能を楽しませる喜びに満ちるが、それは今この時だからこそ美しい。詩のことばが、今この一瞬の官能の喜びをとらえる。

夜坐吟（夜坐吟《やざぎん》）

1 冬 夜 夜 寒 覺㆓夜 長㆒　　冬夜《とうや》　夜寒《よるさむ》くして夜《よる》の長《なが》きを覚《おぼ》え

2 沈吟久坐坐㆓北堂㆒　沈吟《ちんぎん》 久《ひさ》しく坐《ざ》して北堂《ほくだう》に坐《ざ》す
3 氷合㆓井泉㆒月入㆑閨　氷《こほり》は井泉《せいせん》に合《がふ》し月《つき》は閨《けい》に入《い》り
4 金缸青凝照㆓悲啼㆒　金缸《きんかう》 青《あを》く凝《こ》りて悲啼《ひてい》を照《て》らす
5 金缸滅　金缸滅《きんかうめつ》し
6 啼轉多　啼《な》くこと轉《うた》た多《おほ》し
7 掩㆓妾涙㆒　妾《せふ》が涙《なみだ》を掩《おほ》ひ
8 聽㆓君歌㆒　君《きみ》が歌《うた》を聽《き》く
9 歌有㆑聲　歌《うた》に聲有《こゑあ》り
10 妾有㆑情　妾《せふ》に情有《じやうあ》り
11 情聲合　情《じやう》と聲《こゑ》と合《がふ》して
12 兩無㆑違　兩《ふた》つながら違《たが》ふこと無《な》けん
13 一語不㆑入㆑意　一語《いちご》 意《い》に入《い》らざれば
14 從㆓君萬曲梁塵飛㆒　君《きみ》が萬曲《ばんきよく》 梁塵《りやうぢん》の飛《と》ぶに從《まか》せん

現代語訳　夜坐吟

冬の夜、夜更けの寒さに、夜の長さをしみじみ知り、思いをこめて、久しい時を、北の奥向きの部屋に坐る。

井戸の水は氷を結んで、月の光はねやに射し入り、
金の燭台は灯を青く凝らして、悲しく啼く女を照らす。
金の燭台の灯は消え、
いよいよ悲しく啼く。
わたしは涙をかくし、
あなたの歌を聴きましょう。
あなたの歌は見事な御声、
わたしの心には深い思い。
思いと声とがひとつに寄り添い、
たがいに違うことのないように。
よし一語とて、わたしの胸に届かぬものであれば、
梁の塵を揺《さわ》らす万なる曲も、すべて意味もないこと。

語注 **0 夜坐吟** 『楽府詩集』巻七六雑曲歌辞に南朝・宋・鮑照の作などと共に収める。李白の作は形式・詩意ともに鮑照の作を踏まえる。 **1 覚夜長** 「古詩十九首」其十七（『文選』巻二九）に「愁多くして夜の長きを知る」。 **2 沈吟** 物思いに心を潜める。畳韻の語。 **北堂** 婦人の居所。『詩経』衛風・伯兮に「焉くにか諼草（忘れ草）を得て、言に之を背に樹ゑん」。その毛伝に「背は北堂なり」。 **3 月入閨** 「閨」は、ねや。婦人の寝室。孤棲の女性の部屋に月が射し入ると、同じ月に照らされているであろう遠く離れた伴侶を思い起こさせる。「古詩十九首」其十九に「明月何ぞ皎皎たる、我が羅《うすぎぬ》の床幃を照らす」。 **4 金釭** 燭台。転じてともしび。 **13 入意** 気持ちに添う。 **14 従** なるにまかせる。 **梁塵飛** 歌声の素晴らしいことをいう。魯の虞公は見事な歌声の持ち主で、その声に梁の上の塵が動いたという（前漢・劉向『別録』）。**【詩型・押韻】** 雑言古詩。下平十陽（長）・十一唐（堂）の同用。平水韻、下平七陽。／上平十二斉（閨・啼）。平水韻、上平八斉。／下平七歌（多・歌）。平水韻、

下平五歌。／下平十四清（声・情）。平水韻、下平八庚。／上平八微（違・飛）。平水韻、上平五微。

詩解　1―6は北向きの女性の部屋の夜の描写。7以降は詩の中の女性の口吻をたどる。ところで、ここに現れる歌い手とは誰か。「妾が涙を掩ひ、君が歌を聴く」の「君」とは？　歌い手として呼びかけられているのは、あるいは今まさにこの歌、すなわち李白の「夜坐吟」を唱う人を言うものではないか。女性の心を語る歌詞、そして声を響かせて唱う歌手。女性は詩の中にあり、歌い手は詩の外の現実世界にいる。もしこうした解釈が許されるとするならば、この詩は、文学の世界の中から現実の世界に呼びかけるという趣向になる。

「古詩十九首」其の五「西北に高楼有り」においては、悲しげな弦をつま弾き歌をうたう孤独の女性と同時に、語り手自身の姿も浮かび上がる。語り手はその女性に共感を寄せ、詩の末尾に至って、彼女になりかわるかのようにその心情を、「歌ふ者の苦しきを惜しまず、但だ知音の稀なるを傷む。願はくは双鳴の鶴と為り、翅を奮ひて起ちて高く飛ばん」とうたう。この場合、女性と語り手はともに文学世界の中にいるのだが、李白はこの「古詩」に想を得て更にそれを展開させたものと思われる。李白「古風五十九首」其二十七（巻二）参照。

野田黄雀行（野《や》田《でん》黄《くわう》雀《じやく》行《かう》）

1　遊莫レ逐二炎洲翠一　　遊《あそ》びて炎洲《えんしう》の翠《かはせみ》を逐《お》ふ莫《な》かれ
2　棲莫レ近二呉宮燕一　　棲《す》みて呉宮《ごきゆう》の燕《つばめ》に近《ちか》づく莫《な》かれ
3　呉宮火起焚二爾窠一　　呉宮《ごきゆう》火《ひ》起《お》こりて爾《なんぢ》が窠《す》を焚《や》き
4　炎洲逐レ翠遭二網羅一　　炎洲《えんしう》翠《かはせみ》を逐《お》ひて網羅《まうら》に遭《あ》ふ
5　蕭條兩翅蓬蒿下　　蕭條《せうでう》たる兩翅《りやうし》蓬蒿《ほうかう》の下《もと》

6　縱 有ニ鷹 鸇一奈レ若 何　　縱《たと》ひ鷹鸇《ようせん》有《あ》るも若《なんぢ》を奈何《いかん》せん

現代語訳　野田黄雀行

炎洲の翡翠を追うて遊んではならぬ、
呉宮の燕に近づいて巣をかけてはならぬ。
呉宮に火がたてばお前の巣を焼くだろうし、
炎州に翡翠を追えば網にかかることもあろう。
ゆるりと両の翼を草むらの陰に寛がせれば、
鷹や隼もおまえをどうしようもできぬ。

語注　**0 野田黄雀行**　楽府題。『楽府詩集』巻三九相和歌辞。「黄雀」はスズメの仲間。マヒワ。　**1 炎洲**　南の海にあったと伝わる伝説の島。また南方の炎暑の地。　**翠**　翡翠。カワセミ。美しい羽をもつため捕捉の対象となる。　**2 呉宮燕**　秦の始皇帝の十一年、呉の宮殿の守衛が燕の巣を照らそうとして失火し、宮殿を焼いてしまった（『越絶書』巻二）。　**5 蕭条**　ゆったりするさま。畳韻の語。東晋の明帝が周顗《しゅうぎ》に対して、庾亮《ゆりょう》と比べて自身をどう思うかとたずねると、「方外に蕭条たるは亮は臣に如かず。廊廟に従容たるは、臣は亮に如かず（俗外に安閑としているのは私が優れ、国政の場で堂々としているのは亮が勝る）」（『世説新語』品藻）。　**両翅**　左右の羽。　**蓬蒿**　雑草のくさむら。『荘子』逍遥遊に、斥鴳《せきあん》（小鳥）のことばとして「我騰躍して上るも数仞に過ぎず。而して下りて蓬蒿の間に翺翔す。此も亦た飛ぶことの至りなり」。　**6 鷹鸇**　スズメを捕らえて餌とする猛禽類。【詩型・押韻】雑言古詩。下平七歌（羅・何）・八戈（窠）の同用。平水韻、下平五歌。

詩解　『荘子』逍遥遊の中で、斥鴳（小鳥）は九万里の高さにまで飛翔する鵬について、そんな高く飛んでいったいどこに行くのかと疑問を投げかけ、「蓬蒿（草むら）」の間を飛びかうのだって大したものではないかとあざ笑う。これを踏まえ、自らの遠大な壮志を大鵬に託して「大鵬の賦」（巻二五）にうたった李白は、小さな世界に安んじる他の鳥の卑小さをむしろあざ笑っていた。しかしこの詩では、危険に近づくな、分際を守っていれば安全だとうたう。一人の文学者の作品の中にここまで両極端に分かれる思いが見いだされるのは興味深い。若き日の青雲の志が、年齢を重ね、時に蹉跌を経てここに至ったものとするのは一つの理解であろう。李白の経歴にその蹉跌を見いだすことは容易い。

箜篌謠（箜篌謠《こうこうえう》）

攀レ天　莫レ登レ龍
走レ山　莫レ騎レ虎
貴賤結レ交　心不レ移
唯有三嚴陵　及二光武一
周公稱二大聖一
管蔡寧相容
漢謠一斗粟
不下與二淮南一舂上
兄弟尚路人
吾心安所レ從
他人方寸間
山海幾千重

天《てん》を攀《よ》づるに龍《りゆう》に登《のぼ》る莫《な》かれ
山《やま》を走《はし》るに虎《とら》に騎《き》する莫《な》かれ
貴賤《きせん》　交《まじ》はりを結《むす》びて心《こころ》の移《うつ》らざるは
唯《た》だ嚴陵《げんりよう》と光武《くわうぶ》と有《あ》るのみ
周公《しうこう》　大聖《たいせい》と稱《しよう》するも
管蔡《くわんさい》　寧《なん》ぞ相容《あひい》れんや
漢謠《かんえう》　一斗《いつと》の粟《ぞく》
淮南《わいなん》と舂《うす》づかず
兄弟《けいてい》すら尚《な》ほ路人《ろじん》
吾《わ》が心《こころ》　安《いづ》くにか從《したが》ふ所《ところ》あらん
他人《たにん》　方寸《はうすん》の間《かん》
山海《さんかい》　幾千重《いくせんちよう》

輕言託㆓朋友㆒
對面九疑峯
多㆑花必早落
桃李不㆑如㆑松
管鮑久已死
何人繼㆓其蹤㆒

輕言《けいげん》 朋友《ほういう》に託《たく》するも
對面《たいめん》 九疑峯《きうぎほう》
花《はな》の多《おほ》きは必《かなら》ず早《はや》く落《お》ちん
桃李《たうり》は松《まつ》に如《し》かず
管鮑《くわんぱう》久《ひさ》しく已《すで》に死《し》す
何人《なにびと》か其《そ》の蹤《あと》を繼《つ》がん

現代語訳 箜篌謡

天をよじ登るに龍の背に乗ってはならぬ、
山を駆けるに虎の背に乗ってはならぬ。
貴賤、身分を異にしても友情の変わらぬは、
ただ厳子陵と光武帝の二人だけだ。
周公は偉大なる聖人とたたえられるが、
管叔と蔡叔という兄弟と相容れなかった。
漢の民が歌うには、文帝は一斗の粟を、
弟の淮南王と臼でつき、分かち合えなかったと。
血を分けた兄弟ですら、通りすがりの人のよう、
私はいったい誰に心を寄せたらいいのだろうか。
まして肉親でなければ、わずかなすきまにも、

目に見えぬ山と海が幾重にも横たわる。
軽々しく友人として心を託すとは言いながら、
九疑の山に向き合うように、その本心はつかみがたい。
うわべの花は多く咲けども早く散るだけ、
桃李の美しさは松の変わらぬ緑には及ばない。
管仲と鮑叔ははるか昔に死にはて、
誰がそのあとを継いでいようか。

語注　**0 箜篌謡**　楽府題。『楽府詩集』巻八七雑歌謡辞。「箜篌」はハープに似た撥弦楽器。**1・2 龍・虎**　天に昇るには「龍」、地を走るには「虎」以上に力を与えてくれるものはない。しかし龍には逆鱗があり、触れると即座に殺される。また虎はもとより猛獣であり、いつ危害に遭うか分からない。二句は恃む相手を選ぶことのむつかしさをいう。**3・4 厳陵・光武**　後漢の厳光《げんこう》（字は子陵）と劉秀《りゅうしゅう》（後漢の光武帝）。若い頃、二人は共に学び、光武帝が帝位に即いた後も、礼節にとらわれることなく、友人として接した（『後漢書』逸民伝）。**5・6** 周の成王が幼く周公旦が国事を摂行したとき、周公の兄弟の管叔・蔡叔らが殷の紂王の子、武庚を擁して謀反を起こした。周公は武庚を誅し、管叔を殺し、蔡叔を放逐した（『史記』周本紀）。**7・8** 前漢の文帝のとき、弟の淮南厲王が謀反に失敗し蜀に移されることとなり、淮南厲王は移送の途中、あえて食を摂らず亡くなった。人は「一尺の布、尚ほ縫ふべし。一斗の粟、尚ほ舂づくべし。兄弟二人　相容るべからず」と歌い、わずかな事物さえ共に分かち合えるのに、広大な国を有しながら兄弟で仲良くできないことを諷した（『史記』淮南厲王長伝）。**9 路人**　道を行き交う人。関係の薄さをいう。**11 他人**　兄弟以外の者。**方寸**　一寸四方。わずかな広さ。**13 軽言**　軽率にものを言う。**14 九疑**　湖南省の南部にあるという山。谿谷によって九つに分かれながらも互いに似ており、どれがどれかよく分からなかったため、「九疑」と名づけられたという（『山海経』海内経）。**17 管鮑**　春秋時代、斉の管夷吾（字は仲）と鮑叔牙。「管鮑之交」と称される、厚い友情に結ばれた二人として知られる。唐・杜甫「貧交行」に「君見ずや　管鮑　貧時の交わり、此の道　今人棄つること土の如し」。**【詩型・押韻】**　雑言古詩。上声九麌（武）・十姥（虎）の同用。平水韻、上声七麌。／上平三鍾（容・舂・

従・重・峰・松・蹤）。平水韻、上平二冬。

詩解 「上留田」は兄弟の仲の悪いのをそしったが、ここでは友情の恃み難いことを歎く。周公とその弟の管叔・蔡叔、漢の文帝と弟の淮南厲王など、血を分けた兄弟でさえ争うことはあるもの。まして他人であればなおのこと。口先では友情を唱えても、笑いの中に刃を研ぐような変節・背信が容易に想像される、と。主旨は杜甫がその「貧交行」にうたうところに重なる。李白は「古風五十九首」其の五十九（巻二）においても、人と人との交わりの移ろいやすさをうたっていた。

上雲樂（上雲樂《じやううんがく》）

1 金天之西　　金天《きんてん》の西《にし》
2 白日所レ沒　　白日《はくじつ》の沒《ぼつ》する所《ところ》
3 康老胡雛　　康老《かうらう》は胡雛《こすう》
4 生二彼月窟一　　彼《か》の月窟《げつくつ》に生《う》まる
5 巉巖容儀　　巉巖《さんがん》たる容儀《ようぎ》
6 戌削風骨　　戌削《しゆつさく》たる風骨《ふうこつ》
7 碧玉炅炅雙目瞳　　碧玉《へきぎよく》　炅炅《けいけい》たり雙目瞳《さうもくどう》
8 黄金拳拳兩鬢紅　　黄金拳拳《わうごんけんけん》たり兩鬢《りやうびん》の紅《くれなゐ》
9 華蓋垂二下睫一　　華蓋《くわがい》　下睫《かせふ》に垂《た》れ

嵩嶽臨㆓上脣㆒
不㆑睹㆓譎詭貌㆒
豈知㆓造化神㆒
大道是文康之嚴父
元氣乃文康之老親
撫㆑頂弄㆓盤古㆒
推㆑車轉㆓天輪㆒
云見日月初生時
鑄㆔冶火精與㆓水銀㆒
陽烏未㆑出㆑谷
顧兔半藏㆑身
女媧戲㆓黄土㆒
團作愚下人
散在㆓六合間㆒
濛濛若㆓沙塵㆒
生死了不㆑盡

嵩嶽《すうがく》　上脣《じやうしん》に臨《のぞ》む
譎詭《けつき》の貌《ばう》を睹《み》ざれば
豈《あ》に造化《ざうくわ》の神《しん》を知《し》らんや
大道《だいだう》は是《こ》れ文康《ぶんかう》の嚴父《げんぷ》
元氣《げんき》は乃《すなは》ち文康《ぶんかう》の老親《らうしん》
頂《いただき》を撫《ぶ》して盤古《ばんこ》を弄《ろう》し
車《くるま》を推《お》して天輪《てんりん》を轉《てん》ず
云《ここ》に見《み》る日月《じつげつ》の初《はじ》めて生《しやう》ずる時《とき》
火精《くわせい》と水銀《すいぎん》とを鑄冶《ちうや》するを
陽烏《やうう》　未《いま》だ谷《たに》を出《い》でず
顧兔《こと》　半《なか》ば身《み》を藏《かく》す
女媧《ぢよくわ》　黄土《くわうど》に戲《たはむ》れ
團《だん》じて作《つく》る愚下《ぐか》の人《ひと》
散《さん》じて六合《りくがふ》の間《かん》に在《あ》り
濛濛《もうもう》として沙塵《さぢん》の若《ごと》し
生死《せいし》　了《つひ》に盡《つ》きず

26 誰 明二此 胡 是 仙 眞一

誰《たれ》か此《こ》の胡《こ》は是《こ》れ仙眞《せんしん》なるを明《あき》らかにせん

現代語訳 上雲楽

西なる天のかなた、
日の没するところ。
文康老人は胡人にして、
あの月の沈む窟《いわや》に生まれた。
高く聳える身の丈、
さっぱりと清らな風儀。
碧玉きらきらとした両の目、
黄金うねうねと紅い鬢の毛。
眉は下なる睫にまで垂れ、
鼻は上の唇を見下ろす。
この奇っ怪なる容貌を見てはじめて、
創造者の神秘を知ろうというもの。
大いなる道は文康老の父君にして、
始原の気は文康老の母君。
盤古の頭を撫でて遊びつつ、
押しまわす車は天地の車輪。
日と月が生まれたとき、

神は火と水からこしらえたという。
そのとき日のカラスはまだ暘谷を出ず、
月のウサギは半ば身を隠したまま。
女媧は黄土をもてあそび、
丸めて作ったのは愚かなる我ら人間。
それが世界に散らばるさまは、
濛々とまるで砂塵のよう。
生と死を繰り返して尽きることはないが、
この胡人こそ本物の仙人であることを知らない。

語注　0 **上雲楽**　楽府題。文康という胡人が中国を慕ってはるばる来訪したことと併せて、皇帝の千寿万歳を言祝ぐ。題下注に「老胡文康の辞は、或いは云ふ、范雲及び周捨（共に梁代の文人）の作る所と。今之に擬す」とあり、『楽府詩集』巻五一清商曲辞・江南弄に、周捨の本辞と李白の本作、李賀の作を載せる。 1 **金天**　「西天」に同じ。五行で金の方位は西。 3 **康老**　文康のこと。「老」は高齢で徳ある人を尊ぶ称。 **胡雛**　異国出身であることをいう。胡児。 4 **月窟**　西方の月の沈む場所。 5 **巉巌**　高く険しい。丈高いことをいう。畳韻の語。 **容儀**　容姿、外見。 6 **戌削**　すっきりと痩せている。 **風骨**　風格。その人のもつ雰囲気。 7 **炅炅**　光を帯びるさま。 8 **拳拳**　湾曲するさま。髪・鬢がカールしている。 9 **華蓋**　眉。『上清黄庭内景経』天中（『雲笈七籤』巻一二）に「眉は華蓋と号し明珠（目）を覆ふ」。 10 **嵩岳**　五山の一つ、中岳嵩山。ここでは鼻をいう。 11 **譎詭**　珍奇なさま。双声の語。 12 **造化**　万物を創り出すはたらき。またその主。 13 **大道**　宇宙の真理としての道。 **厳父**　父親。「厳」は尊称。 14 **元気**　天地が生じたときの混沌とした気。 **老親**　母親。「老」は尊称。 15 **盤古**　天地創造の神。 16 **天輪**　『呂氏春秋』仲夏紀に「天地は車輪にして、終はれば則ち復た始まる」。 18 **鋳冶**　鋳造する。 **火精**　太陽。 **水銀**　月。『淮南子』天文訓に「積陽の熱気は火を生ず。火気の精なる者を日と為す。積陰の寒気は水と為る。水気の精なる者を月と為す」。 19 **陽烏**　太陽の中にいる三本足のカラス。太陽をいう。 **谷**　太陽が昇る東方の谷、暘谷。『淮南子』天文訓に「日は暘谷に出づ」。**20 顧兎**　月の中にいるウサギ。月をいう。**21 女媧**　黄土で人間を作ったとされる女神。『風俗通』（『太平御覧』巻七八引く）に「天地開闢、未だ人民有らず。女媧　黄土を摶《まろ》（団）めて人を作る」。**23 六合**　天地と東西南北四方で世界。

27 西海栽二若木一　西海《せいかい》に若木《じやくぼく》を栽《う》ゑ
28 東溟植二扶桑一　東溟《とうめい》に扶桑《ふさう》を植《う》う
29 別來幾多時　別來《べつらい》幾多《いくた》の時《とき》ぞ
30 枝葉萬里長　枝葉《しえふ》萬里《ばんり》長《なが》し
31 中國有二七聖一　中國《ちゆうごく》に七聖《しちせい》有《あ》り
32 半路頽二鴻荒一　半路《はんろ》鴻荒《こうくわう》に頽《くづ》る
33 陛下應レ運起　陛下《へいか》運《うん》に應《おう》じて起《お》こり
34 龍飛入二咸陽一　龍《りゆう》飛《と》びて咸陽《かんやう》に入《い》る
35 赤眉立二盆子一　赤眉《せきび》盆子《ぼんし》を立《た》て
36 白水興二漢光一　白水《はくすい》漢光《かんくわう》興《おこ》る
37 叱咤四海動　叱咤《しつた》すれば四海《しかい》動《うご》き
38 洪濤爲簸揚　洪濤《こうたう》爲《ため》に簸揚《はやう》す
39 擧レ足蹋二紫微一　足《あし》を擧《あ》げて紫微《しび》を蹋《ふ》み

40 天闕自開張
41 老胡感㆓至徳㆒
42 東來進㆓仙倡㆒
43 五色師子
44 九苞鳳皇
45 是老胡雞犬
46 鳴舞飛㆓帝郷㆒
47 淋漓颯沓
48 進退成㆑行
49 能㆓胡歌㆒
50 獻㆓漢酒㆒
51 跪㆓雙膝㆒
52 竝㆓兩肘㆒
53 散㆑花指㆑天擧㆓素手㆒
54 拜㆓龍顔㆒
55 獻㆓聖壽㆒

天闕《てんくわん》　自《おのづか》ら開張《かいちやう》す
老胡《らうこ》　至徳《しとく》に感《かん》じ
東《ひがし》に來《きた》りて仙倡《せんしやう》を進《すす》む
五色《ごしき》の師子《しし》
九苞《きうはう》の鳳皇《ほうわう》
是《こ》れ老胡《らうこ》の雞犬《けいけん》
鳴舞《めいぶ》して帝郷《ていきやう》に飛《と》ぶ
淋漓《りんり》　颯沓《さふたふ》として
進退《しんたい》　行《かう》を成《な》す
胡歌《こか》を能《よ》くし
漢酒《かんしゆ》を獻《けん》ず
雙膝《さうしつ》を跪《ひざまづ》き
兩肘《りやうちう》を竝《なら》ぶ
花《はな》を散《ち》らし天《てん》を指《さ》して素手《そしゆ》を擧《あ》げ
龍顔《りゆうがん》を拜《はい》し
聖壽《せいじゆ》を獻《けん》ず

56 北斗戻　北斗《ほくと》戻《まが》り
57 南山摧　南山《なんざん》摧《くだ》くも
58 天子九九八十一萬歳　天子《てんし》 九九《くく》 八十一萬歳《はちじふいちばんざい》
59 長傾萬歳杯　長《なが》く傾《かたむ》けよ萬歳《ばんざい》の杯《はい》

現代語訳

西なる海には若木を栽え、
東の海には扶桑を植えた。
それから時はいかほど流れたか、
枝葉は伸びて万里の長さ。
中国には七人の尊いお方が位に臨まれたが、
途中、混沌たる太古のように国が潰えた。
陛下は機運に乗じて起ち上がり、
龍が翔るがごとく咸陽の都に入られた。
赤眉の賊は劉盆子を主とたのみ、
白水の地には光武帝が興った。
叱咤の声は四海をどよもして響き、
大きな波濤は世界を揺らし浄めた。
足を挙げて紫微宮に踏み入り、

北辰の輝きは四方に通じた。
老いたる胡人もその威徳に感応し、
はるばる東に来って仙舞を進上した。
五色あざやか獅子の舞い。
九徳そなわる鳳凰の舞い。
いずれも老胡の犬、鶏のよう、
天子の御地にて舞いを捧げる。
ゆったりと、またくるりくるりと、
進むも退くも隊列あざやか。
胡の歌をみごとにうたい、
また漢の酒を献上する。
二つの膝をつき、
両の肘を並べる。
華の散りしくなか、白い手を挙げ天を指さし、
天子のお顔を拝し、
謹んでお祝いを申し上げる。
たとえ北斗の柄が折れ、
南山が砕けようとも、
天子さまにおかれては、九九八十一万歳、
とこしえに万歳の杯を傾けられましょう。

語注 27 **若木** 神話にみえる樹木。『淮南子』墜形訓《ちけいくん》に「若木は建木（神木の名）の西に在り。末に十の日有り。其の華 下地を照らす」。28 **東溟** 「溟」は海。**扶桑** 神話にみえる樹木。『淮南子』天文訓に「日は暘谷に出で、咸池に浴し、扶桑を払ふ、是を晨明（夜明け）と謂ふ」。31 **七聖** 唐創業以来の七人の皇帝。高祖・太宗・高宗・中宗・睿宗・玄宗、これに則天武后を加える。32 玄宗治世に安史の乱に遭遇し、あたかも上古の状態に戻ったことをいう。**鴻荒** 太古。前漢・揚雄『法言』問道に「鴻荒の世、聖人 之を悪む」。33・34 粛宗が即位し、京師を恢復したことをいう。**陛下** 玄宗の後を継いで即位した粛宗。**龍** 皇帝の車駕。**咸陽** 秦の都。借りて唐の都をいう。35 安禄山の死後、賊軍がその子安慶緒を擁立したことを、新・王莽の時の反乱軍が漢王室の末裔、劉盆子《りゅうぼんし》を立てたことにたとえる。**赤眉** 王莽の時、反乱を起こした農民らは眉を赤く塗ったため、このようにいう。**盆子** 漢の城陽景王劉章《りゅうしょう》の子孫。若くして赤眉に擁立された。36 粛宗が霊武に勃興したことを、後漢の光武帝が白水の地に起ったことにたとえる。**白水** 今の河南省南陽県。後漢の初代光武帝劉秀の出身地。**漢光** 光武帝。37 **四海** 世界。中国は四方を海に囲まれているとされた。38 **洪濤** 大きな波。**簸揚** 箕に穀物を入れ、あおりあげて異物を取り除く。39 粛宗が帝位に即いたことをいう。**紫微** 天帝の居所。40 **天関** 北極星。帝位の象徴。それが開ける（「開張」）とは、威光が四方に行き渡ることをいう。41・42 粛宗の威光を感受して文康がやってきた。**老胡** 文康をいう。**仙倡** 仙人に扮した楽舞。後漢・張衡「西京の賦」（『文選』巻二）に「仙倡を総会す」。43 **五色師子** 五色の獅子。いわゆる獅子舞をいうか。44 **九苞鳳皇** 九つの特色を備えた（「苞」は包含する）鳳凰。これも舞伎の一種であろう。45 「師子」は文康の飼う犬、「鳳皇」は文康の鶏であるかのように、うまくあやつる。周捨の本辞（『楽府詩集』巻五一）に「鳳凰（皇）は是れ老胡の家鶏、師子は老胡の家狗」というのを襲う。47 **淋漓** のびやかなさま。双声の語。**颯沓** 回旋するさま。畳韻の語。53 **散花** 仏が説法する際、天女がそれを賛嘆して華を散らしたという（『維摩詰経』など）。54 **龍顔** 天子の顔。56・57 北斗星の柄が曲がり、南山が砕けるというあり得ないことを挙げて、天子の長寿の確実なことを強調する。**戻** 曲がる。**南山** 長安の南の終南山。恒久不変の象徴。58 **九九八十一** 「九」は陰陽の陽を代表する。「九九」はそれを乗じて最大限の祝意を表す。【詩型・押韻】 雑言古詩。入声十一没（没・窟・骨）。平水韻、入声六月。／上平一東（瞳・紅）。平水韻、上平一東。／上平十七真（唇・神・親・銀・身・人・塵・真）・十八諄（輪）の同用。平水韻、上平十一真。／下平十陽（長・陽・揚・張・倡・郷・行）・十一唐（桑・荒・光・皇・行）の同用。平水韻、下平七陽。／上声四十四有（酒・肘・手・寿）。平水韻、上声二十

五有。／去声十二霽（戻）・十三祭（歳）の同用。平水韻、去声八霽。／上平十五灰（摧・杯）。平水韻、上平十灰。

詩解 六朝梁の時代、文康という胡人が中国にやってきた。当時の文人范雲及び周捨が作ったのが、この「上雲楽」。李白はそれに模擬しつつ、文康を時代を超越した神秘的な存在とし、安史の乱を平定した唐王朝ならびに粛宗を祝福するため中国にやってきたものとしてうたう。前段（1—26）は、まずは本詩の主人公文康が、西域出身の胡人であること、そしてその漢人とはかけ離れた容貌を述べる。次いで、その誕生が世界の創造とともにあり、彼こそが真正の仙人であったという。後段（27—59）では、唐の創業以来、七代の皇帝が位に即いたこと、そこに安史の大乱が起こるが粛宗が立って乱を平定し世界の秩序が回復したことをうたう。そこに感応した文康がはるばる胡地から中国を訪れる。歌舞優倡を天子の御前に披露し、その盛徳を称賛する。

日出入行（日出入行《にちしゆつにふかう》）

日出㆓東方隈㆒
似㆘從㆓地底㆒來㆖
歴㆑天又復入㆓西海㆒
六龍所㆑舍安在哉
其始與㆓終古㆒不㆑息
人非㆓元氣㆒安得㆘與㆑之久徘徊㆖
草不㆑謝㆓榮於春風㆒
木不㆑怨㆓落於秋天㆒
誰揮㆓鞭策㆒驅㆓四運㆒

日《ひ》は東方《とうはう》の隈《くま》に出《い》で
地底《ちてい》より來《きた》るに似《に》たり
天《てん》を歴《へ》て又《ま》た復《ま》た西海《せいかい》に入《い》る
六龍《りくりゆう》の舍《やど》る所《ところ》は安《いづ》くにか在《あ》らんや
其《そ》の始《はじ》めより終古《しゆうこ》と與《とも》に息《やす》まず
人《ひと》は元氣《げんき》に非《あら》ず　安《いづ》くんぞ之《これ》と久《ひさ》しく徘徊《はいくわい》するを得《え》ん
草《くさ》は榮《えい》を春風《しゆんぷう》に謝《しや》せず
木《き》は落《お》つるを秋天《しうてん》に怨《うら》まず
誰《たれ》か鞭策《べんさく》を揮《ふる》ひて四運《しうん》を驅《か》る

萬物興歇皆自然
羲和羲和
汝奚汩二没於荒淫之波一
魯陽何徳
駐レ景揮レ戈
逆レ道違レ天
矯誣實多
吾將下囊二括大塊一
浩然與二溟涬一同上科

萬物《ばんぶつ》の興歇《こうけつ》は皆《みな》自《おのづか》ら然《しか》り
羲《ぎ》和《くわ》よ羲《ぎ》和《くわ》
汝《なんぢ》奚《なん》ぞ荒淫《くわういん》の波《なみ》に汩没《こつぼつ》せん
魯《ろ》陽《やう》は何《なん》の徳《とく》ありてか
景《けい》を駐《とど》め戈《ほこ》を揮《ふる》はん
道《みち》に逆《さか》らひ天《てん》に違《たが》ひ
矯誣《けうふ》 實《まこと》に多《おほ》し
吾將《われまさ》に大塊《たいくわい》を囊括《だうくわつ》し
浩然《かうぜん》として溟涬《めいけい》と科《くわ》を同《おな》じくせんとす

現代語訳　日出入行

日は東方のすみに出て、
あたかも地の底から現れたよう。
大空をわたってまた西の海に入る。
日を運ぶ六龍はいったいどこに宿るというのか、
そもそも太初から永遠に止まることがないのだ。
人は宇宙の根源をなす気とは異なるもの、どうして日の運行と常に歩み続けることができよう。
草は花咲いたとて、春風に礼を述べたりせず、木は葉を落としたとて、秋空を怨んだりしない。
誰が鞭を振るって四季をめぐらせるのかは知らぬが、
万物の盛衰・消長は、みなおのずからそうなるもの。
羲和よ、羲和、
おまえはどうして、逸楽の波に沈んで、太陽の歩みを怠ることができよう。
魯陽公はどういう徳を持ち合わせていたとて、
矛を振るって日の光を押しとどめることができよう。
いずれも道に逆らい、天に刃向かうもので、
偽り欺くこと、まことに甚だしい。
われは天地を大きな袋に包み込み、
大きく広がる根源の気と一つになってみたい。

語注　**0 日出入行**　『楽府詩集』巻一郊廟歌辞に収める漢郊祀歌に「日出入」があり、太陽の運行の無窮と人命の短促が対比され、升仙の願いをうたう。本詩はそれを踏まえる。『楽府詩集』巻二八相和歌辞・相和曲。　**1—4**　太陽の留まることのない運行をいう。『荘子』田子方に「日は東方に出でて西極に入る」。　**隈**　川、山などの湾曲した箇所。すみ。　**六龍**　古代神話では、太陽は六頭の龍の引く車に乗って運行したという。東晋・郭璞「遊仙詩七首」其四（『文選』巻二一）に「六龍　安んぞ頓《とど》むべけんや、運流して代謝有り」。　**所舎**　休み留まる所。宿所。　**5 終古**　永久に。いつまでも続く。『楚辞』離騒に「余焉《いづく》んぞ能く忍びて此と終古せん」。　**6**　以下、太陽の運行、四季の推移は人間のあずかり知らぬところであるという。　**元気**　天地万物の元となる気。　**之**　太陽の運行をいう。　**徘徊**　ゆったりと歩きまわる。ここでは歩みをともにする、の意。畳韻の語。　**7・8**　『荘子』大宗師に、古の真人の気性について「凄然（冷たい）として秋に似、煖然（温かい）として春に似たり」。その郭象の注に「聖人の天下に在るは、煖焉として春陽の自ら和らぐが若し。故に沢（恩沢）を蒙る者は謝せず。凄乎として秋霜の自ら降る

が若し。故に凋落する者も怨まざるなり」。また『漢書』律暦志に「春秋は迭運（移りゆく）し、草木は自ら栄え自ら落つ。何ぞ謝し何ぞ怨まん」。**謝** 感謝する。**栄** 草木が生い茂り、花咲く。**落** 花、葉などが枯れ落ちる。**9 四運** 四季。**10 興歇** 盛んになることと消え去ること。**11 羲和** 神話上の人物。「六龍」注に見える太陽の車は、この羲和が御者をつとめたという。**12 汩没** 沈む、埋没する。**荒淫** 酒色におぼれ、日の運行を怠る。『史記』夏本紀に「羲・和 湎淫し、時を廃し日を乱す」。**13・14 魯陽** 神話上の人物、楚の魯陽公。むかし、韓と戦った際、勝負の決しないうちに日が暮れたので、魯陽公は戈を振り回し、太陽を引き戻したという（『淮南子』覧冥訓）。**景** 日の光。**16 矯誣** いつわり騙す。**17 囊括** 包括する。**大塊** 天地・宇宙。『荘子』斉物論に「夫れ大塊の噫気《あいき》は、其の名を風と為す」。**18 浩然** 広々と大きいさま。**溟涬** 天地がかたちをとる前の混沌とした状態。宇宙の根源の気。『荘子』在宥に「涬溟に大同し、心を解き神を釈き、莫然として魂無きがごとくせよ」。**科** 等級、レベル。「同科」で、同じ境地に達する。**【詩型・押韻】** 雑言古詩。上平十五灰（隈・徊）・十六咍（来・哉）の同用。平水韻、上平十灰。／下平一先（天）・二仙（然）の同用。平水韻、下平一先。／下平七歌（多）・八戈（和・波・戈・科）の同用。平水韻、下平五歌。

詩解 日が東に昇り西に沈む。永遠にこれを繰り返す。そしてその循環に即することこそが、この世に生を享けたものの本来のありかた。天地宇宙の根源の気と一体になることを願う。

胡無人（胡無人《こむじん》）

嚴風吹レ霜海草凋
筋幹精堅胡馬驕
漢家戰士三十萬
將軍兼領霍嫖姚

嚴風《げんぷう》 霜《しも》を吹《ふ》き海草凋《かいさうしぼ》み
筋幹精堅《きんかんせいけん》 胡馬驕《こばおご》る
漢家《かんか》の戰士《せんし》 三十萬《さんじふまん》
將軍《しやうぐん》兼《か》ねて領《りやう》す 霍嫖姚《くわくへうえう》

流星白羽腰間插
劍花秋蓮光出レ匣
天兵照レ雪下二玉關一
虜箭如レ沙射二金甲一
雲龍風虎盡交回
太白入レ月敵可レ摧
敵可レ摧
旄頭滅
履二胡之腸一渉二胡血一
懸二胡青天上一
埋二胡紫塞傍一
胡無レ人
漢道昌
陛下之壽三千霜
但歌大風雲飛揚
安用二猛士一兮守二四方一

流星白羽《りうせいはくう》　腰間《えうかん》に插《さしはさ》み
劍花秋蓮《けんくわしうれん》　光《ひかり》　匣《はこ》を出《い》づ
天兵《てんぺい》雪《ゆき》を照《て》らして玉關《ぎよくくわん》を下《くだ》れば
虜箭《りよせん》　沙《すな》の如《ごと》く金甲《きんかふ》を射《い》る
雲龍風虎《うんりゆうふうこ》　盡《ことごと》く交回《かうくわい》し
太白《たいはく》月《つき》に入《い》りて敵摧《てきくだ》くべし
敵摧《てきくだ》くべし
旄頭滅《ばうとうめつ》す
胡《こ》の腸《ちやう》を履《ふ》み　胡《こ》の血《ち》を渉《わた》る
胡《こ》を青天《せいてん》の上《うへ》に懸《か》け
胡《こ》を紫塞《しさい》の傍《かたは》らに埋《うづ》む
胡《こ》に人無《ひとな》く
漢道昌《かんだうさかん》なり
陛下《へいか》の壽《じゆ》　三千霜《さんぜんさう》
但《た》だ歌《うた》はん大風雲飛揚《たいふううんひやう》
安《いづ》くにか猛士《まうし》を用《も》ちゐて四方《しはう》を守《まも》らしめん

現代語訳　胡無人

厳しい風が霜を吹きつけて僻地の草は散り凋み、
弓と矢も堅く引き締まって胡馬の気も高ぶる。
漢の戦士は三十万を数え、
将軍は更に霍嫖姚をも従える。
流星の白矢を腰に挟み込み、
剣は秋のハスのごと、光が匣からもれる。
天子の兵が雪に照らされつつ玉門関を出れば、
胡兵《えびす》の矢は風に舞う砂のように鎧に降り注ぐ。
雲龍・風虎の陣立てをこもごも繰り出しつくせば、
太白の星が月にさしかかって、敵を伐ち滅ぼす兆《しるし》。
敵を伐ち滅ぼそう、
昴の星も消えよう。
胡人のはらわたを踏み、胡人の血の川を渡り、
胡人の首を青天の上に掲げ、
胡人の尸《しかばね》を辺塞の傍らに埋める。
胡には、さしたる人物も無く、
漢の道はいよいよ盛んなり。
陛下の寿は三千歳の久しきを得て、
ただ歌われる「大風起こり、雲は高く舞い、

勇猛なる戦士用いて、天下四方を守らせたい」と。

語注 **0 胡無人**　楽府題。『楽府詩集』巻四〇相和歌辞・瑟調曲。「胡」は異民族。ここでは特に匈奴を指す。「無人」は然るべき人材の無いこと。**1 厳風**　西晋・陸機「従軍行」（『文選』巻二八）に「涼風は厳にして且つ苛なり」。**海草**　「海」は僻遠の地。そこに生える草。**2** 秋になり匈奴の軍事活動が盛んになる。**筋幹**　弓と矢。南朝宋・鮑照「出自薊北門行」（『文選』巻二八）に「厳秋　筋竿（幹）勁く、虜陣　精にして且つ強」。**3 漢家**　「漢」は「胡」に対して中国をいう。**4 霍嫖姚**　前漢の将軍、霍去病。かつて嫖姚校尉に任じられた。**5 流星**　矢の速く飛ぶさま。**白羽**　白い羽をつけた矢。**6 剣花秋蓮**　剣の刃の輝きを秋のハスの花にたとえる。**7 天兵**　漢軍をいう。**玉関**　玉門関。漢代、甘粛省敦煌の西北に置かれた。西域と中国を隔てる関所。**8 金甲**　「甲」は、よろい。**9 雲龍・風虎**　陣形の名。**10 太白入月**　「太白」は金星。一句は天文が兵象（戦況の予兆）を示すことをいう。**12 旄頭**　星宿の名。昴。胡兵の象徴とされた。『史記』天官書に「昴を旄頭と曰ふ、胡の星なり」。**14 懸胡**　胡人の首を高所に掛ける。**15 紫塞**　辺地の長城や塞をいう。鮑照「蕪城の賦」（『文選』巻一一）に「北のかた紫塞雁門に走る」。**18 三千霜**　「霜」は年月。**19・20** 漢・高祖「歌」（『文選』巻二八）に「大風起こりて雲飛揚す、威は海内に加はりて故郷に帰る、安くにか猛士を得て四方を守らしめん」とあるのを用いる。**【詩型・押韻】**　雑言古詩。下平三蕭（凋）・四宵（驕・姚）の同用。平水韻、下平二蕭。／入声三十一洽（挿）・三十二狎（匣・甲）の同用。平水韻、入声十七洽。／上平十五灰（回・摧）。平水韻、上平十灰。／入声十六屑（血）・十七薛（滅）の同用。平水韻、入声九屑。／下平十陽（昌・霜・揚・方）・十一唐（傍）の同用。平水韻、下平七陽。

詩解　異民族との戦いをうたう。情緒的要素は排除され、戦いの緊張感をうたう描写がよどむことなく畳み掛けられて戦勝後の梟首《きゅうしゅ》にいたる。

なお「陛下の寿　三千霜、但だ歌はん大風雲飛揚、安くにか猛士を用ちゐて四方を守らしめん」の末三句を欠くテクストもある。李白についてやや厳しく評価する北宋の蘇轍が、特に本篇の末尾が漢の劉邦の「歌」を用いていることについて否定的な意見をのべている（「詩病五事」）こともあって、蕭士贇は三句は後人が勝手に付加したものとする。また本詩の内容については、当時の時事にもとづくとする説もある（たとえば安禄山の征討をうたうとするもの等）。もとよりその可能性を否定することはできないが、詩を読むにあたって限定する要はない。

北風行（北風行《ほくふうかう》）

1 燭龍棲㆓寒門㆒
2 光耀猶旦開
3 日月照㆑之何不㆑及㆑此
4 唯有㆓北風號怒天上來㆒
5 燕山雪花大如㆑席
6 片片吹落軒轅臺
7 幽州思婦十二月
8 停㆑歌罷㆑笑雙蛾摧
9 倚㆑門望㆓行人㆒
10 念君長城苦寒良可㆑哀
11 別時提㆑劍救㆑邊去
12 遺㆓此虎文金鞞釵㆒

燭龍《しよくりゆう》 寒門《かんもん》に棲《す》み
光耀《くわうえう》 猶《な》ほ旦《あした》に開《ひら》く
日月《じつげつ》之《これ》を照《て》らすも何《なん》ぞ此《ここ》に及《およ》ばざる
唯《た》だ北風《ほくふう》の號怒《がうど》して天上《てんじやう》より來《きた》る有《あ》り
燕山《えんざん》の雪花《せつくわ》 大《だい》なること席《せき》の如《ごと》し
片片吹《へんぺんふ》き落《お》つ軒轅臺《けんゑんだい》
幽州《いうしう》の思婦《しふ》 十二月《じふにぐわつ》
歌《うた》を停《や》め笑《わら》ひを罷《や》めて雙蛾《さうが》摧《くだ》く
門《もん》に倚《よ》りて行人《かうじん》を望《のぞ》み
念《おも》ふ君《きみ》が長城《ちやうじやう》の苦寒《くかん》 良《まこと》に哀《かな》しむべしと
別時《べつじ》 劍《けん》を提《さ》げ邊《へん》を救《すく》はんと去《さ》り
此《こ》の虎文《こぶん》の金鞞釵《きんへいさい》を遺《のこ》す

13 中有㆓一雙白羽箭㆒　中《なか》に一雙《いちさう》の白羽箭《はくうせん》有《あ》り
14 蜘蛛結レ網生㆓塵埃㆒　蜘蛛《ちちゆ》網《あみ》を結《むす》びて塵埃《ぢんあい》を生《しやう》ず
15 箭空在　箭《や》は空《むな》しく在《あ》るも
16 人今戰死不㆓復回㆒　人《ひと》は今《いま》戰死《せんし》して復《ま》た回《かへ》らず
17 不レ忍見㆓此物㆒　忍《しの》びず此《こ》の物《もの》を見《み》るに
18 焚レ之已成レ灰　之《これ》を焚《や》きて已《すで》に灰《はひ》と成《な》る
19 黄河捧レ土尚可レ塞　黄河《くわうが》 土《つち》を捧《ささ》げて尚《な》ほ塞《ふさ》ぐべきも
20 北風雨レ雪恨難レ裁　北風《ほくふう》 雪《ゆき》を雨《ふ》らし 恨《うら》み裁《さい》し難《かた》し

現代語訳　北風行

燭を咥《くわ》えた龍は寒門に棲み、
朝にはわずかながらも光明がもたらされる。
日や月の光はどうしてここには届かないのか、
ただ北風が怒り狂ったように天から吹き下ろす。
燕山の雪の花はむしろのように大きく、
一片また一片と軒轅の台に吹き落ちてくる。
幽州のおんなは、冬の十二月、物思いに沈み、
歌は口にせず、笑みも消え、二つ眉はやつれはてる。

門口によりかかり、旅人のいる方を眺めやって思うには、
あなたの長城での厳しい寒さは本当におかわいそう。
お別れのとき、あなたは剣を下げ、辺地の急を救いに旅立たれ、
この虎のもようを刺繍した金の弓袋をおのこしになった。
中には白い羽をつけた矢が一双あり、
蜘蛛が糸を張り、塵をかぶっています。
矢ばかりが空しくのこされましたが、
あなたは戦に命を落とされて、二度とお帰りになることはありません。
遺されたものを目にするのも耐えがたく、
焼いてしまってもはや灰となりました。
たとえ手に土をすくって黄河の水を塞き止めることができたとしても、
北風と降り注ぐ雪の恨みを断ち切ることはできません。

語注　**0 北風行**　『詩経』邶風に「北風」があり、「北風　其れ涼たり、雪を雨《ふ》らし其れ雱たり（降りしきる）」と冬の気象の厳しさをうたう。また南朝宋・鮑照「北風行」（『楽府詩集』巻六五。鮑照の集は「代北風涼行」に作る）は、これを踏まえて「北風涼たり、雪を雨らして雱たり（降りしきる）」とうたい起こし、旅に出たまま帰らぬ夫を思う女性を描く。李白の詩はこれを踏まえる。　**1 燭龍**　神話上の動物。『淮南子』墬形訓《ちけいくん》に、雁門（山西省代県）の北に人面龍身で足の無い燭龍という神獣がいたという。高誘の注によれば、龍は燭を口にくわえ、太陰（極北の暗闇の地）を照らし、身の長さは千里。目を開くと昼となり、目をつむると夜となる。息を吹くと冬となり、声を出すと夏となるという。　**寒門**　『淮南子』墬形訓に「北方なるを北極の山と曰ひ、寒門と曰ふ」とみえる。　**2 猶**　龍のくわえる燭だけのわずかな灯りながら、それでもなお。　**5 燕山**　燕（中国北方の地）の山。　**雪花**　雪を花片にたとえる。　**如席**　雪の大きさをいう。「白髪三千丈」（巻七「秋浦歌十七首」其十五）とともに、

李白の誇大な表現のひとつとして知られる。「席」は敷物、むしろ。 **6 軒轅台** 中国古代の伝説上の皇帝、黄帝（名は軒轅）ゆかりの台。黄帝が自らに刃向かった蚩尤《しゆう》を破った涿鹿（北京の西北、張家口市付近）にあったという。 **7 幽州** 今の北京市と河北省北部。 **思婦** 夫を思う妻。 **8** 楽しかった日々の歌や笑いは消え果てた。 **双蛾** 二つの眉。「蛾」は蛾眉、美しい眉をいう。 **摧** 美しさを損なう。やつれた女性の姿を眉に代表させる。 **9 望行人** 「行人」は旅人。ここでは遠く出征した夫のいる方向を望む。 **10 長城** 異民族との交戦地帯。夫の出征先。 **11 辺** 国境地域。 **12 虎文** 虎の文様。 **鞞靫** 矢を入れる道具。うつぼ、ゆき。 **14** 夫の不在の時間の長さ。 **15・16** 現存する物と帰らぬ人を対比するのは、亡き妻への思慕をうたう悼亡詩にしばしばみられる。 **19・20** 為し難いことを挙げ、絶望を強調する。 **捧土・塞** 『後漢書』朱浮伝にみえる「此れ猶ほ河浜の人の、土を捧げて以て孟津（黄河の渡し場）を塞ぐがごとし」という語を用いる。 **北風・雨雪** 注0にみえる『詩経』邶風・北風の語を用いる。【詩型・押韻】 雑言古詩。上平十三佳（釵）・十五灰（摧・回・灰）・十六咍（開・来・台・哀・埃・裁）の通押。平水韻、上平九佳・十灰の通押。

詩解 太陽の光に恵まれず、冷たい風が天上の雪を吹き下ろす北辺の地。詩の主人公は、その北地に旅立った夫を思う妻。妻のとどまる幽州の地にも、まるで席《むしろ》のような雪が降る。更なる北地はいかばかりか。夫は出かける時、美しい装飾を施した弓入れを遺していった。句を逐えば、その夫もすでに戦死して此の世にないことが知られる。遺された物と亡き人の対比は、亡き妻を夫が悼む「悼亡」詩に習見のモチーフ。ここでは見るに耐えられぬ妻は、遺された物を焚いて灰にする。

俠客行（俠客行《けふかくかう》）

1 趙客縵胡纓　趙客《てうかく》 縵胡《まんこ》の纓《えい》
2 呉鉤霜雪明　呉鉤《ごこう》 霜雪《さうせつ》明《あき》らかなり
3 銀鞍照㆓白馬㆒　銀鞍《ぎんあん》 白馬《はくば》を照《て》らし

4 颯沓如㆓流星㆒
5 十步殺㆓一人㆒
6 千里不㆑留㆑行
7 事了拂㆑衣去
8 深藏㆓身與㆒㆑名
9 閑過㆓信陵㆒飲
10 脫㆑劍膝前橫
11 將㆑炙啖㆓朱亥㆒
12 持㆑觴勸㆓侯嬴㆒
13 三杯吐㆓然諾㆒
14 五嶽倒爲輕
15 眼花耳熱後
16 意氣素霓生
17 救㆑趙揮㆓金槌㆒
18 邯鄲先震驚
19 千秋二壯士

颯沓《さふたふ》として流星《りうせい》の如《ごと》し
十步《じつぽ》に一人《いちにん》を殺《ころ》し
千里《せんり》 行《かう》を留《とど》めず
事了《ことを》はるや衣《い》を拂《はら》ひて去《さ》り
深《ふか》く身《み》と名《な》とを藏《かく》す
閑《かん》に信陵《しんりよう》に過《よぎ》りて飲《の》み
劍《けん》を脫《だつ》して膝前《しつぜん》に橫《よこ》たふ
炙《しや》を將《も》ちて朱亥《しゆがい》に啖《くら》はしめ
觴《しやう》を持《ぢ》して侯嬴《こうえい》に勸《すす》む
三杯《さんばい》 然諾《ぜんだく》を吐《は》けば
五嶽《ごがく》 倒《かへ》りて爲《ため》に輕《かる》し
眼花《めくら》み耳熱《みみねつ》する後《のち》
意氣《いき》 素霓生《そげいしやう》ず
趙《てう》を救《すく》ひて金槌《きんつい》を揮《ふる》ひ
邯鄲《かんたん》 先《ま》づ震驚《しんきやう》す
千秋《せんしう》 二《に》壯士《さうし》

20 烜　赫　大　梁　城　　烜赫《けんかく》たり大梁《だいりやう》 城《じやう》
21 縱　死　俠　骨　香　　縱《たと》ひ死《し》するも俠骨《けふこつ》香《かんば》し
22 不㆑慙㆓世　上　英㆒　　世《せ》上《じやう》の英《えい》に慙《は》ぢず
23 誰　能　書　閣　下　　誰《たれ》か能《よ》くせん 書閣《しよかく》の下《もと》
24 白　首　太　玄　經　　白首《はくしゆ》 太玄經《たいげんきやう》

現代語訳　俠客行

趙の俠客は縵胡の冠ひも、帯びる剣は呉鉤、刃は霜雪のごとく輝く。
銀の鞍は白馬を照らし、流星さながら、さっと駆けぬける。
十歩進む間に一人を殺し、千里の行く手を遮る者はない。
事成し遂げれば上着を払って立ち去り、その名のたたぬように深く身を潜める。
ゆったりと信陵君をたずねて酒を酌み、外した剣は膝の前に横たえる。
炙肉《あぶりにく》をば朱亥の肴とし、觴《さかずき》を手に侯嬴に酒を勧める。
三杯の酒に契った事の重さは、五岳さえ、かえって軽く思わせる。
目がくらみ耳が熱した後には、その意気は白い虹が立ち上るほど。
趙国を救おうと金の槌を振り下ろせば、邯鄲の人々はその功《いさお》しに震え驚く。
千秋ののちも二人の壮士の名は、大梁の町にしかと轟くであろう。
死してなおその俠骨は香り立ち、世上のいかなる英傑にも恥じぬもの。
しかれば、誰が書閣にこもり、老いさらばえて太玄経の著述を事とするだろう。

語注 **0 俠客行** 楽府題。『楽府詩集』巻六七雑曲歌辞。勇気に恃み義理を重んじる男だてをうたう。 **1 趙客** 「趙」は戦国時代の国名。現在の山西省と河北省の一部。都は邯鄲（河北省邯鄲市）。 **縵胡纓** 飾り気の無い質素な冠の紐。『荘子』説剣に「昔趙の文王 剣を喜び、剣士門を夾み客三千余人あり。……太子曰く、『然れども吾が王の見ゆる所の剣士、皆、蓬頭・突鬢・垂冠にして、曼（縵）胡の纓」。 **2 呉鉤** 「鉤」は剣の一種。刃が湾曲するもの。呉の特産であった。『呉越春秋』闔閭内伝に「闔閭（呉の王）既に莫耶（剣名）を宝とし、復た国中に命じて金鉤を作らしむ。令して曰く、能く善鉤を為る者は、之に百金を賞せん」」。 **4 颯沓** 素早いさま。畳韻の語。 **5・6** 『荘子』説剣に「臣の剣、十歩に一人、千里 行くを留めず（十歩ごとに一人を切り、千里 敵するもの無し）」。 **7 払衣** 決然と別れを告げ、立ち去る。世俗を離れ、隠棲する意を帯びる。 **9 信陵** 戦国時代末の人、魏の公子信陵君。多くの食客を抱え、魏や趙への侵攻をうかがう秦に対抗した。 **11・12 炙** 焼いた肉。 **朱亥・侯嬴** 友人どうしで「朱亥」は肉屋、「侯嬴」は七十余歳の老人。共に魏の市井の人であったが、信陵君の礼遇をうけた。秦が趙に侵攻し邯鄲を包囲したとき、趙は魏に救援を求めた。秦を恐れた魏王（信陵君の異母兄）は援軍を差し向けたが、国境に止め形勢を見ていた。趙から幾度も救援を請われた信陵君は侯嬴の授けた策に則り、兄の魏王から盗んだ割符を見せて援軍を率いる将軍晋鄙《しんぴ》に指揮の交替を命じる。晋鄙はこれを疑い、確認のため魏王に伝令を出そうとする。侯嬴の意をうけ信陵君に同行した朱亥は四十斤の鉄槌で晋鄙を殺し、信陵君は軍を進めて秦を退け邯鄲を救う。また侯嬴は信陵君が晋鄙のもとに至る日を見計らい、手向けとして自刎して果てる（『史記』魏公子列伝）。 **13・14** わずか「三杯」の酒で引き受けたものであっても、それを「五岳」より重いものとして重んじる。 **然諾** うけあう。引き受ける。 **五岳** 中国の骨組みをなす五大名山。嵩山（中岳）・泰山（東岳）・華山（西岳）・衡山（南岳）・恒山（北岳）。 **15 眼花耳熱** 酒に酔い気が高ぶるさま。 **16 素霓** 西晋・張華「壮士篇」（『楽府詩集』巻六七）に「慷慨 素霓を成す」。 **17・18** 注11・12参照。「邯鄲」、底本は「鄲邯」に作るが諸本に従って改める。 **19 二壮士** 朱亥と侯嬴。 **20 烜赫** 顕著であるさま。双声の語。 **大梁** 魏の都。今の河南省開封市の西北。 **21** 張華「博陵王宮俠曲二首」其二（『楽府詩集』巻六七）に「死して聞く（嗅ぐ）俠骨の香しきを」。 **23・24** 俠客と儒生を対比し、後者を愚かとする。 **書閣** 前漢の揚雄は天禄閣（蔵書楼）で書を校したという（『漢書』揚雄伝下）。 **白首** 白髪頭。 **太玄経** 揚雄が『周易』に倣って著した書。

【詩型・押韻】 五言古詩。下平十二庚（明・行・横・生・驚・英）・十四清（纓・名・嬴・軽・城）・十五青（星・経）の通押。平水韻、下平八庚・九青の通押。

詩解 義のためには自らの命を投げ出す俠客をうたう。1―8は本詩の主人公たる「趙客」（趙国の、とある俠客）の描写。事を為し遂げた後、名声・利益を求めない（7・8）というのは、李白がしばしばうたう美意識。9以下は、この主人公と酒を酌み交わすという趣向で、戦国時代、秦の侵攻から趙を守った三人の人物、「信陵君」と「朱亥」「侯嬴」を詩の中に導き入れ、主役が取って代わる。歴史上の人物や出来事をうたう「詠史」にも似るが、彼らを評価するのはあくまでも俠を備えていればこそ。最後は学問に励むよりも俠をよしとして結ぶ。「行行且遊獵篇」（巻三）に「儒生は及ばず遊俠の人に、白首帷を垂るも復た何の益かあらん」とうたうところと重なる。

關山月（關山月《くわんざんげつ》）

1 明月出㆓天山㆒　明月《めいげつ》 天山《てんざん》に出《い》づ
2 蒼茫雲海間　蒼茫《さうばう》たる雲海《うんかい》の間《かん》
3 長風幾萬里　長風《ちやうふう》 幾萬里《いくまんり》
4 吹度玉門關　吹《ふ》き度《わた》る玉門關《ぎよくもんくわん》
5 漢下白登道　漢《かん》は下《くだ》る白登《はくと》の道《みち》
6 胡窺青海灣　胡《こ》は窺《うかが》ふ青海《せいかい》の灣《わん》
7 由來征戰地　由來《ゆらい》 征戰《せいせん》の地《ち》
8 不㆑見㆑有㆓人還㆒　人《ひと》の還《かへ》る有《あ》るを見《み》ず

戍客望㆓邊色㆒　戍客《じゆかく》邊色《へんしよく》を望《のぞ》み
思㆑歸多㆓苦顔㆒　歸《かへ》るを思《おも》ひて苦顔《くがん》多《おほ》し
高樓當㆓此夜㆒　高樓《かうろう》此《こ》の夜《よる》に當《あ》たり
歎息未㆑應㆑閑　歎息《たんそく》して未《いま》だ應《まさ》に閑《かん》なるべからず

現代語訳　関山月

明月が天山の上にあがる、果てなく広がる雲海のあいだに。
風は何万里の道をはるか、玉門関を吹き渡る。
漢兵は白登の道を下り、胡軍は青海の入り江に隙をうかがう。
ここは古より征戦の地で、人が生きて戻ったためしはない。
とりでを守る兵は辺地の様子を望みやり、家郷への思いにみな悲しみの顔。
妻の待つ高殿ではまさにこの夜、絶え間なくため息がもれることだろう。

語注　**0 関山月**　「関山」は国境の関所の設けられた山。異民族との戦いの前線をいう。『楽府詩集』巻二三横吹曲辞・漢横吹曲として李白詩を含めて二十四首収める。　**1 天山**　青海省と甘粛省の境を東西に走る大山脈。祁連山ともいう（「祁連」は匈奴の語で天の意）。　**2 蒼茫**　広大無辺なさま。畳韻の語。　**4 玉門関**　漢代、甘粛省敦煌の西北に置かれた、西域と中国とを隔てる関所。　**5 白登**　山名。山西省大同市の北東。かつて漢の高祖が匈奴と戦い、苦戦を強いられた場所。　**6 青海湾**　「青海」は青海省の大湖、青海湖。「湾」はその入り江。杜甫「兵車行」に「君見ずや青海の頭、古来　白骨　人の収むる無し」。　**9 戍客**　辺境防衛に従事する兵士。　**辺色**　国境地域の情景。　**11・12**　故郷に残る妻の様子をうたう。「高楼」は、たかどの。妻のいる場所。魏・曹植「七哀詩」（『文選』巻二三）に「明月　高楼を照らし、流光　正に徘徊す。上に愁思の婦有り、悲歎　余哀有り」。【詩型・押韻】　五言古詩。上平二十七刪（関・湾・還・顔）・二十八山（山・間・閑）の同用。平水韻、上平十五刪。

詩解　詩題のとおり辺塞地域にあって見る月をテーマとする。広大な空間を照らす月は、現在ある異域と帰るべき故郷との対比に詩人の意識を誘う。戦役に従事する辺塞兵士の物語の背景には、独り家に残り夫を思い続ける妻がいる。征戍の詩と閨怨の作とは、一つの物語を男女それぞれに即してよみ分けたもの。その二つの空間を月の光がつなぐ。1―10句に辺塞の情景と従軍兵士をうたってきた詩は、末二句に至って、同じ月に照らされた家郷の妻に焦点を転じる。

獨漉篇（獨漉篇《どくろくへん》）

1 獨漉水中泥
2 水濁不レ見レ月
3 不レ見レ月尚可
4 水深行人沒
5 越鳥從レ南來
6 胡雁亦北度
7 我欲二彎レ弓向レ天射一
8 惜三其中道失二歸路一
9 落葉別レ樹
10 飄零隨レ風
11 客無レ所レ託

獨漉水中《どくろくすいちゅう》の泥《どろ》
水濁《みづにご》りて月《つき》を見《み》ず
月《つき》を見《み》ざるは尚《な》ほ可《か》なるも
水深《みづふか》ければ行人沒《かうじんぼつ》す
越鳥《ゑつてう》　南《みなみ》より來《きた》り
胡雁《こがん》も亦《ま》た北《きた》より度《わた》る
我《われ》　弓《ゆみ》を彎《ひ》き天《てん》に向《む》かひて射《い》んと欲《ほっ》するも
其《そ》の中道《ちゆうだう》に歸路《きろ》を失《うしな》ふを惜《を》しむ
落葉《らくえふ》　樹《き》に別《わか》れ
飄零《へうれい》として風《かぜ》に隨《したが》ふ
客《かく》　託《たく》する所無《ところな》きは

12 悲與㆑此同　　悲《かな》しみ此《これ》と同《おな》じ

13 羅帷舒巻　　羅帷《らゐ》 舒巻《じよけん》するは

14 似㆓有㆑人開㆒　　人有《ひとあ》りて開《ひら》くに似《に》たり

15 明月直入　　明月《めいげつ》 直《ただ》ちに入《い》るも

16 無㆓心可㆑猜　　心《こころ》の猜《さい》すべき無《な》し

現代語訳　独漉篇

よどみによどんだ水中のどろ、
水は濁って月を映さず。
月の見えぬはまだよいが、
水の深いは羇旅の身を沈める。
越の雁は南からやってきて、
胡の雁も北からわたってきた。
弓を引き絞って天に矢を放とうとするも、
彼らが故郷に帰る道を失うことが惜しまれる。
葉が枝を離れて落ち、
風のまにまにひるがえる。
旅人の身の寄る辺ないのと、
さながら同じ悲しみをいだく。

うすもののとばりが揺れるのは、
まるで誰かが開こうとしているかのよう。
明るい月が部屋にさし込むけれど、
光の心をうたがうには及ばない。

語注　**0 独漉篇**　「独漉」（「独禄」「独鹿」とも表記）は未詳。河北省にある山の名（『漢書』武帝紀）とも、剣の名（『荀子』成相）であるとも、また本詩の措辞と畳韻の語であることから水が泥に濁るさまとも解しうる。『楽府詩集』巻五五舞曲歌辞・雑舞・斉払舞歌に「独禄辞」がある。その古辞に「独禄独禄、水深くして泥濁る、泥濁るは尚ほ可なるも、水深ければ我を殺す」とある。本作の冒頭四句はこれを踏まえるものであろう。『楽府詩集』同巻。**5・6 越**　南方。今の浙江省紹興市を中心とする地域。**胡**　中国北西部の異民族の住む地域。「古詩十九首」其一（『文選』巻二九）に「胡馬は北風に依り、越鳥は南枝に巣くふ」。**9・10** 西晋・傅玄「雑詩」（『文選』巻二九）に「落葉　風に随ひて摧け、一たび絶えて流光の如くならん」。**13—16** 風と月のみを友とするの意か。**羅帷**　うすぎぬのとばり。**舒巻**　広がったり巻いたりする。**猜**　疑念をもって推し量る。

雄剣挂㆑壁
時時龍鳴
不㆑斷㆓犀象㆒
羞澁苔生
國恥未㆑雪
何由成㆑名

雄剣《ゆうけん》　壁《かべ》に挂《か》くれば
時時《じじ》に龍鳴《りゆうめい》す
犀象《さいざう》を斷《た》たざれば
羞澁《しうじふ》して苔生《こけしやう》ず
國恥《こくち》　未《いま》だ雪《すす》がず
何《なに》に由《よ》りてか名《な》を成《な》さん

23 神鷹夢澤　　神鷹《しんよう》は夢澤《ぼうたく》にて
24 不レ顧二鴟鳶一　　鴟《し》鳶《えん》を顧《かへり》みず
25 爲レ君一撃　　君《きみ》が爲《ため》に一撃《いちげき》して
26 搏二鵬九天一　　鵬《ほう》を九天《きうてん》に搏《う》たん

現代語訳

壁にかけたままの雄剣は、
時に龍のごとき声を発す。
犀や象を切り断つこともなく、
ぐずぐずとして苔も生えようもの。
国の恥をそそがずにいて、
どうして名を立てることができようか。
神の遣わした鷹は雲夢の沢で、
鳶《とび》など一顧だにしない。
ただ君のために一撃し、
高空に大鵬をこそうち落とそう。

語注

17・18 才有りながら用いられないことを剣にたとえる。 **雄剣** 『捜神記』巻一一に「楚の干将莫耶、楚王の為に剣を作り、三年にして乃ち成る。……剣に雌雄有り」と。 **龍鳴** 『拾遺記』（『太平御覧』巻三四四）に「顓頊高陽氏（伝説上の天子、五帝の一）に画影剣、騰空剣有り。……未だ用ひられざる時は匣中に在りて常に龍虎の如く吟ず」。 **19** **犀象** 共に皮革の硬い動物。 **20** **羞渋** ぐずぐずとためらうさま。 **23—26** すぐれた鷹は大鵬のような己にふさわしい獲物のみをねらう。 **神鷹** 戦国楚の文王は狩猟を好んだ。ある人が献じた鷹の凡庸ならざるをみて、雲夢沢に狩りに出かけた。その鷹は遠く雲際を見つめていたが、さっと飛び上がったかと思うと、白い羽を雪と散らし、赤い血を雨と降らして大きな鳥が落ちてきた。博物の士がいうにはそれは大鵬の雛だという（『幽明録』、『太平広記』巻四六〇）。**夢沢** 楚の大沼沢地、雲夢沢。**鴟鳶** トビの類。凡鳥をいう。**鵬** 伝説上の大鳥。大鵬とも。『荘子』逍遥遊などに見える。李白に自らをこれに比す「大鵬の賦」（巻二五）がある。**九天** 八方および中央の天。上に大きく広がる空の中からただ「鵬」のみを撃とうという。【詩型・押韻】雑言古詩。入声十月（月）・入声十一没（没）の同用。平水韻、入声六月。／去声十一暮（度・路）。平水韻、去声七遇。／上平一東（風・同）。平水韻、上平一東。／上平十六咍（開・猜）・平水韻、上平十灰。／下平十二庚（鳴・生）・下平十四清（名）の同用。平水韻、下平八庚。／下平一先（鳶）・二仙（天）の同用。平水韻、下平一先。

詩解 やや謎めいた措辞で意をとりにくい。前段は、冒頭に月を映さぬ濁り水をうたい、末尾にふたたび部屋にさし入る月の光にもどる。「行人」「越鳥」「胡雁」「帰路」「落葉」「客」などの語と合わせてみれば、故郷を離れた旅人の寄る辺ない思い、とばりを揺らす風と部屋にさす月影のみを友とする、孤独の道行きをうたうようにも似る。

後段は、まず自らを「雄剣」にたとえ、篇名の「独漉」を剣の名とする一説にも通じる。さらに「鵬」を撃とうという「神鷹」になぞらえ、前段の「越鳥」「胡雁」を射落とそうとする「我」と一筋の脈絡を通わせる。一篇を通してみれば、いつの日にか自らの才を発揮すべく、雌伏の旅を続ける男の像が浮び上る。

楊叛兒（楊叛兒《やうはんじ》）

1 君歌楊叛兒　　君《きみ》は歌《うた》ふ楊叛兒《やうはんじ》
2 妾勸新豐酒　　妾《せふ》は勸《すす》む新豐《しんほう》の酒《さけ》
3 何許最關レ人　　何《いづ》れの許《ところ》か最《もつと》も人《ひと》に關《くわん》する

4 烏啼白門柳
5 烏啼隱二楊花一
6 君醉留二妾家一
7 博山鑪中沈香火
8 雙煙一氣凌二紫霞一

烏《からす》は啼《な》く白門《はくもん》の柳《やなぎ》
烏《からす》は啼《な》きて楊花《やうくわ》に隠《かく》れ
君《きみ》は酔《ゑ》ひて妾《せふ》が家《いへ》に留《とど》まる
博山鑪《はくさんろ》中《ちゆう》　沈香《ちんかう》の火《ひ》
雙煙一氣《さうえんいちき》　紫霞《しか》を凌《しの》ぐ

現代語訳　楊叛兒

あなたは歌う楊叛児、
わたしは勧める新豊の酒。
どこに最も魅せられる？
カラスは啼く白門の柳で。
カラスは啼いて柳の綿毛にすがたを隠し、
あなたは酔ってわが家にお泊まりくださる。
博山鑪のなかの沈香の火、
二すじの煙が一つとなって茜雲の上に。

語注　**0 楊叛兒**　『楽府詩集』巻四九に清商曲辞・西曲歌として、古辞八首、梁武帝、陳後主、そして李白の作を収める。『通典』巻一四五楽五・雑歌曲によれば、斉の隆昌年間（四九四年）、宮中に出入りしていた女巫の子、楊旻《ようびん》にまつわる童謡に「楊婆児」と歌われていたのが訛って「楊叛児」となったという。なお題及び詩中の「楊」字、底本は「陽」に作るが改める。**2 妾**　女性の一人称。**新豊**　地名。李白「妓の金陵子を出して盧六に呈す四首」其二（巻二四）に「南国　新豊の酒」という句があり、南宋・陸游「入蜀記」（巻一、六月十六日）では、丹陽（江蘇省鎮江）近郊の新豊に立ち寄った際に、李白詩「南国　新豊の酒」の新豊はここであろうと記す。なお、長安近郊にも新豊があり、王維「少年行四首」其一に「新豊の美酒、斗十千」とうたう。いずれにしても美酒の産地として用いる。**3何許**　どこ。場所をきく疑問詞。**関人**　人の気持ちを動かし、誘いこむ。惹きつける。**4白門**　南京（金陵）の門で南京を象徴する地名。南京都城の南門、宣陽門を俗に白門と称した（『宋書』明帝紀）。李白「金陵の酒肆にて留別す」（巻一三）に「白門の柳花　満店香《かんば》し、呉姫　酒を圧し　客を喚びて嘗めしむ」。**5楊花**　柳の綿毛、柳絮。**7博山鑪**　巧緻な装飾が施された香炉。上には海中の仙山を象った山が彫られ、下には水を湛えた皿を置き海に象ったという。**沈香**　南方産の貴重な香木。緻密な木質で水にのせると沈むという。**8**二筋の煙が一つとなって天に上るのは、男女の和合を象徴する。「煙」字、底本は「咽」に作るが諸本に従って改める。**紫霞**　日の光に色づく雲。【詩型・押韻】雑言古詩。上声四十四有（酒・柳）。平水韻、上声二十五有。／下平九麻（花・家・霞）。平水韻、下平六麻。

詩解　元の歌は斉梁期に長江流域に生まれた民間の歌謡で、「西曲」に分類されるもの。こうした歌謡の多くは男女の恋愛を主題とし、しばしば男女の掛け合いが見られる。古辞として伝わるものの多くは五言四句であるが、李白は古辞の一つに「暫く出づ白門の前、楊柳　烏を蔵すべし。歡《きみ》は沈水の香と作《な》り、儂《われ》は博山の炉と作る」とあるのを踏まえ、女性の口吻を写す八句に展開する。

柳に啼く烏は柳の綿毛に休らい、男もまた酒に酔って女の家に泊まる。奔放と倦怠がない交ぜとなり、やがて香炉の中の二筋の香煙が一つとなって立ち上るクライマックス。肉感的なエロティシズムがむせ返るように横溢する。

山人勸㆑酒（山人《さんじん》酒《さけ》を勸《すす》む）

1　蒼蒼雲松　　蒼蒼《さうさう》たる雲松《うんしよう》
2　落落綺皓　　落落《らくらく》たる綺皓《きかう》
3　春風爾來爲㆓阿誰㆒　　春風《しゆんぷう》爾來《なんぢきた》るは阿《あ》誰《すい》の爲《ため》にする

胡蝶忽然滿㆓芳草㆒
秀眉霜雪桃花貌
骨青髓緑長美好
稱是秦時避㆑世人
勸㆑酒相歡不㆑知㆑老
各守㆓麋鹿志㆒
恥㆑隨㆓龍虎爭㆒
欻起佐㆓太子㆒
漢皇乃復驚
顧謂㆓戚夫人㆒
彼翁羽翼成
歸來商山下
泛若㆓雲無㆒㆑情
擧㆑觴酹㆓巢由㆒
洗㆑耳何獨清
浩歌望㆓嵩嶽㆒

胡蝶《こてふ》　忽然《こつぜん》として芳草《はうさう》に滿《み》つ
秀眉《しうび》霜雪《さうせつ》　桃花《たうくわ》の貌《ばう》
骨《こつ》は青《あを》く髓《ずい》は緑《みどり》に　長《とこ》しへに美好《びかう》
稱《しよう》す是《こ》れ秦時《しんじ》世《よ》を避《さ》くる人《ひと》
酒《さけ》を勸《すす》め相歡《あひよろこ》びて老《おい》を知《し》らず
各〻《おのおの》麋鹿《びろく》の　志《こころざし》を守《まも》り
龍虎《りゆうこ》の爭《あらそ》ひに隨《したが》ふを恥《は》づ
欻《たちま》ち起《た》ちて太子《たいし》を佐《たす》け
漢皇《かんくわう》乃《すなは》ち復《ま》た驚《おどろ》く
顧《かへり》みて戚夫人《せきふじん》に謂《い》ふ
彼《か》の翁《おきな》　羽翼《うよく》成《な》れりと
歸《かへ》り來《きた》る商山《しやうざん》の下《もと》
泛《はん》として雲《くも》の情《じやう》無きが若《ごと》し
觴《さかづき》を擧《あ》げて巢由《さういう》に酹《らい》す
耳《みみ》を洗《あら》ふ何《なん》ぞ獨《ひと》り清《きよ》き
浩歌《かうか》して嵩嶽《すうがく》を望《のぞ》めば

20 意氣還相傾

意氣《いき》 還《ま》た相傾《あひかたむ》く

現代語訳 山人酒を勧める

青々とした、雲に届くほどの松、
ゆったりとした綺里季ら四皓。
春風よ、吹き来るは誰のため。
蝶はにわかに香りよき草に満ちて飛ぶ。
秀でた眉は霜雪のように白く、顔は桃のように紅く、
骨は青く髄は緑に、すがたは常に若々しい。
秦のとき世を避けてこの山に隠れたとのことだが、
楽しげに酒を勧めあって老いの至るを知らぬげだ。
おのおの山中にあって野の鹿とともに遊ぶ志を守り、
天下をめぐる龍虎の争いに関わることを恥とした。
たちまち山を下りて太子を助けたとき、
漢の天子さまもこれには驚いた。
振り返って戚夫人に告げるには、
かの老人らが太子の羽翼《たすけ》となったと。
こと終わって商山に帰りきたること、
無心の雲がふわりと浮かび漂うよう。
酒杯を挙げて巣父と許由に捧げよう、

耳の汚れを水で洗うことのみが清かろうか。
高らかに歌って嵩山を望みやり、
その意気は、かなたを凌がんばかり。

語注　**0 山人勧酒**　『楽府詩集』巻六〇琴曲歌辞に載せるが、他の詩人の同題の作はみえない。「山人」は俗世を棄て山に住まう人。**2 落落**　心が伸びやかなさま。また、抜きんでて優れるさま。**綺皓**　秦代、始皇帝の暴政を避けて商山（陝西省商洛市）に隠棲した四人の博士、商山四皓の一人、綺里季。他の三人は、東園公・夏黄公・甪里《ろくり》先生。一人を挙げて四人を代表させる。**3 阿誰**　誰か、とたずねる疑問詞。**4 胡蝶**　「蝴蝶」に同じ。**5 秀眉**　老人の長い眉。**桃花貌**　血色よく艶やかな顔。**6 骨青髄緑**　常人と異なる仙骨の備わるをいう。底本は「青髄緑髪」に作るが、諸本に従って改める。後漢の蔣子文は「常に自ら謂へらく、己の骨は清し、死すれば当に神と為るべし」と（『捜神記』巻五）。**9** 山中に隠棲し野生動物と共に暮らす志を守った。『孟子』尽心上に「舜の深山の中に居るや、木石と居り、鹿豕（鹿や豚）と遊ぶ」。「麋（オオジカ）」字、底本は「兎」に作るが諸本に従って改める。**10** 秦末から漢にかけての群雄の争いに関わることを避けた。「龍虎」は、楚の項羽と漢の劉邦をいう。**11―14** 漢の高祖（劉邦）は太子を廃し、代わって寵愛する戚夫人の子を立てようとした。太子の母呂后がこれを恐れて張良に相談したところ、張良は策を授けて四皓を太子の元に招かせる。後日、太子が高祖の宴席に出向いたとき四皓も同行したが、高祖は自らが招いても姿を見せなかった四皓が太子のそばにいるのを怪しみ理由をたずねると、四皓は「太子の人と為り仁孝恭敬、士を愛し、天下頸を延ばし、太子の為に死せんことを欲せざるはなし」と太子を高く評価する。高祖は戚夫人に対して四皓を指さし、「我　之を易へんと欲するも、彼の四人　之を輔く。羽翼（輔佐）已に成り、動かし難し。呂后は真に而《なんぢ》が主たり」と告げ、太子を廃することを止める（『史記』留侯世家）。**17・18** 天下に関わることを避け、世を捨てて山に隠れるばかりが尊いわけではない。**酹**　本来は神を祭るために、酒を土や水に注ぐこと。ここでは捧げる意。**巣由**　巣父と許由。共に古代の隠士。**洗耳**　堯が許由に天下を譲ろうとしたとき、許由は汚れたことを聞いたと清らかな水でその耳を洗った（『高士伝』上）。**19 嵩岳**　五岳の一つ、中岳嵩山。巣父・許由のいた場所。**【詩型・押韻】**雑言古詩。上声三十二皓（皓・草・好・老）。平水韻、上声十九皓。／下平十二庚（驚）・十三耕（争）・十四清（成・情・清・傾）の同用。平水韻、下平八庚。

詩解　秦・始皇帝の時の混乱を避けて商山に隠棲した四人の博士、四皓。やがて秦に代わって天下を統一した漢の高祖劉邦が、側室戚夫人の懇請を受けて呂后の生んだ皇太子（劉盈、後の恵帝）を廃し、戚夫人の子、劉如意を新たに太子に立てようとする。その時、創業の功臣張良の策を受けた太子の要請により、四皓は再び人々の前に姿を現す。かつて自らが招聘しても肯わなかった四皓が太子のために山を下りてきたのを見て、高祖は太子廃嫡を取りやめる。

帝位の後継争いは、国家のもといが成ったばかりの漢王朝にとっては大きな問題であった。四皓は国の混乱を自らの行動によって未然に防いだことになる。李白の本篇は、天下の政事に与ることを潔しとせず隠棲に固執した巣父・許由と比べて、出処進退に自若たる四皓の行動を評価する。また功を成した後の恬淡たるふるまいもまた、李白の美意識にかなうものであった。

とはいえ、そうした歴史の経緯を背景にしつつも、詩の中では山中でのゆったりと酒を酌み交わす春風駘蕩たる日々の描写に筆が費やされる。「山人勧酒」という詩題もこれに呼応する。歴史上の出来事や物語を別の側面から、あるいはその一場面に焦点を当てて描くのも、たとえば桃花源の物語をうたう「古風五十九首」其の三十一（巻二）のように、李白詩にしばしば見られるところ。

于闐採レ花（于闐《うてん》花《はな》を採《と》る）

1 于闐採レ花人　　于闐《うてん》 花《はな》を採《と》る人《ひと》
2 自言花相似　　自《みづか》ら言《い》ふ花相似《はなあひに》たりと
3 明妃一朝西入レ胡　　明妃《めいひ》 一朝《いつてう》 西《にし》のかた胡《こ》に入《い》れば
4 胡中美女多羞死　　胡中《こちゅう》の美女《びぢょ》 多《おほ》く羞死《しうし》す
5 乃知漢地多ニ名姝一　　乃《すなは》ち知《し》る 漢地《かんち》に名姝《めいしゅ》多《おほ》く
6 胡中無三花可ニ方比一　　胡中《こちゅう》 花《はな》の方比《はうひ》すべき無《な》きを

7 丹青能令㆓醜者妍㆒
8 無鹽翻在㆓深宮裏㆒
9 自㆑古妬㆓蛾眉㆒
10 胡沙埋㆓皓齒㆒

丹青《たんせい》　能《よ》く醜者《しうしや》をして妍《けん》ならしむ
無鹽《ぶえん》　翻《かへ》りて深宮《しんきゆう》の裏《うち》に在《あ》り
古《いにしへ》より蛾眉《がび》を妬《ねた》み
胡沙《こさ》　皓齒《かうし》を埋《うづ》む

現代語訳　于闐に花を採る

于闐の地で花を摘む人は、
花はどの地も似たものと思っていた。
しかし明妃が一朝、西のかた胡の地に入ると、
胡の美女たちはみな恥じ入ってしまった。
そこで知ったのは、漢には名だたる麗人が多く、
胡には比べるべき花のないこと。
絵描きが醜女も見目麗しく描きあげたため、
醜い無塩もかえって宮居の奥に住まうことに。
むかしから美しき蛾眉は妬まれて、
胡地の砂にその白い歯が埋められる。

語注　**0 于闐採花**　楽府題。『楽府詩集』巻七三雑曲歌辞。無名氏の古辞は「山川　所を異にすと雖も、草木　尚ほ春を同じくす。亦た溱洧《しんゐ》の地の如く、自ら花を採る人有り」と、中国も外国も、共に春は同じく訪れ、そこには花を摘む人がいるとうたう。「于闐」は西域の地名。「溱洧」は溱水と洧水の流域で今の河南省のあたり。『詩経』鄭風・溱洧では、男女の出会いの場としてうたわれる。　**3 明妃**　前漢・元帝（在位前四八年—前三三年）の宮女、王嬙《おうしょう》、字は昭君。西晋・文帝（司馬昭）の諱を避け

て明君、明妃ともいう。匈奴の虖《こ》韓邪《かんや》単于《ぜんう》に嫁ぎ一子をもうけ、単于の死後は即位した別妻の子に再嫁して二女を産む。漢に戻ることなく胡地で生を終えた（『漢書』匈奴伝、元帝紀）。**胡**　西北の異民族の地域。**4 羞死**　ひどく恥じ入る。**5 名姝**　名のある美人。「姝」は美女。**6 方比**　匹敵する。**7** 元帝は画工に宮女の肖像を描かせ、それによって寵愛する女を選んだ。女たちはみな美しく描かせるため画工に賄賂を贈ったが、昭君だけは贈らなかったため醜く描かれた。匈奴が王妃を漢に求めた際、元帝は醜く描かれた昭君を選ぶ（『西京雑記』巻二）。**丹青**　絵画、あるいは画工。**妍**　美しい。**8 無塩**　戦国時代、斉の無塩の人、鍾離春（『列女伝』斉鍾離春、『新序』雑事二など）。醜女の代名詞とされる。**9・10 蛾眉**　美女の眉、また美女の意。**皓歯**　白く美しい歯。美女の歯、また美女をいう。前漢・枚乗「七発」（『文選』巻三四）に「皓歯蛾眉は、命《な》づけて性を伐《そこな》ふの斧と曰ふ」。**【詩型・押韻】**雑言古詩。上声五旨（死・比）・六止（似・裏・歯）の同用。平水韻、上声四紙。

詩解　王昭君の物語の枠組みに則りつつ、漢の美と胡の醜を対比してうたう。漢の元帝の宮女王昭君は匈奴の要請を受けて胡地に送られる。異土に送られ艱難を嘗め、そのまま異土に骨を埋めることとなった美女王昭君の物語は、女性を主人公とする代表的な悲劇の一つとして、様々な文芸に取り上げられることとなる。

ただ、この詩が主題とするところは、王昭君その人の悲劇ではないようにも見受けられる。7・8「丹青　能く醜者をして妍ならしむ、無塩　翻りて深宮の裏に在り」がいうのは、何らかの人為によって本来の価値に顚倒がもたらされたこと。そして陥れられた者は、「古より蛾眉を妒み、胡沙　皓歯を埋む」というように、その備える美点ゆえに他の人々の嫉妬によって身を滅ぼす。自らの才に恃みながら他者の嫉妬によって進む道を閉ざされた者の、怨嗟にも似た感情をここに読み取ることが可能であるならば、それは王昭君一人の悲劇ではないはずだ。

王昭君二首　其一（王昭君《わうせうくん》二《に》首《しゆ》 其《そ》の一《いち》）

1 漢家秦地月　　漢家《かんか》 秦地《しんち》の月《つき》

2 流影照㆓明妃㆒
3 一上㆓玉關道㆒
4 天涯去不㆑歸
5 漢月還從㆓東海㆒出
6 明妃西嫁無㆓來日㆒
7 燕支長寒雪作㆑花
8 蛾眉憔悴沒㆓胡沙㆒
9 生乏㆓黄金㆒枉圖畫
10 死留㆓青塚㆒使㆓人嗟㆒

流影《りうえい》 明妃《めいひ》を照《て》らす
一《ひと》たび玉關《ぎよくくわん》の道《みち》に上《のぼ》れば
天涯《てんがい》 去《さ》りて歸《かへ》らず
漢月《かんげつ》 還《ま》た東海《とうかい》より出《い》づるも
明妃《めいき》 西《にし》に嫁《とつ》ぎて來《きた》る日《ひ》は無《な》し
燕支《えんし》長《とこ》しへに寒《さむ》く雪《ゆき》は花《はな》と作《な》り
蛾眉《がび》憔悴《せうすい》して胡沙《こさ》に沒《ぼつ》す
生《い》きては黄金《わうごん》に乏《とぼ》しく枉《ま》げて圖畫《づぐわ》せられ
死《し》しては青塚《せいちよう》を留《とど》めて人《ひと》をして嗟《なげ》かしむ

現代語訳　王昭君　其の一

漢の国に秦の地の月、
流れる光が明妃を照らす。
ひとたび玉門関への道に発てば、
空の果てに去って帰ることはない。
漢の月はまた東の海から上ることはあっても、
明妃が西に嫁いで再び戻る日はない。
燕支の山はいつも寒く雪が花と降り、

蛾眉はやつれ果てて胡地の砂に没す。
生きては黄金乏しく醜く絵に描かれ、
死んでは青草の塚を残して人の悲しみを誘う。

語注 **0 王昭君** 前漢・元帝（在位前四八年—前三三年）の宮女、王<ruby>嬙《おうしょう》、字は昭君。匈奴の虖韓邪単于《こかんやぜんう》に嫁ぎ一子をもうけ、単于の死後は別妻の子に再嫁して二女を産む。漢に戻ることなく胡地で生を終えた（『漢書』匈奴伝、元帝紀）。彼女についてはやがて次のような伝説が形成される。元帝は宮女が多かったため、画工に肖像をかかせ、それによって寵愛する女を選んだ。女たちはみな画工に金銭を贈り美しく描かせたが、昭君だけは賄賂を贈らなかったため醜く描かれた。匈奴が王妃を漢に求めた際、元帝は醜く描かれた昭君を選ぶ。旅立ちの際、引見した元帝は王昭君の美貌に驚くが、もはや約に背くこともできず、やむなく王昭君を嫁がせた（『西京雑記』巻二）。楽府「王昭君」はこの故事をうたう。なお昭君は西晋・文帝（司馬昭）の諱を避けて明君、明妃ともいう。『楽府詩集』巻二九相和歌辞・吟歎曲。**1 漢家** 漢王朝、漢の王室。**秦** 漢が都を置く長安を中心とする地域。**2 流影** 月の光。**明妃** 王昭君。**3 玉関道** 玉門関（甘粛省敦煌の西北）へと続く道。実際には玉門関は西域への出口であって、匈奴の支配地域である北方へ続く道とは異なるが、李白は異域への道としてこの語を用いている。**7 燕支** 山名。甘粛省張掖市の東南にあり、匈奴の支配領域の代表的な山。「臙脂」とも書く。**8 蛾眉** 細長く湾曲した眉。美女の眉、あるいは女性の美貌をいう。**胡沙** 胡地（異民族の地）の砂漠。**9 画工に贈賄しなかったため醜く描かれたことをいう。**「枉」は不当に、不正に。**10 青塚** 王昭君の墓。伝説では、彼の地の草はみな白かったが王昭君の墓のまわりだけは青い草が茂ったという（後漢・蔡邕『琴操』）。【詩型・押韻】雑言古詩。上平八微（妃・帰）。平水韻、上平五微。／入声五質（日）・六術（出）の同用。平水韻、入声四質。／下平九麻（花・沙・嗟）。平水韻、下平六麻。

詩解 求められて漢から匈奴に嫁いだ宮女、王昭君をうたう。王昭君の物語は次第に悲劇的な脚色を強め、詩歌以外の文芸ジャンルにも取り上げられてゆく。其の一は、物語のアウトラインに沿って語り進む。

冒頭「漢家　秦地の月、流影　明妃を照らす」は、漢の宮女が異土に嫁ぐ悲劇を強調する。「漢」「秦」はいずれもこの地が中国の中心にあることをいい、そこにさし昇る月と西に旅行く王昭君を対比する。月が再び東から昇ることはあっても、王昭君は二度と戻ることはない。末尾の二句、「生きては黄金に乏しく枉げて図画せられ、死しては青冢を留めて人をして嗟かしむ」は、画工に賄賂を送らなかったため醜く描かれ、匈奴に嫁がされることになったこと、そしてその死後、彼女の墓の周囲にのみ青草が繁ったという、いずれも彼女の悲劇を彩る逸事をうたう。

其二（其《そ》の二《に》）

1　昭　君　拂㆓玉　鞍㆒　　昭君《せうくん》　玉鞍《ぎよくあん》を拂《はら》ひ
2　上㆑馬　啼㆓紅　頰㆒　　馬《うま》に上《のぼ》りて紅頰《こうけふ》啼《な》く
3　今　日　漢　宮　人　　今日《こんにち》　漢宮《かんきゆう》の人《ひと》
4　明　朝　胡　地　妾　　明朝《みやうてう》　胡地《こち》の妾《せふ》

現代語訳　其の二
昭君は玉の鞍をさっと払い、馬にのれば紅の頬に涙が伝う。
今日は漢の宮室の人、明日はえびすの地の小婦。

語注　**1 玉鞍**　白玉で作られた鞍。または鞍の美称。　**4 妾**　めかけ。側室。王昭君は実際には匈奴王の皇后（閼氏《えんし》）として嫁いだ。【詩型・押韻】五言絶句。入声二十九葉（妾）・三十帖（頰）の同用。平水韻、入声十六葉。

詩解　其の一が王昭君の悲劇を概括的に提示するのに対し、其の二は、旅立ちの一瞬をとらえたスナップ。いままさに鞭を払って馬に乗る瞬間、頬を伝う涙に映像の焦点をしぼる。
後半の「今日　漢宮の人、明朝　胡地の妾」の二句は、王昭君の悲劇をわずか十字に集約したものとして名高い。王昭君の悲劇なるものの根底にあるのが、中国の宮女が夷狄に嫁ぐという卑辱にあったことを物語っている。事実としては匈奴王の后妃として嫁いだにもかかわらず、「妾」と称するところにもそれはうかがわれる。後世、北宋の王安石「明妃曲二首」其の二の「漢恩自ら浅くして胡恩は深し、人生　楽しきは相知の心に在り」の句をはじめ、この点は後世しばしば議論のもととなった。

荊州歌（荊州歌《けいしうか》）

1 白帝城邊足㆓風波㆒
2 瞿塘五月誰敢過
3 荊州麥熟繭成㆑蛾
4 繰㆑絲憶㆑君頭緒多
5 撥穀飛鳴奈㆑妾何

白帝城邊《はくていじやうへん》風波《ふうは》足《た》る
瞿塘《くたう》五月《ごぐわつ》誰《たれ》か敢《あ》へて過《す》ぎん
荊州《けいしう》麥熟《むぎじゆく》して繭《まゆ》蛾《が》と成《な》る
絲《いと》を繰《く》りて君《きみ》を憶《おも》へば頭緒《とうしよ》多《おほ》し
撥穀《はつこく》飛《と》び鳴《な》きて妾《せふ》を奈何《いかん》せん

現代語訳　荊州歌

白帝城のあたりには風と波がつきもので、
水かさのます夏五月の瞿塘峡を誰が通ろうとなさいましょう。
荊州では麦が熟して繭が蛾となり、
糸を繰りつつあなたをおもえば、胸に浮かぶ数多《あまた》のよしなしごと。
布穀鳥《ふふどり》の鳴き飛ぶ季節、わたしはいったいどうしましょう。

語注　**0 荊州歌**　『楽府詩集』巻七二雑曲歌辞。「荊州」は湖北省江陵を中心とする地域。長江中流にあたる。　**1 白帝城**　夔州

（四川省奉節県）の長江を臨む山上にあった城。新から後漢初にかけて蜀に拠った群雄の一人公孫述は、宮殿の前の井戸から龍が出たことを祥瑞として白帝城と名づけたという。**2 瞿塘**　白帝城の東にある峡谷の名でいわゆる三峡の一つ。川の中に灔預《えんよ》堆《たい》という大石が横たわる難所であった。夏には水嵩を増し暗礁となるため舟人は舟行を恐れたという。**3 麦熟**　梁・簡文帝「荊州歌」（『楽府詩集』巻七二）に「雉飛び麦熟して　妾は君を思ふ」。**4 繰糸**　生糸を繰り出す。「糸」は生糸。3の「繭」の縁語。また同音の「思」の意味を寓す。**頭緒**　心に浮かぶさまざまな思い。「緒」は繭から糸を繰り出す先端、いとぐち。**5 撥穀**　鳥の名。郭公。布穀とも。その鳴き声に由来する名。**妾**　女性の一人称。【詩型・押韻】七言古詩。下平七歌（蛾・多・何）・下平八戈（波・過）の同用。平水韻、下平五歌。

詩解　荊州にある妻が、長江を遡って旅する夫を思う。夫の旅行く先には三峡があり、その一つ瞿塘峡の灔預堆は夏には水かさを増して暗礁と化す。同時にまた麦が熟して繭も蛾となり、さらに撥穀（布穀鳥、すなわち郭公）が鳴く季節の訪れ。夫の旅だった後の時の経過に思慕はいよいよ募る。

相逢行（相逢行《さうほうかう》）

1 相逢紅塵內　　相逢《あひあ》ふ紅塵《こうぢん》の內《うち》
2 高揖黄金鞭　　高揖《かういふ》す黄金《わうごん》の鞭《むち》
3 萬戶垂楊裏　　萬戶《ばんこ》　垂楊《すいやう》の裏《うち》
4 君家阿那邊　　君《きみ》が家《いへ》　阿那《あだ》の邊《へん》

現代語訳　相逢行

紅塵のちまたに出会い、黄金の鞭を振り上げて軽く挨拶。

しだれ柳のむこう数々の屋敷、君の家はいったいどちら。

語注 **0 相逢行** 「相逢狭路行」あるいは「長安有狭斜行」ともいう。『楽府詩集』巻三四相和歌辞・清調曲。古辞は、道で偶然出会った都会の上流階級の若者が、一方の屋敷に招かれ、その豪奢な生活を描くという内容。 **1** 古辞に「相逢ふ狭路の間」と。 **紅塵** 砂ぼこりが日の光に紅く輝くさま。特に華やかな都会の塵をいう詩語。 **2 高揖** 鞭を高く振り上げて挨拶する。 **3 垂楊** シダレヤナギ。都会の景物としてたとえば斉・謝朓「鼓吹曲」(『文選』巻二八)に「飛甍 馳道を夾み、垂楊 御溝を蔭《おほ》ふ」とうたわれる。 **4 阿那** 口語でどこ。場所を問う。柳の葉の茂り、しなやかに揺れるさまをいう語「婀娜」と音が通じる。【詩型・押韻】五言絶句。下平一先(辺)・二仙(鞭)の同用。平水韻、下平一先。

詩解 やや長編の古辞を、李白は都市の高貴の家の若者が街角で出会った際の、一瞬のやりとりを切り取るスナップにアレンジする。「どこ?」と尋ねる口語「阿那」の使用、またそれが「婀娜」と通じて篇中にみえる柳のしなやかな様に重なるところなど、歌謡らしい雰囲気を醸し出す。

古有所思（古有所思《こいうしよし》）

1 我 思二仙 人一
2 乃 在二碧 海 之 東 隅一
3 海 寒 多二天 風一
4 白 波 連レ山 倒二蓬 壺一
5 長 鯨 噴 湧 不レ可レ渉
6 撫レ心 茫 茫 涙 如レ珠

我《われ》 仙人《せんにん》を思《おも》ふ
乃《すなは》ち碧海《へきかい》の東隅《とうぐう》に在《あ》り
海寒《うみさむ》くして天風《てんぷう》多《おほ》く
白波《はくは》 山《やま》を連《つら》ねて蓬壺《ほうこ》を倒《さかしま》にす
長鯨噴湧《ちやうげいふんよう》して渉《わた》るべからず
心《むね》を撫《ぶ》して茫茫《ばうばう》 涙珠《なみだたま》の如《ごと》し

7 西來青鳥東飛去
8 願寄㆓一書㆒謝㆓麻姑㆒

西《にし》より來《きた》る青鳥《せいてう》 東《ひがし》に飛《と》び去《さ》る
願《ねが》はくは一書《いつしよ》を寄《よ》せて麻姑《まこ》に謝《しや》せん

現代語訳　古有所思

我は仙人を思う。
はるか碧海の東隅にあり。
海は寒く天を常に風が吹き抜け、
白波が山を連ねて蓬壺の仙山を覆さんばかり。
大きな鯨が潮を噴き上げ、とても渉れはせぬ。
胸をうてば涙は珠を連ねてしとど流れる。
西より来た青鳥が東に飛び去ろうとしている。
どうか手紙を麻姑に寄せて思いを伝えたいもの。

語注　**0 古有所思**　楽府題。『楽府詩集』巻一七鼓吹曲辞・漢鐃歌。『楽府詩集』巻一六に「有所思」古辞があり、自分を裏切った男に対して思いを断ち切ろうとする女性の心をうたう。　**1・2**　「有所思」古辞の「思ふ所有り、乃ち大海の南に在り」とうたい起こしに則りつつ、思う対象を「仙人」とし、詩の主題を仙界への希求に転換する。　**碧海**　神話的世界の海。『海内十洲記』に「扶桑は東海の東岸に在り。……東に復た碧海有り。……水既に鹹苦ならず。正に碧色を作し、甘香味美なり」。　**3 天風**　楽府「飲馬長城窟行」古辞（『文選』巻二七）に「枯桑　天風を知り、海水　天寒を知る」。　**4 蓬壺**　蓬萊。東海にあるとされる伝説上の仙山。　**5 長鯨**　李白「古風五十九首」其三（巻二）に「長鯨　正に崔嵬（聳える）たり。……波を揚げて雲雷を噴く」。　**6 撫心**　胸を手でうつ。哀しみ、嘆きを表すしぐさ。　**茫茫**　多いさま。　**7 青鳥**　仙女の使い。漢の武帝が西王母（仙界の女主）の降臨を待っていると「青鳥」が西方から現れる（『漢武故事』）。　**8 謝**　ことばを告げる。　**麻姑**　仙女の名。

「向に蓬萊に到れば、水も又、往昔より浅し」（『神仙伝』巻三「王遠」）。【詩型・押韻】雑言古詩。上平十虞（隅・珠）・十一模（壷・姑）の同用。平水韻、上平七虞。

詩解 「有所思」の古辞は女性が主人公。「大海の南」にいる思い人に贈り物を用意するが、男の心変わりを知ってその贈り物を焼き棄て思いを断ち切ろうと誓う。しかし歌はそのあと、かつての逢い引きの時の心の震えを映すことばを綴って結ばれる。女性の強い、しかし繊細な恋情をうたう。

中国古典詩ではしばしば男性同士の友情や臣下から君主に向けられる思いが、男女間の恋愛感情のように表現されるが、ここでは仙界への希求がまさに仙女への恋慕のようにうたわれる。対象を隔てる海が波立ち接近を妨げるのも、あたかも恋愛における障壁のように、主人公の焦がれる思いをかきたてる。仙界への憧憬をしばしばうたう李白らしいアレンジである。

久別離（久別離《きうべつり》）

1 別來幾春未還レ家
2 玉窗五見櫻桃花
3 況有二錦字書一
4 開レ緘使二人嗟一
5 此腸斷
6 彼心絕
7 雲鬟綠鬢罷二攬結一
8 愁如三回飆亂二白雪一

別來幾春《べつらいいくしゆん》か未《いま》だ家《いへ》に還《かへ》らず
玉窗《ぎよくさう》 五《ご》たび見《み》る櫻桃《あうたう》の花《はな》
況《いは》んや錦字《きんじ》の書《しよ》有《あ》り
緘《かん》を開《ひら》けば人《ひと》をして嗟《なげ》かしむ
此《こ》の腸斷《ちやうた》え
彼《か》の心絕《こころた》ゆ
雲鬟 綠鬢《うんくわんりよくびん》 攬結《らんけつ》を罷《や》む
愁《うれ》ひは回飆《くわいへう》の白雪《はくせつ》を亂《みだ》すが如《ごと》し

9 去年寄レ書報二陽臺一

去年《きよねん》 書《しよ》を寄《よ》せて陽臺《やうだい》に報《ほう》ず

10 今年寄レ書重相催

今年《こんねん》 書《しよ》を寄《よ》せて重《かさ》ねて相催《あひうなが》す

11 東風兮東風

東風《とうふう》 東風《とうふう》

12 爲レ我吹二行雲一使二西來一

我《わ》が爲《ため》に行雲《かううん》を吹《ふ》きて西《にし》に來《きた》らしめよ

13 待レ來竟不レ來

來《きた》るを待《ま》てども竟《つひ》に來《きた》らず

14 落花寂寂委二青苔一

落花寂寂《らくくわせきせき》として青苔《せいたい》に委《ち》る

現代語訳　久別離

お別れしてから幾度か春が行き過ぎても、いまだお帰りにならず、
窓辺に五たびユスラウメの花を目にしました。
そのうえ、あなたからいただいた錦のお便りを前にして、
封を開けて読み返せば、悲しみが募ります。
わたしの胸は張り裂け、
あなたのお気持ちは途絶えたまま。
雲なす緑の髪を結い上げることもなく、
愁いは風にひるがえる雪のように行きつ戻りつします。
去年、書を認《したた》めて陽台にお知らせしました。
今年もまた、書を認めて重ねてお帰りをお願いしました。
東風よ、東風よ。

わたしのために空行く雲を西に吹き寄せて。
待てども待てどもついにいらっしゃらない。
花はそっとそっと庭の青い苔のうえに散ってゆく。

語注　**0 久別離**　『楚辞』九歌・少司命に「悲しきは生別離より悲しきは莫し」、また「古詩十九首」其一（『文選』巻二九）に「行き行きて重ねて行き行き、君と生別離す」など、離別の悲しみをうたう表現があり、それらを踏まえた作品が、「古別離」「長別離」「遠別離」等と題して作られた（『楽府詩集』巻七一、七二）。本篇もその一つ。『楽府詩集』巻七二雑曲歌辞。**2** 花咲く春を五回閲した。**桜桃**　ユスラウメ。春に白もしくは薄桃色のサクラに似た花を咲かせ、サクランボに似た小さな実を結ぶ。**3 錦字書**　前秦の竇滔の妻蘇氏は、夫が遠地に左遷されたとき、夫を思う情をつづった詩を錦に織り込み夫に送った（『晋書』列女伝・竇滔妻蘇氏）。ここではこの逸話を借りつつ、夫の来信を尊んでいうものと解す。**4 緘**　書信の封。**5・6** 夫と妻の思いの対比。**7 雲鬟緑鬢**　女性の豊かでつややかな髪をいう。美しい髪を整えないのは、夫の不在のため。**攬結**　手で結い上げる。**9 陽台**　楚の襄王が高唐に遊んだ際、夢に現れた美女と枕を交わした。巫山の神女であった女は、朝には雲となり暮れがたには雨となって陽台のもとにいると告げて立ち去る（先秦・宋玉「高唐の賦」、『文選』巻一九）。ここでは夫のいる場所。夫との再会をせめて夢にでもかなえたいと、この語を用いるものと解す。**11 東風兮**　底本は「胡爲乎」に作るが、諸本に従って改める。「兮」は語調をととのえる語。**12 行雲**　夫をたとえる。**14 委**　散り落ちる。「萎」に通じる。**【詩型・押韻】**　雑言古詩。下平九麻（家・花・嗟）。平水韻、下平六麻。／入声十六屑（結）・十七薛（絶・雪）の同用。平水韻、入声九屑。／上平十五灰（催）・十六咍（台・来・苔）の同用。平水韻、上平十灰。

詩解　閨中の思婦のうた。夫は旅に出たまま、窓辺に五たび「桜桃」の花を見る。花の咲き匂う季節は、独り過ごす寂寞の思いにひとしお誘われる。夫には幾度も便りを寄せるが帰ってこない。巫山の神女は朝には雲となり夕べには雨となって「陽台」のもとに現れると楚王に告げて立ち去ったという。その神女のようにせめて雲となり雨となってでも姿を見せて欲しいと願い、つづく「行雲」の語につなげる。末句に散る花は、冒頭の「桜桃」と呼応する。

採蓮曲（採蓮曲《さいれんきよく》）

1 若耶溪傍採蓮女
2 笑隔二荷花一共レ人語
3 日照二新粧一水底明
4 風飄二香袖一空中擧
5 岸上誰家遊冶郎
6 三三五五映二垂楊一
7 紫騮嘶入二落花一去
8 見レ此踟躕空斷腸

若耶溪傍《じやくやけいばう》　採蓮《さいれん》の女《をんな》
笑《わら》ひて荷花《かくわ》を隔《へだ》てて人《ひと》と共《とも》に語《かた》る
日《ひ》は新粧《しんさう》を照《て》らして水底《すいてい》に明《あき》らかに
風《かぜ》は香袖《かうしう》を飄《ひるがへ》して空中《くうちゆう》に擧《あ》ぐ
岸上《がんじやう》　誰《た》が家《いへ》の遊冶郎《いうやらう》
三三五五《さんさんごご》　垂楊《すいやう》に映《えい》ず
紫騮《しりう》　嘶《いなな》きて落花《らくくわ》に入《い》りて去《さ》らんとす
此《これ》を見《み》て踟躕《ちちゆう》し空《むな》しく斷腸《だんちやう》す

現代語訳　採蓮曲

若耶渓の傍らでハスを摘むおんな、
ハスの花越しに笑みを浮かべてことばを交わす。
日は装いたての姿を水に明るく映し、
風は香りよき袖を空に舞わせる。
岸辺ではいったいどこの浮かれものか、
三々五々と連れだってしだれ柳の下を行き交う。

黒鹿毛の駿馬が嘶き、落花に包まれ去ろうとするとき、
目にした娘たちは、たちもとおって胸を焦がす。

語注 **0 採蓮曲** 梁・武帝が西曲（長江中流域で行われた、恋愛をうたうことを主とする民謡）にもとづいて作ったという「江南弄」七曲のなかに「採蓮曲」があり（『楽府詩集』巻五〇）、あわせて後の詩人がこれを承けて作ったものも収められる。李白の作もその一つ。「採蓮」はハスの花や実を摘む。「蓮」はまた同音の「恋」に通じる。**1 若耶渓** 会稽（浙江省紹興市）の東南にある渓谷。春秋時代の越の国の伝説の美女西施がハスを摘み紗《うすぎぬ》を浣《あら》ったところという。李白「子夜呉歌」夏歌（巻六）に「鏡湖三百里、菡萏 荷花発く、五月 西施採る、人看れば若耶に溢《あふ》る」とうたわれる。**3 新妝** 装ったばかりの姿。**水底** 水面あるいは水の中。**5 遊冶郎** 遊び人、放蕩もの。**6 映垂楊** しだれ柳の枝越しに見え隠れする。**7 紫騮** 「騮」は身体が赤く鬣《たてがみ》の黒い馬。「紫」はその体色のやや暗いこと（黒鹿毛《くろかげ》など）をいうか。ここでは駿馬の意。**8 踟躕** 前に進むのをためらう。双声の語。**断腸** 心が揺さぶられる。【詩型・押韻】七言古詩。上声八語（女・語・挙）。平水韻、上声六語。／下平十陽（楊・腸）・下平十一唐（郎）の同用。平水韻、下平七陽。

詩解 江南の恋のうた。前半は若耶渓にハスを摘む若い女性を描く。若耶渓は春秋時代の伝説の美女西施ゆかりの渓谷。花と艶を競う娘たち。水にキラキラと太陽の日差しが輝き、ハスの花越しに嬌声が聞こえてくる。後半は駿馬に跨がった若者たち。岸辺の柳の枝に見え隠れしつつ進む。柳の綿毛であろうか、「落花」に包まれて立ち去ろうとするその時、ふと娘たちは彼らの姿を目にし心を奪われる。なおグスタフ・マーラー「大地の歌」の第四曲「美について」は本詩を元にしている。

白頭吟（白頭吟《はくとうぎん》）

1 錦水東北流　　錦水《きんすい》 東北《とうほく》に流《なが》れ
2 波蕩雙鴛鴦　　波《なみ》は蕩《ゆる》がす雙鴛鴦《さうゑんあう》

雄巣漢宮樹
雌弄秦草芳
寧同㆓萬死㆒碎㆓綺翼㆒
不㆑忍雲間兩分張
此時阿嬌正嬌妬
獨坐㆓長門㆒愁㆓日暮㆒
但願君恩顧㆑妾深
豈惜黄金買㆓詞賦㆒
相如作㆑賦得㆓黄金㆒
丈夫好㆑新多㆓異心㆒
一朝將㆑娉茂陵女
文君因贈白頭吟
東流不㆑作西歸水
落花辭㆑條羞㆓故林㆒

雄《ゆう》は巣《す》くふ漢宮《かんきゆう》の樹《じゆ》
雌《し》は弄《ろう》す秦草《しんさう》の芳《はう》
寧《むし》ろ萬死《ばんし》を同《おな》じくして綺翼《きよく》を碎《くだ》くも
忍《しの》びず雲間《うんかん》に兩《ふた》つながら分張《ぶんちやう》するに
此《こ》の時《とき》　阿嬌《あけう》　正《まさ》に嬌妬《けうと》し
獨《ひと》り長門《ちやうもん》に坐《ざ》して日暮《にちぼ》に愁《うれ》ふ
但《た》だ願《ねが》ふ君恩《くんおん》の妾《せふ》を顧《かへり》みること深《ふか》きを
豈《あ》に惜《を》しまん黄金《わうごん》もて詞賦《しふ》を買《か》ふを
相如《しやうじよ》　賦《ふ》を作《つく》りて黄金《わうごん》を得《え》たり
丈夫《ぢやうふ》　新《しん》を好《この》みて異心《いしん》多《おほ》し
一朝《いつてう》　將《まさ》に娉《へい》せんとす茂陵《もりよう》の女《をんな》
文君《ぶんくん》　因《よ》りて贈《おく》る白頭吟《はくとうぎん》
東流《とうりう》は作《な》らず西歸《せいき》の水《みづ》に
落花《らくくわ》　條《えだ》を辭《じ》して故林《こりん》に羞《は》づ

現代語訳　白頭吟

錦水は東北に流れ、

波はつがいのオシドリを揺らす。
雄は漢の宮殿の樹に巣をかけ、
雌は秦の地の花をついばむ。
鮮やかな翼を損なって幾たび一緒に命を落とそうとも、
雲のまにまに二つに裂かれるよりはよい。
さてはそのとき、阿嬌は妬心を抱き、
ひとり長門宮でわびしい夕暮れをかこっていた。
みかどがわたしに深い情けをおかけくださるなら、
心をうつ文章のためにどうして黄金を惜しみましょう。
かくて司馬相如は賦を作って黄金を手に入れたが、
男は新しもの好きで二心を抱きがち。
あるとき、茂陵の女を迎え入れようとしたところ、
卓文君はそこで「白頭吟」を贈った。
水は東に流れ去れば西に帰ることはなく、
枝を離れた花は元の林の木に戻ることを恥とする。

語注 **0 白頭吟** 楽府題。『楽府詩集』巻四一相和歌辞・楚調曲。前漢の司馬相如が他の女に心を移して妾にしようとしたとき、妻の卓文君はその不実を責めるために「白頭吟」を作った。それをみて司馬相如は女を迎えることをやめたという(『西京雑記』巻三)。古辞は『玉台新詠』巻一、『楽府詩集』巻四一に収める。 **1 錦水** 蜀の成都を流れる錦江のこと。蜀の特産である錦をこの川で洗うと鮮やかな色に仕上がったという。司馬相如・卓文君は成都に住んでいた。「白頭吟」古辞に「溝水 東西に流る」。 **2 鴛鴦** おしどり。つがいとなれば片時も離れないとされる鳥。 **3・4** 「雄」「雌」は2の「鴛鴦」を承け、次第に人

間の男女のありかたへと意味を移す。「漢宮」は漢の宮殿、長安にある。「秦草」もまた長安の地の草。**5・6**　離ればなれになるよりは一緒に死んだ方がよい。**万死**　いくども死ぬ。**分張**　別れる。**7 阿嬌**　漢・武帝の陳皇后の幼名。武帝のいとこにあたる。幼き日、武帝は「若し阿嬌を得て婦と作さば、当に金屋を作りて之を貯ふべし」といったという（『漢武故事』）。**嬌妒**　嫉妬深い。**8 長門**　長安の郊外にあった宮殿の名。武帝の寵愛が衛氏に移ったあと、陳皇后が呪詛しているとの噂がたったため、陳皇后は長門宮に蟄居することを命じられた（『漢書』外戚伝上）。**10・11**　長門宮にあった陳皇后は、武帝の寵愛を取り戻そうと賦の名手であった司馬相如に百金を与え、武帝の心を動かすようにと賦を作らせた。武帝はその賦を読んで再び陳皇后を愛するようになったという（「長門の賦並びに序」、『文選』巻一六）。なおこの事も賦も『史記』『漢書』には見えない。**12 異心**　浮気心。**13・14**　注0を参照。**茂陵**　地名。司馬相如が妾に迎えようとしたのはこの地の女であった。**15・16**　過ぎてしまったことは元には戻らない。楽府「長歌行」古辞（『文選』巻二七）に「百川　東して海に到れば、何れの時にか復た西に帰らん」。

17 兎絲故無情　　兎絲《とし》 故《もと》より無情《むじやう》
18 隨レ風任二傾倒一　　風《かぜ》に隨《したが》ひて傾倒《けいたう》に任《まか》す
19 誰使二女蘿枝　　誰《たれ》か女蘿《ぢよら》の枝《えだ》をして
20 而來強縈抱一　　而來《じらい》 強《し》ひて縈抱《えいはう》せしむ
21 兩草猶一心　　兩草《りやうさう》すら猶《な》ほ一心《いちしん》
22 人心不レ如レ草　　人心《じんしん》 草《くさ》に如《し》かず
23 莫レ卷龍鬚席　　卷《ま》く莫《な》かれ龍鬚《りゆうしゆ》の席《せき》
24 從三他生二網絲一　　他《た》の網絲《まうし》を生《しやう》ずるに從《まか》す

25 且留琥珀枕
26 或有㆓夢來時㆒
27 覆水再收豈滿㆑杯
28 棄妾已去難㆓重回㆒
29 古時得㆑意不㆓相負㆒
30 祇今惟見青陵臺

且《か》つは留《とど》めよ琥珀《こはく》の枕《まくら》
或《ある》いは夢《ゆめ》に來《きた》る時《とき》有《あ》らん
覆水《ふくすい》 再《ふたた》び收《をさ》むるも豈《あ》に杯《はい》に滿《み》たん
棄妾《きせふ》 已《すで》に去《さ》りて重《かさ》ねて回《かへ》り難《がた》し
古時《こじ》 意《い》を得《え》て相負《あひそむ》かざるは
祇《た》だ今《いま》 惟《た》だ見《み》る青陵臺《せいりやうだい》

現代語訳

ネナシカズラはもとより心を持ち合わせず、
風のままにどちらにも身を傾かせる。
誰がサルオガセの枝を、
わざわざ絡みつかせたでしょう。
ふたつの草さえ心をひとつにしているのに、
人の心は草にも及びません。
あの思い出の龍鬚の敷物は巻いたりしないで、
蜘蛛の巣をかけても構いませんから。
あの琥珀の枕もまずは残しておいてください、
夢のなかで姿を見せることもあるかもしれません。
こぼれてしまった水を戻そうにも、元の杯を満たすことができましょうか。

棄てられたわたしが立ち去ってしまえば、二度と帰ることはありません。
むかし、思いを遂げてのち背かなかったのは、
いま、おもえばあの青陵台のふたりだけ。

語注 **17―20** 「兎糸」はネナシカズラ。「女蘿」はサルオガセ。いずれも他の植物に巻きついて寄生する。「古詩十九首」其八（『文選』巻二九）に「君と新婚を為すは、兎糸の女蘿に附くがごとし」。**無情** 人間のような感情や意識を持ち合わせない。**23 龍鬚席** 「龍鬚」は植物。それで編んだ敷物。男女和合の場にふさわしい上等な敷物をいう。「長楽佳」（『玉台新詠』巻一〇、『楽府詩集』巻四五）に「紅羅の複斗帳（二重のかや）、四角に珠璫（玉の飾り）垂る、玉枕と龍鬚の席、郎は何処の牀に眠る」。**25 琥珀** 宝玉の一つ。樹脂が地中にあって化石となったもの。**27** 太公望呂尚が周の文王に仕える前、その妻は彼の老いて貧しいことを嫌って去った。出世したのち妻が訪れて再び仕えたいと言ったが、呂尚は盆水を覆し、水を盆に戻してみよと言ったという。また『後漢書』光武本紀に「反水（覆水）収めず、後悔すとも及ぶ無し」。**30 青陵台** 古くから伝わる説話に次のようにある。宋の康王は侍従韓憑（韓朋とも）の美しい妻に横恋慕して奪い、韓憑を青陵台を作る工事の労役に従事させる。妻は死を誓う心を隠語に託して夫に伝え、それを見た韓憑は自殺し、妻もまた台上から身を投げて自殺する。妻は韓憑とともに葬ってほしいと遺言するが、王は許さず塚を別にして埋葬させた。すると数日のうちに梓の木が生え、十日もたつと下では根が絡み、上では枝が交わるようになった。やがて一対の鴛鴦が住み着き、首を交えて悲しげに鳴くようになり、人々はその木を「相思樹」と呼んだ（『捜神記』ほか）。【詩型・押韻】雑言古詩。下平十陽（鴦・芳・張）。平水韻、下平七陽。／去声十遇（賦）・十一暮（妬・暮）の同用。平水韻、去声七遇。／下平二十一侵（深・金・心・吟・林）。平水韻、下平十二侵。／上声三十二皓（倒・抱・草）。平水韻、上声十九皓。／上平七之（糸・時）。平水韻、上声四支。／上平十五灰（杯・回）・上平十六咍（台）の同用。平水韻、上平十灰。

詩解 妻が二心を抱いた夫を責めるうた。古辞は主体を卓文君に擬し、他の女性に思いを寄せた司馬相如に向けることばで一貫する。李白の詩は、前段では古辞を踏まえつつ武帝の寵愛の衰えた陳皇后が司馬相如に帝の寵愛が戻るようにと賦の作成を依頼したこと、相如がそれに応えて金を得たこと、その金を得た相如が他の女に心を移したこと、そしてそれを悲しんで卓文君が

「白頭吟」を相如に贈ったことをうたう。後段では前段を踏まえ、女性の口吻を通して男性の不実をそしるというやや複雑な構成に展開する。参考までに次に古辞を掲げる。

皚如二山上雪一　皎若二雲間月一　皚たること山上の雪の如く　皎たること雲間の月の若し
聞君有二両意一　故来相決絶　聞く君に両意有りと　故らに来りて相決絶す
今日斗酒会　明旦溝水頭　今日　斗酒の会　明旦　溝水の頭
蹀二躞御溝上一　溝水東西流　御溝の上に蹀躞すれば　溝水　東西に流る
凄凄復凄凄　嫁娶不レ須レ啼　凄凄　復た凄凄　嫁娶　啼くを須ゐず
願得二一心人一　白頭不二相離一　願はくは一心の人を得て　白頭まで相離れざらんことを
竹竿何嫋嫋　魚尾何蓰蓰　竹竿　何ぞ嫋嫋たる　魚尾　何ぞ蓰蓰たる
男児重二意気一　何用二銭刀一為　男児は意気を重んず　何ぞ銭刀を用ゐるを為さん

なお、李白にはいま一篇の「白頭吟」が伝わるが、右に挙げた一篇と主題、措辞とも重なるところが多い。おそらくは創作の過程に生まれた別バージョンが何らかの事情で残され、底本に編入されたと思われる。李白にはこうした別バージョンが伝わる作品がしばしば見受けられる。

結襪子（結襪子《けつべつし》）

1 燕南壮士呉門豪　燕南《えんなん》の壮士《さうし》　呉門《ごもん》の豪《がう》
2 筑中置レ鉛魚隠レ刀　筑中《ちくちゆう》に鉛《なまり》を置《お》き　魚《うを》に刀《かたな》を隠《かく》す
3 感二君恩重一許二君命一　君《きみ》が恩《おん》の重《おも》きに感《かん》じて　君《きみ》に命《めい》を許《ゆる》す
4 太山一擲軽二鴻毛一　太山一擲《たいざんいってき》　鴻毛《こうもう》より軽《かる》し

現代語訳　結襪子

燕の国の壮士高漸離《こうぜんり》と呉国の豪傑専諸《せんしょ》、
かたや筑の中に鉛を仕込み、かたや魚に刀を潜ます。
君が恩の重きに感じ、君に玉の緒を捧げようと、
太山をなげうつように身を捨てる、鴻毛より軽しと。

語注　0　『楽府詩集』巻七四雑曲歌辞。「襪（子）」は足袋。「結」はその紐を結ぶ。「結襪」は、身を屈して年長者、あるいは徳望ある人に敬意を表すことをいう。ここでは相手の恩や意気に感じて自らの命を投げ出す意か。あるいは単に曲名ともいう。

1　**燕南壮士**　刺客の荊軻《けいか》の遺志を継ぎ秦の始皇帝を暗殺しようとした燕の人、高漸離（『史記』刺客列伝）。　**呉門豪**　呉の公子光（後の呉王闔廬《こうりょ》）の恩義に感じて呉王僚《りょう》を刺殺した専諸（『史記』刺客列伝）。　2　**筑中置鉛**　荊軻が死んだ後、始皇帝は高漸離が荊軻の友であることを知りながら、筑（琴に似た弦楽器）の名手であることを惜しみ、その目をつぶして身近に置いた。高漸離は筑の中に鉛を仕込み、機会をうかがって始皇帝を撃とうとしたが、失敗して誅殺された。　**魚隠刀**　呉の専諸は自らを厚く遇してくれた公子光のため、宴席の料理の焼魚の中に匕首を隠して呉王僚に近づき、その胸を刺して殺した。王位に就いた光は専諸の子を卿（大臣）に取り立てた。　3　**許**　与えることを誓う。　4　**太山**　「泰山」に同じ。五岳の一つ、東岳。きわめて重いもの、命をたとえる。　**擲**　投げる。　**鴻毛**　おおとりの毛。きわめて軽いもの。『燕丹子』下に荊軻の言として、「聞く、烈士の節、死に太山より重き有り、鴻毛より軽き有るは、但だ用の在る所を問ふのみ」と。前漢・司馬遷「任少卿に報ずる書」（『文選』巻四一）にも同じ趣旨のことばが見える。【詩型・押韻】七言絶句。下平六豪（豪・刀・毛）。平水韻、下平四豪。

詩解　李白は、しばしば歴史や伝承の中の一場面を切り取って詩に仕立てる。ここでは、場面を描くのではないが、始皇帝を暗殺しようとした高漸離と呉王を暗殺した専諸の逸事をテーマに、両者の意気を「太山一擲　鴻毛より軽し」の一句に集約する。重い命を「太山」に、それに対する軽いものを「鴻毛」にたとえるのは『燕丹子』ならびに司馬遷「任少卿に報ずる書」を承けるが、友情や恩義に報いる刺客の心ばえを鮮やかな一句にとりまとめたところが李白の本領であろう。

結客少年場行（結客少年場行《けつかくせうねんぢやうかう》）

1 紫燕黄金瞳　紫燕《しえん》 黄金《わうごん》の瞳《ひとみ》
2 啾啾搖㆓綠髮㆒　啾啾《しうしう》として綠髮《りよくそう》を搖《ゆ》らす
3 平明相馳逐　平明《へいめい》 相《あひ》馳《ち》逐《ちく》し
4 結㆑客洛門東　客《かく》と結《むす》ぶ 洛門《らくもん》の東《ひがし》
5 少年學㆓劍術㆒　少年《せうねん》 劍術《けんじゆつ》を學《まな》び
6 凌轢白猿公　凌轢《りようれき》す白猿公《はくゑんこう》
7 珠袍曳㆓錦帶㆒　珠袍《しゆはう》 錦帶《きんたい》を曳《ひ》き
8 匕首插㆓吳鴻㆒　匕首《ひしゆ》 吳鴻《ごこう》を插《さ》す
9 由來萬夫勇　由來《ゆらい》 萬夫《ばんぷ》の勇《ゆう》
10 挾㆓此英雄風㆒　此《こ》の英雄《えいゆう》の風《ふう》を挾《はさ》む
11 託㆑交從㆓劇孟㆒　交《まじ》はりを託《たく》して劇孟《げきまう》に從《したが》ひ
12 買㆑醉入㆓新豐㆒　醉《え》ひを買《か》ひて新豐《しんほう》に入《い》る
13 笑盡一杯酒　笑《わら》ひて盡《つ》くす 一杯《いつぱい》の酒《さけ》
14 殺㆑人都市中　人《ひと》を殺《ころ》す 都市《とし》の中《うち》

15 羞レ道易水寒　道《い》ふを羞《は》づ　易水寒《えきすいさむ》しと
16 従レ令二日貫一レ虹　日《ひ》をして虹《にじ》を貫《つらぬ》かしむるに従《まか》す
17 燕丹事不レ立　燕丹《えんたん》　事立《ことた》たず
18 虚没二秦帝宮一　虚《むな》しく秦帝宮《しんていきゅう》に没《ぼっ》す
19 武陽死灰人　武陽《ぶやう》　死灰《しくわい》の人《ひと》
20 安可二與成一レ功　安《いづ》くんぞ與《とも》に功《こう》を成《な》すべけんや

現代語訳　結客少年場行

紫燕の馬は黄金の瞳、艶めく鬣《たてがみ》をさわさわと揺らす。

夜明けより馳せ駆けあい、洛陽の門東で侠客と交わる。

歳若き頃より学んだ剣術は、白猿公を圧倒する腕前。

珠飾りの上着に錦の帯、腰に差すあいくちは呉鴻のわざもの。

もとより万夫に優る勇、英雄の風気を更に重ねる。

心を寄せて劇孟に従い、酔いを求めて新豊に出かける。

笑って一杯の酒を飲み干すや、街中で人をさっと手にかける。

かの荊軻のように「易水寒し」などと口にするのは恥ずべきこと、むざむざ日に虹を貫かせてしまった。

燕の太子丹の事は成らず、空しく秦の帝宮に命を落とした。

顔色死灰の如き武陽など、どうしてともに功を成しとげられようか。

語注　**0 結客少年場行**　楽府題。『楽府詩集』巻六六雑曲歌辞に南朝宋・鮑照以下の作と共に載せる。鮑照の作は『文選』巻二八にも採られ、題は魏・曹植「結客篇」（李善注）の冒頭に「客と結ぶ少年の場」とうたうのに基づく。「結客」は俠客と交わりを結ぶ意。**1 紫燕**　駿馬の名。**2 啾啾**　先秦・屈原「離騒」に「玉鸞の啾啾たるを鳴らす」。王逸の注に「啾啾は鳴る声なり」。**緑鬉**　「緑」は艶ある黒。「鬉」は、たてがみ。**6 凌轢**　威圧する。双声の語。**白猿公**　古代の剣の名人。『呉越春秋』句践陰謀外伝にみえる。**7 珠袍**　珠で飾られた上着。鮑照「結客少年場行」に「錦帯に呉鉤（剣）を佩ぶ」。また梁・王僧孺「古意」に「朝風　錦帯を吹き、落日　珠袍に映ず」。**8 匕首**　短剣。**呉鴻**　春秋時代、呉王闔廬《こうりょ》は鉤（刃の湾曲した剣）を好み、好い鉤を作ったものには百金を賞すると告げた。ある剣工が賞を欲して自分の二子を殺しその血を鉤に塗って仕上げた。その一子の名を「呉鴻」といった（『呉越春秋』闔廬内伝）。**9 万夫勇**　万夫に長ずる勇気。**11 劇孟**　漢代、洛陽の遊俠の徒。呉楚七国の乱の折、鎮圧に派遣された周亜夫は途中で俠客として知られた劇孟を味方に得て言った、「呉楚は大乱を起こしながら劇孟ほどの人物を求めようとしなかった。彼らは何ほどのこともできないだろう」と（『史記』遊俠列伝）。**12 新豊**　長安近郊の地名。美酒の産地。**15 易水**　今の河北省を流れる河川。秦王政（後の始皇帝）を刺殺するため荊軻《けいか》が旅立つ際、易水のほとりで歌う歌に「風蕭蕭として易水寒し、壮士　一たび去りて復た還らず」（『史記』刺客列伝）。**16 日貫虹**　「日」は刺殺の対象である王の象徴。『史記』鄒陽伝に「昔者、荊軻　燕丹（燕の太子、丹）の義を慕ひて、白虹　日を貫く」。本来は荊軻の殺意が「虹」となって「日」を貫くはずだが、逆に「日」が「虹」を貫ぬく、すなわち失敗に終ったことをいう。**17・18**　秦王の暗殺が失敗に終わり、荊軻らは秦宮で殺される。**19 武陽**　秦王暗殺のため荊軻に同行した若者。**死灰人**　秦王の前に出た武陽は恐怖のため震え、顔色が真っ青となった。『燕丹子』下に「武陽大いに恐れ、両足　相過ぐる能はず。面は死灰の色の如し」。【詩型・押韻】五言古詩。上平一東（瞳・鬉・東・公・鴻・風・豊・中・虹・宮・功）。平水韻、上平一東。

詩解　俠客をうたう。まず若く美しく、そして腕が立つ。また粋に装って、わざものを身につける。交わるのは相応の人物ばかり。俠客が備えるべき要素を書き込みつつ、一人の人物の姿を詩の中に形作る。「笑ひて尽くす　一杯の酒、人を殺す　都市の中」、破顔の後の一瞬に人を殺すところに、義のためには殺人すら気に留めない「俠」の美を際やかに切り取る。末六句は、史上最も名高い刺客荊軻と、その蹉跌の元となった武陽を引く。仮に我であれば事も成ったであろう、との意気であろう。

長干行二首　其一　（長干行二《ちようかんかうに》首《しゆ》　其《そ》の一《いち》）

1 妾髪初覆レ額　妾《せふ》が髪《かみ》 初《はじ》めて額《ひたひ》を覆《おほ》ひ

2 折レ花門前劇　花《はな》を折《を》りて門前《もんぜん》に劇《たは》むる

3 郎騎二竹馬一來　郎《らう》は竹馬《ちくば》に騎《の》りて來《きた》り

4 遶レ牀弄二青梅一　牀《しやう》を遶《めぐ》りて青梅《せいばい》を弄《ろう》す

5 同居二長干里一　同《おな》じく長干里《ちやうかんり》に居《を》り

6 兩小無二嫌猜一　兩《とも》に小《をさ》なく嫌猜《けんさい》無《な》し

7 十四爲二君婦一　十四《じふし》 君《きみ》が婦《ふ》と爲《な》り

8 羞顏未二嘗開一　羞顏《しうがん》 未《いま》だ嘗《かつ》て開《ひら》かず

9 低レ頭向二暗壁一　頭《かうべ》を低《た》れて暗壁《あんへき》に向《む》かひ

10 千喚不二一回一　千《ち》たび喚《よ》べども一《ひと》たびも回《めぐ》らさず

11 十五始展レ眉　十五《じふご》 始《はじ》めて眉《まゆ》を展《の》べ

12 願同二塵與一レ灰　願《ねが》はくは塵《ちり》と灰《はひ》とを同《おな》じくせん

13 常存二抱柱信一　常《つね》に抱柱《はうちゆう》の信《しん》を存《そん》し

14 豈上望夫臺　豈《あ》に上《のぼ》らんや望夫臺《ばうふだい》

十六君遠行
瞿塘灔預堆
五月不レ可レ觸
猿聲天上哀
門前遲二行跡一
一一生二綠苔一
苔深不レ能レ掃
落葉秋風早
八月蝴蝶來
雙飛西園草
感レ此傷二妾心一
坐愁紅顏老
早晩下二三巴一
預將レ書報レ家
相迎不レ道レ遠
直至長風沙

十六《じふろく》 君遠行《きみゑんかう》す
瞿塘《くたう》 灔預堆《えんよたい》
五月《ごぐわつ》 觸《ふ》るべからず
猿聲《ゑんせい》 天上《てんじやう》に哀《かな》し
門前《もんぜん》 行跡《かうせき》に遲《ま》てば
一一《いちいち》 綠苔《りよくたい》を生《しやう》ず
苔深《こけふか》くして掃《はら》ふ能《あた》はず
落葉《らくえふ》 秋風早《しうふうはや》し
八月《はちぐわつ》 蝴蝶《こてふ》來《きた》り
雙飛《さうひ》す 西園《せいゑん》の草《くさ》
此《これ》に感《かん》じて妾《せふ》が心《こころ》を傷《いた》ましめ
坐《ざ》して愁《うれ》ふ 紅顏《こうがん》の老《お》ゆるを
早晩《いつ》 三巴《さんば》を下《くだ》る
預《あらかじ》め書《しよ》を將《もつ》て家《いへ》に報《ほう》ぜよ
相迎《あひむか》へて 遠《とほ》きを道《い》はず
直《ただ》ちに至《いた》らん 長風沙《ちやうふうさ》

現代語訳　長干行

わたしの髪が額を覆いそめたころ、花を手折って門口で遊んでいました。
あなたは竹馬にまたがりながら、井戸を周りつつ青い梅の実で遊びます。
ともに長干のまちに住まい、どちらも幼く邪気もありません。
十四のとき、あなたに嫁ぎ、恥ずかしさに顔もあげられません。
頭をたれたまま日の当たらぬ壁に向かい、いくど声をかけられても振り向きません。
十五のとき、ひそめた眉も開き、死んでもずっと一緒にと願うようになりました。
決して裏切らぬとの誓いを胸に、夫を待ち続けることなど夢にも思いません。
十六のとき、あなたは遠く旅に出ました、あの瞿塘峡の灩預堆に。
夏五月、近づいてならないあの難所、空を見上げれば猿の声が悲しげに響くころ。
門口に、旅立ちの足跡を見つめてお帰りを待てば、その一つ一つに緑の苔。
苔は深く生えて払いもならず、はや秋風吹きそめて木の葉を落とします。
秋八月、蝶蝶がやってきて、西の園生《そのう》にならび飛んでいます。
それを見るとわたしの心は痛み、艶めいた面立ちもむなしく衰えてゆきます。
いったいいつ三巴よりお下りになるの？　あらかじめお手紙でお知らせください。
どんな遠くてもいといません、そう、あの長風沙まで直ぐに飛んでまいります。

語注　**0 長干**　南京の南にあった町。商人らが多く住んだ地域であったらしい。この歌は、ともにこの地に生まれ育った幼なじみの男女が夫婦となり、やがて男が旅に出て、その帰りを待つ女をうたう。『楽府詩集』巻七二雑曲歌辞。　**1 妾**　女性の一人称。　**2 劇**　「戯」と同義で、遊ぶ、たわむれる。　**3 郎**　女性が男性（とくに恋人や夫）を呼ぶ語。　**竹馬**　竹竿を股に挟み、馬に見立てる遊び。　**4 牀**　井戸の欄干、井桁。　**青梅**　梅の未熟な実。梅は実が多くなることから、多産の象徴。また「媒」

（男女の仲介）にも通じる。それが「青」いことは、二人がまだ幼いことを示す。**6** 幼くて男女を意識しなかった。「嫌」「猜」は共に疑う。**11 展眉** ひそめていた眉を伸ばす。憂いがはれる。**12** 死ぬまで一緒でありたいと願う。**13** 契りは守り通す。むかし尾生という男が女性と橋の下で待ち合わせた。女はやってこず、水が増しても尾生は待ち続けたので、「梁柱を抱きて死す」（『荘子』盗跖ほか）。**14 望夫台** 家を出て長く帰らぬ夫を待ち続ける妻が化して石となったもの。各地に同様の伝説と地名が伝わる。**16 瞿塘** 峡谷の名。いわゆる三峡の一つで、長江の難所。**灩預堆** 瞿塘峡の水中に横たわる大きな石。水かさの増す夏には暗礁と化す難所。**18** 旅人の悲哀を誘う猿の鳴き声。『水経注』巻三四江水に引く古歌に「巴東三峡　巫峡長し、猿鳴くこと三声　涙　裳を沾ほす」。「猿」はテナガザル。**19 遅** 帰りを今や遅しと待つ。**行跡** 足跡。旅だったときの足下を想起すると解した。李白「自ら内に代はりて贈る」（巻二三）に「別来　門前の草、秋巷　春に転た碧なり。掃き尽くすも更に還た生じ、萋萋として行跡に満つ」。**23・24** 蝶が秋八月だというのに、仲良くつがいで飛んでいる。**26 坐** なすすべもなく。**27 早晩** 何時。時を問う疑問詞。**三巴** 巴郡・巴東・巴西。四川の東部。夫の旅先。**30 長風沙** 地名。現在の安徽省安慶市の東。妻の待つ南京から長江を西にかなり遡る場所にあたる。【詩型・押韻】五言古詩。入声二十陌（額・劇）。平水韻、入声十一陌。／上平十五灰（梅・回・灰・堆）・上平十六咍（来・猜・開・台・哀・苔）の同用。平水韻、上平十灰。／上声三十二皓（掃・早・草・老）。平水韻、上声十九皓。／下平九麻（巴・家・沙）。平水韻、下平六麻。

詩解 幼なじみの男女がやがて夫婦になり、夫は旅に出て妻は帰りを待つ。まず夫婦になるまでの子どもの時間の描写が生彩に富む。女の子は花遊び、男の子は竹馬。同じ町内育ちの幼なじみゆえ、互いに男女を意識することもなかった。7「十四」以下、夫婦になると途端に恥じらいが生まれる。11「十五」ではようやくうち解けて、夫婦としての心が通い合う。そして15「十六」、いよいよ夫は旅に出る。おそらくは行商に出かけるのであろう。以下は「思婦」の情をうたうが、「十四」「十五」「十六」と進んできた齢の数えが、夏「五月」から秋「八月」へと季節の推移に転調する。23「八月　蝴蝶来り」には「蝴蝶　黄なり」の異文が伝わる。蝶は春のものだが秋の蝶には黄色のものがあり、それは秋の金の気に感応したものであるとし、「黄」をよしとする議論がある。しかしここは「来」に作るのがよい。季節はずれに蝶が姿を見せたからこそ夫が偲ばれるのだ。ましてこの蝶は「双飛」、つがいでならび飛んでいるのだから。

末四句、帰りの時期を知らせてくれたならば、遠きをいとわず迎えにゆくというのは、一般的な「閨怨」詩にうたわれる士人の妻の姿ではない。やはり民間の女性らしい率直な感情表現がとらえられており、冒頭部分の幼き日の頑是無さ、初婚時の初々しさを写した部分と読み合わせると、女性の成長、やや大げさに言えば、一人の女性の人生が描き出されている。

古朗月行（古朗月行《こらうげつかう》）

1 小時不レ識レ月　小時《せうじ》 月《つき》を識《し》らず
2 呼作二白玉盤一　呼《よ》びて白玉盤《はくぎよくばん》と作《な》す
3 又疑瑤臺鏡　又《また》疑《うたが》ふ瑤臺《えうだい》の鏡《かがみ》
4 飛在二青雲端一　飛《と》びて青雲《せいうん》の端《たん》に在《あ》るかと
5 仙人垂二兩足一　仙人《せんにん》 兩足《りやうそく》を垂《た》れ
6 桂樹作二團團一　桂樹《けいじゆ》 團團《だんだん》を作《な》す
7 白兔擣レ藥成　白兔《はくと》 藥《くすり》を擣《つ》きて成《な》り
8 問言與レ誰餐　問《と》ひて言《い》ふ 誰《たれ》に與《あた》へて餐《さん》せしむ
9 蟾蜍蝕二圓影一　蟾蜍《せんじよ》 圓影《ゑんえい》を蝕《しよく》し
10 天明夜已殘　天明《てんめい》 夜《よる》に已《すで》に殘《ざん》す
11 羿昔落二九烏一　羿《げい》は昔《むかし》 九烏《きうう》を落《お》とし
12 天人清且安　天人《てんじん》 清《きよ》く且《か》つ安《やす》し

陰精此淪惑
去去不レ足レ観
憂來其如何
惻愴摧二心肝一

陰精《いんせい》 此《ここ》に淪惑《りんわく》し
去去《きょきょ》 観《み》るに足《た》らず
憂《うれ》ひ來《きた》りて 其《そ》れ如何《いかん》
惻愴《そくそう》 心肝《しんかん》を摧《くだ》く

現代語訳　古朗月行

幼いときは月を知らず、白玉のお皿と呼んでいた。

また仙人の世界の鏡が、飛んで雲の端にかかっているのかと思っていた。

仙人が両足を下に垂らすと、やがて丸丸とした光の中にモクセイの木が見える。

ウサギが仙薬を搗いてできあがると、いったどなたに食べさせるのと尋ねてみる。

ヒキガエルが丸い光を食べると、天《そら》なる明るい月は夜なのにもう形を崩す。

むかし羿が九羽のカラスを射落とし、天も人もさっぱりと安らいだが、

陰の精たる月がこのように病み衰えて、しだいしだいに見る影もない。

この憂いをどうしたらよいのか、胸がいたみ心は砕かれる。

語注　**0 古朗月行**　「朗月」は澄んで清らかな月。『楽府詩集』巻六五雑曲歌辞に、「朗月行」と題して南朝宋・鮑照と李白の本作を収める。鮑照の作は、月が閨中の美女を照らすさまをうたうが、李白の作は、月に借りて時事を諷する意図が見え隠れする。　**3 瑤台**　仙人の居所。　**鏡**　月を鏡にたとえるのは、たとえば「古絶句四首」其一（『玉台新詠』巻一〇）に「破鏡　飛びて天に上る」。杜甫「八月十五夜月二首」其一に「満目　明鏡飛ぶ」。　**5・6**　月が満ちてゆくはじめ、仙人の足が見え、やがて丸くなるにつれて桂樹が見えてくるという（『太平御覧』巻四引く東晋・虞喜「安天論」）。「桂」はモクセイ。古くからの伝承で、月の中にはその木が生えるとされた。　**団団**　まるいさま。底本は「団円」に作るが諸本に従い改める。　**7・8**　神話では

月にはウサギがいて仙薬を搗いているとされた。西晋・傅咸「天問に擬す」（『芸文類聚』巻一）に「月中に何か有る、白兎　薬を擣（搗）く」。**9・10** ヒキガエルが食んで月が欠ける。**蟾蜍**　ヒキガエル。月の中に住むとされた。『淮南子』説林訓に「月　天下を照らすも、詹諸（蟾蜍）に蝕せらる」。**天明**　月をいう。**11・12** むかし堯帝のとき、十個の太陽が一緒に出たため、草木はみな枯れてしまった。堯は弓の名人羿に命じて九個の太陽を射落とさせた。太陽の中にいた九羽のカラスも死んで羽を落としたという（『芸文類聚』巻一引く『淮南子』ほか）。**13 陰精**　月のこと。後漢・張衡「霊憲」（『芸文類聚』巻九五）に「月なる者は陰精の宗なり。積もりて獣と成り、兎蛤に象どる」。**淪惑**　乱れ衰える。**去去**　ずんずんと進行する。**16 惻愴**　悲しみ傷む。双声の語。【詩型・押韻】五言古詩。上平二十五寒（餐・残・安・肝）・二十六桓（盤・端・団・観）の同用。平水韻、上平十四寒。

詩解　白玉の皿、仙界の鏡といったような、いかにも子どもが言いそうな素朴なたとえに始まる月のうた。仙人の足、桂樹（モクセイ）、白兎、蟾蜍（ヒキガエル）などは、いずれも月に関わる伝承を持つ。やがて月は蟾蜍に蝕まれて光を失う。その光の喪失を歎く末句には、やはり寓意を想像せざるを得ない。「古風五十九首」其の二（巻二）には、玄宗の寵愛が武妃に移ったため退けられた王皇后について、同じく光を失った月にたとえてうたわれている。同じ事件、もしくは同様の事象を暗にうたうものか。

獨不見（獨不見《どくふけん》）

1 白馬誰家子　白馬《はくば》 誰《た》が家《いへ》の子《こ》ぞ
2 黄龍邊塞兒　黄龍《くわうりゆう》 邊塞《へんさい》の兒《じ》
3 天山三丈雪　天山《てんざん》 三丈《さんぢやう》の雪《ゆき》
4 豈是遠行時　豈《あ》に是《こ》れ遠行《ゑんかう》の時《とき》ならんや

春蕙忽秋草
莎雞鳴二曲池一
風催二寒梭一響
月入二霜閨一悲
憶與レ君別年
種レ桃齊二蛾眉一
桃今百餘尺
花落成二枯枝一
終然獨不レ見
流レ涙空自知

春蕙《しゅんけい》　忽《たちま》ち秋草《しゅうそう》
莎雞《さけい》　曲池《きょくち》に鳴《な》く
風《かぜ》は寒梭《かんひ》を催《うなが》して響《ひび》き
月《つき》は霜閨《そうけい》に入《い》りて悲《かな》し
憶《おも》ふ君《きみ》と別《わか》れし年《とし》
桃《もも》を種《う》ゑて蛾眉《がび》に齊《ひと》し
桃《もも》　今《いま》　百餘尺《ひゃくよしゃく》
花落《はなお》ちて　枯枝《こし》と成《な》る
終然《しゅうぜん》　獨《ひと》り見《み》ず
涙《なみだ》を流《なが》して　空《むな》しく自《みづか》ら知《し》る

現代語訳　独不見

白馬にまたがるのはどなた、黄龍の辺地のとりでの若者よ。
天山に三丈の雪降り積むこの時、決して遠く旅行く季節ではありません。
春のカオリグサはたちまち秋草に被われ、クツワムシが庭の池に鳴いています。
風は梭を投じる手を促して寒々しく響き、月影は霜置く閨の中に悲しくさし入ります。
おもえばあなたとお別れしたとき、植えた桃の丈はちょうど眉の高さ。
それが今は百尺に余り、花は落ち枝も枯れ果てました。

とうとうあなたの姿を見ることはかないません。涙をこぼしつつ、わたしひとり定めを知りました。

語注 **0 独不見**　『楽府詩集』巻七五雑曲歌辞。そこに採る同題の作はすべて宮怨もしくは閨怨、すなわち空閨を守る女性を主人公とする作。『楽府詩集』に引く『楽府解題』に「独不見とは、傷み思ひて見るを得ざるなり」。李白の作は征戍のため遠方にある夫を思う妻をうたう。　**1・2**　家を離れた夫の様子。李白「塞下曲六首」其四（巻五）に「白馬　黄金の塞」。魏・曹植「白馬篇」（『文選』巻二七）に「白馬　金羈を飾り、連翩として西北に馳す。借問す誰が家の子ぞ、幽并（幽州・并州）遊侠の児」。　**黄龍**　地名。遼寧省朝陽市。唐・沈佺期「雑詩三首」其三に「聞道《きくなら》く　黄龍の戍、頻年　兵を解かず。憐れむべし閨裏の月、長《とこ》しへに漢家の営に在り」。　**3 天山**　匈奴の領域。青海省と甘粛省の境を東西に走る大山脈。祁連山ともいう（「祁連」は匈奴の語で天の意）。　**5 春蕙**　「蕙」は香草、カオリグサ。しばしば女性の美質の象徴。李白「秋思」（巻六）に「征客　帰日無く、空しく悲しむ　蕙草の摧かるを」。　**6 莎鶏**　クツワムシ。『詩経』豳風・七月に「六月　莎鶏羽を振るふ」。「莎」字、底本は「沙」に作るが諸本に従って改める。　**7 催**　夫のために寒衣を織るよう促す。　**梭**　織物の用具。横糸を縦糸の間にくぐらせる。シャトル。　**8 闈**　女性の寝室。　**10 蛾眉**　美しく婉曲した女性の眉。　**13 終然**　いつまでも。【詩型・押韻】五言古詩。上平五支（児・池・枝・知）・六脂（悲・眉）・七之（時）の同用。平水韻、上平四支。

詩解　征戍兵士の妻のうた。2「黄龍」注に引いた沈佺期詩の「憐れむべし閨裏の月、長しへに漢家の営に在り」が「閨裏の月」と「漢家の営」を向き合わせるように、女のいる空閨と男のいる辺塞は一対のもの。妻の視点から、夫を案じつつ一人過ごす家の様子をうたう。春のカオリグサは枯れ萎れクツワムシが鳴く秋の訪れ。夫のために冬着を織る部屋にさし入る月は寂しさを募らせ、窓辺を見れば別れの時に植えた桃は大きく育ち花も枯れ落ちている。とうとう夫は帰らぬものと、涙をおとしつつ自らに言い聞かせる。

白紵辞三首　其一（白紵辞《はくちょじ》三首《さんしゅ》　其《そ》の一《いち》）

1　揚㆓清歌㆒　　清歌《せいか》を揚《あ》げ

發㆓皓齒㆒
北方佳人東鄰子
且吟㆓白紵㆒停㆓綠水㆒
長袖拂㆑面爲㆑君起
寒雲夜卷霜海空
胡風吹㆑天飄㆓塞鴻㆒
玉顏滿堂樂未㆑終

皓齒《かうし》を發《ひら》く
北方《ほくはう》の佳人《かじん》 東鄰《とうりん》の子《こ》
且《か》つ白紵《はくちよ》を吟《ぎん》じて 綠水《りよくすい》を停《とど》めよ
長袖《ちやうしう》 面《おもて》を拂《はら》ひて 君《きみ》が爲《ため》に起《た》つ
寒雲《かんうん》 夜《よる》に卷《ま》きて 霜海《さうかい》空《むな》し
胡風《こふう》 天《てん》を吹《ふ》きて 塞鴻《さいこう》飄《ひるがへ》る
玉顏滿堂《ぎよくがんまんだう》 樂《たの》しみ未《いま》だ終《を》はらず

現代語訳　白紵辞　其の一

清らな歌声を挙げ、
白い歯が輝く。
北方の佳人か、あるいは東隣の娘か。
まずは白紵を歌って、緑水の古い歌はおよしなさい。
長い袖が顔をさっとかすめ、君のために起って舞う。
寒げな雲が夜に巻き上がり、霜降りた地は海のように空っぽ。
胡地から吹き寄せる風が空を通りぬけ、辺地のおおとりを翻す。
ただ座敷のなかは多くの美女たちが集い、楽しみはなお続く。

語注　**0 白紵辞**　「白紵」は、呉（江蘇省南部と浙江省北部一帯）の地域に産する白く軽やかな麻の着物。それを身にまとった舞いを「白紵舞」といい、その舞曲の歌辞を「白紵辞」という。その古辞に「質は軽雲の如く色は銀に似たり。製して以て袍（上着）と為し　余りもて巾と為す。袍は以て軀を光やかし巾は塵を払ふ」と「白紵」の美をうたう。また南朝宋・鮑照に「白紵歌六首」があり、李白の作はこれを踏まえる。『楽府詩集』巻五五舞曲歌辞・白紵舞辞。 **3** 歌い手、舞い手の美しいことをいにしえの美女にたとえる。**北方佳人**　前漢の李延年は妹（李夫人）を武帝に薦めるにあたって「北方に佳人有り、絶世にして独立す。一たび顧みれば人の城を傾け、再び顧みれば人の国を傾く。寧んぞ傾城と傾国とを知らざらんや、佳人　再びは得がたし」とうたった（『漢書』外戚伝上）。「傾城」「傾国」は、城や国を傾け滅亡に導くほどの美女の意。**東隣子**　先秦・宋玉の「登徒子好色の賦」（『文選』巻一九）に「天下の佳人は楚国に若くは莫く、楚国の麗しき者は臣の里に若くは莫く、臣の里の美なる者は臣の東家の子に若くは莫し」。**4 緑水**　古い舞曲の名。『淮南子』俶真訓にみえる。鮑照「白紵歌六首」其五に「古は緑水と称し今は白紵」。**7 胡風**　北方異民族の地より吹き来る風。**塞鴻**　辺境の国境地帯の雁。鮑照「陳思王の京洛篇に代ふ」に「霜歌ひ塞鴻落つ」。「塞」字、底本は「寒」に作るが諸本に従って改める。**8 玉顔**　美しい顔。宋玉「神女の賦」（『文選』巻一九）に「温潤の玉顔を包む」。【詩型・押韻】雑言古詩。上声五旨（水）・六止（歯・子・起）の同用。平水韻、上声四紙。／上平一東（空・鴻・終）。平水韻、上平一東。

詩解　呉王の宮殿での夜の宴をうたう。どの時代のどの君王をうたうものと特定する必要はないが、西には楚を伐ち、東には臥薪のすえ越王勾践《こうせん》を破り、更に北方への進出を果たして得意の絶頂にあった呉王夫差《ふさ》を意識するであろう。其の二に見える「館娃」は夫差が西施のために築いた宮殿という。

6・7に「寒雲　夜に巻きて　霜海空し、胡風　天を吹きて　塞鴻飄る」と、8「玉顔満堂　楽しみ未だ終はらず」とあるのは、外の風雲と内の安逸の対比。外に急を告げる風雲を知ることもなく、内に享楽に明け暮れる君王の日々を案じる寓意を否応なく想像させる。伝承によれば越王勾践は范蠡《はんれい》の策に従い、美女西施《せいし》を夫差のもとに差し向けて遊興に耽溺させたという。この作にうたう遊興のさまが正にそれに重なる。嘗胆を経た越王勾践はやがて夫差を攻め滅ぼす。

とはいえ6・7が胡地の辺塞としてうたわれるのはなぜかと考えるならば、自ずと李白の当代、すなわち玄宗治世に向ける諷意に思い至らざるを得ない。しかし、それを声高にうたうことなく、楽しみ尽きざる堂の外の景としてさりげなく挿入する。

其二（其《そ》の二《に》）

1 館娃日落歌吹深
2 月寒江清夜沈沈
3 美人一笑千黄金
4 垂レ羅舞レ縠揚二哀音一
5 郢中白雪且莫レ吟
6 子夜呉歌動二君心一
7 動二君心一
8 冀二君賞一
9 願作二天池雙鴛鴦一
10 一朝飛去青雲上

館娃《くわんあい》 日《ひ》落《お》ちて 歌吹《かすい》深《ふか》く
月《つき》寒《さむ》く江《かう》清《きよ》く 夜《よる》沈沈《ちんちん》
美人《びじん》の一笑《いつせう》 千《せん》の黄金《わうごん》
羅《ら》を垂《た》れ縠《こく》を舞《ま》はして 哀音《あいおん》を揚《あ》ぐ
郢《えい》中白雪《ちゆうはくせつ》 且《か》つ吟《ぎん》ずる莫《な》かれ
子夜呉歌《しやごか》 君《きみ》の心《こころ》を動《うご》かす
君《きみ》の心《こころ》を動《うご》かし
君《きみ》の賞《しやう》するを冀《こひねが》ふ
願《ねが》はくは天池《てんち》の雙鴛鴦《さうゑんあう》と作《な》り
一朝《いつてう》 飛《と》び去《さ》らん 青雲《せいうん》の上《うへ》に

現代語訳 其の二

館娃宮に日は暮れて、歌と物《もの》の音《ね》は佳境にかかり、
月影冷たく江の流れは清く、夜はしっとり更けてゆく。
美人の笑みには千金も惜しまず、

うすぎぬを垂れ、ちぢみを舞い振るわして、胸に響く歌声を発す。
郢の白雪などという楚の歌は口ずさむことなく、
この国の歌、子夜呉歌で、君の心を動かしましょう。
君の心を動かして、
君のお褒めにあずかりましょう。
願わくは御苑の池のつがいのオシドリとなって、
やがて雲居に飛び上がりたいもの。

語注　**1 館娃**　春秋時代の呉王の宮殿。江蘇省蘇州西郊の霊巌山にあったという。「娃」は美女。「館」はそれを住まわせる意。前漢・揚雄『方言』巻二に「呉に館娃の宮有り」。 **歌吹**　歌と笛などの演奏。音楽をいう。 **2 月寒**　鮑照「白苧歌」其三に「寒光蕭条として候虫急なり」。 **沈沈**　夜がふけてゆくさま。 **3**　鮑照「白苧歌」其六に「千金もて顧笑　芳年を買ふ」。 **4 縠**　皺をよらせた生地。ちぢみ。鮑照「白苧歌」其一に「纖羅　霧縠　羽衣を垂る」 **5 郢中白雪**　「郢」は春秋・戦国の楚国の都。湖北省荊州市の北。「白雪」は楚の高尚な歌。宋玉「楚王の問ひに答ふ」（『文選』巻四五）に、ある人が郢の町中で「下里巴林」の歌を歌うと数千人が唱和した。次いで「陽阿」「薤露」を歌うと唱和する者は数百人。更に「陽春白雪」を歌うと、唱和する者は数十人に過ぎなかったという話を載せる。「白雪」はここでは借りて楚の歌をいう。 **6 子夜呉歌**　晋代、呉の地の子夜という女性が作った歌で、哀調を帯びていたという。 **9・10**　君王の寵愛を得ることをいう。 **天池**　『荘子』逍遥遊に、北冥の大魚鯤が大鳥鵬と化し、その鵬が翼を打ち振るって南冥に移った。その南冥がすなわち天池であるという記述が見える。ここでは借りて君王の御苑の池をいうのであろう。 **鴛鴦**　オシドリ。仲良き夫婦の象徴。【詩型・押韻】雑言古詩。下平二十一侵（深・沈・金・音・吟・心）。平水韻、下平十二侵。／上声三十六養（賞・上）。平水韻、上声二十二養。

詩解　夜の訪れとともに宴はいよいよ佳境に。月もさし昇り川面を輝かせ夜は更けてゆく。女は微笑みをうかべ袖を振るわして舞い、かつ唱う。求めるのは君王の心を動かし、妃に取り立てられること。

其三（其《そ》の三《さん》）

1 呉刀剪レ綵縫二舞衣一
2 明粧麗服奪二春輝一
3 揚レ眉轉レ袖若二雪飛一
4 傾城獨立世所レ稀
5 激楚結風醉忘レ歸
6 高堂月落燭已微
7 玉釵挂レ纓君莫レ違

呉刀《ごたう》 綵《さい》を剪《き》りて 舞衣《ぶい》を縫《ぬ》ひ
明粧《めいさう》 麗服《れいふく》 春輝《しゆんき》を奪《うば》ふ
眉《まゆ》を揚《あ》げ袖《そで》を轉《てん》じて 雪《ゆき》の飛《と》ぶが若《ごと》し
傾城獨立《けいせいどくりつ》 世《よ》の稀《まれ》なる所《ところ》
激楚《げきそ》 結風《けつふう》 醉《ゑ》ひて歸《かへ》るを忘《わす》る
高堂《かうだう》 月落《つきお》ちて 燭《しよく》已《すで》に微《び》なり
玉釵《ぎよくさい》 纓《えい》に挂《が》く 君《きみ》 違《たが》ふ莫《な》かれ

現代語訳　其の三

呉の刀もて綵《あやぎぬ》を裁ち切って舞いの衣裳を縫い、
華やかな装い、麗しい着物は、春の日の光の輝きを奪うほど。
眉をあげ、袖を翻せば、白雪が飛ぶようで、
城を傾けるほどの人は一人抜きん出て世にもまれなる美女。
「激楚」のうた、「結風」のうたに、酔って帰るのを忘れる。
座敷に光さす月も落ちて、燭の明かりもほの暗くなったが、
玉の釵《かんざし》を冠の纓《ひも》にかけて引き留める、どうかお帰りなく。

語注　**1**　鮑照「白苧歌」其一に「呉の刀、楚の製《したて》　佩褘（膝隠し）を為る」。　**4 傾城独立**　其一「北方佳人」注参照。　**5 激楚・結風**　共に歌曲の名。前漢・司馬相如「大人の賦」（『史記』『漢書』司馬相如伝）に「激楚、結風」。『史記』集解に「郭璞曰く、激楚は歌曲なり」。また『漢書』顔師古注に「結風もまた曲名なり」。　**7 玉釵挂纓**　美女がひきとめる。「釵」は、かんざし。女性のもの。「纓」は冠をとめるひも。男性のもの。司馬相如「美人の賦」（『芸文類聚』巻一八）に「玉釵は臣の冠を挂け、羅袖は臣の衣を払ふ」。【詩型・押韻】七言古詩。上平八微（衣・輝・飛・稀・帰・微・違）。平水韻、上平五微。

詩解　宴は果てなく続き、月も落ちる頃、舞姫のかんざしが宴に参ずる酔客の冠の紐を引く。

『説苑』報恩などに次のような話が見える。楚の荘王が夜宴を催し、ふと灯火が消えたとき、密かに美人の衣を引く者があった。美人はその男の冠纓を引きちぎり、男の無礼を荘王に訴え灯りをつけて犯人を調べるようにと告げた。荘王は女の節義を示すために士に屈辱を与えることをよしとせず、宴に侍した者すべての纓を断ち切らせた。右の逸事と趣旨は全く異なるが、本詩の場合も長き宴の果てようとするときの倦怠と嬌態が映し出されている。

東海有二勇婦一（東海《とうかい》に勇婦《ゆうふ》有《あ》り）

1　梁山感二杞妻一　　梁山《りやうざん》 杞妻《きさい》に感《かん》じ
2　慟哭爲レ之傾　　慟哭《どうこく》 之《これ》が為《ため》に傾《かたむ》く
3　金石忽暫開　　金石《きんせき》 忽《たちま》ち暫《しばら》く開《ひら》くは
4　都由レ激二深情一　　都《す》べて深情《しんじやう》を激《げき》するに由《よ》る
5　東海有二勇婦一　　東海《とうかい》に勇婦《ゆうふ》有《あ》り
6　何慙二蘇子卿一　　何《なん》ぞ蘇子卿《そしけい》に慙《は》ぢん

學レ劍越處子
超騰若二流星一
損レ軀報二夫讎一
萬死不レ顧レ生
白刃曜二素雪一
蒼天感二精誠一
十步兩躩躍
三呼一交レ兵
斬レ首掉二國門一
蹴二踏五藏一行
豁二此伉儷憤一
粲然大義明
北海李史君
飛レ章奏二天庭一
捨レ罪警二風俗一
流レ芳播二滄瀛一

劍《けん》を學《まな》ぶ　越《ゑつ》の處子《しよし》
超騰《てうとう》として流星《りうせい》の若《ごと》し
軀《み》を損《す》てて夫讎《ふしう》に報《ほう》じ
萬死《ばんし》　生《せい》を顧《かへり》みず
白刃《はくじん》　素雪《そせつ》を曜《かがや》かし
蒼天《さうてん》　精誠《せいせい》に感《かん》ず
十步《じつぽ》　兩《ふた》たび躩躍《くわくやく》し
三呼《さんこ》　一《ひと》たび兵《へい》を交《まじ》ふ
首《くび》を斬《き》りて國門《こくもん》に掉《ふる》ひ
五藏《ござう》を蹴踏《しうたふ》して行《ゆ》く
此《こ》の伉儷《かうれい》の憤《ふん》を豁《ひら》き
粲然《さんぜん》として大義《たいぎ》明《あき》らかなり
北海《ほくかい》の李史君《りしくん》
章《しやう》を飛《と》ばして天庭《てんてい》に奏《さう》す
罪《つみ》を捨《す》てて風俗《ふうぞく》を警《いまし》め
芳《はう》を流《なが》して滄瀛《さうえい》に播《し》く

23 志在二列女籍一
24 竹帛已光榮
25 淳于免二詔獄一
26 漢主爲二緹縈一
27 津妾一棹歌
28 脱二父於嚴刑一
29 十子若不肖
30 不レ如二一女英一
31 豫讓斬二空衣一
32 有レ心竟無レ成
33 要離殺二慶忌一
34 壯夫素所レ輕
35 妻子亦何辜
36 焚レ之買二虚聲一
37 豈如東海婦
38 事立獨揚レ名

志《し》は列女《れつじよ》の籍《せき》に在《あ》り
竹帛《ちくはく》已《すで》に光榮《くわうえい》
淳于《じゆんう》 詔獄《せうごく》を免《まぬか》るは
漢主《かんしゆ》 緹縈《ていえい》の爲《ため》にす
津妾《しんせふ》 一《ひと》たび棹歌《たうか》し
父《ちち》を嚴刑《げんけい》より脱《だつ》す
十子《じつし》 若《も》し不肖《ふせう》ならば
一女英《いちぢよえい》に如《し》かず
豫讓《よじやう》 空衣《くうい》を斬《き》り
心《こころ》有《あ》るも竟《つひ》に成《な》る無《な》し
要離《えうり》 慶忌《けいき》を殺《ころ》すは
壯夫《さうふ》 素《もと》より輕《かろ》んずる所《ところ》
妻子《さいし》 亦《ま》た何《なん》の辜《つみ》ありてか
之《これ》を焚《や》きて虚聲《きよせい》を買《か》ふ
豈《あ》に如《し》かん東海《とうかい》の婦《ふ》の
事立《ことた》ちて獨《ひと》り名《な》を揚《あ》ぐるに

現代語訳　東海に勇婦有り

梁山は杞梁《きりよう》の妻の思いに感じ、その慟哭にいただきを傾けた。

金石すらたちまち開いて矢に貫かれるのは、すべて心の奥底が奮い立てばこそ。

東海の地に勇猛なる婦人有り。どうして蘇子卿《そしけい》に恥じることがあろう。

剣を学べばかの越の少女さながら、すばやい身のこなしは流星のよう。

命を捨てて夫の仇に報いようと、死を恐れず生を顧みるを忘れる。

白刃は皓皓たる雪の光を放ち、蒼天もその真心に胸を打たれる。

十歩進んで二たび身を躍らせ、三たび声を発して一たび武器を交える。

首を取って城門の上に掲げ、はらわたを踏みにじって立ち去る。

みごと夫の怨みを晴らし、輝かしい大義を示した。

北海郡の李太守どのは、天子のもとに急ぎ事の次第を知らせた。

殺人の罪は許して貞潔の風紀を養い、栄えある名を伝えて東海の地にあまねく知れ渡る。

その志は列女の一人に加えられ、竹帛に光栄を記して称えられた。

淳于意《じゆんうい》が裁きの庭より救われたのは、漢のみかどが娘緹縈《ていえい》の言葉に心動かされたため。

渡し場の娘がひとたび舟歌を歌ったおかげで、父は厳しい刑を免れることができた。

十人の愚か者の男児よりは、一人のすぐれた娘の方がよい。

予譲《よじよう》は仇の代わりにその衣服を切り、復讐の心はあれど事は成らなかった。

要離《ようり》はたしかに慶忌《けいき》を殺したが、男たる者の元より認めぬところ。

妻や子にいかなる罪があったとて、その身を焼いて空しい声誉を手に入れたのか。

どうして及ぼうこの東海の婦人の、事を成し遂げて並びなき名を揚げたことに。

語注　**0 東海有勇婦**　『楽府詩集』巻五三舞曲歌辞・鞞舞歌。漢代の舞曲に「関東に賢女有り」と題するものがあり、また魏・曹植の舞曲歌辞の「精微篇」は、漢曲の「関中に賢女有り」を踏襲するものという（『楽府詩集』引く『古今楽録』）。本詩の題下注に「闔（「関」の誤りか）中に貞女有りに代ふ」とあり、李白の作はこれらの作品を踏まえ、更に時事に取材してうたったものかと思われる。　**1・2**　春秋時代、斉の大夫杞梁《きりょう》が戦死した時、その妻は十日にわたって泣き続け、ために城壁が崩れたという（『列女伝』貞順伝・斉杞梁妻）。なお「梁山」が傾いたというのは、曹植「精微篇」（『楽府詩集』巻五三）に「杞妻　死夫を哭し、梁山　之が為に傾く」を踏まえる。異なる伝承に基づくか。　**3・4**　楚の熊渠子《ゆうきょし》が石を熊と思って矢を射たところ石に矢が立った（『韓詩外伝』巻六）。曹植「精微篇」に「精微　金石を爛かし、至心　神明を動かす」。　**5 東海**　東方の海に面する地域。今の山東省一帯。　**6 蘇子卿**　「子卿」は前漢・蘇武の字。匈奴に抑留されたが漢に対する節義を守って屈することなく、十九年後に帰国を果たした。王琦注は蘇武に本詩に見えるような復讐の逸事が無いため、曹植「精微篇」に「関東に賢女有り、自ら字す蘇来卿。壮年　父仇に報い、身没して功名を垂る」とみえる「蘇来卿」の誤りであろうという。「蘇来卿」は未詳。　**7 越処子**　春秋時代越国の女性で剣の名手（『呉越春秋』句践陰謀外伝）。「処子」は処女（未婚の女性）の意。　**10**　『史記』陳余伝に「万死して一生を顧みざるの計を出だす」。　**11**　剣の刃が輝くさまを雪にたとえる。李白「俠客行」（巻三）に「呉鉤（呉の剣）霜雪明らかなり」。　**13 躩躍**　跳躍する。畳韻の語。　**15 掉**　振り動かす。高々と掲げて見せ物とする。　**16 蹴踏**　蹂躙する。　**五蔵**　五臓。　**17 豁**　消し去る。　**伉儷**　夫婦。配偶者。　**19 北海李史君**　唐の北海太守李邕《りよう》か。李邕は『文選注』で知られる李善の子。書家としても有名。「北海」は地名（山東省）、「史君」は「使君」で郡の太守。天宝四載（七四五）李邕は北海太守の任にあり、杜甫・高適に交遊の詩がある。　**20 飛章**　急ぎ奏章を呈する。　**天庭**　朝廷。　**21 捨罪**　罪科を問わない。　**22 流芳**　声誉が伝わる。　**滄瀛**　海、ここでは東海沿岸の地。　**23 列女**　節義に殉じる女性。烈女。　**24 竹帛**　竹簡と白絹。文字を書き記すもの。　**25・26**　前漢の文帝の時、淳于意という男が罪に問われ肉刑（入れ墨、足切りなど身体を損なう刑罰）に処されることとなった。意が男児がおらず女児ばかりではいざという時に役に立たないと嘆くと、末娘の緹縈がその言を悲しみ、自ら官婢となって父の罪をあがないたいと上書した。文帝は深く感動し、肉刑を廃止した（『史記』倉公伝）。　**27・28**　趙簡子《ちょうかんし》（春秋時代、晋の有力者趙鞅）が楚を撃つため川を渡ろうとしたとき、あらかじめ用意を命じておいた渡し場の役人が酒に酔って寝ていたため渡ることができなかった。怒った趙簡子が役人を殺そうとすると、役人の娘の娟《けん》が身代わりになって罪をあがないたいと申し出た。趙簡子は罪を許すが、楫を用いる者が一人足りない。そこで娟が楫を取って舟に乗り、中流で「河激」の歌を唱うと、趙簡子はその賢なることを知り、求めて夫人とした（『列女伝』弁通伝・趙津女娟）。**津妾** 右の娟をいう。**棹歌** 舟を操る際にうたう歌。舟歌。**29 不肖** 才能に欠け、愚か。「肖」は似る。もとは子が父に似ていないことをいう。**31** 春秋時代末、晋の予譲は恩義ある旧主智伯《ちはく》の仇を討とうと、幾度も趙襄子《ちょうじょうし》（晋の有力者趙無恤）の命を狙うがかなわず、最後に趙襄子に誅されるに際して、その衣をもらいうけ、三回切りつけて智伯の怨みを晴らしたとし、自らの剣で身体を刺し貫いて死ぬ（『戦国策』趙策一）。**33―36** 呉王闔廬《こうりょ》は自らが殺した前王の子慶忌《けいき》が生きて隣国にあることを憂えていた。伍子胥《ごししょ》の推薦をうけ、闔廬に用いられることとなった刺客の要離は、慶忌を欺くため、自らの腕を断ち、妻子を焼き殺すようにと闔廬に依頼し、闔廬に怨みを抱いているように装って、慶忌に近づいてその信頼を得る。呉への侵攻の用意を整えた慶忌は要離とともに舟に乗り長江を渡るが、中流にさしかかったとき、要離は慶忌を刺し殺し、川を渡って後、自死する（『呉越春秋』闔廬内伝）。【詩型・押韻】五言古詩。下平十二庚（卿・生・兵・行・明・栄・英）・十四清（傾・情・誠・瀛・縈・成・軽・声・名）・十五青（星・庭・刑）の通押。平水韻、下平八庚・九青の通押。

詩解 夫の復讐を果たした女性をうたう。1―4は、うたい起こしで、強い意志が難事を成し遂げるという。5―18は主人公の女性が復讐を果たすまで。19―24は貞潔の志を称えるため罪には問われず、むしろ列女としての誉れが広く伝わったという。25―30は父の命を救った娘のエピソード。十人の愚児は一人の女傑に及ばない。31―36は男性による復讐、あるいは刺客の逸事。片や事成らず、片や仁と義にもとる。かかる男性よりも「東海」の「勇婦」の方がはるかに優ると述べて結ぶ。当時実際にこのようなことがあったのかどうかは分からない。天宝年間李邕は「東海」に近い北海太守の任にあり、19「李史君」がこれを指すとすれば、何らかの事実を反映していた可能性もある。ただ当時、女性が父や夫の復讐を果たす「俠女」の物語が少なからず行われていた（『太平広記』豪俠など）。また本詩のモチーフや措辞は曹植「精微篇」に重なるところが多い（たとえば、緹縈と娟の故事は共に曹植「精微篇」に用いられている）。曹植の作を踏まえつつ、更に「北海李史君」の名を用いて実事らしく装ったとも考えられよう。

黄葛篇（黄葛篇《くわうかつへん》）

1 黄葛生二洛溪一　黄葛《くわうかつ》 洛溪《らくけい》に生《しやう》じ
2 黄花自綿冪　黄花《くわうくわ》 自《おのづか》ら綿冪《めんべき》たり
3 青煙蔓長條　青煙《せいえん》 蔓長條《つるちやうでう》
4 繚繞幾百尺　繚繞《れうぜう》 幾百尺《いくひやくしやく》
5 閨人費二素手一　閨人《けいじん》 素手《そしゆ》を費《つひや》し
6 採緝作二絺綌一　採緝《さいしふ》して絺綌《ちげき》を作《つく》る
7 縫爲絕國衣　縫《ぬ》ひて爲《つく》る絕國《ぜつこく》の衣《い》
8 遠寄日南客　遠《とほ》く寄《よ》す日南《にちなん》の客《かく》
9 蒼梧大火落　蒼梧《さうご》 大火落《たいくわお》つるも
10 暑服莫二輕擲一　暑服《しよふく》 輕《かるがる》〻しく擲《なげう》つ莫《な》かれ
11 此物雖レ過レ時　此《こ》の物《もの》 時《とき》を過《す》ぐと雖《いへど》も
12 是妾手中跡　是《こ》れ妾《せふ》が手中《しゆちゆう》の跡《あと》

現代語訳　黄葛篇

黄色い葛は洛水の谷に生え、黄色い花がみっしりと覆う。

青いもやが煙るように蔓を長く伸ばし、幾百尺にもわたってからみつく。

妻はその白く細い手をはたらかせ、採り集めて布を織り上げる。

縫って遥かな国へと衣服を仕立て、遠く日南の国の旅人である夫に届ける。

蒼梧の地に大火の星が落ちて秋になっても、この夏のお召し物を軽々しくお捨てにならないで。

たとえ時季を過ぎてしまったとしても、これはわたしの手の中でこしらえたものですから。

語注 **0 黄葛篇** 清商曲辞・呉声曲辞の「前渓歌」（『楽府詩集』巻四五）の一篇に「黄葛結びて蒙籠たり、生じて落（洛）渓の辺に在り。花落ちて水を逐ひて去れば、何ぞ当に流れに順ひて還るべき、還るも亦た復た鮮ならず」とある（文字を少し異にするものが『玉台新詠』巻一〇にも収録）。李白はこれに基づき、篇中の「黄葛」の語をもって篇題としたものと思われる。『楽府詩集』巻九〇新楽府辞に収める。「葛」はマメ科の蔓性の植物。蔓が長く伸びて他の植物等に巻きつき、時に覆い隠すほど繁殖力が強い。秋に花が咲き、穂状花序（長く伸びた軸に花が並ぶ）をなす。花色は濃紺・紫のほか、白・薄桃色など。抽出した繊維から葛布を織る。黄色い花は見られないが、花序の尖端部分の黄緑色をいうか。いずれにしても「前渓歌」の「黄葛」の語をそのまま用いる。 **1 洛渓** 洛水（陝西華山の南に発し、洛陽の南を経て黄河に注ぐ）の渓谷。 **2 綿冪** 伸びて覆う。 **3 青煙** 葛の生い茂るさまをたとえる。 **4 繚繞** まとわり、からみつく。 **5 閨人** 妻。「閨」は女性の部屋。 **素手** 女性の美しい手をいう詩語。「古詩十九首」其二（『文選』巻二九）に「繊繊たる素手を出だす」。 **6 絺綌** 葛の繊維で作った布。『詩経』周南・葛覃に「絺と為し綌と為す」。緻密なものを「絺」、粗いものを「綌」という（毛伝）。 **7** 南朝宋・謝恵連「擣衣」（『文選』巻三〇）に「裁つに笥中の刀を用ゐ、縫ひて万里の衣と為す」。「絶国」は絶遠の地。 **8 日南** 漢代の郡名。今のベトナム。太陽の更に南にあるとして名づけられた。 **9 蒼梧** 秦代以降置かれた郡名。湖南の南から広西チワン族自治区一帯。 **大火** 星の名。心星。さそり座のアンタレス。それが「落」ちるとは、秋の夕暮れ時には西に沈むことから、秋になること。『詩経』豳風・七月に「七月流火」。 **10 暑服** 暑い時期の衣服。【詩型・押韻】五言古詩。入声十九鐸（落）・二十陌（綌・客）・二十二昔（尺・擲・跡）・二十三錫（冪）の通押。平水韻、入声十薬・十一陌・十二錫の通押。

詩解 『詩経』にしばしばうたわれる葛。ここではその葛の繊維を採って衣服を作り、遠い南国にいる夫に届ける妻のうた。季節が移ろい時季を失したからといって、この心を込め身を労して作り上げたものをどうか棄てないで欲しいという。季節の推移によって省みられなくなるといえば、「怨歌行」（『文選』巻二七）に「常に恐る　秋節至り、涼風の炎熱を奪はんことを。篋笥（箱）の中に棄捐せられ、恩情　中道に絶えん」とうたわれる秋の扇が想起される。「怨歌行」の女性と秋扇は二重映しの隠喩、本篇の女性とその手になる葛衣は換喩という相違はあるが、いずれも事物と主人公自身が重ねられている。

巻五

楽府 三

塞下曲六首 其一（塞下《さいか》曲《きょく》六首《ろくしゅ》 其《そ》の一《いち》）

1 五月天山雪
2 無レ花祇有レ寒
3 笛中聞二折柳一
4 春色未二曾看一
5 曉戰隨二金鼓一
6 宵眠抱二玉鞍一
7 願將二腰下劍一
8 直爲斬二樓蘭一

五月《ごぐわつ》 天山《てんざん》の雪《ゆき》
花《はな》無くして祇《た》だ寒有《かんあ》り
笛中《てきちゅう》 折柳《せつりゅう》を聞《き》くも
春色《しゅんしょく》 未《いま》だ曾《かつ》て看《み》ず
曉戰《げうせん》 金鼓《きんこ》に隨《したが》ひ
宵眠《せうみん》 玉鞍《ぎょくあん》を抱《いだ》く
願《ねが》はくは腰下《えうか》の劍《けん》を將《も》ちて
直《ただ》ちに為《ため》に樓蘭《ろうらん》を斬《き》らん

現代語訳 塞下曲 其の一

夏五月、天山には雪が降り、花も咲かずただ身を震わす寒さだけ。
笛の奏でる折楊柳の曲を耳にしても、春の景色をついぞ目にはしない。

朝の戦いには鐃《どら》の鳴るに従い、夜の眠りには馬上に鞍を抱く。
腰に挟む剣をうち払い、すぐにも楼蘭王を斬って功を挙げたいもの。

語注 **0 塞下曲** 「塞」は辺境地域、またはその地域の要塞。漢代、西域の音楽が長安にもたらされ、それに基づいて李延年が作った新曲が軍楽として用いられた。魏晋以降、それらの曲は伝わらなかったが、それに代わるものとして「出関」「入関」「出塞」「入塞」などの曲が用いられたという（『晋書』楽志下）。また、『西京雑記』（巻一）に前漢・高祖の戚夫人が「出塞」「入塞」などの曲を善くしたとみえることから、早く漢初から伝わったものであるとも。唐代の「塞上」「塞下」などは、これに由来するという（『楽府詩集』巻二一「出塞」解題）。いずれも辺塞地域を舞台にした従軍の歌。本篇以下六首は『楽府詩集』巻九二新楽府辞・楽府雑題に収める。 **1 五月** 夏の盛り。 **天山** 青海省と甘粛省の境を東西に走る大山脈。祁連山ともいう（「祁連」は匈奴の語で「天」の意）。 **3 折柳** 古い楽府の名。「折楊柳」。柳は春に芽吹く。 **5 金鼓** 軍中で用いる金属製の打楽器。鐃。また「金」が鐃で退軍の合図に用い、「鼓」は太鼓で進軍に用いるとも。 **8 楼蘭** 西域の国名。新疆維吾爾自治区鄯善県の東南。漢代、楼蘭は匈奴と通じてしばしば漢に叛き漢の使者を殺した。前漢の大将軍の霍光《かくこう》は傅介之《ふかいし》を派遣し、傅は策略を用いて楼蘭王を刺殺した（『漢書』傅介之伝）。【詩型・押韻】五言律詩。上平二十五寒（寒・看・鞍・蘭）。平水韻、上平十四寒。

詩解 辺境地帯での戦役に従う兵士を六つの場面からうたう連作。其の一では、真夏にも山に雪を見る厳しい気候からうたい起こす。春に芽吹く柳にちなむ「折楊柳」の曲を耳にすることはあっても、実景の春を目にすることはない。朝にも宵にも常に戦に備える日々。願うのは楼蘭を打ち破ること。

其二（其《そ》の二《に》）

天兵下二北荒一　　天兵《てんぺい》北荒《ほくくわう》を下《くだ》り
胡馬欲二南飲一　　胡馬《こば》南《みなみ》に飲《みづか》はんと欲《ほっ》す

3　横レ戈 従二百 戰一　　戈《ほこ》を横《よこ》たへて百戰《ひやくせん》に従《したが》ふは

4　直 爲二銜レ恩 甚一　　直《た》だ恩《おん》を銜《ふく》むことの甚《はなは》だしきが爲《ため》なり

5　握レ雪 海 上 餐　　雪《ゆき》を握《にぎ》りて海上《かいじやう》に餐《さん》し

6　拂レ沙 隴 頭 寢　　沙《さ》を拂《はら》ひて隴頭《ろうとう》に寢《い》ぬ

7　何 當 破二月 氏一　　何當《いつ》か月氏《げつし》を破《やぶ》り

8　然 後 方 高レ枕　　然《しか》る後《のち》 方《まさ》に枕《まくら》を高《たか》うせん

現代語訳　其の二

天子の兵たちは北の地の果てに下り、胡族の馬は南を侵して水を飲もうとうかがう。ほこを横に構えて数知れぬ戦に従うのは、国恩を深く胸に刻んでいるからこそ。雪を握って西海の果てですすり、砂を払って隴の地で眠りにつく。いつかきっと月氏を打ち破り、そこでようやく枕を高くすることができよう。

語注　**1 天兵**　天子に属する中国の兵。**北荒**　北方の辺境。**2**　北方の異民族は南の中国への侵略をつねにねらっていた。**飲**　みずかう。馬に水を飲ませる。**3 戈**　武器の一つ。柄の先にカギ形の刃をつけたもの。**4 銜恩**　天子の恩寵をおしいただく。**為**　「馬」字、底本は「為」に作るが諸本に従って改める。**5 海上**　「海」は、四方の果て、絶遠の地。あるいは辺境の大湖。**6 隴頭**　「隴」はもと山名で、転じてその山のある辺境の地。今の甘粛省一帯。**7 何当**　将来、かくありたいと希望を述べる。**月氏**　西域の国名。もと敦煌付近を中心に甘粛の西、青海の東一帯にあったが、匈奴に追われて中央アジアに移って大月氏国となり、一方一部はとどまり小月氏と称された。**8 高枕**　憂慮すべきことがない。『史記』張儀伝に「楚韓の患無ければ則ち大王枕を高くして臥し、国必ず憂ひ無からん」。【詩型・押韻】五言古詩。上声四十七寝（飲・甚・寝・枕）。平水韻、上声二十六寝。

詩解 常に南下をうかがう異族の兵に備え、数知れぬ戦いにしたがうのは、国恩を戴けばこそ。雪をすする食事、砂を払う眠りのうちにも、いつか月氏を破って穏やかに休みたいとうたう。

其三（其《そ》の三《さん》）

1 駿馬如二風飆一　駿馬《しゅんば》 風飆《ふうへう》の如《ごと》く
2 鳴レ鞭出二渭橋一　鞭《むち》を鳴《な》らして 渭橋《ゐけう》を出《い》づ
3 彎レ弓辭二漢月一　弓《ゆみ》を彎《ひ》きて漢月《かんげつ》を辭《じ》し
4 插レ羽破二天驕一　羽《はね》を插《さしはさ》みて天驕《てんけう》を破《やぶ》る
5 陣解星芒盡　陣《ぢん》は解《と》けて 星芒《せいばう》盡《つ》き
6 營空海霧銷　營《えい》は空《むな》しくして海霧《かいむ》銷《き》ゆ
7 功成畫二麟閣一　功《こう》成《な》りて 麟閣《りんかく》に畫《ゑが》かるるは
8 獨有二霍嫖姚一　獨《ひと》り霍嫖姚有《くわくへうえうあ》るのみ

現代語訳 其の三

疾風のごとき駿馬にまたがり、鞭を鳴らして渭橋を渡る。

弓を丸く引いて漢の月を背に、白羽の矢を手挟んで天の驕児を討つ。

戦陣を解くと星の禍々《まがまが》しい光芒は失せ、兵舎を引き払うと僻遠の地を覆う霧も消えた。
ただ功績を認められて麒麟閣に肖像を描かれるのは、霍嫖姚のような大将だけだ。

語注 **2 渭橋**　長安の北を流れる渭水にかかる橋。これを渡るのは西域への出発。**4 天驕**　天の驕児（我が物顔にふるまう子）。匈奴が自らの勇猛を誇る語。匈奴が漢に送った書の一節に「南に大漢有り、北に強胡有り。胡なる者は天の驕子なり」（『漢書』匈奴伝）。**5 陣解**　戦勝の後、陣立てを解く。**星芒**　星の光の先端。「星芒」が白いと戦争の兆しとみられた。『後漢書』天文志中に「客星（空に一時的に現れる星）の芒気白きは兵たり」。**6 銷**　「消」に通じる。**7・8**　一般兵士の功は忘れ去られる。**麟閣**　麒麟閣のこと。前漢の宣帝の甘露三年（前五一）、降伏した匈奴王の呼韓邪単于《こかんやぜんう》の入朝に際し、霍光ら功臣を顕彰するため、その肖像画を麒麟閣上に描いた（『漢書』蘇武伝）。**霍嫖姚**　匈奴討伐の際、剽（嫖）姚校尉に任じられた霍去病《かくきよへい》。ただし麒麟閣に描かれたのは、霍去病ではなく、異母弟の霍光。【詩型・押韻】五言律詩。下平四宵（飆・橋・驕・銷・姚）。平水韻、下平二蕭。

詩解　渭橋を渡って長安を旅立ち、みごと天の驕児と傲る匈奴を伐ち果たす。天地を被う禍々しい気は消えるが、その功績を称えられるのは上にたつ将軍だけで、誉れは一般士卒には及ばない。後に晩唐の詩人曹松の「己亥歳二首」其の一に「一将功成りて万骨枯る」と、「一」と「万」の句注対鮮やかな表現がみえるが、いわんとする所は本詩に通じるだろう。

其四（其《そ》の四《し》）

1 白馬黄金塞　　白馬《はくば》 黄金《わうごん》の塞《さい》
2 雲砂繞二夢思一　　雲砂《うんさ》 夢思《むし》を繞《めぐ》る
3 那堪愁苦節　　那《なん》ぞ堪《た》へん 愁苦《しうく》の節《せつ》
4 遠憶二邊城兒一　　遠《とほ》く邊城《へんじやう》の兒《じ》を憶《おも》ふを

螢飛秋窗滿
月度㆓霜閨㆒遲
摧殘梧桐葉
蕭颯沙棠枝
無㆑時獨不㆑見
淚流空自知

螢《ほたる》飛《と》びて　秋窗《しゅうそう》に滿《み》ち
月《つき》は霜閨《そうけい》を度《わた》ること遲《おそ》し
摧殘《さいざん》す　梧桐《ごどう》の葉《は》
蕭颯《せうさつ》たり　沙棠《さたう》の枝《えだ》
時《とき》として無《な》く　獨《ひと》り見《み》ず
淚流《なみだなが》れて空《むな》しく自《みづか》ら知《し》る

現代語訳　其の四

黄金に染まる辺塞の地を白馬に乗ってゆくあなた、砂漠の雲と砂がいつも夢のなかを巡る。どうして耐えられましょう、この悲しみの季節に、遠く辺地の城にいる人を思うことを。蛍は秋の窓辺に群れ飛び、月影は霜下りた部屋を照らしてゆっくり移ろう。わが庭のアオギリの葉が破れ落ちるころ、あなたの見る沙棠の枝も木枯らしにふるえているでしょう。いつとてもあなたの姿を見ることはかないません。涙をこぼしつつ、わたしひとり定めを知りました。

語注　1 **黄金塞**　王琦注は所在未詳の地名とするが、「白馬」とともに閨婦の夢の中に現れる辺塞をいうものととる。　3 **愁苦節**　愁い苦しむ時節、秋をいう。南朝宋・鮑照「学古」詩に「実に是れ愁苦の節、惆悵として情親を憶ふ」。　7 **梧桐**　アオギリ。夫婦和合の象徴である琴瑟は、「梧桐」を材として作られる。　8 **蕭颯**　風が草木に吹きつけるさま。双声の語。　**沙棠**　西方の伝説の山、崑崙に生えるという木（『山海経』西山経）　9・10　李白「独不見」（巻四）に「終然　独り見ず、涙を流して空しく自ら知る」。　**無時**　いつということもなく、つねに。右に引く「独不見」詩の「終然」（ついに、いつまでも）と意味の上で通じる。【詩型・押韻】五言古詩。上平五支（見・枝・知）・六脂（遅）・七之（思）の同用。平水韻、上平四支。

詩解　其の四は、辺塞にある夫を思う孤閨の女性を主人公とする。遠くにある夫の姿を脳裏に、また夢裏に思い描く妻。ふと、かえりみれば、蛍が窓辺に満ち、月が霜置く部屋を照らす秋の訪れ。庭のアオギリの葉の破れるのを見るにつけ、夫は彼の地で沙棠の枝とともに木枯らしに震えていることだろう。このままついに会えぬまま終わる定めではと愁いに沈む。なおこの詩は、巻四に収める「独不見」詩と修辞・用語の面で共通するところが多い。

其五（其《そ》の五《ご》）

1 塞虜乗レ秋下
2 天兵出二漢家一
3 將軍分二虎竹一
4 戰士臥二龍沙一
5 邊月隨二弓影一
6 胡霜拂二劍花一
7 玉關殊未レ入
8 少婦莫二長嗟一

塞虜《さいりよ》 秋《あき》に乗《じよう》じて下《くだ》り
天兵《てんぺい》 漢家《かんか》を出《い》づ
將軍《しやうぐん》 虎竹《こちく》を分《わ》かち
戰士《せんし》 龍沙《りゆうさ》に臥《ふ》す
邊月《へんげつ》 弓影《きゆうえい》に隨《したが》ひ
胡霜《こさう》 劍花《けんくわ》を拂《はら》ふ
玉關《ぎよくくわん》 殊《こと》に未《いま》だ入《い》らず
少婦《せうふ》 長嗟《ちやうさ》すること莫《な》かれ

現代語訳　その五
国境のえびすは秋に乗じて中国に攻め入ろうとし、それを防ぐべく天子の兵たちは漢の国を出た。

将軍は虎の割り符をもち、戦士は白龍の砂漠に臥す。
辺地の月は弓のかたちのままに影を落とし、胡地の霜は抜き払う剣の花と見紛う。
玉門関を入って国に帰るのはいつのこととは知れず、若妻よ、嘆き続けても無駄なことだ。

語注　**1　塞虜**　辺塞の地のえびす。異民族に対する蔑称。　**乗秋下**　秋は異民族が中国への侵入をうかがう季節。『漢書』趙充国伝に「秋に到れば馬肥ゆ、変必ず起こらん」。　**2　漢家**　漢王朝、漢の王室。　**3　虎竹**　兵士を徴発し、軍を指揮する権限を示す割り符。半分を都に留め、半分を将が持参する。　**4　龍沙**　白龍堆の砂漠。新疆維吾爾自治区のロプロールの東北。白い龍が伏すように地が隆起している砂漠地帯。　**7　玉関**　玉門関。漢代、甘粛省敦煌の西北に置かれた、西域と中国とを隔てる関所。

【詩型・押韻】五言律詩。下平九麻（家・沙・花・嗟）。平水韻、下平六麻。

詩解　其の四の妻の思いに答えるかのようにうたわれる。秋の訪れとともに、時は今とばかりに南下する異族の兵。迎え撃つべく出征する漢の兵士たち。月の光も弓のかたちに影を落とし、霜の花も剣の刃に輝く戦いの地。戦争が終わり玉門関を入って故郷に帰るのはいつとも知れぬこと。詩の語り手は家にのこる妻に、歎き続けても仕方がないことと呼びかける。

其六（其《そ》の六《ろく》）

烽火動㆓沙漠㆒　烽火《ほうくわ》　沙漠《さばく》に動《うご》き
連照甘泉雲　連《しき》りに照《て》らす　甘泉《かんせん》の雲《くも》
漢皇按㆑剣起　漢皇《かんくわう》　剣《けん》を按《あん》じて起《た》ち
還召李將軍　還《ま》た召《め》す　李《り》將軍《しやうぐん》
兵氣天上合　兵氣《へいき》　天上《てんじやう》に合《がふ》し

6 鼓 聲 隴 底 聞　　鼓聲《こせい》 隴底《ろうてい》に聞《き》こゆ

7 横 行 負二勇 氣一　　横行《わうかう》して 勇氣《ゆうき》に負《たの》み

8 一 戰 靜二妖 氛一　　一戰《いつせん》 妖氛《えうふん》を靜《しづ》めん

現代語訳 其の六

のろし火が砂漠に上がり、続けざまに甘泉宮の雲を照らす。

漢のみかどは剣を撫でて立ち上がり、またも李将軍を召し出された。

いくさの気が空を覆い、戦鼓の音が隴山のふもとに響く。

勇気に恃んで戦場をほしいままに駆けぬけ、ひとたび戦えば禍々しい妖気を鎮めてみせよう。

語注 **1・2 烽火** 変事を知らせるのろし。 **甘泉** 宮殿の名。秦始皇帝がみやこ咸陽の北西、甘泉山に築いた離宮。後、前漢の武帝が増設した。『史記』匈奴伝に「胡騎 代の句注（辺塞の地名）に入り、辺の烽火 甘泉、長安に通ずること数月」。 **4 李将軍** 匈奴征討に活躍し、匈奴から飛将軍と恐れられた前漢の将軍李広《りこう》。 **5 兵気** 戦争の気配。 **6 隴底** 其二6隴頭に見える隴山のふもと。 **7 横行** 縦横無尽に行動する。『漢書』匈奴伝に「上将軍樊噲《はんかい》曰く、臣願はくば十万の衆を得て、匈奴の中を横行せんことを」。 **8 妖氛** 怪しい気配。【詩型・押韻】五言古詩。上平二十文（雲・軍・聞・氛）。平水韻、上平十二文。

詩解 急を知らせる烽火がみやこ長安に届き、皇帝は怒りにふるえ、李広に出征を命じる。飛将軍と匈奴に恐れられた将軍の出番を迎え、怪しい妖気は一気に静められようとうたって連作を結ぶ。

玉階怨（玉階怨《ぎょくかいゑん》）

1 玉階生㆓白露㆒
2 夜久侵㆓羅襪㆒
3 却下㆓水精簾㆒
4 朎朧望㆓秋月㆒

玉階《ぎよくかい》に白露《はくろ》生《しやう》じ
夜《よる》久《ひさ》しくして羅襪《らべつ》を侵《をか》す
却《かへ》りて水精《すいせい》の簾《すだれ》を下《お》ろし
朎朧《れいろう》 秋月《しうげつ》を望《のぞ》む

現代語訳　玉階怨

玉のきざはしに白い露が降り、夜も更けて靴下をぬらす。

今し水晶のすだれを下ろし、冴え冴えと輝く秋の月を望む。

語注　**0 玉階怨**　楽府題。『楽府詩集』巻四三相和歌辞・楚調曲。「玉階」は白玉で作られたきざはし。宮殿の堂と庭をむすぶ。前漢・成帝の宮女班婕妤《はんしようよ》が趙飛燕《ちようひえん》姉妹の讒言によって寵を奪われた後、自らを傷んで作った賦に「華殿塵つもりて玉階苔《こけ》むす」と（『漢書』外戚列伝下）。「怨」は、やるせないものおもい。寵愛の喪失の恐れをうたう作に「怨歌行」（『文選』二七）があり、その真偽を早くから疑われながらも班婕妤の作とされてきた。本作の主人公である女性にも班婕妤のイメージが重ねられている。　**1 白露**　露は秋の事物。　**2 羅襪**　うすぎぬの靴下。　**3 却**　反転のニュアンスを表す。女性は、これまでは外にあって思う人のありかを望んでいた。それを断ち切るように。　**水精**　水晶。　**4 朎朧**　「玲瓏」と同じ。透き通りきらきら輝くさま。双声の語。【詩型・押韻】五言絶句。入声十月（襪・月）。平水韻、入声六月。

詩解　六朝期以来、数え切れないほど作られてきた宮怨の詩の完成の極致。君王の寵愛の薄れた宮女の哀しみをうたう宮怨詩は、士大夫が女性をうたうことを許された数少ないテーマの一つ。女性の哀しみ、孤独を、あくまでも美しく描くところに、作者の意が用いられた。李白の本作は、とくに斉・謝朓「玉階怨」（『楽府詩集』巻四三）の清澄な美しさに学ぶ。

この詩には、女性の感情を伝える語も、女性の姿そのものも全く描かれていない。詩人が描くのは、彼女を取り巻く周囲の空間と、動き、しぐさのみ。しかしそこから、「羅襪《くつした》」が「白露」に濡れるまで女性が「玉階」の上にあったこと、そしてそうした姿に潜められたかつては自らを愛した君王への思いが読み手に伝わる。

「玉階」「白露」「水精」「秋月」、いずれも冴え冴えしさで共通する。さらに露が薄絹の靴下を濡らす感触が、視覚像を超えた清澄感を冷たく伝える。透明に輝く月光をかざる「朎朧」の語が、あたかも女性の哀しみが美しいベールと化したかのように、夜の空間を包み込む。

襄陽曲四首　其一（襄陽曲《じやうやうきよく》四《し》首《しゆ》其《そ》の一《いち》）

1 襄陽行樂處　　襄陽《じやうやう》 行樂《かうらく》の處《ところ》
2 歌舞白銅鞮　　歌舞《かぶ》す 白銅鞮《はくどうてい》
3 江城回二淥水一　　江城《かうじやう》 淥水《りよくすい》回《めぐ》り
4 花月使二人迷一　　花月《くわげつ》 人《ひと》をして迷《まよ》はしむ

現代語訳　襄陽曲　其の一

襄陽は行楽の地、歌い踊るは白銅鞮。
川辺の町を清らな水がめぐり、花と月が人を酔わせる。

語注　**0 襄陽曲**　本作は『楽府詩集』巻八五雑歌謡辞に収めるが、巻四八清商曲辞・西曲歌に「襄陽楽」があり、遊興・歓楽の地としての襄陽をうたう。李白の作も趣向を同じくしつつ、襄陽ゆかりの人物の逸事を織り込んでいる。「襄陽」は湖北省襄陽市。漢水に臨むまち。漢水は襄陽の西北から東南へと巡って流れ、やがて武漢で長江と合流する。**2 白銅鞮**　襄陽の地で歌われていた古い童謡の題。【詩型・押韻】五言絶句。上平十二斉（鞮・迷）。平水韻、上平八斉。

詩解　漢水流域の襄陽のまちを舞台とする四首連作。水がめぐり花と月が人を惹きつける襄陽には、歌舞の明るい雰囲気が満ちあふれる。

其二（其《そ》の二《に》）

1 山公醉レ酒時　山公《さんこう》 酒《さけ》に酔《ゑ》ふ時《とき》
2 酩酊高陽下　酩酊《めいてい》す 高陽《かうやう》の下《もと》
3 頭上白接䍦　頭《づ》上《じやう》の 白接䍦《はくせつり》
4 倒著還騎レ馬　倒《さか》しまに著《つ》けて 還《ま》た馬《うま》に騎《の》る

現代語訳　其の二

山公は酒に酔うと、高陽の池で酩酊した。頭のうえの白い帽子、逆さまにかぶり、それでも馬に乗る。

語注　**1―4 山公**　西晋の山簡。地方長官として襄陽にあった際、しばしば酔っ払い、土地の人々がその様子を親しみをこめて歌った（『世説新語』任誕）。その歌に「山公　時に一酔すれば、径《ただ》ちに造《いた》る　高陽の池。日暮　倒載（酔臥）して帰るも、酩酊して知る所無し。復た能く駿馬に乗り、倒しまに著く　白接䍦、手を挙げて　葛彊（山簡の気に入りの将で、幷州の人）に問ふ、幷州の児と何如（騎馬上手というおまえの国の男とくらべてどうだ）」と。**高陽**　襄陽にあった池。「高」字、底本は「襄」に作るが諸本に従って改める。 **白接籬** 白い羽飾りのある帽子。【詩型・押韻】五言絶句。上声三十五馬（下・馬）。平水韻、上声二十一馬。

詩解 かつてこの地の長官をつとめた山簡の逸事をうたう。羽目を外した酔態も許されるおおらかな土地の風気が伝わる。

其三（其《そ》の三《さん》）

1 峴山臨二漢江一　　峴山《けんざん》 漢江《かんかう》に臨《のぞ》み
2 水淥沙如レ雪　　水淥《みづきよ》く 沙《すな》は雪《ゆき》の如《ごと》し
3 上有二墮涙碑一　　上《うへ》に墮涙《だるい》の碑《ひ》有《あ》り
4 青苔久磨滅　　青苔《せいたい》 久《ひさ》しく磨滅《まめつ》す

現代語訳 其の三

峴山は漢水を見下ろし、水は清く砂は雪のよう。
その上にあるのは堕涙の碑、久しく年を経て、青苔に文字は消えている。

語注 **1 峴山** 襄陽の東南にあった山で、東を漢水が流れる。西晋の羊祜《ようこ》は生前友人と峴山に登り酒宴を開いた。 **漢江** 漢水。 **3 墮涙碑** 羊祜は襄陽を治めて人望を得ていた。その死後、土地の人々はその遺徳を偲んで石碑を峴山に建てた。羊祜の後任の杜預《どよ》は、人々がその碑を見ては涙を落とすので、「墮涙碑」と名付けた（『水経注』巻二八沔水、『晋書』羊祜伝）。【詩型・押韻】五言絶句。入声十七薛（雪・滅）。平水韻、入声九屑。

詩解 時間の流れに寄せる感慨をうたう詩。其の二の山簡と同じくかつてこの地を治めた羊祜は、漢水に臨む峴山にしばしば上り酒宴を開いた。その死後、羊祜を慕う人々は碑文を峴山の上にたて、その遺徳を偲んでは涙を堕としたという。その碑も時の流れのままに蒼苔に被われ、文字は摩滅したとうたう。この碑は、李白「襄陽歌」（巻六）にも「君見ずや　晋朝の羊公　一片の古碑材」とうたわれる。

其四（其《そ》の四《し》）

1 且酔習家池　且《しばら》く酔《ゑ》はん　習家《しふか》の池《いけ》
2 莫レ看堕涙碑　看《み》る莫《な》かれ　堕涙《だるい》の碑《ひ》
3 山公欲レ上レ馬　山公《さんこう》　馬《うま》に上《のぼ》らんと欲《ほつ》すれば
4 笑殺襄陽児　笑殺《せうさつ》す　襄陽《じやうやう》の児《じ》

現代語訳　其の四
まずは習家の池で酔おうではないか、堕涙碑などみて涙を落としなさんな。
山公が馬に乗ろうとすると、襄陽のこどもたちは笑いころげたものだ。

語注　**1—4 習家池**　其の二にみえる「高陽」の池。先に引いた『世説新語』の注に引く『襄陽記』によれば、後漢の習郁《しゆういく》が峴山の南に養魚池を作り、周りに竹・楸《きささげ》などの木を植え、池を芙蓉《はす》や菱で被ったところ、宴遊の名所となった。後、山簡はしばしばここに遊んで大酔し、それを見た「襄陽小児」が歌いはやしたという。**笑殺**　「殺」は動詞の後に置き程度・意味を強調する助字。【詩型・押韻】五言絶句。上平五支（池・碑・児）。平水韻、上平四支。

詩解　襄陽ゆかりの人物、其の二にみえる山簡、其の三の羊祜を共に挙げ、堕涙碑に涙を落とすよりは、山簡ゆかりの「習家の池」のほとりに酒を飲もうとうたう。山簡の酔態を笑い声で迎えた襄陽の明るい土地柄に心を寄せる。

大堤曲（大堤曲《だいていきょく》）

1 漢水臨㆓襄陽㆒　漢水《かんすい》 襄陽《じやうやう》に臨《のぞ》み
2 花開大堤暖　花開《はなひら》き 大堤《だいてい》は暖《あたた》かなり
3 佳期大堤下　佳期《かき》 大堤《だいてい》の下《もと》
4 涙向㆓南雲㆒滿　涙《なみだ》は南雲《なんうん》に向《む》かひて滿《み》つ
5 春風復無㆑情　春風《しゆんぷう》 復《ま》た情《じやう》無《な》く
6 吹㆓我夢魂㆒散　我《わ》が夢魂《むこん》を吹《ふ》きて散《さん》ず
7 不㆑見㆓眼中人㆒　眼中《がんちゆう》の人《ひと》を見《み》ず
8 天長音信斷　天長《てんなが》く 音信《いんしん》斷《た》ゆ

現代語訳　大堤曲

襄陽のまちをめぐって流れる漢水、その岸辺、花咲いて大提は暖か。
大提でとお約束したのに、南の雲を見て涙はあふれます。
春風は人の思いを気にもせず、わたしの夢を吹き散らす。
眼にうかぶあなたには会えず、空のかなた、便りも絶え果てた。

語注　**0 大堤曲**　楽府題。『楽府詩集』巻四八清商曲辞・西曲歌。「大提」は襄陽（湖北省襄陽市）にあった遊興・歓楽の地。南朝宋の皇族であった劉誕《りゅうたん》が雍州（襄陽）の長官であった際、夜に女たちのうたう歌謡を耳にし、「襄陽楽」を作った。「大提曲」もここに出るものという（『楽府詩集』巻四八「襄陽楽」解題）。　**1 漢水**　襄陽のまちの北を西北から東南へと流れる川。　**3 佳期**　男女の逢い引きの約束。　**4 南雲**　西晋・陸機「親を思ふ賦」に「南雲を指して以て款（誠意）を寄せ、帰風を望みて誠を効《いた》す」とあり、思う人に真情を寄せるときの象徴。　**5・6**　「子夜四時歌」春歌・古辞（『楽府詩集』巻四四）に「春風　復た多情、我が羅裳を吹きて開く」とあるのを反転して用いる。　**7 眼中人**　思い人。北斉・邢邵「七夕詩」（『芸文類聚』巻四）に「眼中の人を見ず、誰か堪へん機上の織」。【詩型・押韻】五言古詩。上声二十三旱（散）・二十四緩（暖・満・断）の同用。平水韻、上声十四旱。

詩解　「大堤」は漢水のほとりの町、襄陽の歓楽の地。ここで男女が再会の約束を交わす。女は土地の者、男は旅人、あるいは行商人であろう。また会おうと約束したものの、花咲く春は訪れても便りは絶え、男は姿を見せない。斉梁期以降、江南の地を舞台に男女の恋をうたう民間歌謡が多く行われた。それに倣う歌。

宮中行樂詞八首　其一（宮中《きゆうちゆう》 行樂詞《かうらくし》八首《はちしゆ》　其《そ》の一《いち》）

小小生㆓金屋㆒　　小小《せうせう》にして金屋《きんをく》に生《う》まれ
盈盈在㆓紫微㆒　　盈盈《えいえい》として紫微《しび》に在《あ》り
山花插㆓寶髻㆒　　山花《さんくわ》 寶髻《ほうけい》に插《さ》し
石竹繡㆓羅衣㆒　　石竹《せきちく》 羅衣《らい》に繡《しう》す
毎出㆓深宮裏㆒　　毎《つね》に深宮《しんきゆう》の裏《うち》より出《い》で

6 常隨二歩 輦一歸　常《つね》に歩輦《ほれん》に隨《したが》ひて歸《かへ》る
7 只 愁 歌 舞 散　只《た》だ愁《うれ》ふ 歌舞散《かぶさん》じては
8 化 作二綵 雲一飛　化《くわ》して綵雲《さいうん》と作《な》りて飛《と》ぶを

現代語訳　宮中行楽詞　其の一

小さいころは黄金の屋敷で育ち、今は艶やかに紫微の宮殿にお住まい。

山の花を宝玉輝く髻《もとどり》に挿し、石竹の模様を羅《うすもの》の衣に縫い取りする。

いつも奥深い宮殿から出かけ、常に帝《みかど》の輿《こし》に寄り添ってお帰りになる。

ただ気がかりなのは歌舞の果てた後、彩り鮮やかな雲となって飛んでいってしまわないかと。

語注　**0 宮中行楽詞**　李白が長安にあったとき、玄宗の命をうけて作ったもの。唐代詩人の逸事を集めた唐・孟棨《もうけい》『本事詩』高逸によれば、玄宗が行楽の折、既に酔っ払っていた李白を呼び出して作らせたもの。玄宗は李白が声律に細かい規則のある律詩を得意としないと考え、わざと五言律詩十首をと命じたところ、李白はたちどころに作り上げ、少しの隙もなく律詩の規則にかなっていたという。今、八首伝わっている。『楽府詩集』巻八二近代曲辞に収める。　**1 小小**　幼いさま。**金屋**　黄金作りの屋敷。前漢・武帝は幼いころ、いとこにあたる阿嬌（後の陳皇后）について、「若し阿嬌を得て婦と作さば、当に金屋を作りて之を貯ふべし」と言ったという（『漢武故事』）。　**2 盈盈**　女性が、身のこなし優雅で美しいさま。「古詩十九首」其二（『文選』巻二九）に「盈盈たり楼上の女」。**紫微**　天子の居所。　**3 髻**　髪を結い上げてたばねたもの、もとどり。　**4 石竹**　花の名。カラナデシコ。初夏に紅、白などの小さな花をつける。古くから衣服の意匠に用いられたらしい。　**6 歩輦**　人がかつぐ輿。天子の宮殿内における乗り物。唐・閻立本に歩輦に乗る唐・太宗を描いた「歩輦図」がある。　**8**　女性が雲に化すというモチーフは、先秦・宋玉「高唐の賦」（『文選』巻一九）にもとづく。【詩型・押韻】五言律詩。上平八微（微・衣・帰・飛）。平水韻、上平五微。

詩解　宮中の春の行楽をうたう八首連作。其の一は、一人の女性が主人公。小さな頃から宮中に住まうことが運命づけられたような彼女は、花の意匠に飾られた装束を身にまとい、朝から夕べまで常に帝の傍らに寄り添う。まるで神女のような美しさは、雲と姿を変え天上に飛翔してしまうのではないかと案じられるほど。宮中の女性たちの中心にある楊貴妃を意識してうたうものであろう。

其二（其《そ》の二《に》）

1 柳 色 黄 金 嫩
2 梨 花 白 雪 香
3 玉 楼 巣㆓翡 翠㆒
4 珠 殿 鎖㆓鴛 鴦㆒
5 選㆑妓 随㆓雕 輦㆒
6 徴㆑歌 出㆓洞 房㆒
7 宮 中 誰 第 一
8 飛 燕 在㆓昭 陽㆒

柳色《りうしよく》 黄金《わうごん》嫩《やは》らかく
梨花《りくわ》 白雪《はくせつ》香《かんば》し
玉楼《ぎよくろう》に翡翠《ひすい》巣《す》くひ
珠殿《しゆでん》に鴛鴦《ゑんあう》鎖《とざ》す
妓《ぎ》を選《えら》びて雕輦《てうれん》に随《したが》はしめ
歌《うた》を徴《ちよう》して洞房《どうばう》より出《い》でしむ
宮中《きゆうちゆう》 誰《たれ》か第一《だいいち》なる
飛燕《ひえん》 昭陽《せうやう》に在《あ》り

現代語訳　其の二

柳は金色に芽吹いて柔らかく、梨は白雪と花咲いて香しい。

楼閣にはカワセミが巣くい、宮殿にはオシドリが中に飼われている。
舞いの名手を選りすぐって帝の輿に従わせ、歌に長じた者を召して奥御殿に出入りさせる。
かかる宮居でもっとも美しいのは誰かと問えば、趙飛燕さまが昭陽殿においでになる。

語注 **1嫩** 芽などが生え初めて柔らかいさま。**3翡翠** カワセミ。美しい羽色をもつ鳥。雄を翡、雌を翠という。**4鴛鴦** オシドリ。雌雄仲のよい鳥。雄を鴛、雌を鴦という。**5選妓** 歌舞に長じた妓女を選ぶ。**雕輦** 彫飾を施した輿。**6徴歌** よい歌い手を召し出す。**洞房** 奥向きの部屋。『楚辞』招魂に「姱容脩態《かようしうたい》（容貌麗しい女性）、洞房に絙《わた》る」。**8飛燕** 前漢・成帝の寵姫、趙飛燕。李白の作も含め、唐詩ではしばしば楊貴妃をたとえる。**昭陽** 漢の宮殿の名。趙飛燕の居所。【詩型・押韻】五言律詩。下平十陽（香・鴦・房・陽）。平水韻、下平七陽。

詩解 柳が芽吹き、梨が花咲く春。宮殿には「翡翠」や「鴛鴦」が季節を楽しむ。これらの動物はいずれも雌雄の仲の良さで知られる。皇帝と宮女たちの和合を象徴するものであろう。そうした女性たち、歌舞の数ある名手のそろう中、もっとも美しいのは誰かと言えば、かの昭陽殿にある趙飛燕、すなわち楊貴妃にほかならない。

其三（其《そ》の三《さん》）

1 盧橘爲㆓秦樹㆒　盧橘《ろきつ》　秦樹《しんじゆ》と爲《な》り
2 蒲桃出㆓漢宮㆒　蒲桃《ほたう》　漢宮《かんきゆう》に出《い》づ
3 煙花宜㆓落日㆒　煙花《えんくわ》　落日《らくじつ》に宜《よろ》しく
4 絲管醉㆓春風㆒　絲管《しくわん》　春風《しゆんぷう》に醉《ゑ》ふ
5 笛奏龍鳴㆑水　笛奏《ふえそう》すれば　龍《りゆう》　水《みづ》に鳴《な》き

6　簫吟鳳下レ空　　簫吟《せうぎん》ずれば　鳳《ほう》　空《そら》より下《くだ》る

7　君王多二樂事一　　君王《くんわう》　樂事《らくじ》多《おほ》し

8　何必向二回中一　　何《なん》ぞ必《かなら》ずしも回中《くわいちゆう》に向《む》かはん

現代語訳　その三

南に産する盧橘もいまは秦の地の樹となり、西からもたらされた葡萄もいまは漢の宮殿に育つ。春霞に包まれた花は夕日に照り映え、楽の音は耳を楽しませ春風に酔う。笛を奏すれば龍が水の中で鳴き、簫を吟ずれば鳳が空より舞い降りる。かくして君王には多くのお楽しみがあれば、回中の離宮にお出かけなさるには及ばない。

語注　**1・2**　四方の事物も唐王朝の威光になびき長安に集まる。**盧橘**　南方原産の柑橘類。**秦**　漢あるいは唐の都、すなわち中国の中心である長安近辺をいう。**蒲桃**　「葡萄」に同じ。ブドウ。もと西域の産で前漢・武帝の時、漢にもたらされた（『史記』大宛伝）。**4 糸管**　「糸」は弦楽器、「管」は管楽器。音楽をいう。**5**　笛の音は龍の鳴き声に似るという。後漢・馬融「長笛の賦」（『文選』巻一八）に「近世の双笛は羌（西方の異民族）より起こる。羌人　竹を伐り未だ已《をは》るに及ばず。龍　水中に鳴きて己《おのれ》を見《あらは》さず。竹を截りて之を吹くに声相似たり」と。**6**　むかし簫史という簫（複数の管を並べた笛）の名手がおり、秦・穆公の娘弄玉と夫婦となった。簫史が簫を吹くと鳳凰が降りてきてその屋根にとまり、やがて二人は鳳凰とともに飛び去ったという（『列仙伝』巻上）。**8 回中**　漢代、離宮の置かれた場所。今の陝西省宝鶏市千陽県。この句、諸本は「還た万方と同じくす（還与万方同）」に作る。そうであれば、楽しみを一人のものとせず天下とともに楽しむ、の意となる。【詩型・押韻】五言律詩。上平一東（宮・風・空・中）。平水韻、上平一東。

詩解　花は夕陽に映え、楽の音も風に心地よい春。四方の特産もすでに中国に育つようになり、龍や鳳という聖獣も祝福にすがたを見せる。すべての楽しみを手に入れ謳歌する君王の威勢を言祝ぐ。

其四（其《そ》の四《し》）

1 玉樹春歸日　　玉樹《ぎよくじゆ》 春歸《はるかへ》る日《ひ》
2 金宮樂事多　　金宮《きんきゆう》 樂事《らくじ》多《おほ》し
3 後庭朝未レ入　　後庭《こうてい》 朝《あした》には未《いま》だ入《い》らず
4 輕輦夜相過　　輕輦《けいれん》 夜《よる》 相過《あひよぎ》る
5 笑出二花間語一　　笑《わら》ひは花間《くわかん》の語《ご》に出《い》で
6 嬌來二燭下歌一　　嬌《けう》は燭下《しよくか》の歌《うた》に來《きた》る
7 莫レ教二明月去一　　明月《めいげつ》をして去《さ》らしむる莫《な》かれ
8 留著醉二姮娥一　　留著《りうちやく》して姮娥《こうが》を醉《ゑ》はしめん

現代語訳　其の四

みごとな木々に春が帰るとき、この宮殿には楽しみが多い。朝は後宮にお入りにはならぬが、夜には輿に乗りお運びになる。花下を歩む語らいの中から笑い声は漏れ、燭の灯りに照らされた歌声になまめかしさがこぼれる。輝く月を立ち去らせてはいけない、かの姮娥を留めおいて酔わせてみよう。

語注　**1 玉樹**　『漢武故事』に、前漢・武帝は玉でこしらえた樹を庭に植え、珊瑚の枝、碧玉の葉をめぐらせたとあるが、樹木をいう美称、詩語と考えてよい。2の「金宮」も同じ。**春帰**　春が帰ってくる、春になる。**3 後庭**　後宮。妃嬪・宮女のいる場所。**朝**　皇帝が臣下の朝見を受け、まつりごとを行う時間。**5・6**　宮女たちの様子をうたう。**8 姮娥**　神話中の女性。「嫦娥」とも。夫の羿が西王母からもらった不死の薬を盗んで月に奔ったという。【詩型・押韻】五言律詩。下平七歌（多・歌・蛾）・八戈（過）の同用。平水韻、下平五歌。

詩解　春こそ行楽の時。朝には政事にいそしむ帝も、夜こそ楽しみに時を費やされる。花間の歩みに笑い声がもれ、灯下の歌にも嬌態があふれる。そして何より夜の娯遊に興趣を添えるのは、夜空にうかぶ明月の光。月の美女、姮娥を留め置いて、共に酒を酌もうとうたう。

其五（其《そ》の五《ご》）

繡戸香風暖
紗窗曙色新
宮花争笑ㇾ日
池草暗生ㇾ春
綠樹聞二歌鳥一
青樓見二舞人一
昭陽桃李月
羅綺自相親

繡《しう》戸《こ》　香《かう》風《ふう》暖《あたた》かに
紗《さ》窗《さう》　曙《しよ》色《しよく》新《あら》たなり
宮《きゆう》花《くわ》　争《あらそ》ひて日《ひ》に笑《わら》ひ
池《ち》草《さう》　暗《あん》に春《はる》を生《しやう》ず
綠樹《りよくじゆ》　歌《か》鳥《てう》を聞《き》き
青《せい》樓《ろう》　舞《ぶ》人《じん》を見《み》る
昭《せう》陽《やう》　桃《たう》李《り》の月《つき》
羅《ら》綺《き》　自《おのづか》ら相《あひ》親《した》しむ

現代語訳 其の五

飾り美しい扉には花間を吹き抜ける風が暖かく、うすぎぬをめぐらした窓からは朝日に輝く景色がさわやか。

宮中の花はこぞって陽光につぼみ開かせ、池の草は人知れず春の命を芽生えさせる。

緑の木の間からは歌をさえずる鳥の声が聞こえ、青塗りの高殿には舞いを習う人の姿が見える。

昭陽殿に桃李の花咲くこの月には、おのずと美しく着飾った女性に親しまれる。

語注 **1 繡戸** 装飾の施された扉。 **香風** 花の香りをのせた春の風。 **2 紗窗** うすぎぬのカーテンを張った窓。 **曙色** 朝日に映える景色。 **3** 北斉・劉昼（?）『新論』言苑に「春葩（花）は日を含みて笑ふに似、秋葉は露を泫《したた》らせて泣くが如し」。 **4** 南朝宋・謝霊運「池上の楼に登る」（『文選』巻二二）に「池塘 春草生ず」。 **6 青楼** 青漆を塗った高殿。『南斉書』東昏侯本紀に「興光楼上に青漆を施し、世に之を青楼と謂ふ」。 **7 昭陽** 其二注8参照。 **8 羅綺** うすぎぬとあやぎぬ。女性の美しい着物、またそれを着る人。【詩型・押韻】五言律詩。上平十七真（新・人・親）・十八諄（春）の同用。平水韻、上平十一真。

詩解 吹き抜ける風、朝日に輝く景色、すべてが心地よい春。「宮花 争ひて日に笑ひ、池草 暗に春を生ず」の動詞メタファー（擬人法）には、うららかな春の快感が切り取られ、「緑樹 歌鳥を聞き、青楼 舞人を見る」の対には、「鳥」と「人」が共に春を謳歌するさまを写す。そうしたなか、帝が心をとりわけ寄せるのはやはり「昭陽殿」の人。「昭陽殿」とは趙飛燕の居所。ここでは楊貴妃をたとえる。

其六（其《そ》の六《ろく》）

1 今日明光裏　　今日《こんにち》 明光《めいくわう》の裏《うち》
2 還須二結レ伴遊一　　還《ま》た須《すべか》らく伴《はん》を結《むす》びて遊《あそ》ぶべし

3 春風開㆓紫殿㆒
4 天樂下㆓珠樓㆒
5 豔舞全知㆑巧
6 嬌歌半欲㆑羞
7 更憐花月夜
8 宮女笑藏鉤

春風《しゅんぷう》 紫殿《しでん》を開《ひら》き
天樂《てんがく》 珠樓《しゅろう》に下《くだ》る
豔舞《えんぶ》 全《まった》く巧《かう》を知《し》り
嬌歌《けうか》 半《なか》ば羞《は》ぢんと欲《ほっ》す
更《さら》に憐《あは》れむ 花月《くわげつ》の夜《よる》
宮女《きゅうぢょ》 笑《わら》ひて藏鉤《ざうこう》するを

現代語訳　其の六

今日、明光殿では、また仲間を誘って遊ぶとしよう。
春風が紫殿の扉を開き、天上の楽の音が真珠の楼に下りてくる。
婀娜《あだ》な舞い女はすっかり技を身につけ、なまめく歌い女はすこしばかり恥ずかしげ。
更に心惹かれるのは花に月照る宵、宮女たちが蔵鉤の遊びに笑いさんざめくところ。

語注　**1 明光**　宮殿の名。『漢書』武帝紀に「（太初四年）秋、明光宮を起こす」。また『三輔黄図』巻三に「（漢の）武帝　仙を求め、明光宮を起こし、燕・趙の美女二千人を発して之に充たす」と。**3 紫殿**　宮殿の名。『三輔黄図』巻二に「（漢・武）帝また紫殿を起こす」。**7 憐**　心が動かされる。ここでは、かわいい、素敵な、の意。**8 蔵鉤**　二組に分かれ、手の中に物を隠して誰の手中にあるかを当てる遊戯。【詩型・押韻】五言律詩。下平十八尤（遊・羞）・十九侯（楼・鉤）の同用。平水韻、下平十一尤。

詩解　春の日の宮居の女性たちの美しさを描く。「豔舞　全く巧を知り、嬌歌　半ば羞ぢんと欲す」の対には、相反する二面から女性の嬌態が巧みに写される。本篇では一個の女性ではなく、複数の女性の集うさまをうたう。特に遊戯に笑い興じるさまをとらえる末二句には、今にも彼女たちの声が聞こえてきそうだ。

其七（其《そ》の七《しち》）

1 寒雪梅中盡　寒雪《かんせつ》 梅中《ばいちゆう》に盡《つ》き
2 春風柳上歸　春風《しゆんぷう》 柳上《りうじやう》に歸《かへ》る
3 宮鶯嬌欲レ醉　宮鶯《きゆうあう》 嬌《けう》として醉《ゑ》はんと欲《ほつ》し
4 簷燕語還飛　簷燕《えんえん》 語《かた》りて還《ま》た飛《と》ぶ
5 遲日明二歌席一　遲日《ちじつ》 歌《か》席《せき》明《あき》らかに
6 新花豔二舞衣一　新花《しんくわ》 舞《ぶ》衣《い》豔《えん》なり
7 晩來移二綵仗一　晩來《ばんらい》 綵仗《さいぢやう》を移《うつ》し
8 行樂好二光輝一　行樂《かうらく》 光輝《くわうき》好《よ》し

現代語訳　其の七

冷たい雪は梅の枝のなかに消え、春の風が柳の葉を揺らしに戻ってきた。
宮居のウグイスはかわいい己の声に酔い、軒端のツバメは囀ってはまた飛び交う。
うららな春の日は歌流れる宴席を照らし、咲き初めた花は舞姫の衣裳を艶めかす。
日暮れ、みかどは儀仗を移してお運びになり、行楽は光り輝かんばかりの素晴らしさ。

語注 **5 遅日** 日あしのゆったりとした春。『詩経』豳風・七月に「春日は遅遅たり」。 **7 綵仗** 「仗」は天子・宮殿を守る衛兵。「綵」は美称。【詩型・押韻】五言律詩。上平八微（帰・飛・衣・輝）。平水韻、上平五微。

詩解 本篇は女性を描かず、その代わりに、雪の消えた梅、風に揺れる柳、囀るウグイス、飛び交うツバメ、移ろう日脚に明らむ宴席、ほころびた花に艶めく舞衣と、春の宮中の各所を視点を移しつつうたう。末二句に至って、あたかも舞台が整ったとばかりに、天子が登場する。

其八（其《そ》の八《はち》）

1 水緑南薫殿
2 花紅北闕楼
3 鶯歌聞二太液一
4 鳳吹遶二瀛洲一
5 素女鳴二珠佩一
6 天人弄二綵毬一
7 今朝風日好
8 宜下入二未央一遊上

水《みづ》は緑《みどり》なり　南薫殿《なんくんでん》
花《はな》は紅《くれなゐ》なり　北闕楼《ほくけつろう》
鶯歌《あうか》　太液《たいえき》に聞《き》こえ
鳳吹《ほうすい》　瀛洲《えいしう》を遶《めぐ》る
素女《そぢよ》　珠佩《しゆはい》を鳴《な》らし
天人《てんじん》　綵毬《さいきう》を弄《ろう》す
今朝《こんてう》　風日《ふうじつ》好し
宜《よろ》しく未央《びあう》に入《い》りて遊《あそ》ぶべし

現代語訳 其の八

水は緑をたたえる南薫殿、花は紅におう北闕楼。
鶯の歌は太液の池に聞こえ、鳳の笛は瀛州をめぐる。
素女は真珠のおびだまを鳴らし、天人はきれいなボールで遊ばれる。
きょうは風も日も素晴らしく、未央宮にお出かけめされるのがよろしかろう。

語注 **1 南薫殿**　唐の宮殿の名。皇城の東、興慶宮内にあり、「水」は傍らにあった龍池（『唐六典』巻七）。「緑」字、底本は「淥」に作るが諸本に従って改める。 **2 北闕**　皇帝の宮禁をいう。「闕」は宮門の脇の高殿。 **3・4 太液**　漢代、建章宮の北に大きな池を作って太液と名付け、なかに三山を作り、瀛州・蓬萊・方丈の東海の三神山にみたてた（『三輔黄図』巻四）。唐もそれにならう。唐の太液池は大明宮にあった。 **鳳吹**　笙（管楽器の一つ）の音。笙は鳳に象ったものとされる。 **5 素女**　仙女の名。妃嬪をたとえる。 **6 天人**　みかど。 **綵毬**　馬上に玉を打つゲーム。あるいは蹴鞠。 **7 風日**　天候をいう。 **8 未央**　漢の皇宮。借りて唐の宮殿をいう。【詩型・押韻】五言律詩。下平十八尤（洲・毬・遊）・十九侯（楼）の同用。平水韻、下平十一尤。

詩解　水と宮殿、花と楼閣、池と築山など、宮中のしつらえをうたいつつ、「素女」「天人」などの語を用いて、そこを天上世界にみたてる。宮中をあらためて祝祭空間のハレの場としてうたうのは、宮中の春の行楽をうたう連作の掉尾を飾るにふさわしい。

　八首連作を通して、大は一つのテーマをいくつもの場面に展開する構想や、小は艶麗な描写や対句作りの巧緻さなど、李白が宮廷詩人としてその任に応えたことがうかがわれる。

清平調詞三首　其一　（清平調詞《せいへいてうし》三首《さんしゅ》　其《そ》の一《いち》）

1 雲想㆓衣裳㆒花想㆑容　　雲《くも》には衣裳《いしやう》を想《おも》ひ　花《はな》には容《かたち》を想《おも》ふ

2 春風拂レ檻露華濃　春風《しゅんぷう》檻《かん》を拂《はら》ひて　露華《ろくわ》濃《こま》やかなり

3 若非ニ羣玉山頭見一　若《も》し羣玉山頭《ぐんぎょくさんとう》に見《み》るに非《あら》ざれば

4 會向ニ瑤臺月下一逢　會《かなら》ず瑤臺月下《えうだいげつか》に向《お》いて逢《あ》はん

現代語訳　清平調　其の一

雲を見ればその衣裳を思わせ、花を見ればその顔かたちを思わせる。
春風がそっとおばしまを払い、露が輝きながらしっとりと濡れている。
かかる美しきお方には、群玉山のあたりに会うのでなければ、
きっと月明かりのもと、かの瑶台で巡り逢うほかないでしょう。

語注　**0 清平調**　おそらくは唐代に作られた新曲であろうという。『楽府詩集』巻八〇近代曲辞。この三首連作には次のような逸話が伝わっている（唐・李濬『松窻録』、北宋・楽史「李翰林別集序」など）。玄宗の治世、禁中では牡丹の花が好まれるようになった。興慶宮の沈香亭の前に植えられた牡丹が満開を迎え、夜、帝は楊貴妃とともに花見に出かけ、梨園の選りすぐりの楽師や、名歌手李亀年《りきねん》なども扈従した。さて李亀年が歌おうとすると帝は、「名花を愛で、楊貴妃もいるというのに古い歌詞を唄うのは面白くない」と、李白を呼んで新しい詞を作らせるよう命じた。李白は二日酔いのさめぬまま筆を取ると、たちどころに三章書き上げた。帝は梨園の楽師らに曲をつけて演奏させ、李亀年が歌った。歌を聞いた楊貴妃は玻璃七宝の盃で葡萄酒を飲みつつ機嫌も上々で、帝も玉笛を吹いて合わせた。これ以降、李白は重用されるようになった。しかし後日、かつて李白に靴を脱がせられたことを恨みにもつ側近の宦官高力士《こうりきし》が、楊貴妃を趙飛燕にたとえたのは貴妃を侮辱するものと讒言し、それ以降、李白は疎んじられるようになった。（趙飛燕は前漢・成帝の寵愛を受けた漢代随一の美女であったが、後年王莽の弾劾を受けて庶人に落とされ自殺した。）　**2 檻**　庭の亭の欄干。おばしま。　**3 群玉山**　伝説上の不死の女神西王母が住むという仙山の名。『穆天子伝』にみえる。　**4 向**　「於」と同じ。　**瑤台**　玉でできた台。崑崙山（西方にあったとされる伝説上の山）にあった、仙人の住む

場所。『拾遺記』巻一〇に「（崑崙山の）第九層、山形漸く小狭にして、下に芝田蕙圃（香草・霊薬の畑）有り、皆数百頃、群仙ここに種耨（耕作）す。傍らに瑶台十二有り、各〻広さ千歩、皆五色の玉もて台基と為す」。【詩型・押韻】七言絶句。上平三鍾（容・濃・逢）。平水韻、上平二冬。

詩解 楊貴妃と牡丹をうたう三首連作。「雲には衣裳を想ひ　花には容を想ふ」の「雲」は自然の景物で喩詞（喩える語）、「衣裳」が貴妃の衣裳で被喩詞（喩えられる語）、それを「想」という動詞を比喩指標として繋ぐ。また「花」は自然の景物であると同時に本作の主題である牡丹の花。これを喩詞として用い、「容」すなわち貴妃の容貌を喩える。ここに二つの主人公がさりげなく重ねられる。

「想」という動詞が比喩指標として用いられていることと、「雲」「花」という外から、「衣裳」「容」という楊貴妃に属する中心へと描写が展開するところに、本詩の特色の一つがみられる。本詩のこうした表現の流れが、中心にある楊貴妃の存在を、あたかも「雲」や「花」の柔らかな紗が包み込むような印象を与える。また「如」「若」などの直接的な比喩指標を用いないことによって、花と楊貴妃を類似する二物としてではなく、重なり合う二重像のイメージとして提示する。

第一句が視覚像であるのに対し、第二句「春風檻を払ひて、露華濃やかなり」は、柔らかな風としっとりと濡れた露によって皮膚感覚を喚起する。そして第三・四句は、「若非……会」という鉤勒語（論旨の輪郭を示す助字）と、「群玉山頭」「瑶台月下」という仙界を語る語を用い、主題とする楊貴妃（そして牡丹の花）の神秘的なまでの美しさを強調する。

其二（其《そ》の二《に》）

1 一枝紅豔露凝レ香　　一枝《いちし》の紅豔《こうえん》 露《つゆ》 香《かう》を凝《こ》らす

2 雲雨巫山枉斷腸　　雲雨巫山《うんうふざん》 枉《むな》しく斷腸《だんちやう》

3 借問漢宮誰得レ似　　借問《しやもん》す 漢宮《かんきゆう》 誰《たれ》か似《に》るを得《え》たる

4　可憐飛燕倚二新粧一　　可憐《かれん》の飛燕《ひえん》 新粧《しんさう》に倚《よ》る

現代語訳　其の二

ひともとの紅の艶めかしさ、露は香りを凝らしている。
雲になり雨となった巫山の神女に、何とあだに胸を焦がしたこと。
ちょっとおたずね、漢の宮居でいったい誰がこの貴妃に似ているでしょう。
それは、あの心蕩《とろ》かす趙飛燕が、化粧を終えたばかりの姿。

語注　**1** 牡丹の花をうたいつつ、同時に楊貴妃の美しさを重ねる。 **2** 現実に存在する楊貴妃に比べれば、楚王が夢に現れた巫山の神女に恋い焦がれたのも空しいこと。 **雲雨巫山**　むかし楚の懐王が雲夢沢の高唐に遊んだ際、夢に神女が現れ懐王と契りを結んだ。女は、「妾は巫山の陽《みなみ》、高丘の岨（石山）に在り、旦《あさ》には朝雲と為り、暮《ひぐれ》には行雨と為り、朝朝暮暮、陽台の下に」と告げて立ち去る。翌朝、見てみると言葉のとおりであった（先秦・宋玉「高唐の賦」、『文選』巻一九）。 **枉**　むだに。意味がない。 **断腸**　はらわたがちぎれる。ひどく悲しみ傷む。 **4 可憐**　心が動かされる。ここでは、かわいい、素敵な。 **飛燕**　前漢・成帝の皇后、趙飛燕。其の一注0参照。 **倚**　頼りとする。たのむ。 **【詩型・押韻】**七言絶句。下平十陽（香・腸・粧）。平水韻、下平七陽。

詩解　其の一で二重写しにとらえられた楊貴妃と牡丹の花を、楚の懐王の許に訪れたという巫山の神女の伝説によそえて語る。懐王の会った巫山の神女は、夢ともうつつとも知れぬ儚い存在。それにもかかわらず懐王は胸を焦がした。一方、楊貴妃（そして牡丹の花）は今まさに眼前にある。

「一枝の紅豔　露　香を凝らし」の「紅豔」はあまり熟した詩語ではなく、その美を「紅」と「豔」という二語に分節したうえでそのまま投げ出して表現した感がある。それが「一枝」であり、また「香」を「凝」らした「露」に濡れているからには、牡丹をいうものであることは動かないが、わずかのためらいもなく第二句の巫山の神女、第三・四句の漢の趙飛燕の表現にうたい継がれるところに、楊貴妃と牡丹を重ねてうたう本詩の趣旨が見える。

其三《そ》（其の三《さん》）

1 名花傾國兩相歡
2 長得㆓君王帶㆑笑看㆒
3 解㆓釋春風無限恨㆒
4 沈香亭北倚㆓闌干㆒

名花傾國《めいくわけいこく》兩《ふた》つながら相歡《あひよろこ》び
長《つね》に君王《くんわう》の笑《わら》ひを帶《お》びて看《み》るを得《え》たり
春風無限《しゅんぷうむげん》の恨《うら》みを解釋《かいしゃく》して
沈香亭北《ちんかうていほく》闌干《らんかん》に倚《よ》る

現代語訳　其の三

名花と傾国と、互いにその美を愛《いとお》しみ、
君王はずっとそれを微笑んでごらんになる。
春風のもたらす数限りない愁いを消しさって、
沈香亭の北、欄干によりかかる。

語注　**1 傾国**　絶世の美女をいう。前漢の李延年が武帝に妹を薦めるにあたって、「北方に佳人有り、絶世にして独立す。一たび顧みれば人の城を傾け、再び顧みれば人の国を傾く。寧んぞ傾城と傾国を知らざらんや、佳人　再びは得難し」とうたった（『漢書』外戚伝上・李夫人）。**両相歓**　花（牡丹）は楊貴妃を、楊貴妃は花を、互いに美しいもの、よきものとして愛でて、うちとける。**2 君王**　玄宗を指す。**3 解釈**　解きほぐし、消し去る。**春風無限恨**　春風がもたらす諸々の憂愁、鬱屈した感情。**4 沈香亭**　沈香（香木）で作った亭。興慶宮の龍池の傍らにあった。【詩型・押韻】七言絶句。上平二十五寒（看・干）・二十六桓（歓）の同用。平水韻、上平十四寒。

詩解　其の一、其の二では、曖昧に重ね合わせてうたわれてきた牡丹と貴妃が、ここでは「名花」と「傾国」というようにそれぞれに分かって書き込まれる。そこに新たに姿を現すのは「君王」。貴妃も牡丹も共に「君王」の「笑」を得るためにここにあった。この作品が、玄宗をパトロンとして作られたことがこの一句に顕れる。

「春風」がもたらす数限りない憂愁、それは春のもたらす喜びを享けるためには避けられないもの。美に惹かれる心こそが愁いをもたらすものであろうから。それすらも、この人と花は溶かし去ってくれる。これは人と花の美しさを最高に讃えるもの。

鼓吹入朝曲（鼓吹入朝曲《こすいにふてうきよく》）

1 金陵控㆓海浦㆒
2 渌水帯㆓呉京㆒
3 鐃歌列㆓騎吹㆒
4 颯沓引㆓公卿㆒
5 槌㆑鐘速㆓嚴粧㆒
6 伐㆑鼓啓㆓重城㆒
7 天子憑㆓玉案㆒
8 劍履若㆓雲行㆒
9 日出照㆓萬戸㆒
10 簪裾爛㆓明星㆒
11 朝罷沐浴閑

金陵《きんりよう》 海浦《かいほ》を控《ひか》へ
渌水《りよくすい》 呉京《ごけい》を帯《お》ぶ
鐃歌《だうか》 騎吹《きすい》を列《れつ》し
颯沓《さふたふ》として公卿《こうけい》を引《ひ》く
鐘《かね》を槌《う》ちて嚴粧《げんさう》を速《すみ》やかにし
鼓《つづみ》を伐《う》ちて重城《ちようじやう》を啓《ひら》く
天子《てんし》は玉案《ぎよくあん》に憑《よ》り
劍履《けんり》 雲《くも》の行《ゆ》くが若《ごと》し
日《ひ》出《い》でて萬戸《ばんこ》を照《て》らし
簪裾《しんきよ》 明星《めいせい》爛《らん》たり
朝《てう》罷《や》みて沐浴《もくよく》閑《しづ》かに

12 遨遊閬風亭
13 濟濟雙闕下
14 歡娯樂㆓恩榮㆒

遨遊《がういう》す閬風亭《らうふうてい》
濟濟《せいせい》たり 雙闕《さうけつ》の下《もと》
歡娯《くわんご》 恩榮《おんえい》を樂《たの》しむ

現代語訳 鼓吹入朝曲

金陵の都は間近に海畔を控え、清い水の流れが呉の京《みやこ》を繞る。
軍楽が居並ぶ馬上に奏でられ、あまたの顕官を導いている。
時の鐘が撞かれて、急ぎ身だしなみを整え、鼓の音を合図に、宮居の門が開かれる。
天子は玉の几案に寄りかかられ、剣を帯び履《はきもの》を着けた功臣が雲湧くように殿上に進む。
日が差し昇ると万戸を照らし、礼装をまとう姿は明るい星のように煌びやか。
朝見が終わるとゆったりと沐浴し、閬風亭に出かけて存分に遊ぶ。
宮城のもと、挙止うるわしく、喜びに満ちて、栄えある恩寵を楽しむ。

語注 **0 鼓吹入朝曲** 楽府題。『楽府詩集』巻二〇鼓吹曲辞。斉・謝朓「斉随王鼓吹曲」の題解に、謝朓が斉の永明八年、鎮西随王の教を奉じ荊州道中で作ったという。その中に「入朝曲」があり、本作はそれを承ける。謝朓「入朝曲」は「鼓吹曲」と題し『文選』巻二八にも収める。「鼓吹曲」は軍楽。「短簫鐃歌《たんしょうどうか》」とも称する。北方異民族に由来する。 **1・2 金陵** 南朝の諸王朝が都を置いた建康の美称。今の江蘇省南京市。 **渌水** 清らかな水。 **呉京** 金陵はもと三国呉の都であった。謝朓「入朝曲」に「江南は佳麗の地、金陵は帝王の州。逶迤として渌水を帯び、迢遞として朱楼起つ」。 **3 鐃歌** 軍楽、軍歌。戦時あるいは凱旋時の他、皇帝出御や公宴においても演奏される。 **4 颯沓** 衆多のさま。畳韻の語。 **公卿** 高級官員。 **5 厳粧** 朝見に備えて衣冠等を整える。 **6 重城** 宮城。 **7 玉案** 玉の装飾を凝らされた机。 **8 剣履** 「剣」と「履」を身に着けて殿上に進む。功臣に許される殊遇。 **10 簪裾** 高官の装束。 **11 沐浴** 髪を洗い、身体を洗う。官員の休暇をいう。 **12 遨遊**

「遨」も遊ぶ。**閬風亭**　宮城の北、玄武湖畔の覆舟山にあった亭。**13 済済**　威儀整い美しいさま。**双闕**　宮門あるいは宮城をいう。【詩型・押韻】　五言古詩。下平十二庚（京・卿・行・栄）・十四清（城）・十五青（星・亭）の通押。平水韻、下平八庚・九青の通押。

詩解　謝朓は李白が最も敬愛した詩人の一人。その謝朓の「入朝曲」を踏まえ、それに倣ってうたわれる。冒頭「金陵」「淥水」の二語は謝朓詩に見える語を襲用する。そのうえで、金陵の地理的環境からうたい起こし、宮城に入城する行列とそれに伴う音楽などを連ねて、首都の素晴らしさとそこに集う朝官らの秩序だった立派さを頌美し、王朝の弥栄を祝福する。

東武吟（東武吟《とうぶぎん》）

1 好レ古笑二流俗一　　古《いにしへ》を好《この》みて流俗《りうぞく》を笑《わら》ひ
2 素聞二賢達風一　　素《もと》より賢達《けんたつ》の風《ふう》を聞《き》く
3 方希佐二明主一　　方《まさ》に希《ねが》ふ　明主《めいしゆ》を佐《たす》け
4 長揖辭二成功一　　長揖《ちやういふ》して成功《せいこう》を辞《じ》せんことを
5 白日在二高天一　　白日《はくじつ》　高天《かうてん》に在《あ》り
6 回光燭二微躬一　　回光《くわいくわう》　微躬《びきゆう》を燭《て》らす
7 恭承二鳳凰詔一　　恭《つつし》みて鳳凰《ほうわう》の詔《みことのり》を承《う》け
8 欻起二雲蘿中一　　欻《たちま》ち雲蘿《うんら》の中《うち》より起《た》つ

9 清切紫霄迥
10 優遊丹禁通
11 君王賜㆓顔色㆒
12 聲價凌㆓煙虹㆒
13 乘輿擁㆓翠蓋㆒
14 扈從金城東
15 寶馬麗㆓絕景㆒
16 錦衣入㆓新豐㆒
17 倚ㇾ巖望㆓松雪㆒
18 對ㇾ酒鳴㆓絲桐㆒
19 因學揚子雲
20 獻㆓賦甘泉宮㆒
21 天書美㆓片善㆒
22 清芬播㆓無窮㆒
23 歸來入㆓咸陽㆒
24 談笑皆王公

清切《せいせつ》 紫霄《しせう》迴《はる》かに
優遊《いういう》 丹禁《たんきん》に通《つう》ず
君王《くんわう》 顔色《がんしよく》を賜《たま》はり
聲價《せいか》 煙虹《えんこう》を凌《しの》ぐ
乘輿《じようよ》 翠蓋《すいがい》を擁《よう》し
扈《こ》從《じゆう》す金城《きんじやう》の東《ひがし》
寶馬《ほうば》 絕景《ぜつけい》を麗《つな》ぎ
錦衣《きんい》 新豐《しんほう》に入《い》る
巖《いはほ》に倚《よ》りて 松雪《しようせつ》を望《のぞ》み
酒《さけ》に對《たい》して 絲桐《しとう》を鳴《な》らす
因《よ》りて學《まな》ぶ揚子雲《やうしうん》の
賦《ふ》を甘泉宮《かんせんきゆう》に獻《けん》ずるを
天書《てんしよ》 片善《へんぜん》を美《よみ》し
清芬《せいふん》 無窮《むきゆう》に播《し》く
歸《かへ》り來《きた》りて咸陽《かんやう》に入《い》り
談笑《だんせう》するは皆王公《みなわうこう》

25 一朝去㆓金馬㆒
26 飄落成㆓飛蓬㆒
27 賓友日疏散
28 玉樽亦已空
29 才力猶可㆑倚
30 不㆑慙㆓世上雄㆒
31 閑作東武吟
32 曲盡情未㆑終
33 書㆑此謝㆓知己㆒
34 吾尋㆓黄綺翁㆒

一朝《いつてう》 金馬《きんば》を去《さ》り
飄落《へうらく》 飛蓬《ひほう》と成《な》る
賓友《ひんいう》 日《ひ》びに疏散《そさん》
玉樽《ぎよくそん》 亦《ま》た已《すで》に空《むな》し
才力《さいりよく》 猶《な》ほ倚《よ》るべく
世上《せじやう》の雄《ゆう》に慙《は》ぢず
閑《かん》に作《な》す東武吟《とうぶぎん》
曲《きよく》盡《つ》きて 情《じやう》未《いま》だ終《を》はらず
此《これ》を書《しよ》して知己《ちき》に謝《しや》し
吾《われ》 黄綺《くわうき》の翁《おきな》を尋《たづ》ねん

現代語訳　東武吟

いにしえを好んで今の俗弊を笑うのは、もとより賢者達人の風に憧れていたから。
そこで願うのは、明主をお助けし、功を成すも栄達は辞しておさらばすること。
太陽は高空を輝きわたり、その光は我が小さな身をも照らしてくださった。
天子の命を恭しく押し頂き、にわかに山中の蔦葛《つたかずら》の中から起つことに。
清く厳かな天上のかなた、ゆったり進んで禁中にいたる。
君王に拝謁を賜り、栄誉は雲中の虹をしのぐばかり。

天子の車駕を翡翠の車蓋が守り、付き従う我もまた都の東へ。

天厩の名馬絶景を繫ぎ、錦の衣をまとって新豊に入る。

巌に寄りかかって松に置く雪を眺め、酒を前にして琴の音に耳を傾ける。

そこでかの揚子雲に倣い、甘泉宮への行幸を賦にして献じた。

ささやかな美をお褒めくださるおことばを忝《かたじけな》くし、清く薫り高い誉れが永遠に伝わることとなった。

帰り来って咸陽の都に入り、談笑する相手はみなやんごとなき方々。

ところがある日にわかに金馬門を去り、うらぶれて風に飛ぶ蓬になりはてた。

友人たちも日に日に散じてしまい、玉樽のお酒ももうすっかり空に。

それでも才力はなお恃《たの》むべく、世の雄傑らには恥じぬつもり。

静かに口ずさむ東武吟、曲は尽きようとも思いは残る。

そこでここに書き綴って知己らに暇を乞い、かの黄綺の翁らを訪ねることとしよう。

語注 **0 東武吟** 楽府題。『楽府詩集』巻四一相和歌辞・楚調曲。もとは斉（山東省）の地方歌謡。「東武」は地名で、今の山東省諸城市。底本の題下注に「一に〝金門を出でし後　懐を書して翰林の諸公に留別す〟に作る」と。**1―4** 功を成しても栄与や名利に執着しない古人への憧憬は、「古風五十九首」其九（巻二）における魯仲連など、李白詩にしばしばうたわれる。**賢達風** 過去の優れた人物の遺風。**長揖** 両手を組み上下させる挨拶。ここでは辞去のしぐさ。**辞成功** 功を収めても名誉は求めない。**5 白日** 太陽。皇帝を喩える。**6 微躬** 謙遜する自称。**7** 天子に招かれたことをいう。「鳳凰」は天子の象徴。「詔」は皇帝の命令。**8 欻** たちまち。**雲蘿** 女蘿。サルオガセ。山中の樹木に絡まり垂れ下がる地衣類。山中にあるため「雲」という。しばしば隠棲の象徴。**9 清切** 皇帝のそば近くで厳かなさま。双声の語。**紫霄** 天上。皇居をたとえる。「迴」字、底本は「迴」に作るが諸本に従って改める。**10 優遊** ゆったりとしたさま。**丹禁** 皇居。**11 賜顔色** 拝謁する。**12 煙虹** 雲にかかる虹。**13 乗輿** 天子の車。**翠蓋** カワセミの羽で飾った車蓋。天子の車に用いる。**14 扈従** 随行する。**金**

城東　長安の東郊にある驪山《りざん》の温泉宮（華清宮）。「金城」は首都である長安をいう。**15 宝馬**　宮城の厩馬　**麗**　繋ぐ。**絶景**　良馬の名。『三国志』魏志・武帝紀の裴松之注の引く西晋・王沈『魏書』に見える。**16 新豊**　長安の近郊。美酒の産地。**18 糸桐**　琴。「糸」は弦、「桐」は琴の材。**19・20** 揚雄に倣い行幸をうたう作品を奉った。**揚子雲**　前漢末の文学者揚雄、字は子雲。かつて成帝の行幸に随行し「甘泉の賦」を作り奏上した。李白「温泉に侍従し帰りて故人に逢ふ」詩（巻八）に「子雲侍従を叨《かたじけな》くし、賦を献じて光輝有り」。**21 天書**　天子の御筆。**片善**　小さな優点。**22 清芬**　清らかな香り。**23 咸陽**　秦の都。借りて長安をいう。**25** 翰林の職を解かれたことをいう。**金馬**　金馬門。文士が天子の命を待つ場所。門の傍らに銅馬があった。**26 飛蓬**　「蓬」は秋に枯れると、根ごと抜けて丸くなって風に吹かれて転がる。人がさまようさまを喩える。**27 疏散**　まばら。双声の語。**34 黄綺翁**　夏黄公《かこうこう》と綺里季《きりき》。秦の暴政を避けて商山（陝西省商洛市）に隠棲した四人の隠者、四皓。残り二人は、東園公《とうえんこう》と甪里《ろくり》先生。李白「山人酒を勧む」（巻四）に詳しい。【詩型・押韻】五言古詩。上平一東（風・功・躬・中・通・虹・東・豊・桐・宮・窮・公・蓬・空・雄・終・翁）。平水韻、上平一東。

詩解　李白の楽府は、南朝宋・鮑照の作品の影響を受けたものが少なくない。鮑照の「東武吟」（『文選』巻二八）は、一人の老人の身の上話という体裁で語られる。若き日に辺塞で兵役に従事した老人は、その功を認められることなく、今は故郷に帰って農民として貧しい暮らしをしている。かつての労苦の報いられないことを歎き、使い古した席《むしろ》、疲れ果てた老馬にも似た我が身に情けを賜りたいと結ぶ。こうした物語性・虚構性は楽府という歌辞文芸の特質といってよく、詩の内容が作者・語り手に直接従属するものと考えられた徒詩（楽府以外の詩一般）と大きく異なるところである（無論、鮑照詩の老人に、寒門出身の鮑照自らの苦衷が投影されているとみることは可能である）。

　しかしながら李白は、しばしばこうした歌辞作品の中に自らの姿を書き込む。あたかも文学世界での住人であるかのように振る舞い、自己を演出する。この詩もまた鮑照の作と同様、一人の人物の身の上話といってよい。そしてそのモデルは李白自身である。この作品では、かつて皇帝に見いだされて仕えることとなったこと、皇帝の行幸に扈従して作品を奉呈し褒賞に与ったこと、権貴の人々と交友を結んだことなどが述べられる。そして25「一朝　金馬を去り」以降は、翰林の職を解かれて都を離れ江湖を転々として日を過ごしたことをうたう。これは李白自身によるほぼ自伝的な記述といってよかろう。とはいえここに描かれる主人公の像には、やはりいくばくかの戯画化が認められる。それはまず冒頭四句の、明主を補佐し功を成した後は名爵を辞して世を棄てることが素志であったと述べる所から始まる。職を解かれ都を逐われた者が自らを振り返るにしては、いささか虚勢の観を否めない。この強がりは、29・30の「才力　猶ほ倚るべく、世上の雄に慙ぢず」にまで一貫する。そしてこの強がりが詩全体にペーソスにも似た情調をもたらし、またそのペーソスに対する作者の自覚が、更にある種のゆとりとユーモアを詩に与えている。李白がこのように自らをモデルとする主人公を描き得たのは、やはり歌辞という表現のスタイルによる所が大きいであろう。

邯鄲才人嫁爲二廝養卒婦一（邯鄲《かんたん》の才人嫁《さいじんか》して廝養卒《しやうそつ》の婦《ふ》と爲《な》る）

1 妾本叢臺女　　妾《せふ》は本叢臺《もとそうだい》の女《をんな》
2 揚レ娥入二丹闕一　　娥《が》を揚《あ》げて丹闕《たんけつ》に入《い》る
3 自倚二顏如一レ花　　自《みづか》ら顏《かほ》の花《はな》の如《ごと》きに倚《よ》り
4 寧知レ有二凋歇一　　寧《いづく》んぞ凋歇《てうけつ》有るを知《し》らんや
5 一辭二玉階下一　　一《ひと》たび玉階《ぎよくかい》の下《もと》を辭《じ》し
6 去若二朝雲沒一　　去《さ》りて朝雲《てううん》の沒《ぼつ》するが若《ごと》し
7 毎憶邯鄲城　　毎《つね》に憶《おも》ふ邯鄲《かんたん》の城《しろ》
8 深宮夢二秋月一　　深宮《しんきゆう》に秋月《しうげつ》を夢《ゆめ》む
9 君王不レ可レ見　　君王《くんわう》見《み》るべからず
10 惆悵至二明發一　　惆悵《ちうちやう》として明發《めいはつ》に至《いた》る

現代語訳　邯鄲の宮女　嫁いで雑役の妻となる

わたしはもと叢台の女、眉を上げて丹塗りの宮殿にお仕えしました。

花のような容姿を頼みとし、それが衰えるとは思いもしません。

ひとたび宮殿の階《きざはし》にお別れすれば、朝の雲が風に吹き消されるようなもの。

いつも邯鄲のお城を思い、奥深い宮居にみた秋の月を夢に思い起こします。

王さまのお姿を見ることはかなわず、哀しみもだえて夜明けまで眠られません。

語注　**0 邯鄲才人嫁為廝養卒婦**　『楽府詩集』巻七三雑曲歌辞に斉・謝朓の作と共に収める。「邯鄲」は戦国時代、趙国の都。河北省邯鄲市。「才人」は宮中の女官。「廝養卒」は雑事を行う奴僕。　**1 妾**　女性の自称。　**叢台**　戦国趙の邯鄲城中にあった台。　**2 揚娥**　娥眉（女性の美しい眉）を揚げる。美しさを誇るしぐさ。あるいは嬌態。　**丹闕**　朱色に塗られた宮殿。君王の居所。　**4 凋歇**　散り萎れる。　**5 玉階**　玉で作られた宮殿内の階段。　**6 朝雲**　先秦・宋玉「高唐の賦」（『文選』巻一九）にみえる神女は「旦《あさ》には朝雲と為り、莫《ひぐれ》には行雨と為る」と言って楚王の元を立ち去る。　**10 惆悵**　哀しみ傷むさま。双声の語。　**明発**　日が上る。【詩型・押韻】　五言古詩。入声十月（闕・歇・月・発）・十一没（没）の同用。平水韻、入声六月。

詩解　詩題が既に女性の転落の運命を示しているが、その故事の詳細も、またそれを承けた古辞の存否も分からない。今に伝わるものは謝朓と李白の作のみ。謝朓の詩も白詩と同様に君王の寵愛を失った宮女をうたう。自らの容姿に自信をもち、誇らしげに過ごした宮中の日々。一朝、宮殿を離れてしまえば、空に浮かぶ雲が瞬く間に消えてしまうようなはかなさ。夜の明けるまで寝もやらず、かつて君王とともに眺めた秋の月を思い出す。旧解の多くは、かつて天子の側近くに仕え、逐われてなお君王を忘れない李白自身の忠心がうたわれているとする。

出自薊北門行（出自薊北門行《しゆつじけいほくもんかう》）

1 虜陣横二北荒一
2 胡星曜二精芒一
3 羽書速二驚電一
4 烽火晝連レ光
5 虎竹救二邊急一
6 戎車森已行
7 明主不レ安レ席
8 按レ劍心飛揚
9 推レ轂出二猛將一
10 連レ旗登二戰場一
11 兵威衝二絶漠一
12 殺氣凌二穹蒼一
13 列レ卒赤山下
14 開レ營紫塞傍
15 孟冬風沙緊
16 旌旗颯凋傷

虜陣《りよぢん》 北荒《ほくくわう》に横《よこ》たはり
胡星《こせい》 精芒《せいばう》曜《かがや》く
羽書《うしよ》 驚電《きやうでん》速《すみ》やかに
烽火《ほうくわ》 晝《ひる》に光《ひかり》を連《つら》ぬ
虎竹《こちく》 邊急《へんきふ》を救《すく》ひ
戎車《じゆうしや》 森《しん》として已《すで》に行《ゆ》く
明主《めいしゆ》 席《せき》に安《やす》んぜず
劍《けん》を按《あん》じて心《こころ》飛揚《ひやう》す
轂《こく》を推《お》して猛將《まうしやう》を出《い》だし
旗《はた》を連《つら》ねて戰場《せんぢやう》に登《のぼ》る
兵威《へいゐ》 絶漠《ぜつばく》を衝《つ》き
殺氣《さつき》 穹蒼《きゆうさう》を凌《しの》ぐ
卒《そつ》を列《つら》ぬ赤山《せきさん》の下《もと》
營《えい》を開《ひら》く紫《し》塞《さい》の傍《かたは》ら
孟冬《まうとう》 風沙《ふうさ》緊《きび》しく
旌旗《せいき》 颯《さつ》として凋傷《てうしやう》

17 畫角悲二海月一　畫角《ぐわかく》 海月《かいげつ》を悲《かな》しみ
18 征衣巻二天霜一　征衣《せいい》 天霜《てんさう》を巻《ま》く
19 揮レ刃斬二樓蘭一　刃《やいば》を揮《ふる》ひて樓蘭《ろうらん》を斬《き》り
20 彎レ弓射二賢王一　弓《ゆみ》を彎《ひ》きて賢王《けんわう》を射《い》る
21 單于一平蕩　單于《ぜんう》 一《ひと》たび平蕩《へいたう》され
22 種落自奔亡　種落《しゆらく》 自《おのづか》ら奔亡《ほんばう》す
23 收レ功報二天子一　功《こう》を收《をさ》めて天子《てんし》に報《ほう》じ
24 行歌歸二咸陽一　行歌《かうか》して咸陽《かんやう》に歸《かへ》る

現代語訳　出自薊北門行

えびすの陣は北辺の地に広がり、胡の星はその光芒を輝かせる。

羽を挿した回し文は稲光の速さで伝わり、のろし火は昼もなお光を連ねる。

虎の割り符は辺地の急を救うため用意され、戦車は厳かにまさに出発した。

賢明なる君主は腰を落ち着かせることなく、剣を握り心はかの地に飛びあがらんばかり。

推轂の礼を以て猛将を送り出し、軍は旗を連ねて戦場に到った。

兵威はかなたの砂漠を衝き、殺気が大空をかけあがる。

兵卒を赤山の下に並べ、軍営を長城の傍らに設ける。

冬の初め、沙も風に強く巻き上げられ、いくさ旗もさっとちり凋む。

つのぶえが最果ての月の下、悲しく響き、兵士の衣服には空から落ちる霜が巻き付く。
刃をふるって楼蘭王を斬り伏せ、弓を引いて左右賢王を射殺《いころ》す。
単于がひとたび打ち平らげられると、すべての部族はおのずと逃げ果ててしまう。
功を収めて天子にお知らせし、凱歌をあげつつ咸陽に帰る。

語注 **0 出自薊北門行** 楽府題。『楽府詩集』巻六一雑曲歌辞に南朝宋・鮑照、梁・徐陵、北斉・庾信の作と共に載せる。題は魏・曹植「艶歌」（『芸文類聚』巻八八）の冒頭一句、「薊の北門自り出づ」を取ったもの。鮑照の作は『文選』（巻二八）にも採られる。「薊」は古代燕国の都。今の北京市。 **1 虜陣** 異民族の軍陣。「虜」は蔑称。鮑照「出自薊北門行」に「虜陣 精《すぐ》れて且つ強し」。 **北荒** 北方僻遠の荒涼とした地域。 **2 胡星** 昴《すばる》をいう。胡の象徴とされた。『史記』天官書に「昴を旄頭と曰ふ、胡の星なり」。 **精芒** 星芒。星の光の先端。星芒が白く輝くと戦争の兆しとみられた。 **3・4** 辺地の急が知らせられる。 **羽書** 兵を集める檄文。「羽檄」に同じ。緊急を示すため羽根を挿す。 **烽火** 変事を知らせのろし。鮑照「出自薊北門行」に「羽檄 辺亭に起こり、烽火 咸陽（みやこ）に入る」。 **5 虎竹** 兵士を徴発し、軍を指揮する権限を示す割り符。半分を都に留め、半分を将が持参する。 **6 戎車** 戦場に用いる車。 **森** 厳粛で整然としたさま。 **8 按剣** 剣の柄に手をかける。斬りかかろうとする動作。鮑照「出自薊北門行」に「天子 剣を按じて怒る」。 **9 推轂** 将軍を派遣する際、天子は跪き、「轂」（車軸）を推して敬意を示す。『漢書』馮唐伝に「臣聞く 上古の王者の将を遣はすや、跪きて轂を推すと」。 **11 絶漠** 絶遠の砂漠。 **12 穹蒼** 天空。 **13 赤山** 伝説上の山。北方異民族の烏桓では、死者の魂は「赤山」に帰ると考えられた。 **14 開営** 「営」字、底本は「雲」に作るが諸本に従って改める。 **紫塞** 辺地の長城や塞をいう。 **17 画角** 角笛。表面に絵が描かれているので「画」という。 **海月** 辺境の地の月。 **18** 鮑照「出自薊北門行」に「旌甲《せいこう》（戦旗・甲冑）胡霜を被る」。 **征衣** 出征兵士の衣服。 **19 楼蘭** 西域の国名。漢代、楼蘭は匈奴と通じてしばしば漢に叛き漢の使者を殺した。漢の大将軍の霍光は傅介之を派遣し、傅は策略を用いて楼蘭王を殺した（『漢書』傅介之伝） **20 賢王** 匈奴は首長である単于の下に左右賢王を置いた。 **21 単于** 匈奴の王。 **平蕩** 平定掃蕩。 **22 種落** 種族・部落。 **24 咸陽** 秦の都。ここでは都をいう。 **【詩型・押韻】** 五言古詩。下平十陽（芒・揚・場・傷・霜・王・亡・陽）・十一唐（荒・光・行・蒼・傍）の同用。平水韻、下平七陽。

詩解 北方辺塞の地での異民族との争いをうたう。テーマのみならず用語等も鮑照の同題の作（『文選』巻二八）を襲うところが多い。檄と烽火が辺地の急を知らせ、早速救援の兵の派遣が行われる。天子は怒りを示し、将軍を派遣する。自軍の兵威、北地の気候の厳しさ、等々をよみわたって、鮑照詩の末尾は「軀を投じて明主に報い、身死して国殤（英霊）と為らん」と、国に殉じようとの決意をのべて結ぶが、李白詩のほうは、異族の王らを討ち果たし、都に凱歌を挙げようとうたう。鮑照作と同じ韻を用いる所からもうかがわれるように、鮑照に学ぼうとする意識が明らかな作品。

丁都護歌（丁都護歌《ていとごか》）

1 雲陽上征去　　雲陽《うんやう》 上征《じやうせい》して去《ゆ》けば
2 兩岸饒二商賈一　　兩岸《りやうがん》 商賈《しやうこ》饒《おほ》し
3 吳牛喘レ月時　　吳牛《ごぎう》 月《つき》に喘《あへ》ぐ時《とき》
4 拖レ船一何苦　　船《ふね》を拖《ひ》くは 一《ひと》へに何《なん》ぞ苦《くる》しき
5 水濁不レ可レ飲　　水《みづ》は濁《にご》りて飲《の》むべからず
6 壺漿半成レ土　　壺漿《こしやう》 半《なか》ば土《つち》と成《な》る
7 一唱二都護歌一　　一《ひと》たび都護《とご》の歌《うた》を唱《うた》へば
8 心摧淚如レ雨　　心摧《こころくだ》けて 淚雨《なみだあめ》の如《ごと》し
9 萬人繫二盤石一　　萬人《ばんじん》 盤石《ばんせき》に繫《つな》ぐも

無㆑由㆑達㆓江滸㆒　江滸《かうこ》に達《たつ》するに由無《よしな》し
君看石芒碭　君看《きみみ》よ 石《いし》の芒碭《ばうたう》たるを
掩㆑涙悲千古　涙《なみだ》を掩《おほ》ひて悲《かな》しみ千古《せんこ》たり

現代語訳　丁都護歌

雲陽から川をさかのぼると、両岸には多くの商人が店の軒を連ねる。

呉の牛が月を日とみて喘ぐ夏の盛り、船を引くのは何と辛いこと。

川の水は濁って飲むことはできず、壺に入れた飲み物もなかば泥となる。

ひとたび土地のうた「丁都護」をうたえば、心くだけ涙は雨と降る。

万人の工夫が集い巨石に綱をかけて引くが、到底船を岸辺には引き寄せられない
ご覧なさい、あの大きく重い石を、涙を覆い隠しても悲しみは千古に果てることはない。

語注　**0**『楽府詩集』巻四五清商曲辞・呉声曲辞（丁督護歌」に作る）。『宋書』楽志一に次のような故事を載せる。彭城内史の徐逵之《じょきし》が人に殺される事件があった。徐逵之の妻は南朝宋・高祖の娘であった。そこで高祖は督護（軍事を掌る）の丁旿《ていご》を遣わし、葬送のことに当たらせた。その際、徐逵之の妻が丁旿に呼びかける「丁督護よ」という声が哀切を極めたため、人々はそれに合わせこの歌を作った。歌の舞台は潤州丹陽（南京よりやや下流の鎮江の南）。李白の作は、この地で多くの人々が徴用されていた巨石運搬の苦しさをうたう。　**1 雲陽**　地名。今の江蘇省鎮江市の南の丹陽市。　**上征**　水を上流に遡る。　**2 商賈**　商人。行商を「商」といい、店舗を構えるものを「賈」という。　**3 呉牛喘月**　きわめて暑いこと。呉（江南地域）の牛は暑さを恐れるあまり、月をみても日と間違えて喘ぐという。『世説新語』言語に「臣（満奮）は猶ほ呉牛のごとし、月を見て喘ぐ」、およびその劉孝標注。　**6 壺漿**　壺のなかの飲料。　**9・10** 石を運ぶため船を引くが、船はなかなか進まない。　**盤石**　大きな石。　**江滸**　水辺。長江の流れる岸辺。　**11 芒碭**　石の大きさをいう。畳韻の語。旧説には地名とも石の名ともいう。　【詩型・押韻】五

言古詩。上声九麌（雨）・十姥（賈・苦・土・滸・古）の同用。平水韻、上声七麌。

詩解 江南の地において労役に従事する辛苦をうたう。題解にも示したように、本来の「丁都護」とこの詩に直接のつながりはなく、舞台が「雲陽」であることから、悲哀・辛苦の声を載せる歌として「丁都護」の名がとられたのであろう。詩中でも労役の苦が「一たび都護の歌を唱へば、心摧けて　涙雨の如し」とうたわれる。

少年行二首　其一　（少年行二《せうねんかうに》首《しゅ》　其《そ》の一《いち》）

1 撃レ筑飲二美酒一　　筑《ちく》を撃《う》ちて美酒《びしゅ》を飲《の》み
2 劍歌易水湄　　劍歌《けんか》す　易水《えきすい》の湄《ほとり》
3 經二過燕太子一　　燕《えん》の太子《たいし》を經過《けいくわ》し
4 結二託幷州兒一　　幷州《へいしう》の兒《じ》と結託《けったく》す
5 少年負二壯氣一　　少年《せうねん》　壯氣《さうき》に負《たの》み
6 奮烈自有レ時　　奮烈《ふんれつ》　自《おのづか》ら時有《ときあ》らん
7 因聲魯句踐　　因《よ》りて聲《つ》ぐ魯句踐《ろこうせん》
8 爭レ情勿二相欺一　　情《じやう》を爭《あらそ》ひて相欺《あひあざむ》る勿《な》かれ

現代語訳　少年行　其の一

筑を撃ち旨酒を傾け、易水の辺で剣を手にうたう。

燕の太子とよしみを通じ、幷州の若者と立ち交わる。
齢わかく勇壮の気を誇り、いずれ心を奮い起こし、事なすこともあろう。
覚えておきたまえ魯句践よ、怒りにまかせて侮るなかれ。

語注　**0 少年行**　『楽府詩集』巻六六雑曲歌辞。遊俠の少年の意気、ふるまいを写す。　**1・2** 燕（河北北部）の刺客荊軻《けいか》とその友人高漸離《こうぜんり》の逸事を踏まえる。「筑」は弦楽器、竹で撃って鳴らす。「易水」は燕の地を流れる川。戦国末期、刺客の荊軻は屠殺人の高漸離と仲がよく、毎日燕の市場で酒を飲み、酔うと高漸離が筑を撃ち、それに合わせて荊軻が歌った。燕の太子丹《たん》の依頼を受けて秦王政《せい》（後の始皇帝）を殺すため旅立つ荊軻を、太子丹をはじめ友人たちが易水のほとりで見送った。出発を前に、高漸離が筑を撃ち、荊軻はそれに合わせて歌うには、「風蕭蕭として易水寒く、壮士一たび去りて復た還らず」と（『史記』刺客列伝）。　**3 経過**　行き来する。　**燕太子**　燕の太子丹。　**4 結託**　仲間となって交際する。　**幷州児**　「幷州」は地名、山西の北部。遊俠の徒の多く出た地域とされる。魏・曹植「白馬篇」（『文選』巻二七）に「借問す誰が家の子ぞ、幽・幷 遊俠の児」。　**7 魯句践**　戦国末の人。かつて博打のいさかいから荊軻を怒鳴りつけたことがあった。後、荊軻が秦王政を殺そうとしたことを知り、荊軻の人物を見抜けなかったことを恥じ、彼の失敗を惜しんだという（『史記』刺客列伝）。　【詩型・押韻】五言古詩。上平五支（児）・六脂（湄）・七之（時・欺）の同用。平水韻、上平四支。

詩解　遊俠の少年を描くうた。其の一は、秦王政（秦・始皇帝）を刺殺しようとして失敗した荊軻を主人公としてうたう。荊軻の物語は誰もが知るところ。ただここではそのメインとなるストーリーをたどるのではなく、筑を奏でて酒を酌み、燕の太子や遊俠の徒と交わったこと、そしてかつて魯句践といさかいを構えたこと等、周辺にある逸事をすくって秦王刺殺の挙の前日譚を語る。

其二（其《そ》の二《に》）

1 五陵年少金市東
2 銀鞍白馬度㆓春風㆒
3 落花踏盡遊㆓何處㆒
4 笑入胡姫酒肆中

五陵《ごりよう》の年少《ねんせう》　金市《きんし》の東《ひがし》
銀鞍白馬《ぎんあんはくば》　春風《しゆんぷう》を度《わた》る
落花《らくくわ》踏《ふ》み盡《つ》くして何處《いづこ》にか遊《あそ》ぶ
笑《わら》ひて入《い》る　胡姫酒肆《こきしゆし》の中《うち》

現代語訳　其の二

五陵の若者が長安の金市の東にて、
銀の鞍を白い馬につけ、さっそうと春風のなかを進む。
散り敷く花を踏みつくした果て、どこでお楽しみかとみれば、
笑いながら入ってゆくのは異国娘の酒場のなか。

語注　**1 五陵年少**　「五陵」は前漢の皇帝の五つの陵（長陵・安陵・陽陵・茂陵・昭陵）。長安から渭水を渡った咸陽の北にあった。漢王朝は豪族・富人をここに移住させ、数万戸に達する衛星都市となった。「年少」は、わかもの。「少年」に同じ。**金市**　長安の西市。**4 胡姫**　外国人の娘。特にイラン系のエキゾチックな美女をいう。【詩型・押韻】七言絶句。上平一東（東・風・中）。平水韻、上平一東。

詩解　其の二には具体的なモデルもなく、特定の物語に則るものでもない。華やかな都市を舞台に、富貴の家の少年の、遊興に春の日を過ごす様子がうたわれる。「春風」に吹かれつつ「銀鞍」の「白馬」に跨がって「落花」をわたるさまは、たしかに絵として美しい。しかし、より生彩を放つのはやはり末句、異国の娘のいる酒場へ笑顔を浮かべて入るところ。当時の長安の都であればこそ生み出された詩句であろう。

楽府 四

高句驪（高句驪《かうくり》）

1 金花折風帽
2 白馬小遲回
3 翩翩舞㆓廣袖㆒
4 似㆓鳥海東來㆒

金花《きんくわ》 折風《せつぷう》の帽《ばう》
白馬《はくば》 小《いささ》か遲回《ちくわい》す
翩翩《へんぺん》として 廣袖《くわうしう》舞《ま》ひ
鳥《とり》の海東《かいとう》より來《きた》るに似《に》たり

現代語訳 高句驪

金の花を折風の帽子に飾り、白い馬に乗りゆっくり進む。
ひらひらと大きな袖を舞わせると、海の東から飛んできた鳥にさも似たり。

語注 **0 高句驪** 国名。高麗とも。中国東北部から朝鮮半島の北・中部を領有した。平壌に都を置き、隋・唐の侵攻をしばしば退けたが、六六八年、唐・新羅の連合軍によって滅ぼされた。本作は朝鮮半島の人の風俗、あるいはその舞人の舞うさまをうたうもの。『楽府詩集』巻七八雑曲歌辞。 **1 金花** 金色の装飾用の造花。 **折風** 朝鮮風の帽子。『北史』高句驪伝に「人皆《みな》頭に折風を著く。形は弁（花弁《かべん》）の如し。士人は加へて二鳥羽を插す。貴き者は其の冠を蘇骨と曰ひ、多く紫羅を用ゐて之を為り、飾るに金銀を以てす」。 **2 遲回** ゆっくり歩む。あるいは進みかねてたちもとおる。 **3 翩翩** 軽やかにひるがえるさま。 **広**

袖　朝鮮風の衣服。先の「高句麗伝」の続きに、「大袖の衫（単衣の上着）、大口の袴、素皮の帯、黄革の履を服す」。**4**　人の様子を外国産の鳥にたとえる。また「海東青」と称する小型の猛禽（タカ、ハヤブサの類）があった。【詩型・押韻】五言絶句。上平十五灰（回）・上平十六咍（来）の同用。平水韻、十灰。

詩解　朝鮮半島出身の人物を描く小スケッチ。その装束と振る舞いのみを写す。素朴なうたい方の中に、異国の人をみる好奇のまなざしが浮かぶ。当時の国際都市長安にあっての一齣であろう。

静夜思（静夜思《せいやし》）

1 牀前看二月光一　　牀前《しやうぜん》 月光《げつくわう》を看《み》る
2 疑是地上霜　　疑《うたが》ふらくは是《こ》れ地上《ちじやう》の霜《しも》かと
3 擧レ頭望二山月一　　頭《かうべ》を擧《あ》げて 山月《さんげつ》を望《のぞ》み
4 低レ頭思二故郷一　　頭《かうべ》を低《た》れて 故郷《こきやう》を思《おも》ふ

現代語訳　静夜思
寝台の前に差し込む月の光をみると、地に降りた霜かと思った。
頭をあげ山の端にかかる月をみ、頭をたれて故郷を思う。

語注　**0**『楽府詩集』巻九〇新楽府辞・楽府雑題。「静夜思」と題するものは李白の作のみを載せる。**1 牀**　ベッド。【詩型・押韻】五言絶句。下平十陽（霜・郷）・下平十一唐（光）の同用。平水韻、七陽。

詩解　月を見て故郷を思う。空にかかる月の光は地上を遍く照らすため、遠く離れたふるさと、あるいは家族への思いなどを誘う。短い詩ながら、視線の移動が詩の構造をかたち作る。まずは寝台の中で月の光を目にとらえる。それを「地上の霜」かとみた視線は、ついで山の端にかかり光を放つ月を見上げる。そして最後は、頭を垂れて故郷を思う。この展開には視線の動きだけではなく心の流れが映し出されている。山の端の月から目を離し頭を垂れるところに、遠く離れた故郷への思いの重さ、切なさが浮かび上がる。

なお「牀」を、「長干行」（巻四）の「牀を遶りて青梅を弄す」の「牀」のように井戸、井桁と解する説もある。その場合、この詩の主人公は夜半に外にあることになる。夜に外にあるのは煩悶を抱えて眠りにつけないため。詩人は初めから愁いにかられて部屋を出て、物思いにふけっていたことになる。これは漢代の古詩やそれに倣う魏晋期の詩・楽府以降、連綿とうたいつがれたモチーフ。しかしここでは、夜中に目覚めて目にした月の光に、ふるさとへの思いがにわかに生じたと読みたい。

第一句を「牀前明月光」に作る本がある。月光を夜中にふと目にしたものととる読みからは、「看」という動詞の無い方が好ましいが、このように作るのはいずれも清代の選集（王士禎『唐人万首絶句選』、沈徳潜『唐詩別裁集』など）。読者の読みによって、新たなテクストが生成された可能性もある。

渌水曲（渌水曲《りよくすいきよく》）

1 渌水明㆓秋日㆒　渌水《りよくすい》 秋日明《しうじつあき》らかに
2 南湖採㆓白蘋㆒　南湖《なんこ》に 白蘋《はくひん》を採《と》る
3 荷花嬌欲㆑語　荷花《かくわ》 嬌《けう》として語《かた》らんと欲《ほっ》し
4 愁殺蕩舟人　愁殺《しうさつ》す 蕩舟《たうしう》の人《ひと》を

現代語訳　淥水曲

澄み切った水は秋の日に明るく光り、南の湖にでかけ白蘋を摘む。
ハスの花は艶めいて物言いたげで、舟をこぐ娘は切なくなる。

語注　**0 淥水曲**　『楽府詩集』巻五九琴曲歌辞に古い琴曲の題を承けるものとして載せる。李白の作は、江南の少女のヒシ摘み・ハス摘みをうたう民間楽府の内容に通じる。「淥水」は澄んだ清らかな水。**2 白蘋**　水草。四枚の葉を十字形に水上に浮かべ、白い花が咲く。梁・柳惲《りゅううん》「江南曲」（『玉台新詠』巻五）に「汀州に白蘋を釆（採）り、日は落つ江南の春」　**4 愁殺**　「殺」は動詞・形容詞の後につけて程度を強調する。**蕩舟**　舟をゆらす、こぐ。梁・簡文帝「雍州十曲抄三首」「北渚」（『玉台新詠』巻七）に「多く逢ふ蕩舟の妾」。【詩型・押韻】五言絶句。上平十七真（蘋・人）。平水韻、十一真。

詩解　江南の光溢れるなか、ハスの花と少女が美を競う。舟を漕ぐ少女を「愁殺」するものとして「荷花」の艶やかさを強調すると同時に、物思う年頃の少女の可憐さ、いじらしさも浮かび上がらせる。

猛虎行（猛虎行《まうこかう》）

1 朝作猛虎行
2 暮作猛虎吟
3 腸斷非㆑關㆓隴頭水㆒
4 淚下不㆑爲㆓雍門琴㆒
5 旌旗繽紛兩河道
6 戰鼓驚㆑山欲㆓傾倒㆒

朝《あした》に作《な》す猛虎行《まうこかう》
暮《く》れには作《な》す猛虎吟《まうこぎん》
腸《ちやう》の斷《た》たるは隴頭《ろうとう》の水《みづ》に關《くわん》するに非《あら》ず
淚《なみだ》の下《お》つるは雍門《ようもん》の琴《きん》の爲《ため》ならず
旌旗《せいき》　繽紛《ひんぷん》たり　兩河道《りやうかだう》
戰鼓《せんこ》　山《やま》を驚《おどろ》かし　傾倒《けいたう》せんと欲《ほつ》す

秦人半作㆓燕地囚㆒
胡馬翻銜洛陽草
一輸一失關下兵
朝降夕叛幽薊城
巨鼈未㆑斬海水動
魚龍奔走安得㆑寧

秦人《しんひと》半《なか》ばは燕地《えんち》の囚《しう》と作《な》り
胡馬《こば》翻《かへ》りて銜《ふく》む洛陽《らくやう》の草《くさ》
一《ひと》たび輸《しゅ》し一《ひと》たび失《しつ》す關下《くわんか》の兵《へい》
朝《あした》に降《くだ》り夕《ゆふ》べに叛《そむ》く幽薊《いうけい》の城《しろ》
巨鼈《きよべつ》未《いま》だ斬《き》らずして海水《かいすい》動《うご》き
魚龍《ぎよりゆう》奔走《ほんそう》して安《いづ》くんぞ寧《やす》きを得《え》ん

現代語訳　猛虎行

朝には猛虎の歌をうたい、
暮れには猛虎の歌を吟じる。
腸《はらわた》の千切れる思いは、隴頭の川の流れのせいではなく、
涙の零《こぼ》れるのも、雍門周《ようもんしゆう》の奏でる琴の音のためではない。
河北・河南の地には無数の軍旗がはためき、
戦の触れ太鼓が山を揺るがして傾けんばかり。
秦の人の多くは燕の叛軍の虜となり、
胡の馬はなんと洛陽の草を食んでいる。
関所の守兵は敗走を喫したうえ、その処置を誤まり、
幽・薊の城では朝には降伏し、夕べには叛くというありさま。
巨大なスッポンを切り捨てないために海水は揺れ動き、

魚も龍も逃げ騒いで、どうして安寧を得られよう。

語注　**0 猛虎行**　楽府題。『楽府詩集』巻三一相和歌辞・平調曲に、魏・文帝、西晋・陸機らの作とともに収める。『文選』巻二八にも収める陸機の作は遠行の苦労にあっても志操を堅持することをうたうが、李白の作は安禄山の乱の直後の戦乱を背景に、古今の人物を引きつつ、南方での流離の中にも再起の抱負をうたう。**3 隴頭水**　「隴」は秦川（長安付近を流れる川）の発する地。陝西省隴県にある。悲しい音を立てて流れ、旅人もまたここに至って秦の地を眺めれば哀しみに腸がちぎれるという。古歌「隴頭歌辞」（『楽府詩集』巻二五）に「隴頭の流水、鳴声幽咽す、遥かに秦川を望めば、心肝断絶す」。**4 雍門琴**　戦国時代の琴の名手雍門周は、孟嘗君に見えた際、孟嘗君没後の廟堂・宮殿・墳墓の荒廃したさまを語って琴を奏でた。すると心動かされた孟嘗君はこらえきれずに涙をおとした（『説苑』善説）。**5**　天宝十四載（七五五）十一月、安禄山が河北の范陽（北京）に叛乱の兵を挙げ、ついで河南の東都洛陽を陥落させた。**旌旗**　はた。ここでは特に軍旗をいう。底本は「旍旌」に作るが諸本に従い改める。**繽紛**　多くかつ無秩序なさま。双声の語。**両河道**　唐代の行政区画のうち、河北道（河北と河南・山東の黄河以北）と河南道（河南・山東の黄河以南と江蘇・安徽の北部）。**7**　官軍は緒戦で敗退した。**秦人**　官軍。「秦」は長安周辺。**燕地囚**　叛乱軍のとりこ。「燕」は北京周辺。叛乱軍の拠点。**8**　洛陽の陥落をいう。**胡馬**　叛乱軍の馬。「胡」は異民族。**9 一輪**　洛陽陥落後、官軍の高仙芝が長安を出て陝（河南省三門峡市）に駐屯した際、敗残兵を率いて合流した封常清の進言に従い、ともに陝の西、潼関（河南から関中の長安に至る要所。陝西省渭南市）まで軍を引いて叛乱軍の攻めを防ごうとした。このとき官軍は叛乱軍の追撃のため大きな被害を受けたが、潼関において体勢を立て直した。「輪」は敗北。官軍の右の敗北をいう。**一失**　またこれを監軍の辺令誠が玄宗に讒言したため、高仙芝・封常清はともに勅命によって軍中において斬殺された。「失」は失策。玄宗が讒言を入れて両将を斬ったことをいう（以上、王琦注にしたがう）。**関下兵**　潼関の官軍。**10 朝降夕叛**　天宝十四載十二月、河北の顔杲卿が安禄山に対して挙兵し一時数郡が官軍に帰したが、まもなく顔杲卿が敗れたため、これらの郡も安禄山についた。一句はこのことをいう（王琦注）。**幽**　今の北京市。**薊**　天津市薊州区。**11 巨鼇**　大きなスッポン。安禄山をたとえる。**海水**　天下をたとえる。**12 魚龍**　「魚」は民、「龍」は皇帝。

頗似楚漢時
翻覆無㆓定止㆒
朝過博浪沙
暮入淮陰市
張良未ㇾ遇韓信貧
劉項存亡在㆓兩臣㆒
暫到㆓下邳㆒受㆓兵略㆒
來投㆓漂母㆒作㆓主人㆒
賢哲悽悽古如ㇾ此
今時亦棄㆓青雲士㆒

頗《すこぶ》る似《に》たり　楚《そ》漢《かん》の時《とき》
翻覆《はんぷく》して　定止《ていし》する無《な》し
朝《あした》に過《す》ぐ　博浪沙《はくらうさ》
暮《く》れに入《い》る　淮陰《わいいん》の市《いち》
張良《ちやうりやう》　未《いま》だ遇《あ》はず　韓信《かんしん》は貧《ひん》なり
劉項《りうかう》の存亡《そんばうりやうしん》　兩臣に在《あ》り
暫《しばら》く下《か》邳《ひ》に到《いた》りて　兵略《へいりやく》を受《う》け
來《きた》りて漂母《へうぼ》に投《とう》じて　主人《しゆじん》と作《な》す
賢哲《けんてつ》　悽悽《せいせい》たるは　古《いにしへ》も此《か》くの如《ごと》し
今時《きんじ》も亦《ま》た　青雲《せいうん》の士《し》を棄《す》つ

現代語訳

それは楚漢抗争の時に似て、
世は揺れ動いて落ち着く間もなし。
朝には博浪沙に始皇帝の命をねらう者もいれば、
夕べに淮陰の街中で食にありつく者もいる。
張良はいまだ高祖に出会わず、韓信は貧窮の時、
劉邦と項羽の天下を争う存亡は二人にかかっていたのだ。

張良はしばし下邳に追っ手を逃れて、黄石公から兵略を授けられ、
韓信は洗濯ばあさんに身を預けて、彼女を主人と頼んだ。
優れた人物の世に容れられないさまは、古もおなじ、
今もまた青雲の志を抱く者は見捨てられたまま。

語注　**13 頗**　とても。非常に。**楚漢時**　楚の項羽と漢の劉邦が天下を争った時。**14 翻覆**　形勢が変化すること。双声の語。
15・16　以下、漢創業の功臣張良と韓信について、まだ劉邦と出会う前の若き日をうたう。**博浪沙**　地名。河南省新郷市。母国韓を秦に滅ぼされた張良は、秦の始皇帝が博浪沙に巡幸した際、力士を雇って大鉄槌を投げつけ、始皇帝の車を潰そうとしたが副車に当たって失敗に終わった（『史記』留侯世家）。**淮陰**　地名。江蘇省淮安市。淮陰出身の韓信は困窮して城下に釣りをして過ごしていた（『史記』淮陰侯列伝）。**18 劉項**　劉邦と項羽。**両臣**　張良と韓信。**19 下邳**　地名。江蘇省邳州市。**兵略**　用兵の策、およびそれを記した書。始皇帝暗殺に失敗した張良は、名を変えて下邳に隠れ、そこで黄石公なる仙人から兵法書を授かった。**20 漂母**　綿布などを水にさらして洗う婦人。飲食にも窮した韓信を哀れに思ったある漂母が、数十日にわたって食事を与えた。**21 悽悽**　慌ただしく落ち着かないさま。『論語』憲問に「丘（孔子の名）何ぞ是《こ》の栖栖（悽悽）たる者を為すか」。
22 青雲士　遠大な志と才能をもつ者。

23 有レ策不三敢犯二龍鱗一　　策《さく》有《あ》るも敢《あ》へて龍鱗《りゆうりん》を犯《をか》さず
24 竄二身南國一避二胡塵一　　身《み》を南國《なんごく》に竄《ざん》して　胡塵《こぢん》を避《さ》く
25 寶書玉劍挂二高閣一　　寶書《ほうしよ》　玉劍《ぎよくけん》　高閣《かうかく》に挂《か》け
26 金鞍駿馬散二故人一　　金鞍《きんあん》　駿馬《しゆんば》　故人《こじん》に散《さん》ず
27 昨日方爲二宣城客一　　昨日《さくじつ》方《まさ》に宣城《せんじやう》の客《かく》と爲《な》り

28 掣レ鈴交通二千石　鈴《すず》を掣《ひ》き交通《かうつう》す二《に》千石《せんごく》
29 有レ時六博快二壮心一　時《とき》有《あ》りて六博《りくはく》して壮心《さうしん》を快《こころよ》くし
30 遶レ牀三匝呼一擲　牀《しやう》を遶《めぐ》ること三匝《さんさふ》呼《よ》びて一擲《いつてき》す

現代語訳

我に献策あるも帝に奏上するは恐れ多く、
南の国に逃れて胡兵の戦塵を避けることとしよう。
貴重な書物と宝剣は丈《たけ》高き棚に託し、
黄金の鞍と駿馬もあちらこちらの友人にあずける。
さては昨日、宣城の客となり、
鈴を鳴らして、かの地の知事殿にご挨拶。
時には双六の遊びで心をくつろがせ、
台を幾度も回っては、声を挙げてサイを投げる。

語注　**23 龍鱗**　龍の喉の下に逆鱗（逆さ向きの鱗）があり、人がそれに触れるとその人を殺す。人主にも逆鱗があるため、進言する際にはそれに触れぬようにしなければならないという（『韓非子』説難）。**24 竄身**　身を隠す。**胡塵**　胡兵の起こす戦塵。**25・26**　家財をすべて放棄したという。**高閣**　背の高い棚。**故人**　古なじみ。**27 宣城**　地名。安徽省宣城市。李白はしばしばこの地に滞在している。**28 掣鈴**　官署の呼び鈴を鳴らす。**交通**　交際する。**二千石**　州の刺史（長官）をいう。古代の郡太守の秩禄が二千石であったことから。**29 六博**　すごろくのようなゲーム。箸（さい）を投じて、出た目に応じて棋（こま）を動かす。**30 牀**　ゲーム台。**三匝**　三周。

31 楚人毎道張旭奇
32 心藏㆓風雲㆒世莫㆑知
33 三呉邦伯皆顧眄
34 四海雄俠兩追隨
35 蕭曹曾作㆓沛中吏㆒
36 攀㆑龍附㆑鳳當㆑有㆑時
37 溧陽酒樓三月春
38 楊花茫茫愁㆓殺人㆒
39 胡雛綠眼吹㆓玉笛㆒
40 呉歌白紵飛㆓梁塵㆒
41 丈夫相見且爲㆑樂
42 槌㆑牛撾㆑鼓會㆓眾賓㆒
43 我從㆑此去釣㆓東海㆒
44 得㆑魚笑寄情相親

楚人《そひと》 毎《つね》に道《い》ふ 張旭《ちやうきよく》は奇《き》なりと
心《こころ》に風雲《ふううん》を藏《ざう》するも世《よ》の知《し》る莫《な》し
三呉《さんご》の邦伯《はうはく》 皆《みな》顧眄《こべん》し
四海《しかい》の雄俠《ゆうけふ》 兩《とも》に追隨《ついずい》す
蕭曹《せうさう》 曾《かつ》て沛中《はいちゆう》の吏《り》と作《な》るも
龍《りゆう》に攀《よ》ぢ鳳《ほう》に附《ふ》す 當《まさ》に時《とき》有《あ》るべし
溧陽《りつやう》の酒樓《しゆろう》 三月《さんぐわつ》の春《はる》
楊花茫茫《やうくわばうばう》として 人《ひと》を愁殺《しうさつ》す
胡雛《こすう》の綠眼《りよくがん》 玉笛《ぎよくてき》を吹《ふ》き
呉歌《ごか》の白紵《はくちよ》 梁塵《りやうぢん》飛《と》ぶ
丈夫《ぢやうふ》相見《あひまみ》ゆれば 且《しばら》く樂《たの》しみを爲《な》さん
牛《うし》を槌《う》ち鼓《つづみ》を撾《う》ちて 眾賓《しゆうひん》を會《くわい》す
我《われ》 此《ここ》より去《さ》りて 東海《とうかい》に釣《つ》りし
魚《うを》を得《え》ば笑《わら》ひて寄《よ》せん 情《じやう》の相親《あひした》しむに

現代語訳

楚の人々は張旭は優れた人物とくちぐちに言うけれど、

彼の心に雄々しい志を秘めていることを知る者はいない。
呉越の地域の長官はみな目をかけ、
天下の雄傑はそろって交際を願う。
後に大臣となった蕭何《しょうか》・曹真《そうしん》もかつては沛の下役人であった、
彼もまた龍鳳たる人物に見いだされる時はきっとあるはず。
溧陽の酒楼は、いま春の盛りの三月、
ヤナギの花は乱れ飛んで、ひどく気がふさぐ。
されど碧眼の異国の少年は玉笛を吹き奏で、
呉の白紵の歌の見事な調べは梁の塵を動かす。
丈夫たる者、相見《まみ》えればまずは楽しみを尽くそう、
牛を屠り鼓をたたいて多くの客人と集う。
我はここから旅立って東海に釣り糸を垂らそう、
魚を獲れば笑って振る舞おう、心の通う友人たちに。

語注　**31 張旭**　旧注は杜甫「飲中八仙歌」に李白とともにその名のみえる草書の名人張旭とする。ただし近年の研究では、張旭が天宝五載（七四六）にはすでに洛陽に退隠していたことと、安禄山の乱（天宝十四載以降）を背景とする本詩の内容に齟齬がみえること、また張旭が楚にあったことに言及する文献が見いだせないことなどから、疑問を呈する。**奇**　他者とかけ離れて優れている。**32 風雲**　遠大な志。**33 三呉**　江蘇省から浙江省にかけての地域。**邦伯**　地方長官をいう古語。**顧眄**　手厚く遇する。**34 四海**　全国。**両**　ともに、一緒に。**追随**　後を追う。**35 蕭曹**　前漢・高祖（劉邦）の功臣、蕭何・曹真。**沛中吏**　蕭何・曹真は劉邦と同郷の沛の人で、曹は沛の獄掾（監獄の下役人）、蕭は主吏（地方官の下吏）であった（『史記』曹相国世家）。**36 攀龍附鳳**　高位の人物に見いだされて立身を遂げる。前漢・揚雄『法言』淵騫に「龍鱗に攀じ、鳳翼に附し、巽《かぜ》以て之を揚

ぐれば、勃勃乎（勢い盛んに）として其れ及ぶべからざるなり」。**37 溧陽**　地名。江蘇省溧陽市。宣城の東北。**38 楊花**　ハコヤナギの白い綿毛。柳絮。**茫茫**　盛んに舞い飛ぶさま。**愁殺**　「殺」は程度を強調する。**39 胡雛**　異民族の子ども。**40 呉歌白紵**　呉の歌曲の名。「白紵辞」（巻四）参照。**飛梁塵**　歌声が素晴らしい。魯の虞公は見事な歌声の持ち主で、その声に梁の上の塵が動いたという（後漢・劉向『別録』）。**42 槌牛**　牛を屠って料理する。**撾鼓**　太鼓を打つ。**43 釣東海**　任国の公子が大きな釣り針と糸を作り、五十頭の牛を餌につけて会稽山に蹲《うずくま》り、東海に竿を投じて魚を釣ったという、『荘子』外物にみえる故事を踏まえる。**【詩型・押韻】**雑言古詩。下平二十一侵（吟・琴）。平水韻、十二侵／上声三十二皓（道・倒・草）。平水韻、上声十九皓／下平十二庚（兵）・十四清（城）・十五青（寧）の通押。平水韻、下平八庚・九青の通押／上声六止（止・市）。平水韻、上声四紙。／上平十七真（貧・臣・人）。平水韻、上平十一真。／上声四紙（此）・六止（士）の同用。平水韻、上声四紙。／上平十七真（鱗・塵・人）。平水韻、上平十一真。／入声二十陌（客）・二十二昔（石・擲）の同用。平水韻、入声十一陌。／上平五支（奇・知・随）・七之（時）の同用。平水韻、上平四支。／上平十七真（人・塵・賓・親）・十八諄（春）の同用。平水韻、上平十一真。

詩解　1―4はうたい起こし。以下12までは、安史の乱勃発直後の混乱を描写する。13―22は、それが楚の項羽と漢の劉邦が天下の覇権を争った時期に似ているとしたうえで、後に漢創業に大きな貢献をした張良・韓信が、劉邦に出会うまでは不遇の身に甘んじていたように、今も優れた人材が見落とされていると嘆く。23―30は、李白自身をモデルとするらしき主人公が姿を見せる。家財道具は放棄したまま戦乱を避けて南に逃れて宣城に到り、土地の人々と交遊する。31―44は、交わりを結んだ人のなかに「張旭」なる人物があり、いまだその才を認められずにいるが、やがては雄飛する日も訪れるだろうと述べる。この「張旭」に対する期待と激励には、李白自らの抱負も重ねられているだろう。そして「溧陽の酒楼」で友人たちと春の酒を酌み交わし、これからは「東海」に釣り糸を垂れようとうたって結ぶ。楚漢が覇を競った時の張良・韓信の故事を引くが、「楚漢の時」に「頗る似」（13）るのは、安史の乱後の当代の事象。物語のスタイルに拠りつつ、そこに自らをも含めた現実を映し出す。後出の「扶風豪士歌」（巻六）を参照。

秋思（秋思《しうし》）

1 春陽如㆓昨日㆒　春陽《しゆんやう》は昨日《さくじつ》の如《ごと》く
2 碧樹鳴㆓黄鸝㆒　碧樹《へきじゆ》に黄鸝《くわうり》鳴《な》く
3 蕪然蕙草暮　蕪然《ぶぜん》たる蕙草《けいさう》の暮《く》れ
4 颯爾涼風吹　颯爾《さつじ》として涼風《りやうふう》吹《ふ》く
5 天秋木葉下　天《てん》は秋《あき》にして木葉《ぼくえう》下《くだ》り
6 月冷莎雞悲　月《つき》冷《ひ》ややかに莎雞《さけい》悲《かな》しむ
7 坐愁羣芳歇　坐《ざ》して愁《うれ》ふ羣芳《ぐんばう》歇《や》み
8 白露凋㆓華滋㆒　白露《はくろ》　華滋《くわじ》を凋《しぼ》ますを

現代語訳　秋思

うららかな春の気はあたかも昨日のことのよう、緑なす木々にはウグイスが鳴いていた。いまカオリグサが雑草に被われた夕暮れ、さっと冷たい風が吹きつける。時節は秋に移ろって木は葉を落とし、月影は冷ややかにクツワムシが悲しげ。なすすべもなく悲しむ、花たちの香りも尽き、露が草花のつややかな生気をしぼませる今宵。

語注　**0 秋思**　『楽府詩集』巻五九琴曲歌辞。これも「渌水曲」（巻五）と同様、古い琴曲の題を承けるもの。　**1 春陽**　春の陽気、日差し。　**2 黄鸝**　コウライウグイス。全身が黄色い羽毛に被われるウグイスの仲間。　**3 蕪然**　雑草が生い茂るさま。

蕙草　香草の名、カオリグサ。**4 颯爾**　風が吹くさま。「爾」は状態を表す語につく接尾語。**涼風**　『礼記』月令に「（孟秋の月）涼風至り、白露降る」。**5 木葉**　『楚辞』九歌・湘夫人に「嫋嫋（木を揺らす）たる秋風、洞庭波だちて木葉下る」。**6 莎雞**　昆虫の名、クツワムシ。『詩経』豳風・七月に「六月　莎雞羽を振るはす」。「莎」字、底本は「沙」に作るが改める。**7 坐**　むなしく、いたずらに。**群芳**　かつて芳香を放っていた花々。**8 華滋**　植物の生き生きとしたさま。「古詩十九首」其九（『文選』巻二九）に「庭中に奇樹有り、緑葉　華滋を発す」。【詩型・押韻】五言古詩。上平五支（鸝・吹）・六脂（悲）・七之（滋）の同用。平水韻、上平四支。

詩解　李白は秋をうたうにあたって、まずは春の景を振り返るところから始める。春は瞬く間に秋に移ろう。推移の速やかなることが強調される。季節の推移を詩にうたうのは『詩経』に始まるが、悲秋の文学の系譜は『楚辞』に緒をみる。「木葉下り」（5）は、その『楚辞』を想起させる語。「群芳」が散り萎れ、「華滋」が凋む秋は、うたい手自身の衰残の日々として受け止められる。

春思（春思《しゆんし》）

1 燕草如㆓碧絲㆒
2 秦桑低㆓綠枝㆒
3 當㆓君懷㆑歸日㆒
4 是妾斷腸時
5 春風不㆓相識㆒
6 何事入㆓羅帷㆒

燕草《えんさう》　碧絲《へきし》の如《ごと》く
秦桑《しんさう》　綠枝《りよくし》を低《た》る
君《きみ》の歸《かへ》るを懷《おも》ふ日《ひ》に當《あ》たるは
是《こ》れ妾《せふ》が斷腸《だんちやう》の時《とき》
春風《しゆんぷう》　相識《あひし》らず
何事《なにごと》ぞ　羅帷《らゐ》に入《い》る

現代語訳　春思

燕の地の草は生え初めて碧い生糸のよう、秦の地の桑は茂って緑の枝を垂れます。
あなたがお帰りを思われるその日こそ、わたしが胸張り裂けんばかりに切なく思う時なのです。
春風はわたしのことを見知らぬくせに、どうしたものか羅《うすぎぬ》のとばりのなかに入ってくるのです。

語注　**0 春思**　春のもの思い。夫が遠い地にある女性の孤独な思いをうたう。本作は『楽府詩集』に収めない。**1・2**　夫のいる場所に草が細々で芽生えるころ、妻のいる場所ではすでに桑の葉が茂り枝を垂れる。**燕**　北京を中心とする北方の地。夫のいる場所。**秦**　長安を中心とする地域。妻のいる場所。**3・4 君**　夫。**妾**　女性の自称、妻。**5 不相識**　春風はわたしのことを見知ってはいない、顔見知りではない。**6 羅帷**　窓辺、牀（寝台）などの周囲にめぐらすうすぎぬのたれぎぬ。【詩型・押韻】五言古詩。上平五支（枝）・六脂（帷）七之（糸・時）の同用。平水韻、上平四支。

詩解　「秦」の地にある妻が遠く「燕」にいる夫を思う。1―4は自然の事物に託して、夫と妻の情況を映す。夫はちょうど彼の地に生え初めた草と同じように、故郷の家にそろそろ帰ろうかと思う。しかし、同じこの日この時まで、妻は桑が緑の枝を茂らせるようにずっと夫を思い続けていた。彼女の思いも知らず部屋に吹き入る「春風」。春のよき日を夫とともに過ごせぬ切なさを募らせる。

秋思（秋思《しうし》）

1 閼氏黄葉落　　閼氏《えんし》 黄葉《くわうえふ》落《お》ち
2 妾望白登臺　　妾《せふ》は望《のぞ》む 白登臺《はくとうだい》
3 海上碧雲斷　　海上《かいじやう》 碧雲《へきうん》斷《た》え
4 單于秋色來　　單于《ぜんう》 秋色《しうしよく》來《きた》る

5 胡兵沙塞合
6 漢使玉關回
7 征客無㆓歸日㆒
8 空悲蕙草摧

胡兵《こへい》　沙塞《ささい》に合《がふ》し
漢使《かんし》　玉關《ぎよくくわん》より回《かへ》る
征客《せいかく》　歸日《きじつ》無《な》く
空《むな》しく悲《かな》しむ　蕙草《けいさう》の摧《くだ》かるを

現代語訳　秋思

闕氏の地で木の葉が黄ばみ萎れて落ちる頃、わたしは白登の山の楼台より遠く眺めやっています。砂漠の大湖の辺では碧い空にちぎれ雲が浮かび、単于の治める地には秋の気配が訪れたころでしょう。えびすの兵たちは砂漠の要塞に集い、漢の国の使いが玉門関から立ち戻ったとのこと。出征されたあなたがいつお帰りになるとも知れぬまま、庭のカオリグサの末枯れるのを悲しんでおります。

語注　**0 秋思**　先の「秋思」とともに『楽府詩集』巻五九琴曲歌辞に載せる。**1 闕氏**　山名。「燕支」「臙脂」などとも表記する。甘粛省張掖市の東南にあり、匈奴の支配領域の代表的な山。**2 妾**　女性の自称。**白登**　山名。山西省大同市の北東。かつて漢の高祖が匈奴と戦い、苦戦を強いられた場所。山上に楼台があった。**3 海上**　「海」は砂漠の中の大きな湖。また僻遠の地をいう。**4 単于**　匈奴の王の称号だが、ここでは匈奴の支配する地域をいう。**5 胡**　西北の異民族。**6**　一句は和議の不調をいうか。**玉関**　玉門関。漢代、甘粛省敦煌の西北に置かれた、西域と中国とを隔てる関所。**7 征客**　出征兵士、夫をいう。**8 蕙草**　香草、カオリグサ。しばしば女性の美質の象徴。【詩型・押韻】五言律詩。上平十五灰（回・摧）・十六咍（台・来）の同用。平水韻、上平十灰。

詩解　匈奴との戦役に従事する夫を思う妻。葉の落ちる秋は匈奴が強盛を誇る時。いつ帰るとも知れぬまま、庭の草木は散り萎れてゆく。末句の「蕙草」の凋枯には、過ぎゆく時間を嘆く妻自身の姿が重ねられる。

子夜呉歌　春歌（子夜呉歌《しやごか》　春歌《しゆんか》）

1 秦 地 羅 敷 女　秦地《しんち》の羅敷女《らふぢよ》
2 採レ桑 綠 水 邊　桑《くは》を採《と》る　綠水《りよくすい》の邊《へん》
3 素 手 青 條 上　素手《そしゆ》　青條《せいでう》の上《うへ》
4 紅 粧 白 日 鮮　紅粧《こうさう》　白日《はくじつ》鮮《あざ》やかなり
5 蠶 飢 妾 欲レ去　蠶《さんう》飢ゑて　妾《せふ》去らんと欲《ほつ》す
6 五 馬 莫二留 連一　五馬《ごば》　留連《りうれん》する莫《な》かれ

現代語訳　子夜呉歌・春歌

秦の地の羅敷という女が、緑の水辺に桑を摘む。白い手を青い枝にさっとのばし、紅をさした顔はお日様に輝く。カイコもお腹を空かせてますから、わたしは失礼いたします、太守さまもぐずぐずなさらずお帰りください。

語注　**0 子夜呉歌**　もと晋代、子夜という名の女性が作った歌で、哀婉たる響きに満ちていたという。後にこれに基づいて多くの詞が作られ、また「四時歌」として春夏秋冬をうたい分けるようになった。多くは男女の思いをうたう。『楽府詩集』巻四四・四五に清商曲辞・呉声歌曲として晋・宋・斉の古辞をはじめ後世の模擬作を収める（本篇は巻四五）。もと五言四句であったが、李白の作は六句にアレンジする。　**1 羅敷**　古楽府「陌上桑」（「艶歌羅敷行」「日出東南隅行」とも）にうたわれる美女の名。羅敷が道の辺（「陌上」）で桑摘みをしていると好色な太守（郡の長官）に言い寄られるが、自分の夫の素晴らしさを自慢して拒絶するさまをうたう（『玉台新詠』巻一、『楽府詩集』巻二八）。　**3・4**「古詩十九首」其二（『文選』巻二九）に「娥娥たり紅粉の糚（粧）ひ、纖纖として素手を出だす」。 **5・6** 太守の誘惑を拒絶する。梁・武帝「子夜四時歌」「夏歌三首」其三（『楽府詩集』巻四四）に「君は住《とど》まれ　馬已に疲る、妾は去らん　蚕飢ゑんと欲す」。 **五馬** 太守はその車を五頭の馬に引かせたことから、太守をいう。「陌上桑」古辞に「使君　南方より来り、五馬　立ちて踟躕す（たちもとおる）」。 **留連** とどまって動かない。双声の語。【詩型・押韻】五言古詩。下平一先（辺）・二仙（鮮・連）の同用。平水韻、下平一先。

詩解 好色な太守の誘惑を拒絶する、古楽府の中の痛快な女性主人公羅敷をうたう。春の日の水辺の心地よさのなか、「素手」「青条」「紅粧」「白日」と色彩語を畳み掛け、羅敷の姿を鮮やかに描写する。末二句の拒絶のフレーズは、梁・武帝「子夜四時歌」「夏歌」の措辞を踏襲する。

子夜呉歌　夏歌（子夜呉歌《しやごか》　夏歌《かか》）

1 鏡湖三百里　　鏡湖《きやうこ》 三百里《さんびやくり》
2 菡萏發㆓荷花㆒　　菡萏《かんたん》 荷花《かくわ》發《ひら》く
3 五月西施採　　五月《ごぐわつ》 西施《せいし》採《と》れば
4 人看隘㆓若耶㆒　　人看《ひとみ》て 若耶《じやくや》に隘《あふ》る
5 回レ舟不レ待レ月　　舟《ふね》を回《めぐ》らして月《つき》を待《ま》たず
6 歸去越王家　　歸《かへ》り去《さ》る 越王《ゑつわう》の家《いへ》

現代語訳 子夜呉歌・夏歌

鏡湖は三百里、ハスのつぼみも花開く。

五月、西施がハスを摘むと、人だかりが若耶に溢れる。
月の出を待たずに舳《へさき》をひるがえし、さっと越王のお屋敷に帰る。

語注 **1 鏡湖** 浙江省紹興市の会稽山の北にある。後漢の馬臻《ばしん》が会稽太守の折、開いた大きな湖。周囲三百十里で九千頃余りの田に水を供給したという（『通典』巻二「水利田」）。**2 菡萏** ハスのつぼみ。**荷花** ハスの花。**3 西施** 春秋時代、越の伝説の美女。後に越王勾践《こうせん》が好色の呉王夫差《ふさ》を籠絡するために呉に贈ったという。**4 若耶** 会稽の東南にある渓谷で鏡湖に流入する。西施がハスを摘み紗《うすぎぬ》を浣《あら》ったところという。**6 越王家** 越王の宮殿。**【詩型・押韻】** 五言古詩。下平九麻（花・耶・家）。平水韻、六麻。

詩解 「春歌」では羅敷をうたったが、この「夏歌」では、春秋時代末の呉越抗争期に越王勾践が呉王夫差に贈ったと伝えられる西施を描く。西施を得た夫差は享楽にふけり国を傾けたという。ここにうたうのは西施がまだ越にあった時のこと。昼にはハスを摘み、夜には越王の屋敷に帰るという。西施をめぐる物語には見えない設定だが、李白詩にはこのように物語の一場面を想像して描くことがしばしばある。ハスの花と西施の美が重ね合わされていることは言うまでもない。ハスを摘む西施を見ようと人が溢れるというのは、いかにも李白らしい誇張。人々の気持ちもよそに西施は月の出も待たずに帰ってしまう。つれなさも女性の魅力であることを、李白はむろんよく心得ている。

子夜呉歌　秋歌（子夜呉歌《しやごか》　秋歌《しうか》）

1 長安一片月　　長安《ちやうあん》 一片《いつぺん》の月《つき》
2 萬戸擣レ衣聲　　萬戸《ばんこ》 衣《ころも》を擣《う》つ聲《こゑ》
3 秋風吹不レ盡　　秋風《しうふう》 吹《ふ》きて盡《つ》きず
4 總是玉關情　　總《すべ》て是《こ》れ玉關《ぎよくくわん》の情《じやう》

5 何 日 平二胡 虜一　何《いづ》れの日《ひ》にか 胡虜《こりよ》を平《たひ》らげ

6 良 人 罷二遠 征一　良人《りやうじん》 遠征《ゑんせい》を罷《や》めん

現代語訳　子夜呉歌・秋歌

長安の夜空にかかる一片《ひとひら》の月、家家から聞こえる衣をうつ音。

秋の風は吹きやむことなく耳に届かせるが、それはすべて玉門関の人を思いやる心。

いつになったらえびすを平らげて、あなたは遠いいくさからお帰りでしょうか。

語注　**2 擣衣**　杵（木槌、木の棒）で砧（石の台）の上の絹地を打ちたたいて柔らかくする。外地にある夫の冬着の準備のため、妻が行う秋の風物として六朝以来、しばしば詩にうたわれる。南朝宋・謝恵連「擣衣」（『文選』巻三〇）に「檐《のき》高くして砧響発し、楹《はしら》長くして杵声哀し……紈素既《すで》に成るも、君子　行きて未だ帰らず」。**3 吹不尽**　杵で砧を打つ音を風が耳に吹き届かせて吹き止むことがない。**4 玉関情**　妻が玉門関のかなたにいる夫を思う情。「玉関」は玉門関。漢代ならびに唐代、甘粛省敦煌の西北に置かれた、西域と中国とを隔てる関所。**5 胡虜**　異民族に対する蔑称。**6 良人**　妻が夫を呼ぶ称。『詩経』唐風・綢繆に「今夕　何の夕べぞ、此の良人を見る」。【詩型・押韻】五言古詩。下平十四清（声・情・征）。平水韻、下平八庚。

詩解　1・2は「一」と「万」の対。長安の空の下、小さな一片の月に遍く照らされる幾万もの家々から杵で砧を打つ音が聞こえてくる。秋風が耳に届けるそのすべての音には、玉門関の外にある夫を思う妻の心が込められている。その思いをことばにしたのが5・6。秋の夜の長安の俯瞰から、夫を思う妻の心の中へとよどむことなく詩筆がめぐらされる。

子夜呉歌　冬歌（子夜呉歌《しやごか》　冬歌《とうか》）

1 明 朝 驛 使 發　明朝《みやうてう》 驛使《えきし》發《はつ》す

2 一夜絮二征袍一
3 素手抽レ針冷
4 那堪レ把二剪刀一
5 裁縫寄二遠道一
6 幾日到二臨洮一

一夜《いちや》 征袍《せいはう》に絮《じよ》す
素手《そしゆ》 針《はり》を抽《ぬ》くこと冷《つめ》たく
那《なん》ぞ剪刀《せんたう》を把《と》るに堪《た》へん
裁縫《さいほう》して遠道《ゑんだう》に寄《よ》す
幾日《いくにち》か 臨洮《りんたう》に到《いた》る

現代語訳　子夜呉歌・冬歌

明日の朝、飛脚が発つというので、夜明かしで綿入れをこしらえる。針をぬく手は冷たくて、はさみを持つのは何とつらいこと。縫い上げて遥かな道のかなたに送る、いったいいつ、あなたのいる臨洮に届くでしょう。

語注　**1 駅使**　駅馬（つぎうま）によって公文書、私信、荷物を届ける使者。**2 一夜**　一晩中。**絮**　わたをいれる。**征袍**　出征兵士の長い上着、わたいれ。**3 抽針**　針を抜き差しする。運針。**4 剪刀**　裁縫に用いるはさみ。**5 寄**　人に託して遠く届ける。**6 臨洮**　地名。甘粛省西定市。秦の長城の西端で、唐代は吐蕃に対する前線にあたる。夫のいる場所をいう。【詩型・押韻】五言古詩。下平六豪（袍・刀・洮）。平水韻、下平四豪。

詩解　「秋歌」では杵で砧を打つ妻が描かれていたが、この「冬歌」では「征袍」に綿を入れて縫う妻をうたう。いつ届くだろうかとの思いから、夫のいる場所の遠さがあらためて思い知らされる。

「子夜呉歌」四首は、「春」「夏」が共に伝説や物語の中の登場人物をうたい、「秋」「冬」がいずれも出征兵士の夫を思う妻を描く。前二首の明に対し、後二首の暗など、四首の構成に意が配られていることを認めることができるだろう。

估客樂（估《こ》客樂《かくがく》）

1　海 客 乘㆓天 風㆒　海客《かいかく》は天風《てんふう》に乘《の》り
2　將㆑船 遠 行 役　船《ふね》と遠《とほ》く行役《かうえき》す
3　譬 如㆓雲 中 鳥㆒　譬《たと》へば雲中《うんちゆう》の鳥《とり》の如《ごと》く
4　一 去 無㆓蹤 跡㆒　一《ひと》たび去《さ》れば蹤跡《しようせき》無《な》し

現代語訳　估客楽

海ゆく旅人は天を行き交う風に乗り、船をおともに遠く出かけた。まるで雲の中ゆく鳥のように、出かけてしまえば行方も知れず。

語注　**0 估客楽**　「估客」は行商人。『楽府詩集』巻四八清商曲辞・西曲歌に「估客楽」があり、『古今楽録』を引いて、もと斉の武帝が作ったものという。斉・釈宝月の「估客楽」（『楽府詩集』巻四八）に「信有れば数〻《しば》書を寄せ、信無ければ心に相憶ふ。作す莫かれ瓶の井に落つるを、一たび去りて消息無し」とあり、旅商人の妻の思いをうたうが、李白の作はこれに倣うものであろう。　**1 海客**　航海する商人。　**2 将**　「与」と同じ。　**4 蹤跡**　足あと、ゆくえ。【詩型・押韻】五言絶句。入声二十二昔（役・跡）。平水韻、入声十一陌。

詩解　さすらいの行商人のうた。海渡る船に乗っての交易であれば、在所が知れぬは仕方がない。李白の詩には、そうした「估客」の姿に向けた憧れにも似たまなざしが感じられる。

長相思（長相思《ちやうさうし》）

1 日色欲レ盡花含レ煙
2 月明欲レ素愁不レ眠
3 趙瑟初停鳳凰柱
4 蜀琴欲レ奏鴛鴦絃
5 此曲有レ意無二人傳一
6 願隨二春風一寄二燕然一
7 憶レ君迢迢隔二青天一
8 昔時橫波目
9 今爲二流淚泉一
10 不レ信二妾腸斷一
11 歸來看取明鏡前

日色《にちしよく》盡きんと欲《ほつ》して花《はな》は煙《けむり》を含《ふく》み
月明素《げつめいそ》ならんと欲《ほつ》して愁《うれ》へて眠《ねむ》らず
趙瑟初《てうしつはじ》めて停《とど》む　鳳凰《ほうわう》の柱《ちゆう》
蜀琴奏《しよくきんそう》せんと欲《ほつ》す　鴛鴦《ゑんあう》の絃《げん》
此《こ》の曲意《きよくい》有《あ》るも　人《ひと》の傳《つた》ふる無《な》し
願《ねが》はくは春風《しゆんぷう》に隨《したが》ひて　燕然《えんぜん》に寄《よ》せん
君《きみ》を憶《おも》へば迢迢《てうてう》として　靑天《せいてん》を隔《へだ》つ
昔時《せきじ》　橫波《わうは》の目《め》
今《いま》は流淚《りうるい》の泉《いづみ》と爲《な》る
妾《せふ》の腸《ちやう》斷《た》つを信《しん》ぜずんば
歸《かへ》り來《きた》りて看取《かんしゆ》せよ　明鏡《めいきやう》の前《まへ》

現代語訳　長相思

日影はすでに薄らいで、花は夕もやに包まれ、
月がさやかに輝いて、もの思いに寝もやらず。

鳳凰の飾りある柱《ことじ》、その趙瑟をつま弾く手を今しとどめ、
鴛鴦の心を寄《よそ》える弦、その蜀琴を奏でようとする。
この曲に込めた思いを誰も伝えてはくれぬが、
せめて春風にのせて燕然にいる人に届けたいもの。
あなたを思うも、はるか青天のかなた。
むかし、あなたに思いを伝えたこの目は、
いま、涙のあふれる泉となりはててました。
わたしの胸張り裂ける切なさを信じていただけないなら、
どうか帰っていらして、鏡の前で、よくごらんください。

語注　**0 長相思**　とわに思い続ける、の意。前の巻三に一首あった。「古詩十九首」其十七（『文選』巻二九）に「客　遠方より来り、我に遺る一書札。上に言ふ　長く相思ふと、下に言ふ久しく離別すと」とあるほか、漢代の楽府、古詩にしばしば見える語。後にはこの語を詩題として孤棲の女性の怨情がうたわれるようになった。この作も同じ。『楽府詩集』巻六九「雑曲歌辞」。**1**「欲」字、底本は「色」に作るが諸本に従って改める。**2 素**　月光が白くさえざえとする。「愁」字、底本は「秋」に作るが諸本に従って改める。**3・4 趙瑟**「瑟」は弦楽器の一種、おおごと。二十五弦、もしくは十六弦。趙の地で愛好されたという。戦国時代、秦の昭襄王と趙の恵文王が澠池で会談した際、秦王は趙王に瑟を奏でるよう求めた（『史記』廉頗藺相如列伝）。**初**　……したばかり。**鳳凰**　伝説上のおおとりで、雄を「鳳」、雌を「凰」という。**柱**　じ。可動の駒で調弦に用いる。ここでは鳳凰の装飾が施してある。**蜀琴**「琴」は弦楽器の一種。五弦、もしくは七弦。「蜀」は蜀の文学者、前漢の司馬相如が琴に巧みであったため、あるいは蜀の雷氏という琴の名工がいたためかくいう。**鴛鴦**　オシドリ。仲良き夫婦の象徴。雄を「鴛」、雌を「鴦」という。**5 意**　3・4の音曲に込められた思い。永遠の愛。**6 燕然**　山の名。夫のいる場所。現在のモンゴル国内。**7 迢迢**　遠いさま。**8 横波**　視線を斜めに送る。顔を動かさず視線だけを対象に向ける。男に思いを伝える流し目。**【詩型・押韻】**雑言古詩。下平一先（煙・眠・絃・天・前）・二仙（伝・然・泉）の同用。平水韻、下平一先。

詩解　空閨思婦のうた。日の落ちる夕暮れからうたいおこし、やがて月の光も白く輝き夜も更けてゆく。鳳凰の柱をあしらった「趙瑟」と、鴛鴦の心を託す「蜀琴」は、いずれも夫婦和合の願いを込めたもの。それをつま弾く音に思いを乗せる。ほぼ全体を通して女性の口吻を用いて帰らぬ夫への嘆きをうたう。「昔時　横波の目、今は流涙の泉と為る」（8・9）は、過去の歓びと現在の寂寞のコントラストを浮かび上がらせる。

歌吟　上

歌吟は、歌謡の辞の形式という点では楽府《がふ》に重なる。楽府がおおむね旧来既存の楽府題に則り、先行作の主題・措辞を踏まえつつ虚構世界を構成するのに対し、歌吟は李白その人の現実の体験に基づき、旅と日常、友人たちとの交遊の様子、あるいはそこに生じる感懐を、歌謡のスタイルを用いてうたう。

襄陽歌（襄陽歌《じやうやうか》）

1 落日欲レ没峴山西
2 倒著ニ接籬一花下迷
3 襄陽小兒齊拍レ手
4 攔レ街爭唱白銅鞮

落日《らくじつ》没《ぼつ》せんと欲《ほつ》す　峴山《けんざん》の西《にし》
倒《さか》しまに接籬《せつり》を著《つ》けて　花下《くわか》に迷《まよ》ふ
襄陽《じやうやう》の小兒《せうじ》　齊《ひと》しく手《て》を拍《う》ち
街《まち》を攔《さへぎ》りて爭《あらそ》ひ唱《うた》ふ　白銅鞮《はくどうてい》

傍人借問笑㆓何事㆒
笑殺山公醉似㆑泥
鸕鷀杓
鸚鵡杯
百年三萬六千日
一日須㆑傾三百杯
遙看漢水鴨頭淥
恰似蒲萄初醱醅
此江若變作㆓春酒㆒
壘麴便築糟丘臺
千金駿馬換㆓少妾㆒
醉坐㆓雕鞍㆒歌㆓落梅㆒
車傍側挂一壺酒
鳳笙龍管行相催
咸陽市中歎㆓黄犬㆒
何如月下傾㆓金罍㆒

傍人借問《ばうじんしやもん》す　何事《なにごと》をか笑《わら》ふ
笑殺《せうさつ》す　山公《さんこう》の醉《ゑ》ひて泥《どろ》に似《に》たるを
鸕鷀《ろし》の杓《しやく》
鸚鵡《あうむ》の杯《はい》
百年《ひやくねん》　三萬六千日《さんまんろくせんにち》
一日《いちにち》須《すべか》らく傾《かたむ》くべし　三百杯《さんびやくはい》
遙《はる》かに看《み》る漢水《かんすい》　鴨頭《あふとう》淥《きよ》し
恰《あたか》も似《に》たり蒲萄《ぶだう》の初《はじ》めて醱醅《はつはい》するに
此《こ》の江《かう》　若《も》し變《へん》じて　春酒《しゆんしゆ》と作《な》らば
壘麴《るいきく》　便《すなは》ち築《きづ》かん　糟丘臺《さうきうだい》
千金《せんきん》の駿馬《しゆんば》　少妾《せうせふ》に換《か》へ
醉《ゑ》ひて雕鞍《てうあん》に坐《ざ》して　落梅《らくばい》を歌《うた》はん
車傍《しやばう》　側《かたは》らに挂《か》く　一壺《いつこ》の酒《さけ》
鳳笙《ほうしやう》　龍管《りゆうくわん》　行《ゆく》ゝ相催《あひうなが》す
咸陽市中《かんやうしちゆう》に　黄犬《くわうけん》を歎《なげ》くは
何《なん》ぞ如《し》かん　月下《げつか》に金罍《きんらい》を傾《かたむ》くるに

21 君不レ見晉朝羊公一片古碑材
22 龜頭剝落生二莓苔一
23 涙亦不レ能二爲レ之墮一
24 心亦不レ能二爲レ之哀一
25 誰能憂彼身後事
26 金鳧銀鴨葬二死灰一
27 清風朗月不レ用二一錢買一
28 玉山自倒非二人推一
29 舒州杓
30 力士鐺
31 李白與レ爾同二死生一
32 襄王雲雨今安在
33 江水東流猿夜聲
君《きみ》見ずや　晉朝《しんてう》の羊公《やうこう》　一片《いつぺん》の古碑材《こひざい》
龜頭《きとう》剝落《はくらく》して　莓苔《ばいたい》を生《しやう》ず
涙《なみだ》も亦《ま》た之《これ》が爲《ため》に墮《お》つる能《あた》はず
心《こころ》も亦《ま》た之《これ》が爲《ため》に哀《かな》しむ能《あた》はず
誰《たれ》か能《よ》く憂《うれ》へん　彼《か》の身後《しんご》の事《こと》
金鳧《きんふ》　銀鴨《ぎんあふ》　死灰《しくわい》を葬《はうむ》るを
清風朗月《せいふうらうげつ》　一錢《いつせん》もて買《か》ふを用《もち》ゐず
玉山《ぎよくざん》　自《おのづか》ら倒《たふ》る　人《ひと》の推《お》すに非《あら》ず
舒州《じよしう》の杓《しやく》
力士《りきし》の鐺《さう》
李白《りはく》　爾《なんぢ》と死生《しせい》を同《おな》じくせん
襄王《じやうわう》の雲雨《うんう》　今《いま》安《いづ》くにか在《あ》らん
江水東流《かうすいとうりう》して　猿《さる》　夜《よる》に聲《こゑ》あり
現代語訳　襄陽の歌

傾く日が峴山の西に沈もうとするころ、
白い帽子を後ろ前にかぶって花の下をふらふらと。

襄陽の子どもらはそろって手をたたいてはやし、
街に群がって口々にうたうは「白銅鞮」。
通りがかりに「いったい何を笑う」と問えば、
笑い転げて答える「山公が酔ってぐでんぐでんなのさ」と。
水鳥の首のひしゃく、
鸕鷀の姿のさかずき。
一生はせいぜい三万六千日。
されば一日に三百杯飲もうではないか。
遠く漢水を望めば鴨頭の清らかな流れ、
ちょうど葡萄の酒が醸しあがったよう。
この川の流れが春の酒に変わるなら、
麴を重ねれば、そのまま酒粕の台となるだろう。
若い女を売って千金の駿馬に換え、
酔って鞍に腰掛けて「落梅」の歌をうたおう。
車の横にひっかけるのは一壺の酒、
鳳の笙、龍の笛を奏で、道々酒杯をうながす。
咸陽の街中で刑死を前に黄犬との狩りのかなわぬを歎くより、
月明かりのもと酒樽を傾けようではないか。
君もごらんよ、晋の羊公も今やひとかけらの古い石、
台石の亀は欠け落ちて苔に被われてしまった。

涙もこれでは落ちようはずもなく、
哀しみを抱こうにもその縁《よすが》さえない。
死んだあとのことなどどうして心配しよう、
金鳧や銀鴨で屍の灰を葬って何になろう。
爽やかな風と明るい月は手に入れるに一銭も要らず、
酔えば玉山のように誰の手も借りずにひとりでに倒れる。
舒州のひしゃくよ、
力士の燗鍋よ、
李白はなんじらと一生をともにしよう。
襄王の雲雨とて儚い夢のように今は消え果て、
大川の水は東に流れて夜に猿が鳴く。

語注 **0 襄陽歌** 『楽府詩集』巻八五雑曲歌辞。巻四八（清商曲辞・西曲歌）に「襄陽楽」があり、遊興・歓楽の地としての襄陽を主題とする。李白の本作も趣向を同じくしつつ、襄陽ゆかりの人物の逸事を織り込んでいる。李白にはほかに前掲「襄陽曲四首」（巻五）があり、本作の内容と重なるところが少なくない。「襄陽」は湖北省襄陽市。漢水に臨むまち。漢水は襄陽の西北から東南へと巡って流れ、やがて武漢で長江と合流する。 **1―6** 晋の山簡は地方長官として襄陽にあった際、しばしば酔っ払って土地の人々に歌いはやされた。「山公（山簡）時に一酔し、径《ただ》ちに造《いた》る 高陽の池。日暮 倒載（酔臥）して帰るも、酩酊して知る所無し。復た能く駿馬に乗り、倒しまに著く 白接籬」（『世説新語』任誕）。 **峴山** 襄陽の東南にあった山で、東を漢水が流れる。 **接籬** 白い羽飾りのある帽子。 **白銅鞮** 襄陽の地で歌われていた古い童謡の題。 **笑殺** 「殺」は動詞の後につけて程度を強調する。李白「襄陽曲四首」其四に「山公 馬に上らんと欲すれば、笑殺す 襄陽の児」。 **7 鸕鷀杓** 酒器。「鸕鷀」は水鳥の名。その長い首に似せて作った杓をいう。 **8 鸚鵡杯** 酒器。オウムの形に象った酒杯。また、オウム貝の殻で作った杯とも。先端が尖って赤くオウムの嘴に似るという。　**9 百年**　人の一生は長く見積もって百年と考えられた。　**三万六千日**　一年三百六十日。百年で三万六千日。　**10 三百杯**　後漢の大儒鄭玄《じょうげん》が別宴において三百余人からはなむけの酒を注がれ、すべて受けて顔色を変えなかったという故事（『世説新語』文学の劉孝標注の引く「鄭玄別伝」）を踏まえる。　**11 鴨頭**　鴨（アヒル）の頭の羽毛の緑色。　**渌**　澄んで清らか。　**12 蒲萄**　ブドウ。唐代、西域から伝わったものを用い、酒が醸造された。　**醱醅**　ここでは酒精分が醸されたことをいうのであろう。「醱」は、もろみにさらに酒材を加えて再度醸すこと。「醅」は、漉していないもろみ。　**13 春酒**　冬に仕込み春にできあがる酒。　**14 塁麹**　コウジ（原料に微生物を繁殖させたもの）を積み重ねる。　**糟丘台**　酒粕を積んで作った台。飲酒への耽溺をいう。『韓詩外伝』巻四に「（夏の）桀《けつ》 酒池を為り、以て舟を運《めぐ》らすべく、糟丘 以て十里を望むに足る。而して牛飲する者三千人」。殷の紂王にも同様のことが伝わる。　**15**　気っ風のよさをいう。魏の曹彰は気に入った馬を手に入れるため、愛妾と交換したという（『独異志』中）。　**16 雕鞍**　装飾を凝らした鞍。　**落梅**　笛の曲名。　**18 鳳笙**　笙（竹管を並べた吹奏楽器）の形は鳳に象ったものとされる。　**龍管**　笛をいう。笛の音は龍の鳴き声に似るとされる。後漢・馬融「笛の賦」（『文選』巻一八）に「近世の双笛は羌（西方の異民族）より起こる。羌人竹を伐り未だ已《をは》るに及ばず。龍水中に鳴きて己《おのれ》を見《あらは》さず。竹を截りて之を吹くに声相似たり」。　**19**　秦の丞相李斯は刑死に臨み、故郷での狩猟がもはやかなわぬことを、「黄犬を牽き……狡兎を逐はんと欲するも、豈に得べけんや」と歎いた（『史記』李斯伝）。　**咸陽**　秦の都。　**20 金罍**　金属製の酒樽。　**21 羊公**　西晋の羊祜。羊祜は襄陽を治めて人望を得た。その死後、土地の人々はその遺徳を偲んで峴山（1）に石碑を建て、その碑をみては涙を落とすので、「堕涙碑」と名付けられた（『水経注』巻二八沔水、『晋書』羊祜伝）。　**古碑材**　堕涙碑をいう。　**22 亀頭**　碑の基台は亀の形をなす。　**莓苔**　コケ。　**23**　羊祜を偲ぶ碑を「堕涙碑」というのを踏まえる。　**26 金鳧銀鴨**　副葬品。『漢書』劉向伝に「秦始皇 驪山の阿に葬らる。……黄金もて鳧雁を為る」。「鳧」はカモの類。　**死灰**　李白「古風五十九首」其三（巻二）に秦の始皇帝の死後をうたって、「但だ見る三泉の下、金棺に寒灰葬るを」。　**28 玉山自倒**　魏の嵇康の酔態を山濤は「傀俄（傾くさま）として玉山の将に崩れんとするが若し」と評した（『世説新語』容止）。　**29 舒州杓**　酒を酌むひしゃく。「舒州」はその名産地。安徽省潜山県。　**30 力士鐺**　「鐺」は三足の磁器の鍋。酒を温めるのに用いる。『唐書』韋堅伝に、各地の名産品の一つとして「予章力士酎飲器」が見える。「予章」は江西省南昌市。　**31 爾**　29の「杓」と30の「鐺」。　**32 襄王雲雨**　むかし楚の王が雲夢沢の高唐に遊んだ際、夢に神女が現れ王と契りを結んだ。女は、「妾は巫山の陽《みなみ》、高丘の岨（石山）に在り、旦《あさ》には朝雲と為り、暮《ひぐれ》には行雨と為り、朝朝暮暮、陽台の下に」と告げて立ち去る。翌朝、見ているとことばの通りであった（先秦・宋玉「高唐の賦」、『文選』巻一九）。「雲雨」はこれ以降、男女の交情をあらわす象徴的なことばとして詩文に用いられる。なお「高唐の賦」において神女と契りを交わしたのは懐王であるが、後世では、宋玉がその話を伝えた襄王（懐王の子）としばしば混同される。【詩型・押韻】雑言古詩。上平十二斉（西・迷・鞮・泥）。平水韻、上平八斉。／上平十五灰（杯・醅・梅・催・罍・灰・推）・十六咍（台・材・苔・哀）の同用。平水韻、上平十灰。／下平十二庚（鐺・生）・十四清（声）の同用。平水韻、下平八庚。

詩解　襄陽の地を舞台に、かつてこの地を治めた山簡に共感を寄せつつ、酒とともに日々をすごそうとうたう。折しも襄陽をめぐって流れる漢水は醸されたばかりの葡萄酒のよう。秦の李斯は丞相の位を極めたが、刑死を前に二度と狩りの出来ぬことを嘆いた。それならば月影の下で酒を酌む方がよい。襄陽ゆかりの羊祜は人々に慕われ、その死後遺徳を偲んで石碑を建てられたが、今やその基台は壊れ苔が生じている。死後のことなど心配してもしょうがない。酒を酌むひしゃく、酒を温める鍋をこそ友として死生を共にしよう、と。「清風朗月　一銭もて買ふを用ゐず」（27）は、後に北宋の蘇軾「赤壁の賦」に「惟だ江上の清風と山間の明月とは、耳　之を得て声を為し、目　之に遇ひて色を成す。之を取るも禁ずる無く、之を用ゐるも竭きず。是れ造物者の無尽蔵なり」と敷衍されている。

江上吟（江上吟《かうじやうぎん》）

1 木蘭之枻沙棠舟　　木蘭《もくらん》の枻《えい》 沙棠《さたう》の舟《ふね》

2 玉簫金管坐二兩頭一　　玉簫《ぎよくせう》 金管《きんくわん》 兩頭《りやうとう》に坐《ざ》す

3 美酒樽中置二千斛一　　美酒《びしゆ》 樽中《そんちゆう》 千斛《せんこく》を置《お》き

4 載レ妓隨レ波任二去留一　　妓《ぎ》を載《の》せ波《なみ》に隨《したが》ひて 去留《きよりう》に任《まか》す

仙人有レ待乗二黄鶴一
海客無レ心随二白鷗一
屈平詞賦懸二日月一
楚王臺榭空山丘
興酣落レ筆搖二五嶽一
詩成嘯傲淩二滄洲一
功名富貴若長在
漢水亦應二西北流一

仙人《せんにん》 待《ま》つ有《あ》りて 黄鶴《くわうかく》に乗《の》り
海客 心無《かいかくこころな》くして 白鷗《はくおう》随《したが》ふ
屈平《くつぺい》の詞賦《しふ》 日月《じつげつ》懸《か》く
楚《そ》王《わう》の臺榭《だいしや》 空《むな》しく山丘《さんきう》
興《きよう》、酣《たけなは》にして筆《ふで》を落《お》とせば 五嶽《ごがく》を搖《ゆる》がし
詩《し》成《な》りて嘯傲《せうがう》すれば 滄洲《さうしう》を淩《しの》ぐ
功名富貴《こうみやうふうき》 若《も》し長《とこ》しへに在《あ》らば
漢水《かんすい》も亦《ま》た應《まさ》に西北《せいほく》に流《なが》るべし

現代語訳　江上吟

木蘭の枻《かい》を手に、沙棠の舟に身をあずけ、
玉の簫《ふえ》、金の管の楽人は傍らに坐る。
旨酒は樽の中に千斛もたくわえ、
美女を載せ、行くも留まるも波任《まか》せ。
仙人も黄鶴あればこそ天を翔けうるが、
海辺の男は邪心さえ無ければ白鷗がなつく。
屈原の詩賦は日月のように空に輝くも、
楚王の台榭は朽ち果てて山丘を余すだけ。

興たけなわに筆を揮えば五岳を揺り動かし、
詩成って気ままに嘯けば超俗の世界にも勝る。
功名や富貴がもし永遠のものならば、
漢水もきっと逆流して西北に流れるだろう。

語注 **1** **木蘭** 香木の一種。 **枻** かい。舟を進める道具。『楚辞』九歌・湘君に「桂の棹 蘭の枻」。 **沙棠** 木の名。ヤマナシに似る。伝説の山、崑崙山に出るもので、前漢の成帝は妃の趙飛燕とこの木で造った舟を太液池に浮かべて遊んだ。またその実を食べると溺れないとされた（『述異記』上）。 **2** **玉簫** 長さの異なる管を縦に並べた管楽器。しょうのふえ。 **金管** ふえ。六穴（もしくは八穴）の管楽器。「玉」「金」は詩語を飾る美称。 **両頭** 左右あるいは前後。 **3** **千斛** 「斛」は容量の単位、十斗、百升。 **4** **去留** 去ると留まる。東晋・郭璞「西山経図讃・沙棠」に「安くにか沙棠を得て、龍舟を制為《つく》らん。彼の滄海に汎び、眇然として遐《とほ》く遊ぶ。聊さか以て逍遥し、波に任せて去留せん」。 **5** 仙人も飛翔するには黄鶴が要る。 **有待** 他力に待つ（たのむ）ところがある。 **6** 『列子』黄帝の次の逸話を踏まえる。海辺に住む男が無心にカモメと遊んでいた時は多くのカモメが下りてきたが、父に頼まれてカモメをつかまえようと海に出るとカモメは下りてこなかった。 **7** 屈原の文学は空に輝く日月のようだ。『史記』の屈原伝にその文学について、「日月と光を争ふと雖も可なり」。 **屈平** 『楚辞』の代表的な作者屈原のこと。原は字。 **8** **楚王** 戦国楚の王たち。 **台榭** 土を積んで高くしたものが「台」。その上に建造物を築いたものが「榭」。楚には章華台、陽雲台などがあった。 **9** **酣** 興趣が頂点に達する。 **五岳** 中国の代表的な五山。世界の支柱と考えられた。東岳泰山・西岳華山・南岳衡山・北岳恒山・中岳嵩山。 **10** **嘯傲** 何にもとらわれず存分に詩を吟唱する。畳韻の語。 **滄洲** 水辺の地。仙人の住む場所、あるいは隠逸の志を遂げうる世界。斉・謝朓「宣城に之かんとして新林浦を出で版橋に向かふ」（『文選』巻二七）に「既に禄を懐ふ情を歓ばしめ、復た滄洲の趣きに協《かな》ふ」。 **12** 漢水も逆流する。あり得ないことをいう。 **漢水** 陝西省に発して東南に流れ、湖北省武漢市で長江に合流する。 【詩型・押韻】七言古詩。下平十八尤（舟・留・丘・洲・流）・十九侯（頭・鷗）の同用。平水韻、下平十一尤。

詩解 水に船を浮かべ、酒を酌んで詩をうたえば、仙界や富貴にもまさるという。『列子』の「白鷗」のエピソードは李白がしばしば用いるものだが、「黄鶴」に乗るのを待って「仙人」になるよりは、「白鷗」と「無心」に遊ぼう（5・6）というのは、仙への憧憬をうたいつづけた李白が見いだした新しい心かも知れない。空にかかる日月のように輝く屈原の文学も、その祖国たる楚の命運を保つ役には立たなかった（7・8）。されば、文学によって「功名」を立てることなど忘れ、興に任せて存分に詩をうたうだけと。

玉壺吟（玉壺吟《ぎよつこぎん》）

1 烈士撃二玉壺一
2 壮心惜二暮年一
3 三盃拂レ劍舞二秋月一
4 忽然高詠涕泗漣
5 鳳凰初下二紫泥詔一
6 謁レ帝稱レ觴登二御筵一
7 揄揚九重萬乗主
8 謔浪赤墀青瑣賢
9 朝レ天數換飛龍馬
10 敕賜珊瑚白玉鞭

烈士《れつし》玉壺《ぎよくこ》を撃《う》ち
壮心《さうしん》暮年《ぼねん》を惜《を》しむ
三盃《さんばい》剣《けん》を拂《はら》ひて　秋月《しうげつ》に舞《ま》ひ
忽然高詠《こつぜんかうえい》して　涕泗漣《ていしれん》たり
鳳凰初《ほうわうはじ》めて紫泥《しでい》の詔《せう》を下《くだ》し
帝《てい》に謁《えつ》し觴《しやう》を稱《あ》げ　御筵《ぎよえん》に登《のぼ》る
揄揚《ゆやう》す九重萬乗《きうちようばんじよう》の主《しゆ》
謔浪《ぎやくらう》す赤墀《せきち》青瑣《せいさ》の賢《けん》
天《てん》に朝《てう》して數〻《しばしば》換《か》ふ　飛龍《ひりよう》の馬《うま》
敕《ちよく》して賜《たま》ふ珊瑚《さんご》白玉《はくぎよく》の鞭《むち》

11 世人不㆑識東方朔　　世《せ》人《じん》識《し》らず 東方朔《とうばうさく》
12 大隠金門是謫仙　　大隠《たいいん》 金門《きんもん》 是《こ》れ謫仙《たくせん》
13 西施宜㆑笑復宜㆑嚬　　西施《せいし》笑《わら》ふに宜《よろ》しく 復《ま》た嚬《ひん》するに宜《よろ》し
14 醜女效㆑之徒累㆑身　　醜女《しうぢよ》 之《これ》に效《なら》ひて 徒《いたづら》に身《み》を累《るい》す
15 君王雖㆑愛㆓蛾眉好㆒　　君王《くんわう》 蛾眉《がび》の好《よ》きを愛《あい》すと雖《いへど》も
16 無㆑奈宮中妬㆓殺人㆒　　奈《いかん》ともする無《な》し 宮中《きゆうちゆう》 人《ひと》を妬殺《とさつ》するを

現代語訳　玉壺吟

烈士は玉壺を打ちたたき、
雄々しい心は人生の日暮れを惜しむ。
三杯の酒を干し、剣を払って秋の月影に舞い、
にわかに高々と朗詠すれば涙はさめざめと流れる。
紫泥もて封じられた鳳凰の詔をいましも戴き、
帝にお目にかかって杯を挙げて御宴に参る。
九重の奥深くにいます万乗の君を誉め称え、
赤色の階、青塗りの窓辺に、賢者とうち解け笑う。
宮城に参じてはしばしば飛龍の厩に馬を乗り換え、
勅命によって珊瑚・白玉の鞭を下賜される。
世の人は知らぬ、東方朔なる者こそ、

真正の隠者として金馬門に身を隠す謫仙人なるを。
美女の西施は笑ってもよし、眉をひそめてもよし、
醜女が真似をしてもただ身の患いとなるだけ。
君王はその麗しき蛾眉をお気に入りなのだが、
宮中の人々が酷く妬むのをどうしようもない。

語注　**0 玉壺吟**　冒頭の句の語をとって題とする。　**1・2**　魏・武帝の楽府に「老驥（老馬）櫪（かいばおけ）に伏すも、志は千里に在り。烈士暮年に、壮心已まず」と。東晋の王敦は酒に酔うときまって棒で痰壺を叩きながらこれを歌ったため、壺の口が欠けてしまったという（『世説新語』豪爽）。　**烈士**　遠大な志をもつ者。「烈」字、底本は「列」に作るが諸本に従って改める。　**玉壺**　白玉の壺。貞潔の象徴（南朝宋・鮑照「玉壺吟」）。　**4 涕泗**　なみだ。涙を「涕」、鼻水を「泗」という。　**漣**　涙が流れるさま。　**5 鳳凰**　皇帝の象徴。　**紫泥**　皇帝の書信を封じる印肉。　**詔**　皇帝の命令。　**6 称觴**　「称」は持ち上げる。「觴」は酒杯。　**御筵**　皇帝を主人とする宴席。　**7 揄揚**　称揚する。双声の語。　**九重**　天の門は九重とされることから皇帝のいる宮城をいう。　**万乗主**　万乗（輌）の兵車を出しうるということから、皇帝をいう。　**8 謔浪**　たわむれる。　**赤墀青瑣賢**　皇帝のそば近くに集う賢者。宮城の階段（墀）は朱塗りで、門・窓の透かし彫り（瑣）は青く塗られていた。　**9 朝天**　入朝する。　**飛龍馬**　「飛龍」は宮城の厩の一つ。翰林院に出仕する者には厩馬が貸与された。李白は天宝元年（七四二）、翰林学士（あるいは翰林供奉）に任ぜられた。　**10 勅**　皇帝の命令。　**11 東方朔**　前漢の文人。滑稽な談笑と文章の才で漢の武帝に仕え、宮中に出入りした。　**12**　東方朔が酔って唄った歌に「俗に陸沈（隠棲）し、世を金馬門に避く。宮殿の中にて以て世を避け身を全うすべし。何ぞ必ずしも深山の中、蓬廬（粗末な小屋）の下のみならんや」と（『史記』滑稽列伝）。　**大隠**　偉大な隠者。晋・王康琚「反招隠」（『文選』巻二二）に「小隠は陵藪（丘や草原）に隠れ、大隠は朝市（街や市場）に隠る」。　**金門**　右の「金馬門」。傍らに馬の銅像があった。　**謫仙**　人の世に遷謫（左遷）された仙人。優れた才能を有する人物を賞賛する呼称。李白が長安に出たときも、秘書監の賀知章がこの語をもって称したという。　**13・14**　春秋時代、越国の美女西施は胸を病んでいたため、眉をひそめ、手で胸を押さえて歩いたが、その姿が一層美しさを引き立てた。ある醜女がその様子をまねて歩くと、醜さがひとき

わ目立ち、人々は家の戸を閉め、妻や子を連れて遠くに逃げた（『荘子』天運）。「笑」字、底本は「美」に作るが諸本に従って改める。**嚬** 眉をひそめる。**累** 損ない、煩わす。底本は「集」に作るが諸本に従って改める。**15 蛾眉** 美女の美しい湾曲した眉。あるいはその美女。**妬殺** ひどく嫉妬する。「殺」は程度を強調する。【詩型・押韻】下平一先（年・賢）・二仙（漣・筵・鞭・仙）の同用。平水韻、下平一先。／上平十七真（嚬・身・人）。平水韻、上平十一真。

詩解 かつて皇帝の目にとまり宮中に参ることを許されながら、周囲の人間の嫉妬にあって斥けられたことをうたう。「東武吟」（巻五）が同じく任官から追放までをうたいながら、ややゆとりのあるうたいぶりであるのに対し、この詩の主人公である「烈士」（1）は「玉壺を撃ち」（1）、「暮年を惜しみ」（2）、「涕泗漣たる」（4）存在として悲愴感を帯びる。「東武吟」が明らかに翰林の職を逐われた後の作であるのに対し、あるいはいまだ朝廷に在った時の作かも知れない。

元丹丘歌（元丹丘歌《げんたんきうか》）

1 元丹丘
2 愛㆓神仙㆒
3 朝飲㆓潁川之清流㆒
4 暮還㆓嵩岑之紫煙㆒
5 三十六峯長周旋
6 長周旋
7 躡㆓星虹㆒
8 身騎㆓飛龍㆒耳生㆑風

元丹丘《げんたんきう》
神仙《しんせん》を愛《あい》す
朝《あした》には潁川《えいせん》の清流《せいりう》を飲《の》み
暮《く》れには嵩岑《すうしん》の紫煙《しえん》に還《かへ》る
三十六峯《さんじふろくほう》 長《なが》く周旋《しうせん》す
長《なが》く周旋《しうせん》し
星虹《せいこう》を躡《ふ》み
身《み》は飛龍《ひりゆう》に騎《の》りて 耳《みみ》に風《かぜ》を生《しやう》じ

9　横レ河跨レ海與レ天通
10　我知爾遊二心無窮一

河《かは》を横《よこ》ぎり海《うみ》を跨《また》ぎて　天《てん》と通《つう》ず
我《われ》は知《し》る爾《なんぢ》の心《こころ》の無《む》窮《きう》なるに遊《あそ》ぶを

現代語訳　元丹丘の歌

元丹丘は、
神仙の道を愛す。
朝には穎川の清き流れに水を口に含み、
暮れには嵩山の峰の紫の靄の中に帰る。
三十六峰をいつも巡りわたる。
いつも巡りわたって、
星や虹を踏み、
からだは龍の背にのせて耳には風が生じ、
黄河を横切り東海を跨いで天界に通じる。
われは知る、君が心の極まりない世界に遊ぶのを。

語注　**0 元丹丘**　李白の友人の道士、元林宗。既に「将進酒」（巻三）に「丹丘生」とあったほか、十余首の李白詩に名前がみえる。**3 穎川**　川の名。穎水・穎河とも。嵩山に源を発し河南省を東南に流れて淮河に合流する。古代の聖帝堯が許由に天子の位を譲ろうとしたが、隠士の許由は汚い話を聞いたと、穎川の水で耳を洗ったという（『高士伝』上）。**4 嵩岑**　中岳嵩山。五岳（ほかに東岳泰山・西岳華山・南岳衡山・北岳恒山）の一つ。**紫煙**　紫のもや。仙界の瑞祥。東晋・郭璞「遊仙詩七首」其三（『文選』巻二一）に「赤松　上遊に臨み、鴻に駕して紫煙に乗る」。**5 三十六峰**　嵩山は三十六の峰からなり、嵩山はその総称。**周旋**　めぐりまわる。**7 躡星虹**　「星」や「虹」を踏むとは、空を飛翔すること。**8 飛龍**　仙人の乗りもの。**耳生**

風　疾駆するさま。【詩型・押韻】雑言古詩。下平十八尤（丘・流）。平水韻、下平十一尤。／下平一先（煙）・二仙（仙・旋）の同用。平水韻、下平一仙。／上平一東（虹・風・通・窮）。平水韻、上平一東。

詩解　元丹丘は李白の友人。神仙への志向も共有する。この詩は、李白自らの神仙・仙界への憧憬を、友人の姿を借り、友人の体験をうたうかたちで語る。元丹丘は李白詩にしばしばその名が見え、嵩山や潁川のほとりなど各所に居所・別宅を設けていたらしい。

扶風豪士歌（扶《ふ》風豪士歌《ふうがうしか》）

1　洛陽三月飛㆓胡沙㆒　洛陽三月《らくやうさんぐわつ》　胡沙《こさ》を飛《と》ばし
2　洛陽城中人怨嗟　洛陽城中《らくやうじやうちゆう》　人怨嗟《ひとゑんさ》す
3　天津流水波赤血　天津《てんしん》の流水《りうすい》　波赤血《なみせきけつ》
4　白骨相撐如㆓亂麻㆒　白骨相撐《はくこつあひささ》へて亂麻《らんま》の如《ごと》し
5　我亦東奔向㆓呉國㆒　我《われ》も亦《ま》た東奔《とうほん》して呉國《ごこく》に向《む》かふも
6　浮雲四塞道路賖　浮雲四《ふうんよも》に塞《ふさ》がりて道路《だうろ》賖《はる》かなり
7　東方日出啼㆓早鴉㆒　東方日《とうはうひ》出《い》でて早鴉《さうあ》啼《な》き
8　城門人開掃㆓落花㆒　城門人開《じやうもんひとひら》きて落花《らくくわ》を掃《はら》ふ
9　梧桐楊柳拂㆓金井㆒　梧桐楊柳《ごどうやうりう》　金井《きんせい》に拂《はら》ひ

10 來醉扶風豪士家
11 扶風豪士天下奇
12 意氣相傾山可レ移
13 作レ人不レ倚將軍勢
14 飲レ酒豈顧尙書期
15 雕盤綺食會二衆客一
16 吳歌趙舞香風吹
17 原嘗春陵六國時
18 開レ心寫レ意君所レ知
19 堂中各有三千士
20 明日報レ恩知是誰
21 撫二長劍一
22 一揚レ眉
23 淸水白石何離離
24 脫二吾帽一
25 向レ君笑

來《きた》りて醉《ゑ》ふ扶《ふ》風豪士《ふうがうし》の家《いへ》
扶《ふ》風豪士《ふうがうし》　天下《てんか》の奇《き》
意氣《いき》相傾《あひかたむ》けて山移《やまうつ》すべし
人《ひと》と作《な》りて倚《よ》らず　將軍《しやうぐん》の勢《せい》
酒《さけ》を飲《の》みて豈《あ》に顧《かへり》みん　尙書《しやうしよ》の期《き》
雕盤綺《てうばんき》食《しよく》　衆客《しゆうかく》を會《くわい》し
吳歌《ごか》趙舞《てうぶ》　香風《かうふう》吹《ふ》く
原嘗《げんしやう》　春陵《しゆんりよう》　六國《りくこく》の時《とき》
心《こころ》を開《ひら》き意《い》を寫《うつ》すは君《きみ》の知《し》る所《ところ》
堂中《だうちゆう》　各〻有《おのおのあ》り三千《さんぜん》の士《し》
明日《みやうじつ》　恩《おん》に報《ほう》ずる知《し》る是《こ》れ誰《たれ》ぞ
長劍《ちやうけん》を撫《ぶ》し
一《ひと》たび眉《まゆ》を揚《あ》ぐ
淸水白石《せいすいはくせき》　何《なん》ぞ離離《りり》たる
吾《わ》が帽《ぼう》を脫《だつ》し
君《きみ》に向《む》かひて笑《わら》ふ

26 飲㆓君酒㆒　君《きみ》が酒《さけ》を飲《の》み
27 爲㆑君吟　君《きみ》の爲《ため》に吟《ぎん》ず
28 張良未㆘逐㆓赤松㆒去㆖　張良《ちやうりやう》未《いま》だ赤松《せきしよう》を逐《お》ひて去《さ》らず
29 橋邊黄石知㆓我心㆒　橋邊《けうへん》の黄石《くわうせき》 我《わ》が心《こころ》を知《し》る

現代語訳　扶風豪士の歌

洛陽は春三月というのに胡塵が飛び、
洛陽の町中、怨嗟の声が満ちている。
天津橋下の水は赤い血が波立ち、
骨と骨とが乱れる麻のように折り重なる。
我もまた東に走り呉の国へと向かったが、
雲が四方に立ちふさがって行く手は遥か。
東から日が昇って夜明けのカラスが鳴けば、
城門が開いてまちの人々は落花を掃く。
アオギリ・ヤナギの葉を井戸辺に払いつつ、
一杯頂こうとやって来たのは扶風豪士の家。
扶風豪士こそ天下の英傑。
意気相通じれば友のために山をも傾ける。
人として将軍の威を借りて横柄をさばくことなく、

酒ともなればお偉方との約束も忘れてしまう。
みごとな食器にご馳走を盛って多くの客を招き、
呉歌と趙舞で持てなせば香風が吹き通う。
原・嘗・春・陵の四公子は六国の時にあって、
胸襟を開いて心を示したことはご存じであろう。
それぞれの屋敷にはいずれも三千の客を抱えていたが、
やがて来る日に恩義に報いるのはいったい誰か。
長剣を手に、
眉を揚げる。
清らな水の底に白い石がくっきりと映る。
わが帽子を脱ぎ、
君に笑いかける。
君の酒を飲み、
君のために詩をうたう。
張良がまだ仙界に赤松子を逐わずにいる、
橋のたもとの黄石公こそその心を知るはずだ。

語注　**0 扶風**　郡名。今の陝西省宝鶏市。漢代、都長安を中心に設けられた三つの行政区画の一つ右扶風に由来する。「扶風豪士」はこの地出身の豪勇の士。　**1・2**　天宝十四載（七五五）十一月、安禄山が范陽で叛乱の兵を挙げ洛陽を陥落させた。翌年正月、洛陽にて帝位を僭称し、国号を燕とした。その春「三月」をいう。「胡沙」は胡人安禄山の蜂起によって飛ぶ砂塵。　**3 天津**　洛陽の橋名。李白「古風五十九首」其十六（巻二）に「天津　三月の時、千門　桃と李と」。　**4 撐**　支える。　**乱麻**　混乱し秩序の無いさま。5 **東奔** 戦乱を避けて東に向かった。**呉国** 長江下流地域。6 **浮雲四塞** 旅路の障害をいう。前漢・司馬相如「長門の賦」（『文選』巻一六）に「浮雲鬱として四に塞ぐ」。**賒** 遠い。7・8「呉」の地域では平穏な日常がみられた。あるいは夜道を馳せかけて夜明けにようやくたどり着いたという意か。9 **金井** 装飾された欄井。井戸の美称。12 **意気相傾** 意気投合する。13 前漢・辛延年「羽林郎」（『玉台新詠』巻一）に、主人である将軍の威勢を借りて酒家の女性をからかう男をうたって「将軍の勢に依倚し、酒家の胡（胡姫）を調笑す」。これを反用する。14 前漢の陳遵《ちんじゅん》は大の酒好きで、宴席の客が来ると門を閉め、急用があっても帰れないようにその車轄（軸から車輪が外れないようにするくさび）を井戸に投げ入れてしまう。ある刺史が用件で訪れると、ちょうど酒席にかち合って門を閉められてしまう。尚書との面会の約束があったため困り果てた刺史は、陳遵が酔ったときその母に頼み込んで後門から逃してもらった（『漢書』遊侠伝）。15 **雕盤綺食** 美しい食器にごちそう。16 **呉歌趙舞** 酒席に興を添える歌と舞。「趙」は戦国時代の国名。西晋・左思「嬌女詩」（『玉台新詠』巻二）に「従容として趙舞を好む」。唐・盧照鄰「長安古意」に「燕歌趙舞 君が為に開く」。17 **原嘗春陵** 戦国時代の四君。主人である「扶風豪士」を喩える。「原」は趙の平原君、趙勝。「嘗」は斉の孟嘗君、田文。「春」は楚の春申君、黄歇。「陵」は魏の信陵君、魏無忌。いずれも多くの食客を抱え、政治・軍事で西方の秦と対抗した。**六国** 戦国時代、秦を除く六つの国。燕・斉・楚・韓・魏・趙。18 **開心写意** 心を開き、腹蔵無く語る。22 **揚眉** 気勢盛んなさま。23「艶歌行」古辞（『玉台新詠』巻一）に「水清ければ石自ら見ゆ」。**離離** はっきり見えるさま。一句は包むところのない自らの誠意と抱負をいうのであろう。24 **脱吾帽** 打ち解けて礼式形骸を忘れるさまをいうのであろう。28・29 漢の創業の功臣張良は若き日、橋のたもとで黄石公という老人と出会って兵書を授けられ、それを学んで劉邦（高祖）の軍師となる。また張良は晩年神仙の術に傾倒し、「願はくは人間の事を棄て、赤松子に従ひて遊ばんと欲するのみ」と言った（『史記』留侯世家）。「赤松子」は仙人の名。二句は自らを張良に比して志を託した。【詩型・押韻】 雑言古詩。下平九麻（沙・嗟・麻・賒・鴉・花・家）。平水韻、下平六麻。／上平五支（奇・移・吹・知・離）・六脂（誰・眉）・七之（期・時）の同用。平水韻、上平四支。／去声三十五笑（笑）・三十七号（帽）の通押。平水韻、去声十八嘯・二十号の通押。／下平二十一侵（吟・心）。平水韻、下平十二侵。

詩解 安禄山蜂起後の擾乱を背景に、「扶風」出身の「豪士」を「呉」に訪ねて酒を酌み抱負を示す。乱が起こった時、李白が何処にいたかは不明だが（長江流域の南方にいたとする説が有力だが、北方にあって実際に戦乱を体験したという見方もある）、この詩ではあたかも北地で戦乱を目撃し、そこから逃れて南に向かったかのようにうたう。ただ、詩にいう「呉」がどこなのか、そして「扶風豪士」なる人物が誰であるかも分からない。当時の状況と李白自身の行動のいくばくかが投影されていることは間違いないとしても、やはり歌謡の辞ならではの物語性（ことばを換えれば虚構性）は否定できない。「扶風」は都長安の西郊で天下の中心。その「扶風」出身の「豪士」であれば、戦乱に心を痛め都に思いを馳せていることであろう。かかる人物であればこそ、李白も自らの抱負を高らかにうたいあげるに相応しいというもの。17・18に戦国の四公子を挙げるのは、「扶風豪士」をこれに比して自分をその食客に擬するものであろう。そのうえで「扶風豪士」と打ち解け合って酒を酌むさま、その恩義に報いようとの志をうたう。末句の「黄石公」が「扶風豪士」をいうものか、あるいは他に自分を認めてくれるべき人物があっていうのかは分からない。同じ時期の作と思われるものに「猛虎行」（巻六）があり、そこでも本詩と同じく張良の雌伏をうたっている。

同㆓族弟金城尉叔卿㆒燭照㆓山水壁畫㆒歌　（族弟《ぞくてい》の金城《きんじやう》の尉《ゐ》叔卿《しゆくけい》と同《とも》に燭《しよく》もて山水壁畫《さんすいへきぐわ》を照《て》らす歌《うた》）

1 高堂粉壁圖㆓蓬瀛㆒　高堂《かうだう》の粉壁《ふんへき》　蓬瀛《ほうえい》を圖《ゑが》く
2 燭前一見滄洲清　燭前《しよくぜん》に一《ひと》たび見《み》る滄洲《さうしう》の淸《きよ》きを
3 洪波洶湧山崢嶸　洪波《こうは》洶湧《きようよう》として山崢嶸《やまさうくわう》
4 皎若㆔丹丘隔㆑海望㆓赤城㆒　皎《けう》として丹丘《たんきう》より海《うみ》を隔《へだ》てて赤城《せきじやう》を望《のぞ》むが若《ごと》し
5 光中乍喜嵐氣滅　光中《くわうちゆう》乍《たちま》ち喜《よろこ》ぶ嵐氣《らんき》の滅《めつ》するを
6 謂逢㆓山陰晴後雪㆒　謂《おも》ふ山陰晴後《さんいんせいご》の雪《ゆき》に逢《あ》ふかと
7 廻谿碧流寂無㆑喧　廻谿碧流《くわいけいへきりう》　寂《せき》として喧《けん》無《な》く
8 又如㆔秦人月下窺㆓花源㆒　又秦人《またしんひと》の月下《げつか》に花源《くわげん》を窺《うかが》ふが如《ごと》し

9 了然不レ覺清ニ心魂一
10 祇將ニ疊嶂一鳴ニ秋猿一
11 與レ君對レ此歡未レ歇
12 放歌行吟達ニ明發一
13 却顧海客揚ニ雲帆一
14 便欲三因レ之向ニ溟渤一

了然《れうぜん》として覺《おぼ》えず心魂《しんこん》を清《きよ》くし
祇《た》だ疊嶂《でふしやう》を將《も》ちて秋猿《しうゑん》を鳴《な》かしむ
君《きみ》と此《これ》に對《たい》して歡《くわん》未《いま》だ歇《つ》きず
放歌《はうか》行吟《かうぎん》して明發《めいはつ》に達《たつ》す
却顧《きやくこ》す海客《かいかく》の雲帆《うんはん》を揚《あ》ぐるを
便《すなは》ち之《これ》に因《よ》りて溟渤《めいぼつ》に向《む》かはんと欲《ほつ》す

現代語訳 族弟の金城県の尉李叔卿とともに山水の壁画を燭で照らし見る歌

君の立派なお屋敷の白壁には蓬萊・瀛州の仙山が描かれているとのこと。
ここに燭をともして青き海辺の世界を一度拝見することとしよう。
すると大きな波が湧き立ち、山が高々と聳え、
さっと輝いて仙界の丘より海の向こうに赤城の山を望むよう。
光を当てるとすぐさま山の嵐気は消え去ってくれ、
山陰の地の晴れ上がったばかりの雪景色に出会う。
巡る谷間に碧の水がそっと音もなく流れ、
それは秦の人が月明かりのもと、桃花源を見つけたよう。
ふと気づけばはっきりと心は透き通り、
たたなわる峰々に秋の猿の鳴き声を聞く思いがする。
君とともにこの絵をみれば楽しみは尽きることなく、

気ままに唱い吟じるうちに夜も明けようとする。
振り返りみれば海行く旅人が折しも帆を揚げたところ、
さてはこれに乗って大海原を目指すとしようか。

語注 **0 族弟** 同族同輩の年少者。李白と同じ李氏であったためこのようにいう。 **金城** 地名。長安の西郊。陝西省咸陽市興平市。 **尉** 官名。警察・刑罰・軍事などを職掌とする。 **叔卿** 『全唐詩』巻七七六に「李叔卿詩」一首を載せる。同人か否かは未詳。 **1 高堂** 立派な家。相手の家を敬っていう。 **粉壁** 白壁。あるいは「粉絵」（彩色画）が画かれた壁をいうか。 **蓬瀛** 蓬萊・瀛州。東海中の仙山。 **2 滄洲** 海中あるいは海浜にある場所で、仙界のイメージを帯びる。 **3 洶湧** 波が大きく湧き上がるさま。畳韻の語。 **崢嶸** 高く険しいさま。畳韻の語。 **4 丹丘** 仙人の居る場所。『楚辞』遠遊に「羽人（神仙）に丹丘に仍り（近づき）、不死の旧郷に留まらん」。 **赤城** 山名。浙江省天台県。北天台山の一峰。 **5 光** 燭の光。 **嵐気** 山の湿り気を帯びた気。 **雪** 燭に照らされた明るさを雪に見立てたものか。なお「山陰」の「雪」といえば、東晋の王徽之が夜の雪に「興に乗じて」友人を訪ねた逸話（『世説新語』任誕）が想起される。 **6 山陰** 地名。浙江省紹興市。ここでは風光明媚な土地として名を挙げる。 **7 迴谿** 曲がりくねる渓谷。南朝宋・謝霊運「石門の最高頂に登る」（『文選』巻二二）に「嶺に対ひて迴渓（谿）に臨む」。 **8 花源** 桃花源。秦・始皇帝の乱世を逃れた人々（「秦人」）が隠れ住んだという。東晋・陶淵明に「桃花源の記」がある。 **9 了然** はっきりとしたさま。 **10 畳嶂** 重なり合う山。梁・任昉「郭桐廬に贈る」（『文選』巻二六）に「畳嶂　響きを成し易く、重ぬるに夜猨（猿）の悲しきを以てす」。 **12 明発** 夜明け。『詩経』小雅・小宛に「明発まで寐ねず」。 **14 溟渤** 「溟」「渤」は共に仙界の海の名（『列子』湯問など）。南朝宋・鮑照「君子有所思に代ふ」（『文選』巻三一）に「池を穿ちて溟渤に類す」。【詩型・押韻】雑言古詩。下平十三耕（嶸）・十四清（瀛・清・城）の同用。平水韻、下平八庚。／入声十七薛（滅・雪）。平水韻、入声九屑。／上平二十二元（喧・源・猿）・二十三魂（魂）の同用。平水韻、上平十三元。入声十月（歇発）・十一没（渤）の同用。平水韻、入声六月。

詩解 絵画を詩にうたう題画詩。後に「当塗の趙炎少府の粉図山水の歌」（巻七）がある。題画詩ではしばしば、小さな画幅の中に大きな世界が取り込まれていること（「咫尺万里」）、本物と見まごうこと（「乱真」）などのモチーフをうたい、絵画の内容が詩のことばで再現されてゆく。この作品の場合は更に、夜、燭の灯りを当てての鑑賞行為と、その折の感興をうたうところにおもしろさがある。詩題の「燭照」の二字が主題に関わっている。燭を当てた瞬間、画面にただよっていた山の気がたちまち消え失せ、白い輝きのなかに景色が浮かび上がる。あたかもそれは雪晴れの明るさのなかに山陰の風光を見るかのよう。音もなく流れる水際に桃源の理想郷を窺ってみたり、澄明な心根に山の峰々に鳴く猿の声を聞いてみたり。興趣の尽きぬままそろそろ夜明けを迎えれば、絵に見た世界を船に乗って訪ねてみようという。

巻七

歌吟　下

梁園吟（梁園吟《りやうゑんぎん》）

1 我浮㆓黄河㆒去㆓京闕㆒
2 挂㆑席欲㆑進波連㆑山
3 天長水闊厭㆓遠渉㆒
4 訪㆑古始及平臺間
5 平臺爲㆑客憂思多
6 對㆑酒遂作梁園歌
7 却憶蓬池阮公詠
8 因吟淥水揚㆓洪波㆒
9 洪波浩蕩迷㆓舊國㆒
10 路遠西歸安可㆑得

我《われ》　黄河《くわうが》に浮《う》かびて　京闕《けいくわん》を去《さ》り
席《せき》を挂《か》けて進《すす》まんと欲《ほつ》すれば波《なみ》は山《やま》を連《つら》ぬ
天《てん》は長《なが》く水《みづ》は闊《ひろ》く　遠渉《ゑんせふ》を厭《いと》ひ
古《いにしへ》を訪《と》ふて始《はじ》めて及《およ》ぶ　平臺《へいだい》の間《かん》
平臺《へいだい》に客《かく》と爲《な》りて　憂思《いうし》多《おほ》く
酒《さけ》に對《たい》し遂《つひ》に作《な》す　梁園《りやうゑん》の歌《うた》
却《かへ》りて憶《おも》ふ　蓬池《ほうち》の阮公《げんこう》の詠《えい》
因《よ》りて吟《ぎん》ず　淥水《りよくすい》　洪波《こうは》を揚《あ》ぐと
洪波《こうは》浩蕩《かうたう》として　舊國《きうこく》に迷《まよ》ひ
路遠《みちとほ》く　西歸《せいき》　安《いづく》んぞ得《う》べけんや

現代語訳 梁園吟

われ黄河に舟を浮かべて都を背にし、
帆を上げて旅路を見渡せば、波は連なる山のよう。
空は遠く続き水は広がって遥けき道に飽き、
古のなごりを尋ねてようよう平台を訪れた。
しかし平台を旅行けば思い悲しく、
酒を前にして、ここに作る梁園の歌。
さても蓬池に至って思い起こすは阮公のうた、
そこで口ずさんでみる、「清らな水は大きく波立ち」と。
大きく波立ち広がって、古き国に旅の足も踏み迷い、
道は遠く、西に帰ることはどうしてかなおうか。

語注 0 **梁園** 前漢の梁孝王・劉武（文帝の子、景帝の弟）が築いた広大な園林。「兎園」ともいう。当時の代表的な文人である鄒陽《すうよう》・枚乗《ばいじょう》・司馬《しば》相如《しょうじょ》らが集う文学サロンでもあった。故址は今の河南省商丘市。 1 **京関** みやこ、長安。 2 **挂席** 帆を上げ、船に乗る。「席」は竹などで編んだむしろ、網代帆。南朝宋・謝霊運「赤石に遊び進みて海に帆す」（『文選』巻二二）に「帆を揚げて石華《かき》（貝の一種）を採り、席を挂けて海月《たいらぎ》（貝の一種）を拾ふ」。 **波連山** 波が山のように連なる。西晋・木華「海の賦」（『文選』巻一二）に「波は山を連ぬる如く、乍ち合し乍ち散ず」。 3 **遠渉** 遠く出かける。 4 **平台** もと春秋・宋の平王が築いたもの。漢の梁孝王はそこに広壮な宮殿・楼台を営んだ。 7 **蓬池** 河南省開封市にあった池。魏・阮籍「詠懐詩十七首」其十二（『文選』巻二三）に「蓬池の上に徘徊し、還顧して大梁（戦国魏の都で今の開封市）を望む、緑水は洪波を揚げ、曠野は莽として茫茫たり」。 **阮公** 魏の詩人、阮籍。 8 **渌水揚洪波** 右に引く阮籍の詩句。なお『文選』をはじめ諸本に載せる阮籍詩は「渌」を「緑」に作る。 9 **浩蕩** 水が広々と流れるさま。畳韻の語。 **旧国** 古い歴史を有するこの梁の地。 10

西帰　都長安に戻る。一説に故郷蜀に帰る。

11 人生達レ命豈假レ愁
12 且飲二美酒一登二高樓一
13 平頭奴子搖二大扇一
14 五月不レ熱疑二清秋一
15 玉盤楊梅爲レ君設
16 吳鹽如レ花皎二白雪一
17 持レ鹽把レ酒但飲レ之
18 莫下學二夷齊一事中高潔上

人生《じんせい》 命《めい》に達《たつ》すれば豈《あ》に愁《うれ》ふるに假《いとま》あらんや
且《しばら》く美酒《びしゅ》を飲《の》み高樓《かうろう》に登《のぼ》らん
平頭《へいとう》の奴子《どし》 大扇《たいせん》を搖《ゆ》るがし
五月《ごぐわつ》も熱《あつ》からず 清秋《せいしう》かと疑《うたが》ふ
玉盤《ぎよくばん》 楊梅《やうばい》 君《きみ》が爲《ため》に設《まう》け
吳鹽《ごえん》 花《はな》の如《ごと》く 白雪《はくせつ》よりも皎《しろ》し
鹽《しほ》を持《ぢ》し酒《さけ》を把《と》りて 但《た》だ之《これ》を飲《の》む
夷齊《いせい》に學《まな》びて高潔《かうけつ》を事《こと》とする莫《な》かれ

現代語訳

人生は天命を覚れば、愁いに時を費やすにおよばない。
まずは旨酒を飲もうと高楼に上る。
ざんばら頭の給仕が大きな扇を揺らせば、
夏の五月とて秋かと思うくらいに涼しいものだ。
白玉の大皿にはヤマモモが、君のためにと用意され、
呉の塩は花のごとく、また雪よりも白い。

塩を肴に酒杯を手に、ひたすら飲もう、
伯夷・叔斉の高潔など、見向きもしなさんな。

語注 **11 達命** 天によって定められた命を知る。 **13 平頭** 髪を結っていない。あるいは頭巾の名とも。 **奴子** 下僕。ここでは酒店の給仕。 **15 玉盤** 玉製の皿。 **楊梅** ヤマモモ。初夏に甘酸っぱい実を結び、食用となる。 **君** 語り手自身。あるいは詩の読み手に呼びかける。 **16 呉塩** 呉（江蘇・浙江一帯）特産の塩。 **18 夷斉** 伯夷と叔斉。殷を伐った周に仕えるを潔しとせず、首陽山に隠れて餓死した。

昔 人 豪 貴 信 陵 君
今 人 耕 種 信 陵 墳
荒 城 虚 照 碧 山 月
古 木 盡 入 蒼 梧 雲
梁 王 宮 闕 今 安 在
枚 馬 先 歸 不㆓相 待㆒
舞 影 歌 聲 散㆓淥 池㆒
空 餘㆓汴 水㆒東 流㆑海
沈㆓吟 此 事㆒涙 滿㆑衣
黃 金 買㆑醉 未㆑能㆑歸

昔人豪貴《せきじんがうき》とす　信陵君《しんりようくん》
今人耕種《きんじんかうしゆ》す　信陵《しんりよう》の墳《ふん》
荒《くわう》城《じやう》虚《むな》しく照《て》らす　碧山《へきざん》の月《つき》
古《こ》木《ぼく》盡《ことごと》く入《い》る　蒼梧《さうご》の雲《くも》
梁王《りやうわう》の宮闕《きゆうけつ》　今安《いまいづ》くにか在《あ》る
枚馬《ばいば》先《ま》づ歸《かへ》りて　相待《あひま》たず
舞《ぶ》影《えい》歌《か》聲《せい》　淥池《りよくち》に散《さん》じ
空《むな》しく汴水《べんすい》を餘《あま》して　東《ひがし》のかた海《うみ》に流《なが》る
此《こ》の事《こと》　沈吟《ちんぎん》して　涙《なみだ》　衣《い》に滿《み》つ
黃金《わうごん》もて醉《ゑ》ひを買《か》ひて　未《いま》だ歸《かへ》る能《あた》はず

29 連二呼五白一行二六博一
五白《ごはく》を連呼《れんこ》して　六博《りくはく》を行《おこな》ひ

30 分レ曹 賭レ酒 酣 馳レ暉
曹《さう》を分《わ》かち酒《さけ》を賭《と》して　酣《たけなは》に暉《き》を馳《は》す

31 酣 馳レ暉
酣《たけなは》に暉《き》を馳《は》し

32 歌 且 謠
歌《うた》ひ且《か》つ謠《うた》ひ

33 意 方 遠
意《い》方《まさ》に遠《とほ》し

34 東 山 高 臥 時 起 來
東山高臥《とうざんかうぐわ》　時《とき》に起《た》ち來《きた》る

35 欲レ濟二蒼 生一未レ應レ晩
蒼生《さうせい》を濟《すく》はんと欲《ほつ》するも　未《いま》だ應《まさ》に晩《おそ》かるべからず

現代語訳

むかしの人は威勢盛んとたたえた信陵君、
いまの人は鋤もて田畑とす信陵の墳《はか》。
古寂《ふるさ》びた城は空しく照らされる、みどりの山の端に上る月に、
年ふりた木々はみな包まれる、蒼梧の山より流れきた雲に。
梁王の宮殿はいまどこに残るだろう、
枚乗、司馬相如はとうに世を去り、われを知るよしもない。
往事の舞姫の姿と歌声も清らな池に溶け消え、
ただ汴水のみが東に流れて海に注ぎ入る。
これに思い潜めれば、涙がこぼれて衣を濡らし、

されば黄金を酔いに換えて、この地を立ち去りかねる。
「五白」よ来いと連呼して六博のバクチ、
組を分け酒を賭けて、酔い痴れて日も馳せゆく。
酔い痴れて日も馳せゆき、
歌いに謡い、
心は遠く馳せてゆく。
東山に隠れ、時を見て立ち上がった謝安のように、
世の民くさを救おうと志をたてるに、いまだ遅くはあるまい。

語注 **19・20** 権勢を誇った人物もいまや塚下に眠る。 **豪貴** 地位高く権勢有ることをたたえる。 **信陵君** 戦国魏の昭王の公子で信陵に封ぜられた。名は無忌。人望があり諸侯に重んじられた。 **信陵墳** 信陵君の墳墓。河南省開封市。 **22 蒼梧** 湖南省南部の山の名。九疑山とも。古代の聖帝舜の葬られた場所という。南朝宋・謝朓「新亭の渚にて范零陵に別る」（『文選』巻二〇）に「雲は去る蒼梧の野、水は還る江漢の流れ」。李善注の引く『帰蔵』に「白雲の蒼梧より出でて大梁に入る有り」。 **24 枚馬** 前漢の文人、枚乗と司馬相如。梁孝王のもとに遊んだ。 **26 汴水** 川の名。開封近郊を流れ淮河に入り東海に注ぐ。 **27 沈吟** 深く思いを凝らす。畳韻の語。 **29 六博** サイコロ博打。「五白」はその良い目。 **30 分曹** 博打の際、二組みに分かれる。「曹」は、くみ。 **酣** 酒興の頂点。まっさかり。 **馳暉** 日足が馳せ行く。時が移ろいゆくこと。 **32 歌且謡** 『詩経』魏風・園有桃に「心の憂ふれば、我 歌ひ且つ謡ふ」。 **34・35 東山高臥** 東晋の謝安（字、安石）は、しばしば出仕を請われたが「東山に高臥（隠居）」して腰を上げず、人は「安石肯へて出でずんば、将た蒼生（人民）を如何せん」といって憂えた（『世説新語』排調）。後に出仕し、弟の謝石・甥の謝玄らを用い、淝水で前秦の苻堅の軍を破って東晋王朝を支えた。【詩型・押韻】雑言古詩。上平二十七刪（関）・二十八山（山・間）の同用。平水韻、上平十五刪／下平七歌（多・歌）・八戈（波）の同用。平水韻、下平五歌／入声二十五徳（国・得）。平水韻、入声十三職／下平十八尤（愁・秋）・十九侯（楼）の同用。平水韻、下平十一尤／入声十六屑（潔）・十七薛（設・雪）の同用。平水韻、入声九屑／上平二十文（君・墳・雲）。平水韻、上平十二文／上声十五海

（在・待・海）。平水韻、上声十賄／上平八微（衣・帰・暉）。平水韻、上平五微／上声二十阮（遠・晩）。平水韻、上声十三阮。

詩解　都長安を離れ「梁園」に遊んだ際のうた。天宝三年（七四四）、翰林の職を辞し長安を出た時の作ともいい、また李白「杜秀才の五松山にて贈らるるに答ふ」（巻一七）の表現（「当時　詔を待つ承明の裏、皆道ふ揚雄　才観るべしと。……角巾　東に出づ商山の道、秀を採り行歌し芝草を詠ず」）をみれば、翰林を逐われて京師を離れた際にとった道が四皓ゆかりの商山経由であったらしいことから、「我　黄河に浮かびて　京関を去り」とうたう本詩は翰林放逐後の作ではなく、それ以前にかつて入京した折に都を離れた時の作か、との説がある。李白が複数回長安を経験していたことは事実かと思われるが、歌謡の辞に述べることを正直に受けとめて李白の事跡につなげる必要はあるまい。水に浮かんで俗世を離れるのは伝統的な文学イメージの一つであり（『論語』公冶長に「子曰く、道行はれず。桴に乗りて海に浮かばん」）、ここではそれを借りたと考えることもできよう。まず第一段（1―10）は、「憂思」を抱えつつ梁園ならびに魏の詩人阮籍ゆかりの「蓬池」を訪れ、思いを古の文学者に寄せる。続いて（11―18）は、酒楼に上がって酒を酌み、憂いを忘れようとする。最後（19―35）は、当地ゆかりの人物信陵君の墳墓も耕し鋤かれ、梁王の宮殿も跡形無く、ここに集った文人枚乗・司馬相如も今は無いと、時の流れと人事の空しさを嘆き、酒と遊興に憂悶を払いつつ再起を期してうたい収める。

鳴皐歌送二岑徵君一（鳴皐歌《めいかうか》　岑徵君《しんちようくん》を送《おく》る）

1　若ㇾ有ㇾ人　兮　思二鳴　皐一　　人有《ひとあ》るが若《ごと》し　鳴皐《めいかう》を思《おも》ふ

2　阻二積　雪一兮　心　煩　勞　　積雪《せきせつ》に阻《はば》まれ　心煩勞《こころはんらう》す

3　洪　河　凌　兢　不ㇾ可二以　逕　度一　　洪河《こうか》凌兢《りようきよう》として以《もつ》て逕度《けいと》すべからず

4　氷　龍　鱗　兮　難ㇾ容ㇾ舠　　氷《こほり》龍鱗《りゆうりん》して舠《たう》を容《い》れ難《がた》し

5 邈仙山之峻極兮
6 聞㆓天籟之嘈嘈㆒
7 霜崖縞皓以合沓兮
8 若㆔長風扇㆑海湧㆓滄溟之波濤㆒
9 玄猿緑羆
10 舔㆓舕岌危㆒
11 咆㆑柯振㆑石
12 駭㆑膽慄㆑魄
13 羣呼而相號
14 峯崢嶸以路絶
15 挂㆓星辰於巖嶅㆒

邈《ばく》たる仙山《せんざん》の峻《けは》しさは極《きは》まり
天籟《てんらい》の嘈嘈《さうさう》たるを聞《き》く
霜崖縞皓《さうがいかうかう》として以《もつ》て合沓《がふたふ》し
長風《ちやうふう》 海《うみ》を扇《あふ》ぎて滄溟《さうめい》の波濤《はたう》を湧《わ》かすが若《ごと》し
玄猿《げんゑん》と緑羆《りよくひ》と
岌危《きゆうき》に舔舕《てんたん》す
柯《か》に咆《ほ》え石《いし》を振《ふ》るはし
膽《たん》を駭《おどろ》かし魄《はく》を慄《ふる》はし
羣呼《ぐんこ》して相號《あひさけ》ぶ
峯《みね》は崢嶸《さうくわう》として以《もつ》て路《みち》は絶《た》え
星辰《せいしん》を巖嶅《がんがう》に挂《か》く

現代語訳 鳴皐歌　岑徴君を見送る

ああ、ここに人有り、鳴皋の山を思う。
積もる雪に阻まれて心は煩悶する。
大川は冷たく身を震わせて渡ることはできず、
水は鱗のように凍り、舟を浮かべることもできない。

遥かなる仙山はこの上なく高く、
風吹き抜ける音だけが、ザワザワと響く。
霜の覆う崖が白く重なりあい、
大風が海を扇ぎ、海原の波を湧き起こしたかのよう。
黒い雄サルと緑毛のヒグマがおり、
高い所で口を開け、舌を見せている。
木の枝に咆え、岩を揺らし、
肝を驚かし、魄《たましい》を震わせる。
群れ集まって声を上げ、叫びあう。
峰は高々と聳えて路は絶え、
星は巌の先に小石のように掛かっている。

語注　**0 鳴皐**　山名。河南省嵩県の東北。九皐山とも。　**岑徴君**　李白の友人岑勛か。李白「将進酒」（巻三）注11参照。「徴君」とは朝廷から徴招されたが任官しなかった人に対する敬称。「徴士」とも。題下注に「時に梁園に三尺の雪あり、清冷池に在りて作る」という。梁園は前漢の梁孝王・劉武（文帝の子、景帝の弟）が築いた広大な園林。兎園ともいう。故址は河南省商丘市。李白に「梁園吟」（巻七）がある。清冷池は梁園から遠からぬ所にあった池。　**1** 『楚辞』九歌・山鬼の「人有るが若し　山の阿に」に倣う。「人」は「岑徴君」。「兮」は音調を整える語。『楚辞』によく用いられる。　**思鳴皐**　「鳴皐」に行きたいと願う。　**3 洪河**　大きな河。　**凌兢**　寒さに震える。畳韻の語。前漢・揚雄「甘泉の賦」（『漢書』揚雄伝上）に「閶闔（天の門）に馳せて凌兢に入る」。顔師古の注に「寒涼戦栗（慄）の処を言ふなり」。　**4 氷龍鱗**　水が凍って鱗のようになる。　**難容舠**　「舠」は刀のようなかたちの小舟。『詩経』衛風・河広に「誰か河を寛しと謂ふ、曽て刀（舠）を容れず」。　**6 天籟**　風音など、天地自然に発する音響。『荘子』斉物論に見える。　**嘈嘈**　音の騒がしいこと。後漢・王延寿「魯の霊光殿の賦」（『文選』巻一一）に

「耳嘈嘈として以て聴を失ふ」。 **7 縞皓** 「縞」「皓」共に白い。畳韻の語。 **合沓** 集まり重なる。畳韻の語。 **9 玄猿** 色の黒い雄テナガザル。前漢・司馬相如「上林の賦」(『文選』巻八)に「玄猿素雌」。李善注に「玄猿は猿の雄なる者、玄色なり」。 **緑羆** 毛に艶有るヒグマ。『西京雑記』巻二に「熊羆の毛に緑光有り」。 **10 舑談** 舌をみせるさま。双声の語。王延寿「魯の霊光殿の賦」に「玄熊舑(舔)談して以て断断(歯ぐきをみせる)す」。 **岌危** 高く危うい場所。双声の語。 **14 崢嶸** 高く険しいさま。畳韻の語。 **15 巌嶅** 高いいわお。西晋・木華「海の賦」(『文選』巻一二)に「巌嶅を戛《なら》(平らかに)す」。

16 送二君之歸一兮
17 動二鳴皐之新作一
18 交二鼓吹兮彈絲一
19 觴二清冷之池閣一
20 君不レ行兮何待
21 若二返顧之黃鶴一
22 掃二梁園之羣英一
23 振二大雅於東洛一
24 巾二征軒一兮歷二阻折一
25 尋二幽居一兮越二巘崿一
26 盤二白石一兮坐二素月一
27 琴二松風一兮寂二萬壑一

君《きみ》の歸《かへ》るを送《おく》り
鳴皐《めいかう》の新作《しんさく》を動《うご》かす
鼓吹《こすい》と彈絲《だんし》を交《まじ》へ
清冷《せいれい》の池閣《ちかく》に觴《しやう》す
君《きみ》行《ゆ》かずして何《なに》をか待《ま》つ
返顧《はんこ》の黃鶴《くわうかく》の若《ごと》し
梁園《りやうゑん》の羣英《ぐんえい》を掃《はら》ひ
大雅《たいが》を東洛《とうらく》に振《ふ》るはん
征軒《せいけん》に巾《きん》して阻折《そせつ》を歷《へ》
幽居《いうきよ》を尋《たづ》ねて巘崿《けんがく》を越《こ》ゆ
白石《はくせき》に盤《ばん》し 素月《そげつ》に坐《ざ》し
松風《しようふう》を琴《きん》すれば 萬壑寂《ばんかくせき》たり

現代語訳

君が山に帰るはなむけにと、
鳴皐の歌を新たに作ろう。
笛や太鼓に糸の音を交え、
清冷池畔の閣《たかどの》に酒を酌もう。
君は足を止めて、何を待っているのか、
飛び去りかねて空の上で振り返る黄鶴のように。
すでにこの地では梁園の群才を凌いだのだから、
これからは洛陽の都で大雅の声を上げてくれたまえ。
車の用意を調えて、つづら折りの難路を経て、
やがて幽棲の居を尋ねて切り立つ山肌を越えてゆく。
白石の上に胡座《あぐら》をかき、月の白き光に浴し、
松風の音を琴で奏でれば、無数の谷が静まることだろう。

語注

18 **鼓吹**　打楽器と管楽器の演奏。**弾糸**　弦楽器の演奏。19 **觴**　酒杯を勧める。21 前漢・蘇武「詩四首」其二（『文選』巻二九）に「黄鵠　一たび遠く別れ、千里　顧みて徘徊す」。22 岑徴君の文才が、かつて梁園に集った鄒陽・枚乗・司馬相如という文人たちにも優るという。23 向かう先の鳴皐（洛陽に近い）でも詩才を発揮するであろう。**大雅**　『詩経』の一部をなす、李白が重視した中心となる詩篇。**東洛**　西の長安に対し洛陽を東都とした。24 **巾征軒**　「巾」は「征軒」（旅の車駕）に帷をかける。あるいは拭うことという。いずれも旅立ちの用意の整うこと。**阻折**　曲がりくねった険難な路。双声の語。25 **幽居**　岑徴君がこれから隠棲する居所。**巘崿**　切り立つ崖。双声の語。南朝宋・謝霊運「晩に西射堂を出づ」（『文選』巻二二）に「連鄣（連なる山）は巘崿を畳ぬ」。26 **盤**　盤坐。あぐらをかく。**白石**　神仙の食料を「白石」というので、仙界のイメー

ジを帯びる。　**27 琴松風**　魏・嵇康の作と伝えられる「風入松」という琴曲がある。「琴」は琴を奏でる。

28 望不レ見兮心氛氳　望《のぞ》めども見《み》えず　心氛氳《こころふんうん》たり
29 蘿冥冥兮霰紛紛　蘿《ら》は冥冥《めいめい》として　霰紛紛《あられふんぷん》たり
30 水横レ洞以下淥　水《みづ》は洞《どう》に横《よこ》たはりて以《もつ》て下淥《かろく》し
31 波小聲而上聞　波《なみ》は小聲《せうせい》にして上聞《じやうぶん》す
32 虎嘯レ谷而生レ風　虎《とら》は谷《たに》に嘯《うそぶ》きて風《かぜ》を生《しやう》じ
33 龍藏レ谿而吐レ雲　龍《りゆう》は谿《たに》に藏《かく》れて雲《くも》を吐《は》く
34 冥鶴清唳　冥鶴《めいかく》は清唳《せいれい》し
35 飢鼯嚬呻　飢鼯《きご》は嚬呻《ひんしん》す
36 塊獨處二此幽默兮一　塊《くわい》として獨《ひと》り此《こ》の幽默《いうもく》に處《を》り
37 愀二空山一而愁レ人　空山《くうざん》に愀《せう》として人《ひと》を愁《うれ》へしむ

現代語訳

望みやっても姿は見えず、心はもやもやと晴れず、
つるは小暗くからまり、霰はしぶき降る。
水は洞穴の中に広がり、澄んだ流れを落とし、
波の小さなせせらぎも上の方まで聞こえてくる。

虎が谷に嘯けば風が起こり、
龍が谿に隠れれば雲が湧く。
空を翔け飛ぶ鶴は清らに鳴き。
飢えたムササビは顔をしかめて啼く。
ぽつんと一人このひっそりとしたところに居り、
わびしき山にしおたれて愁いに沈む。

語注 **28** 以下、山中にある友人と自らの姿を二重映しに幻想する。 **氛氳** 煙気がただよい、すっきりしないさま。畳韻の語。 **29 蘿** 女蘿。サルオガセ。山中の樹木に絡まり垂れ下がる地衣類。 **冥冥** 暗いさま。 **紛紛** 多くかつ乱れるさま。 **30 横洞** 水が洞穴に満ちあふれるさまか。 **32・33** 『淮南子』天文訓に「虎嘯きて谷風至り、龍挙がりて景雲属《つ》く」。 **34・35** 斉・謝朓「敬亭山の詩」（『文選』巻二七）に「独鶴は方に朝に唳き、飢鼯は此の夜に啼く」。 **唳** 鶴が鳴く。 **鼯** 夜行性のリスの仲間。ムササビ。 **嚬呻** 眉を顰めて呻吟する。 **36 塊** 孤独なさま。『楚辞』九弁に「塊として独り此の沢（恩沢）無きを守る」。 **幽黙** ひっそりと寂しい。 **37 愀** 憂える。

38 雞聚レ族以争レ食　雞《けい》は族《ぞく》を聚《あつ》めて以《もっ》て食《しょく》を争《あらそ》ひ
39 鳳孤飛而無レ鄰　鳳《ほう》は孤《ひと》り飛《と》びて鄰《となりな》無し
40 蝘蜓嘲レ龍　蝘蜓《えんてい》は龍《りゅう》を嘲《あざけ》り
41 魚目混レ珍　魚目《ぎょもく》は珍《ちん》に混《ま》じる
42 嫫母衣レ錦　嫫母《ぼぼ》は錦《にしき》を衣《き》て
43 西施負レ薪　西施《せいし》は薪《たきぎ》を負《お》ふ

44 若使三巢由桎二梏於軒冕一兮
45 亦奚異三乎夔龍蹩二躠於風塵一
46 哭何苦而救レ楚
47 笑何誇而却レ秦
48 吾誠不レ能レ學二二子沽レ名矯レ節以耀一レ世兮
49 固將下棄二天地一而遺上レ身
50 白鷗兮飛來
51 長與レ君兮相親

若《も》し巢由《さういう》をして軒冕《けんべん》に桎梏《しつこく》せしむれば
亦《ま》た奚《なん》ぞ夔龍《きりゆう》を風塵《ふうぢん》に蹩躠《へつせつ》せしむるに異《こと》ならん
哭《こく》しては何《なに》を苦《くる》しみて楚《そ》を救《すく》ひ
笑《わら》ひては何《なに》を誇《ほこ》りて秦《しん》を却《しりぞ》く
吾《われ》 誠《まこと》に二子《にし》が名《な》を沽《う》り節《せつ》を矯《ま》げて以《もつ》て世《よ》に耀《かがや》かす
を學《まな》ぶ能《あた》はず
固《もと》より將《まさ》に天地《てんち》を棄《す》てて身《み》を遺《わす》れんとす
白鷗《はくおう》 飛《と》び來《きた》れ
長《なが》く君《きみ》と相親《あひした》しまん

現代語訳

鶏は一族集って食を求めて争い、
鳳は独り飛んで伴う者はいない。
ヤモリが龍をあざ笑い、
魚の目は珠玉に混じる。
見にくい嫫母が綺羅を身にまとい、
美しい西施が重いたきぎを担う。
もし隠者の巣父《そうほ》・許由《きよゆう》を高位高官に縛り付けるならば、

それは良臣たる夔・龍を空しく世俗の中で齷齪《あくせく》させるようなもの。
楚を救わんと泣いた人は何を苦しんでそうしたのか、
秦を退却させて笑った人は何を誇ってそうしたのか。
我は二人のように名を求め節義を偽り装ってまで世に輝くことなどできず、
もとより天地を棄て、身を忘れようとするもの。
白いカモメよ飛び来れ、
いつまでも君と親しく遊ぼう。

語注 **38・39** 小人と君子を「鶏」と「鳳」に喩えて対比する。『楚辞』卜居に「寧ろ黄鵠と翼を比べんか、将た鶏鶩と食を争はんか」。**40―43** 本来あるべき価値が顚倒している。**蝘蜓** トカゲ、ヤモリの類。龍に形が似ているので「石龍」「龍子」ともいう。前漢・揚雄「解嘲」（『文選』巻四五）に「今 子 乃ち鴟梟（悪鳥）を以て鳳凰を笑ひ、蝘蜓を執りて亀龍を嘲けるは、亦た病ならずや」。**魚目** 丸い形が珠玉と紛らわしい。梁・任昉「大司馬の記室に到る牋」（『文選』巻四〇）に「惟れ此れ魚目、唐突にして璵璠（美玉）たり」。**嫫母** 伝説の醜女。**西施** 伝説の美女。**44・45** 隠者である巣父・許由を高官に就けたり、済世の志を有する夔・龍を俗塵の中に置くなど、本来の志向に違うことを担わせる理不尽をいう。**巣由** 堯帝の時の隠者、巣父と許由。**桎梏** 刑具で、足を拘束するものを「桎」、手を拘束するのを「梏」という。**軒冕** 官位・爵禄。「軒」は貴人の車。「冕」は礼装の衣冠。**夔・龍** 舜帝の二人の賢臣。**蹩躠** 力を尽くすさま。畳韻の語。**風塵** 世俗のこと。**46** 春秋時代、呉が楚を攻めた時、申包胥《しんほうしょ》が秦に出向いて援軍を乞い、七日間哭し続けたため、秦は軍を送った（『左氏伝』定公四年）。**47** 戦国時代、斉の人魯仲連《ろちゅうれん》は、秦の軍隊が趙の都邯鄲を包囲した際たまたま居合わせ、趙の平原君を助けて秦軍を退けた。平原君は魯仲連に領地を与えようとしたが、報償を受け取れば商人と異ならないと笑って断り立ち去る（『史記』魯仲連伝）。李白「古風五十九首」其九（巻二）に魯仲連をうたって、「意 千金の贈を軽んじ、顧みて平原に向かひて笑ふ」。**48** **沽名** 名を貪る。売名。**矯節** 自己本来のあり方を偽り、節義を装う。**50** **白鷗** カモメ。自由な境地の象徴。賢しらを忘れた人とのみ遊ぶ。海辺に住むある人は、毎朝カモメと遊び、下りて集まるカモメは百羽に止まらなかった。それをその父が聞き、共に遊びたいので捕まえてこいと子に命じた。翌朝、子が海に行くとカモメは一羽も下りてこなかった（『列子』黄帝）。**51君**「白鷗」をいう。

【詩型・押韻】雑言古詩。下平六豪（皋・労・舠・嘈・濤・号・鼇）。平水韻、下平四豪。／上平五支（羆・危）。平水韻、上平四支。／入声二十陌（魄）・二十二昔（石）の同用。平水韻、入声十一陌。／入声十九鐸（作・閣・鶴・洛・崿・壑）。平水韻、入声十薬。／上平二十文（氳・紛・聞・雲）。平水韻、上平十二文。／上平十七真（呻・人・隣・珍・薪・塵・秦・身・親）。平水韻、上平十一真。

詩解 友人の岑某が鳴皋山に帰隠するのを送る歌。全篇を通じて『楚辞』のスタイルを踏まえてうたう。1―15にうたう行路の険難は、李白が自らの経験を踏まえつつ官途に就くことの危険を喩え、岑勛が徴招に応えず帰隠するのをよしとする心であろう。16―27は、送別の宴と旅立ち、山中の幽居にたどり着いた後の様子を想像して描く。28―37は、友人が立ち去った後の李白の寂寥の思いを、自らも山中に一人ある情景に託してうたうものと解した。そして38―51は、価値が顛倒した俗流を嘆き、また楚を救った申包胥と趙を助けた魯仲連のふるまいは、いずれも名を挙げるために己を偽る行為であると否定し、賢しらを捨て「白鷗」と遊ぶ境地に到りたいとうたい結ぶ。最後の一段は、自らの抱負であると同時に友人に対するはなむけのメッセージでもあるだろう。

白雲歌　送二劉十六帰一レ山 （白雲歌《はくうんか》　劉十六《りうじふろく》の山《やま》に帰《かへ》るを送《おく》る）

1　楚山秦山皆白雲　　楚山秦山《そざんしんざん》　皆白雲《みなはくうん》

2　白雲處處長隨レ君　　白雲處處《はくうんしよしよ》　長《つね》に君《きみ》に隨《したが》ふ

3　長隨レ君　　長《つね》に君《きみ》に隨《したが》ひ

4　君入二楚山裏一　　君《きみ》は楚山《そざん》の裏《うち》に入《い》る

5 雲亦随レ君渡二湘水一
雲《くも》も亦《ま》た君《きみ》に随《したが》ひて湘水《しやうすい》を渡《わた》る

6 湘水上
湘水《しやうすい》の上《ほとり》

7 女羅衣
女羅《ぢよら》の衣《い》

8 白雲堪レ臥君早帰
白雲臥《はくうんぐわ》するに堪《た》ふ　君早《きみはや》く帰《かへ》れ

現代語訳　白雲歌　劉十六君の帰隠するを送る

楚の山も秦の山もみな白雲に包まれる。
白雲はどこにあっても、いつも君のあとについてゆく。
いつも君のあとについてゆき、
君は楚の山に入ってゆく。
雲もまた君のあとについて、湘水を渡る。
湘水のほとりで、
女蘿を身にまとい、
白雲のしとねに寝ころぶがよい、君よ早く帰りたまえ。

語注　**0 白雲歌**　山に帰る隠者を送る歌。「白雲」は白い雲。雲は山に湧き、山は隠者の住まいであるため、この語には隠逸のイメージを伴う。**劉十六**　劉某、名は未詳。十六は排行（同世代のなかでの長幼の順）。**帰山**　帰隠する。**1**　劉の向かう先の楚の山も、旅立ちの地である秦の山も、いずれも白雲が浮かぶ。**楚山**　「楚」は湖北・湖南地域。**秦山**　「秦」は陝西地域。都長安付近をいう。**5 湘水**　川の名。広西に発し湖南を南北に貫いて洞庭湖に流入する。**7 女羅衣**　隠者の衣裳。「女羅（蘿）」は他の樹木に寄生する地衣類、サルオガセ。『楚辞』九歌・山鬼に「人有るが如し　山の阿に、薜茘を被て女蘿（羅）を帯とす」。「衣」は細かくいえば上半身にまとうもの。【詩型・押韻】雑言古詩。上平二十文（雲・君）。平水韻、上平十二文／

上声五旨（水）・六止（裏）の同用。平水韻、上声四紙／上平八微（衣・帰）。平水韻、上平五微。

詩解 帰隠する友人を送る。素朴な語と措辞ながら、「白雲」「随」「君」が連綿とつながり、あたかも「白雲」がここ「秦」から友人の向かう「楚」の空まで連なるかのようにうたう。「白雲歌」と題される所以であろう。

勞勞亭歌（勞勞亭歌《らうらうていか》）

1 金陵勞勞送レ客堂
2 蔓草離離生二道傍一
3 古情不レ盡東流水
4 此地悲風愁二白楊一
5 我乘二素舸一同二康樂一
6 朗二詠清川一飛二夜霜一
7 昔聞牛渚吟二五章一
8 今來何謝袁家郎
9 苦竹寒聲動二秋月一
10 獨宿二空簾一歸夢長

金陵《きんりよう》勞勞《らうらう》 客《かく》を送《おく》る堂《だう》
蔓草《まんさう》 離離《りり》として 道傍《だうばう》に生《しやう》ず
古《こ》情《じやう》 盡《つ》きず 東流《とうりう》の水《みづ》
此《こ》の地《ち》 悲風《ひふう》 白楊《はくやう》を愁《うれ》へしむ
我《われ》 素舸《そか》に乘《じよう》じて 康樂《かうらく》に同《おな》じくし
清川《せいせん》に朗詠《らうえい》すれば 夜《や》霜《さう》飛《と》ぶ
昔《むかし》聞《き》く 牛渚《ぎうしよ》に五章《ごしやう》を吟《ぎん》ずると
今《いま》來《きた》りて何《なん》ぞ謝《しや》せん 袁家《ゑんか》の郎《らう》
苦竹《くちく》 寒聲《かんせい》 秋月《しうげつ》に動《うご》き
獨《ひと》り空簾《くうれん》に宿《しゆく》して 歸夢《きむ》長《なが》し

現代語訳　労労亭の歌

金陵の労労亭は旅人を送る堂、
蔓草はみっしりと道ばたにはびこる。
古より惜別の思いは尽きることなく水とともに東に流れ、
ここに風は吹き抜けてハコヤナギは愁えるように枝を揺らす。
われは謝康楽に倣って白木の船に乗り、
澄む流れに詩を詠ずれば夜の霜が流れ飛ぶ。
むかし牛渚に五章の詩を吟じたお方があったとのことだが、
いまのわれはどうして袁家の若者に及ばぬことがあろう。
苦竹が物寂しい音をともなって秋の月影のもとに揺れ、
ひとり船窓の簾のなか、はるかなる故郷を夢に見る。

語注　**0 労労亭**　題下注に「江寧県の南十五里に在り。古の送別の所なり。一に臨滄観と名づく」とある。「労労」は哀しみ痛み、名残を惜しむさま。「古詩　焦仲卿の妻の為に作る」（『玉台新詠』巻一）に「手を挙げて長く労労たり」。**1 金陵**　江蘇省南京市の別名。**2 蔓草**　つる草。**離離**　草木が生い茂るさま。『詩経』王風・黍離に「彼の黍　離離たり」。**3 古情**　古から今に至るまで、この地での別れに際して交わされた思い。**東流水**　中国では水は海に向け東に流れるものとされた。水の流れに不断に流れ続ける時間を重ねる。**4 白楊**　ハコヤナギ。「古詩十九首」其十四（『文選』巻二九）に「白楊　悲風多く、蕭蕭として人を愁殺す」。**5** 南朝宋・謝霊運「東陽渓中に贈答す二首」其二（『玉台新詠』巻一〇）に「流れに縁り素舸に乗ず」とうたうのを踏まえる。**素舸**　装飾を施さない質素な船。**康楽**　謝霊運のこと。父祖伝来の康楽公の爵位を継いだので謝康楽と称される。**7・8** 東晋の袁宏は若い時貧窮して船人足をしていた。ある月の夜、自作の「詠史」詩を吟じていると、船遊びをしていた鎮西将軍の謝尚が耳にしてその歌声と詩に感歎し、袁宏をかたわらに呼んで朝まで語り合ったという（『世説新語』

文学、および注に引く『続晋陽秋』)。**牛渚** 山名。山裾は長江沿岸の采石磯。金陵（南京）より長江をやや遡った安徽省馬鞍山市にある。**吟五章** 五章の詩を吟ずる。右の注に引く『世説新語』には「五言」という。**謝** 劣る、遜色がある。**袁家郎** 袁宏のこと。**9・10** 同じく月の夜に詩を吟じながらも、袁宏のように自分を認めて語り合ってくれる人がいない。月を媒介として古人を思い、また現在の自らをふりかえる。**苦竹** 苦くて食用に適さない竹。詩人の苦衷を反映する。【詩型・押韻】七言古詩。下平十陽（楊・霜・章・長）・十一唐（堂・傍・郎）の同用。平水韻、下平七陽。

詩解 金陵（南京）にあった送別の場、労労亭をうたう。金陵は南朝の都であった。それ故、南朝文人の逸事を踏まえる。謝霊運に倣って質素な船に乗り詩を朗詠すれば、思い起こされるのは同じく詩を吟じて謝尚に見いだされた袁宏のこと。彼に劣るとは思わないが自分を認めてくれる人はおらず、苦竹の揺れる音を聞きながら遠い故郷を思う。李白には同じ故事をうたう「夜牛渚に泊して懐古す」（巻二〇）がある。

横江詞六首　其一（横江詞《わうかうし》六首《ろくしゆ》 其《そ》の一《いち》）

1 人言横江好　人《ひと》は言《い》ふ 横江《わうかう》は好《よ》しと
2 儂道横江悪　儂《われ》は道《い》ふ 横江《わうかう》は悪《あ》しと
3 一風三日吹㆓倒山㆒　一風三日《いちふうさんじつ》 山《やま》を吹《ふ》き倒《たふ》し
4 白浪高㆓於瓦官閣㆒　白浪《はくらう》は瓦官閣《ぐわくわんかく》よりも高《たか》し

現代語訳 横江詞　其の一

ひとは言う、横江はよいと。
われは言う、横江は凶悪と。

ひとたび風吹けば、三日は吹いて山を倒さんばかり、
白く沸き立つ波は瓦官閣の丈《たけ》を越す。

語注 **0 横江詞** 『楽府詩集』巻九〇新楽府辞。「横江」は長江を横切る渡し場。現在の安徽省馬鞍山市。長江の北岸にあり、対岸は李白の没処と伝えられる采石磯。 **2 儂** 呉方言の一人称。 **4 瓦官閣** 瓦官寺（瓦棺寺とも）の楼閣。建康（南京）の南西部にあった。【詩型・押韻】雑言古詩。入声十九鐸（悪・閣）の独用。平水韻、入声十薬。

詩解 南京近郊、長江の渡し場をうたう六首連作。いずれも長江沿岸の地名を織り交ぜながら、水の怖さをうたう。其の一は、「横江」の渡し場について。風に湧く波の高さは、その高さで知られた瓦官寺の楼閣を超えるという。李白にはこの瓦官閣の上からの眺望をうたった「瓦官閣に登る」詩（巻一九）がある。

其二（其《そ》の二《に》）

1 海潮南去過㆓尋陽㆒　海潮《かいてう》 南《みなみ》に去《さ》りて 尋陽《じんやう》を過《す》ぎ
2 牛渚由來險㆓馬當㆒　牛渚《ぎうしよ》は由來《ゆらい》 馬當《ばたう》より險《けん》なり
3 横江欲㆑渡風波惡　横江《わうかう》 渡《わた》らんと欲《ほつ》するも風波《ふうは》惡《あ》し
4 一水牽㆑愁萬里長　一水《いちすい》 愁《うれ》ひを牽《ひ》きて 萬里《ばんり》長《なが》し

現代語訳 其の二
海の潮が南に遡れば尋陽を過ぎる。
牛渚はもとより馬当よりも険しい。

横江の渡しを渡ろうにも風と波は凶悪で、
ひとすじの水が愁いを引いて万里とつづく。

語注 **1 海潮** 干満（潮のみちひ）によって上流に遡る海水。 **尋陽** 地名。「横江」よりもずっと上流の江西省九江市。 **2 牛渚** 山名。その山裾が「横江」の対岸にあたる采石磯。 **馬当** 長江に臨む山。難所として知られた。江西省彭沢県の東北。「尋陽」のやや下流にあたる。【詩型・押韻】七言絶句。下平十陽（陽・長）・十一唐（当）の同用。平水韻、下平七陽。

詩解 其の二は長江流域の地名を幾つか挙げながら、「横江」の険をうたう。上流の「尋陽」にまで遡る「海潮」であれば、下流の「牛渚」「横江」の波の険しさはなおのこと。難所として知られた「馬当」よりも甚だしいと。このあたりは李白がしばしば行き交った地域。第四句は「一」と「万」の句注対。「愁」を「万里」の「水」に語らせる。

其三（其《そ》の三《さん》）

1 横江西望阻二西秦一
2 漢水東連揚子津
3 白浪如レ山那可レ渡
4 狂風愁殺峭帆人

横江《わうかう》 西《にし》に望《のぞ》めば 西秦《せいしん》 阻《へだ》たり
漢水《かんすい》 東《ひがし》に連《つら》なる 揚子《やうす》の津《しん》
白浪《はくらう》 山《やま》の如《ごと》く 那《なん》ぞ渡《わた》るべけんや
狂風《きやうふう》 愁殺《しうさつ》す 峭帆《せうはん》の人《ひと》

現代語訳 其の三
横江から西を望めども、都は遠く隔たり、
漢水は東のかた揚子の渡し場まで連なる。

白波はまるで山並みのよう、どうして渡れよう。
狂いたつ風に船人は愁いに沈む。

語注 **1・2** 人と都とは隔てられているのに、都の方から流れ来る水は東へと流れる。 **西秦** 長安を中心とする秦の地域。中原の西に位置するので「西秦」という。 **漢水** 陝西に発し東流して湖北に入り、武漢市で長江と合流する。都から流れて来たということで「漢水」の語を用いるが、目の前の長江を指す。 **揚子津** 江蘇省揚州市のあたりの長江の渡し場。 **4 愁殺** 「殺」は動詞の後について程度を強調する。 **峭帆人** 帆を上げる、すなわち舟を操る船頭。 【詩型・押韻】七言絶句。上平十七真（秦・津・人）。平水韻、上平十一真。

詩解 自分は西のかた都と遠く隔てられているのに、水はその都の方から東の揚州の渡し場まで通じている。その流れる水は更に山のように逆巻いて、渡ろうとする人の行く手を阻む。水波の険を人生に重ねる。西の長安（「西秦」）と東の揚州（「揚子津」）を対にして挙げるのは、「秋浦の歌十七首」其の一（巻七）にもみえる。

其四（其《そ》の四《し》）

1 海神來過悪風廻　　海神《かいしん》來《きた》り過《す》ぎて　悪風《あくふう》廻《めぐ》る
2 浪打㆓天門㆒石壁開　　浪《なみ》は天門《てんもん》を打《う》ちて　石壁《せきへき》開《ひら》く
3 浙江八月何如㆑此　　浙江八月《せっかうはちぐわつ》　何《なん》ぞ此《これ》に如《し》かん
4 濤似㆓連山噴㆑雪來㆒　　濤《なみ》は連山《れんざん》の雪《ゆき》を噴《ふ》き來《きた》るに似《に》たり

現代語訳 其の四
わたつみがお出ましになったのか、凶悪な風が吹きめぐり、波は天門の山を打って、石の壁がさっと開く。
浙江八月の逆流とて、これには敵《かな》うまい。
大きな波は山を連ね雪を吹き迸《ほとばし》らせてやってくる。

語注 **1 海神** 風雨なども含め水上の怪異は海の神のふるまいとされた。 **2 天門** 横江・采石のやや上流。長江の右岸に博望山、左岸に西梁山が門のように向かい合う。 **3 浙江** 浙江省を流れ杭州湾に注ぐ銭塘江。干満による逆流「海嘯」で知られる。陰暦八月の望日（満月）の頃が最も甚だしいとされる。 **4 連山** 西晋・木華「海の賦」（『文選』巻一二）に「波は山を連ぬる如く、乍ち合し乍ち散ず」。【詩型・押韻】七言絶句。上平十五灰（廻）・十六咍（開・来）の同用。平水韻、上平十灰。

詩解 銭塘江を逆流する海嘯はよく知られるが、長江下流のこのあたりの波の高さに及ばないという。それも「海神」のしわざゆえ。

其五（其《そ》の五《ご》）

1 横江館前津吏迎
2 向ㇾ余東指海雲生
3 郎今欲ㇾ渡縁二何事一
4 如ㇾ此風波不ㇾ可ㇾ行

横江館前《わうかうくわんぜん》 津吏《しんり》迎《むか》ふ
余《よ》に向《む》かひて東《ひがし》に指《ゆび》さす 海雲生《かいうんしやう》ずと
郎今渡《らういまわた》らんと欲《ほつ》す 何事《なにごと》にか縁《よ》る
此《か》くの如《ごと》き風波《ふうは》 行《ゆ》くべからず

現代語訳 其の五
横江の旅店にて渡し場の役人が出迎え、

我に向かい東を指さしていう、海に雲が出ていると。
あなたは今渡ろうというのは、いったい何のため、
かくも酷い風と波では、とうてい渡れまい。

語注　**1 横江館**　渡し場に設けられた官設の旅舎。　**津吏**　渡し場を管理する役人。　**3 郎**　男性に対する敬称。梁・簡文帝「烏棲曲四首」其一（『玉台新詠』巻九、『楽府詩集』巻四八）に「郎今渡らんと欲して風波を畏る」。　**縁**　原因・理由をいう。

【詩型・押韻】七言絶句。下平十二庚（迎・生・行）。平水韻、下平八庚。

詩解　渡し場の役人が現れ旅立とうとする「余」に、この風と波のなか渡ることはできないという。目の前の波が行く手を遮るばかりでなく、人もまた行くなと止める。

其六（其《そ》の六《ろく》）

1 月暈天風霧不レ開
2 海鯨東蹙百川廻
3 驚波一起三山動
4 公無レ渡レ河歸去來

月暈《げつうん》 天風《てんかぜ》ふきて 霧《きり》開《ひら》かず
海鯨《かいげい》 東《ひがし》に蹙《せま》りて 百川《ひやくせん》廻《めぐ》る
驚波《きやうは》 一《ひと》たび起《お》こりて 三山《さんざん》動《うご》く
公《こう》よ河《かは》を渡《わた》る無《な》かれ 歸《かへ》り去《さ》らん來《かな》

現代語訳　其の六

月は暈《かさ》が包み、空は風吹き抜けて、霧も晴れず、
東海に鯨が波を吸ったか、すべての川が逆巻く。
ひとたび波が轟けば、三山もゆれ動き、

あなた、どうか河を渡らないで、さあお帰りなさい。

語注 **1 月暈** 月のかさ。風が吹く予兆とされた。唐・孟浩然「彭蠡湖中に廬山を望む」に「太虚（月）に月暈生じ、舟子（船頭）天風を知る」。 **2 海鯨東蹙** 西晋・木華「海の賦」（『文選』巻一二）に「（鯨）……波を噏《す》へば則ち洪漣（大波）蹙踏し（集まり）、濤《なみ》を吹けば則ち百川倒流す」。 **3 三山** 横江の近く、長江に面した山。三つの峰が連なるという。 **4 公無渡河** 古楽府の題名。朝鮮の渡し場で白髪の狂人が妻の制止を振り切って水に身を投じて亡くなったのを傷むもの（『楽府詩集』巻二六）。李白にも同題の作がある（巻三）。 **帰去来** 東晋・陶淵明に「帰去来辞」がある。【詩型・押韻】七言絶句。上平十五灰（廻）・十六咍（開・来）の同用。平水韻、上平十灰。

詩解 風は吹き抜けるも霧は晴れず、波は逆巻いて沿岸にある「三山」も揺れ動くほど。最後は古楽府と陶淵明の文章の語をそのまま用いて結びとする。水波の険難に人生の行路を重ねる寓意のあることは動かないであろうが、具体的な背景は分からない。ただ、詩にうたわれる場所が李白が長く滞在した地域であるためか、もっぱら寓意のみを伝えようとするものではなく、長江下流にあっての李白の行動の一斑が写し取られているようにも思われる。

金陵城西樓月下吟（金陵《きんりよう》城西樓月下吟《じやうせいろうげつかぎん》）

1 金陵夜寂涼風發　金陵《きんりよう》 夜寂《よるせき》として 涼風發《りやうふうはつ》し
2 獨上二高樓一望二吳越一　獨《ひと》り高樓《かうろう》に上《のぼ》りて 吳越《ごゑつ》を望《のぞ》む
3 白雲映レ水搖二空城一　白雲《はくうん》 水《みづ》に映《えい》じて 空城《くうじやう》を搖《ゆ》るがし
4 白露垂レ珠滴二秋月一　白露《はくろ》 珠《しゆ》を垂《た》れて 秋月滴《しうげつしたた》る
5 月下沈吟久不レ歸　月下《げつか》に沈吟《ちんぎん》して 久《ひさ》しく歸《かへ》らず

6 古來相接眼中稀
7 解道澄江淨如㆑練
8 令㆔人長憶㆓謝玄暉㆒

古來《こらい》 相接《あひせっ》するも 眼中《がんちゅう》に稀《まれ》なり
解《よ》く道《い》へり 澄江《ちょうかう》 淨《きよ》きこと 練《ねりぎぬ》の如《ごと》しと
人《ひと》をして長《なが》く謝玄暉《しゃげんき》を憶《おも》はしむ

現代語訳 金陵城西の楼にて　月下の吟

金陵の夜はひっそりと更けて涼風が発ちそめ、
ひとり高楼に上って呉越を眺めやる。
白雲は水に映り、音も無き町は揺れ、
白露は珠と垂れ、秋の月かげが滴る。
月の下、思いを凝らし低く吟じては立ち去りかねる。
古来、世を継いで詩人は現れたが、眼中にのこるものはまれ。
「澄江　浄きこと練の如し」とは見事にうたったもの、
わたしはこの句あればこそ、いつも謝玄暉を慕うのだ。

語注 **0 金陵** 江蘇省南京市の別称。 **城西楼** 金陵の町の西にある高楼。李白に「月を金陵城西の孫楚酒楼に翫す……」（巻一七）という詩がある。ここに見える「孫楚酒楼」をいうか。その詩に「朝に金陵の酒を沽ひ、孫楚楼に歌吹す」とうたう。 **2 呉越** 「呉」は金陵をも含む江蘇省一帯。「越」は東南の浙江省一帯。 **3 空城** 人の姿の見えぬ夜更けのひっそりとした金陵の町、というのが穏当な解釈であるが、水に映る、すなわち虚像（空）としての金陵をいうか。 **5 沈吟** 心に思いを深く潜ませて声低く吟ずる。畳韻の語。 **6 古来相接** 古来、数多の詩人が次々と世に現れた。 **7 解道** 「解」は「能」と同義。「道」は言う、口にする。賞賛する語気をともなう。 **澄江浄如練** 斉の詩人謝眺《しゃちょう》の「晩に三山に登りて京邑を還望す」（『文選』巻二七）に「余霞は散じて綺を成し、澄江　浄きこと練の如し」とあるのを踏まえる（『文選』は「浄」を「静」に作る）。 **8 謝玄暉**

「玄暉」は謝朓の字。【詩型・押韻】七言古詩。入声十月（発・越・月）。平水韻、入声六月／上平八微（帰・稀・暉）。平水韻、上平五微。

詩解 金陵（南京）の高楼に登り、謝朓を偲ぶ。謝朓は李白が最も敬愛した人。夜、独り高楼に登り、呉越の地を眺めやる。目に入る空間の広がりから、思いは歴史をさかのぼる。「白雲水に映じて空城を揺るがし、白露珠を垂れて秋月滴る」（3・4）とうたわれる金陵。「水」に「映」る「空城」は、謝朓が生きた日々の金陵の幻影が二重映しになっているようだ。また「白露」が「珠」を「垂」れるように滴る「秋」の「月」の光は、これもまた玉ゆらの美を写してはかなげだ。詩を吟じつつ時を移すうち、目に入るのは長江の清らかな流れ。それはまさに謝朓が「澄江　浄きこと練の如し」とうたったところそのもの。李白詩の清澄感と謝朓詩のそれが月と水を媒介に時を超えて重なり合う。

東山吟（東山吟《とうざんぎん》）

1 攜二妓東土山一　　妓《ぎ》を東《ひがし》の土《ど》山《ざん》に攜《たづさ》へて
2 悵然悲二謝安一　　悵然《ちやうぜん》として謝安《しやあん》を悲《かな》しむ
3 我妓今朝如二花月一　　我《わ》が妓《ぎ》 今朝《こんてう》 花月《くわげつ》の如《ごと》く
4 他妓古墳荒草寒　　他《た》の妓《ぎ》 古墳《こふん》 荒草《くわうさう》寒《さむ》し
5 白雞夢後三百歳　　白雞夢後《はくけいむご》 三百歳《さんびやくさい》
6 酒レ酒澆レ君同レ所レ懽　　酒《さけ》を酒《そそ》ぎ君《きみ》に澆《そそ》ぎて 懽《よろこ》ぶ所《ところ》を同《おな》じくす
7 酣來自作青海舞　　酣來《かんらい》 自《みずか》ら作《な》す青海《せいかい》の舞《まひ》
8 秋風吹落紫綺冠　　秋風《しうふう》吹《ふ》き落《お》とす紫綺《しき》の冠《くわん》

9 彼亦一時
10 此亦一時
11 浩浩洪流之詠何必奇

彼《かれ》も亦《ま》た一時《いちじ》
此《これ》も亦《ま》た一時《いちじ》
浩浩《かうかう》たる洪流《こうりう》の詠《えい》　何《なん》ぞ必《かなら》ずしも奇《き》とせんや

現代語訳　東山吟

妓女を伴い東の土山へ、
切なくも謝安を悲しむ。
我が妓はいま月影に映る花のよう、
彼の妓は寒々しい草の覆う墳土の下。
定めを知らせる白鶏の夢から三百年、
酒をそそぎ、君を弔い、往時の遊賞を偲ぼう。
興たけなわにして自ら起って青海の舞をなせば、
秋風が紫の冠を吹き落とす。
彼も時の流れの一齣なら、
我もまた時の流れの一齣。
「豊かに流れる大川」とうたったとて、ことさらにたたえることもあるまい。

語注　0 題下注に「土山は江寧城（江蘇省南京市）を去ること二十五里、晋の謝安の妓を携ふるの所なり」と。「東山」はこの土山のこと。謝安（三二〇—三八五）は東晋の政治家。若い頃は会稽の東山に隠棲していたが、出仕した後は当時の実力者桓温《かんおん》の王朝簒奪の企てを阻止し、桓温死後は前秦の符堅《ふけん》の南下を食い止めるなどして東晋随一の実力者となった。謝安は都（建康、すなわち南京）に出たあと、山を築き台観を営んでかつて隠棲していた会稽の東山に擬した。土のみで岩石がなかったため土山とも称した。1「妓」字、底本は「奴」に作るが諸本に従って改める。2 **悵然** 傷み悲しむさま。5 **白鶏夢** 謝安は晩年に病篤くなったとき身近な人にいうには、むかし桓温の輿に乗って行くこと十六里、一羽の白鶏を見て止まったという夢をみた。桓温の輿に乗るとは温に代わって位につくことで、十六里で止まったが今はちょうどその時から十六年、太歳が白鶏の掌る酉（西方）にある。この病は治らないであろうと。謝安はその言葉どおりほどなく亡くなった（『晋書』謝安伝）。「三」字、底本は「五」に作るが諸本に従って改める。6 **洒酒** 地に酒をそそぎかけて祭る。**澆** 魂を祭る。7 **青海舞** 舞の名。9・10『孟子』公孫丑下に「彼も一時、此も一時なり」。11 **浩浩洪流之詠** 桓温が宴席を設け、兵士を潜ませて謝安らを殺そうと企てた。同行した王坦之は桓温の意図を知り怖じ気づいていたが、謝安はゆったりと構え、「浩浩たる洪流」と古詩（魏・嵆康「贈秀才入軍五首」其三）を諷詠した。桓温はその落ち着いた振る舞いに気圧されて、兵を解かせた（『世説新語』雅量）。**奇** 珍しい、優れた振る舞いとして評価する。【詩型・押韻】雑言古詩。上平二十五寒（安・寒）・二十六桓（懽・冠）・二十八山（山）の通押。平水韻、上平十四寒・十五刪の通押。／上平五支（奇）・七之（時）の同用。平水韻、上平四支。

詩解 江寧の土山にて東晋の謝安を偲ぶ歌。謝安は李白にとって最も敬愛する人物の一人。特に金陵にあった時の李白は自らを謝安に擬するところがあった。妓女を伴い謝安ゆかりの土山を訪ねた李白は、既に土の下にある謝安ならびにその愛妓たちに思いを寄せ、その魂を慰めるべく酒をそそぐ。栄華も夢と過ぎて早三百年。懐古の情と時間の推移に対する慨嘆が重ねられる。やがて酒に酔い、自ら立って舞いかつ歌う。「彼も一時、此も一時」と述べ、「浩浩たる洪流の詠」と謝安の豪胆さを象徴する逸事を挙げるのは、自らを謝安の高みになぞらえる心意気を示すものであろうが、共に「一時」、この世に身を置き、やがては消えて行く人間の運命に思いを馳せる表現でもあるだろう。

秋浦歌十七首　其一（秋浦《しうほ》歌《か》十七首《じふしちしゆ》 其《そ》の一《いち》）

1 秋浦長似レ秋　　秋浦《しうほ》 長《とこ》しへに秋《あき》に似《に》たり

蕭條使㆓人愁㆒　蕭條《せうでう》として人《ひと》をして愁《うれ》へしむ
客愁不㆑可㆑渡　客愁《かくしう》渡《わた》るべからず
行上㆓東大樓㆒　行《ゆ》きて東《ひがし》の大樓《たいろう》に上《のぼ》る
正西望㆓長安㆒　正西《せいせい》に長安《ちやうあん》を望《のぞ》み
下見㆓江水流㆒　下《した》に江水《かうすい》の流《なが》るるを見《み》る
寄㆑言向㆓江水㆒　言《げん》を寄《よ》せて江水《かうすい》に向《む》かふ
汝意憶㆑儂不　汝《なんぢ》の意《こころ》儂《われ》を憶《おも》ふや不《いな》や
遙傳㆓一掬淚㆒　遙《はる》かに一掬《いつきく》の涙《なみだ》を傳《つた》へ
爲㆑我達㆓揚州㆒　我《わ》が爲《ため》に揚州《やうしう》に達《たつ》せよ

現代語訳　秋浦の歌　其の一

秋浦はいつも秋に似て、うらさびしく人を愁いにさそう。

旅の愁いは遣りきれなくて、東へ道をたどり大楼の山に上る。

西のかた長安を眺めやれば、下に大江の流れが目に入る。

ことばを寄せよう大江の水よ、おまえはわたしのことを思ってくれるだろうか。

遠くこのひとすくいの涙を、わたしのために揚州まで届けておくれ。

語注　**0 秋浦**　地名。唐の池州、現在の安徽省池州市。長江の南岸の水郷地帯。長江の支流を遡れば、山間部に入り、自然の景物に富む。天宝十三載（七五四）、李白は揚州（江蘇省揚州市）・金陵（江蘇省南京市）などの地にあり、同年から翌年にかけて宣城

（安徽省宣城市）・池州などの地を往来した。その頃の作と思われる。 **2 蕭条** 物寂しいさま。畳韻の語。しばしば秋の景物に用いられる。 **3 客愁** 故郷を離れた憂愁。「客」は旅人の意。 **渡** のりこえる。 **4 大楼** 秋浦の近郊にあった山。李白「古風五十九首」其四（巻二）に「時に上る大楼の山」。 **8 汝** 「江水」に呼びかける。 **憶** 深く心にかける。 **儂** 呉方言の一人称代名詞。 **9 一掬** 「掬」は両手ですくう。『詩経』邶風・緑衣に「終朝 緑（コブナグサ）を采れど、一匊（掬）に盈たず」。 **10 揚州** 秋浦の下流にある大都市。【詩型・押韻】五言古詩。下平十八尤（秋・愁・流・不・州）・十九侯（楼）の同用。平水韻、下平十一尤。

詩解 池州の秋浦を舞台にうたう連作。其の一の冒頭はまず「秋浦」というその名によそえて、「秋」「愁」の類似音を畳み掛ける。旅の愁いを抱えて「大楼」の山に登り西のかた長安と眼下の長江の流れを眺める。目路も遥かな長安に思うのは、かつて天子の側近くに仕えた日々と現在の流離の日々の落差であろうか。そこで大江の流れに声をかける、このひとすくいの涙を揚州に届けてくれと。「揚州」の語はやや唐突であり、また「長安」との関わりもよく分からない。なお「横江詞六首」（巻七）其の三に「横江 西に望めば西秦 阻たり、漢水 東に連なる揚子の津」とうたう。「西秦」は「長安」、「揚子の津」は「揚州」のことであり、その「西秦」からの水の流れが「揚子の津」に連なっているという。「長安」へと続く道の起点として「揚州」が意識されていたのであろうか。

其二（其《そ》の二《に》）

1 秋浦猿夜愁　　秋浦《しうほ》 猿《さる》 夜《よる》に愁《うれ》ふ
2 黄山堪㆓白頭㆒　　黄山《くわうざん》 白頭《はくとう》に堪《た》ふ
3 青渓非㆓隴水㆒　　青渓《せいけい》は隴水《ろうすい》に非《あら》ざるも
4 翻作断腸流　　翻《かへ》りて作《な》す 断腸《だんちやう》の流《なが》れ

5 欲レ去 不レ得レ去　去《さ》らんと欲《ほっ》して 去《さ》るを得《え》ず
6 薄 遊 成二久 遊一　薄遊《はくいう》 久遊《きういう》と成《な》る
7 何 年 是 歸 日　何《いづ》れの年《とし》か 是《こ》れ歸日《きじつ》なる
8 雨レ涙 下二孤 舟一　涙《なみだ》を雨《ふ》らして 孤舟《こしう》に下《くだ》る

現代語訳 其の二
秋浦の猿は夜更けに悲しげに啼き、黄山を目にして我が髪は白くなる。
青渓は隴水ではないけれど、それなのに断腸の響きをたてる。
立ち去ろうとして立ち去りかね、身すぎの旅も久しくなりはてた。
帰る日はいずれの年か、涙は雨と降って一葉舟に乗り込む。

語注 **1・2** 悲しげな猿の声を聴くと、その名「黄山」という山を目にしても髪が白くなる。「猿」はテナガザル。**黄山** 秋浦の南にある山。**堪** ……となりそう。**3・4** **青渓** 「清渓」とも。秋浦の近くを流れ長江に注ぐ。**隴水** 「隴」は秦水（長安近辺を流れる川）の発する地。陝西省隴県にある。悲しい音を立てて流れ、旅人もまたここに至って秦（長安近辺）の地を眺めれば哀しみに腸がちぎれるという。古歌「隴頭歌辞」（『楽府詩集』巻二五）に「隴頭の流水、鳴声幽咽す、遥かに秦川を望めば、心肝断絶ず」。**6** **薄遊** 生計のために家を離れる。【詩型・押韻】五言古詩。下平十八尤（愁・流・遊・舟）・十九侯（頭）の同用。平水韻、下平十一尤。

詩解 猿の啼き声、「隴水」にも似た川の流れ、と哀しみをそそる音に、「黄」「白」「青」という色彩語を重ねる。身すぎ世すぎの「薄遊」も思わず長くなり、「帰日」も何時とも知れぬまま。水に浮かべた「孤舟」の頼りなさは李白の心を映す。

其三（其《そ》の三《さん》）

1 秋浦錦駝鳥　秋浦《しうほ》の錦駝鳥《きんだてう》
2 人間天上稀　人間《じんかん》と天上《てんじやう》に稀《まれ》なり
3 山雞羞㆓淥水㆒　山雞《さんけい》　淥水《りよくすい》に羞《は》ぢ
4 不㆔敢照㆓毛衣㆒　敢《あ》へて毛衣《もうい》を照《て》らさず

現代語訳　其の三

秋浦の錦駝の鳥は、人の世にも天上にも比すべきものはない。山鶏さえも澄んだ水が恥ずかしく、その羽を映そうとはしない。

語注　**1 錦駝鳥**　美しい羽毛と顎下に肉垂を有するキジ科の鳥。ジュケイの類。北宋・葉廷珪『海録砕事』巻二二上に「錦駝鳥は秋浦に出づ。吐綬鶏の如し」と。**3 山鶏**　キジの類。美しい羽毛を自ら誇り水に映すという。『博物志』巻四に「山鶏に美毛有り。自ら其の色を愛し、終日　水に映す。目眩めば則ち溺死す」。【詩型・押韻】五言絶句。上平八微（稀・衣）。平水韻、上平五微。

詩解　秋浦の鳥「錦駝鳥」は、自らの美しさを誇って水に姿を映す「山鶏」も恥じるほどという。後に北宋・王安石がその「山鶏」詩に「山鶏　淥水に照らし、自ら愛するは何ぞ一に愚かなる。文采世に用ゐらるれば、適に形軀を累するに足るのみ」とうたうのは、鳥の美しさと人の才能を重ねつつ才を誇ることの愚かさをいう。王安石とは反対に、李白は「錦駝鳥」をうたいつつ、そこにおのれの才幹に対する自負を込めているのかもしれない。

其四（其《そ》の四《し》）

1　兩鬢入㆓秋浦㆒　兩鬢《りやうびん》　秋浦《しうほ》に入《い》れば
2　一朝颯已衰　一朝《いつてう》　颯《さふ》として已《すで》に衰《おとろ》ふ
3　猿聲催㆓白髪㆒　猿聲《ゑんせい》　白髪《はくはつ》を催《もよほ》し
4　長短盡成㆑絲　長短《ちやうたん》　盡《ことごと》く絲《いと》を成《な》す

現代語訳　其の四
左右の鬢も秋浦にくれば、たちまちにわかに褪《さ》め衰える。
猿の啼き声が白髪をうながし、長いも短いもみな糸となる。

語注　**1 鬢**　耳の脇の髪の毛。　**2 一朝**　わずかな時間に。　**颯已衰**　「颯」は衰える。「已」は二つの形容詞を連結する。「以」と同じ用法。【詩型・押韻】五言絶句。上平六脂（衰）・七之（糸）の同用。平水韻、上平四支。

詩解　猿の啼き声は既に其の二に見え、後の其の十にも見える。また髪の毛への言及も少なくない。十七首からなるこの連作の材を採る対象は幅広いが、猿の声と老い衰える髪の毛は、基本モチーフのように繰り返され変奏を重ねてゆく。

其五（其《そ》の五《ご》）

1　秋浦多㆓白猿㆒　秋浦《しうほ》　白猿《はくゑん》多《おほ》く
2　超騰若㆓飛雪㆒　超騰《てうとう》して　飛雪《ひせつ》の若《ごと》し

3　牽㆓引條上兒㆒　　條上《でうじやう》の兒《じ》を牽引《けんいん》し

4　飲弄水中月　　飲《の》みて弄《ろう》す　水中《すいちゆう》の月《つき》

現代語訳　其の五

秋浦に白猿は満ち、舞う雪のように飛び跳ねる。
枝の上の子を引き寄せて、映る月を揺らしつつ水を飲む。

語注　**2 超騰**　跳ね上がる。双声の語。後漢・劉向『新序』雑事に「子独り夫の玄猿を見ざるや。……従容游戯し、超騰往来す」。

【詩型・押韻】五言絶句。入声十月（月）・十七薛（雪）の通押。平水韻、入声六月・入声九屑の通押。

詩解　猿をうたう。ここではその啼き声ではなく、樹上を飛び渡り、水に遊ぶ親子の姿。その動作、しぐさが目に浮かぶようなスケッチ。

其六（其《そ》の六《ろく》）

1　愁作㆓秋浦客㆒　　愁《うれ》ひて秋浦《しうほ》の客《かく》と作《な》り

2　強看㆓秋浦花㆒　　強《し》ひて秋浦《しうほ》の花《はな》を看《み》る

3　山川如㆓剡縣㆒　　山川《さんせん》は剡縣《せんけん》の如《ごと》く

4　風日似㆓長沙㆒　　風日《ふうじつ》は長沙《ちやうさ》に似《に》たり

現代語訳　其の六

愁いをかかえて秋浦の客となり、つとめて秋浦の花をみる。
目にうつる山や川は剡県のようで、風のそよぎや日のきらめきは長沙に似る。

語注　**1 客**　旅人。故郷を離れてさすらう人。　**3 剡県**　浙江省嵊州市。剡渓をはじめ美しい自然で知られる。「王子敬（東晋の王献之）云ふ、山陰道上より行けば、山川自ら相映発し、人をして応接に暇あらざらしむ。秋冬の際の若きは、尤も懐を為し難し（感に堪えない）と」（『世説新語』言語）。　**4 風日**　天候をいう。　**長沙**　湖南省長沙市一帯。瀟湘や洞庭湖などの自然美で知られる。【詩型・押韻】五言絶句。下平九麻（花・沙）。平水韻、下平六麻。

詩解　愁いをかかえつつ過ごす秋浦での日々。それでも花を見ていれば、山や川の景色は浙江の「剡県」を思わせ、風や日は湖南の「長沙」に似る。この「如」「似」は単なる比喩ではなく、過去への回想・追憶を語るものでもあるだろう。かつて「剡県」や「長沙」にあった日と、秋浦にある今を対比し自分をみつめる。

其七（其《そ》の七《しち》）

1　醉上山公馬
2　寒歌甯戚牛
3　空吟白石爛
4　涙滿黑貂裘

醉《ゑ》ひて上《のぼ》る　山公《さんこう》の馬《うま》
寒《さむ》くして歌《うた》ふ　甯戚《ねいせき》の牛《うし》
空《むな》しく吟《ぎん》ず　白石《はくせき》爛《かがや》くと
涙《なみだ》は滿《み》つ　黑貂《こくてう》の裘《きう》

現代語訳　其の七
酒に酔っては山公のように馬に乗り、寒々しい時は甯戚のように牛の歌をうたう。
「白い石は輝く」と吟じても認めてくれる人はなく、黒貂のかわごろもに涙は満ちる。

語注 1 「山公」は西晋の山簡。地方長官として襄陽（湖北省襄陽市）にあった際、しばしば酔っ払い、その様子を土地の人々が親しみをこめて歌った（『世説新語』任誕）。その歌に「山公　時に一酔し、径《ただ》ちに造《いた》る　高陽の池。日暮　倒載（酔臥）して帰るも、酩酊して知る所無し。復た能く駿馬に乗り、倒《さか》しまに著く　白接䍦」。**2** 「甯戚」は春秋時代、衛の人。斉の国で貧窮し、牛の角を叩きながら悲しげに歌っていたのを斉の桓公が耳にし、その才あるを知って取り立てた（『呂氏春秋』離俗覧ほか）。**3 白石爛**　2の甯戚の歌に「南山は粲《きら》めき、白石は爛く」と。**4 黒貂裘**　戦国時代の遊説家蘇秦《そしん》は、秦王に十回も書を呈したが用いられず、貧窮して身につけていた黒貂の裘はボロボロになった（『戦国策』秦策一）。【詩型・押韻】五言絶句。下平十八尤（牛・裘）。平水韻、下平十一尤。

詩解 故事を用いるも、うたうのは酒に酔い貧窮に苦しむさま。「白石爛」「黒貂裘」の白と黒を対にしつつ、用いられることのない自らの境遇を悲しむ。

其八（其《そ》の八《はち》）

1 秋浦千重嶺
2 水車嶺最奇
3 天傾二欲レ墮石一
4 水拂二寄生枝一

秋浦《しうほ》　千重《せんちよう》の嶺《みね》
水車嶺《すいしやれい》　最《もつと》も奇《き》なり
天《てん》は墮《お》ちんと欲《ほつ》する石《いし》を傾《かたむ》け
水《みづ》は寄生《きせい》の枝《えだ》を拂《はら》ふ

現代語訳 其の八
秋浦の幾千もの峰のなか、水車の峰がもっともすぐれる。
天はいまにも落ちそうな石にのしかかり、水は宿り木の枝を払って流れる。

語注　**2 水車嶺**　秋浦河の上流にある峰。【詩型・押韻】五言絶句。上平五支（奇・枝）。平水韻、上平四支。

詩解　秋浦の渓谷の奇景をうたう。岩は今にも落ちかかるように傾き、上に生える木の枝をかすめるように水が流れる。

其九（其《そ》の九《きう》）

1 江祖一片石　　江祖《かうそ》　一片《いつぺん》の石《いし》
2 青天掃畫屏　　青天《せいてん》に畫屏《ぐわへい》を掃《はら》ふ
3 題詩留萬古　　詩《し》を題《だい》して　萬古《ばんこ》に留《とど》むれば
4 綠字錦苔生　　綠字《りよくじ》　錦苔生《きんたいしやう》ず

現代語訳　其の九

江祖の一枚の石、青空に屏風を描く。
詩を書きつけて未来に遺せば、緑の字に錦の苔も生えるだろう。

語注　**1 江祖**　秋浦を流れる青渓河畔にある大きな石。上に仙人が降り立ったと伝えられる。 **2**　「江祖」石を青空を背景とした屏風画にたとえる。 **掃**　筆を揮って描く。唐・杜甫「奉先の劉少府が新たに画ける山水障の歌」に「聞く君掃却す赤県図と」。 **画屏**　絵が描かれた屏風。 **4 緑字**　石刻の文字。唐・張説「聖制に和し奉る　途に華岳を経　応制」に「新碑に緑字生ず」。【詩型・押韻】五言絶句。下平十二庚（生）・十五青（屏）の通押。平水韻、下平八庚・九青の通押。

詩解　これもまた秋浦の渓谷の奇景。川岸の大きな一枚岩を屏風に見立て、更にそこに詩を書きつければ、苔むすまでも残るだろうという。

其十（其《そ》の十《じふ》）

1 千千石楠樹
2 萬萬女貞林
3 山山白鷺滿
4 澗澗白猿吟
5 君莫レ向二秋浦一
6 猿聲碎二客心一

千千《せんせん》　石楠《せきなん》の樹《き》
萬萬《まんまん》　女貞《ぢよてい》の林《はやし》
山山《さんさん》　白鷺《はくろ》滿《み》ち
澗澗《かんかん》　白猿《はくゑんぎん》吟ず
君《きみ》　秋浦《しうほ》に向《む》かふ莫《な》かれ
猿聲《ゑんせい》　客心《かくしん》を碎《くだ》く

現代語訳　其の十

幾千もの石楠の木、幾万もの女貞の林。
山という山に白鷺は満ち、谷という谷に白猿がうたう。
君よどうか秋浦においでなさるな、猿の啼き声が旅人の心を砕くから。

語注　**1 石楠**　シャクナゲ。　**2 女貞**　トウネズミモチ。冬夏を問わず葉が青々としているので女性の貞潔にたとえ「女貞」という。　**4 澗**　山間の谷川。【詩型・押韻】五言古詩。下平二十一侵（林・吟・心）。平水韻、下平十二侵。

詩解　「千千」「万万」「山山」「澗澗」と畳字を連用し、「石楠」「女貞」の植物、「白鷺」「白猿」の鳥獣を対にする。こうした連用が、山という山、谷という谷に谺する猿の悲しげな啼き声を喚起する。

其十一（其《そ》の十一《じふいち》）

1 邏人横ニ鳥道一　　邏人《らじん》 鳥道《てうだう》に横《よこ》たはり

2 江祖出ニ魚梁一　　江祖《かうそ》 魚梁《ぎよりやう》に出《い》づ

3 水急客舟疾　　水急《みづきふ》にして 客舟《かくしう》疾《はや》く

4 山花拂レ面香　　山花《さんくわ》 面《おもて》を拂《はら》ひて香《かんば》し

現代語訳　其の十一

邏人石は鳥の通い路に横たわり、江祖石は川中のやなから突き出す。流れは急で旅の舟は走り、山の花が顔をくすぐって香る。

語注　**1 邏人**　池州秋浦の南、万羅山にある巨岩奇石の一つ、邏人石。其九「江祖」石の対岸にある。**鳥道**　鳥だけが通れる険しい道。**2 魚梁**　川の中に設けられたやな。竹などで編んだ簀子状のものを川の中に設置し魚を捕らえる。【詩型・押韻】五言絶句。下平十陽（梁・香）。平水韻、下平七陽。

詩解　高々と上にある邏人石を見上げ、水中から突き出す江祖石の脇を通る。花が顔をかすめて香る「払面香」は、進む舟の速さを巧みに写す。

其十二（其《そ》の十二《じふに》）

1 水如ニ一疋練一　　水《みづ》は一疋《いちひき》の練《ねりぎぬ》の如《ごと》く

2 此地即平天　此《こ》の地《ち》 即《すなは》ち平天《へいてん》なり
3 耐可下乗二明月一　耐《むし》ろ明月《めいげつ》に乗《じよう》じ
4 看レ花上中酒船上　花《はな》を看《み》て酒船《しゆせん》に上《のぼ》るべし

現代語訳 其の十二

流れる水は練り絹のようで、この地はとりもなおさず平天の湖。
明るい月影を良き機として、花をめでつつ酒の舟に乗ろう。

語注 **1 疋** 織物の長さの単位。 **練** 灰汁で煮、水にさらして柔らかくした絹織物。ねりぎぬ。川の流れをこれにたとえるのは、斉・謝朓「晩に三山に登りて京邑を還望す」（『文選』巻二七）に「澄江　静かなること練の如し」。 **2 平天** 湖の名。 **3 耐可** ……したい。……するのがよい。 **乗** 利用する。 **4 酒船** 酒を飲ませる遊興の船をいうものであろう。 **【詩型・押韻】** 五言絶句。下平一先（天）・二仙（船）の同用。平水韻、下平一先。

詩解 其の十一では急流をうたったが、ここでは鏡のように穏やかな湖。月明かりの下、酒を酌みながら花を愛でようという。

其十三（其《そ》の十三《じふさん》）

1 淥水淨二素月一　淥水《りよくすい》 素月《そげつ》淨《きよ》く
2 月明白鷺飛　月明《つきあき》らかにして 白鷺《はくろ》飛《と》ぶ
3 郎聽採菱女　郎《らう》は聴《き》く 採菱《さいりよう》の女《ぢよ》
4 一道夜歌歸　一道《いちだう》 夜歌《よるうた》ひて帰《かへ》るを

現代語訳　其の十三

澄んだ水は白い月のように浄く、月明かりのなか白鷺は飛ぶ。
若者はヒシ摘みの娘に耳を傾け、夜道をともに歌を聞きつつ帰る。

語注　**1 淥水**　清らかな水。　**3 郎**　おとこ。特に女性の男性（夫や恋人）に対する呼称。　**採菱**　ヒシの実を摘む。女性が従事する江南の風物。　**4 一道**　一緒に。【詩型・押韻】五言絶句。上平八微（飛・帰）。平水韻、上平五微。

詩解　ヒシの実摘みの女性と、その歌を聴く男。江南の地を舞台に若い男女の恋をうたう古楽府の雰囲気を伝える。

其十四（其《そ》の十四《じふし》）

爐火照二天地一　　爐火《ろくわ》天地《てんち》を照《て》らし
紅星亂二紫煙一　　紅星《こうせい》紫煙《しえん》亂《みだ》る
赧郎明月夜　　赧郎《たんらう》明月《めいげつ》の夜《よる》
歌曲動二寒川一　　歌曲《かきよく》寒川《かんせん》を動《うご》かす

現代語訳　其の十四

炉の火が天地を照らし、火花は紫の煙をかき乱して散る。
顔を紅く燃やす男は夜の月影のもと、その歌声が寒々とした川を揺り動かして流れる。

語注　**1 炉火**　溶鉱炉の火。池州のあたりは、銀や銅を産出した。　**2 紅星**　火花の散るさま。　**紫煙**　火に赤く照らされた煙。　**3 赧郎**　火で顔を紅くした鉱炉で働く男。　**4 歌曲**　作業歌のたぐいをいうものであろう。【詩型・押韻】五言絶句。下平一

先（煙）・二仙（川）の同用。平水韻、下平一先。

詩解 池州で採掘される銀や銅を精錬する鉱炉の男たちをうたう。詩にうたわれるのは珍しく、李白はここ秋浦にちなむ事象を幅広く取材しようとしたことがうかがわれる。

其十五（其《そ》の十五《じふご》）

1 白髪三千丈
2 縁㆑愁似㆑箇長
3 不㆑知明鏡裏
4 何処得㆓秋霜㆒

白髪《はくはつ》 三千丈《さんぜんぢやう》
愁《うれ》ひに縁《よ》りて 箇《か》くの似《ごと》く長《なが》し
知《し》らず 明鏡《めいきやう》の裏《うち》
何《いづ》れの処《ところ》よりか 秋霜《しうさう》を得《え》たる

現代語訳 其の十五

白髪は三千丈、愁いのためにかくも長い。
いったい鏡のなか、どこからこの秋の霜はきたのか。

語注 **1 三千丈** 髪の長さ、多さをいう。底本は「三十丈」に作るが諸本に従って改める。 **2 縁** 原因・理由を表す。 **似箇** このように。「箇」は、指示代名詞、これ、あれ。【詩型・押韻】五言絶句。下平十陽（長・霜）。平水韻、下平七陽。

詩解 冒頭に「白髪」といいつつ、それをあらためて「秋霜」に喩え、「愁」によると認めつつ、どこから来たのかと問いかける。前二句と後二句のあいだには屈折があるようだ。自分の容貌は鏡に映して初めて分かる。しかし愁いは自らの心の中にある。その愁いが白髪をもたらしたことは理解しつつも、改めて知った自分の外見の変化に対するとまどいを受け止めかねているのであろうか。インパクトあるうたい起こしながら、微妙な心のたゆたいを描きとめている。

「明鏡」について。同じく池州秋浦をうたう後出の「清渓行」（巻七）は、「人は行く明鏡の中」と清渓の流れを「明鏡」に喩える。秋浦をうたう詩群のコンテクストの中に置けば、この「秋浦歌」の「明鏡」も「みずかがみ」をいうものと考えてよいかも知れない。まず詩人は水の流れに映る白髪に驚き、自らの憂愁の深さを知る。そして後二句は、その白髪をあらためて清渓河畔に下りた霜に見立てる。この解であれば右に述べた前二句と後二句の屈折は解消される。その一方、自らの老衰に対する驚嘆が、やや機知的な比喩に回収されてしまうきらいがある。

其十六（其《そ》の十六《じふろく》）

秋浦田舎翁　　秋浦《しうほ》の田舎翁《でんしやをう》
採レ魚水中宿　　魚《うを》を採《と》りて　水中《すいちゆう》に宿《しゆく》す
妻子張二白鷴一　　妻子《さいし》は　白鷴《はくかん》を張《は》らんとして
結レ罝映二深竹一　　罝《あみ》を結《むす》びて　深竹《しんちく》に映《えい》ず

現代語訳　其の十六

秋浦のいなか親父は、魚を捕ろうと水に浮かぶ舟に宿る。
妻と子は白鷴をつかまえようと、網を設けたのが竹林の奥に見え隠れする。

語注　**3張**　網を張って捕らえる。**白鷴**　キジの類。**4罝**　鳥獣を捕らえる網。**映深竹**　竹林の向こうに見える。「映」は隠映の意。【詩型・押韻】五言絶句。入声一屋（宿・竹）。平水韻、入声一屋。

詩解 魚や鳥を捕って生計を立てる地元の家族をうたう。漁師はしばしば隠者の象徴として描かれてきたが、この詩は当地の実際の風俗をうたうものであろう。

其十七（其《そ》の十七《じふしち》）

1 桃波一歩地　　桃波《たうは》一歩《いちほ》の地《ち》
2 了了語聲聞　　了了《れうれう》として語聲《ごせい》聞こゆ
3 闇與㆓山僧㆒別　　闇《あん》に山僧《さんそう》と別《わか》れ
4 低㆑頭禮㆓白雲㆒　　頭《かうべ》を低《た》れて白雲《はくうん》に禮《れい》す

現代語訳 其の十七

桃陂というのは狭い土地で、はっきりと人の話し声が聞こえる。

ひっそりと山寺の僧侶に別れを告げ、頭を垂れて白雲にあいさつをする。

語注 **11 桃波** 池州の西南近郊の地名、「桃陂」の間違いと思われる。**一歩地** 歩数を要せず歩み尽くせる狭い場所。**2 了了** 明瞭なさま。**3 闇** 黙して。声の通りやすい土地という2を承けていう。**4 白雲** 「白雲」の語は、隠逸、僧侶など、世俗を離れている人を象徴する。また寺の名とも。【詩型・押韻】五言絶句。上平二十文（聞・雲）。平水韻、上平十二文。

詩解 連作の最後の一首は、「桃波（陂）」という場所について。人の話し声もすっかり聞こえるような小さな世界。大切なものをそっと扱うように、黙したまま頭を垂れてうたい結ぶ。

この連作は、李白らしい快活さは影を潜めて憂愁の色を帯びる。しかも高揚する慷慨ではなく悲哀への静かな沈潜ともいうべき情調が見いだされ、李白の他の作品にはない魅力を有している。

當塗趙炎少府粉圖山水歌　（當塗趙炎少府粉圖山水歌《たうとてうえんせうふふんとさんすいか》）

1 峨眉高出西極天　峨眉《がび》 高《たか》く出《い》づ西極《せいきよく》の天《てん》
2 羅浮直與二南溟一連　羅浮《らふ》 直《ただ》ちに南溟《なんめい》と連《つら》なる
3 名工繹思揮二彩筆一　名工《めいこう》 繹思《えきし》して彩筆《さいひつ》を揮《ふる》ひ
4 驅レ山走レ海置二眼前一　山《やま》を驅《か》り海《うみ》を走《はし》らせて眼前《がんぜん》に置《お》く
5 滿堂空翠如レ可レ掃　滿堂《まんだう》の空翠《くうすい》 掃《はら》ふべきが如《ごと》く
6 赤城霞氣蒼梧煙　赤城《せきじやう》の霞氣《かき》 蒼梧《さうご》の煙《けむり》
7 洞庭瀟湘意渺𣿅　洞庭瀟湘《どうていせうしやう》 意《い》は渺𣿅《べうめん》
8 三江七澤情洄沿　三江七澤《さんかうしちたく》 情《じやう》は洄沿《くわいえん》
9 驚濤洶涌向二何處一　驚濤洶涌《きやうたうきようよう》して何《いづ》れの處《ところ》に向《む》かふ
10 孤舟一去迷二歸年一　孤舟《こしう》 一《ひと》たび去《さ》りて歸年《きねん》に迷《まよ》ふ
11 征帆不レ動亦不レ旋　征帆動《せいはんうご》かず亦《ま》た旋《めぐ》らず
12 飄如三隨レ風落二天邊一　飄《へう》として風《かぜ》に隨《したが》ひて天邊《てんぺん》より落《お》つるが如《ごと》し
13 心搖目斷興難レ盡　心搖《こころうご》き目《め》斷《た》えて 興《きよう》盡《つ》くし難《がた》く
14 幾時可レ到二三山巓一　幾時《いくとき》か三山《さんざん》の 巓《いただき》に到《いた》るべき

西峯崢嶸噴㆓流泉㆒
横石蹙㆑水波潺湲
東崖合沓蔽㆓輕霧㆒
深林雜樹空芊綿
此中冥昧失㆓晝夜㆒
隱㆑机寂聽無鳴蟬
長松之下列㆓羽客㆒
對坐不㆑語南昌仙
南昌仙人趙夫子
妙年歷落青雲士
訟庭無㆑事羅㆓衆賓㆒
杳然如㆑在㆓丹青裏㆒
五色粉圖安足㆑珍
眞山可㆔以全㆓吾身㆒
若待㆘功成拂㆑衣去㆖
武陵桃花笑㆓殺人㆒

西峯《せいほう》 崢嶸《さうくわう》として流泉《りうせん》を噴《ふ》き
横石《わうせき》 水《みづ》に蹙《せま》りて波潺湲《なみせんゑん》たり
東崖《とうがい》 合沓《がふたふ》として輕霧《けいむ》蔽《おほ》ひ
深林《しんりん》の雜樹《ざつじゆ》 空《むな》しく芊綿《せんめん》たり
此《こ》の中《うち》 冥昧《めいまい》として晝夜《ちうや》を失《うしな》ひ
机《き》に隱《よ》りて寂《せき》として聽《き》く無鳴《むめい》の蟬《せみ》
長松《ちやうしよう》の下《もと》 羽客《うかくれつ》列し
對坐《たいざ》して語《かた》らず南昌《なんしやう》の仙《せん》
南昌《なんしやう》の仙人《せんにん》 趙夫子《てうふうし》
妙年歷落《めうねんれきらく》 青雲《せいうん》の士《し》
訟庭《しようてい》事無《ことな》く 衆賓《しゆうひん》を羅《つら》ね
杳然《えうぜん》として丹青《たんせい》の裏《うち》に在《あ》るが如《ごと》し
五色《ごしき》の粉圖《ふんと》 安《いづく》んぞ珍《ちん》とするに足《た》らん
眞山《しんざん》 以《もつ》て吾《わ》が身《み》を全《まつた》うすべし
若《も》し功成《こうな》りて衣《ころも》を拂《はら》ひて去《さ》るを待《ま》たば
武陵《ぶりよう》の桃花《たうくわ》 人《ひと》を笑殺《せうさつ》せん

現代語訳　当塗県尉の趙炎が彩色もて描いた山水の歌

峨眉の山は、はるか西方の天に聳え、
羅浮の山は、そのまま南方の大海に連なる。
名人は心思を凝らして彩筆をふるい、
山を駆り海を動かして眼前に現した。
座敷に満ちる山の気はまるで手で払えるよう、
あたかもそれは赤城山にかかる茜雲と蒼梧の山の煙《もや》。
洞庭の湖と瀟湘の流れに、思いは遥々《はるばる》と惹かれ、
三つの大江と七つの大沢に、心は行き交う。
逆巻く波が湧き起こり、何処《いずこ》に向かうのか、
孤舟をひとたび浮かべれば、何時《いつ》帰るとも知れぬ。
旅の白帆は動かず、また回りもせず、
ふらりと風任せで天から落ちてきたよう。
胸高まるまま目を遠くやれば、興は尽きることなく、
いつの日にか、かの三神山の頂にもたどり着くだろう。
西の峰は高々と聳え、泉の水を噴き上げ、
横たわる石が水を塞《せ》いて波がさらさら流れる。
東の崖は折り重なって、霧がうっすら覆い、
深い林に様々な木々がいたずらに生い茂っている。
さてもその中はぼんやりとして昼夜を分かたず、

机に寄り掛かって、ひっそりと鳴かない蟬を聴く。
丈高い松の下には羽客がならび、
向き合って黙座するは南昌の仙人。
南昌の仙人たる趙夫子、
齢は若いが気はさっぱりと徳を備える人。
裁きの庭はさっぱり閑なので友人たちを集め、
ゆったりとしたさまは宛《あたか》も絵の中にあるよう。
五色に塗られた絵画など珍とするに足りようか、
真の山であってはじめて、身を安らえるに値する。
もし役所勤めを全うしてから、世を捨てようなどと言えば、
武陵の桃花はさぞかし大笑いするだろう。

語注 **0** 当塗県尉の趙炎が描いた山水の壁画をうたう歌。 **当塗** 地名。安徽省馬鞍山市。南京から長江を少し遡ったところにある。 **趙炎** 李白の友人。李白には「当塗の趙少府炎に寄す」（巻一二）等の詩や、「春 姑熟にて趙四の炎方に流さるるを送る序」（巻二七）という文がある。 **少府** 県尉の雅称。 **粉図** 彩色画。 **1 峨眉** 山名。蜀（四川省）を代表する名山。 **2 羅浮** 山名。広東省広州市。 **溟** 海。 **3・4** 趙炎の画筆によって広大な空間が一面の絵画の中に収められたという。 **名工** 趙炎をいう。 **繹思** 考えをめぐらす。「繹」は糸を抽き出す。 **5 空翠** 山水の湿り気を帯びた気。 **6 赤城** 山名。浙江省天台県。北天台山の一峰。 **霞気** 「霞」は、かすみではなく、朝夕の日に色づく茜雲。 **蒼梧** 湖南省南部の山。古代の聖帝舜の葬られた所という。 **7 洞庭** 湖北省北東部にある大湖。 **瀟湘** 湖南省を北流して洞庭湖に注ぐ瀟水と湘水。 **渺瀰** 遠く連なるさま。双声の語。 **8 三江** 名ある三河川を「三江」と称する例は各地にあるが特定する必要はない。 **七沢** 「沢」は沼沢地。前漢・司馬相如「子虚の賦」（『文選』巻七）に「楚に七沢有り」。 **洄沿** 南朝宋・謝霊運「始《し》寧《ねい》の墅《しょ》に過《よ》ぎる」（『文選』巻二六）

に「水涉して洄沿を尽くす」。李善の注に「『爾雅』に曰く、流に逆らひて上るを遡洄と曰ふ。孔安国『尚書伝』に曰く、流に順ひて下るを沿と曰ふ」。**9 洶涌**　水の勢いの盛んなさま。畳韻の語。**12 天辺**　極めて遠い所。天涯。**13 目断**　視線の届く限り見やる。**14 三山**　東海中にあるという三仙山。蓬莱・方丈・瀛洲。**15 崢嶸**　高く険しいさま。畳韻の語。**16 潺湲**　水の流れるさま。畳韻の語。**17 合沓**　重なりあうさま。畳韻の語。**18 芊綿**　茂り生うさま。畳韻の語。**19 冥昧**　薄暗くはっきりしないさま。双声の語。**20 隠机**　机に寄りかかる。『荘子』斉物論に「南郭子綦　几（机）に隠りて坐し、天を仰ぎて嘘く」。**無鳴蟬**　蟬が鳴かないというのではなく鳴かない蟬を聴くというのは、画中人物の高尚な精神的営為を喚起する。蟬の羽から次句の「羽客」（仙客）への連想を導くか。**21 羽客**　神仙、方士。**22 南昌仙**　前漢の梅福は都に出て学問を修め南昌（江西省南昌市）の尉に任じられたが、後には官を離れ、王莽が政権を握ったときには妻子を棄てて仙人になったという（『漢書』梅福伝）。画の作者趙炎も県尉であったためこれに喩える。**23 趙夫子**　画の作者趙炎。「夫子」は敬称。**24 妙年**　歳若い。**歴落**　ものごとにこだわらない。「磊落」に同じ。双声の語。**青雲士**　徳高い人物。**25 訟庭無事**　訴訟が無いとは、政治が行き届いていること。**26 杳然**　悠然とした心ばえ。**丹青**　赤と青。絵画をいう。**29・30**　すぐにも世を捨てないのは愚かだという。**払衣去**　世俗を離れ隠棲する。**武陵桃花**　桃花源をいう。「武陵」の漁師が水に流れる桃花をたどってみつけた（東晋・陶淵明「桃花源の記」）。**笑殺**　「殺」は動詞・形容詞の後につけて意味を強調する。**【詩型・押韻】**　七言古詩。下平一先（天・前・煙・年・辺・巓）・二仙（連・瀛・沿・旋・泉・湲・綿・蟬・仙）の同用。平水韻、下平一先。／上声六止（子・士・裏）。平水韻、上声四紙。／上平十七真（賓・珍・身・人）。平水韻、上平十一真。

詩解　絵画を詩にうたう題画詩。まずは「咫尺万里」、すなわち絵画の限られた平面の中に広大な世界が再現されていることをうたう。西方の峨眉山と南の羅浮山が、画筆によって見事に一枚の絵の中に収められているという。次は、絵画外の現実が本物と見まごうばかりに絵画内に再現されていること。「満堂の空翠　掃くべくが如く」（5）がこれに当たる。更には絵の中に入り込んだように、視点を移動させながら絵が描く世界を詩のことばで再現してゆく。そこはあたかも仙界のよう。22「南昌仙」までが絵画の再現、そして同じ語を承ける23「趙夫子」から現実世界に立ち戻って絵を描いた「趙炎」その人をうたう。この地当塗における県尉の勤めのかたわら、かかる仙界を絵に描くことに満足することなく、さっさと俗を捨て本当の山に隠棲せよとのべて結ぶ。李白の題画詩は少ないが、絵画の世界を仙境に見立てるところはやはり李白らしい。

永王東巡歌十一首　其一（永王東巡歌十一首《えいわうとうじゆんかじふいちしゆ》　其《そ》の一《いち》）

永王正月東出㆑師
天子遙分龍虎旗
樓船一擧風波靜
江漢翻爲㆓雁鶩池㆒

永王《えいわう》　正月《しやうぐわつ》　東《ひがし》に師《し》を出《い》だし
天子《てんし》　遙《はる》かに分《わ》かつ　龍虎《りゆうこ》の旗《はた》
樓船《ろうせん》　一擧《いちきよ》　風波《ふうは》靜《しづ》かに
江漢《かうかん》　翻《かへ》りて雁鶩《がんぼく》の池《いけ》と爲《な》る

現代語訳　永王東巡歌　其の一

永王は正月に東へ軍隊をお出しになり、
天子は遠く龍虎の旗印を分かち与えられた。
楼船が一たび動けば風波は静まり、
長江・漢水の流域は鳥の安らぐ池となる。

語注　**0 永王**　李璘《りりん》。玄宗の第十六子で、玄宗の後を継いだ粛宗の弟。天宝十四載（七五五）十一月、安禄山が謀反の兵を挙げた。翌年、玄宗は蜀に逃れる途中、永王を山南東路・嶺南・黔中・江南西路節度都使に任じ江南（長江下流域）を平定するよう命じた。永王は九月、江陵（湖北省荊州市）にて将士を募って水軍を組織し、東下して尋陽（江西省九江市）に至った際、尋陽の南郊廬山にいた李白を幕僚に招く（李白が幕下に入るのは、この年至徳元載七五六年の歳末もしくは翌年初か）。一方これより先、霊武（寧夏回族自治区霊武市）にて即位していた粛宗は、上皇（玄宗）の許にもどるよう永王に命じたが従わず、ここに永王は叛軍として官軍と戦うこととなる。更に長江を下って広陵（江蘇省揚州市）をうかがおうとした永王の軍はやがて劣勢に陥り、至徳二載（七五七）二月、永王は南に逃れようとする途中敗死する。李白もまた捕縛され獄に下ることとなる。**1 正月**　粛宗の至徳二載の正月。**出師**　出兵する。「師」は軍隊。**2 天子**　ここでは玄宗を指す。**龍虎旗**　将軍の旗。**3 楼船**　甲板に戦いの装備を備えた船。軍船。 **4** 江南に平穏が訪れるという。 **江漢** 長江と漢水の流域。永王が軍を進めようとする江南一帯。
雁鶩池 漢代、梁孝王が庭に作った池の名。また、雁や鶩《あひる》が休らう池。【詩型・押韻】七言絶句。上平五支（池）・六脂（師）・七之（旗）の同用。平水韻、上平四支。

詩解 永王の水軍の長江下流域への進軍を賀頌するうた。永王は長江流域の江陵にて水軍を組織し、長江に沿って下流への進行をうかがう。廬山にあった李白もその幕下に招かれ、以下の連作詩を作る。其の一は、永王の軍がひとたび動けば、その地の河川があたかも水鳥の休む池のように穏やかに収まるだろうという。

其二（其《そ》の二《に》）

1 三川北虜亂如レ麻　　三川《さんせん》 北虜《ほくりよ》 亂《みだ》るること麻《あさ》の如《ごと》し
2 四海南奔似二永嘉一　　四海《しかい》 南《みなみ》に奔《はし》りて 永嘉《えいか》に似《に》たり
3 但用二東山謝安石一　　但《た》だ東山《とうざん》の謝安石《しやあんせき》を用《もち》ゐれば
4 爲レ君談笑靜二胡沙一　　君《きみ》の爲《ため》に談笑《だんせう》して 胡沙《こさ》を靜《しづ》めん

現代語訳 其の二
洛陽の地は北のえびすによって麻糸の如く乱れ、
世をあげて南に逃げるさまは、まるで永嘉の年のよう。
いまこの時こそ、東山に隠居する謝安石を用いるならば、
君王のために談笑のうちに胡兵の戦塵を静めるだろう。

語注 **1 三川** 洛陽一帯。黄河・洛水・伊水の三つの川にまたがる地域。安禄山の反乱軍によってもっとも蹂躙された地域。**北虜** 安禄山ら叛軍をさす。「虜」は異民族に対する蔑称。**乱如麻** 麻糸がもつれるように乱れる。梁・丘遅「徐侍中の人の為に婦に贈るに答ふ」（『玉台新詠』巻五）に「蓬首（乱れ髪）乱るること麻の如し」。**2 四海** 世界。四方を海に囲まれていると考えられたことから。**南奔似永嘉** 西晋の懐帝の永嘉五年（三一一）、前趙の劉曜によって都洛陽は陥落し、中原の士族の多くは江南に奔った。安禄山の乱の時の中原の混乱をたとえる。**3 東山謝安石** 東晋の謝安（字は安石）は東山（浙江省紹興市）に隠棲していたが後に出仕し、弟の謝石・甥の謝玄らを用い、淝水で前秦の苻堅の軍を破った。**4** たやすく戦乱を終息させるという。**談笑** 前秦との戦いの際、謝安は客と囲碁を打ち、戦勝の知らせを聞いても顔色を変えなかったという。**胡沙** 胡兵の巻き起こす砂塵。安禄山の乱をいう。【詩型・押韻】七言絶句。下平九麻（麻・嘉・沙）。平水韻、下平六麻。

詩解 安史の乱時の混乱を六朝晋の南遷に喩える。謝安は東晋時に前秦の南への侵攻を食い止めた功臣。このたびの永王の挙が当時と同じように戦乱を収め静めるだろうという。

其三（其《そ》の三《さん》）

雷 鼓 嘈 嘈 喧二武 昌一
雲 旗 獵 獵 過二尋 陽一
秋 毫 不レ犯 三 呉 悦
春 日 遙 看 五 色 光

雷鼓《らいこ》 嘈嘈《さうさう》として 武昌《ぶしやう》に喧《かまびす》しく
雲旗《うんき》 獵獵《れふれふ》として 尋陽《じんやう》を過《す》ぐ
秋毫《しうがう》も犯《をか》さず 三呉《さんご》悦《よろこ》び
春日遙《しゆんじつはる》かに看《み》る 五色《ごしき》の光《ひかり》

現代語訳 其の三
鳴神の鼓は武昌の地に耳をつんざいて鳴り響き、

雲なす軍旗はハタハタとはためいて尋陽を過ぎる。
毛の末ほども犯すことのない軍規に江南の民は喜び、
暖かな春の日、遠くはるかにめでたき五色の光をみる。

語注　**1 雷鼓**　雷のように鳴り響く太鼓。　**嘈嘈**　大きく鳴り響くさま。　後漢・王延寿「魯の霊光殿の賦」（『文選』巻一一）に「耳　嘈嘈として聴を失す」。　**武昌**　長江流域の地名。湖北省鄂州市。　**2 雲旗**　熊と虎を描いた旗。前漢・司馬相如「上林の賦」（『文選』巻八）に「雲旗を靡《なび》かす」。李善の引く張揖の注に「熊虎を旒《はたあし》に描きて旗と為し、雲気に似るなり」。　**猟猟**　旗が風に吹かれるさま。　**尋陽**　長江流域の地名で「武昌」の下流。江西省九江市。李白はここで永王の幕下に迎えられた。　**3** 永王の軍は規律がよく守られ、掠奪などを行わなかったという。　**秋毫**　ごく僅かなもののたとえ。動物の秋の抜け替わりに生える和毛《にこげ》。　**三呉**　語の意味については諸説あるが、江蘇省から浙江省北部にかけて。永王が軍を進めようとした地域。　**4 五色光**　天の祝福を受けた瑞祥。【詩型・押韻】七言絶句。下平十陽（昌・陽）・十一唐（光）の同用。平水韻、下平七陽。

詩解　軍鼓を響かせ戦旗をはためかせての長江下流への進軍を、「武昌」「尋陽」と具体的な地名を挙げてうたう。

其四（其《そ》の四《し》）

1 龍盤虎踞帝王州　　龍盤虎踞《りゅうはんこきょ》す　帝王《ていおう》の州《しゅう》
2 帝子金陵訪二古丘一　　帝子《ていし》　金陵《きんりょう》に　古丘《こきゅう》を訪《と》ふ
3 春風試レ暖昭陽殿　　春風《しゅんぷう》　暖《だん》を試《こころ》む　昭陽殿《しょうようでん》
4 明月還過鳷鵲楼　　明月《めいげつ》　還《ま》た過《す》ぐ　鳷鵲楼《しじゃくろう》

現代語訳　其の四

龍がわだかまり虎がうずくまるこの地こそ帝王の州、
みかどの御子は金陵に、年を経た丘陵をおたずねなさる。
春風の暖かさを、昭陽殿にてそっと味わってごらんになり、
明月のもと、鳷鵲楼にお出かけになったりもなさる。

語注 1 六朝時代、都の置かれた金陵（江蘇省南京市）の地の形勢のよさをいう。 **龍盤虎踞** 三国蜀の諸葛亮は金陵の地勢をみて、「鍾山（金陵東北の山）は龍盤（わだかま）り、石城（金陵の地名）は虎踞（うづくま）る」と称したという（『太平御覧』巻一九三引く『丹陽記』）。 **帝王州** 天子が都を置くにふさわしい国。斉・謝朓「鼓吹曲」（『文選』巻二八）に「江南　華麗の地、金陵　帝王の州」。 **2 帝子** 永王をいう。 **3・4** 永王が金陵の宮殿を巡遊するさまを想像する。当時、南朝の諸宮殿はもはや存在しなかった。 **昭陽殿・鳷鵲楼** 漢代の宮殿の名を用いて南朝の宮殿・楼閣をいう。謝朓「暫く下都に使ひし、夜新林を発し……」（『文選』巻二六）に「金波（月光）鳷鵲に麗《つ》く」。【詩型・押韻】七言絶句。下平十八尤（州・丘）・十九侯（楼）の同用。平水韻、下平十一尤。

詩解 永王の金陵（南京）への入城のさまを想像してうたう。

其五（其《そ》の五《ご》）

1 二帝巡遊倶未ㇾ廻　　二帝《にてい》 巡遊《じゅんいう》して 倶《とも》に未《いま》だ廻《かへ》らず
2 五陵松柏使㆓人哀㆒　　五陵《ごりょう》の松柏《しょうはく》 人《ひと》をして哀《かな》しましむ
3 諸侯不ㇾ救河南地　　諸侯《しょこう》は救《すく》はず 河南《かなん》の地《ち》
4 更喜賢王遠道來　　更《さら》に喜《よろこ》ぶ 賢王《けんわう》の遠道《ゑんだう》より來《きた》るを

現代語訳　其の五

二代の天子は行幸されて、ともに還御なされず、
みやこの五陵の松柏は人の哀しみをさそう。
諸方の王侯も河南・洛陽の地をお救いになられぬこのとき、
賢明なる王がはるばると攻め上られるのは、何よりの喜びであろう。

語注　**1** 蜀に難を避けた玄宗、霊武で即位した粛宗はともに反乱軍の勢力下にある都長安には戻っていない。それを「巡遊」というのは、直接いうのを憚ったもの。　**二帝**　玄宗と粛宗。　**2 五陵**　五つのみささぎ。唐の高祖・太宗・高宗・中宗・睿宗の五帝の陵墓。玄宗は第六代。　**松柏**　陵墓に植えられる樹。　**3 河南地**　洛陽を中心とする地域。　**4 賢王**　永王をいう。【詩型・押韻】七言絶句。上平十五灰（廻）・十六咍（哀・来）の同用。平水韻、上平十灰。

詩解　永王が江南を平定した後には、いまだ混乱の中にある河南の地に攻め上り、玄宗・粛宗の二帝を救うであろうという。

其六（其《そ》の六《ろく》）

1 丹陽北固是呉關　　丹陽《たんやう》の北固《ほくこ》　是《こ》れ呉關《ごくわん》
2 畫出樓臺雲水間　　畫《ゑが》き出《い》だす樓臺《ろうだい》　雲水《うんすい》の間《かん》
3 千巖烽火連㆓滄海㆒　　千巖《せんがん》の烽火《ほうくわ》　滄海《さうかい》に連《つら》なり
4 兩岸旌旗繞㆓碧山㆒　　兩岸《りやうがん》の旌旗《せいき》　碧山《へきざん》を繞《めぐ》る

現代語訳　其の六

丹陽なる北固の山は呉の地の固め、
雲を見上げ大江に臨む楼台はまるで絵のようだ。
諸山無数の烽火は青海原に連なり、
長江両岸の旗指し物は緑なす山々をめぐる。

語注 **1** **丹陽** 長江流域の地名。金陵のやや下流、江蘇省鎮江市。 **北固** 丹陽の山名。長江に臨む。 **呉関** 北固山が堅固・要害の地であることから、呉の地の関門という。【詩型・押韻】七言絶句。上平二十七刪（関）・二十八山（間・山）の同用。平水韻、上平十五刪。

詩解 長江下流の要害の地、北固山に展開する永王軍の威勢を描く。

其七（其《そ》の七《しち》）

1 王出㆓三江㆒按㆓五湖㆒
2 樓船跨㆑海次㆓揚都㆒
3 戰艦森森羅㆓虎士㆒
4 征帆一一引㆓龍駒㆒

王《わう》は三江《さんかう》を出《い》でて　五湖《ごこ》を按《あん》じ
樓船《ろうせん》　海《うみ》に跨《また》がらんと　揚都《やうと》に次《じ》す
戰艦《せんかん》　森森《しんしん》　虎士《こし》を羅《つら》ね
征帆《せいはん》　一一《いちいち》　龍駒《りゆうく》を引《ひ》く

現代語訳 其の七
王は三江から更に五湖を押さえ、
楼船は海に及ぼうとまずは揚州にとどまる。

戦艦の甲板には厳めしく猛士が居並び、
大江を進み行く船はいずれも早馬の勢い。

語注 **1** 永王の軍が江南一帯を勢力下に収めるという。**王** 永王。**三江・五湖** 『周礼』夏官・職方氏に「東南を揚州と曰ふ、……其の川は三江、其の浸（湖沼）は五湖」とみえるのを踏まえる。「三江」は諸説あるが、長江とその支流を合わせていう。「五湖」は江蘇省蘇州市の西の太湖の別名とも、太湖とその周辺の湖の総称とも。**按** 制圧する。**2** **次** 停留する。**揚都** 揚州（江蘇省揚州市）。**3** **森森** 威厳あるさま。**虎士** 勇猛な戦士。**4** **征帆** 遠征の船。**引龍駒** 「龍駒」は駿馬。それを「引」くとは、水上を疾駆することをいう。【詩型・押韻】七言絶句。上平十虞（駒）・十一模（湖・都）の同用。平水韻、上平七虞。

詩解 永王軍は江南の水路縦横する地帯を収め、いよいよ揚州を押さえる。

其八（其《そ》の八《はち》）

1 長風挂レ席勢難レ廻　　長風《ちやうふう》席《せき》を挂《か》けて　勢《せい》廻《かへ》し難《がた》し
2 海動山傾古月摧　　海《うみ》は動《うご》き山《やま》は傾《かたむ》きて　古月《こげつ》摧《くだ》かる
3 君看帝子浮レ江日　　君看《きみみ》よ帝子《ていし》　江《かう》に浮《う》かぶの日《ひ》
4 何二似龍驤出レ峡來一　　龍驤《りゆうじやう》の峡《けふ》を出《い》で來《きた》るに　何似《いかん》

現代語訳 其の八
はるか吹き来る風を帆に受けて、勢いは敵するものなく、
海は動き、山は傾いて、胡の地の月も砕けるほど。

ごらんなさい、帝の御子が大江に浮かぶさまは、
龍驤将軍が峡谷を攻め下ったのにも勝ろうもの。

語注 **1 長風** 遠くから吹き寄せる風。 **挂席** 帆をかける。「席」は、もとは竹などで編んだ網代帆をいうが、ここでは帆の意。南朝宋・謝霊運「赤石に遊び進みて海に帆す」（『文選』巻二二）に「席を挂けて海月《たひらぎがい》を拾ふ」。 **勢難迴** その勢いを押し止めがたい。 **2 古月** 胡月。すなわち安禄山らの反乱軍をたとえる。 **4** 西晋の龍驤将軍王濬《おうしゅん》は大船団を率い呉を征討しその都建業（江蘇省南京市）を陥落させた。永王の東征をそれに勝るものという。 **何似** ……と比べてどうであるか。比較する辞。 **龍驤** 王濬。【詩型・押韻】七言絶句。上平十五灰（迴・摧）・十六咍（来）の同用。平水韻、上平十灰。

詩解 永王の東への進軍の勢いを、三国呉の都を落とした西晋の将軍王濬に喩えて褒め称える。

其九（其《そ》の九《きう》）

1 祖龍浮レ海不レ成レ橋
2 漢武尋陽空射レ蛟
3 我王樓艦輕二秦漢一
4 却似文皇欲レ渡レ遼

祖龍《そりゆう》 海《うみ》に浮《う》かぶも 橋《はし》を成《な》さず
漢武《かんぶ》 尋陽《じんやう》に 空《むな》しく蛟《みづち》を射《い》る
我《わ》が王《わう》の樓艦《ろうかん》 秦漢《しんかん》を輕《かろ》んじ
却《かへ》りて似《に》たり 文皇《ぶんくわう》の遼《れう》に渡《わた》らんと欲《ほつ》するに

現代語訳 其の九

秦の始皇帝は海に浮かんだが、橋を架け渡すことはできなかったし、
漢の武帝は尋陽に巡幸の折、意味もなく蛟を射殺した。

我が王の楼艦はそうした秦・漢の仕業をはるか下に見下ろすもので、あたかも文皇の大君が高句麗征伐に遼東に渡らせられたのにも似る。

語注 **1** 秦の始皇帝はかつて海中に石橋を架けようとしたが、海神の怒りをかったため成らなかった（『水経注』巻一四碣石山引く『三斉略記』）。**祖龍** 始皇帝のことをいう。始皇帝の三十六年、ある男が秦の使者に「今年、祖龍が死ぬであろう」と告げた（『史記』秦始皇本紀）。『史記集解』引く蘇林の語に「祖は始、龍は人君の象、始皇を謂ふなり」。**2** 『漢書』武帝紀に「（元封）五年冬、南に行きて巡狩す。……尋陽（江西省九江市）より江に浮かび、親ら蛟を江中に射て、之を獲たり」（『漢書』武帝紀）。**蛟** みずち。龍の属。**3** **楼艦** 戦艦。**4** **文皇** 唐の第二代皇帝、太宗（諱は李世民）。貞観十九年（六四五）、高句麗に親征し遼東地域（遼河の東、遼寧省東南部）に渡った。「文」字、底本は「天」に作るが諸本に従って改める。【詩型・押韻】七言絶句。下平三蕭（遼）・四宵（橋）・五肴（蛟）の通押。平水韻、下平二蕭・下平三肴の通押。

詩解 永王の東巡を、秦の始皇帝や漢の武帝にも優るものといい、更には唐の二代皇帝太宗の遼東遠征の挙に匹敵すると賞賛する。

其十（其《そ》の十《じふ》）

1 帝寵㆓賢王㆒入㆓楚關㆒　　帝《てい》 賢王《けんわう》を寵《ちよう》して 楚關《そくわん》に入《い》らしむ
2 掃㆓清江漢㆒始應㆑還　　江漢《かうかん》を掃清《さうせい》して 始《はじ》めて應《まさ》に還《かへ》るべし
3 初從㆓雲夢㆒開㆓朱邸㆒　　初《はじ》めに雲夢《うんぼう》より 朱邸《しゆてい》を開《ひら》き
4 更取㆓金陵㆒作㆓小山㆒　　更《さら》に金陵《きんりよう》を取《と》りて 小山《せうざん》と作《な》さん

現代語訳 其の十

帝が賢明なる王の才を愛でて、楚の地に遣わされたからには、
長江・漢水の流域を払い清めたうえで、お帰りなさるがよい。
まずは雲夢の沢に朱塗りのお屋敷を構えられてから、
更には金陵をお取りになって庭の築山となされるだろう。

語注 **1 帝** 玄宗。 **賢王** 永王。 **楚関** 楚の領域。長江中流の、現在の湖北省・湖南省一帯。永王は江陵（湖北省荊州市）にて水軍を組織し、長江を下った。 **2 掃清** 乱を収め治安を回復する。 **江漢** 長江と漢水の流域。永王が軍を進めようとする江南一帯。 **3** 永王が長江中下流域を静定した後は、そこに藩王として封じられるであろうという。 **雲夢** 古くから文献にみえる楚の古典的地名。長江中流の南北に広がる沼沢地帯で、具体的な場所は特定しがたい。 **朱邸** 王侯の屋敷。門が朱色に塗られていた。 **4 金陵** 南京、特にその象徴ともいうべき鍾山をいう。 **小山** 前漢の淮南王劉安は天下の俊才を招いて文章を作らせ、それを分類して「小山」あるいは「大山」と称した。ここではその語を借り、3「朱邸」を踏まえて屋敷の庭をかざる築山をいうか。【詩型・押韻】七言絶句。上平二十七刪（関・還）・二十八山（山）の同用。平水韻、上平十五刪。

詩解 永王の江南平定の暁には、金陵の鍾山を築山と見立てるような豪壮な屋敷を雲夢沢に造築されよという。

其十一（其《そ》の十一《じふいち》）

1 試借㆓君王玉馬鞭㆒　　試《こころ》みに君王《くんわう》の玉馬鞭《ぎよくばべん》を借《か》り
2 指㆓麾戎虜㆒坐㆓瓊筵㆒　　戎虜《じうりよ》を指麾《しき》して　瓊筵《けいえん》に坐《ざ》す
3 南風一掃胡塵静　　南風一掃《なんぷういつさう》して　胡塵《こぢん》静《しづ》かに
4 西入㆓長安㆒到㆓日邊㆒　　西《にし》のかた長安《ちやうあん》に入《い》りて　日邊《につぺん》に到《いた》らん

現代語訳　其の十一

まずは天子の玉の馬鞭をお借りになり、
宴席での談笑のうちに、蛮族を思いどおりに操りなされよ。
南風が胡地の砂塵を一掃して静められたそのときこそ、
西のかた長安に入って、帝のおそば近くに参ろう。

語注　**1** 永王が玄宗より指揮権を授与され江南征討の命を受けたことをいう。一説に「君王」は永王を指し、一句は李白自身についていうものと解する。**2** 宴席にありながら戦功を挙げる。勝利の容易であることを誇張する。**指麾**　指揮。**戎虜**　北方異民族に対する蔑称。安禄山の叛乱軍をいう。**瓊筵**　りっぱな宴席。「瓊」は美玉。斉・謝朓「始めて尚書省を出づ」（『文選』巻三〇）に「既に金閨（宮門）の籍を通じ、復た瓊筵の醴（美酒）を酌む」。**3** **南風**　長江流域を進もうとする永王の軍をたとえる。**胡塵**　其の二「胡沙」に同じ。**4** **日辺**　太陽に比すべき皇帝の側近く。【詩型・押韻】七言絶句。下平一先（辺）・二仙（鞭・筵）の同用。平水韻、下平一先。

詩解　玄宗より指揮権を授けられた永王は、胡塵を払う南風さながらに戦乱を静め、長安に凱旋されるであろうという。

連作十一首は、実景の描写も含むであろうが、多くは永王東巡の成功を予祝すべくうたわれたものではあるまいか。永王の幕下に入った直後、高揚した気分のままに筆を揮ったかの印象を受ける。複数の詩篇に詠み分ける構成力や巧緻な対句・措辞には、かつて玄宗の側にあった時に、その命を承けてうたわれた「宮中行楽詞八首」や「清平調詞三首」（巻五）等に通じるような、文学の臣として仕える李白の手練れが感じ取られる。

上皇西巡南京歌十首　其一　（上皇西巡南京歌十首《じやうくわうせいじゆんなんけいかじつしゆ》 其《そ》の一《いち》）

1 胡塵輕拂建章臺　　胡塵《こぢん》輕《かる》く拂《はら》ふ 建章臺《けんしやうだい》

2 聖 主 西 巡 蜀 道 來　　聖主《せいしゅ》 西巡《せいじゅん》して 蜀道《しょくだう》に來《きた》る
3 劍 壁 門 高 五 千 尺　　劍壁《けんぺき》 門《もん》は高《たか》し 五千尺《ごせんじゃく》
4 石 爲二樓 閣一九 天 開　　石《いし》は樓閣《ろうかく》を爲《な》して 九天《きうてん》に開《ひら》く

現代語訳　上皇西巡南京歌　其の一
胡兵の戦塵がさっと建章宮の台をかすめると、
聖主は西に御幸されて蜀の地においでになった。
剣壁の門は五千尺もの高さにそびえたち、
石の楼閣は九天の最高処に届かんばかり。

語注　**0** 天宝十四載（七五五）十一月、安禄山が謀反の兵を起こす。やがて洛陽は陥落し、翌年の天宝十五載（至徳元載）六月には都長安に迫る。そこで玄宗は難を避けて蜀（四川省）に逃れる。玄宗の後を継いで粛宗が霊武（寧夏回族自治区霊武市）で即位。「上皇」は玄宗のことをいう。明くる至徳二載（七五七）、唐軍は長安を回復。粛宗は十月、玄宗は十二月、長安に戻り、蜀郡を「南京」と称することとなる。この詩はこの玄宗の蒙塵を行幸とみなしてうたう。詩中の語や内容からみて、長安還御後の作と目される。　**西巡**　蜀への巡遊。　**1 胡塵**　胡兵の巻き起こす砂塵。安禄山の乱をいう。　**建章台**　漢の宮内の楼台。借りて唐の宮城をいう。　**2 聖主**　玄宗。　**蜀道**　蜀に通じる道、あるいは蜀の地域。　**3・4** 蜀に至る道の険しさを、天然の要害を備えた宮殿にみたてる。　**剣壁**　剣門山のこと。漢中（陝西省）から蜀に至る一筋の道が通り、特に険しい場所には絶壁を見下ろして閣道（かけはし）が架け渡されていた。剣閣ともいう。　**九天**　天の最も高いところ。【詩型・押韻】七言絶句。上平十六咍（台・来・開）。平水韻、上平十灰。

詩解　安史の乱の折、玄宗が蜀に逃れたことを、南への巡幸と見なしてうたう。其の一は蜀の地理的な環境、特にその堅固な地勢をうたう。

其四（其《そ》の四《し》）

1 誰道君王行路難
2 六龍西幸萬人歡
3 地轉二錦江一成二渭水一
4 天廻二玉壘一作二長安一

誰《たれ》か道《い》ふ　君王《くんわう》　行路《かうろ》難《かた》しと
六龍《りくりゆう》　西《にし》に幸《かう》して　萬人《ばんじん》歡《よろこ》ぶ
地《ち》は錦江《きんかう》を轉《てん》じて渭水《ゐすい》と成《な》し
天《てん》は玉壘《ぎよくるい》を廻《めぐ》らして長安《ちやうあん》と作《な》す

現代語訳　其の四
いったい誰がみかどの道行きは険しいなどというのか、
六龍に引かせる御車は西に御幸して、万人が快哉をさけぶ。
地は錦江の流れをかえて渭水となし、
天は玉塁の山を巡らして長安さながら。

語注　**1 行路難**　長安より蜀に至る道の険しさ。**2 六龍**　天子の車駕は六頭立てであった。「龍」は、「天子の馬を龍と曰ふ」（『公羊伝』隠公元年の何休の注）。**3・4**　玄宗の行幸により蜀の地もたちまち長安と化す。**錦江**　蜀の中心地成都を流れる川。**渭水**　長安の北を流れる。**玉塁**　成都の西北にある山。【詩型・押韻】七言絶句。上平二十五寒（難・安）・二十六桓（歓）の同用。平水韻、上平十四寒。

詩解　ひとたび天子が蜀に到れば、成都を流れる錦江は渭水に変じ、玉塁の山を巡らす長安そのものとなるという。

其十（其《そ》の十《じふ》）

1 劒閣重關蜀北門
2 上皇歸馬若㆓雲屯㆒
3 少帝長安開㆓紫極㆒
4 雙㆓懸日月㆒照㆓乾坤㆒

劒閣《けんかく》の重關《ちゆうくわん》 蜀《しよく》の北門《ほくもん》
上皇《じやうくわう》の歸馬《きば》 雲《くも》の屯《とん》するが若《ごと》し
少帝《せうてい》 長安《ちやうあん》に 紫極《しきよく》を開《ひら》き
日月《じつげつ》を雙《なら》べ懸《か》けて 乾坤《けんこん》を照《て》らす

現代語訳 その十

剣閣の山は幾重にも続く関所、まことに蜀の北門で、そこをお通りの上皇の帰鞍は雲がむらがるよう。若き帝は長安に、尊き玉座をお設けなさり、さながら日と月とが空にかかって天地を照らすよう。

語注 **1 剣閣** 其一「剣壁」参照。 **2 帰馬** 長安へ帰る車駕。 **若雲屯** 多いこと。 **3 少帝** 粛宗。 **紫極** もと星の名。皇帝の居所、あるいは玉座をいう。 **4 日月** 玄宗と粛宗をいう。 【詩型・押韻】七言絶句。上平二十三魂（門・屯・坤）。平水韻、上平十三元。

詩解 玄宗の長安への還御をうたう。後を継いだ粛宗とともに、さながら日と月のように天地を照らすという。

峨眉山月歌（峨眉山月歌《がびさんげつか》）

1 峨眉山月半輪秋
2 影入㆓平羌江水㆒流

峨眉山月《がびさんげつ》 半輪《はんりん》の秋《あき》
影《かげ》は平羌《へいきやう》 江水《かうすい》に入《い》りて流《なが》る

3 夜 發㆓清 溪㆒向㆓三 峽㆒
4 思㆑君 不㆑見 下㆓渝 州㆒

夜《よる》 清溪《せいけい》を發《はつ》して三峽《さんけふ》に向《む》かふ
君《きみ》を思《おも》ひて見《み》えず 渝州《ゆしう》に下《くだ》る

現代語訳　峨眉山月歌

峨眉山に半輪の月のかかる秋、
月影は平羌江の水に差して流れる。
夜に清渓を旅立って三峡に向かう。
君を思うも姿は見えず、渝州に下る。

語注　**0 峨眉山**　蜀を代表する山の一つ。蜀の中心、成都の西南にある。標高三〇九九メートル。**1 半輪**　月が半円である。**2 影**　月の光。**平羌江**　平羌（四川省楽山市）付近を流れる岷江（長江の支流）。**3 清渓**　現在の楽山市街から岷江を遡った東岸の板橋渓か。**三峡**　長江の渓谷。上流から瞿塘峡・巫峡・西陵峡。次句の「渝州」の更に下流。**4 渝州**　四川省重慶市。

【詩型・押韻】七言絶句。下平十八尤（秋・流・州）。平水韻、下平十一尤。

詩解　蜀の地に育った李白が、その故郷を離れる時の歌とされる。中国の詩では満月をうたうことが圧倒的に多いが、ここでは旅立ちにあたっての心残りを映すかのように「半輪」。姿を見ることのかなわなかった「君」は友人であろうか。あるいは女性か。心は後ろに残したまま川は東へと滔々と流れ、「渝州」へ、そしてその先の「三峡」へと向かう。

峨眉山月歌　送㆔蜀僧晏入㆓中京㆒（峨眉山月歌《がびさんげつか》　蜀僧晏《しょくそうあん》の中京《ちゅうけい》に入《い》るを送《おく》る）

1 我 在㆓巴 東 三 峽㆒時
2 西 看㆓明 月㆒憶㆓峨 眉㆒

我《われ》 巴《は》東三峽《とうさんけふ》に在《あ》りし時《とき》
西《にし》に明月《めいげつ》を看《み》て峨眉《がび》を憶《おも》ふ

月出二峨眉一照二滄海一
與レ人萬里長相隨
黄鶴樓前月華白
此中忽見峨眉客
峨眉山月還送レ君
風吹西到二長安陌一
長安大道橫二九天一
峨眉山月照二秦川一
黄金師子承二高座一
白玉麈尾談二重玄一
我似二浮雲一滯二呉越一
君逢二聖主一遊二丹闕一
一振二高名一滿二帝都一
歸時還弄峨眉月

月《つき》は峨眉《がび》に出《い》でて滄海《さうかい》を照《て》らし
人《ひと》と萬里《ばんり》 長《なが》く相隨《あひしたが》ふ
黄鶴樓前《くわうかくろうぜん》 月華《げつくわ》白《しろ》く
此《こ》の中《うち》 忽《たちま》ち見《み》る峨眉《がび》の客《かく》
峨眉山月《がびさんげつ》 還《ま》た君《きみ》を送《おく》る
風《かぜ》吹きて西《にし》のかた長安《ちやうあん》の陌《はく》に到《いた》る
長安《ちやうあん》の大道《たいだう》 九天《きうてん》に横《よこ》たはり
峨眉山月《がびさんげつ》 秦川《しんせん》を照《て》らす
黄金《わうごん》の師子《しし》 高座《かうざ》を承《う》け
白玉《はくぎよく》の麈尾《しゆび》 重玄《ちようげん》を談《だん》ず
我《われ》は浮雲《ふうん》に似《に》て呉越《ごゑつ》に滯《とどこほ》り
君《きみ》は聖主《せいしゆ》に逢《あ》ひて丹闕《たんけつ》に遊《あそ》ぶ
一《ひと》たび高名《かうめい》を振《ふ》るひて帝都《ていと》に滿《み》たし
歸時《きじ》 還《ま》た弄《ろう》せよ峨眉《がび》の月《つき》

現代語訳 峨眉山月歌 蜀僧の晏の中京に行くを送る

わたしが巴東三峡にあった時、

西に月をみては峨眉の山を思い出した。
月は峨眉の上に出て滄海を照らし、
わたしがどこにいてもついて来てくれた。
黄鶴楼の前で白い月の光をみたとき、
そこでにわかに峨眉からの旅人と会った。
峨眉の上に出た月がまた君を送り、
風に吹かれて西のかた長安の町へ。
長安の大通りは大空の下に縦横に走り、
峨眉の上に出た月が秦の土地を照らす。
黄金の獅子座に座ることを認められ、
白玉の払子を手に奥深い道を説く。
わたしは浮き雲のように呉越の地で足踏みし、
君は聖なる君主に会って宮庭に出入りする。
さっとその高名を振るわして帝都に満たし、
帰ったらまた峨眉の上の月を楽しんでくれたまえ。

語注　**0　峨眉山**　蜀の中心、成都の西南にある高峰。蜀を代表する山。　**蜀僧晏**　未詳。　**中京**　至徳二載（七五七）十二月、西京長安を「中京」とした（『資治通鑑』唐紀）。上元二年（七六一）再び西京に復した（『新唐書』地理志）。　**1　巴東**　後漢の時、巴東郡が置かれた。以降、名称・所管・治所は度々改められたが、およそ奉節（重慶市東部）から秭帰（湖北省宜昌市）にかけての地域をいう。　**三峡**　巴東地域にある長江の峡谷。　**2**　峨眉山は三峡の西にある。　**5　黄鶴楼**　江夏（湖北省武漢市武昌）にあった楼閣。李白の詩に度々みえる。　**6　峨眉客**　蜀の僧である晏をいう。　**8　長安陌**　「陌」は街路。　**9　九天**　天は九つに区分されるのでこのようにいう。ここでは「天」と同じ。**10 秦川**　長安を中心とする地域。「秦」は陝西地域。「川」は平野、平原。**11**「師子」は獅子。釈迦は人間の中の獅子（すべてがひれ伏す王者）に相当する存在なのでその座を獅子座という。そこに座るのは国師として釈迦に準じる尊崇をうけること。**12 麈尾**　払子。僧侶が手にする法具で、獣毛などの繊維を束ねて柄をつけたもの。「白玉」はその柄。**重玄**　深奥な哲理。『老子』一章に「玄の又玄、衆妙の門なり」。**13 呉越**　長江下流域。**14 丹闕**　朱色の宮門。宮城をいう。【詩型・押韻】七言古詩。上平五支（随）・六脂（眉）・七之（時）の同用。平水韻、上平四支。／入声二十陌（白・客・陌）。平水韻、入声十一陌。／下平一先（天・玄）・二仙（川）の同用。平水韻、下平一先。／入声十月（越・闕・月）。平水韻、入声六月。

詩解　長安を「中京」と称した至徳二載（七五七）十二月以降、上元二年（七六一）までの作と考えられる。前の「峨眉山月歌」が、もし李白が蜀を出る時の作であるとするならば、およそ三十年あまりの年月を経て後の、もう一つの「峨眉山月歌」ということになる。詩の主題は、晏という蜀僧が都へ旅立つのを激励するものだが、詩中に何度も顔を見せる「峨眉」の「月」が、もう一人の主人公であることは言うまでもない。「峨眉」は蜀にあって動くことはないが、李白がいつも思い出すふるさとの山。一方の「月」は夜ごと空に上り、李白にその姿を見せてくれる。月は誰にとっても、ふるさとの山の上に上るもの。ふるさとの山とふるさとの山に上る月への思いを分かち合える同郷人であればこそ、そのはなむけの言葉も真情に満ちたものになる。詩の描写は、各地を照らす月とともに「巴東三峡」「黄鶴楼前」「長安」へと巡り、最後はやはりふるさとの「峨眉」へと帰る。

江夏行（江夏《かうか》行《かう》）

1 憶昔嬌小姿　　憶《おも》ふ昔《むかし》 嬌小《けうせう》の姿《すがた》
2 春心亦自持　　春心《しゆんしん》 亦《ま》た自《みづか》ら持《ぢ》し
3 爲言嫁二夫婿一　　爲《ため》に言《い》ふ夫婿《ふせい》に嫁《か》せば

4 得レ免二長相思一　長相思《ちやうさうし》を免《まぬか》るるを得《え》んと
5 誰知嫁二商賈一　誰《たれ》か知《し》らん商賈《しやうこ》に嫁《か》し
6 令二人却愁苦一　人《ひと》をして却《かへ》りて愁苦《しうく》せしむるを
7 自三従爲二夫妻一　夫妻《ふさい》と爲《な》りてより
8 何曾在二郷土一　何《なん》ぞ曾《かつ》て郷土《きやうど》に在《あ》らん
9 去年下二揚州一　去年《きよねん》揚州《やうしう》に下《くだ》り
10 相送黄鶴樓　相送《あひおく》る黄鶴樓《くわうかくろう》
11 眼看帆去遠　眼《め》は看《み》る帆《ほ》の去《さ》ること遠《とほ》きを
12 心逐江水流　心《こころ》は逐《お》ふ江水《かうすい》の流《なが》るるを
13 只言期二一載一　只《た》だ言《い》ふ一載《いつさい》を期《き》すと
14 誰謂歴二三秋一　誰《たれ》か謂《おも》はん三秋《さんしう》を歴《ふ》るとは
15 使二妾腸欲レ斷　妾《せふ》をして腸斷《ちやうた》たんと欲《ほつ》せしむ
16 恨レ君情悠悠　君《きみ》を恨《うら》みて情《じやう》は悠悠《いういう》たり

現代語訳　江夏行

むかし幼く世間知らずのころは、春めく思いに心を乱されることもなく、思うのは、旦那さんに嫁ぎさえすれば、人を思い続ける苦しみなどないだろうと。

ところが旅の商人に嫁いだばかりに、こんなに苦しく悲しいはめに。

夫婦の契りを交わして以来、夫はずっと故郷を離れたまま。

去年、揚州に下るときには、黄鶴楼にて見送りました。

目は遠ざかる帆を見つめ、心は流れゆく江水を逐う。

一年もたてば帰ると言ったのに、思いもかけず三年過ぎました。

わたしの胸は焦がれ腸は断ち切れそうで、あなたを恨んで心の休まることがありません。

語注 **0 江夏行**　『楽府詩集』巻九〇新楽府辞。「江夏」は地名で今の湖北省武漢市武昌。長江流域の中核となる町の一つで、河川を利用した商業の盛んな地。この地の商人の妻を主人公として李白が創作したものであろう。　**4 長相思**　ずっと思い続ける。古詩や楽府に見える語で、後には思婦の情をうたう楽府の題ともなった。　**5 商賈**　商人。ここでは行商人。　**9 揚州**　江夏の下流。江蘇省揚州市。　**10 黄鶴楼**　江夏にあった楼閣。　**13・14**　魏・曹植「雑詩六首」其三（『文選』巻二九）に「妾身　空閨を守り、良人　行きて従軍す。自ら期す　三年にして帰ると、今　已に九春を歴たり」。　**16 悠悠**　ものを思い、それが途切れぬさま。

17 東家西舍同時發　　東家《とうか》西舎《せいしや》　同時《どうじ》に發《はつ》し
18 北去南來不ㇾ逾ㇾ月　　北去南來《ほくきよなんらい》　月《つき》を逾《こ》えず
19 未ㇾ知行李遊二何方一　　未《いま》だ知《し》らず行李《かうり》の何方《いづかた》に遊《あそ》ぶかを
20 作箇音書能斷絕　　作箇《いかん》ぞ音書《おんしよ》能く斷絕《だんぜつ》する
21 適來往二南浦一　　適《たまたま》　來《きた》りて南浦《なんぽ》に往《ゆ》き
22 欲ㇾ問西江船　　問《と》はんと欲《ほつ》す西江《せいかう》の船《ふね》に

23 正見當壚女
24 紅粧二八年
25 一種爲二人妻一
26 獨自多二悲悽一
27 對レ鏡便垂レ涙
28 逢レ人只欲レ啼
29 不レ如輕薄兒
30 旦暮長追隨
31 悔作二商人婦一
32 青春長別離
33 如今正好同二歡樂一
34 君去容華誰得レ知

正《まさ》に見《み》る當壚《たうろ》の女《をんな》
紅粧《こうさう》 二八《にはち》の年《とし》
一種《いつしゆ》 人妻《じんさい》と爲《な》り
獨自《ひとり》 悲悽《ひせい》多《おほ》し
鏡《かがみ》に對《たい》して便《すなは》ち涙《なみだ》を垂《た》れ
人《ひと》に逢《あ》ひて只《た》だ啼《な》かんと欲《ほつ》す
如《し》かず輕薄《けいはく》の兒《じ》の
旦暮《たんぼ》 長《とこ》しへに追隨《ついずい》するに
悔《く》ゆらくは商人《しやうにん》の婦《ふ》と作《な》り
青春《せいしゆん》 長《なが》く別離《べつり》するを
如今《じよこん》 正《まさ》に好《よ》し歡樂《くわんらく》を同《とも》にするに
君去《きみさ》りて 容華《ようくわ》 誰《たれ》か知《し》るを得《え》ん

現代語訳

東西の隣家は時を同じくして旅立ったのに、
北に行きまた南に向かい、月を越えずにお帰りに。
いったい旅の人はどちらにお出かけか、

またどうしてお便りをくださらないの。
たまたま南浦の波止場に出かけ、
西に向かう船に声をかけようとしました。
ちょうど見かけたのは酒の支度をする女、
綺麗に装う、二八の娘盛り。
同じく人の妻となりながら、
わたしだけが哀しみどおし。
鏡に向かえば涙を落とし、
人に会えば声を上げて泣く。
いっそ軽薄な浮かれ者であっても、
明け暮れいつも一緒の方がまし。
悔やまれるのは商人の妻となり、
せっかくの春をずっと離れて過ごすこと。
今こそ、共に楽しみ、歓びを尽くす時なのに、
あなたは去ったまま、わたしをいとおしんでくれる人はいない。

語注 **19 行李** 旅人。 **20 作箇** なぜ。理由を問う疑問詞。 **21 南浦** 江夏の船着き場。 **22 西江船** 夫は東の揚州に出かけたので、下流から上流の西に向かう船に尋ねようとした。 **23 当壚** 酒を売る、用意する。「壚」は酒の置くかまど形の土壇。 **24 紅妝** 美しく着飾ること。またその美女。 **二八** 「二」「八」の積で十六歳。 **25 一種** 同じように。 **34 容華** 容貌の美しさ。

【詩型・押韻】 雑言古詩。上平六脂（姿）・七之（持・思）の同用。平水韻、上平四支。／上声十姥（賈・苦・土）。平水韻、上声七麌。／下平十八尤（州・流・秋・悠）・十九侯（楼）の同用。平水韻、下平十一尤。／入声十月（発・月）・十七薛（絶）の通

押。平水韻、入声六月・九屑の通押／下平一先（年）・二仙（船）の同用。平水韻、下平一先。／上平十二斉（妻・悽・啼）。平水韻、上平八斉。／上平五支（児・随・離・知）。平水韻、上平四支。

詩解　旅の商人の妻のうた。夫は旅立ったまま帰らず、あたら若い春の日々を一人で泣き暮らす。六朝の後半、長江下流域を舞台に民間の男女の恋情をうたう「呉歌」「西曲」という歌謡が多く作られた。その多くは五言四句で後の絶句の元となったもの。李白はそうした民間歌謡の世界を踏まえつつ長編の歌謡に仕立てた。その一つ「長干行」（巻四）は、共に南京の長干の町に生まれた幼なじみの男女がやがて夫婦になり、行商のため西蜀に旅立った夫の帰りを待ち続ける妻の歌であった。本詩も同じく行商人の妻を主人公とし、揚州に旅立ったまま長く帰らぬ夫を江夏にあって待つ日々をうたう。類似した素材をうたいつつも、描かれる女性像に差異がみられ、それぞれに個性が書き分けられている。

清溪行（清溪行《せいけいかう》）

1　清溪清㆓我心㆒　　清溪《せいけい》は我《わ》が心《こころ》を清《きよ》くす
2　水色異㆓諸水㆒　　水色《すいしよく》　諸水《しよすい》に異《こと》なる
3　借問新安江　　借問《しやもん》す　新安江《しんあんかう》の
4　見㆑底何㆓如此㆒　　底《そこ》を見《み》る　此《これ》に何如《いかん》
5　人行明鏡中　　人《ひと》は行《い》く　明鏡《めいきやう》の中《うち》
6　鳥度屏風裏　　鳥《とり》は度《わた》る　屏風《へいふう》の裏《うち》
7　向㆑晩猩猩啼　　晩《くれ》に向《む》かはんとして　猩猩啼《しやうしやうな》き
8　空悲㆓遠遊子㆒　　空《むな》しく遠遊《ゑんいう》の子《し》を悲《かな》しましむ

現代語訳 清渓行

清渓はわたしの心を清く澄ませ、水の色も他の川とは異なる。
お尋ねしよう新安江は、底まで見えるというが、この清渓にくらべてどうか。
人は明るい鏡の中を行き、鳥は岸に切り立つ屛風を飛び渡る。
夕暮れに近づくころ猩猩は啼き、家を遠く離れた旅人をわけもなく悲しませる。

語注 **0清渓** 川の名。「青渓」とも。秋浦（現在の安徽省池州市）を流れ長江に入る。「秋浦歌十七首」（巻七）其二を参照。**3借問** ちょっとお尋ねする。詩中に問答を導入する辞。**新安江** 安徽省の黄山に源を発し、浙江省に入り富春江・銭塘江と名を変えて杭州湾に注ぐ。水の清澄で知られ、梁の沈約に「新安江の水は至つて清く、浅深に底を見る 京邑の遊好に貽《おく》る」と題する詩がある（『文選』巻二七）。**4何如此** 比較の表現。「新安江」の清澄さも「清渓」に及ばないだろう、という。**5明鏡** 水を鏡にたとえる。**6屛風** 岸辺の岩山を屛風にたとえる。**7向晩** 「向」は、……に近づく。**猩猩** 大型のサル。顔は人間に似てことばを話すという。【詩型・押韻】五言古詩。上声四紙（此）・上声五旨（水）・上声六止（裏・子）の同用。平水韻、上声四紙。

詩解 「秋浦歌十七首」（巻七）と同じく池州の河川をうたう。また同じく猿の啼く声に悲しむ旅人、すなわち李白自身をうたう。しかし「空しく遠遊の子を悲しましむ」とうたいつつも、この川の流れに対する愛着は明らかだ。

臨㆑路歌（路《みち》に臨《のぞ》む歌《うた》）

1 大鵬飛兮振㆓八裔㆒　大鵬《たいほう》飛びて 八裔《はちえい》を振《ふ》るはすも
2 中天摧兮力不㆑濟　中天《ちゅうてん》に摧《くだ》けて 力済《ちからすく》はず
3 餘風激㆓兮萬世㆒　餘《よ》風《ふう》 萬世《ばんせい》に激《げき》し

4 遊二扶桑一兮挂二石袂一　　扶桑《ふさう》に遊《あそ》び 石袂《せきべい》を挂《か》く
5 後人得レ之傳レ此　　後人《こうじん》之《これ》を得《え》て此《ここ》に傳《つた》ふ
6 仲尼亡乎誰爲出レ涕　　仲尼《ちゆうぢ》亡《ほろ》べば 誰《たれ》か爲《ため》に涕《なみだ》を出《い》だす

現代語訳　路に臨むうた

大鵬は飛んで八方の極みまで振るわすほどだが、
大空の中ほどで羽が折れ、わが力ではどうしようもない。
なごりの風は万世の後もはげしく吹き寄せるだろう。
またかつて扶桑に遊んだ折の袖がそこに掛かっている。
後の人はこのことを知り得て伝えてくれるだろうが、
仲尼亡き今、誰が涙を落としてくれるだろうか。

語注　**0 臨路歌**　「臨路」は旅立ちを前にする、の意。王琦は、李華の墓誌に李白が「臨終歌」を賦して没したというものがこれで、「路」は「終」の間違いであろうという。また孔子が衛から趙に向かう際、河を前にして歌った（『史記』孔子世家など）ことを踏まえ、「臨河」の誤りだろうという説もある。**1 大鵬**　『荘子』逍遥遊にみえる想像上の大鳥。李白に「大鵬の賦」（巻二五）があり自らを寓している。**八裔**　八方。**4 扶桑**　東方の木。日が昇るとき、ここを通るという。**石袂**　「袂」は袖。それが石では意が通らないので「左袂」の誤りかという。『楚辞』哀時命に「左袪（袖）を榑（扶）桑に挂く」。あるいは「袂」が「石」と化して残っているという神話的発想か。**5** 大鵬が羽を摧かれてしまったことを世の人が知れば伝えてくれるだろう。**6**「仲尼」は孔子。孔子は理想的な時代に姿を現すとされる聖獣麒麟が、そうでない時に現れたことを嘆いて『春秋』を綴る筆を措いたという。大鵬もまた伝説の鳥なので、もし孔子が世にあってその死を知れば、嘆いて涙を落とすだろうという。【詩型・押韻】　雑言古詩。去声十二霽（済・涕）・十三祭（裔・世・袂）の同用。平水韻、去声八霽。

詩解 李白の臨終のうたともいう。「兮」を多用する『楚辞』などにみられる歌謡のスタイル。『荘子』にみえる「大鵬」を主役とする神話的世界観、大きな自負と挫折、そして孔子への特別な思い。必ずしも臨終のうたとしなくても、いかにも李白らしい。

山鷓鴣詞（山鷓鴣詞《さんしやこし》）

苦竹嶺頭秋月輝
苦竹南枝鷓鴣飛
嫁得燕山胡雁婿
欲㆘銜㆑我向㆓雁門㆒歸㆖
山雞翟雉來相勸
南禽多被㆓北禽欺㆒
紫塞嚴霜如㆓劍戟㆒
蒼梧欲㆑巣難㆓背違㆒
我心誓㆑死不㆑能㆑去
哀鳴驚叫淚霑㆑衣

苦竹嶺頭《くちくれいとう》　秋月輝《しうげつかがや》き
苦竹《くちく》の南枝《なんし》　鷓鴣《しやこ》飛《と》ぶ
嫁《か》し得《え》たり燕山胡《えんざんこ》雁《がん》の婿《せい》
我《われ》を銜《は》み雁門《がんもん》に向《む》かひて歸《かへ》らんと欲《ほつ》す
山雞《さんけい》　翟雉《てきち》　來《きた》りて相勸《あひすす》む
南禽《なんきん》　多《おほ》く北禽《ほくきん》の欺《あざむ》くを被《かうむ》る
紫塞《しさい》の嚴霜《げんさう》は劍戟《けんげき》の如《ごと》く
蒼梧《さうご》　巣《す》くはんと欲《ほつ》するも背違《はいゐ》し難《がた》し
我《わ》が心《こころ》　死《し》を誓《ちか》ひて去《さ》る能《あた》はず
哀鳴驚叫《あいめいきやうけう》して　淚《なみだ》　衣《ころも》を霑《うるほ》す

現代語訳　山鷓鴣詞

苦竹嶺の上に秋の月が輝き、
苦竹の南の枝に鷓鴣が飛ぶ。
燕山の胡地の雁に嫁ぐこととなり、
わたしを銜《くわ》えて雁門に帰ろうとする。
山鶏や翟雉がやって来てわたしに言うには、
南の鳥はいつも北の鳥にだまされる。
辺塞の地の冷たい霜は剣や戟のようで、
また南の蒼梧に巣を作りたいと思っても婿に背くのはむつかしいよ。
さればわたしは死んでも行くことはできない。
哀しみ鳴き叫んで涙は衣を濡らす。

語注　0 **山鷓鴣詞**　『楽府詩集』巻八十近代曲辞に「山鷓鴣」「鷓鴣詞」を載せるが、李白のこの詩はみえない。 **鷓鴣**　鳥の名。小型のキジの仲間でウズラよりは大きい。南方にのみ生息し、飛行は苦手であるとされる。鳴き声はよく響き、「行不得哥哥」などいろいろの聞きなしがなされる。 1 **苦竹嶺**　池州（安徽省池州市）の山名。李白にはここで作った「秋浦歌十七首」（巻七）等がある。 3 **燕山**　燕（中国北方）の山。 4 **銜我**　鷓鴣は遠くへは飛べないのでこのように言うか。 **雁門**　地名。山西省の北部。雁門山の山上に関所があり、北方異民族に対する防衛の前線であった。 5 **山鶏・翟雉**　共にキジの仲間。 7 **紫塞**　辺地の長城や塞をいう。南朝宋・鮑照「蕪城の賦」（『文選』巻一一）に「北のかた紫塞雁門に走る」。 8 **蒼梧**　地名。湖南南部。古代の聖帝舜の没した地とされる。ここでは「燕山」「雁門」に対して南方をいう。 **【詩型・押韻】**　七言古詩。上平七之（欺）・八微（輝・飛・帰・違・衣）の通押。平水韻、上平四支・五微の通押。

詩解　南の鷓鴣が北の雁に嫁入りするというのは、既に寓話的設定。北に嫁入りすれば北の鳥の悪意に苦しむことになり、二度と南には戻れない。寓意の詳細は知りがたいが、北と南に寄せる矛盾した思いと恐れ、そして哀しみが読み取られる。鷓鴣は南にのみ生息し、遠くには飛べない。また際立つ声で鳴く。南北に引き裂かれる思いと末尾の悲鳴に、鷓鴣の鳥としての特性が映し出されている。

李白略年譜

皇帝	年号	干支	西暦	年齢	経歴	関連事象
則天武后	長安元	辛丑	七〇一	1	西域（条支あるいは砕葉）で生まれる。	王維生？
	二	壬寅	七〇二	2		陳子昂没
	三	癸卯	七〇三	3		
	四	甲辰	七〇四	4		
中宗	神龍元	乙巳	七〇五	5	蜀に移住、昌明県（四川省）に住む。六甲をそらんじる。	
	二	丙午	七〇六	6		
	景龍元	丁未	七〇七	7		
	二	戊申	七〇八	8		杜審言没。
	三	己酉	七〇九	9		劉長卿・顔真卿生。
睿宗	景雲元	庚戌	七一〇	10	詩書に通じ、百家を観る。	上官相容没。
	二	辛亥	七一一	11		
玄宗	先天元	壬子	七一二	12		宋之問没、杜甫生。
	開元元	癸丑	七一三	13		
	二	甲寅	七一四	14		沈佺期・李嶠没。
	三	乙卯	七一五	15	剣を好み、奇書を読み、賦を作る。	岑参生。
	四	丙辰	七一六	16		

	五	丁巳	七一七	17		
	六	戊午	七一八	18		賈至生。
	七	己未	七一九	19		元結生。
	八	庚申	七二〇	20	益州長史蘇頲に会い、文才を評価される。	
	九	辛酉	七二一	21		
	一〇	壬戌	七二二	22		
	一一	癸亥	七二三	23		
	一二	甲子	七二四	24		王皇后廃せらる。
	一三	乙丑	七二五	25	蜀を出る。のち数年、長江中下流域のほか、各地に遊ぶ。	独狐及生。
	一四	丙寅	七二六	26		王翰没。
	一五	丁卯	七二七	27		
	一六	戊辰	七二八	28		
	一七	己巳	七二九	29		
	一八	庚午	七三〇	30	この頃、長安周辺に滞在？	張説没。
	一九	辛未	七三一	31		
	二〇	壬申	七三二	32	安陸（湖北省）にて許氏と結婚する。	戴叔倫生。
	二一	癸酉	七三三	33		
	二二	甲戌	七三四	34		
	二三	乙亥	七三五	35	太原（山西省）に遊ぶ。	杜佑生。
	二四	丙子	七三六	36		
	二五	丁丑	七三七	37		韋応物生。

二六	戊寅	七三八	38		
二七	己卯	七三九	39		
二八	庚辰	七四〇	40	山東に遊ぶ。孔巣父らと徂徠山に集まり、「竹渓六逸」と号す。	孟浩然・張九齢没。玄宗、寿王妃の楊氏を道士とし太真と号す。
二九	辛巳	七四一	41		
天宝 元	壬午	七四二	42	玄宗の妹、玉真公主の推薦を得て長安に上る。賀知章の知遇を得る。玄宗に謁見し翰林学士（翰林供奉）に任ぜらる。	
二	癸未	七四三	43	長安にあって、賀知章らとともに「飲中八仙」と称される。	
三	甲申	七四四	44	讒言をうけ朝廷を逐われる。夏、杜甫に会う？ 冬、道籙を授かり道士となる。	賀知章没。
四	乙酉	七四五	45	杜甫・高適らと交わり、ともに山東に遊ぶ。	楊太真を貴妃に冊立。
五	丙戌	七四六	46		
六	丁亥	七四七	47		李邕没。
七	戊子	七四八	48		李益、盧綸生。
八	己丑	七四九	49		
九	庚寅	七五〇	50		
一〇	辛卯	七五一	51		雲南を討つが大敗を喫す。孟郊生。

		一一	壬辰	七五二	52		
		一二	癸巳	七五三	53		
		一三	甲午	七五四	54	揚州（江蘇省）にて魏万（顥）と出会い、集の編纂を依頼する。	
		一四	乙未	七五五	55	この頃、宣城、秋浦（安徽省）など各地を遊歴。	11月、安禄山、范陽に兵を挙げる。12月、洛陽陥落。
粛宗	至徳	元	丙申	七五六	56	廬山に隠棲。歳末もしくは翌年初、永王璘の水軍に招かれ幕下に入る。	6月、長安陥落。玄宗、蜀に蒙塵。途中、楊国忠、楊貴妃に死を賜る。7月、粛宗即位。
		二	丁酉	七五七	57	2月、永王軍破れ、尋陽（江西省）の獄に入る。	王昌齢没？ 9月、両京復す。粛宗、ついで玄宗、長安に帰る。
	乾元	元	戊戌	七五八	58	夜郎（貴州省東北部）への流罪に処される。	
		二	己亥	七五九	59	3月、白帝城付近で赦免の報を聞く。洞庭湖に遊ぶ。	
	上元	元	庚子	七六〇	60	長江の中下流域に遊ぶ。	
		二	辛丑	七六一	61		王維没。
代宗	宝応	元	壬寅	七六二	62	11月、当塗県令李陽氷宅にて遺稿を託し亡くなる。	玄宗、粛宗崩御。

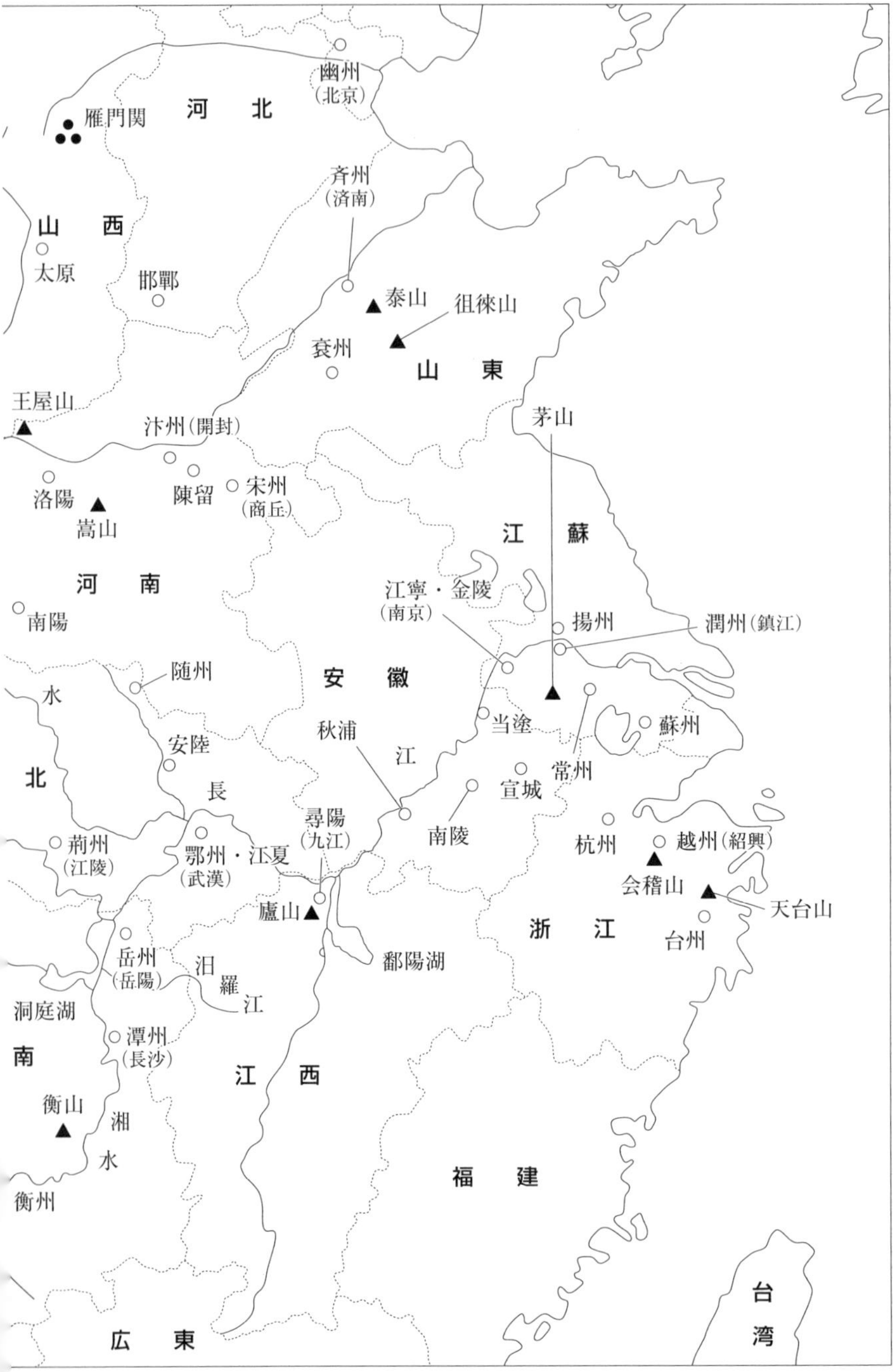

幽州（北京）
河北
雁門関
斉州（済南）
山西
太原
邯鄲
泰山
徂徠山
袞州
山東
王屋山
汴州（開封）
茅山
洛陽
陳留
宋州（商丘）
嵩山
江蘇
河南
江寧・金陵（南京）
南陽
揚州
潤州（鎮江）
随州
安徽
水
当塗
蘇州
秋浦
安陸
江
北
長
常州
宣城
尋陽（九江）
南陵
荊州（江陵）
鄂州・江夏（武漢）
杭州
越州（紹興）
会稽山
天台山
廬山
浙江
台州
岳州（岳陽）
汨羅江
鄱陽湖
洞庭湖
潭州（長沙）
南
江西
衡山
湘水
福建
衡州
台湾
広東

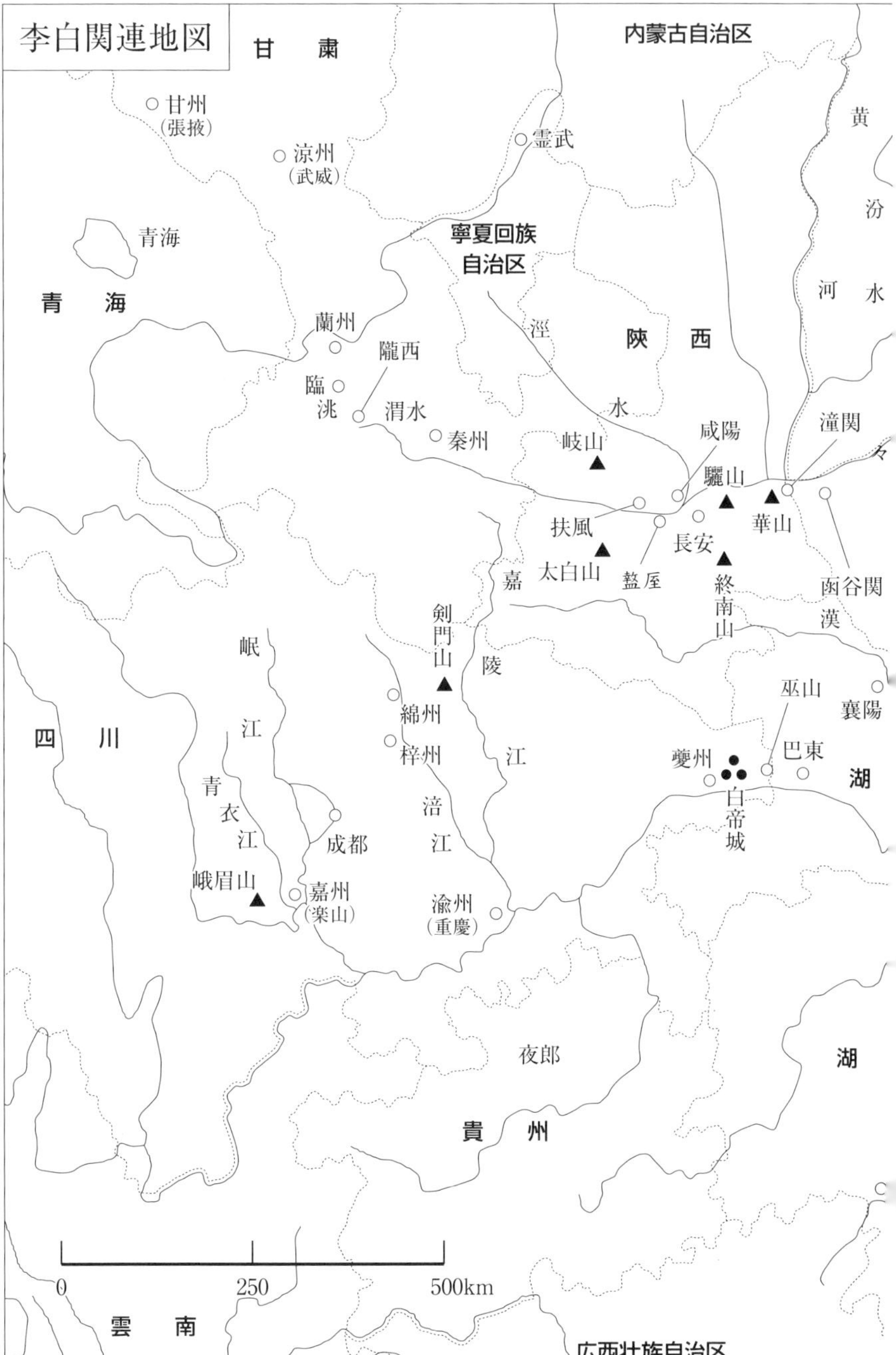
李白関連地図
甘粛
内蒙古自治区
甘州
(張掖)
涼州
(武威)
霊武
青海
寧夏回族
自治区
黄
汾
河
水
青海
蘭州
隴西
臨
洮
渭水
秦州
涇
水
陝西
咸陽
岐山
驪山
華山
潼関
扶風
長安
太白山
盩厔
終
南
山
函谷関
漢
嘉
陵
江
剣
門
山
岷
江
綿州
梓州
涪
江
巫山
襄陽
巴東
夔州
白
帝
城
湖
四川
青
衣
江
成都
峨眉山
嘉州
(楽山)
渝州
(重慶)
夜郎
湖
貴州
0
250
500km
雲南
広西壮族自治区

詩の韻律について

中国古典詩は唐代に至って諸形式がととのった。それを大きく近体（今体）と古体とに分かつことができる。近体は細かな韻律に則るもので、律詩と絶句の二種に分かれる。そして古体は押韻を除き、韻律の定式のないものである。ここではまず近体詩の韻律（詩律）について説明しよう。

〈音節〉

漢字一字の音を音節といい、次のような構成を有する。

音節　＝　声母　＋　韻母（介音＋主母音＋韻尾）／声調

声母は字音の頭にくる子音で、韻母は声母を除いた残りの部分。韻母は更に介音・主母音・韻尾に三分することができる。すべての漢字は必ず主母音を備えるが、介音あるいは韻尾を欠く字、またその両方を欠く字もある。声調は発音される際の高低・長短の音色で、平声・上声・去声・入声の四種あるので四声ともいう。音節は声母・韻母（介音・主母音・韻尾）・声調という三つの要素によって同定される。これを踏まえ、以下、具体的に詩律をみていこう。

近体詩の韻律には、およそ「押韻」「音数律」「平仄《ひょうそく》」といった要素があり、修辞上求められるものとして「対偶（対句）」がある。

〈押韻〉

まず詩に必要な要素として押韻がある。押韻とは一定の位置に類似音を配置すること。その位置はおおむね偶数句末で、時に初句末を含む。類似音とは、音節の構成要素のうち、声調・韻母を共有するもののことで、韻母のうち介音は時に異なる場合もある。このような類似音のグループを韻といい、相互押韻の可能性（どの文字が同じ韻に属するか）は韻書*によって規定される。近体詩の場合は一篇を通して同一の韻を用い、これを一韻到底という（古体詩は途中で韻を変える場合があり、これを換韻という）。律詩は平声の韻を用いるのが原則で、絶句にはまま仄声韻のものもある（「平声」「仄声」は後述）。

＊韻書　音で引く字書。音の類似性に基づいて文字を分類収載する。その体系と内容の全貌をほぼ知りうる最古の韻書は、隋・陸法言『切韻』（六〇一年）。文字をまず「声調」（四声）によって「上平声」「下平声」「上声」「去声」「入声」の五つに分け、次いで「韻」（相互押韻可能な文字グループ）、更に「小韻」（同音字のグループ）という基準によって分類し収載する。平声は文字数が多いため上下に分けるが声調そのものが異なるわけではない。この書はその後しばしば改訂されて、その最終バージョンの『広韻』（『大宋重修広韻』、一〇〇八年）は、収載文字を「韻」に基づいて二〇六のグループに分けている。原本『切韻』から『広韻』に到る四百年余りのあいだに、幾種類もの『切韻』の改訂版が行われた。これらを切韻系韻書とよび、『広韻』は切韻系韻書の最終バージョンと見なされる。『切韻』に反映する音の体系を中古音とよび、その中国語を中古中国語*と称する。『切韻』には中古中国語に存在する全ての音節が「小韻」のかたちで収録され、その発音が反切を用いて示される。『切韻』原本に近い本は残っているが、原本そのものは失われたため『広韻』で

代用されることが多い。
＊反切　文字音を二つの文字によって示す表音法。たとえば「東」字の音は「徳・紅」によって示される。「東」と「徳」は声母が共通する双声《そうせい》の関係にあり、「東」と「紅」は韻母が共通する畳韻《じょういん》の関係にある。

韻書は科挙の際の作詩の押韻規範となった。ただ『切韻』の規定は分類が細かく基準が厳しいため、唐代の初め、隣接する韻に属する文字どうしの押韻も認められるようになった。これを「同用」といい、韻書に明示される（韻の枠を超えて押韻することが許されないことを「独用」という）。後世の韻書ではこうした韻と韻は合併されて一つの韻となり、これを詩韻（平水韻）と称する。

〈音数律〉
一句あたりの漢字数（音数）は五か七が標準で、まれに六。句数は四句のものを絶句、八句のものを律詩、それ以上のものを排律という。これらの組み合わせで、五言絶句（五絶）・七言絶句（七絶）、五言律詩（五律）・七言律詩（七律）、五言排律という詩型区分ができる。科挙では多く六韻（十二句）の五言排律が課された。作例の少ないものとしては、三韻（六句）の五言・七言の律詩、六言絶句、六言律詩、七言排律がある。

〈平仄〉
平仄は、声調（四声）による規律で、平声を平、上声・去声・入声を仄とし、平と仄との調和ある配置が意識された。声調は中国語の特色としてもともと備わっていたと考えられるが、中国人（中国語を使う人々）がこれを認識したのは、仏教伝来により外国語と自分たちのことばを対比する視点を獲得して後のことであろう。中古音の四声と現代中国語（標準語）の四つの声調との対応関係は以下のとおり。

平声　→　第一・二声
上声　→　第三・四声
去声　→　第四声
入声*　→　第一・二・三・四声

＊入声　子音でおわる促音韻尾を有するもの。現代中国語では、この韻尾が脱落したため、四つの声調に分属している。例：「立」リフ（「リッ」は慣用音）、「入」ジフ（漢音）・ニフ（呉音）、「月」ゲツ（漢音）・グヮチ・グヮツ（呉音）、「色」ショク（漢音）・シキ（呉音）など。日本漢字音の「フ」は「-p」、「ツ・チ」は「-t」、「ク・キ」は「-t」という韻尾を反映している。

文学創作における声調意識が明確になったのは、斉・武帝の永明年間（四八三〜四九三）のことであった。武帝の第二子、竟陵王蕭子良《しょうしりょう》のサロンには、沈約《しんやく》・謝朓《しゃちょう》ら当時を代表する文人が集い、「八友」と称された（『梁書』武帝紀）。こうしたサロンにおける文学者の集いにおいて、韻律や対偶に工夫を凝らした五言八句の短詩形が数多く作られ、後の近体詩の形成につながっていった。当時は四つの声調をすべて区別してその調和ある配置を求めた。とりわけ「四声八病説《しせいはっぺいせつ》」*という禁忌意識は文人のなかに広く強く浸透した。こうした「四声」相互の関係に対する配慮（四声律）は、やがては平声と他の三声（上声・去声・入声）を二元的に対比し、前者を平、後者を仄とする今体詩の平仄律に集約されてゆく。平仄の具体的な配置は後に図示する。

＊四声八病説　詩作の際の韻律上の禁忌で、「平頭」「上尾」「蜂腰」「鶴膝」「大韻」「小韻」「傍紐」「正紐」の八つ。おおむね上句と下句の同位置の字の声調を異にして上下句のコントラストを強調したり、類似音の規則的反復である押韻の効果を妨げないよう押韻字以外の類似音を近接させないようにするという趣旨が認められる。

〈対偶（対句）〉

対偶は奇数句とそれに続く偶数句の、それぞれ対応する位置の文字が文法的に相同であること。中国詩には古くからみられるが、特に西晋以降、巧緻な対偶の構成が意識されるようになった。

我 若㆓西 流 水㆒　　我は西に流るる水の若く
子 爲㆓東 峙 岳㆒　　子は東に峙《とど》まる岳爲り　（西晋・陸機「弟の士龍に贈る」）

近体詩では特に律詩の中二聯（第三句と四句、第五句と六句）は対偶をなす。また近体詩における対偶は韻律面（平仄）での対応も求められる。

以上を踏まえ、近体詩の詩律を図示してみよう（○は平、●は仄、◎は押韻を示す）。

杜甫「春望」（五言律詩）

國破山河在
城春草木深
感時花濺涙
恨別鳥驚心
烽火連三月
家書抵萬金
白頭掻更短
渾欲不勝簪

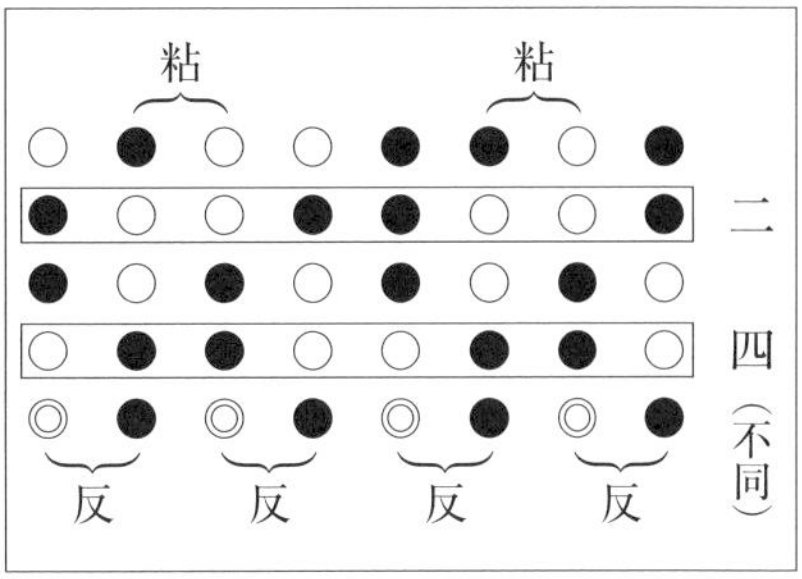

押韻：下平二十一侵（深・心・金・簪）。平水韻、下平十二侵。

平仄：

・二四不同：各句の第二字と第四字は平仄を異にする。

・二六対：七言詩の各句の第二字と第六字は平仄を同じくする。

・反法：奇数句と偶数句の二句単位でみたとき、第二字、第四字（七言詩の場合、加えて第六字）の平仄が異なる。

・粘法：まず四句単位（一～四句、五句～八句）でみる。そのとき、なかの二句（第二句と第三句、律詩の場合は加えて第六句と第七句）の第二字、第四字（七言詩の場合、加えて第六字）の平仄が同じになる。「春」と「時」、「木」と「濺」、「書」と「頭」、「万」と「更」。律詩の場合、同じ平仄パターンの四句を二つ繰り返すかたちになるので、結果として第四句と第五句の「別」と「火」、「驚」と「三」も同じ平仄になる。粘法をとらないものを失粘といい、絶句にはしばしば見られ、律詩においても初唐期までは少なくない。

なお第二・四・六字の平仄の配置が厳密であるのに対し、第一・三・五字の平仄配置は緩やかであったため「一三五は論ぜず」とも言われた。ただし、結果として「孤平」（七言詩の第四字の平、五言詩の第二字の平の前後を仄が挟む）や「下三連」（句の下三字に平声もしくは仄声を連用する）などになることは忌まれた。

対偶（対句）:「時に感じては花にも涙を濺ぎ、別れを恨みては鳥にも心を驚かす。烽火　三月連なり、家書　万金に抵る」――律詩の中二聯（第三句と四句、第五句と六句）は対偶を構成する。

以下、七言絶句、五言律詩、七言律詩の作例を挙げる。いずれも詩律に則って作られている。

李白「早發白帝城」（七言絶句）

朝辭白帝彩雲間　○○●●●○◎
千里江陵一日還　○●○○●●◎
兩岸猿聲啼不盡　●●○○○●●
輕舟已過萬重山　○○●●●○◎

押韻：上平二十七刪（還）と二十八山（間・山）の同用。平水韻、上平十五刪。

杜甫「登岳陽樓」（五言律詩）

昔聞洞庭水　●○●○●
今上岳陽樓　○●●○◎
吳楚東南坼　○●○○●

乾坤日夜浮　○○●●◎
親朋無一字　○○○●●
老病有孤舟　●●●○◎
戎馬關山北　○●○○●
憑軒涕泗流　○○●●◎

押韻：下平十八尤（浮・舟・流）と十九侯（楼）の同用。平水韻、下平十一尤。

なお傍線部を挟み平という。押韻しない句の下三字の○●●を●○●とするも可とされた。この場合、二四不同でなくてもよい。

杜甫「登高」（七言律詩）

風急天高猿嘯哀　○●○○○●◎
渚清沙白鳥飛廻　●○○●●○◎
無邊落木蕭蕭下　○○●●○○●
不盡長江滾滾來　●●○○●●◎
萬里悲秋常作客　●●○○○●●
百年多病獨登臺　●○○●●○◎
艱難苦恨繁霜鬢　○○●●○○●
潦倒新停濁酒杯　●●○○●●◎

押韻：上平十五灰（廻・杯）と十六咍（哀・来・台）の同用。平水韻、上平十灰。

右の杜甫「登高」は七律の韻律上の規則に完全に準じているうえに、四聯すべてが対偶を構成している。形式・内容両面で、七律の完成形というべきであろう。

以下、基本的な平仄式を示しておく。第二字が仄字のものを仄起といい、平字のものを平起という（第一字の平仄が一定でないため第二字をみる）。絶句（特に五絶）にはしばしば仄声韻のものも見られるが、今は一般的なもののみを挙げる。なお排律は対偶をなす中間の聯の数（律詩の場合は二聯）を増やすことによって作られる。

五言絶句・仄起

●●○○●
○○●●◎
○○○●●
●●●○◎

五言絶句・平起

○○○●●
●●●○◎
●●○○●
○○●●◎

七言絶句・平起

○○●●●○◎
●●○○●●◎
●●○○○●●
○○●●●○◎

七言絶句・仄起

●●○○●●◎
○○●●●○◎
○○●●○○●
●●○○●●◎

七言絶句・平起（起句不押韻）

○○●●○○●
●●○○●●◎
●●○○○●●
○○●●●○◎

七言絶句・仄起（起句不押韻）

●●○○○●●
○○●●●○◎
○○●●○○●
●●○○●●◎

五言律詩・仄起

●●○○●
○○●●◎
○○○●●
●●●○◎
●●○○●
○○●●◎
○○○●●
●●●○◎

五言律詩・平起

○○○●●
●●●○◎
●●○○●
○○●●◎
○○○●●
●●●○◎
●●○○●
○○●●◎

七言律詩・平起

○○●●●○◎

七言律詩・仄起

●●○○●●◎

●●○○●●◎
●●○○○●●
○○●●●○◎
○○●●○○●
●●○○●●◎
●●○○○●●
○○●●●○◎

○○●●●○◎
○○●●○○●
●●○○●●◎
●●○○○●●
○○●●●○◎
○○●●○○●
●●○○●●◎

こうした詩作の規則（詩律）は、科挙応試の際には厳密に守られた（特に押韻の基準を逸脱することは強く忌まれた）。しかし、唐代詩人の手になる実際の作例をみた場合、平仄や対偶の面において基準からはずれるものがしばしば見られる。特に絶句（とりわけ五絶）はもともと六朝後半、長江の中下流域に行われた民間歌謡に由来するため、詩律からはずれるものが少なくない。こうしたものを拗体《おうたい》（平仄の規則に準じないもの）と称することもあるし、詩律からはずれるため古詩とみる場合もある。次の李白詩はその一例（本大系では詩型を示しているが、古体か近体かで往々見解が別れる場合がある）。

李白「靜夜思」

牀 前 看 月 光　○○○●◎
疑 是 地 上 霜　○●●●◎

舉頭望山月　●○●○●

低頭思故郷　○○○●◎

近体詩が成立した唐代以降、近体の詩律の拘束（『切韻』の押韻規範や平仄）にかかわらないものを古体詩とする。近体詩の詩律が浸透して以降の古体詩には、文学理念としての「復古」の志向もあいまって、殊更に詩律から距離を置こうとする傾向がしばしばみられるようになる。次に詩型の一覧を示す。

古体
- （四言詩）
- 五言古詩
- 七言古詩
- （雑言詩）

近体
- 律詩
  - 五言律詩
  - 七言律詩
  - 五言排律
  - （七言排律）

（五言三韻律詩）
（七言三韻律詩）
（六言律詩）

絶句
五言絶句
七言絶句
（六言絶句）

なお楽府を古体に入れる考えもある。しかし楽府はもともと漢代の無名氏の作に由来する歌謡の辞のことであって、それに倣った後人の作や新たに題を設けて作られたものも含めて、詩の型式をいうものではない。よって詩型としては近体でありつつ同時に楽府である作品も当然存在する。よって右の表には含めない（ただ実際には五言や七言、あるいは雑言の古詩である場合が多い）。

新釈漢文大系《しんしゃくかんぶんたいけい》 詩人編《しじんへん》 4
李《り》 白《はく》 上《じょう》

令和元年 5 月 10 日 初 版 発 行
令和 3 年 10 月 20 日 2 版 発 行

著 者 和《わ》 田《だ》 英《ひで》 信《のぶ》

発行者 株式会社 明 治 書 院
代表者 三樹 蘭

印刷者 大日本法令印刷株式会社
代表者 山上哲生

製本者 大日本法令印刷株式会社
代表者 山上哲生

発行所 株式会社 明 治 書 院
〒169-0072
東京都新宿区大久保 1－1－7
電 話 03－5292－0117
振 替 00130－7－4991

ISBN978-4-625-67326-9